Zum Buch:

Jessica hat bereits ihre Mutter an den Krebs verloren, nun erfährt sie, dass sie selbst an Brustkrebs erkrankt ist. Ihre Beziehung zu ihrem Freund Johnny steckt nach seiner Affäre in einer Krise – und sie muss ihre Gefühle hinterfragen: Schließlich trennt sie sich schweren Herzens von ihm. Aber Jessica will sich nicht unterkriegen lassen und stürzt sich trotz der kräftezehrenden Therapie in den Dating-Dschungel. Durch ihre Freundin Annabel lernt sie deren Bruder Joe kennen, mit dem sie bald etwas Besonderes verbindet …

Zur Autorin:

Laura Price ist Journalistin. Sie spricht mehrere Sprachen, reist um die Welt und schreibt über Restaurants. Bevor sie sich mit ihren beiden Katzen in South London niederließ, hat sie viele Jahre in Lateinamerika gelebt. »Solange es ein Morgen gibt« ist ihr Debütroman und ist von ihren eigenen Erfahrungen inspiriert, nachdem sie mit neunundzwanzig die Diagnose Brustkrebs erhalten hat.

LAURA PRICE

SOLANGE ES EIN MORGEN GIBT

Roman

Aus dem Englischen von
Sybille Uplegger

HarperCollins

Die Originalausgabe erscheint 2022 unter dem Titel
Single Bald Female bei Macmillan,
an imprint of Pan Macmillan, London.

1. Auflage 2022
© 2022 by Laura Price
Deutsche Erstausgabe
© 2022 für die deutschsprachige Ausgabe
by HarperCollins in der
Verlagsgruppe HarperCollins Deutschland GmbH, Hamburg

Umschlaggestaltung von FAVORITBÜRO, München
Umschlagabbildung von Nikiparonak / Shutterstock
Gesetzt aus der Stempel Garamond
von GGP Media GmbH, Pößneck
Druck und Bindung von CPI books, Leck
Printed in Germany
ISBN 978-3-7499-0210-1
www.harpercollins.de

Für alle, die jemals von Brustkrebs
oder einem unerfüllten Kinderwunsch betroffen waren
oder einfach Pech in der Liebe hatten.

HOCHSTAPLER-SYNDROM

Ich habe das nicht richtig durchdacht.

Als das Taxi vor dem nobelsten Hotel in der Park Lane hält, sehe ich sofort den roten Teppich mit Scharen von Paparazzi zu beiden Seiten. Naiv, wie ich war, hatte ich geplant, schnell auf der Toilette zu verschwinden und dort die Schuhe zu wechseln, damit ich nicht mehr Zeit als unbedingt nötig in meinen abartig hohen Stilettos verbringen muss. Doch jetzt wird mir klar, dass sich der Eingang zu der Veranstaltung *vor* dem Hotel befindet, was bedeutet, dass ich in Turnschuhen über den roten Teppich laufen müsste und mich vermutlich auf irgendeiner Worst-Dressed-Liste wiederfinden würde, noch ehe der Abend um ist.

»Einen Moment«, bitte ich den Fahrer, der ungeduldig mit der Zunge schnalzt, weil er im Rückspiegel die Autos beobachtet, die sich hinter uns stauen.

Ich wühle in meinem Rucksack und krame die High Heels hervor, die Aisha mir vor ein paar Stunden aus der Modeabteilung der Redaktion zur Verfügung gestellt hat. Im Büro konnte ich in den Dingern kaum fünf Schritte geradeaus gehen; wie ich mein Glück kenne, werde ich also vermutlich direkt vor den Paparazzi auf die Nase fallen. Ich schließe die Riemchen und wünschte, ich hätte mir noch Zeit genommen, den abgeplatzten Lack an meinen Zehennägeln auszubessern.

Eine Minute später stoße ich die schwere schwarze Tür des Taxis auf und trete hinaus auf den Asphalt. Ich bin dankbar, dass der Hotelportier mir seinen Arm anbietet und ich mich darauf stützen kann. Ich klemme mir meinen abgewetzten Rucksack unter den Arm. Wer weiß, vielleicht starte ich einen neuen Trend: die Rucksack-Clutch.

Einen kurzen Augenblick bin ich von dem Starrummel geblendet, als eine bekannte Nachrichtensprecherin aus dem Frühstücksfernsehen durch das Blitzlichtgewitter ins Hotel schreitet. Sobald die Luft rein ist, stolpere ich hinterher. Ich halte den Kopf gesenkt, doch anscheinend haben die Fotografen den Braten ohnehin gerochen und mich als langweilige Journalistin identifiziert, denn das Klicken der Auslöser verstummt. Sie hätten wenigstens *versuchen* können, Interesse zu heucheln.

Drinnen nehme ich erst mal Kurs auf die Garderobe, um meinen Rucksack loszuwerden. Ich atme noch einmal tief durch, dann betrete ich den Saal. Auf der Suche nach einem vertrauten Gesicht halte ich nach Aisha, Leah oder Tabitha Ausschau. Sie sind bereits während der Mittagspause hergekommen, um alles vorzubereiten, während ich in der Redaktion die Stellung gehalten habe. Inzwischen bereue ich es, die glamouröseste Veranstaltung der Hochglanzmagazinwelt ganz ohne Begleitung betreten zu müssen.

In der Nähe des Eingangs schreiten Frauen in glitzernden Roben über einen weiteren roten Teppich und bleiben, die Hand vollendet in die Hüfte gestemmt, kurz stehen, um sich vor den Fotografen in Pose zu werfen. Am Ende des samtenen Laufstegs angelangt, nehmen sie sich ein Glas Champagner von kunstvoll auf Händen balancierten Tabletts und streben auf das Schild mit der Aufschrift »Luxxe Women Awards« zu. Mag sein, dass ich im selben Verlagshaus lediglich ein paar Stockwerke nach oben gewandert bin, aber dies hier ist eine komplett andere Welt.

»Jess, da bist du ja endlich!«

Als ich mich umdrehe, steht unsere Moderedakteurin Tabitha Richardson vor mir. Ihre Schuhe sind noch höher als die, die sie normalerweise bei der Arbeit trägt, und mit ihrem atemberaubenden bodenlangen Kleid in Elfenbeinweiß und dem glänzenden, schräg geschnittenen blonden Bob ist sie kein bisschen weniger glamourös als die Gäste.

»Du siehst toll aus«, sage ich und bewundere die Art, wie sich das Material ihres Kleids um ihre Hüften schmiegt. Auf einmal komme ich mir regelrecht zerlumpt vor.

»Ach, danke, du Süße. Dein Jumpsuit ist auch sehr ...« Sie taxiert mich von oben bis unten »... apart.«

Ich ziehe den Bauch ein und schaue an mir herunter auf das enge schwarze Teil, das mir schon jetzt einen akuten Fall von Cameltoe beschert. Aisha hat mich zu dem Outfitwechsel gezwungen, und dieser Jumpsuit ist bestimmt der letzte Schrei, trotzdem sehne ich mich nach meinen eigenen Klamotten. Ursprünglich hatte ich mir für die Veranstaltung mein kleines Schwarzes herausgesucht, dessen tiefes Dekolleté zumindest bei Johnny immer auf Beifall stößt, doch sobald klar wurde, dass man das große Pflaster auf meiner Brust sehen konnte, hat Aisha mir befohlen, mich umzuziehen.

»Und? Bereit für deine ersten *Luxxe Women Awards*?«

»Ich bin ganz schön nervös.« Ich lasse den Blick durch den Saal schweifen. Überall prominente Gesichter, Menschen, die einander umarmen und mit einem Überschwang begrüßen, als wären sie seit Jahrzehnten die engsten Freunde. Bei meinem alten Magazin habe ich Live-Interviews geführt und hin und wieder auch mal auf einer Bühne gestanden oder eine Veranstaltung moderiert, aber die *Cake and Bake Show* war nicht gerade ein besonders glanzvolles Event. Das hier ist eine ganz andere Nummer, und ich war zu lange weg aus dem Kosmos der Frauenzeitschriften, als dass irgendeiner der Gäste hier mich kennen würde.

»Es wird dir Spaß machen«, sagt Tabitha und späht an mir vorbei. »Das ist meine erste größere Veranstaltung nach der Babypause, da gehe ich mal lieber ein paar Hände schütteln.«

Sie rauscht davon und gesellt sich zu einer Gruppe von Gästen, die sie der Reihe nach mit Küsschen und Umarmungen begrüßt. Ich folge ihr und stehe etwas unbeholfen daneben, doch sie beachtet mich gar nicht. Nachdem sich die Gruppe zerstreut hat, versuche ich, mich an ihre Fersen zu heften, während sie durch den Saal marschiert.

»Könntest du mich vielleicht ein paar Leuten vorstellen?«, frage ich.

Sie bleibt stehen und dreht sich zu mir um. »O mein Gott, *natürlich*. Ich dachte, du kennst hier schon alle.«

Wohl kaum. Der Sinn und Zweck meines Erscheinens heute Abend ist ja, dass ich mir die Preisverleihung einmal aus sicherer Entfernung anschauen und mich mit allem vertraut machen kann, bevor Leah in den Mutterschutz geht und ich ihren Posten als Chefredakteurin übernehme. Da Tabitha schon seit drei Jahren bei der *Luxxe* arbeitet, bin ich davon ausgegangen, dass sie mich unter ihre Fittiche nehmen würde.

Dann entdecke ich jemanden, der mir bekannt vorkommt. »Ist das nicht …«

»Ganz genau«, meint Tabitha, fasst mich am Handgelenk und zieht mich hinter sich her, sodass ich fast über eine Welle im Teppich stolpere. »Komm mit.«

»*Schäääätz-chen*«, ruft sie gedehnt und schließt die Frau in die Arme, als wären sie alte Sandkastenfreundinnen. »*Wie geht* es dir?«

Ein unangenehmes Schweigen tritt ein, weil die Frau Tabitha offensichtlich nicht erkennt, sodass diese sich erst vorstellen muss. Nachdem das erledigt ist, legt sie mir eine Hand auf den Rücken und schiebt mich nach vorn wie ein schüchternes Kleinkind. »Das hier ist übrigens Jess, unsere Neue.«

»Genau genommen die neue Chefredakteurin«, sage ich und schüttle der Frau die Hand. Hat Tabitha überhaupt begriffen, dass ich ihre Vorgesetzte bin?

Die Frau schaut zwischen Tabitha und mir hin und her, dann an uns vorbei. »Da ist jemand, mit dem ich mich unterhalten muss. Schön, euch getroffen zu haben.«

»Warte mal!«, ruft Tabitha. »Ich wollte dich noch fragen ...«

Mit diesen Worten eilt sie der Frau hinterher, und ich bin einmal mehr auf mich allein gestellt.

Die meiste Zeit des Empfangs verschanze ich mich hinter einem Stehtisch, wo ich mich an mein Handy und ein Glas Champagner klammere, während ich gleichzeitig versuche, den nötigen Mut aufzubringen, um mich wenigstens einer der Frauen vorzustellen, die ich in all meinen Jahren als eifrige *Luxxe*-Leserin bewundert habe. Ich habe mein gesamtes Berufsleben bei Hartcourt Publishing verbracht und bin es gewohnt, mit wechselnden Kollegen zu arbeiten, doch es ist Jahre her, dass ich zuletzt für Frauenmagazine geschrieben habe und mit den Megastars zu tun hatte, die sich auf Veranstaltungen wie dieser tummeln. Ich könnte zu Paul Hollywood gehen, dem Juror aus *The Great British Bakeoff*, und er würde mich wie eine lange verschollene Freundin in die Arme schließen. Aber in der Welt weiblicher Promis bin ich ein Niemand.

»Da bist du ja!«

Als Aisha auftaucht, fällt mir ein Stein vom Herzen. Sie wirkt abgehetzt und hantiert mit ihrem Smartphone, einem tragbaren Blitzgerät sowie einem furchterregenden roboterarm-artigen Apparat herum, an dessen Ende eine Videokamera befestigt ist. »Sorry, hier rumzulaufen und Content für Social Media zu produzieren, ist jedes Mal ein Albtraum. Ich muss jetzt zurück zum roten Teppich. Hast du dich schon fotografieren lassen?«

Ich schüttle den Kopf. Ich möchte mich nur ungern zwischen lauter echten Promis ins Rampenlicht drängen, andererseits hätte ich nichts gegen ein schickes Foto für meinen neuen Instagram-Account.

»Na, dann komm.« Sie nimmt mich bei der Hand und schleift mich zurück in Richtung Eingang. Aisha und ich kennen uns seit unserer Zeit als Praktikantinnen. Dass ich bereits eine Freundin bei der *Luxxe* hatte, war einer der Gründe, weshalb ich mich überhaupt auf die Stelle als Leahs Vertretung beworben habe. Es ist zwar ein etwas komisches Gefühl, jetzt auf einmal Aishas Chefin zu sein, aber da sie für die digitalen Inhalte zuständig ist, gibt es praktisch keine Überschneidungen zwischen unseren Ressorts. Außerdem haben wir vereinbart, in der Redaktion ein professionelles Verhältnis zu wahren.

»Bist du sicher, dass man es nicht sieht?«, frage ich und deute auf das Oberteil meines Jumpsuits, unter dem sich das Pflaster verbirgt.

Aisha tritt einen Schritt zurück und beäugt mich. »Jess, du siehst rattenscharf aus. Und jetzt komm, zeig mir deine beste Pose.«

Immer noch etwas wacklig auf den geborgten Schuhen, stelle ich mich vor der Wand mit den Sponsoren-Logos auf. Um mir nicht anmerken zu lassen, wie unwohl und deplatziert ich mich fühle, setze ich ein Lächeln auf.

Aisha schaut hinter ihrer Kamera hervor und schüttelt den Kopf. Sie steigt über die Samtkordel, die den roten Teppich säumt, und biegt mich wie eine Gliederpuppe in die gewünschte Position. »So. Und jetzt nicht mehr bewegen.«

Sie klettert zurück auf die andere Seite und schießt mehrere Fotos, dann nickt sie zufrieden. »Ich muss jetzt los und dem Social-Media-Team helfen, alles für die Preisverleihung vorzubereiten. Ich schicke dir das Foto, sobald wir die Speicherkarten runtergeladen haben.«

Ich nicke zum Dank und kann es gar nicht erwarten, dem Scheinwerferlicht zu entkommen.

Aisha, schon im Davongehen, bleibt noch einmal stehen und dreht sich um. »Ach so, das hätte ich fast vergessen: Hals- und Beinbruch für nachher! Du machst das bestimmt großartig.«

Ich verziehe das Gesicht. Ich bin noch neu in meiner Rolle, und Veranstaltungen wie diese sind nervenzerfetzend. Na ja, immerhin muss ich keine Laudatio halten.

Oder … Ich stutze. »Moment mal – was?«

Aisha schenkt mir ein aufmunterndes Lächeln. »Dein Debüt auf der Bühne!«

Ich erstarre. »Wie bitte?«

Als ihr dämmert, dass ich keine Ahnung habe, wovon sie redet, reißt sie die Augen auf. »Warte mal, hat Tabitha dir nichts gesagt?«

Es ist, als würde sich die Zeit verlangsamen. Ich bin mir ziemlich sicher, dass ich gleich erfahren werde, dass ich vor einem Saal voller einflussreicher Regisseurinnen, Podcasterinnen und Unternehmerinnen einen Preis überreichen muss. »*Was* hat Tabitha mir nicht gesagt?«

»Bei Leah haben die Wehen eingesetzt.« Aisha senkt die Stimme. »Verdammter Mist. Tabitha hat versprochen, dir Bescheid zu geben. Und Leah wollte dich eigentlich auch anrufen.«

Ich denke an den kurzen Wortwechsel mit Tabitha unmittelbar nach meiner Ankunft. Ja, sie wirkte ein bisschen gestresst, aber sie hätte ausreichend Gelegenheit gehabt, mich darüber zu informieren, dass unsere gemeinsame Chefin in den Wehen liegt. Jetzt wird mir auch klar, weshalb Leah nicht rangegangen ist, als ich sie im Taxi nach einem verpassten Anruf zurückrufen wollte.

»Moment mal.« Ich greife Halt suchend nach Aishas Hand. »Ist denn mit Leah alles in Ordnung? Es ist doch noch viel zu früh für die Geburt, oder?«

Aisha schüttelt den Kopf. »Ihr geht es gut, der errechnete Termin wäre in ein paar Wochen gewesen. Es tut mir so leid, ich dachte, du wüsstest Bescheid!«

»Ja. Okay. Scheiße.« Ich versuche die veränderte Situation zu erfassen. Wenn bei Leah früher als erwartet die Wehen eingesetzt haben, bedeutet das, dass sie ab sofort in der Babypause ist. Das wiederum bedeutet, dass ich ab morgen offizielle Chefredakteurin der *Luxxe* bin. Und *das* bedeutet …

»Glaubst du, du schaffst das? Die wichtigste Auszeichnung des Abends zu verleihen?«

Mist. Als ich das letzte Mal auf einer Bühne stand, war ich noch Chefredakteurin bei *Perfect Bake* und habe vor einem Publikum von Kuchenfans mit der Kochbuchautorin Mary Berry über die Tücken durchweichter Tortenböden diskutiert. Ich bin noch ganz neu bei der *Luxxe*. Niemand kennt mich, niemand weiß, dass ich Leahs Stelle übernommen habe, und es ist mein allererstes Mal als Chefredakteurin eines Lifestyle-Magazins für Frauen. Warum sollte mich irgendjemand hier ernst nehmen?

»Du musst nur zwei Sätze sagen, den Namen der Gewinnerin nennen, dann überreichst du den Preis und gehst von der Bühne«, erklärt Aisha, während sie zeitgleich einen Blick auf ihr Smartphone wirft. »Ich würde es dir ja abnehmen, aber ich muss in der ersten Reihe sitzen und Fotos für Insta machen. Fünf Minuten, bevor du dran bist, gehst du einfach in den Backstagebereich, dann verkabeln sie dich und geben dir eine Stichwortkarte, wo draufsteht, was du sagen musst. Du kriegst das schon hin.«

»Okay«, erwidere ich und nicke, um mich selbst davon zu überzeugen, dass ich der Aufgabe gewachsen bin. Ich habe so etwas schon einmal gemacht, wenngleich für eine andere Zeitschrift und vor einem anderen Publikum. Wenn ich bei der *Luxxe* bleiben möchte, nachdem Leah aus der Babypause zurückkommt, dann muss ich mich von Tag eins an in Bestform präsentieren. Augen zu und durch, wie Dad sagen würde.

Eine halbe Stunde vor Beginn der Preisverleihung humple ich nach draußen, um Johnny anzurufen. Meine Knöchel sind jetzt schon wund von den Schuhen. Die kalte Novemberluft streift meine Wangen, als ich mich an den Rauchern vorbeischlängle, um mir ein ruhiges Plätzchen in der Nähe des Bordsteins zu suchen.

Wenige Sekunden nachdem ich gewählt habe, erscheint Johnnys lächelndes, von dunkelbraunen Haaren umrahmtes Gesicht auf dem Display, und ich spüre, wie die Enge in meiner Brust ein wenig nachlässt. Wenn jemand in der Lage ist, mich zu beruhigen, dann er.

»Hey, Rotschopf. Schau an, wie elegant du aussiehst!« Seine mandelförmigen Augen blicken knapp an mir vorbei. »Wie läuft's bisher?«

Jetzt bricht alles aus mir heraus. »Bei der Chefredakteurin haben die Wehen eingesetzt, und ich muss in einer Stunde auf die Bühne. Scheiße, Scheiße, Scheiße, ich glaube, ich kriege einen Herzinfarkt.«

»Tiefe Atemzüge«, sagt er, holt Luft und bedeutet mir, es ihm nachzutun. Ich versuche mein Bestes, während er weiterspricht. »Jessica Dawn Jackson. Muss ich dich daran erinnern, dass du letztes Jahr zur vielversprechendsten Jungredakteurin des Jahres gekürt wurdest? Dass du bereits vor deinem dreißigsten Geburtstag Chefredakteurin einer Zeitschrift warst? Dass du für diesen Job geboren wurdest? Der einzige Unterschied ist, dass es keine Torten sind, sondern Frauen. Okay?«

»Du hast recht«, sage ich und atme aus. Frauen statt Torten.

»Was immer du tust, schau nicht direkt in die Menge«, rät er mir. Er ist es gewohnt, vor Mandanten und auf großen Vorstandssitzungen zu sprechen. »Und vergiss nicht: Du bist die klügste und schönste Frau im Saal.«

Ich lächle. Johnny hat mich in den letzten Monaten nach Kräften unterstützt, während ich mich auf meinen Wechsel von der Welt der Backwaren in die eines Lifestyle-Magazins vorbereitet und mich dabei fast verrückt gemacht habe.

Ich fühle mich merklich ruhiger und werfe ihm eine Kusshand zu. »Danke dir.«

Er tut so, als würde er den Kuss auffangen und gegen seine Wange drücken.

»Loser.« Ich verdrehe die Augen.

»Ich liebe dich auch«, sagt er augenzwinkernd.

Auf dem Weg zurück zum Veranstaltungssaal durchquere ich ein Spalier aus Servicepersonal mit Getränketabletts. Ich schnappe mir ein frisches Glas Champagner und trinke einige Schlucke, dann versuche ich meinen inneren Johnny heraufzubeschwören und mich wie ein wichtiger Anwalt zu fühlen, der absolut Herr der Lage ist, ehe ich hocherhobenen Hauptes den Raum betrete. Als ich mich zu meinem Platz in der ersten Reihe begebe, entdecke ich neben mir ein bekanntes Gesicht: Stephanie Asante. Sie scheint ohne Begleitung gekommen zu sein, also fackle ich nicht lange und spreche sie an, bevor meine Nerven mir einen Strich durch die Rechnung machen können.

»Ich bin Jess«, stelle ich mich ihr vor und mache Anstalten, sie zur Begrüßung auf die linke Wange zu küssen, doch sie breitet die Arme aus und steuert stattdessen meine rechte Wange an, sodass wir uns am Ende fast auf den Mund küssen.

»Man müsste ja meinen, langsam hätte ich den Dreh raus«, sagt sie und hebt entschuldigend die Hände.

Ein Teil meiner Anspannung fällt von mir ab, als sie mich anlächelt und wir unsere Plätze einnehmen. Aus der Nähe sieht sie noch makelloser aus als im Internet. Ihre Haut strahlt unter einem Hauch von Rouge. Frauen wie sie sind der Grund, weshalb ich unbedingt bei der *Luxxe* arbeiten wollte – nicht, um die üblichen Artikel darüber zu schreiben, wie schön und perfekt sie ist, sondern weil mich die Geschichte dahinter interessiert. In einer Sozialwohnung in Hackney aufgewachsen, leitet sie mittlerweile ein Netzwerk zur Förderung von Frauen. Die wichtigste Auszeichnung des Abends wird – wie sollte es anders sein? – eine Frau bekommen, die mithilfe des elterlichen Bankkontos ihr eigenes Modeimperium aufgebaut hat, aber sofern ich dann noch etwas zu sagen habe, soll der Preis im nächsten Jahr an jemanden wie Stephanie gehen.

»Sind Sie auch nominiert?«, erkundigt sie sich.

»Ich? Um Himmels willen, nein«, sage ich halb geschmeichelt, halb verlegen. »Ich soll den Posten der Chefredakteurin übernehmen, wenn sie in die Babypause geht. Dummerweise haben bei ihr buchstäblich in diesem Moment die Wehen eingesetzt, deshalb muss ich ganz kurzfristig für sie einspringen und einen der Preise überreichen.«

»Oh, wow. Und? Machen Sie sich vor Angst in die Hosen?« Sie grinst. »Ich sollte das vielleicht nicht verraten, aber mir flattern immer noch die Nerven, wenn ich auf die Bühne muss.«

Ich lache, erleichtert, dass selbst eine Frau wie Stephanie nervös wird, wenn sie vor vielen Menschen auftreten soll. »Ja, ich mache mir vor Angst in die Hosen.«

»Sie sind bestimmt großartig. Wo waren Sie denn vorher beschäftigt?«

Während sich um uns herum die Sitzreihen langsam füllen, entspinnt sich zwischen Stephanie und mir ein angeregtes Gespräch. Sie scheint aufrichtig daran interessiert zu sein, weshalb ich einen Job gekündigt habe, bei dem ich jeden Tag umsonst Kuchen essen durfte, um stattdessen für eine Frauenzeitschrift zu arbeiten, wo ich auf einer Bühne stehen und – halbwegs nüchtern, wohlgemerkt – vor einem Publikum von zweihundertfünfzig Menschen sprechen muss. Nach einem fünfminütigen Monolog darüber, wie ich schon als Kind Fotos berühmter Frauen ausgeschnitten und in selbst gebastelte Zeitschriften eingeklebt habe, versteht sie, glaube ich, was meinen Wechsel zur *Luxxe* motiviert hat. Den wahren Grund braucht sie ja nicht zu erfahren.

Als im Saal die Lichter ausgehen, spüre ich ein nervöses Flattern. Nacheinander werden die Auszeichnungen für die beste Influencerin, die Ikone und die Unternehmerin des Jahres überreicht, während die jeweiligen Siegerinnen, begleitet von pathetischen Songs wie »Firework« oder »Girl on Fire« die Bühne betreten.

Kurz bevor Tabitha den Fashionista-Preis überreichen soll, begebe ich mich in den Backstagebereich. Mein Magen krampft sich zusammen, als stünde ich im Spaßbad von Blackpool oben an der steilen Rutsche. Als ich nach hinten komme, tigert Tabitha nervös hinter dem Vorhang auf und ab.

»Was dagegen, wenn ich noch mal kurz meinen Text mit dir durchgehe?«, frage ich und umklammere die Karte, die mir kurz zuvor jemand in die Hand gedrückt hat, während der Techniker das Mikro an meinem Jumpsuit befestigte.

»Klar.« Sie ist ganz blass vor Nervosität. »Aber schnell, ich bin gleich dran.«

Ich werfe einen Blick auf meine Moderationskarte und leiere meinen Text herunter. »… und die Gewinnerin ist … Sophia Henley-Jones!«

»Perfekt«, sagt Tabitha, während sie sich mit ihrer eigenen Karte Luft zufächelt. Ich sehe ihr an, dass sie kaum zugehört hat, kann es ihr aber nicht verübeln. Ich hätte im Moment auch keinen Kopf dafür.

»Viel Glück«, wünsche ich ihr, als sie ihr Stichwort bekommt und auf die Bühne eilt.

Wenig später bin ich an der Reihe.

Du kriegst das hin, Jess.

Ich stakse ins Scheinwerferlicht und stelle mir vor, ich hätte es mit einem Publikum von Backbegeisterten zu tun – das ist deutlich weniger Furcht einflößend. Auf der obersten Stufe der Bühnentreppe gerate ich ins Stolpern, weil mein linker Absatz an etwas hängen bleibt. Ich überspiele das kleine Missgeschick, so gut es geht, und nehme mir vor, nie wieder in nicht von mir eingelaufenen Schuhen auf eine offizielle Veranstaltung zu gehen.

Ohne weitere Unfälle erreiche ich das Podium und strecke die Hand nach dem Pult aus, um mich daran festzuhalten wie an einem Rettungsfloß. Ich falte meine Moderationskarte auseinander. Meine Finger zittern so heftig, dass ich sie um ein Haar fallen lasse.

»G-Guten Abend«, beginne ich. Dann beuge ich mich ein Stück weiter nach vorn und wiederhole die Begrüßung noch einmal, damit das Mikrofon meine Stimme einfängt. »Ich bin J-Jessica Jackson.«

Was immer du tust, schau nicht direkt in die Menge.

Sobald ich Johnnys Stimme in meinem Kopf höre, geht es mir besser. *Ich packe das.*

»Ich bin Jessica Jackson, die derzeitige Chefredakteurin der *Luxxe*.« Allmählich finde ich mich in der Situation zurecht. *Konzentrier dich auf deinen Text.* »Und, äh, an meinem Auftritt haben Sie höchstwahrscheinlich erkannt, weshalb *ich* nie den Preis als Frau des Jahres gewinnen werde.«

Irgendjemand im Publikum gackert laut, und eine Woge Gelächter schwappt durch den Saal. Als ich nach unten schiele, entdecke ich Aisha, die mich aus der ersten Reihe heraus angrinst.

Nur ein paar Sätze, dann hast du es hinter dir. Erneut suche ich Halt am Pult und versuche, meine verkrampften Beine zu lockern. *Und das Atmen nicht vergessen.*

»Es ist mir eine Ehre, hier sein zu dürfen«, fahre ich fort, während sich meine Muskeln ein wenig entspannen. »Nicht nur, um die neunten *Luxxe Women Awards* zu feiern, sondern auch, um die wichtigste Auszeichnung des Abends zu überreichen, den Preis für die Frau des Jahres.«

Jubelrufe aus dem Publikum. Wieder ist es Aisha, die mich anfeuert. So langsam finde ich in meinen Rhythmus.

»Mit gerade einmal achtundzwanzig Jahren hat diese Frau schon mehr erreicht als die meisten von uns in ihrem ganzen Leben. Ihr genügte es nicht, eine mehrfach ausgezeichnete Mode- und Kosmetiklinie, eine eigene Fernsehsendung und eine halbe Million Follower auf Instagram zu haben. Seit Kurzem ist sie auch noch stolze Autorin des aktuellen

Sunday-Times-Bestsellers *How I Wear it*. Meine Damen und Herren ... SOPHIA HENLEY-JONES!«

Es folgt ein Sekundenbruchteil der Stille. Ein Hüsteln dringt aus dem Zuschauerraum, kurz darauf betritt Sophia unter rauschendem Beifall die Bühne. Ihre lange schwarze Robe schleift hinter ihr auf dem Boden, während sie strahlend lächelnd auf mich zuschreitet. Einer ihrer Ohrringe schlägt rasselnd gegen mein Mikro, als sie mich so fest umarmt, dass mir fast die Luft wegbleibt.

»Ich heiße So-FAI-ah!«, zischelt sie mir mit giftiger Stimme ins Ohr. Im selben Moment wird mir mein Fauxpas bewusst. Warum hat Tabitha mich vorhin nicht korrigiert?

»Tut mir wahnsinnig leid«, erwidere ich unhörbar. »Entschuldigung.«

Ich trete ein paar Schritte zurück, um ihr die Bühne zu überlassen, und versuche mich daran zu erinnern, in welche Richtung ich abgehen muss. So schnell ich kann, eile ich die Stufen hinunter und nehme schnurstracks Kurs auf die Bar, wo ich auf Aisha warten und mich ordentlich volllaufen lassen werde.

FELT CUTE,
MIGHT DELETE LATER

»Weiß doch jeder, dass sie So-FAI-ah heißt, du Gurke«, ertönt Laurens Stimme in meinem Ohr, als ich, das Smartphone zwischen Kopf und Schulter eingeklemmt, mit den übrig gebliebenen Goodiebags im Arm aus dem Hotel ins Freie trete.

Ich stolpere die Eingangsstufen hinunter und frage mich, ob es eine gute oder eine schlechte Idee war, insgesamt eine halbe Magnumflasche Champagner zu tanken. Pro: Ich war entspannt genug, um mich in einer Konversation mit Englands bekanntester Podcasterin, einem Transgender-Aktivisten und einer olympischen Goldmedaillengewinnerin zu behaupten. Kontra: Ich werde meinen ersten Tag als Chefredakteurin mit einem monumentalen Kater antreten.

»Aber woher hätte *ich* das wissen sollen?« Unbeholfen rutsche ich auf die Rückbank eines Taxis.

»Erinnerst du dich nicht mehr an die Reality-Show über ihr mondänes Leben in Chelsea mit ihrem schicken, superreichen Ehemann?«

Ich lache. Als wir noch zusammen in einer WG lebten, haben Lauren und ich praktisch jede freie Minute vor dem Fernseher gesessen und Scripted-Reality-Formate geschaut. Wir waren immer bestens darüber informiert, wie viel Geld die

Erben irgendwelcher Bergbau-, Schmuck- oder Schokoladendynastien auf dem Konto hatten.

»Gott, ich habe mich vor einigen der heißesten Promis Englands zum Affen gemacht.«

»Ach, Quatsch«, sagt Lauren. »Diese Leute sind viel zu sehr damit beschäftigt, sich Gedanken darüber zu machen, wie sie auf Instagram rüberkommen, als dass sie sich aufregen würden, nur weil du irgendeinen Namen falsch ausgesprochen hast.«

»Ja, du hast recht.«

»Glaubst du, diese Tabitha hat dich mit Absicht ins offene Messer laufen lassen?«, will Lauren wissen.

»Nein. Sie hatte bloß andere Dinge im Kopf. Sie ist gerade erst aus der Babypause zurück, wahrscheinlich war sie genauso nervös wie ich.« Aber zugegeben: Ganz sicher bin ich mir nicht.

»Na dann, viel Glück für morgen.« Lauren gähnt. »Bei Gelegenheit müssen wir uns noch mal über die Hochzeit unterhalten.«

»Stimmt.« Laurens Hochzeit ist ein weiterer Punkt auf meiner schier unendlichen To-do-Liste, für den ich in den letzten Wochen kaum Zeit hatte, weil ich so sehr mit meinem neuen Job beschäftigt war. »Morgen, versprochen. Und jetzt lasse ich dich ins Bett gehen«, sage ich, bevor ich auflege.

Auf der Rückbank des Taxis öffne ich meine Kamera-App und schaue mir die Fotos an, die Aisha mir geschickt hat. Auf den meisten habe ich die Augen halb geschlossen, oder mein Arm ist in einem seltsamen Winkel abgeknickt, doch es gibt eins von mir auf dem roten Teppich, auf dem ich ganz passabel aussehe.

Ich öffne Instagram und scrolle durch die Promi-Fotos auf dem Account der *Luxxe*, ehe ich zu meinem eigenen Profil wechsle. Bei *Perfect Bake* habe ich das Thema Social Media den Experten überlassen, und bis vor Kurzem war mein einziger privater Post ein Bild von mir und Johnny aus den Anfangstagen von Instagram, als alle Welt noch den X Pro II-Filter und diese dicken schwarzen Rahmen verwendete, um den Fotos einen Vintage-Look zu verleihen. Nach meinem Entschluss, mich für die Position der Chefredakteurin der *Luxxe* zu bewerben, habe ich angefangen, mehr zu posten, weil Aisha meinte, ich müsse »meine Marke aufbauen«. Seitdem versuche ich, regelmäßig Bilder hochzuladen, um wie eine coole, trendbewusste Redakteurin zu erscheinen, auch wenn mein Bildmaterial zu zweiundneunzig Prozent aus Katzenfotos besteht.

Ich wähle das eine Foto, auf dem ich nicht vollkommen unmöglich aussehe, und poste es mit der Bildunterschrift: **Auf dem Weg zu meinen ersten #LuxxeWomenAwards**. Dann aktualisiere ich die Seite und warte auf Likes.

Als ich drei Minuten später noch keine bekommen habe, frage ich mich, ob ich das Bild vielleicht wieder löschen soll. Bis vor zwei Wochen war ich noch die Chefredakteurin eines Backmagazins. Niemand interessiert sich einen Scheißdreck dafür, ob ich auf dem roten Teppich posiere, als wäre ich eine ganz große Nummer. Im Gegenteil, wahrscheinlich lästern alle über mein Outfit und verdrehen die Augen, bevor sie weiterklicken.

Ich blicke aus dem Taxifenster auf den Trafalgar Square, der leer ist bis auf einige Taubenschwärme, den einen oder anderen Obdachlosen und ein paar Betrunkene, die nach

Hause torkeln. Ein Pärchen, das an gebratenen Hühnerbeinchen knabbert, schlendert Arm in Arm vorbei.

Abermals öffne ich Instagram. Das erste Like. Von Aisha Parker.

Eine Sekunde später erscheint ein kleines Herzchen. Ich habe einen neuen Kommentar erhalten.

@Aisha_Parker_ Siehst scharf aus, Jess! Willkommen in der Luxxe-Familie xx

Einige Aktualisierungen später gibt es ein weiteres Like und einen zweiten Kommentar.

@JohnnyWest So kenne ich dich, immer Vollgas! Bin stolz auf dich x

An der Wohnungstür werde ich von Oreo begrüßt, der sich schläfrig an mir reibt und dann eine Acht um meine Beine läuft. Als ich mich bücke, um seinen kleinen Kopf zu streicheln, schnurrt er zufrieden.

In der Küche brennt Licht, also gehe ich weiter. Auf dem Tisch stehen eine mit Frischhaltefolie abgedeckte Schüssel Klebreis und Johnnys grünes Thaicurry, das er selbst gekocht haben muss, denn Mörser und Stößel stehen noch auf der Arbeitsplatte, und der Duft von Zitronengras liegt in der Luft. Ich greife in die geöffnete Tüte mit Krabbenchips und schiebe mir eine Handvoll in den Mund.

Dann streife ich mir die High Heels von den Füßen und zucke zusammen, als ich die Blasen an meinen Fersen sehe. Weil ich es nicht erwarten kann, endlich aus dem Jumpsuit rauszukommen, taste ich mit einer Hand hinten an meinem Rücken, um mit fettigen Krabbenchipsfingern den Reißverschluss herunterzuziehen, doch er klemmt auf halber Strecke.

»Warte, ich helfe dir.«

Als ich mich umdrehe, entdecke ich Johnny im Türrahmen stehen. Die Pyjamahose sitzt ihm ziemlich tief auf der Hüfte.

Ich drehe ihm den Rücken zu, und er öffnet vorsichtig den Reißverschluss, sodass mir das Oberteil des Jumpsuits bis zur Taille herunterrutscht. Er gibt mir zärtliche Küsse in den Nacken, während sein Arm um meine Taille gleitet und er mich an sich zieht.

»An diesen sexy neuen Look könnte ich mich gewöhnen«, sagt er, legt mir die Hand unter das Kinn und dreht behutsam mein Gesicht zu sich herum.

Als ich ihn küssen will, wird mir bewusst, dass ich nach der Untersuchung letzte Woche immer noch das große Pflaster auf der Brust habe – der Grund, weshalb ich überhaupt diesen dämlichen Jumpsuit anziehen musste.

Johnny sieht es zur gleichen Zeit und löst sich von mir.

»Wie ist es denn heute Abend gelaufen? Soll ich das für dich aufwärmen?«

»Ungewöhnlich, dass du unter der Woche so aufwendig kochst«, sage ich und ziehe den Jumpsuit rasch wieder hoch, während er Reis und Curry auf einen Teller gibt und alles in die Mikrowelle stellt.

»Na ja, meine Freundin geht ja auch nicht alle Tage zu ihren ersten *Luxxe Women Awards*, oder?«

Er setzt Wasser auf, während ich ihm von den Ereignissen des Abends berichte – auch davon, dass ich den Namen einer der bekanntesten Mode-Influencerinnen des Landes falsch ausgesprochen habe.

»Wie hast du ihn denn ausgesprochen?«, fragt er verwundert.

»Ich habe So-FI-ah gesagt, aber anscheinend heißt sie So-FAI-ah.« Ich schlage mir mit der flachen Hand gegen die Stirn, um zu unterstreichen, was für ein Riesentrottel ich bin.

Johnny lacht, stemmt in einer übertriebenen Geste die Hand in die Hüfte und näselt in feinstem BBC-Englisch: »Oh, So-FAI-ah, Darling!« Dann wechselt er wieder zu seinem wunderschönen weichen Manchester-Dialekt. »Woher soll man so was auch wissen?«

Als ich höre, wie er sich darüber lustig macht, merke ich, wie banal das Problem eigentlich ist, und stimme in sein Gelächter mit ein. Als Johnny und ich uns kennenlernten, haben wir uns auf Anhieb gut verstanden, weil wir beide aus dem Norden kamen. Wir sagten »Grass« statt »Gras« und »Batt« statt »Bad«. Auf der Rolltreppe standen wir absichtlich links, um die mürrischen Londoner Pendler zu ärgern, und wann immer ich mir als nur mittelmäßig gebildetes Landei im urbanen Süden deplatziert vorkam, gab Johnny mir das Gefühl, bei ihm ein Zuhause zu haben.

»Ich wette, du warst genial«, meint er und reicht mir meine Tasse Tee, ehe er zur Mikrowelle geht, um das Essen aufzuwärmen.

»Danke, dass du auf mich gewartet hast«, sage ich, während ich ihm dabei zusehe, wie er eine frische Limette über dem Teller mit Reis und cremigem grünem Curry auspresst. Er kratzt die Sauce von zwei Shrimps und legt sie auf den

Boden für Oreo, der sie sich innerhalb weniger Sekunden einverleibt.

Als er mir meinen Teller hinstellt, stelle ich fest, dass ich einen Bärenhunger habe. Gierig schlinge ich das Curry hinunter, während Johnny mir mein Smartphone abnimmt, um es an die Ladestation anzuschließen.

»Ich bin so stolz auf dich, Rotschopf«, sagt er und massiert eine verspannte Stelle in meinem Nacken.

Ich lächle. Für seine Verhältnisse ist das ein großes Lob. Mit Anfang zwanzig habe ich immer wieder Männer in Bars kennengelernt, die mich mit Komplimenten überschütteten und als »wunderschön« bezeichneten, nur um mich ins Bett zu kriegen. Sobald sie hatten, was sie wollten, wurden sie nie wieder gesehen. Johnny hingegen brauchte über ein Jahr, um mir zu sagen, dass er mich liebte, und einen Monat, ehe er mir mein erstes Kompliment machte: »Du hast eine ziemlich gute Figur.« Aus seinem Mund bedeutete mir das sehr viel.

Während ich weiteresse, schmiege ich mich in seine Berührung. Ich bin froh, dass es zwischen uns jetzt wieder besser läuft. Als ich von der Stelle als Chefredakteurin erfuhr, wusste ich, dass dies meine Chance war, *Perfect Bake* den Rücken zu kehren, auch wenn es bedeutete, dass ich eine Zeit lang sämtliche Abende und Wochenenden opfern musste, um mich auf das Vorstellungsgespräch vorzubereiten. Das hat für Konflikte zwischen Johnny und mir gesorgt, nicht nur, weil er wollte, dass ich meine freie Zeit mit ihm verbrachte, sondern weil er nicht verstand, wieso ich überhaupt von *Perfect Bake* wegwollte, zumal ich erst ein Jahr zuvor zur Chefredakteurin ernannt worden war. Er beschwerte sich, dass ich komplett auf Instagram »fixiert« sei und nie Zeit für ihn hätte, fand aber gleichzeitig nichts dabei, wenn er ein ganzes Wochenende über einem Fall brütete. Als wäre seine Karriere wichtiger als meine.

Dann kam ich eines Tages nach Hause und sah, dass die Bilder an der Wand hingen. Seit unserem Einzug hatte ich ihm damit in den Ohren gelegen, sie aufzuhängen. Darunter befand sich auch ein Abzug, den er von meinem allerersten *Perfect-Bake*-Cover gemacht hatte. Seitdem gibt er sich die größte Mühe, mich zu unterstützen.

»Mm«, seufze ich wohlig. Die Nackenmassage macht mich zugleich müde und scharf. Ich schiebe meinen Teller zur Seite und drehe mich zu Johnny um. Ich küsse ihn, dann stehe ich langsam auf und ziehe ihn auf eine Art und Weise an mich, die ihm zu verstehen geben soll, dass heute sein Glückstag ist. »Lass uns ins Bett gehen.«

INSTAGRAM VS. REALITÄT

»Hast du schon gesehen?«, ruft Aisha, als ich am Dienstagmorgen ins Büro komme. »Wir sind in den Twitter-Trends.«

Ich nehme Kurs auf meinen Schreibtisch und ziehe mir den schmal geschnittenen roten Mantel aus, den ich mir gegönnt habe, nachdem ich den Job bei der *Luxxe* in der Tasche hatte. Ich bin noch etwas benommen vom Alkohol und der kurzen Nacht, aber in meinen geliebten Absatzstiefeln und Skinny Jeans fühle ich mich immerhin wieder wohl in meiner Haut. Und dann ist da noch das wohlige Kribbeln nach dem spontanen Sex gestern Abend …

»Lass mal sehen.« Ich freue mich auf meinen ersten Tag als Chefredakteurin. Obwohl ich ohne Leahs Unterstützung auskommen muss und großen Respekt vor meiner Aufgabe habe, bin ich voller Tatendrang.

Ich werfe einen Blick auf die Aktivität rund um den Hashtag #LuxxeWomenAwards, dann wechsle ich zu Instagram, um nachzuschauen, wie es um meinen eigenen Post von gestern bestellt ist. Das kleine Herz-Icon zeigt an, dass ich mehrere hundert Likes und dreiundsiebzig neue Abonnenten habe, darunter auch Stephanie Asante und die Chefredakteurin unserer größten Konkurrenz. Ich aktualisiere meinen Feed und klicke auf das Foto, das ich gestern Abend im Taxi gepostet habe.

Zweihundertvierundfünfzig Likes. Das muss mein bisheriger Rekord sein – noch besser als bei dem Bild, mit dem ich letzte Woche meinen Stellenwechsel bekanntgegeben habe. Ich bin froh, dass Aisha da war, um mir bei der perfekten Pose zu helfen: das linke Bein vor dem rechten, das Gesicht leicht zur Seite gedreht.

Unter dem Bild gibt es Dutzende neue Kommentare von Freunden, Kolleginnen und Leserinnen. Von Lauren habe ich einen Flammen-Emoji bekommen, und Stephanie Asante schreibt: War schön, dich kennengelernt zu haben!

Stephanie Asante kommentiert meine Fotos. Ich fühle mich wie Beyoncé.

Ich scrolle durch die Liste meiner neuen Abonnenten auf der Suche nach jemandem, den ich ebenfalls abonnieren könnte, und klicke ein paar Profile an, die mir bekannt vorkommen. Dabei fällt mir eine neue Benachrichtigung ins Auge. Johnny West hat dich getaggt.

Ich klicke auf das Foto. Er muss es auf dem Weg zur Arbeit gepostet haben. Es ist das Bild von mir auf dem roten Teppich, darunter hat er geschrieben: Ich bin so unglaublich stolz auf meine Ausnahme-Chefredakteurin @Jess_Jackson_Luxxe! Viel Glück an deinem ersten Tag! Am Schluss hat er noch einen Bizeps-Emoji und zwei Küsschen hinzugefügt. Awww. Johnny ist sonst *nie* auf Instagram aktiv. Er ist eher ein stiller Beobachter, der allenfalls hin und wieder ein Like dalässt. Bisher hat er erst zwei Fotos gepostet, und die waren beide von seinem Rennrad. Das macht es umso schöner, dass er bei meinen Karriereschritt voll hinter mir steht. Ich nehme mir vor, die liebe Geste unbedingt zu erwidern. Ich weiß, dass Johnny es in letzter Zeit in der Kanzlei nicht leicht hatte, und ich habe es versäumt, ihm die nötige Aufmerksamkeit zu widmen.

Gerade will ich die App schließen, als das Herzchen-Icon erneut aufblinkt. Es ist nur ein kleines optisches Signal, aber es wirkt auf mich wie eine Droge und hält mich mitunter stundenlang auf Instagram fest. Ich habe eine neue Abonnentin, @LittleMissAvo, die sämtliche meiner aktuellen Posts geliked zu haben scheint. Auf ihrem winzigen Profilbild sieht man eine knapp bekleidete dunkelhaarige Frau mit beeindruckendem Waschbrettbauch, und weil ich von Natur aus ein neugieriger Mensch bin, klicke ich es an, um mehr über sie zu erfahren. Sie hat zweiundzwanzigtausend Follower, kein Vergleich zu meinen mageren achthundertzweiundsechzig. (Ich bin nicht mal im vierstelligen Bereich!) Ganz oben auf ihrer Seite steht: gefällt Tabitha_Richardson_, Aisha_Parker_, Perfect_BakeUK + 14 anderen.

Ich überfliege ihre Thumbnails, eine Mischung aus Food- und Porträtfotos. Bei näherem Hinsehen stelle ich fest, dass es sich hauptsächlich um Body-Positivity-Posts handelt. Jedes Bild ist in zwei Hälften unterteilt: links hält Little Miss Avo in knappen Hosen und Sport-BH ihre makellosen Bauchmuskeln und straffen Brüste in die Kamera, rechts sieht man dieselbe Aufnahme aus einem anderen Winkel, sodass ein Hauch von Cellulite sichtbar wird. Darunter stehen diverse No-Bullshit-Hashtags, von #InstagramvsReality bis hin zu ihrem eigenen Tag #LittleMissAvo. Neben diesen Body-Positivity-Posts gibt es auch Food-Collagen, in denen kalorienreiche Torten oder klassische Desserts ihren faden »Diät«-Alternativen gegenübergestellt werden. Eine Frau ganz nach meinem Geschmack.

Ein weiterer Post etwas weiter unten erregt meine Aufmerksamkeit. Darauf steht sie in einem figurbetonten Business-Kostüm, schwindelerregend hohen Absätzen und mit einem Kaffeebecher in der Hand vor einem großen Zimmerspringbrunnen. Daneben sieht man ein Selfie von ihr, wie sie ohne Make-up, mit fettigen, zum Pferdeschwanz gebundenen Haaren, wenngleich nicht weniger atemberaubend, zu Hause in ihrem Schlafzimmer am Schreibtisch sitzt und über einem Stapel Unterlagen brütet. Der Text darunter lautet: Bild 1: Wenn man sich aufgebrezelt hat, um sich in der tollen neuen Firma dem Chef vorzustellen. #RunningInHeels. Bild 2: Wenn man zum fünften Mal hintereinander die Nacht durcharbeitet, um sich in besagter toller neuer Firma auf das *beängstigendste aller Meetings* vorzubereiten. #Hochstapler-Syndrom.

Ich klicke sofort auf »abonnieren«. Dies ist genau die Art von Frau, über die ich in der *Luxxe* berichten möchte – eine Frau, die hinter ihre Fassade blicken lässt und sich traut, die Wahrheit zu sagen. Die andere Frauen nicht als Konkurrentinnen betrachtet, sondern ihnen Mut macht und zeigt, dass Erfolg sich nicht ohne harte Arbeit einstellt.

»Ich liebe sie!«, sagt Tabitha, die wie aus dem Nichts hinter meinem Schreibtisch aufgetaucht ist. »Sie ist so erfrischend anders, findest du nicht? Ich wünschte, ich hätte ihre Bauchmuskeln. Na ja, wenn man erst mal ein Baby zur Welt gebracht hat, kann man das vergessen.«

Ich schließe die App, weil es mir wichtig ist, in der Redaktion von Anfang an einen professionellen Eindruck zu machen. Obwohl ich nach interessanten Persönlichkeiten Ausschau halte, über die wir in unserem Magazin schreiben könnten, soll Tabitha nicht denken, ich würde meine Arbeitszeit in den Sozialen Medien vertrödeln. Auf keinen Fall werde ich den Job verspielen, auf den ich fast zwanzig Jahre lang hingearbeitet habe.

Bereits in meiner frühen Jugend war ich fasziniert von Magazinen wie *Sugar*, *Bliss* und *J-17* und verkündete stolz, dass ich später einmal Redakteurin bei einer Frauenzeitschrift werden wolle. Während meine Freundinnen sich für Klamotten oder die neuesten Make-up-Trends aus dem Body Shop interessierten, freute ich mich über Papier, Druckerpatronen und Klebestift, damit ich meine eigenen Problemseiten basteln und mir packende Storys für imaginäre Zeitschriften ausdenken konnte.

Es tat gut, dass Mum dabei voll hinter mir stand. Wir blätterten gemeinsam in Hochglanzmagazinen, während sie mir die schillernde Welt von Covent Garden beschrieb, wo sie in dem berühmten Restaurant *Simpson's in the Strand* als Kellnerin gearbeitet hatte, ehe sie zu Dad in den Norden zog. Sie hatte immer ein offenes Ohr für meine Träume und sagte, wenn ich erst reich und berühmt sei, würde sie mich zu all den rauschenden Partys begleiten. Vielleicht würde sie dabei eines Tages Cliff Richard über den Weg laufen – dem einzigen Mann, der sie jemals zum Ehebruch verleiten könne. Dad schüttelte dann immer in gespielter Missbilligung den Kopf, doch ich konnte sehen, wie sehr es ihn freute, dass Mum und ich uns so gut verstanden.

Meine Eltern kamen mit der Teestube, die sie in unserem kleinen Dorf in Yorkshire gekauft hatten, als ich zehn war, finanziell gerade so über die Runden. Das Geld war bei uns immer knapp, aber da Mum eine Schwester in London hatte, konnten sie es sich leisten, mich mit fünfzehn für ein zweiwöchiges Praktikum in die Hauptstadt zu schicken. Ich erinnere mich noch genau daran, wie Mum mir zum Abschied winkte. Sie hatte mir so viele belegte Brote eingepackt, als wollte ich ein Jahr lang fortbleiben. Als Dads Wagen am Ende der Straße um die Ecke bog und ich mich noch einmal umdrehte, um einen letzten Blick zurückzuwerfen, stand sie immer noch in Pantoffeln, die Schürze über ihrem Lieblingskleid, in der Einfahrt und winkte. Als ich am selben Abend bei Tante Cath und Onkel Paul den Koffer auspackte, fand ich ein in Alufolie gewickeltes Päckchen Zitronenkuchen, das sie darin versteckt hatte. Dabei lag ein Zettel, auf dem stand: *Zeig ihnen, wo der Hammer hängt, Jessie. Wir sind stolz auf dich. Alles Liebe von Mum und Dad.*

Diese zwei Wochen in London waren genau so, wie ich sie mir immer erträumt hatte. Ich nahm jeden Tag den Zug und die U-Bahn von Peckham nach Soho und kam mir unglaublich erwachsen vor. Obwohl ich kein einziges Wort schreiben durfte und die meiste Zeit bloß Sandwiches und Cola light für die Chefredakteurin holen musste, war es spannend, die Artikel zu sehen, ehe sie in den Druck gingen, seitenweise Interviews zu transkribieren und die Chefredakteurin zu beobachten, wie sie in ihrem Eckbüro saß, Kaffee aus einem hohen Pappbecher trank und auf ihrem riesigen Apple Macintosh tippte. Das, so dachte ich, war meine Welt.

Nachdem die Leute aus der IT-Abteilung mir einen Internetzugang eingerichtet haben, arbeite ich mich durch Leahs Mails. Ich mache mich mit unseren verschiedenen Werbepartnern, dem Etat und das Layout für die kommende Ausgabe vertraut. Wenn ich wie geplant drei Wochen Zeit gehabt hätte, ehe Leah in die Babypause geht, wäre das Timing perfekt gewesen. Am Ende war es nur eine Woche, und jetzt habe ich ungefähr eine Million Fragen an sie.

Um zehn Uhr bin ich mit Miles, dem Verlagsleiter, zum Gespräch verabredet. Da ich bereits bei *Perfect Bake* mit ihm zu tun hatte, weiß ich, wie man mit ihm umgehen muss. Miles ist nicht am Klein-Klein der monatlichen Ausgaben interessiert – solange das Cover gut aussieht und wir die anvisierten Verkaufszahlen erreichen, ist er zufrieden. Einerseits bin ich froh, niemanden über mir zu haben, der jeden meiner Arbeitsschritte überwacht, andererseits bedeutet das zwangsläufig, dass ich mich bei Fragen zum normalen Arbeitsablauf an Tabitha wenden muss, und ich möchte bei ihr nicht den Eindruck erwecken, als hätte ich keine Ahnung von meinem Job.

Während eines spontan einberufenen Meetings versichere ich dem Redaktionsteam, dass ich alles im Griff habe – was auch der Fall sein wird, sobald ich mir einen Überblick über die anstehenden Aufgaben verschafft habe, die ich infolge von Leahs überstürztem Ausscheiden noch erledigen muss. Obwohl es erst Mitte November ist, planen wir bereits die Inhalte fürs nächste Jahr, es dreht sich also alles um Neuanfänge und darum, den Traumberuf zu finden – beides Themen, mit denen ich mich identifizieren kann. Was die Mode- und Beautyseiten angeht, kenne ich mich weit weniger gut aus, das ist Tabithas Metier. Ich könnte ohne Probleme tausend Wörter über die jeweiligen Besonderheiten von Cronuts, Duffins und anderen neumodischen Hybridgebäcken aus dem Ärmel schütteln, weiß aber so gut wie nichts über Paperbag-Hosen oder was auch immer gerade modern ist. Zum Glück geht es in der *Luxxe* nicht in erster Linie um Mode, sondern eher um Lifestyle-Themen: Feminismus, Beziehungen, Karriere.

Irgendwann während des Vormittags unterläuft mir mein erster Fehler. Ich maile der falschen Freelancerin wegen eines Artikels über ein veganes Hochzeitsbankett, den sie vorgeschlagen, mit dem Leah am Schluss jedoch eine andere Autorin beauftragt hat. Im ersten Moment wünsche ich mir, ich könnte in den Aufzug steigen und zurück nach unten in mein altes Stockwerk fahren, wo ich mich so heimisch fühlte, dass ich die Hälfte meiner Klamotten unter meinem Schreibtisch aufbewahrte. Aber dann rufe ich mir ins Gedächtnis, weshalb ich *Perfect Bake* verlassen habe. Es ist klar, dass man die Liebe zum Backen verloren hat, wenn selbst eine dreistöckige Torte mit Biscoff-Cremefüllung keinerlei Emotionen bei einem auslöst.

Ich weiß noch, wie sehr ich mich gefreut habe, als ich bei *Perfect Bake* anfing. Ich hatte unter Leahs Leitung bei einem Teeniemagazin gearbeitet, als der Verlagsinhaber verkündete, eine Backzeitschrift mit kleinem Budget und noch kleinerem Team herausbringen zu wollen. Dank der Praxiserfahrung, die ich in den Schulferien mit Mum in der Teestube gesammelt hatte, war ich eine ideale Kandidatin für eine Stelle als Feature-Autorin. Die TV-Backshow *The Great British Bakeoff* erfreute sich immer größerer Beliebtheit, und das Magazin wuchs ebenso schnell. Innerhalb weniger Jahre wurde ich erst zur festen Redakteurin und einige Jahre darauf zur Chefredakteurin befördert. Mum legte immer Ausgaben von *Perfect Bake* in der Teestube aus und erzählte allen Kunden voller Stolz, dass ihre Tochter für diese Zeitschrift arbeitete.

Unser größter Pluspunkt war, dass wir ein Magazin geschaffen hatten, das junge Backenthusiasten ebenso ansprach wie ältere, erfahrene Bäckerinnen. Mit der *Luxxe* will ich Ähnliches erreichen. Obwohl ich als Leahs Stellvertreterin keine größeren Veränderungen vornehmen darf, möchte ich den Inhalt des Magazins so gestalten, dass sich möglichst viele Frauen angesprochen fühlen. Ein Artikel über die neuesten Modetrends soll für eine Cisfrau aus Liverpool mit Kleidergröße 44 genauso relevant sein wie für eine Transfrau aus Brighton mit Größe 34. Als jemand, der in Yorkshire aufgewachsen ist, fühlte ich mich von solchen Magazinen nie richtig wahrgenommen – alles schien sich immer nur um London zu drehen. Deshalb habe ich mir geschworen, falls ich es jemals zur Chefredakteurin einer Frauenzeitschrift bringen würde, wollte ich dafür sorgen, dass jede Frau sich mit dem Inhalt identifizieren kann.

Um die Mittagszeit herum habe ich so langsam meinen Rhythmus gefunden. Ich führe mit allen Mitgliedern des Teams Einzelgespräche, in denen ich betone, dass ich offen bin für Anregungen und so viel wie möglich von ihnen lernen möchte. Da Aisha und ich seit Jahren befreundet sind, dachte ich, es könnte ein bisschen unangenehm für sie sein, mich als Chefin zu haben, doch sie freut sich, dass ich jetzt ein Teil des Teams bin, und hat tonnenweise Ideen, wie man unsere Print-Inhalte ins Digitale übertragen könnte. Auch der Rest der Redaktion ist sehr eifrig und freut sich, dass ich ein offenes Ohr für ihre Vorschläge habe.

Als Tabitha an der Reihe ist, rattert sie alles Wissen herunter, was sie in ihren drei Jahren bei der *Luxxe* angesammelt hat. Sie scheint wild entschlossen, mir zu beweisen, wie kompetent sie ist. »Miles mag es nicht gern, wenn wir zu viele Artikel über Menstruation bringen«, sagt sie etwa, oder: »Hygge ist so 2016«, oder: »Oh, wir würden *niemals* einen

Reality-TV-Star aufs Cover nehmen.« Ich weiß genau, was sie wirklich meint: Sie würden niemals einen Reality-TV-Star aus der *Arbeiterklasse* aufs Cover nehmen. Doch fürs Erste möchte ich sie nicht vor den Kopf stoßen. Stattdessen versuche ich ihr deutlich zu machen, dass ich keine Bedrohung darstelle und nicht die Absicht habe, mich in ihre Arbeit einzumischen. Leider hört sie mir kaum zu, weil sie die meiste Zeit mit ihrem Handy beschäftigt ist. Bis wir miteinander warm werden, wird es wohl noch eine Weile dauern.

Gegen sechzehn Uhr kommt die frohe Kunde von Leah: »Es ist ein Junge!«, jubelt Tabitha laut hinter ihrem Schreibtisch.

Wir scharen uns um ihren Monitor und schauen der Reihe nach auf das Foto, das Leah an die redaktionsinterne WhatsApp-Gruppe geschickt hat. Es zeigt sie ungeschminkt, wie sie ein winziges, blasses Geschöpf mit einem vollen Schopf Haare im Arm hält. Neben den beiden sieht man den Kopf ihrer Ehefrau. Leah sieht erschöpft, aber glücklich aus.

Unser kleines Wunder hat am Dienstag, dem 14. November, um 12:20 h das Licht der Welt erblickt. Er wiegt 3,7 kg. Mummy, Mama und das Baby sind wohlauf, aber Mummy braucht nach zwanzig Stunden Wehen erst mal einen starken Scotch. Wir sind bis über beide Ohren verliebt! Die Nachricht endet mit einem kleinen blauen Herzchen.

Tabitha hat bereits geantwortet: Ach du meine Güte, herzlichen Glückwunsch! Es gibt nichts Magischeres als die ersten Tage mit einem neuen Baby. Genießt jeden kostbaren Augenblick! Xx

Die nächste halbe Stunde können wir uns kaum auf die Arbeit konzentrieren. Immer wieder betrachten wir das Baby, seufzen verzückt und spekulieren, wie der Kleine wohl heißen wird. Leah und ich sind auch nach meinem Wechsel zu *Perfect Bake* in Kontakt geblieben, und ich weiß, wie sehr sie sich gewünscht hat, Mutter zu werden. Sie und ihre Ehefrau haben es jahrelang versucht und viele Mühen auf sich genommen, bis sie endlich mithilfe einer Samenspende schwanger wurde. Daher ist es besonders ergreifend, dass sie nun endlich ein gesundes Baby haben.

Als ich mich für den Job bei der *Luxxe* beworben habe, meinte sie scherzhaft, dass ich höchstwahrscheinlich auch schwanger wäre, wenn sie aus der Babypause zurückkäme. Ehrlich gesagt, habe ich immer gehofft, dass Johnny und ich vorher heiraten – falls er mir jemals einen Antrag macht. Aber im Moment verschwende ich ohnehin keinen Gedanken an Babys und Windeln. Ich habe die einmalige Chance bekommen, Chefredakteurin eines Magazins zu sein, das ich seit Jahren liebe. Das werde ich garantiert nicht aufs Spiel setzen.

Da es mir wichtig ist, morgens als Erste in die Redaktion zu kommen und abends als Letzte zu gehen, sitze ich bis neunzehn Uhr an meinem Schreibtisch und schaue mir das Layout der nächsten Ausgabe an, während ich gleichzeitig bergeweise E-Mails von irgendwelchen Promotion-Girls mit Namen wie Sapphire und Arabella durchgehe, die mir anbieten, mich im Austausch für ein Feature auf die Seychellen zu schicken. Das ist schon eine Nummer größer als die Torten, die ich bei *Perfect Bake* tagtäglich geschickt bekam, weil die Absenderinnen hofften, ihre Werke würden es auf unsere Social-Media-Seiten schaffen. Aber ich will mich unbedingt als ernst zu nehmende Chefredakteurin etablieren, die keine Werbegeschenke annimmt.

Meine Hoffnung, die U-Bahn wäre um diese Uhrzeit nicht mehr ganz so voll, erweist sich als trügerisch. Ich stehe mit verrenktem Hals im Türbereich, meine Schulter klemmt unter der Achsel eines Mannes im Anzug, der den Geruch von schalem Bier verströmt. Ich lasse den Blick durch den Wagen voller Lemminge schweifen, von denen jeder einzelne mit seinem Smartphone beschäftigt ist. Ganz so habe ich mir das nicht vorgestellt, als ich mit Mum von einem Leben in London träumte, aber nun, da immer mehr Zeitschriften pleitegehen, ist nichts mehr so wie früher. Ich kann dankbar sein, in der gegenwärtigen Situation überhaupt einen Job zu haben – noch dazu bei einem der wenigen Magazine, die schwarze Zahlen schreiben.

»Nächste. Station. London. Bridge.«

Ich presse meinen Rucksack fest an die Brust, als die Pendler sich unter Einsatz ihrer Ellbogen an mir vorbeischieben und aus den offenen Türen ergießen wie Badewasser, nachdem man den Stöpsel gezogen hat. Gleich darauf füllt sich die Wanne erneut. Die Leute drängeln und schubsen, überall sind Handtaschen, und der restliche Raum wird von auseinandergefalteten Abendzeitungen eingenommen.

Eigentlich sollte uns die Wohnung in Clapham das Leben leichter machen. Für Johnny ist es nur eine kurze U-Bahnfahrt aus der City Richtung Süden, und ich muss auf dem Nachhauseweg von Soho lediglich einmal umsteigen. Leider haben wir die Rechnung ohne die grauenhafte Northern Line gemacht.

In den ersten Jahren unserer Beziehung wohnte ich noch mit Lauren in einer WG in Crystal Palace, während Johnny ganz im Norden Londons in Stoke Newington lebte. Wann immer ich die Odyssee zu ihm auf mich nahm, sagte er mir, ich solle Sachen zum Wechseln mitbringen und so lange wie möglich bleiben, weil er nicht wollte, dass wir uns in entgegengesetzte Richtungen bewegten. Als Mum krank wurde, sprach er endlich die Worte aus, auf die ich schon die ganze Zeit gewartet hatte: »Ich möchte, dass wir nie mehr auseinandergehen, Jess. Lass uns zusammenziehen.«

»Bitte durchrücken!«, ruft jemand. Aber ich kann nicht. Ich stehe in einer Sackgasse zwischen einer Sitzreihe und dem Ende des Wagens und bin kurz davor, von nachdrängenden Leibern zerquetscht zu werden.

»Verdammte Scheiße noch mal.«

Als ich aufblicke, wird mir klar, dass dieser Fluch an mich gerichtet ist, weil ich einen winzigen freien Stehplatz blockiere. Aber wenn ich dorthin durchrutsche, kann ich mich nirgendwo festhalten. Gleich darauf knallt mir jemand seinen Aktenkoffer gegen das Schienbein, und ein scharfer Schmerz fährt mir den Knochen hinauf.

Noch vor wenigen Wochen wäre ich in Tränen ausgebrochen. Ich hätte mich gefragt, warum andere Leute ihren Lebensunterhalt damit verdienen, in gesponserten Badeanzügen auf den Malediven in der Sonne zu liegen, während ich tagaus, tagein wie eine Wilde schufte, nur um mich abends in der U-Bahn von Männern mittleren Alters anpöbeln zu lassen, denen es komplett am Arsch vorbeigehen würde, wenn ich zu ihren Füßen tot umfiele.

Doch heute perlt das alles an mir ab. Ja, in letzter Zeit hatte ich viel um die Ohren, und Johnny und ich haben eine schwierige Phase hinter uns, aber im Grunde genommen ist mein Leben perfekt. Ich habe alles, was man sich nur wünschen kann: einen Traumjob, einen liebevollen Freund und blendende Zukunftsaussichten.

LITTLE MISS AVO

»Ich habe deinen ersten Artikel gelesen!«, sagt Johnny und zeigt mir sein Smartphone mit dem Text über Stephanie Asante auf dem Display. Ich habe ihn bereits vor einigen Wochen geschrieben, als Leah uns aufgetragen hat, jeweils einen Artikel über eine der *Luxxe-Women-Awards*-Gewinnerinnen für die Website zu verfassen, aber Aisha hat ihn erst heute Nachmittag gepostet. Mein allererster Artikel für die *Luxxe*. »Ich fand es toll, dass du den Fokus darauf gelegt hast, wie unterrepräsentiert sozial schwächere Gesellschaftsschichten in den Medien sind. Stephanie ist cool, oder?«

Mir geht das Herz auf. Ich glaube, ich werde niemals aufhören, ihm dafür dankbar zu sein, dass er jedes von mir geschriebene Wort liest. Als wir uns kennenlernten, hat er sich sogar viele meiner älteren Artikel angeschaut, nur damit er sich bei unseren Dates mit mir darüber unterhalten konnte. Fünf Jahre später ist er immer noch genauso sehr an meiner Arbeit interessiert wie zu Anfang.

Während Johnny unser Essen auf zwei Teller gibt, will ich noch ganz schnell einen Post über meinen ersten Online-Artikel für die *Luxxe* tippen, doch kaum habe ich Instagram geöffnet, werde ich von einem Video abgelenkt.

Little Miss Avo in einem weißen Bikini. An einen hölzernen Pfeiler gelehnt, macht sie Handstand-Pushups auf der Veranda eines exotischen Urlaubsdomizils. Als sie sich wieder in die Aufrechte begibt, sieht man das Spiel ihrer festen, sonnengebräunten Oberschenkelmuskeln, und ich bin gebannt vom Anblick ihrer Brüste, die selbst kopfüber der Schwerkraft zu trotzen scheinen. Das zweite Video auf ihrer Startseite ist ein Zusammenschnitt missglückter Szenen. Einmal fällt sie aufs Gesicht, ein anderes Mal muss sie ihr Bikinitop zurechtrücken, weil man eine Brustwarze sehen kann. Ich lache schallend. Diese Frau ist wirklich der Hammer.

»Was ist so lustig?« Johnny stellt eine Schüssel Pasta auf den Tisch, deren Sauce hauptsächlich aus TK-Erbsen und gekauftem Pesto besteht. Das Curry von gestern Abend war also wohl eine Ausnahme.

»Diese neue Influencerin, die ich entdeckt habe«, antworte ich und halte ihm mein Smartphone hin. »Ich überlege, ob wir ein Interview mit ihr machen sollen.«

Johnny starrt mit zusammengekniffenen Augen auf das Video, runzelt kurz die Stirn und schüttelt dann den Kopf. »Du und dein blödes Instagram. Kannst du das nicht mal sein lassen?«

Betreten lege ich mein Handy mit dem Display nach unten neben mich auf die Bank. Irgendwann werde ich Johnny nicht mehr weismachen können, dass ich das nur für die Arbeit tue, zumal ich selbst nicht hundertprozentig davon überzeugt bin.

Bevor er sich hinsetzt, nimmt er sein eigenes Smartphone in die Hand, tippt kurz etwas und schaltete es dann in den Ruhemodus, um mir zu signalisieren, dass auch er bereit ist, unsere Kein-Handy-beim-Abendessen-Regel einzuhalten, die wir in letzter Zeit immer öfter haben schleifen lassen.

»Und, wie war heute die Stimmung zwischen dir und Tabitha?«, will er wissen.

»Hmm ...« Ich suche nach einem Wort, das ihre Haltung zu mir adäquat beschreibt. »Feindselig?«

»Sie ist neidisch auf dich«, sagt Johnny, während er frischen Pfeffer aus der Mühle auf seine Pasta gibt. »Jemand, der so eine Karriere hingelegt hat wie du und ihr dann als neue Chefin vor die Nase gesetzt wird? In der Situation würde sich doch jeder bedroht fühlen.«

Vielleicht hat er recht. Ich will niemandem auf die Zehen treten, trotzdem werde ich das Gefühl nicht los, dass es in Wahrheit genau andersherum ist: Tabitha hat unglaublich viel Erfahrung und kennt sich so gut mit Mode aus, dass ich mir neben ihr total unfähig vorkomme. Bis vor Kurzem dachte ich noch, Sandro sei kein Fashionlabel, sondern eine Pizzakette.

»Vielleicht solltest du sie einfach mal zum Mittagessen einladen, um sie ins Boot zu holen?«, schlägt er vor. »Es heißt doch immer, man soll seine Feinde stets im Auge behalten, oder?«

»Guter Tipp.« Ich frage mich, was Tabitha davon halten würde, dass ich mich hier mit Nudeln vollstopfe, als hätte ich einen Monat lang keine Nahrung zu mir genommen. Ich habe sie kaum je etwas anderes als Quinoa essen sehen.

Johnny nippt an seinem Wein. Das Hemd spannt sich über seinem Bauch, und oben aus dem Kragen schaut ein Büschel Brusthaare hervor. Ich versuche schon länger, ihn dazu zu überreden, wieder mehr Sport zu machen, doch als ich ihn das letzte Mal darauf hingewiesen habe, dass er ja auch mit dem Fahrrad zur Arbeit fahren könne, hat er bloß irgendetwas über die hohe Anzahl tödlicher Fahrradunfälle in London gemurmelt.

»Wie läuft es denn bei dir in der Kanzlei?«, frage ich. Ich möchte unbedingt herausfinden, wie ich ihn motivieren kann.

Er zuckt mit den Schultern. »Ach, wie immer eigentlich. Habe ich erwähnt, dass dein Dad mich schon wieder angerufen hat?« Er spießt mit der Gabel mehrere Penne auf. »Er macht sich Sorgen um dich.«

Mist. Ich muss Dad unbedingt zurückrufen. Genau wie ich mit Lauren über ihre Hochzeit sprechen muss. Ich habe einfach zu viel um die Ohren. Ich werde mich am Wochenende bei ihm melden.

Während Johnny das Geschirr abräumt, nehme ich wieder mein Smartphone in die Hand, um den Post abzuschicken, doch das Instagram-Profil von Little Miss Avo zieht mich geradezu magisch an. Sie verkörpert genau die Art von Persönlichkeit, die ich für die *Luxxe* interviewen möchte – eine Frau, die stark, klug und humorvoll ist und trotzdem eine Scheißangst vor einem Job hat, für den sie sicher mehr als qualifiziert ist.

Ich klicke auf den Link in ihrer Biografie und navigiere zu ihrer »Über mich«-Seite, wo mich ein großformatiges Foto von ihr begrüßt. Darauf räkelt sie sich in einem schicken Hotelbett, eine gebräunte Schulter entblößt, die Kate-Middleton-Wallemähne über ihren nackten Brüsten drapiert. Der Text dazu lautet: Mia King, 23. Vollzeit-Anwältin und Teilzeit-Bullshit-Detektor. Referendarin bei Mackenzie Paige in Manchester.

»O mein Gott, sie arbeitet in deiner Kanzlei!«, rufe ich und erinnere mich an ihren Post mit dem Hashtag #Hochstapler-Syndrom. Der Zimmerbrunnen kam mir doch gleich bekannt vor!

»Wer?« Johnny, der an der Spüle steht, dreht sich zu mir um.

»Diese neue Influencerin. Mia King?«

Johnny sieht mich verständnislos an. »Nie gehört.« Er schüttelt den Kopf.

»Könnte sie eine eurer neuen Referendarinnen sein? Vielleicht stellst du sie mir mal vor.«

Er dreht sich wieder zur Spüle. »Ich kenne nur die, die in London arbeiten.«

»Okay«, sage ich und fange an, eine Nachricht an sie zu tippen. »Wenn das so ist, schreibe ich ihr einfach eine DM.«

»Warte!« Johnny dreht den Wasserhahn zu und wischt sich die schaumigen Hände an der Hose ab. »Leg mal kurz das Handy weg.«

»Was ist denn?« Ich höre auf zu tippen und schiebe mein Handy zur Seite.

Johnny kommt zum Küchentisch und setzt sich mir gegenüber auf einen Stuhl. Er stößt einen Seufzer aus, der so tief ist, als hätte er einen ganzen Monat lang die Luft angehalten. Dann schluckt er. »Eigentlich wollte ich es dir nicht sagen, aber ...«

»J, was ist denn los?« Erst jetzt fällt mir seine niedergeschlagene Miene auf.

»Ich habe die Stelle als Partner nicht bekommen.«

»Was?« Die Beförderung zum Partner war für Johnny so etwas wie eine Frage von Leben und Tod. Er arbeitet schon seit Ewigkeiten darauf hin. »Aber ich dachte, das entscheidet sich erst in ein paar Wochen?«

Abermals seufzt er. »Erica hat mir gesagt, dass es mit der Beförderung nicht klappt.«

»Wann?«

»Vor vierzehn Tagen.«

»Was? Warum hast du mir nichts davon erzählt?«

Er knibbelt an seinen Fingernägeln. »Du warst so sehr mit deiner neuen Stelle beschäftigt. Du hattest genug andere Probleme.«

Ich *wusste*, dass er mir etwas verheimlicht. Er hat sich zwar bemüht, für mich da zu sein, aber in letzter Zeit war er ganz schön launenhaft. In einer Minute stierte er gedankenverloren aus dem Fenster, in der nächsten schmiedete er Pläne für unseren gemeinsamen Sommerurlaub.

Ich nehme seine Hand. »Das tut mir leid. Irgendwann schaffst du es bestimmt. Ich weiß doch, wie sehr Erica dich schätzt.«

Erica Paige ist eine waschechte Alphawölfin. Sie kommt mit vier Stunden Schlaf pro Nacht aus und wirbelt in ihrem teuren Kostüm durchs Büro, ohne jemals auch nur im Geringsten müde auszusehen. Sie ist mit vierunddreißig Partnerin geworden, obwohl sie drei Kinder unter sechs Jahren zu Hause hat, und findet trotz allem noch die Zeit, ein Symposium für Juristinnen auf die Beine zu stellen. Doch ihrem ehrfurchtgebietenden Auftreten zum Trotz ist sie ein sehr fürsorglicher Mensch. Sie greift Johnny unter die Arme, wann immer er Schwierigkeiten hat, setzt sich für Diversität ein und begrüßt alle Volontäre, als wären sie ihre leiblichen Kinder.

»Warte mal – woher weißt du, dass sie nicht in London arbeitet?«

»Was?« Johnny ist schon wieder mit seinem Smartphone beschäftigt.

»Mia King.«

»Was meinst du?«

»Du hast eben gesagt, du hättest den Namen noch nie

gehört, aber trotzdem wusstest du, dass sie nicht in London arbeitet. Dann muss sie ja logischerweise in der Filiale in Manchester beschäftigt sein.«

Er verzieht das Gesicht. »Das habe ich einfach daraus geschlossen, dass ich ihr noch nie begegnet bin.« Er zögert kurz, ehe er als Nachsatz hinzufügt: »Weil ich alle Volontäre in London kennengelernt habe.«

»Aber du fährst doch einmal im Monat nach Manchester, und das Büro dort ist winzig!« Ich rufe ihr Instagram-Profil auf und scrolle nach unten, um ihm das Bild mit dem Zimmerbrunnen zu zeigen, doch dann erregt ein Selfie mit rosafarbenem Hintergrund meine Aufmerksamkeit. Ich erkenne den unverwechselbaren Speisesaal des Restaurants *Sketch* auf Anhieb wieder, weil wir bei *Perfect Bake* einmal ein Feature über deren Nachmittagstee gemacht haben – und weil Johnny zu einer Firmenfeier dort war, die Erica organisiert hatte, um die neuen Volontäre mit den alteingesessenen Anwälten der Kanzlei in Kontakt zu bringen.

Ich blicke zu ihm auf. »Warst du nicht im September auch bei dem Abendessen im *Sketch*?«

Johnny schaut zur Seite und kratzt sich an der Nase. »Ach ja«, sagt er, und seine Stimme rutscht eine Oktave in die Höhe. »Lass mal sehen, wie sie aussieht.«

Doch ehe ich die Chance habe, ihm mein Smartphone zu zeigen, bemerke ich am äußersten Rand des Bildausschnitts eine Hand, die neben Mia auf dem Tisch ruht. Ich zoome näher heran und sehe die unverwechselbaren dunklen Haare am Handgelenk, dann die silbernen Manschettenknöpfe. Die habe ich ihm zum Geburtstag gravieren lassen. Ich würde diese Hand immer und überall wiedererkennen.

»J, du hast direkt *neben* ihr gesessen!« Ich halte ihm das Telefon unter die Nase. »Warum behauptest du …«

Urplötzlich verkrampft sich mein Magen.

Das kann kein Zufall sein, oder? Sie wollte, dass ich sie auf Instagram finde. Sie hat mich abonniert, unmittelbar nachdem Johnny mein Foto gepostet hatte.

Es vergeht ein Moment, ehe meine Lippen die Worte formen können. »Gibt es … Läuft da was zwischen dir und dieser Mia?«

Johnny zuckt zurück, und mir kommen Zweifel. »Was? Natürlich nicht! Ich habe bloß vergessen, dass ich …«

»Du hast vergessen, dass du jemanden kennst, der bei einem intimen Dinner neben dir gesessen hat und den du einmal im Monat in einem Büro mit insgesamt … fünf Angestellten siehst?«

Auf dem Display seines Handys leuchtet etwas auf. Wir beide schauen gleichzeitig hin, doch er dreht es um, ehe ich die Nachricht lesen kann.

»Wer war das?« Mein Herz schlägt schneller. Ein Gefühl der Angst ergreift von mir Besitz.

»Niemand.« Er schaut kurz auf das Telefon, dann legt er es erneut mit dem Display nach unten auf den Tisch. »Nur die Arbeit.«

Ich presse eine Hand gegen meine Brust, um Kraft zu sammeln. Dann sage ich mit erzwungener Ruhe: »Wieso habe ich das Gefühl, dass du mich anlügst?«

Johnny stellt die Finger unter seiner Nase auf und atmet mit geschlossenen Augen tief ein. Als er die Hände sinken lässt, sehe ich, dass er zittert.

»Johnny, was ist los?«

Er spricht leise, wie ein Kind, das gesteht, die Tapete mit Wachsmalstiften beschmiert zu haben. »Ich bin so ein Idiot, Jess. Ich habe einen Fehler gemacht.«

Er schluckt, dann hebt er den Kopf und schaut an die Decke. Ich folge seinem Blick, wobei mir auffällt, dass er den Wok schon wieder an den falschen Haken gehängt hat.

»Was hast du gemacht?«, sage ich. Mein Herz hämmert schmerzhaft in meiner Brust.

»Mia und ich ...«

Er sieht mich an, als erwartete er, dass ich den Satz beende, aber alles, woran ich denken kann, sind ihre perfekten, straffen Brüste in dem weißen Bikini.

»Was ist mit Mia und dir, Johnny?« Auf einmal kriege ich kaum noch Luft. Das Gefühl kommt wie ein Faustschlag in die Magengrube, schnell und heftig.

Abermals schüttelt er den Kopf, so als wäre das alles nicht real, solange er es nicht laut ausspricht.

»Es war nur einmal, ich schwöre es. Ich war betrunken ...«

NUR EIN DRINK

»Du musst was essen.« Aisha schiebt mir den Teller mit Süßkartoffelpommes hin und wedelt mit einem von ihnen vor meinem Gesicht herum. »Komm schon, nur ein paar, sonst muss ich dich füttern.«

Ich habe gestern Nacht kaum ein Auge zugetan. Ich bin durch die Redaktion geschlichen wie ein Zombie, und meine Augenlider waren dick und rot wie Wassermelonen, weil ich so viel geweint hatte. Eine Mail oder ein Meeting vermochte mich für fünf Sekunden von meinem Elend abzulenken, dann ging es wieder los, mit voller Wucht. Jedes Mal, wenn ich daran dachte, dass der Mensch, den ich am meisten auf der Welt liebe, mich so schändlich hintergangen hat, war es wie ein Tritt in den Magen.

Ich schiebe mir die Pommes in den Mund und versuche zu kauen, aber es schmeckt nach Pappe. Ich bin völlig entkräftet, trotzdem bringe ich nichts herunter. Ich *wusste*, dass er lügt. Jetzt ergibt endlich alles einen Sinn. Erst regte er sich auf, weil ich so auf die Arbeit fixiert war, und dann kam er eines Tages heim und war wie ausgewechselt. Er erledigte den Haushalt und versuchte mir mit selbst gekochtem Essen und Instandsetzungsarbeiten in der Wohnung eine Freude zu machen. *Schuldgefühle*.

Ich kann nicht einmal ihren Namen sagen, ohne dass mir die Galle hochsteigt. Ich habe nicht lockergelassen, bis er mir die Wahrheit gestanden hat – oder jedenfalls seine Version der Wahrheit. Jede Information, die ich ihm aus der Nase zog, war wie ein weiterer Schlag ins Gesicht, während mir Stück für Stück das Ausmaß seines Verrats klar wurde. Wie sich herausstellt, ist Mia die *Gefeierte Neue Star-Referendarin, Die Einfach Alles Kann.* Sie hat Ende des Sommers in Johnnys Kanzlei angefangen. Die beiden hatten Sex – nur ein einziges Mal, wie er immer wieder beteuert. Als er ihr hinterher eröffnete, dass er in einer festen Beziehung sei, habe sie ihm gedroht, mich zu finden und mir alles zu verraten.

»Das Schlimmste ist, dass er heute Morgen nach Manchester gefahren ist«, sage ich und schnaube, als mir bewusst wird, wie fertig ich aussehen muss. »Er hätte sich krankmelden oder behaupten können, dass er es diesen Monat nicht schafft – was auch immer. Aber nein, er kehrt buchstäblich an den Ort seines Verbrechens zurück, um die nächsten zwei Tage mit *ihr* zu verbringen.«

»Und wie seid ihr verblieben?«, fragt Aisha und reicht mir eine Serviette, damit ich meine Tränen trocknen kann.

Kopfschüttelnd erinnere ich mich an unseren grauenhaften, sehr lauten und tränenreichen Streit, der in der Küche begann und den wir zunächst im Wohnzimmer und irgendwann im Bad fortsetzten, ehe ich schließlich um vier Uhr morgens zu Tode erschöpft auf dem Bett zusammenbrach. Johnny hat auf dem Sofa geschlafen. Er hat mir vorgeschlagen, ich könne auch mit jemandem Sex haben, dann seien wir »quitt« – als würde ein erneutes Fremdgehen alles wieder ins Lot bringen. Ich sagte ihm, dass es aus sei, weil ich um nichts in der Welt mit einem Mann zusammenbleiben wolle, der mich betrogen hat.

»Und da besaß er doch allen Ernstes die Dreistigkeit, mir zu sagen, dass er mich eines Tages heiraten will.« Ich muss lachen, weil es einfach zu absurd klingt.

Aisha schneidet eine Grimasse. »Bisschen spät dafür, oder?«

Ich nicke. Als Johnny und ich uns kennenlernten, war ich sicher, dass es nur eine kurze Affäre sein würde. Wir saßen bei einer Hochzeitsfeier am Singletisch, und ich fühlte mich sofort von seinem Dialekt angezogen, weil er sich so vertraut anhörte. Allerdings war er zu jung, zu gut aussehend, zu erfolgreich, um etwas anderes als ein Aufreißer zu sein, und ich wusste von vornherein, dass er für etwas Ernstes nicht zu haben war. Erst nachdem wir einen Monat lang miteinander ausgegangen waren, fand ich heraus, dass Johnny die Sitzordnung bei der Hochzeitsfeier heimlich verändert hatte, damit er neben mir sitzen konnte. Er hatte mich in der Kirche gesehen, den Bräutigam nach meinem Namen gefragt und dann die kleinen Teetassen vertauscht, die als Tischkarten dienten. Wir haben später noch oft darüber gelacht, dass ich seinetwegen keine Chance hatte, herauszufinden, wie gut ich mich mit Onkel Nigel verstanden hätte. Jetzt kommt mir dieser Witz schal und peinlich vor.

»Hey.« Aisha drückt meine Hand. »Ich finde es furchtbar, was er dir angetan hat. Er ist ein Arschloch.«

Aber er ist eben *kein* Arschloch. So sehr ich ihn auch dafür hasse, dass er fremdgegangen ist, der Johnny, den ich gestern Abend erlebt habe, passt einfach nicht zu dem Mann, der mein Handy für mich auflädt, weil er weiß, dass ich in Panik gerate, sobald der Akkustand unter zwanzig Prozent sinkt. Er passt nicht zu dem Mann, der mich immer zuerst baden oder duschen lässt, der den Kater mit kleinen Gourmetmahlzeiten in Form aufgerollter Schinkenscheiben füttert, wenn er denkt, dass ich gerade nicht hinsehe, und der mir immer das letzte Bonbon, die letzte knusprige Ecke der Lasagne, das letzte Stückchen von *allem* überlässt.

Ich war mir ganz sicher, dass wir eines Tages heiraten würden. Ich wollte keine große Traumhochzeit in Weiß, stattdessen hatte ich mir immer vorgestellt, wie wir im Kreis unserer engsten Freunde und Verwandten auf dem Standesamt die Ehe schließen, genau wie Mum und Dad. Die Art von Liebe, die ewig hält, oder wenigstens bis dass der Tod uns scheidet.

»Er hat allen Ernstes gesagt, sie habe ihm ›zugehört‹.« Ich male Anführungszeichen in die Luft, auch wenn ich mich gleich darauf dafür verachte.

Aisha verdreht die Augen. »Heilige Scheiße, will er den Preis fürs Klischee des Jahres gewinnen?«

»Aber was, wenn er recht hat?« Ich spiele mit dem Stiel meines Margaritaglases. »Ich war wirklich die meiste Zeit mit meinem Job beschäftigt. Wahrscheinlich habe ich ihn vernachlässigt. Ich wusste nicht mal, dass das mit der Partnerschaft in der Kanzlei nicht geklappt hat.«

Aisha droht mir mit dem Finger. »Wage es *ja* nicht, dir selbst die Schuld dafür zu geben. Dieses ganze ›Sie hört mir zu‹-Ding ist doch der älteste Trick der Welt.«

Da ist ohne Zweifel etwas Wahres dran, dennoch gibt es einen Teil von mir, der denkt, dass Johnny anders ist. Dass er wirklich das Gefühl hatte, ich würde ihm nicht genügend Aufmerksamkeit schenken. Er hatte es nicht leicht mit Mums Krankheit und mit seinem Vater, und jetzt kommt auch noch die geplatzte Beförderung dazu.

»Ich weiß nicht, ob ich ihm das verzeihen kann«, sage ich und lasse die Reste meines Cocktails im Glas kreisen.

»Ist ja klar, du liebst ihn. Aber er ist echt ein Arschloch, dir so was anzutun.«

Ich will, dass sie mich für verrückt erklärt, weil ich ihm nicht verzeihen kann. Ich will, dass er den Seitensprung wirklich so tief bereut, wie er behauptet. Ich habe seine Anrufe den ganzen Tag lang ignoriert und bin unser Gespräch immer wieder im Kopf durchgegangen, aber ich sehe keinen Weg, wie wir jemals zur Normalität zurückkehren sollen. Der bloße Gedanke daran raubt mir jede Kraft.

»Ich kann immer noch nicht glauben, dass es ausgerechnet Little Miss Avo war«, meint Aisha kopfschüttelnd. Als ich ihr in der Mittagspause in der Redaktion alles erzählt habe, hat sie sich erst mal ihr Profil vorgenommen und ausgiebig über sie gelästert, bevor wir sie beide feierlich deabonniert und blockiert haben. Sie versuchte, mich zu trösten, indem sie Dinge sagte wie: »Du bist tausendmal schlauer als sie«, und: »Männer haben sowieso lieber was in der Hand«, doch das ändert alles nichts an der Tatsache, dass er mit dieser Mia geschlafen hat. Wenn ich jetzt ihr Bild sehe, spüre ich den Schmerz tief in meinen Eingeweiden, eine Reaktion meines Körpers auf Johnnys Tat. Ich weiß, dass sie keine Schuld trifft, weil sie nicht wusste, dass er gebunden ist, aber sie hat es darauf angelegt, dass ich es herausfinde, oder? Sie wollte mir wehtun.

Ich muss aufhören, darüber nachzugrübeln.

»Genug von mir«, sage ich und versuche die Gedanken an Miss Mia und ihre prallen Avocados beiseitezuschieben. »Ich will alles über dein Date mit diesem Maler hören.«

»Wenn ich dir von meinem Liebesleben erzählen soll, brauchen wir mehr Alkohol«, sagt sie und winkt dem Barkeeper.

»Nehmen wir eine Flasche?« Ich deute auf den Prosecco ganz oben auf der Karte.

»Genau das ist der Grund, weshalb ich dich so liebe, Jessie J.«

Eine halbe Stunde und ein Glas Prosecco später hat Aisha mir ausführlich von ihren letzten desaströsen Beziehungsversuchen berichtet. Von dem Lehrer, der ihr sechs Wochen lang jeden Tag Sprachnachrichten geschickt hat, nur um sie zu ghosten, kaum dass sie ein persönliches Treffen vorschlug, bis hin zu dem Banker, der mit ihr für ein Date nach New York fliegen wollte, obschon er, wie sie durch engagiertes Stalking auf Facebook herausfand, bald heiraten wollte. All das sind Argumente dafür, lieber bei meinem untreuen Freund zu bleiben, statt mich auf die Suche nach einem neuen Mann zu begeben.

»Und dann war er so frech, von mir zu verlangen, ich solle ihm das Flugticket erstatten«, sagt sie und trinkt einen weiteren Schluck von ihrem Prosecco. »Tut mir leid, aber wenn du mit einer Frau um die halbe Welt jettest, ohne ihr zu sagen, dass zu Hause eine Verlobte auf dich wartet, kannst du wenigstens das Geld für den Flug lockermachen.«

Ich erschaure bei dem Gedanken daran, dass Johnny mich derart kaltblütig hintergehen könnte. Wobei – was er getan hat, war auch nicht viel besser.

»Also, was war denn jetzt mit dem Maler?«

Sie schnaubt. »Der war ganz okay. Aber er hat zwei Stunden lang ununterbrochen nur von sich selbst geredet. Ich habe ihm hinterher eine Textnachricht geschickt. ›War nett, dich kennenzulernen, aber irgendwie hat es zwischen uns nicht gefunkt.‹ Als Antwort kam eine regelrechte Hasstirade.«

»Was hat er denn geschrieben?«

Sie zückt ihr Smartphone und scrollt, um seine Nachricht zu finden, dann liest sie sie kopfschüttelnd vor.

Kein Problem, ich habe gleich gemerkt, dass du ziemlich schwierig bist, außerdem passt du optisch nicht in mein Beuteschema. Ich hoffe, du findest den richtigen.

Den Richtigen hat er natürlich kleingeschrieben.

Zum ersten Mal an diesem Abend lache ich aus vollem Herzen.

»Schwierig?«, wiederholt sie fassungslos. »Ich meine, für wen hält der sich eigentlich? Er kannte mich ganze zwei Stunden!«

»Wow«, sage ich, voller Entsetzen über einige der Dinge, die ihr auf ihren Dates widerfahren sind. »Wie hast du darauf reagiert?«

Abermals konsultiert sie ihr Handy.

Lieber Patrick, als ich dir gesagt habe, dass es zwischen uns nicht gefunkt hat, wollte ich eigentlich bloß höflich sein. In Wahrheit bist du ein selbstverliebtes Arschgesicht. Oh, und vielleicht wiederholst du noch mal das Thema Substantivierung von Adjektiven. In Liebe, die Schwierige x.

Ich verschlucke mich fast an meinem Prosecco. Wenn ich doch nur solche Eier hätte wie Aisha! »Hat er noch mal zurückgeschrieben?«

»Kann man wohl sagen.« Sie tippt die Nachricht an.

Denk dran: Das hier entgeht dir.

Sie hält mir das Display hin. Was ich sehe, ist ein Ganzkörperselfie des Malers. Er hat es vor dem Spiegel in seinem Badezimmer aufgenommen. Sein Kopf ist abgeschnitten, dafür ist sein erigiertes Glied umso deutlicher zu erkennen.

»Ach, du meine Güte.« Ich schiebe das Handy weg und werfe einen Blick hinter mich, um mich zu vergewissern, dass sonst niemand das Foto gesehen hat. »Wie kommt jemand auf die Idee, dir so was zu schicken?«

»Ekelhaft, oder?« Sie leert ihr Glas und schenkt uns beiden nach. »Aber das ist Schnee von gestern. Diesen Freitag habe ich ein Date mit einem australischen Surfer.« Sie wischt durch ihr Handy und zeigt mir ein Bild von ihm.

»Ist genehmigt.« Ich erhebe mein Glas und proste ihr zu. Aishas Geschichten sind eine höchst willkommene Ablenkung von Johnny und Mia.

»Du musst mir diese Dating-Apps erklären«, sage ich, als ich eine halbe Stunde später, durch mehrere Drinks optimistisch gestimmt, von der Toilette zurückkomme.

Aisha spuckt einen Mundvoll Prosecco aus und sprüht Tropfen auf meine Hand. Sie macht ein verdutztes Gesicht, dann lacht sie kurz auf, ehe ihre Miene ernst wird. »Das ist ein Witz, oder?«

Ich schüttle den Kopf. »Ich will mich beim Online-Dating anmelden.«

Aisha sieht mich an, als wäre ich nicht ganz richtig im Kopf. »Findest du nicht, dass du die Dinge ein kleines bisschen überstürzt?«

Ich zucke mit den Schultern. »Johnny ist in Manchester mit einer Dreiundzwanzigjährigen, die er ganz offensichtlich scharf findet. Wenn ich schon Single bin, ist es das Beste, schnellstmöglich wieder ins Spiel einzusteigen. Schließlich werde ich nicht jünger.«

»Aber du hast erst gestern Abend mit ihm Schluss gemacht«, gibt Aisha zu bedenken. Ihr scheint nicht ganz wohl zu sein bei der Sache. »Du weißt nicht mal, ob es zwischen euch wirklich aus ist.«

»Ich sag ja auch nicht, dass ich auf Tinder gehen und noch heute Abend meinen zukünftigen Ehemann finden will«, erkläre ich, greife nach der Flasche und fülle unsere Gläser auf. »Ich will mich nur mal umschauen, weißt du? Das Angebot studieren.«

»Ich kann dir genau sagen, wie das Angebot aussieht.« Aisha wirft ihrem Smartphone einen Blick zu, als wäre es an jedem verpatzten Date schuld, das sie bislang hatte. »Hast du mir überhaupt zugehört? Beim Online-Dating wirfst du dich den Löwen zum Fraß vor. Sie werden dich in Stücke reißen.«

Ich weiß, dass sie nach jahrelangem Wischen und zahlreichen Enttäuschungen desillusioniert ist, aber ich will es trotzdem versuchen, und sei es nur, um mich von Johnny und Mia abzulenken. Ich weiß, dass Johnny sich mit mir aussprechen und seinen Fehler wiedergutmachen will, doch je öfter ich daran denke, dass er jetzt gerade bei ihr in Manchester ist, desto größer wird mein Bedürfnis, mich selbst zu schützen.

Ich zucke mit den Schultern. »Ich will auch mal was Unüberlegtes tun, verstehst du? Ich habe ja nicht vor, gleich mit jemandem ins Bett zu springen. Ich will einfach nur ein bisschen Zerstreuung.«

»Dann geht es dir also nicht darum, auf Dates zu gehen?«

»Auf keinen Fall. Jedenfalls nicht sofort.«

Das scheint Aisha aufzumuntern. »Tja, um ehrlich zu sein, dauert es heutzutage sowieso etwa drei Wochen, um auf diesen Apps ein Date klarzumachen. Erst mal schreibt ihr euch eine Woche lang auf WhatsApp hin und her, und danach seid ihr entweder Brieffreunde fürs Leben, oder er ghostet dich.«

»Siehst du.« Nun, da ich weiß, dass keine unmittelbare Gefahr droht, selbst wenn ich mich fürs Online-Dating, anmelde, fühle ich mich gleich besser. Es wäre einfach nur interessant, die Lage zu peilen und zu schauen, was der Markt so hergibt. Den Zeh ins Wasser des Singledaseins einzutauchen, wenn man so will.

»Also gut, von mir aus«, lenkt Aisha ein. »Ich zeige dir, wie der Hase läuft – aber nur, wenn du mir versprichst, keine Dummheiten zu machen. Ich wäre eine schlechte Freundin, wenn ich dich zu einem Trostfick animieren würde.«

Mich schaudert es schon beim bloßen Gedanken ans Dating. Ich weiß, zwischen mir und Johnny ist es alles andere als perfekt, aber wenn ich die Geschichten von anderen Beziehungen höre, bin ich jedes Mal froh, ihn zu haben. Wir machen uns sogar oft über andere Paare lustig. Wir lachen darüber, wenn ein befreundeter Anwalt die Hand über das Weinglas seiner Frau hält, weil er findet, dass sie genug getrunken hat, und verdrehen die Augen über Pärchen, die einander im Beisein von Freunden kritisieren.

»Sicher, dass du bereit bist dafür?«, fragt Aisha, nimmt mein Telefon und sucht nach einer Dating-App, die sie downloaden kann.

Ich nicke. Meine Entschlossenheit, es Johnny heimzuzahlen, wächst. Mir ist bewusst, dass ich morgen früh eine Redaktionssitzung zu leiten habe und früher von der Arbeit losmuss, weil ich am Nachmittag noch einen Termin im Krankenhaus habe. Andererseits sind Aishas Kater immer so extrem, dass ich im direkten Vergleich zu ihr stocknüchtern wirken werde. Ich kippe meinen Prosecco hinunter und bitte den Barkeeper, uns eine neue Flasche zu bringen.

»Also gut«, sagt sie, leert ebenfalls ihr Glas und knallt es mit einer dramatischen Geste auf die Theke.

Während sie meine Fotos durchforstet, um ein passendes Profilbild auszusuchen, klärt sie mich über die Grundregeln des Datings auf. Sie setzt mir die verschiedenen Apps auseinander und erläutert, wieso beim Online-Dating die Devise »Masse statt Klasse« gilt. Sie sagt, dass Tinder mir Zugriff auf eine kritische Masse alleinstehender Männer verschaffen, mich die Hälfte davon aber ghosten wird. Happn bietet die Möglichkeit, Singles zu kontaktieren, die sich zufällig in der Nähe aufhalten, und Bumble ist eine feministische Dating-Plattform, auf der die Frau den Mann zuerst anschreiben kann. Ich verstehe nicht ganz, worin da der Vorteil liegt – das geht bei den anderen Apps doch sicher auch –, trotzdem quittiere ich die Ausführungen meiner Lehrmeisterin mit einem artigen Nicken.

Aisha beginnt zu tippen. »Was willst du über dich schreiben?«

Ich sehe sie an. »Keine Ahnung ... ich bin einunddreißig, rothaarig, äh, und irgendwie Single?« In mir regt sich ein gewisser Widerwille, doch ich zwinge mich dazu, mir Johnny mit Mia vorzustellen.

»Das weiß er doch von deinem Foto, du Nuss. Ich sehe schon, ich muss das selbst in die Hand nehmen.«

Sie schreibt: Seit Kurzem wieder auf dem Markt. Suche nach einem Grund, diese App zu deinstallieren. Dann fügt sie eine

Reihe verschiedener Emojis hinzu: eine tanzende Frau, eine Katze, ein Cocktailglas und einen rosafarbenen Donut.

»Wozu ist das gut?«

»Das ist dein Profil«, erklärt sie. »Emojis sind die moderne Sprache der Liebe. Ist aber auch egal, das Zeug liest eh niemand.«

»Aha. Gibt es zufällig auch einen ›Liebeskummer an Bord‹-Sticker?«

Aisha zieht eine Augenbraue hoch. »Jess. Das Erste, was du über Dating-Apps wissen musst, ist, dass du niemals, unter gar keinen Umständen die Wahrheit sagen darfst. Das ist wie dein Lebenslauf bei einer Bewerbung. Das Positive schreibst du hin, das Negative lässt du unter den Tisch fallen.«

»Dann sollte ich also nicht die fünfjährige Beziehung erwähnen, in der ich mich derzeit eventuell noch befinde?«

Sie verdreht die Augen. Je weiter die Sache voranschreitet, desto größer wird meine Unsicherheit. Aber es ist ja nur ein Zeitvertreib.

Der Barkeeper kommt, als Aisha mir gerade das Prinzip des Benchings erläutert. Das bedeutet, dass jemand sich nicht persönlich treffen will, aber trotzdem weiter Nachrichten schreibt, um sich den anderen als potenziellen Partner warmzuhalten. Der Barmann öffnet den Mund, als wollte er etwas dazu sagen, schüttelt dann jedoch bloß den Kopf, nimmt die leere Proseccoflasche und stellt uns zwei volle Gläser hin, ehe er sich wieder entfernt.

»Er schickt dich gewissermaßen auf die Ersatzbank, wenn du verstehst, was ich meine?«

»Okay ...«

»Die meisten Typen schreiben ins Profil, wie groß sie sind«, fährt sie fort. »Wenn einer es nicht tut, bedeutet das, dass er klein ist. Wenn er ein Foto mit Kind postet, schreibt er normalerweise ›nicht mein Kind‹ oder so was Ähnliches dazu. Falls nicht, ist das ein sicheres Anzeichen dafür, dass es sein eigenes Kind ist. Vermutlich hat er dann auch eine Frau. Oh, und wenn es *gar* kein Foto mit Kind im Profil gibt, ist die Wahrscheinlichkeit, dass er eins hat, am größten.«

»Aha. Nur, damit ich es richtig verstehe: Ich suche also nach einem Mann, der Bilder von Kindern in seinem Profil hat?«

»Exakt.« Aisha nickt.

Das ist alles überaus verwirrend, aber ich beschließe, mitzuspielen. »Okay. Und was jetzt?«

»Jetzt fangen wir an zu wischen«, sagt sie.

Ich genehmige mir einen Schluck Prosecco.

Im Folgenden arbeiten wir uns durch Piloten, Musiker und Broker. Juristen und Journalisten ignorieren wir, um zu verhindern, dass wir es mit einem von meinen respektive Johnnys derzeitigen oder früheren Kollegen zu tun bekommen.

»Warte mal, ist das nicht …« Mein Finger schwebt über einem vertrauten sommersprossigen Gesicht mit feuerroten Haaren, ebensolchem Bart und Sonnenbrille. Der dazugehörige Mann scheint am Steuer einer Yacht zu stehen.

Marcus, achtundzwanzig, Designer.

»Na, wenn das nicht der attraktive Kaffeetyp ist«, sagt Aisha und schnappt sich mein Handy, um das Profil genauer zu betrachten.

Als ich noch bei *Perfect Bake* war und Aisha bereits bei der *Luxxe* arbeitete, haben wir oft beobachtet, wie dieser Mann in der Kantine ein hochkompliziertes Kaffeeritual zelebrierte. Wir haben nie direkt mit ihm zusammengearbeitet, aber oft darüber spekuliert, ob er in einem früheren Leben vielleicht Model gewesen ist.

»Der kann doch nicht Single sein!«, sage ich. Er sieht so unglaublich hip aus, dass ich immer dachte, er hätte bestimmt eine wunderschöne Musikerinnenfreundin.

»Warte mal, hier steht, er ist nur hundert Meter entfernt.« Aisha fuchtelt mit dem Smartphone herum.

Das macht Sinn. Wir befinden uns in der Nähe des Büros, er ist also entweder noch oben oder irgendwo hier in der Bar.

»Soll ich rechts wischen?«, frage ich nervös. Mir behagt die Vorstellung nicht, etwas mit einem Mann anzufangen – oder noch schlimmer: von einem Mann einen Korb zu bekommen –, dem ich tagtäglich auf der Arbeit begegne.

Aisha schürzt die Lippen. »Ich weiß auch nicht …«

Aber ich habe es bereits getan. Ich habe mit dem Daumen das kleine Herz auf der rechten Seite des Displays angetippt.

Im nächsten Moment vibriert mein Smartphone, und eine Nachricht erscheint auf dem Display: It's a Crush!

»Er mag dich«, sagt Aisha und reibt sich die Hände, während sie sich in der Bar umsieht, ob sie ihn irgendwo entdecken kann.

»Soll ich ihm schreiben?«

»Keine Ahnung, Jess. Es wird auch langsam spät. Ich muss bald los.«

Eigentlich sollte ich auch gehen. Tabitha hat unglaublich viele Ideen, die sie mir vorstellen will, und ich möchte sichergehen, dass ich dem Magazin meinen eigenen Stempel aufdrücke, bevor irgendetwas in Stein gemeißelt ist. Ich habe etwa eine

Woche Zeit, um für Miles, den Verlagsleiter, eine absolute Knaller-Präsentation zur zehnjährigen Jubiläumsausgabe vorzubereiten, und ich sollte wirklich nach Hause fahren und mich ausschlafen, damit ich morgen fit bin. Doch je länger ich mir Johnny und Mia im Hotel in Manchester vorstelle, desto mehr fürchte ich mich davor, in die leere Wohnung zurückzukehren.

»Mach du.« Ich drücke ihr mein Telefon in die Hand, ehe ich es mir noch anders überlege.

»Bist du wirklich sicher?« Sie wirkt immer noch skeptisch.

»Es ist doch nur ein Flirt. Vielleicht gehen wir einfach was trinken?«

»Sieht so aus, als wärst du nur 100 m von mir entfernt«, schreibt sie. »Büro oder Bar?«

Ich spähe über ihre Schulter hinweg, während wir gemeinsam auf das Display starren. Marcus tippt, steht dort. Der Hinweis verschwindet, dann taucht er wieder auf.

Als ich vom Display aufblicke, sehe ich ihn parallel zu mir auf der anderen Seite der Bar. Unsere Blicke treffen sich, und er schenkt mir ein verführerisches Lächeln.

Ohne die Lippen zu bewegen, versuche ich Aisha zu signalisieren, dass er buchstäblich vier Meter entfernt sitzt. Als sie ihn ebenfalls entdeckt hat, winkt sie ihm zu.

Lust auf nen Drink? schreibt er.

Aisha sieht mich an und hält mir zaghaft das Handy hin.

Ich hole tief Luft, dann tippe ich in die Chatbox: In 5 min draußen.

»Jess!«, sagt sie und versetzt mir unter dem Tresen einen Tritt, damit er es nicht sehen kann.

»Was denn? Es ist doch nur ein Drink. Ich fange nichts mit ihm an, Ehrenwort.«

Sie seufzt. »Ich will einfach nicht, dass du verletzt wirst.«

»Ich bin schon verletzt«, sage ich und spüre ein Ziehen in der Brust, als der Herzschmerz von Neuem aufflammt. Ich kann nicht fassen, dass Johnny die Dreistigkeit besessen hat, mir vorzuschlagen, ebenfalls fremdzugehen, damit wir quitt sind. Nichts, was ich tue, könnte jemals aufwiegen, was er mir angetan und wie sehr er mich damit verletzt hat.

»Okay, sei aber … sei vorsichtig, okay? Schreib mir in einer Stunde, wie es läuft. Tu nichts, was ich nicht auch tun würde …«

»So weit kommt's noch«, erwidere ich, rutsche von meinem Hocker, umarme sie zum Abschied und verspreche ihr, in spätestens einer Stunde ausführlich Bericht zu erstatten.

Auf den Weg zum Klo pralle ich fast gegen den Türrahmen. Es sieht mir gar nicht ähnlich, mich an zwei Abenden mitten in der Woche zu betrinken. Andererseits war es ja auch keine normale Woche. Auf der Toilette nehme ich mir kurz Zeit, um mich zu sammeln. Ich werfe einen Blick auf mein Telefon und die fünfzehn verpassten Anrufe von Johnny, doch alles verschwimmt vor meinen Augen. Ich schwöre mir, einen halben Liter Wasser zu trinken, ehe ich die Bar verlasse, dann plustere ich mir mit den Händen die Haare auf und streiche sie mir aus der Stirn.

Ich weiß, es ist ein Fehler. Ich sollte nach Hause gehen und mich ins Bett legen, damit ich morgen früh in Form bin. Aber ich muss die ganze Zeit an Johnny und Mia denken!

Ich werde einfach nur ein Glas mit Marcus trinken gehen. Ein harmloser Flirt, nichts weiter. Ja, genauso werde ich es machen.

Nur ein Drink.

ES IST KOMPLIZIERT

Ich stehe mit dem Rücken an der Backsteinwand in einer Absturzkneipe in Soho. Marcus' Arm hält mich gefangen. Er steht so dicht vor mir, dass ich den Tequila in seinem Atem riechen kann.

So viel zu dem Wasser, das ich trinken wollte. Sobald er sah, wie beschwipst ich war, verkündete Marcus, er habe einiges nachzuholen, und zog mit mir in eine Bar um die Ecke um. Innerhalb weniger Minuten leckte ich Salz und Zitrone von seiner Hand. Dann gingen wir auf einmal die Stufen zu einer privaten Kellerbar hinunter. Marcus nannte das geheime Losungswort und bestellte völlig überteuerte Cocktails, ehe wir uns in eine ruhige Ecke zurückzogen.

»Ich fand immer, du siehst viel zu ernst aus, um unter der Woche was trinken zu gehen.«

Ich blicke auf meinen Gin Tonic, unsicher, ob ich gekränkt oder geschmeichelt sein soll. »Ich hatte eine anstrengende Woche.«

»Willst du darüber reden?«

Ich wüsste gar nicht, wo ich anfangen sollte. Johnny und ich haben uns getrennt, aber wir müssen trotzdem noch einiges bereden. Sobald wir einen klaren Schlussstrich gezogen haben, kann ich vielleicht anfangen zu trauern, doch momentan hänge ich in der Luft. Dann ist da noch Tabitha, die bisher jede meiner Ideen abgeschmettert hat. An meinen bevorstehenden Termin im Krankenhaus will ich gar nicht denken.

Ich drehe mich zu Marcus um, bis unsere Nasen nur noch wenige Zentimeter voneinander entfernt sind. Seine Augen sind wirklich außergewöhnlich blau.

»Nein.« Ich greife nach meinem Gin Tonic.

»Ich auch nicht«, sagt er und stößt mit mir an.

Ich lächle und nehme einen Schluck von dem bitteren Alkoholgemisch. Je höher mein Pegel steigt, desto mehr betäubt es den Schmerz, auch wenn ich nie ganz vergesse, dass ich in weniger als zehn Stunden bei meinem brandneuen Job auflaufen muss.

Wir reden über die *Luxxe* und *Perfect Bake* und darüber, wie es mir »auf der anderen Seite« gefällt. Ich will nicht lästern, doch sobald er sich nach dem »Mädel in den schrillen Outfits« erkundigt, weiß ich, dass er Tabitha meint. Mir war gar nicht bewusst, wie viel angestauten Frust ich mit mir herumschleppe, aber sie hat wirklich alles getan, damit ich mich unerwünscht fühle. Sie hat »vergessen«, mich in den Mailverteiler aufzunehmen, und gibt mir nur das absolute Minimum an Informationen darüber, woran wir gerade arbeiten, um dann vor allen anderen Kommentare abzulassen wie: »Sorry, Jess, ich dachte, du wüsstest Bescheid.« Eigentlich bin ich als Vertretung der Chefredakteurin übergeordnet, aber sie scheint zu denken, sie wäre der Boss.

Wie sich herausstellt, kann Marcus unseren Verlagsleiter Miles überaus treffend nachahmen. Ich lache Tränen, als er die Redaktion aus der Perspektive des unbekannten Landes namens Grafikabteilung beschreibt, und wir fühlen uns verbunden, weil wir die einzigen echten Rotschöpfe im Verlag sind.

Innerhalb dieser Stunde, in der wir uns gemeinsam über die Kollegen und die Arbeit im Allgemeinen amüsieren, spüre ich, wie eine Last von mir abfällt. Mir war gar nicht bewusst, wie minderwertig ich mir bei der *Luxxe* bisweilen vorkomme. Marcus scheint ein guter Verbündeter zu sein.

»Okay, jetzt hast du dich genug über mich und mein Team lustig gemacht«, sage ich irgendwann. »Können wir bitte mal über deine absurde Kaffeezeremonie reden?«

Mag sein, dass ich früher ein Food-Magazin geleitet habe, trotzdem ist mir noch nie jemand untergekommen, der so umständlich seinen Kaffee zubereitet. Ich erzähle ihm davon, wie Aisha und ich ihn heimlich dabei beobachtet haben, wie er seine sonderbare Kaffeefilter-Konstruktion bedient, während alle anderen sich in zwei Sekunden ihren Nescafé aufbrühen.

»Das musst du eines Tages auch mal ausprobieren«, meint er.

»Ich bleibe lieber bei meinem Instantkaffee, vielen Dank.«

Als Nächstes macht er sich über meine blitzartige Style-Transformation lustig. Wie es aussieht, hat er sich früher immer gefreut, wenn ich mit hochrotem Kopf und nassgeschwitzt von meinem morgendlichen Workout ins Büro kam, bevor ich duschte und in meine *Perfect-Bake*-Kluft aus Skinny Jeans und einem der zahllosen Paar Stiefel schlüpfte, die ich unter meinem Schreibtisch gebunkert hatte. Ich habe meine normale Garderobe mit hochhackigen Schuhen, dem figurbetonten Mantel und mehr Lippenstift lediglich etwas aufgemöbelt.

»Wow, du hast mich ja wirklich sehr genau beobachtet.« Ich ziehe eine Augenbraue hoch.

»Tja, wenn eine atemberaubende Frau wie du jeden Tag durchs Büro läuft, ist es schwer, sich auf die Arbeit zu konzentrieren ...«

Ich öffne ein ganz klein wenig den Mund und lasse den Kopf nach hinten gegen die Wand sinken, sodass mein Hals entblößt ist. Ich sehe ihn eine Sekunde zu lange an, dann macht er einen Schritt auf mich zu und presst mich gegen die Wand.

Gleich darauf spüre ich seine warmen Lippen auf meinen. Der Geschmack von Tequila, Gin und Prosecco vermischt sich in meinem Mund, als seine heiße, feuchte Zunge meine umschlingt.

Es ist ganz anders als mit Johnny. Marcus' Lippen sind viel voller, prall wie Luftmatratzen.

Ich erwidere den Kuss, leicht erregt durch das Gefühl seines harten Körpers an meiner Taille und der Hand in meinem Nacken. Seine Finger streifen die winzigen Haare dort, die sich augenblicklich aufrichten.

Dann drängt er sich fester an mich und fängt an, seinen Schritt an mir zu reiben.

Er knabbert an meinem Hals und zieht eine Spur aus Küssen bis hinunter zu meinem Schlüsselbein. Ich erschauere vor Lust. Dazu kommt der Kick, dass wir uns an einem öffentlichen Ort küssen, wo uns theoretisch jeder sehen könnte. Er lässt einen Finger in den Ausschnitt meiner Bluse gleiten und langsam nach unten in Richtung meiner Brust wandern.

»Was ist das?«, fragt er, nachdem sein Finger das große Pflaster ertastet hat, das immer noch auf meiner Brust klebt.

»Nichts«, sage ich, ziehe seine Hand aus meiner Bluse und schließe den obersten Knopf. Ich habe den Knoten vor mehr als zwei Monaten entdeckt, und mir wurde mehrfach versichert, dass es sich wahrscheinlich bloß um eine Zyste handelt, die hormonelle Ursachen hat.

Marcus murmelt halblaut etwas und küsst mich abermals

auf den Mund, doch auf einmal bemerke ich die leere Bar, und mir wird siedend heiß bewusst, dass ich Johnny betrüge.

»Hör auf«, sage ich und schiebe ihn von mir weg. Als ich einen Blick auf mein Smartphone werfe, sehe ich mehrere Nachrichten von Aisha. Es ist zehn nach zwölf. *Scheiße.*

»Was ist denn?« Er tritt einen Schritt zurück.

»Es tut mir leid.« Auf einmal will ich nur noch weg. »Ich sollte das nicht tun, ich bin noch … ich bin nicht … Ich muss jetzt los.«

Marcus wirkt frustriert, zückt jedoch ebenfalls sein Handy und befindet, dass wir beide nach Hause fahren sollten. Wir holen unsere Mäntel und treten ein wenig verlegen in die kalte Nachtluft von Soho hinaus.

»Vielleicht könnten wir uns irgendwann noch mal auf einen Drink treffen?«, fragt er und versucht, mit mir Schritt zu halten, während ich in Richtung U-Bahn-Station losmarschiere, um ihn abzuschütteln.

Abrupt bleibe ich mitten auf der Oxford Street stehen. »Marcus, hör zu, es tut mir wirklich leid, aber ich bin gerade in einer etwas verzwickten Lage mit meinem Freund. Ich kann nicht …«

»Äh«, sagt er. »Aber ich habe dich auf Happn gefunden?«

»Ich weiß.«

»Ich dachte, du bist Single.«

»Ja, ich weiß«, erwidere ich und habe das Gefühl, mich übergeben zu müssen, sobald ich die U-Bahn besteige. »Es tut mir leid.«

»Dann bist du also nicht …?«

»Es ist kompliziert«, sage ich, dränge mich an ihm vorbei und stolpere weiter in Richtung U-Bahn.

DER MORGEN NACH DEM ABEND DAVOR

Ich wälze mich auf die rechte Seite. Ich habe einen Geschmack im Mund, als hätte ich den faulenden Kadaver eines Stinktiers verschluckt – mit einer Portion Kotzfrucht als Beilage. Mein Schädel dröhnt. Die verschwommenen roten Leuchtziffern des Weckers sagen mir, dass es acht Uhr fünfzehn ist. *Ach du Scheiße.*

Ich fahre im Bett in die Höhe und greife nach dem Glas Wasser auf dem Nachttisch, doch das ist leer. Ich kann mich gar nicht mehr daran erinnern, wie ich nach Hause gekommen bin. O Gott, o nein, ach du Scheiße! Ich habe Marcus geküsst!

Ich schlage die Decke zurück und stelle fest, dass ich noch meine Klamotten von gestern anhabe. Die Bluse sieht ganz okay aus. Ich muss nach Mitternacht von der U-Bahn nach Hause getorkelt sein. Mir hätte sonst was passieren können!

Ich suche nach meinem Smartphone und finde es schließlich neben dem Bett auf dem Fußboden. Es ist voller Nachrichten von Aisha. Erst mein dritter Tag, und ich komme bereits zu spät zur Arbeit.

Die Hand an die Stirn gepresst, schlurfe ich in die Küche, krame in der Medikamentenschublade und drücke zwei Nurofen aus der Blisterpackung. Ich trinke ein großes Glas Wasser in einem Zug aus und setze Kaffee auf, während ich mich anziehe. Ich werde den Kaffee in einem To-go-Becher mitnehmen und während der Fahrt in die Redaktion trinken. Duschen kann ich im Verlag, das heißt, ich könnte um kurz nach neun im Büro sein. Ich muss einfach nur möglichst viel Toast runterwürgen und so tun, als wäre ich nüchtern, dann werde ich den Tag schon irgendwie überstehen.

Ich bin immer noch betrunken, als ich in Clapham Common die Northern Line besteige und mich in einen winzigen freien Platz im ansonsten brechend vollen Wagen zwänge. Obwohl ich schwitze, ziehe ich den Reißverschluss meines Mantels bis zum Hals hoch. Auf gar keinen Fall möchte ich von jemandem gesehen werden, den ich kenne.

Ich hole mein Telefon heraus, um endlich Aishas Nachrichten zu lesen. Doch als Erstes sehe ich eine Nachricht von Johnny.

Hey, Rotschopf. Wollte dir nur viel Glück für deinen Termin heute wünschen. Rufst du mich an, sobald du fertig bist? Xx

Ich werde nach hinten geschleudert, als die Bahn in Clapham Common anfährt. *Verdammt!* Fast hätte ich vergessen, dass ich heute mein Untersuchungsergebnis aus dem Krankenhaus abholen soll. Die letzte Woche war so aufwühlend, dass ich kaum daran gedacht habe.

Ich werfe einen Blick in meinen Kalender. Ich habe drei Stunden, um zur Arbeit zu gelangen, zu duschen, mich umzuziehen und die brillante Chefredakteurin zu spielen, während ich gleichzeitig so tue, als wäre ich nüchtern. Dann muss ich die U-Bahn ins Krankenhaus nehmen. Machbar.

Ich öffne WhatsApp, um Aishas Nachrichten zu lesen, die ich gestern nicht mehr beantwortet habe, weil ich zu besoffen war.

21:43 Na, wie läuft's?

22:03 Habt ihr geknutscht?

22:45 Ich geh jetzt ins Bett. Bleib anständig! Und sag Bescheid, dass du sicher nach Hause gekommen bist xxx

07:01 Bist du gestern gut nach Hause gekommen?

07:14 Sag Bescheid, ob alles in Ordnung ist, so langsam mache ich mir Sorgen xx

07:35 Jess? Lebst du noch? Xx

Sobald ich in Elephant and Castle wieder Netz habe, antworte ich ihr.

08:45 Fühl mich wie der Tod. Immer noch Alkohol im Blut. Brauche Hilfe. Kannst du Tabitha und dem Team sagen, dass ich mich verspäte? Privater Notfall ... Xx

Das Gute daran, dass Miles in einem anderen Stockwerk arbeitet, ist, dass er nicht mitbekommt, ob ich pünktlich zur Arbeit erscheine. Nicht, dass es ihn interessieren würde – Hauptsache, ich mache meinen Job.

Aisha schreibt sofort zurück.

08:46 Aber nur, wenn du mir ALLES erzählst! Habt ihr geknutscht?

08:47 Ja, aber bitte sag's keinem. Ich fühle mich beschissen deswegen ...

Aisha antwortet mit einem weinenden Emoji. Du musst kein schlechtes Gewissen haben! Johnny hat dich betrogen, schon vergessen? Hat es sich denn gut angefühlt, es zur Abwechslung mal mit einem anderen zu tun?

Ich erspähe einen freien Sitzplatz und lasse mich darauf fallen, ohne die Frau zu beachten, die denselben Platz im Visier hatte. Wer zu spät kommt, den bestraft das Leben.

Das Signal ist schon wieder weg, aber ich wüsste ohnehin nicht, was ich auf Aishas Frage antworten soll. Ich fühle mich überhaupt nicht gut. Im Gegenteil, ich fühle mich schrecklich, weil ich mich auf Johnnys Niveau begeben und mich auf einer Dating-Seite angemeldet habe, bevor wir Gelegenheit hatten, über alles zu sprechen. Was habe ich mir nur dabei gedacht?

08:51 Soll ich den anderen sagen, dass das Meeting verschoben wurde?

Ach du Scheiße. Ich hatte total vergessen, dass um neun eine Redaktionssitzung ansteht. Ich bitte Aisha, sie auf zehn Uhr zu schieben, damit ich noch ein bisschen Zeit habe, um mich halbwegs wiederherzustellen.

Um etwa Viertel nach neun betrete ich das Gebäude. Mit eingezogenem Kopf haste ich am Empfang vorbei und schnurstracks zu den Gemeinschaftsduschen.

Als ich mich ausziehe, fühle ich mich schmutzig. Mein Schädel pocht so heftig, dass ich keine Chance habe, den Gedanken Einhalt zu gebieten, die mit hundert Meilen pro Stunde durch meinen Kopf rasen. Was für eine Frau meldet sich einen Tag nach der Trennung von ihrem Freund auf einer Dating-Seite an und steckt einem Kollegen die Zunge in den Hals? Ich bin keinen Deut besser als Johnny. Er war immerhin so nett, sich an meinen Krankenhaustermin zu erinnern.

Im selben Moment spüre ich den sauren Geschmack von Galle, der mir die Kehle hochsteigt. Mir bricht der Schweiß im Nacken aus, und mein Kopf fühlt sich an, als stünde er in Flammen. Gleich muss ich kotzen …

Ich schaffe es gerade noch zum Klo, ehe es mir hochkommt und klare Flüssigkeit überallhin spritzt. Ich gebe meinen gesamten Mageninhalt von mir, dann breche ich neben der WC-Schüssel zusammen. In den letzten sechsunddreißig Stunden habe ich kaum etwas gegessen. Lauren mag meinem Liebeskummer die Schuld dafür geben, aber mir ist Appetitlosigkeit eigentlich fremd. Ich kann mich nicht daran erinnern, jemals keine Lust auf einen Teller Pasta gehabt zu haben.

Am Boden kauernd, betrachte ich meinen nackten Körper. Ich bin von mir selber angeekelt. Wer würde mich als Chefredakteurin eines Magazins einstellen? Nach der Nummer hier werden sie mir niemals einen festen Job anbieten.

Ich erlaube mir, fünf Minuten lang in Selbstmitleid zu baden, dann finde ich die Kraft, mich unter die Dusche zu schleppen, wo ich das Wasser so heiß aufdrehe, wie ich es gerade noch ertragen kann. Danach zwinge ich mich, ein paar Scheiben Toast zu essen. So bin ich halbwegs gerüstet, um mich auf die Berge von Papierkram und die Meetings zu konzentrieren, die vor und nach meinem Krankenhaustermin auf mich warten.

Mir steht heute noch ein langer Tag bevor.

NENNEN SIE MICH ROSE

»Jessica Jackson?«

Als ich aufblicke, steht eine Schwester vor mir. Sie ist schätzungsweise Mitte sechzig, hat die gleichen breiten Hüften wie Mum, und im ersten Moment möchte ich die Arme um sie schlingen und den Duft von Mehl und Puderzucker einatmen, der ihr immer in den Haaren hing, wenn sie Kuchen gebacken hatte. Dann gebe ich mir einen Ruck. Diese Frau ist nicht meine Mum.

»Kommen Sie bitte mit«, sagt sie, und ein warmherziges Lächeln breitet sich auf ihren Zügen aus, während sie ihr Klemmbrett an die Brust drückt.

Ich beeile mich, meinen Laptop wegzupacken, weil ich ihre kostbare Zeit nicht verschwenden will. Als ich aufstehe, fühle ich mich immer noch ein bisschen wacklig auf den Beinen. Die Kopfschmerzen sind trotz der Tabletten schlimmer geworden, und in der Hand halte ich meine mittlerweile vierte Tasse Kaffee.

»Haben Sie heute jemanden mitgebracht?«, erkundigt sich die Schwester.

Ich schüttle den Kopf und fühle mich sofort schuldig wegen Johnny.

Ich folge ihr den Gang hinunter, um eine Ecke und schließlich durch eine Tür. Ich rechne damit, in einem weiteren Wartezimmer geparkt zu werden, wo ich dann wie so oft noch eine halbe Stunde herumsitzen muss – genügend Zeit, um noch ein paar Mails zu lesen. Stattdessen biegt sie links ab und führt mich direkt in einen winzigen, fensterlosen Praxisraum, wo der Arzt bereits an seinem Schreibtisch sitzt.

»Hallo, Jessica. Ich bin Mr. Patel. Bitte, setzen Sie sich doch.«

Das Gesicht des Arztes ist von tiefen Falten zerfurcht, doch seine Augen sind die eines jungen Mannes.

»Tut mir leid. Ich habe Kaffee mitgebracht.« Ich stelle den Pappbecher auf den Tisch und lege meine Tasche auf dem Boden ab, ehe ich mich auf einen der abwischbaren Stühle sinken lasse. Ich bin froh, sitzen zu können. Ich will, dass dieser Tag möglichst schnell zu Ende geht, damit ich ins Bett kriechen und neun Stunden durchschlafen kann.

»Kein Problem«, formt die Schwester lautlos mit den Lippen, ehe sie sich zwischen mich und den Arzt stellt.

»Jessica, Ihre Untersuchungsergebnisse sind da«, sagt Mr. Patel. »Ich fürchte, ich habe schlechte Neuigkeiten für Sie.«

Sein Blick ruht auf mir, als erwartete er, dass ich etwas erwidere. Ich spüre, wie mir das Blut aus dem Gesicht weicht.

»Die Tests haben einen bösartigen Tumor in der linken Brust ergeben.«

In *der* linken Brust. Nicht in *Ihrer* linken Brust.

Ich starre ihn an, unfähig, auch nur ein Wort über die Lippen zu bringen. Ich will, dass er weiterredet.

»Insofern ist es sehr wahrscheinlich, dass wir Sie einer Behandlung unterziehen müssen.« Er macht eine dramatische Pause, ehe er fortfährt. »Genau wissen wir das noch nicht, dafür sind erst weitere Untersuchungen nötig, aber aufgrund der Größe des Tumors gehen wir davon aus, dass Sie eine Chemotherapie machen müssen. Danach folgt ein chirurgischer Eingriff und wahrscheinlich noch eine Bestrahlung. Alles zusammen könnte die Behandlung circa acht Monate in Anspruch nehmen.«

»Bösartig?« Ich sehe die Schwester um Bestätigung flehend an. »Heißt das, es ist Krebs?«

Natürlich ist es Krebs.

»Ja«, sagt Mr. Patel. »Anfangs ist das schwer zu verarbeiten, aber Schwester Raymond und unser gesamtes Team werden Ihnen jegliche Unterstützung zukommen lassen, die Sie brauchen.«

»Nennen Sie mich Rose«, wirft die Schwester ein, als wäre das im Moment das Wichtigste.

»Aber man hat mir doch gesagt, es sei eine Zyste.« Das war die Diagnose meines Hausarztes, und der Facharzt hat sie durch eine Ultraschall-Untersuchung bestätigt. Sie waren sich beide absolut sicher, dass der Befund für eine Frau in meinem Alter unbedenklich ist, und das, obwohl ich ihnen gesagt habe, dass meine Großmutter bereits in jungen Jahren an Brustkrebs gestorben ist. Ich bin nur deshalb ein weiteres Mal zum Arzt gegangen, weil der Knubbel nach fast zwei Monaten immer noch nicht verschwunden war und ich nicht genau sagen konnte, ob er sich nicht vielleicht sogar vergrößert hatte. Bei diesem zweiten Termin wurde mit einer gigantischen Nadel eine Biopsie vorgenommen, doch zu dem Zeitpunkt hatte ich bereits von mehreren Ärzten gehört, dass ich mir keine Sorgen machen müsse.

Jemandem muss ein Fehler unterlaufen sein. Vielleicht wurden die Ergebnisse vertauscht. Es kann doch nicht plötzlich Krebs sein!

»Wir können nachempfinden, dass Sie sich Sorgen machen,

weil der Tumor nicht früher entdeckt wurde, Jessica«, fährt Mr. Patel fort. »Aber die gute Nachricht ist, dass wir ihn ja nun gefunden haben und dafür sorgen werden, dass Sie die bestmögliche Therapie erhalten.«

»Werden mir die Haare ausfallen?«

Schwester Rose zieht die Nase kraus und nickt. Ich muss an Little Miss Avos wunderschöne glänzende Mähne denken, dann an Britney Spears in den Jahren ihres Zusammenbruchs, der Kopf kahl geschoren, das Gesicht rund wie das eines Backenhörnchens.

»Versuchen Sie, sich darüber jetzt noch keine Gedanken zu machen, meine Liebe. Das Team hier ist wirklich ganz ausgezeichnet. Wir haben alles, was Sie brauchen, um die Sache heil zu überstehen.«

Rose öffnet ihre altersfleckigen Hände, und ein Stapel rosafarbener Broschüren kommt zum Vorschein, den sie mir hinhält. Ich betrachte die Frau mit dem fuchsiafarbenen Kopftuch auf dem Cover. Sofort muss ich an Mum denken.

»Was für ein Krebs ist es denn?«

»Ein invasives duktales Karzinom. Außerdem ist es östrogenrezeptor-positiv, das heißt, es reagiert auf das Hormon Östrogen. Wir werden Ihnen hormonsupprimierende Medikamente verabreichen, und falls Sie die Pille nehmen, müssen Sie diese absetzen. Aber wie gesagt, zuerst sind noch weitere Untersuchungen nötig.«

»Ich muss auf der Arbeit anrufen.« Ich habe keine Zeit für so etwas. Ich muss alle Energie in meinen Job stecken.

»Ich denke, unter den gegebenen Umständen wird man auf Ihrer Arbeit verstehen, wenn Sie ein bisschen später kommen.« Rose tätschelt meine Hand.

Mr. Patel blickt in seine Notizen, dann zu mir. »Schwester Raymond und unser überaus kompetentes Team werden in den kommenden Tagen alles genau mit Ihnen besprechen, Jessica.«

Ich öffne den Mund, um ihm zu sagen, dass ich Jess heiße, doch am Ende lasse ich es bleiben.

»So. Eine Sache wäre da noch, über die wir reden sollten. Bei Frauen, die sich wie Sie noch vor der Menopause befinden, kann eine Chemotherapie zu einer Abnahme der Fertilität führen. Sie sind ...« Er überfliegt seine Aufzeichnungen und sucht nach meinem Geburtsdatum, um mit der magischen Fähigkeit, die nur Ärzte besitzen, innerhalb von drei Sekunden mein Alter zu errechnen. »Einunddreißig. Sehen Sie, es ist sehr wahrscheinlich, dass Sie die nächsten zehn Jahre lang Tamoxifen einnehmen müssen, das ist der Hormonsuppressor. Mit einundvierzig könnte es eventuell schwierig sein, schwanger zu werden, allerdings gibt es da noch andere Optionen ...«

Das kann doch nicht wahr sein! Jeder, den ich kenne, ist in einer festen Beziehung oder sogar im Begriff, den Bund der Ehe einzugehen. Johnny hat gesagt, er wolle mich eines Tages heiraten, und ich weiß, wie sehr er sich Kinder wünscht. Ich habe genug Frauenzeitschriften gelesen, um zu wissen, dass die Fruchtbarkeit ab fünfunddreißig rapide abnimmt, und jetzt habe ich auch noch den zusätzlichen Fluch einer Krebserkrankung am Hals. Vielleicht kann ich niemals Mutter werden.

»Da sind ganz unterschiedliche dabei«, sagt Rose und legt den Stapel Broschüren vor mich hin, als enthielten sie das Heilmittel gegen Krebs. »Zum Thema Haarausfall, Konservierung von Eizellen ...«

»Konservierung von Eizellen?« Mir fällt ein Feature ein, in dem es darum ging, wie alleinstehende Frauen in jungen Jahren ihre Eizellen einfrieren lassen. Der Arzt im Artikel bezeichnete das als »Russisches Roulette«, weil die Chance einer erfolgreichen Schwangerschaft mit eingefrorenen Eizellen so gering ist.

»Es gibt verschiedene Optionen, wie Ihr Kinderwunsch trotzdem noch in Erfüllung gehen kann«, fährt Mr. Patel fort. »Wir können Ihnen kurzfristig einen Termin bei einem Spezialisten geben, zumal Sie das auf jeden Fall erledigen sollten, bevor Sie mit der Chemotherapie anfangen.«

Chemotherapie. Ein Zusammenschnitt von Gedanken flackert durch meinen Kopf. Mum am Tropf, der Chemikalien in ihren Körper pumpte, deren Nebenwirkungen sie tagelang ans Bett fesselten. Das erste Mal, dass ich sie ohne Haare sah, die Kopfhaut blass und weich wie von einem gerupften Huhn. Wie sie sich die Haare aus dem Gesicht hielt und sich über die Toilettenschüssel beugte, heimlich, damit Dad sie nicht sah. Gelähmt vor Schmerzen. Es hätte ihr das Herz gebrochen, wenn sie geahnt hätte, dass ich einmal das Gleiche durchmachen muss wie sie. Und noch schlimmer wäre es für sie gewesen, zu wissen, dass ich vielleicht niemals Kinder bekommen kann. Dass ich Dad womöglich kein Enkelkind schenken werde.

O mein Gott, ich muss es Dad sagen.

Mein Blick driftet zu einem Stück abgeblätterter Farbe an der Wand hinter Mr. Patel. Eine zarte cremefarbene Locke wie ein Splitter weißer Schokolade auf einer Hochzeitstorte. Am liebsten würde ich sie abziehen wie den Schorf von einer Wunde.

»Okay«, sage ich. »Ich hätte gerne einen Termin zur Konservierung meiner Eizellen.«

FRAUEN SIND WIE TEEBEUTEL

Der Schlüssel passt nicht. Wieso passt der Schlüssel nicht? Ich drehe ihn nach links, ich drehe ihn nach rechts, aber er klemmt. Die Klinke lässt sich nicht herunterdrücken. Ich schlage mit der Faust gegen das harte Holz der Tür.

»Jess? Alles in Ordnung?«

Ich drehe mich um und schaue von der oberen Treppenstufe nach unten. Am Tor steht meine Nachbarin Clara, makellos zurechtgemacht im gestreiften Jumperkleid und Stiefeln. Ihr Baby Alfie ist in eine dieser Decken von JoJo Maman Bébé gewickelt, die zur Grundausstattung jeder Edelmutter in Clapham zu gehören scheinen.

»Es geht mir gut«, sage ich und kehre ihr den Rücken zu. »Nur der falsche Schlüssel.«

»Bist du sicher? Ich hätte Zeit für eine Tasse Tee.«

Bingo. Der Schlüssel lässt sich drehen, die Tür geht auf.

»Nein, schon gut, Clara. Es ist wirklich alles in Ordnung. Wir unterhalten uns ein andermal.«

Ich öffne die Tür gerade so weit, dass ich durch den Spalt schlüpfen kann, und werfe sie hinter mir zu. Dann stürze ich den Flur entlang zur Toilette, schaffe es jedoch nicht mehr zur WC-Schüssel, sondern übergebe mich ins Waschbecken. Ich muss an den Tequila von gestern Abend denken. Mir ist, als wäre das eine ganz andere Version meiner selbst gewesen. Eine Version, die keinen Krebs hat.

Ich sinke auf dem kalten Fliesenboden zusammen. Aus dieser Perspektive kann ich all die Stellen sehen, die ich beim Putzen vergessen habe – die Flecken unten an der Kloschüssel, den Schmutz an der Unterseite des Waschbeckens. Nächstes Mal muss ich gründlicher sein.

Tumor. Ich sage es laut und speie das »t« förmlich aus, als müsste ich es gewaltsam aus meinem Körper entfernen. Ich hasse dieses Wort. Es wächst und mutiert in meinem Innern und versucht die Herrschaft über meinen Körper zu erlangen. Ich spüre, wie Panik in meiner Brust hochsteigt und mich zu ersticken droht. Ich habe Mühe zu atmen, als ich mich hinlege und meinen Kopf auf die kühlen Fliesen bette.

Das Vibrieren meines Handys lässt mich in die Höhe fahren. Johnny.

Ich tippe auf den grünen Punkt. Es ist das erste Mal seit zwei Tagen, dass ich seinen Anruf nicht wegdrücke. Ich lasse das Telefon neben meinem Gesicht auf dem Boden liegen, als seine Stimme aus den Lautsprechern dringt. Oreo taucht auf, wischt mir mit dem Schwanz durchs Gesicht und verteilt seinen Geruch auf mir.

»Jess? Gott sei Dank, dass du rangehst. Wie war es? Ich dachte, du rufst gleich nach dem Termin an.«

Mir gelingt ein undeutliches Murmeln. Mein Kopf fühlt sich leer und zittrig an.

»Ich versuche schon seit Ewigkeiten, dich zu erreichen. Geht es dir gut?«

Es kostet mich all meine Kraft, mich auf den Bauch zu drehen und in die Höhe zu stemmen. Ich setze mich auf und lehne mich mit dem Rücken gegen die Badewanne.

»Ich habe Krebs.«

»Was?«

Ich schweige, während die Bedeutung meiner Worte auf beiden Seiten der Leitung nachhallt.

»Ich habe es gewusst. Ich hätte mitkommen sollen.«

»Eigentlich solltest du es gar nicht wissen.« Wir sind getrennt. *Er hat mich betrogen.*

»Ich komme nach Hause. Bleib bitte so lange am Telefon, ja?«

»Okay.« Ich habe Mühe, einfach nur den Kopf oben zu halten, wie ein Neugeborenes, dessen Nackenmuskeln noch nicht richtig ausgebildet sind.

Eine Reihe von Haarpflegeprodukten starrt mich vom Regal aus an und verführt mit Bildern üppig glänzender Mähnen. Colour Goddess, Radiant Red. *Weil Sie es sich wert sind.*

»Ich bin schon auf dem Rückweg von Manchester. In ein paar Stunden kann ich bei dir sein, okay?«

Ich nicke. *Manchester. Mia. Marcus. Krebs.*

»Sprich mit mir, Jess.«

Wieder nicke ich bloß.

»Jess?«

»Was, wenn ich sterbe?«

»Du wirst nicht sterben«, sagt er in seiner Anwaltsstimme. So redet er immer mit Mandanten. »Wir stehen das durch. Ein Schritt nach dem anderen.«

Zum dritten Mal nicke ich. Vor lauter Keuchen und Schluchzen bekomme ich kaum noch Luft.

Johnny zwingt mich, am Apparat zu bleiben, und redet die ganze Zeit mit mir wie der Mitarbeiter einer Krisenhotline.

»Wo bist du?«

»Zu Hause.«

»In welchem Zimmer?«

»Im Bad.«

»Okay. Geh in die Küche, ja? Setz Wasser auf. Koch dir eine Tasse Tee. Erzählst du mir, was du gerade machst?«

Eine Tasse Tee, die Lösung für jedes Problem. Aber natürlich hat er recht. Ich stehe mühsam auf und stütze mich kurz am Waschbeckenrand ab, ehe ich die wenigen Schritte bis in die Küche gehe. Oreo folgt mir und stößt mit seinem Köpfchen gegen mein Bein.

Das Telefon summt an meinem Ohr. »Warte kurz, jemand ruft an«, sage ich. »Es ist Lauren, ich muss jetzt auflegen.«

Ich wechsle die Leitung.

»Jess, O mein Gott, dieser verdammte Florist!«

»Was?«

»Die haben das mit den Blumen schon wieder vergeigt. Und bei Lola's teilt man mir auf einmal mit, dass es zwei Wochen länger dauert, um die Brautjungfernkleider in Marshmallow anzufertigen.«

»Lauren, ich ...«

Ich öffne den Schrank und hole meine Lieblingstasse heraus, die so groß ist, dass Dad immer witzelt, man könnte ein Bad darin nehmen.

»Hör zu, ich weiß, für dich selbst würdest du so ein Kleid nicht unbedingt aussuchen.« Ihre Stimme zittert. Sie ist den Tränen nahe. »Mir ist nur einfach extrem wichtig, dass wir alle Marshmallow tragen.«

»Lauren ...«

Ich fülle den Wasserkocher und hänge einen Teebeutel in die Tasse. Dann fällt mir ein, dass Mum immer zuerst die Milch reingetan hat.

»Jess, mir war gar nicht klar, wie stressig es ist, eine Hochzeit zu planen. Es ist einfach so …« Jetzt weint sie wirklich und schnieft ins Telefon.

»Lauren, ich muss dir was sagen …«

Ich lausche dem tröstlichen Knacken und Zischen des Wasserkochers.

»Bitte, keine Widerrede, Jess. Es ist *meine* Hochzeit. Man heiratet nur einmal im Leben. Wenigstens hoffe ich das …«

»Lauren!«

»Jess, lass mich ausreden.«

»Nein, lass *mich* ausreden. Verdammte Scheiße, Lauren, ich habe Krebs.«

Endlich herrscht Stille. Ich glaube, dies ist das erste Mal seit dem Tag ihrer Verlobung, dass sie nicht weiß, was sie sagen soll.

Einen Sekundenbruchteil später fängt sie an zu heulen, ein lautes »Wuu-huu-huu!« wie von einem Kleinkind. Ich habe das Gefühl, mich außerhalb meines Körpers zu befinden. Unfähig, auf ihren Gefühlsausbruch zu reagieren, warte ich einfach ab, dass sie aufhört.

»Bist du sicher?«, fragt sie, nachdem sie sich wieder halbwegs beruhigt hat. »Könnte es nicht vielleicht eine Verwechslung gewesen sein? Dass die Ergebnisse vertauscht wurden?«

»Ich glaube nicht. Ich …«

»Kannst du nicht eine zweite Meinung einholen?«

»Es ist keine Verwechslung.«

Ich höre ein feuchtes Nasehochziehen, abermals gefolgt von verzweifeltem Schluchzen.

»Aber du bist so jung. Du kannst doch keinen Krebs haben.«

»Ich weiß.«

»So kurz nach deiner Mum.«

»Ich weiß.«

»Es ist nur ... es ist nicht ... Das ist nicht ... fair.« Alle paar Worte schnappt sie japsend nach Luft. Gleich fängt sie an zu hyperventilieren.

»Ich weiß.« Sie muss begreifen, dass alles gut wird. Ich werde wieder gesund, aber ich habe keine Ahnung, wie ich sie trösten soll.

»Bitte, weine nicht. Ich werde schon nicht sterben.«

Da stößt sie einen Klageschrei aus, der so laut und schmerzerfüllt ist, dass er mir durch Mark und Bein geht. Er klingt wie das Heulen eines Wolfs. Vielleicht hätte ich nicht vom Sterben sprechen sollen.

»Hey, hey, hey«, sage ich. Jedes »Hey« ist ein Versuch, ihrem Tränenfluss Einhalt zu gebieten. »Sie haben gesagt, der Tumor wurde rechtzeitig entdeckt und ist gut behandelbar. Das wird schon wieder.«

»Ja«, sagt Lauren und reißt sich zusammen, hört auf zu weinen. Ich höre ein *Klonk*, als sie ihr Handy ablegt, und dann ein ohrenbetäubendes Geräusch, als sie sich direkt an meinem Trommelfell die Nase schnäuzt. Etwas an ihrem Schmerz verleiht mir Kraft. Solange ich sie trösten kann, klappe ich vielleicht nicht zusammen.

»Geht es dir besser?«, frage ich.

Sie holt tief Luft. »Ja, alles in Ordnung.« Sie klingt wieder halbwegs gefasst. »Hast du jemanden, der sich um dich kümmert? Soll ich zu dir kommen?«

Ich gieße das dampfende Wasser in die Tasse und gebe einen Schuss Milch dazu, dann krame ich zwischen meinen Backzutaten nach einer Tüte Zucker. Zwei Löffel voll, genau wie der Tee, den Mum mir immer gemacht hat, wenn meine Regelschmerzen so stark waren, dass ich fast ohnmächtig davon wurde.

»Johnny kommt heute Abend nach Hause«, sage ich.

»Ich dachte, ihr seid getrennt?«

Scheiße. Mia. Marcus. Scheiße. Darüber kann ich jetzt nicht nachdenken.

»Ich weiß nicht«, sage ich kopfschüttelnd. »Darum kann ich mich jetzt nicht auch noch kümmern.«

»Ich kann meinen Termin heute Nachmittag absagen und für ein Weilchen zu dir kommen«, schlägt sie vor. »Nicht, dass ich dir als heulendes Häufchen Elend eine große Stütze bin.«

Ich lache. »Das wäre schön.«

»Alles wird gut«, sagt sie. »Ich weiche die ganze Zeit nicht von deiner Seite, versprochen. So wie bei deiner M...«

Kaum dass sie »Mum« sagen will, bricht sie erneut in Tränen aus. In den Jahren von Mums Krankheit war sie immer für mich da, und jetzt muss sie zusehen, wie mir das Gleiche widerfährt.

»Haben sie ...« Sie kämpft ihre Tränen nieder. »Haben sie gesagt, ob dir die Haare ausfallen?«

»Ich glaube schon.«

»Dann kriegst du eine ... Glatze?« Schon wieder sehe ich Britney vor mir, dieses herzzerreißende Titelbild, auf dem sie mit großen Rehaugen, die eine Schädelseite kahl, wie ein trauriger Clown in die Kamera blickt.

»Wahrscheinlich, ja.«

»Auf meiner ... auf meiner ... Hochzeit?«

Ich muss eine Chemo machen, damit ich nicht sterbe, und

der Mann, den ich liebe, hat mich betrogen. Und sie macht sich Sorgen um ihre Hochzeit?

»Jess?«

»Wir finden bestimmt eine marshmallowfarbene Perücke, falls du dir deshalb Sorgen machst.«

Auf einmal müssen wir beide lachen. Lauren macht hysterische Kieksgeräusche, vermischt mit lautem Schniefen. Obwohl sie manchmal die unmöglichsten Dinge sagt, spüre ich durchs Telefon, wie sehr dieses alberne, überemotionale Wrack von einer besten Freundin mich liebt.

»Schwing deinen Arsch hier rüber«, sage ich, als ich wieder sprechen kann.

»Ich bringe Gin mit«, sagt sie.

Ich sitze mit an die Brust gezogenen Knien am Küchentisch und schlürfe den süßen Tee, den ich umgerührt habe, als gäbe es kein Morgen. Ich habe mehrere WhatsApp-Nachrichten von Aisha bekommen.

15:05 Hey, Jess, alles in Ordnung? Tabitha dreht langsam am Rad x

15:25 Vergiss Tabitha, wie war dein Termin im Krankenhaus? Xx

15:55 Habe nichts von dir gehört, geht es dir gut? Ruf mich an, sobald du kannst Xx

Ich fange an, eine Antwort zu tippen, als erneut mein Handy summt. Kate.

»Jess. Lauren hat es mir gerade erzählt.«

So schnell geht das? Schlechte Neuigkeiten verbreiten sich wirklich rasend. Ich muss unbedingt Dad anrufen.

»Ich kann es gar nicht glauben«, sagt sie. »Ich hätte nie gedacht…«

»Ich weiß.« Keine Ahnung, wie ich die Energie aufbringen soll, jedem Einzelnen meiner Freunde und Verwandten diese Nachricht beizubringen.

»Du bist noch so jung.«

»Ja.«

Ich erinnere mich an einen Artikel über eine junge Frau, die mit zweiundzwanzig bereits drei verschiedene Arten von Krebs gehabt hatte.

»Lauren hat gesagt, sie fährt zu dir?«

»Ja.«

»Ich kann auch kommen, sobald Colm wieder da ist, falls ich Ella zum Schlafen kriege. Ich könnte auch gleich kommen, dann müsste ich sie allerdings mitbringen, und sie ist immer ziemlich quengelig, wenn …«

»Danke, Kate, aber mach dir keine Sorgen.« Das Letzte, was ich in meinem krebskranken, benommenen, verkaterten Zustand brauchen kann, ist ein schreiendes Baby.

»Weißt du, meine Tante Pam hatte Brustkrebs, und sie ist inzwischen wieder ganz gesund. Sie hat sich sogar für eine Benefizveranstaltung von einer Steilwand abgeseilt. So was lässt sich heutzutage doch gut behandeln, oder?«

»Denke schon.«

Ich habe zwei verpasste Anrufe von Tabitha und einen von Aisha. Ich muss zuerst mit Dad sprechen und es hinter mich bringen, trotzdem quälen mich entsetzliche Schuldgefühle. Johnny hatte recht, ich bin egoistisch, das erkenne ich jetzt. Ich habe nur an mich und mein berufliches Fortkommen gedacht, während es meinem Freund schlecht ging und mein Dad mich gebraucht hätte. Kein Wunder, dass Johnny fremdgegangen ist.

Kein Wunder, dass ich Krebs bekommen habe.

Im Kopf gehe ich alles durch, was ich falsch gemacht habe. Ein Jahrzehnt Antibabypille, exzessives Sonnenbaden als Teenager und all die Kampfbesäufnisse mit Lauren. Wir trugen Röcke, die nur unwesentlich breiter waren als Gürtel, kippten Smirnoff Ice und klimperten mit dem Autoschlüssel ihres Bruders, damit wir alt genug aussahen, um in den Club zu kommen. Habe ich mir diese Krebserkrankung selbst zuzuschreiben? Ich habe nie geraucht oder Drogen genommen. Das Einzige, was ich mir je die Nase hochgezogen habe, war der Duft des Puderzuckers, in dem Mum und ich früher unsere frisch gebackenen Krapfen gewälzt haben.

Heißt es nicht, dass Zucker Krebszellen schneller wachsen lässt? Unwillkürlich stelle ich mir die Hunderte von Kuchen vor, die ich im Laufe der Jahre mit Mum gebacken und verspeist habe – einer für die Kunden, einer für uns. Das war unser Ritual, seit ich klein war. Ich hätte mir niemals träumen lassen, dass ich eines Tages Brustkrebs davon bekommen würde. Ich will nicht, dass Dad noch ein zweites Mal so leiden muss.

Nein, nein, ich kann nichts dafür. Mr. Patel hat gesagt, es habe hormonelle Ursachen, irgendetwas mit Östrogen oder so. *Einfach Pech*, hat er gesagt, wenn ich mich recht erinnere.

Ich atme tief ein. Augen zu und durch, wie Dad immer sagt. Ich drehe die Heizung auf. Es ist eiskalt in der Wohnung.

»Jessie!« Er klingt überrascht. Mit entsetzlichen Schuldgefühlen wird mir klar, wie lange ich mich nicht bei ihm gemeldet habe. Er weiß nicht mal das von mir und Johnny.

»Dad«, sage ich, und meine Stimme bricht.

»Schätzchen, geht es dir gut?« Er sollte mit mir schimpfen, weil ich seit Wochen nicht zurückrufe, aber er weiß sofort, dass etwas nicht stimmt.

»Ich glaube, du setzt dich besser hin.«

»Du bist doch nicht schwanger, oder, Mäuschen? Du weißt, dass deine Mutter immer gesagt hat, alles in der richtigen ...«

»Dad. Ich bin nicht schwanger. Bitte, setz dich, du machst mich ganz nervös.« Ich umklammere meine leere Tasse mit beiden Händen, obwohl sie längst kalt geworden ist.

»Okay, ich sitze jetzt. Auf der wunderschönen Bank, die deine Mutter ausgesucht hat. Ich bin so froh, dass wir sie sie haben aussuchen lassen, du nicht auch? Im Frühjahr sieht sie so schön aus. Aber jetzt ist es ganz schön frisch hier draußen ...«

»Dad, ich habe Krebs.«

Keine Reaktion.

»Dad?«

»Oh, Jessie.«

»Ich glaube aber, sie haben ihn rechtzeitig entdeckt. Es wird nicht so sein wie bei Mum ...« Trotzdem fange ich an zu schluchzen.

»Bist du sicher?«

»So sicher wie der Arzt, der mir gesagt hat, dass ich Krebs habe.« Immer wenn ich mit Dad rede, schlägt mein nördlicher Dialekt durch.

»Ich komme dich abholen. Ich mache mich heute Abend noch auf den Weg.«

»Dad, es ist alles in Ordnung, wirklich. Johnny begleitet mich zu meinen Terminen.« Wird er das? Ich weiß ja nicht mal, ob wir noch zusammen sind!

»Aber ich bin dein Dad, Schätzchen!«

»Ich weiß, aber ich brauche Normalität. Ich will nicht so viele Leute im Haus haben.« Ich wünsche mir so sehr, dass er kommt. Ich wünsche mir so sehr, dass er darauf besteht.

»Ich bin doch nicht *viele Leute*.«

»Ich weiß. Lass mich einfach erst mal abwarten und hören, wie die nächsten Schritte aussehen.«

»Du bist genauso stur wie deine Mutter, Jessie. Was für ein … Krebs … ist es denn?«

»Invasives duktales Karzinom, haben sie gesagt.« Dieses Wort »invasiv« klingt so finster. Ich stelle mir vor, wie sich der Krebs durch meine Brust frisst. »Ich weiß nicht, ob es das Gleiche ist wie bei Gran.«

»Es ist also in deiner Br…«

»Brust, ja.«

Ich muss lernen, nicht zusammenzuzucken, wenn mein Vater das Wort »Brust« sagt.

»Muss es operiert werden?«

»Sie haben gesagt, erst Chemo, dann OP. Aber vorher müssen noch jede Menge Untersuchungen gemacht werden.«

»Ich darf doch zur Chemo kommen, oder? Und wenn du deine OP hast?«

»Natürlich, Dad.«

»Man weiß nie, Liebes, vielleicht sieht es danach ja besser aus.«

Ich lache. Der Heizkörper summt und knackt. Im Zimmer wird es allmählich wärmer.

»Frauen sind wie Teebeutel«, sagt Dad in Mums hohem Londoner Akzent. »Man weiß nie, wie stark sie sind, bis man sie ins heiße Wasser wirft. Erinnerst du dich noch?«

Ich lächle. Wie könnte ich das jemals vergessen?

Lauren verabschiedet sich um halb zehn. Auf der Schwelle umarmen wir uns so lange, dass ich schon das Gefühl habe, sie wird mich nie mehr loslassen. Ich bin völlig am Ende, meine Augen brennen und sind verquollen vom vielen Weinen.

Ich ziehe mich aus, schlüpfe in meinen Schlafanzug und krieche ins Bett. Ich genieße die Kälte der Laken. Innerhalb von fünf Minuten kommt Oreo mit einem kleinen Quietschen angeschlichen und rollt sich auf meinen Beinen zusammen. Johnny wird jeden Moment zu Hause sein, und wenn ich einfach nur einschlafen könnte, sieht morgen alles bestimmt schon viel besser aus. Ich wünsche mir von ganzem Herzen, dass es die letzten vier Tage nie gegeben hätte.

Ich sitze im Bett, streichle Oreo, und die Frequenz seines Schnurrens lockert meine angespannten Muskeln. In den Tagen nach Mums Tod habe ich oft stundenlang mit Frostie, der Katze meiner Eltern, zusammengesessen. Sie hat sich resigniert in meinem Schoß zusammengerollt, als wüsste sie, dass Mum für immer fort war, und als hätte sie mich zu ihrem Ersatz bestimmt. Es brach mir das Herz, sie bei meiner Rückkehr nach London zurücklassen zu müssen. Ich hätte ihr so gerne begreiflich gemacht, dass Mum uns nicht aus freien Stücken verlassen hatte.

Kaum dass mein Kopf das Kissen berührt, werde ich von Trauer überwältigt. Oreo sieht mich mit seinen großen grünen Augen an, als wollte er fragen, was mit mir los ist. Eine kleine Pfütze aus Tränen bildet sich unter meinem Gesicht, während ich schluchze und schluchze und dabei am ganzen Leib zittere. Es ist der Gedanke an Dad, der es ausgelöst hat. Der Gedanke, dass er jetzt ganz allein zu Hause sitzt, ohne

Mum, die ihn tröstet. Allein mit der Angst um sein einziges schwerkrankes Kind. Wenn Mum da wäre, würde sie ihm den Rücken streicheln und einen Tee kochen. Ohne sie fühlt er sich bestimmt verloren.

Ich schiebe Oreo zur Seite und rücke von der nassen Stelle auf meinem Kissen ab. Stattdessen drehe ich mich auf den Rücken und lege meine Hand auf meine linke Brust. Als Jugendliche habe ich das oft gemacht, um zu prüfen, wie sehr ich an Oberweite zugelegt hatte. Damals habe ich mich gefragt, ob sie jemals groß genug werden würden, um meine ganze Hand auszufüllen. Wurden sie nie.

In den letzten Wochen habe ich den Knoten so oft gefühlt, habe daran herumgetastet und gedrückt, um zu schauen, ob er noch da ist. Der erste Arzt meinte, hormonell bedingte Zysten würden normalerweise von selbst wieder verschwinden, aber mein Knoten dachte nicht daran. Er ist immer noch da, auch wenn ich nicht sagen kann, ob er gewachsen ist oder sich als Anzeichen für etwas Bedrohliches sonst irgendwie verändert hat.

Doch heute kommt er mir anders vor – größer, deutlicher spürbar. Zum ersten Mal fühle ich ihn nicht nur mit meinen Fingern, sondern von innen als ein dumpfes Ziehen. Wie Kopfweh, nur in der Brust. Ein heiß glühender Tischtennisball aus Schmerz.

Ich möchte mir ein Leid antun. Ich muss diesen Parasiten in meinem Innern ausrotten.

Johnny kommt um zweiundzwanzig Uhr achtundfünfzig. Das weiß ich, weil ich seit Stunden den Digitalwecker anstarre.

Ich bin hellwach und gleichzeitig zu erschöpft, um mit ihm zu reden. Zu müde, um ihn auf sein Fremdgehen anzusprechen oder ihm meinen Kuss mit Marcus zu gestehen. Er klettert zu mir ins Bett und schmiegt sich an mich. Seine behaarten Beine sind kalt an meinen Waden, doch ich zucke nicht zusammen. Er stinkt nach Whisky. Er muss während der Zugfahrt getrunken haben. Er legt einen Arm um mich und streift dabei leicht die Brust mit dem Tumor.

Keiner von uns beiden sagt ein Wort. Wenn wir einfach daliegen und schweigen, können wir so tun, als wäre das alles nicht real.

CAPRI SUN

Außer mir sind noch fünf andere Frauen im Wartezimmer, alle in identische Bademäntel gehüllt. Wir sitzen so weit voneinander entfernt wie nur möglich, zwischen uns die leeren Stühle. Vor jeder Frau auf dem Boden steht ein Einkaufskorb, so wie man sie im Supermarkt benutzt, nur dass diese Körbe dazu dienen, unsere Habseligkeiten aufzubewahren, während wir uns auf die Untersuchung vorbereiten.

Ich nehme die riesige Flasche mit gelblicher Flüssigkeit und gieße etwas davon in den Plastikbecher. Immer schön trinken, haben sie gesagt, alle Viertelstunde ein Glas. Nach dem ersten Schluck bin ich angenehm überrascht. Es schmeckt wie verdünntes Capri Sun oder eine wässrige Version der Orangenfruchtsaftgetränke, die Mum mir als Kind oft gegeben hat. Ich leere den ganzen Becher in einem Zug.

Dann angle ich mir eine Ausgabe der *Cosmo* und blättere die Beziehungsseiten durch. *Wie ist Sex mit einer Frau? So lieben Feministinnen.* Ich lege die Zeitschrift wieder weg und betrachte stattdessen die Frauen. Einige haben kurze, andere schulterlange Haare. Ich frage mich, wie viele von ihnen wissen, dass sie Krebs haben. Und wie viele werden heute erleichtert nach Hause gehen, weil die jährliche Kontrolluntersuchung negativ war?

Ich bin mit Abstand die Jüngste im Raum. Weil keine von uns ihre normale Kleidung trägt, ist es schwer, das genaue

Alter der anderen Patientinnen zu schätzen, aber ich würde die Jüngste auf fünfzig, mindestens fünfundvierzig schätzen. Die meisten scheinen ungefähr in Mums Alter zu sein.

Sind Sie über fünfzig? Waren Sie bei der Mammografie? steht auf einem Poster an der Wand. Weiße Schrift auf pinkfarbenem Hintergrund. Pink, die Farbe des Brustkrebses und von Mums mit kirschrotem Frosting garnierten Cupcakes.

Im Türrahmen taucht eine Schwester mit einem Klemmbrett auf. »Eileen?«, fragt sie in die Runde. Eileen steht von ihrem Platz auf, legt ihre *Woman's Weekly* zur Seite und hebt ihren Korb auf. Sie bückt sich ganz falsch, auf die Weise wird sie sich noch den Rücken ruinieren.

Eileen ist ungefähr sechzig Jahre alt und hat die Haare zu einem kurzen grauen Bob geschnitten, der am Hinterkopf bereits ein wenig schütter ist. Sie verschwindet den Gang hinunter. Wird sie gleich erfahren, dass sie Krebs hat?

Ich nehme mein Smartphone in die Hand und schaue mich ein bisschen auf Instagram um. In Kates Feed tippe ich auf ein Foto der kleinen Ella mit gelber Wollmütze und Handschuhen, die mit ihrer Mutter am Serpentine Lake steht. Ich lasse ihr einen Smiley mit Herzchenaugen da und auf dem *Perfect-Bake*-Account ein Emoji in Form eines Stapels Blaubeerpfannkuchen. Schließlich lande ich bei einem Foto von Tabitha, das Anfang der Woche gepostet wurde. Darauf sitzt sie, in einen umwerfenden Pelzmantel von Shrimps gehüllt, zurückgelehnt an ihrem Schreibtisch und hat einen Fuß (natürlich trägt sie Stilettos) auf den Tisch geschwungen. Die Pose suggeriert, dass es sich um ihr eigenes Büro handelt. Unter dem Foto steht lediglich: Ich bin der Boss! Das Ganze erscheint mir wie ein passiv-aggressiver Versuch, mir zu sagen, dass ich bloß nicht glauben soll, ich könne einfach so in ihr Territorium eindringen und die Leitung des Magazins übernehmen, auch wenn ich genau dafür eingestellt wurde.

Ich habe Miles gestern in einer E-Mail, die ich auch an die Personalabteilung geschickt habe, über meine Erkrankung informiert. Aisha habe ich es über WhatsApp mitgeteilt. Das war ein wenig unsensibel, aber ich konnte den Gedanken an ein weiteres Telefonat einfach nicht ertragen. Beide haben mir versprochen, Verschwiegenheit zu wahren, bis ich weiß, was genau ich mich erwartet, und Miles hat gesagt, er habe Tabitha gebeten, mich heute in der Redaktion zu vertreten.

Ich habe ihr und dem gesamten Redaktionsteam heute Morgen um acht eine Mail geschickt, um sie wissen zu lassen, dass ich mir den Tag wegen eines »privaten Notfalls« freigenommen habe.

Tabitha antwortet an alle. Hi, Jess. Das ist jetzt aber ein bisschen kurzfristig. Wie du bestimmt weißt, müssen die Beauty-Seiten heute abgenommen werden, aber zum Glück habe ich ja den Überblick. Ich hoffe, es ist nichts Ernstes. Herzliche Grüße, Tabitha x.

Ich ärgere mich über die Küsschen in ihren Mails – als wären wir Freundinnen. Für solche Kinkerlitzchen habe ich heute wirklich keinen Kopf.

Wenn ich nächsten Montag in die Redaktion komme, muss ich das Team über meine Krebserkrankung informieren. Eigentlich würde ich lieber selbst entscheiden, wann und wie ich es ihnen sage. So habe ich mir meinen Einstand bei der *Luxxe* wahrlich nicht vorgestellt. Aber ich bin fest entschlossen, mir vom Krebs nicht meine Karriere verpfuschen zu lassen.

Seit meinem letzten Becher Capri Sun ist eine Viertelstunde vergangen. Ich greife nach dem dünnen Plastikbecher und drücke ihn so fest, dass er einen Riss bekommt. Ich gehe zum Wasserspender und nehme einen neuen vom Stapel oben auf dem silbernen Gerät.

»Zum ersten Mal hier?«, höre ich eine Stimme von gegenüber.

Ich hebe den Kopf. Es ist die zweitjüngste Frau im Raum. Sie hat sich die Lippen aufpolstern und wahrscheinlich auch Botox spritzen lassen. Ein Mitglied der oberen Zehntausend. Ich erspähe die YSL-Handtasche, die aus ihrem Einkaufskorb hervorschaut, und schäme mich ein bisschen für meinen abgewetzten Rucksack.

Ich hebe meinen Becher mit verdünnter Katzenpisse. »Woran sehen Sie das?«

»CT?«, fragt sie.

Ich nicke. Die anderen vier Frauen blicken neugierig auf, so wie wenn in der U-Bahn plötzlich jemand spricht.

»Sie sind sehr jung«, stellt sie fest.

Ich nicke höflich.

»Das wird schon«, sagt sie. »Es tut nicht weh.«

Ich will sie fragen, ob sie Krebs hat oder hatte, aber die Frage kommt mir genauso invasiv vor wie die Krankheit selbst.

Gerade als ich versuche, mir ein angemesseneres Gesprächsthema zu überlegen, wird die schicke Frau zu ihrem Termin gerufen. Sie heißt Fiona.

»Alles Gute«, wünscht mir Fiona, ehe sie ihren Korb nimmt und den Raum verlässt.

»Sie bekommen eine niedrig dosierte radioaktive Flüssigkeit, die die Krebszellen auf dem Scan sichtbar macht«, erklärt mir die Schwester. »Keine Sorge, für Sie ist es nicht gefährlich, allerdings sollten Sie in den nächsten vierundzwanzig Stunden den Kontakt zu Schwangeren meiden.«

Ich frage mich, was mit den schwangeren Frauen hier im Krankenhaus ist. Es muss doch jede Menge geben. Was, wenn ich selbst schwanger wäre? Müsste ich dann eine Abtreibung vornehmen lassen? Ich presse mir die Hände auf den Bauch. Ich bin immer davon ausgegangen, dass ich eines Tages ein Baby haben werde.

»Ein kleiner Piks«, sagt die Schwester und sticht mir eine Spritze in den Arm, die viel größer ist als alle, die ich je bei meinem Hausarzt gesehen habe.

Es tut mehr weh als erwartet, aber irgendwie genieße ich den Schmerz.

»Verstauen Sie Ihre Sachen in einem Schließfach, dann gehen wir zum Gerät«, sagt eine andere Schwester drei Stunden später. »Das CT dauert ungefähr fünfundzwanzig Minuten.«

Ich versuche den Arm zu strecken. Ich mag das Gefühl nicht, an einen Apparat angeschlossen zu sein. Seit jeher hasse ich Pflaster, Spritzen und alles, was auch nur entfernt mit Blut oder Krankenhäusern zu tun hat. Ich werde nie die Schläuche vergessen, die in den letzten Monaten im Krankenhaus in Mums Nase steckten, als ihr Gesicht ganz aufgedunsen war von den Steroiden.

»Kommen Sie hier entlang«, sagt sie, öffnet eine Tür und führt mich in einen kleinen Raum. Hier scheint es gut zehn Grad kälter zu sein als im restlichen Krankenhaus. Unwillkürlich muss ich an ein Leichenschauhaus denken.

»Ziehen Sie den Bademantel aus und legen Sie sich auf den Rücken. Ich komme gleich wieder und bereite alles vor.«

Ich klettere auf eine Art Liege, die in eine große Röhre führt, und strecke mich auf der kalten, harten Oberfläche aus. Dann nicke ich, während eine Reihe verschiedener Leute – Radiologen, Schwestern, was weiß ich – mir die verschiedenen Schritte des »absolut schmerzfreien Verfahrens« erläutern und mir einschärfen, wie wichtig es ist, dass ich ganz still liegen bleibe.

»Wenn Sie uns während der Aufnahme etwas mitteilen möchten, drücken Sie einfach hier drauf«, sagt einer von ihnen und gibt mir eine Art Stressball in die Hand, der so weich ist, dass die Gefahr besteht, dass ich ihn aus Versehen drücke.

Nachdem alle den Raum verlassen haben, liege ich da und starre, die Arme locker neben dem Körper, an die Decke. Ich spüre den Schlauch in meinem Arm. Jedes Geräusch wirkt lauter, das Piepsen und Surren der Maschine, das Brummen der Klimaanlage. Als ich langsam in die Röhre fahre, schließe ich die Augen und stelle mir mein Inneres im Scanner vor. Ich male mir aus, wie der Tumor irgendwo oberhalb meiner Rippen grünlich leuchtet.

Die Prozedur scheint Ewigkeiten zu dauern. Ich versuche, möglichst ruhig dazuliegen, aber ich muss dringend tief einatmen und habe Angst, die Bewegung könnte die Aufnahmen ruinieren. Das erinnert mich an unsere Klarinettenstunden in der Neunten bei Miss Berry. Wir mussten uns auf den eiskalten Fußboden legen, die Hände auf den Bauch legen und das Atmen üben. Lauren, der ewige Klassenclown, hat gerülpst oder Furzgeräusche gemacht, wann immer die Lehrerin uns den Rücken zudrehte. Sie war eine so gute Schauspielerin, dass sie sich nie etwas anmerken ließ, aber ich musste immer an Einbrecher oder Mörder denken, um keinen Lachkrampf zu bekommen. Mich hätte sie unweigerlich erwischt.

Heute habe ich das gegenteilige Problem. Ich zwinge mich zu positiven Gedanken, damit ich nicht anfange zu weinen. Ich habe gerade ein Bild von mir im Brautjungfernkleid mit marshmallowfarbener Perücke vor meinem geistigen Auge heraufbeschworen, als ich spüre, wie Bewegung in die Maschine kommt.

»Das war's schon«, sagt die Schwester. »Ziehen Sie sich wieder an und genießen Sie das Wochenende.«

Ich schenke ihr ein Lächeln. Mein Wochenende verspricht nicht gerade genussvoll zu werden.

»War auf den Aufnahmen denn was zu sehen?«, frage ich.

»Das darf ich Ihnen leider nicht sagen. Aber wir melden uns so bald wie möglich.«

»Sah denn alles normal aus?«

»Es tut mir leid, Jessica, wir dürfen wirklich nichts dazu sagen, bis ein Arzt Ihre Bilder begutachtet hat.«

Ich mache den Mund zu und nicke, weil ich weiß, dass ich gleich heulen muss.

Draußen vor dem Wartezimmer fahre ich mit den Fingern an den Knöpfen des Getränkeautomaten entlang. Fair-Trade-Kakao, Tee, Kaffee, Cappuccino. Ich entscheide mich für Tee, stecke eine Münze in den Schlitz und drücke auf Start. Der Automat surrt, und gleich darauf kommt heißes Wasser aus der metallenen Düse geschossen.

»Vielleicht solltest du einen Becher drunterstellen«, ertönt eine Stimme hinter mir.

Hastig nehme ich einen Becher und stelle ihn unter den Strahl, um die letzten Tropfen Tee aufzufangen, doch es ist bereits zu spät. Das Getränk tropft über den Rand und auf den Fußboden.

»Scheiße«, fluche ich und schaue mich auf dem leeren Gang nach etwas um, womit ich die Sauerei aufwischen kann.

Da taucht sie neben mir auf. Eine schwarzhaarige Elfe, deren Uma-Thurman-*Pulp-Fiction*-Bob aufgeschwemmte Wangen und große, glänzende blaue Augen umrahmt. Was um alles in der Welt macht jemand wie sie auf der onkologischen Station?

Die junge Frau greift in ihre Tasche und holt Papiertaschentücher heraus. Sie reicht mir ein paar und wischt mit den restlichen den verschütteten Tee zu meinen Füßen auf.

»Regel Nummer eins auf der Onko«, sagt sie. »Immer Taschentücher dabeihaben.«

»Danke. Manchmal bin ich ein bisschen verpeilt.«

»Typischer Anfängerfehler«, meint sie kopfschüttelnd. »Ist mir an meinem ersten Tag auch passiert.«

Sie ist also eine Patientin, keine Tochter, die ihre Mutter begleitet. Sie ist allen Ernstes eine Krebspatientin.

»Du siehst viel zu jung aus, um …« Ich breche ab. *Zu jung, um Krebs zu haben.* Das hat sie bestimmt schon tausendmal gehört.

»Schon gut. Das sagen die Leute andauernd. Ja, ich bin zu jung, um Krebs zu haben. Sind wir das nicht alle?«

Das Elfenmädchen steckt eine neue Münze in den Automaten und stellt einen Becher unter die Düse. »Milch? Zucker?« Sie scheint sich hier im Krankenhaus gut auszukennen.

»Beides«, sage ich. »Es war ein etwas aufreibender Tag.« Eine etwas aufreibende Woche.

Sie reicht mir den Becher, und wir stehen ein wenig unbeholfen neben dem Automaten.

»Wem sagst du das?«, meint sie. »Du bist die Jüngste, die ich hier gesehen habe, seit ... Na ja, seit mir. Ich bin Annabel.«

Annabel streckt mir über den Becher hinweg ihre winzige Hand hin. Ich schüttle sie. Ihre Haut ist trocken und rissig, ihr Gesicht aufgedunsen. Ich kann nicht umhin, ihre schwarzen Fingernägel anzustarren.

»Chemo«, meint sie. »Gift für die Nägel. Gift für so ziemlich alles. Ich nehme mal an, dir steht das alles noch bevor?«

Ich nicke. Sie lächelt.

»Na, dann kannst du ja von Glück reden, dass du mich getroffen hast.«

MIST, DEN DIE LEUTE VERZAPFEN, WENN MAN KREBS HAT

Woran denkst du gerade, Jess? steht in dem weißen Kasten neben dem kleinen runden Foto von Johnny und mir, wie wir lachend, die Gesichter eng aneinandergeschmiegt, vor dem Clapham Common stehen.

Ich habe Krebs, tippe ich, lösche es aber sofort wieder. Facebook ist ein Ort für freudige Ankündigungen wie Schwangerschaften oder Verlobungen. Niemand schreibt hier, dass er Krebs hat. Trotzdem: Die Vorstellung, jemandem außer Dad und meinem engsten Freundeskreis die Nachricht persönlich mitteilen zu müssen, erfüllt mich mit Grauen. Es geht nur so. Kurz und schmerzlos.

Hi, Leute, beginne ich. Gott, wie lahm. Aber ich weiß nicht, wie ich sonst alle meine Facebook-Freunde ansprechen soll. Ich schaue nach, wie viele es sind. Dreihundertvierunddreißig. Die Hälfte davon kenne ich nicht einmal, und dann sind da noch die, die geheiratet und einen anderen Namen angenommen haben, seit sie vor circa fünfzehn Jahren zuletzt mit mir in Kontakt getreten sind. Vielleicht sollte ich mal ausmisten.

Ich trommle mit den Fingernägeln auf die silberne Oberfläche des Laptops, ehe ich erneut zu tippen beginne. *Liebe alle*, schreibe ich, nur um auch das gleich darauf wieder zu löschen. Schluss mit den Nettigkeiten. Am besten, ich komme direkt zum Punkt.

> Am Donnerstag, den 16. November, wurde bei mir Brustkrebs diagnostiziert. Entschuldigt, dass ich diese Nachricht so sang- und klanglos in die Runde werfe, aber der Gedanke, es jedem und jeder von euch einzeln mitzuteilen, hat mich einfach überfordert.
> Diejenigen unter euch, die mich gut kennen, wissen, dass ich vor zwei Jahren meine wundervolle Mutter durch eine Darmkrebserkrankung verloren habe und dass meine Großmutter noch vor meiner Geburt an Brustkrebs gestorben ist. Ich habe hautnah miterlebt, welch verheerende Auswirkungen diese Krankheit auf einen Menschen haben kann, deshalb wäre es gelogen, wenn ich sagen würde, dass ich keine Angst habe. Ich habe eine Scheißangst. Ich habe schon so viele Taschentücher vollgerotzt, dass es nur noch eine Frage der Zeit ist, bis Kleenex bei mir anruft und nach einer Kooperation fragt. Aber meine Mum hat mich nicht zu einem Menschen erzogen, der sich klaglos in sein Schicksal fügt, und deshalb werde ich diesem Krebs zeigen, wer hier der Boss ist. Ich werde ihn kleinkriegen, und wenn es das Letzte ist, was ich tue. Und GI Jane sah ohne Haare schließlich auch cool aus.
> Ich werde alle meine privaten Termine für die nächste Zeit absagen, weil ich Platz für mehrere Runden Chemo und die darauffolgende OP schaffen muss. Ich werde mich bemühen, euch über dieses epische Abenteuer auf dem Laufenden zu halten, kann aber noch nicht absehen, wie sich die Sache weiterentwickelt, habt also bitte etwas Geduld. Und jetzt

entschuldigt mich, ich muss meinen geliebten Zuckertüten
ein tränenreiches Lebwohl sagen ...
Jess x

Meine Finger zittern, als ich die Nachricht poste. Es widerstrebt mir, etwas so Ernstes zu bagatellisieren, aber die Vorstellung, der Welt – beziehungsweise dem Internet – meine wahren Gefühle zu offenbaren, ist noch weitaus beängstigender. Meine geheimsten Ängste möchte ich nur meinen engsten Freunden anvertrauen.

Ich lege das Handy weg, um mir eine Tasse Tee zu kochen, doch kaum dass ich anfange zu trinken, trudeln die ersten Nachrichten ein.

Aisha Parker: Wir drücken dir alle ganz fest die Daumen, Jess. Du wirst es dem Krebs schon zeigen. Kann es gar nicht erwarten, dein knallhartes Alter Ego mit Glatze kennenzulernen xxx

Bryony Lucas: Ich war sehr traurig, als ich deine Nachricht gelesen habe. Hast du es schon mal mit Achtsamkeitsübungen versucht? Ich habe gehört, dass eine positive Einstellung den Krebs tötet. Bleib stark und fühl dich umarmt.

Cath Elderfield: Glatze steht dir bestimmt ausgezeichnet, Jess. Mach dir keine Sorgen, nimm jeden Tag, wie er kommt. Deine Mum schaut von oben auf dich herunter und ist stolz auf dich. Alles Liebe von Tante Cath xx

Ophelia Cossack-Daly: Jessica, du bist UNGLAUBLICH TAPFER. Meine Mutter hat auch gegen den Brustkrebs gekämpft und ihn besiegt #YouveGotThis

Eric McGinn: Mit großer Bestürzung habe ich deine Nachricht gelesen, Jess. Aber sieh es positiv – wenigstens kriegst du eine kostenlose Brust-OP! ;)

Innerhalb von Minuten quillt meine Inbox über mit privaten Nachrichten von Menschen, die mir alles Gute wünschen und mir Geschichten davon erzählen, wie der Hund vom Onkel vom besten Freund der Schwester des Ehemanns erfolgreich gegen den Krebs gekämpft hat. Am Ende des Abends habe ich dreiundsiebzig neue Kommentare auf meiner Facebook-Seite, einhundertdreiundfünfzig Likes, dreizehn Herzchen und achtzehn weinende Emojis. Mein Telefon vibriert in einem fort, weil immer neue Mut machende und wohlmeinende Textnachrichten eingehen, darunter mindestens sieben animierte »Hey girl, you've got this«-Gifs, auf denen Promis wie Emma Stone mir sagen, dass ich es schaffen werde.

Ich bin gefragter denn je, und trotzdem habe ich mich noch nie so einsam gefühlt.

DIE EWIGE BRAUTJUNGFER

Lauren und Kate schauen mich mit zur Seite geneigtem Kopf an, während ich ihnen von den Ereignissen der letzten Woche berichte. Ich kann nicht glauben, dass die Preisverleihung erst fünf Tage her ist – es kommt mir vor wie ein ganzes Jahr. Ich musste erfahren, dass Johnny fremdgegangen ist, ich habe Marcus geküsst, und mir wurde eröffnet, dass ich an Krebs erkrankt bin – alles innerhalb von sechsunddreißig Stunden.

Seit Johnnys Rückkehr am Donnerstagabend bin ich zwischen zwei sehr gegensätzlichen emotionalen Stadien gefangen. Manchmal bin ich wütend und trotzig, und in mir brodelt ein Zorn, von dem ich nicht wusste, dass ich dazu überhaupt fähig bin. Ich habe ihn nach jedem Detail seines Seitensprungs ausgequetscht, auch wenn ich mich damit nur selbst quäle: das Treffen, das Hotel, was sie getrunken haben, wie der Sex war und wie oft sie es gemacht haben. Wieder und wieder habe ich nachgebohrt, wild entschlossen, ihn bei einer Lüge zu ertappen, doch die Fakten blieben immer dieselben: Sie hatten nur einmal Sex, dann hat er sie gebeten zu gehen. Das ist immerhin ein kleiner Trost. Ich weiß, wie viel mieser ich mich fühlen würde, wenn sie hinterher in seinen Armen eingeschlafen wäre.

Johnny und ich haben uns wieder und wieder gestritten und uns dabei ständig im Kreis gedreht. Ich habe geweint und geschrien und mich über die Dinge aufgeregt, die mir am meisten wehtun: dass er mich offensichtlich nicht respektiert, weil er ihr sonst nicht erlaubt hätte, mir auf Instagram zu folgen. Dass es mir vorkommt, als hätten sich die beiden hinter meinem Rücken verschworen. Dass er, statt sofort reinen Tisch zu machen, so lange gelogen hat, bis es sich nicht mehr leugnen ließ. Dass er bestimmt immer noch scharf auf sie ist, wenn er ihr auf der Arbeit begegnet. Man hört nicht einfach auf, eine Person zu begehren, nur weil man einmal mit ihr geschlafen hat – erst recht nicht, wenn die Person so aussieht wie Mia. Ich habe ihn zum Schlafen aufs Sofa verbannt, Mia in sämtlichen sozialen Netzwerken blockiert und ihr unmissverständlich klargemacht, dass das zwischen ihr und Johnny vorbei ist. Ich habe mit den Fäusten gegen seine Brust geschlagen, ihn verflucht und angebrüllt, weil er alles kaputtgemacht hat, was wir uns aufgebaut haben.

Im nächsten Augenblick setzt der Schock ein, weil ich Krebs habe. Meine Stimmung stürzt in den Keller, und von der wütenden, aggressiven Jess ist nichts mehr übrig. Ich weine, will von Johnny getröstet werden und flehe ihn an, zu mir ins Bett zu kommen, mich in die Arme zu nehmen und mir zu sagen, dass ich nicht so enden werde wie Mum. Dann tritt Johnny, der Anwalt auf den Plan, besonnen und tatkräftig, während ich mich in die Rolle der Patientin flüchte. Er kocht mir Tee und redet über alltagspraktische Dinge: dass wir die richtigen Lebensmittel einkaufen und dafür sorgen müssen, dass immer jemand mit mir ins Krankenhaus kommen kann.

Dann fallen mir all die guten Aspekte unserer Beziehung wieder ein und die Gründe, bei ihm zu bleiben: die gemeinsamen fünf Jahre; unsere ähnliche Herkunft und die Art, wie er mich intuitiv versteht; seine rührende Fürsorge während

Mums Krankheit. Aber da ist noch mehr: die bloße Tatsache, dass er Mum *kannte* und sie ihn gern hatte. Wenn ich mich von ihm trenne, dann trenne ich mich von jemandem, der das Glück hatte, meine Mutter kennenzulernen, der wissend nicken und Geschichten über ihre frechen Sprüche erzählen kann. Kein zukünftiger Partner wird das je von sich behaupten können.

In solchen Momenten bin ich ganz weich und gefügig, beinahe gefühllos. Ich erlaube ihm, alles in die Hand zu nehmen, und vergesse meine Wut auf Little Miss Avo. Entweder der Krebs oder seine Untreue – für beides bin ich nicht stark genug.

»Du weißt schon, dass du nicht mit ihm zusammenbleiben musst, nur weil du krank bist?«, sagt Kate und legt ihre Hand auf meine, während sie gleichzeitig mit Ella kämpft, die auf ihren Knien zappelt und ihre dicken Beinchen gegen Kates Schenkel drückt. »Ich begleite dich gerne zu deinen Terminen, vor allem solange ich noch in der Babypause bin.«

»Dito«, sagt Lauren, strahlend schön in einem hochgeschlossenen, fließenden grünen Kleid, das ihr blond gelocktes Haar perfekt zur Geltung bringt. »Du solltest ihm nicht bloß deswegen verzeihen.«

»Es ist nicht nur das«, sage ich, obwohl ich zugegebenermaßen eine Riesenangst davor habe, den Kampf gegen den Krebs allein aufnehmen zu müssen und am Ende ohne Partner, ohne Brüste und ohne Haare dazustehen.

»Was denn dann?«, will Kate wissen. »Letzte Woche warst du noch fest entschlossen, kein Auge zuzudrücken, und jetzt ist auf einmal alles vergeben und vergessen, und du bist wieder glücklich mit ihm?«

Glücklich ist nicht das richtige Wort. Es liegt eher daran, dass ich nur ein gewisses Maß an Elend ertragen kann, ohne unter der Last zusammenzubrechen.

Ich nehme Ella unter ihren kleinen dicken Ärmchen und setze sie auf meinen Schoß. »Du bist aber eine Süße, was? Eine ganz Süße bist du!« Ich werfe Kate einen Blick zu. »Sie ist wirklich bildhübsch.«

Kate schenkt mir ein Lächeln, dem ich ansehe, dass es erzwungen ist. Als würde sie Ella nicht ganz so zuckersüß finden wie alle anderen.

»Ich ...« Ich zögere. Es fällt mir schwer, den Gedanken in Worte zu fassen. »Ich frage mich, ob er nicht vielleicht recht hat. Ich habe ihn wirklich vernachlässigt. In letzter Zeit war ich nicht ich selbst. Ich habe so hart geackert, um diese Stelle zu bekommen, ich wollte unbedingt weg von *Perfect Bake*. Ich glaube, ich bin einfach langweilig geworden.«

Mum hat mir von klein auf beigebracht, dass man im Jetzt leben muss. Sie hat mich stets dazu ermuntert, das Leben selbst in schweren Zeiten zu genießen. Wenn ich Lust auf ein zweites Stück Kuchen hatte, dann sollte ich es mir nehmen. Wenn ich davon träumte, später einmal für eine Zeitschrift zu arbeiten, dann sollte ich mich bemühen, diesen Traum wahrzumachen. Wenn ich dieses eine Kleid unbedingt haben wollte, dann sollte ich es kaufen. Sie hielt nichts davon, sich etwas zu versagen, und so bin ich mit einer gesunden Portion Optimismus und Lebensfreude aufgewachsen.

Das war die Jess, in die Johnny sich verliebt hat. Die, die sich kopfüber ins Abenteuer stürzte und immer die Letzte auf der Tanzfläche war. Die ihn bei besagter Hochzeitsfeier an die Hand nahm, in den Garten zog und mit ihm nackt in den Teich sprang. Die spontan einen Last-Minute-Flug nach Agadir buchte, ohne überhaupt zu wissen, in welchem Land Agadir liegt, einfach weil das Ticket nur 19,99 Pfund kostete. Was ist aus dieser Frau geworden?

»Du *darfst* dir nicht die Schuld geben«, sagt Kate, und Lauren nickt energisch. »Wenn Männer fremdgehen dürften, nur weil ihre Frauen gerade mal viel um die Ohren haben, dann wäre jeder Mann auf der Welt untreu.«

Ich seufze. Sie hat nicht ganz unrecht, trotzdem werde ich mein schlechtes Gewissen nicht los. Und dann ist da noch diese andere Sache ...

Eigentlich wollte ich ihnen gar nichts von Marcus erzählen. Lauren ist mit ihren Hochzeitsvorbereitungen beschäftigt, und Kate hat mit einem sechs Monate alten Baby, dem Schlafmangel und ihrer momentan nicht besonders gut laufenden Eventagentur genug zu tun. Außerdem kommt mir allmählich der Verdacht, dass sie an einer Post-Partum-Depression leidet. *Sie* würde niemals fremdgehen. Nicht in einer Million Jahren.

»Was denn?« Lauren stellt ihre Teetasse hin und greift nach meiner Hand, als ich Ella wieder an Kate zurückreiche. »Uns kannst du doch alles sagen.«

»Ich bin fremdgegangen«, sage ich. Ich blicke auf den Tisch und fühle mich genauso schuldig, wie Johnny an dem Tag ausgesehen hat, als er mir das mit Mia gestand. »Am Abend bevor ich die Krebsdiagnose bekam, habe ich mit einem Typen von der Arbeit rumgemacht.«

Ich lasse Laurens Hand los und hebe langsam den Kopf, um mich ihrem Urteil zu stellen. Seit Lauren und ich Kate in der Oberstufe kennengelernt haben, sind die beiden so etwas wie das Engelchen und das Teufelchen auf meinen Schultern. Auf der einen Seite Lauren, das Partygirl, immer bereit, den Unterricht zu schwänzen, um hinter der Frittenbude mit einem Jungen zu knutschen. Auf der anderen Seite Kate, der Familienmensch, der sich stets an die Regeln hält und keiner Fliege etwas zuleide tun könnte. Nun, da Lauren verlobt ist, erwarte ich die volle Ladung Missbilligung von beiden.

Doch Lauren neigt lediglich den Kopf zur Seite und seufzt. »Oh, Jess.«

Langsam verstehe ich, was dieses Kopfneigen bedeutet: »Es tut mir so leid, dass du Krebs hast.«

»Ach, Süße. Du konntest in dem Moment nicht klar denken«, meint Kate. »Du standest unter Schock.«

»Mehr habt ihr dazu nicht zu sagen?« Als Kate erfuhr, dass eine Freundin von ihr ihren Freund betrog, hat sie sofort eine Intervention organisiert und besagter Freundin auf sehr eindrückliche Art und Weise geschildert, wie negativ sich die wiederholte Untreue ihres Vaters auf das Leben ihrer Mutter und ihre eigene Kindheit ausgewirkt hat. Und als Lauren herausfand, dass Charlie den Post einer seiner Ex-Freundinnen auf Facebook gelikt hatte, hat sie ihm befohlen, seinen Account zu löschen, weil sie sich sonst gezwungen sähe, das mit der Verlobung noch einmal zu »überdenken«. Beide haben eine klare moralische Haltung zum Thema Treue – und das völlig zu Recht. Doch wie es scheint, hat der Krebs mir einen Freifahrtschein beschert.

»Wer war es denn?«, will Lauren wissen.

»Ein Typ namens Marcus.«

»Hast du mit ihm geschlafen?«

Ich schüttle den Kopf. Bei dem bloßen Gedanken überläuft es mich kalt. Wenn ich schon nach einem Kuss solche Schuldgefühle habe, möchte ich mir gar nicht ausmalen, wie es mir jetzt ginge, wenn mehr zwischen uns passiert wäre.

»Tja, dann hast du ja nicht allzu viel falsch gemacht. Kein Vergleich zu Johnny«, sagt Kate und beruhigt Ella, als diese zu quengeln beginnt.

Ich will, dass sie mich verurteilen und mir sagen, was für ein schrecklicher Mensch ich bin. Ich will nicht ungestraft davonkommen, nur weil ich einen Tumor in der Brust habe.

»Wirst du es Johnny sagen?«

»Ich weiß noch nicht.«

»Wenn ich Charlie betrügen würde, wäre das das Ende«, stellt Lauren fest. Sie schaut auf ihr Smartphone und verdreht die Augen. »Verdammt noch mal.«

»Was ist denn?« Ich folge Laurens Blick.

»Nichts«, sagt sie und legt ihr Telefon mit dem Display nach unten auf den Tisch. »Charlie führt sich mal wieder auf.«

»Was hat er denn?«

Nach einem weiteren Augenrollen erzählt sie, wie sehr er sich aufgeregt hat, weil Lauren einen alten Bekannten zur Hochzeit eingeladen hat, mit dem sie mit Mitte zwanzig mal Sex hatte. »Jetzt überwacht er meinen Instagram-Account und macht mir Vorhaltungen, weil ich Ziads Posts gelikt habe. Was soll ich denn tun – ihn wieder ausladen?«

Charlies Eifersucht ist seit Beginn ihrer Beziehung immer wieder ein Thema. Er kontrolliert Laurens Social-Media-Aktivitäten und sucht nach Spuren, die darauf hindeuten, dass sie Kontakt zu anderen Männern haben könnte. Im nächsten Atemzug macht er sich dann Vorwürfe, weil er nicht so muskulös ist wie ihre Ex-Freunde. Ich dachte, seine Unsicherheit habe sich nach dem Heiratsantrag gelegt, doch es scheint nur noch schlimmer geworden zu sein.

»Ziad war doch nur eine kurze Affäre, außerdem fandest du den Sex nicht mal besonders gut.« Manchmal verstehe ich die Gründe für Charlies Eifersucht einfach nicht. Johnny war immer das genaue Gegenteil. Er hat sich für mich gefreut, wenn ich mit einem männlichen Bekannten im Pub verabredet war, und stellte sich gar nicht die Frage, ob ich Gefühle für den anderen Mann haben könnte. Rückblickend betrachtet, war das vielleicht ein schlechtes Zeichen.

»Ich weiß«, sagt Lauren. »Und er ist ein *Freund*. Was soll ich ihm denn sagen? ›Tut mir leid, dass du nicht auf meiner Hochzeit dabei sein kannst, aber mein Verlobter kommt nicht damit klar, dass wir vor sechs Jahren zusammen in der Kiste waren‹?«

»Hmm«, macht Kate. »Ich weiß nicht, ich kann Charlie schon irgendwie verstehen. Wenn Colm seine Ex zu unserer Hochzeit eingeladen hätte, wäre ich auch nicht gerade begeistert gewesen. Vielleicht braucht er Bestätigung?«

Zum dritten Mal rollt Lauren mit den Augen. »Ja, ja, dann sage ich ihm eben zum millionsten Mal, dass ich nicht auf Muskelmänner stehe und es mir nichts ausmacht, dass er Polo spielt statt Fußball. Man könnte ja auf die Idee kommen, dass es Bestätigung genug ist, wenn ich eingewilligt habe, den Rest meines Lebens mit ihm zu verbringen, aber ...«

Eine Kellnerin bringt unser Essen. Pochiertes Ei auf Sauerteigbrot für mich, ein Müsli für Kate und eine Pilzrahmsuppe ohne Brot für Lauren. Mir knurrt der Magen, trotzdem wird mir beim Anblick von Essen immer noch übel.

»Wenn wir auch irgendwann heiraten wollen, sollten wir keine Geheimnisse voreinander haben«, sage ich.

Lauren nimmt ihr Smartphone in die Hand und schüttelt den Kopf.

Kate nickt. »Du hast recht. Wenn du es ihm nicht sagst, wird es dich innerlich auffressen. Vielleicht ist jetzt ein guter Zeitpunkt dafür, weil er dich betrogen hat und du krebskrank bist? Da kann er nicht so hart mit dir ins Gericht gehen.«

»Ich will nicht, dass die Leute nett zu mir sind, bloß weil ich Krebs habe.« Ich kann mir bereits lebhaft vorstellen, wie es sein wird, wenn ich am Montag in die Redaktion komme. Wie auch dort die Leute mitleidsvoll den Kopf zur Seite neigen und mir ungefragt einen Teil meiner Arbeit abnehmen, weil sie denken, dass ich überfordert bin. Ich *bin* aber nicht überfordert. Ich schaffe das. Ich werde mich vom Krebs nicht ausbremsen lassen.

»Wie geht es denn eigentlich deinem Dad?«, erkundigt sich Kate und isst einen Löffel Joghurt, sobald Ella in ihrem Hochstuhl sitzt.

»Ihm geht es gut.« Ich nehme mir vor, ihn so bald wie möglich anzurufen.

»Du hast gemeint, er überlegt, ob er die Teestube verkaufen soll?«, sagt Lauren.

Ich spüre, wie ich mich unwillkürlich versteife. Ich will nicht darüber sprechen. Da sind mir Johnny oder mein Krebs als Gesprächsthemen noch lieber. Alles, nur nicht das.

»Ich glaube nicht, dass er es wirklich macht«, sage ich. Die Teestube war Mums ganzer Stolz. Er wäre Wahnsinn, sie jetzt, wo Mum tot ist, zu verkaufen.

»Ich könnte es verstehen, wenn er das Kapitel abschließen will«, sagt Kate. Mir fällt auf, dass sie ihren Löffel weggelegt und ihren Joghurt kaum angerührt hat.

»Können wir nicht einfach …« Ich versuche, nicht allzu genervt zu klingen. »Können wir vielleicht das Thema wechseln? Wir sind nicht gerade die fröhlichsten Brautjungfern, oder?«

Lauren lacht. »Okay. Denken wir ein, zwei Stunden lang nicht an Krebs, untreue Arschlöcher oder eifersüchtige Verlobte. Lasst uns essen, und danach gehen wir Kleider anprobieren …«

Vier Brautläden, zwei Flaschen Prosecco und diverse babyrosa Scheußlichkeiten später mache ich mich endlich auf den Heimweg. Kate hat Ella bei Colm abgeliefert, und es war schön, endlich wieder mal zu dritt loszuziehen. Ich habe mich die ganze Zeit strikt an Orangensaft gehalten, während Kate und Lauren dem Sekt zusprachen, und bin erschöpft vom vielen Herumlaufen. Trotzdem hat es Spaß gemacht, einen Tag lang mit meinen zwei besten Freundinnen Brautjungfernkleider auszusuchen. Allemal besser, als zu Hause wie auf Eiern zu laufen.

Tief Luft holend stecke ich den Schlüssel ins Schloss.

»Na, wie war dein Tag?«, erkundigt sich Johnny und nimmt mir die Tüten ab, als ich die Tür öffne und meine Stiefel abstreife. »Hat Lauren das perfekte Kleid gefunden?«

»Mehr oder weniger.« Ich weiche seinem Kuss aus und gehe direkt weiter in die Küche. Lauren hat Angst, ihr angepeiltes Hochzeitsgewicht nicht zu erreichen; ich habe mir Sorgen gemacht, wie ich wohl mit Perücke aussehen werde; und Kate war frustriert, weil sie mit ihrem After-Baby-Body nichts Richtiges zum Anziehen findet, obwohl sie in Wahrheit erschreckend dünn ist. Mit anderen Worten: Keine von uns war ein leuchtendes Beispiel von Selbstliebe und positiver Körperwahrnehmung. Nichts im Vergleich zu Little Miss Avo …

»Ich brauche unbedingt einen Tee«, sage ich.

Johnny bringt mich ins Wohnzimmer und sagt mir, ich solle die Füße hochlegen, während er mir den Tee kocht. Ich klopfe auf meinen Schenkel, um Oreo anzulocken, und er springt zu mir aufs Sofa, rollt sich in meinem Schoß zusammen und fängt sofort an zu schnurren. Zwei Minuten später kehrt Johnny zurück. Er hat ein Tablett mit Tee und einer Schachtel Tunnock's Teacakes dabei. »Ich dachte mir, du kannst vielleicht eine kleine Stärkung vertragen.«

»Wie altmodisch«, sage ich, wickle eine der Schoko-Halbkugeln aus ihrer roten Folienverpackung und beiße in die schaumige Füllung. »Und? Hast du viel geschafft?«

Heute Morgen beim Frühstück, bevor ich aufgebrochen bin, habe ich Johnny noch eine kleine Motivationsrede gehalten wie er es doch noch zum Partner in seiner Kanzlei schaffen kann. Seine Chefin Erica hat gesagt, er könne sich nächstes Jahr erneut bewerben, und wenn er sich auf sein Ziel fokussiert und hart arbeitet, wird er es diesmal ganz sicher erreichen. Voller Tatendrang habe ich ihm einen Schreibblock in die Hand gedrückt und ihn dazu angehalten, als Erstes eine To-do-Liste zu machen.

Johnny brummelt wie ein pubertierender Teenager vor sich hin.

Jetzt fallen mir auch der Xbox-Controller und das leere Whiskyglas neben dem Sofa ins Auge. »Hast du die Liste überhaupt geschrieben?«

Ein Achselzucken. »Ist doch sowieso sinnlos.«

»Komm schon«, sage ich und versuche, aufmunternd zu klingen, obwohl ich in Wahrheit extrem frustriert bin. Wir haben diese Woche schon so viel durchgemacht, und er hatte den ganzen Tag Zeit, seine Probleme in Angriff zu nehmen, aber so wie es aussieht, hat er ihn mit Videospielen verdaddelt.

Johnny steht auf und geht zum Barwagen, wo er sich einen Whisky eingießt. »Rupert Smith ist letztes Jahr zum Partner ernannt worden, obwohl er jünger ist als ich.«

»Scheiß auf Rupert Smith.« Am liebsten würde ich ihn schütteln. »Konzentrier dich auf deine Ziele. Komm schon, hol was zu schreiben, dann machen wir es gemeinsam.«

»Du kapierst es einfach nicht, Jess«, sagt er, ohne sich zu mir umzudrehen. Mit dem Whiskyglas in der Hand starrt er aus dem Fenster. »Du hast alles, was du willst. Deine Karriere läuft blendend, und alle bewundern dich. Ich hingegen bin bloß Mittelmaß.«

Ich verziehe das Gesicht. Wenn er sich in einem seiner Stimmungstiefs befindet, tue ich normalerweise alles, um ihn zu trösten. Ich meine es ernst, wenn ich ihm versichere, dass er der klügste, lustigste, am wenigsten mittelmäßige Mensch ist, den ich kenne. Aber diesmal ist es anders. Er kann sich doch nicht in Selbstmitleid suhlen, wenn ich diejenige bin, die den doppelten Schlag seines Seitensprungs und der Krebsdiagnose verdauen muss.

»Fängst du jetzt allen Ernstes an zu schmollen?«, frage ich, und meine Wut schwillt an, als mir ungebetene Gedanken an Little Miss Avo in den Kopf kommen.

»Es geht hier nicht nur um dich, weißt du?«, sagt er, noch immer mit dem Rücken zu mir. »Das alles hat auch Auswirkungen auf mich.«

»Was?«

»Der Krebs. Du bist nicht die Einzige, die darunter leidet, Jess.«

Sanft schiebe ich Oreo von meinem Schoß herunter, stehe auf und trete zu ihm ans Fenster. »Willst du mich verarschen? Bist du etwa derjenige, dem bald die Haare ausfallen? Bist du derjenige, der sich in den kommenden sechs Monaten regelmäßig die Seele aus dem Leib kotzen wird? Bist du derjenige, der sein ganzes Leben auf Eis legen muss und nicht weiß, ob er vielleicht bald wieder betrogen wird?«

Johnny dreht sich zu mir um. Seine Augen sind gerötet und schimmern vor Tränen. »Ich habe Angst.« Er schiebt die Unterlippe vor und starrt auf den Teppich. Seine Tränen laufen über. »Ich will dich nicht verlieren. Ich *darf* dich nicht verlieren, Jess.«

Als ich ihn anblicke und merke, wie hoffnungslos und zutiefst verletzlich er aussieht, verfliegt mein Zorn. Ich breite die Arme aus und ziehe ihn an mich, während er mit bebenden Schultern schluchzt.

EINFRIEREN ODER NICHT EINFRIEREN, DAS IST HIER DIE FRAGE

»Oh.« Tabitha bleibt wie angewurzelt stehen, als sie am Montagmorgen um acht ins Büro gewirbelt kommt und mich an meinem Schreibtisch sitzen sieht. »Ich hatte gar nicht mit dir gerechnet.«

»Guten Morgen«, sage ich, fest entschlossen, gute Laune und Produktivität zu versprühen. »Wieso denn nicht?«

Da ich im Laufe des Wochenendes einmal zu oft die mitleidigen Blicke anderer Leute ertragen habe, bin ich zu dem Entschluss gelangt, Tabitha und dem Team vorerst nichts von meiner Krebsdiagnose zu sagen. Aisha, Miles und die Personalabteilung wissen Bescheid, aber ich sehe keinen Grund, mich von aller Welt bemitleiden zu lassen. Ich habe meine Privatsphäre-Einstellungen auf Facebook geändert, sodass nur noch meine Freunde den von mir am Freitag verfassten Post lesen können.

»Na ja, du hast mir eine Liste mit Zeiten geschickt, wann du dir freinehmen musst wegen deines ... was war es noch gleich, ein familiärer Notfall? Deshalb war ich mir nicht ganz sicher, ob du heute kommst. Ich hoffe, es ist alles in Ordnung?«

»Alles bestens.« Ich frage mich, wann sie aufhören wird, so neugierig zu sein. Am Freitag, gleich nachdem ich erfahren hatte, dass ich diese Woche noch mehrere Termine im Krankenhaus wahrnehmen muss, habe ich dem Redaktionsteam eine E-Mail geschickt, bin dabei aber nicht weiter ins Detail gegangen. »Heute Nachmittag muss ich noch mal weg, aber von jetzt an komme ich jeden Tag früher und gehe abends später. Es gibt da ein paar gesundheitliche Dinge, um die ich mich kümmern muss.«

Nicht, dass ich mich Tabitha Richardson gegenüber beweisen müsste. Aber ich will ihr zeigen, weshalb ich den Job als Chefredakteurin bekommen habe. Ich mag wenig Erfahrungen mit dem Thema Mode haben, doch ich verfüge über die notwendige Kompetenz, um ein Team zu führen und ein Lifestyle-Magazin herauszubringen. Leah und Miles glauben an mich und meine Fähigkeiten, während ich bei Tabitha den Eindruck habe, sie würde ständig darauf lauern, dass ich einen Fehler mache.

Sie schnappt nach Luft und reißt die Augen auf. »Du bist doch nicht etwa …«

Ich ziehe die Augenbrauen hoch, damit sie den Satz zu Ende bringt. Obwohl das Redaktionsbüro um diese Uhrzeit praktisch ausgestorben ist, senkt sie die Stimme zu einem Flüstern. »Schwanger?«

Ich lache trocken und bin versucht, sie in dem Glauben zu lassen. Das wäre praktisch, um die häufigen Krankenhausbesuche zu erklären, die im Laufe der nächsten Wochen auf mich zukommen. Nicht, dass ich das Gefühl haben sollte, mich rechtfertigen zu müssen.

»Tut mir leid«, sagt sie kopfschüttelnd und schaltet ihren Laptop ein. »Das war wirklich unsensibel von mir. Als ich mit Matilda schwanger war, habe ich es gehasst, wenn die Leute mich permanent gelöchert haben, so als wäre mein Bauch öffentliches Eigentum. Dein Geheimnis ist bei mir in guten Händen – falls du eins hast.«

»Ich bin *nicht* schwanger«, bringe ich ihre Seifenblase zum Platzen.

Ganz im Gegenteil.

»Hallo, Jessica, hallo, Johnny. Ich bin Dr. Emily Finnegan«, sagt die adrett aussehende Frau um die fünfzig und gibt uns beiden die Hand, ehe sie hinter ihrem großen Schreibtisch Platz nimmt. »Wenn Sie möchten, können Sie mich gerne Emily nennen.«

»Jess«, sage ich.

»Wenn ich es richtig verstanden habe, sind Sie hier, um sich über verschiedene Möglichkeiten zum Erhalt Ihrer Fertilität beraten zu lassen, bevor Sie mit der Chemotherapie beginnen.«

Johnny drückt meine Hand. »Ganz genau.«

»Sie sind sehr jung für Brustkrebs.«

Ich setze das höflichste Lächeln auf, zu dem ich imstande bin. *Das* habe ich ja noch nie gehört.

Sie stellt mir Fragen zur Krankengeschichte meiner Familie. Ich erzähle ihr von Gran, doch als sie mich um weitere Details bittet – wann wurde sie diagnostiziert, welche Art von Krebs hatte sie genau, wie war der Verlauf –, weiß ich keine Antwort. Ich kann mich nur noch daran erinnern, wie ich kurz nach Mums Diagnose mit ihr darüber gesprochen habe, weil wir uns fragten, ob es womöglich einen Zusammenhang gab. Mum meinte, damals hätten sie das Thema totgeschwiegen, außerdem sei sie noch ein Teenager gewesen, als Gran erkrankte. Sie hatte keine Ahnung, dass es ihrer Mutter schlecht ging, bis es zu spät war. Gran starb mit fünfundvierzig.

»In Ordnung. Und wie sieht es mit Ihrer Mutter aus?«

Ich atme tief ein und wappne mich innerlich dafür, die Einzelheiten von Mums Krankheit vor ihr auszubreiten. Lange Zeit konnte ich nicht darüber sprechen. Meistens sage ich den Leuten bloß, dass sie Darmkrebs hatte. Aber Dr. Finnegan will sämtliche Einzelheiten wissen.

Ich bin mir Johnnys Gegenwart bewusst, während ich ihr von der OP und der Chemo berichte, die Mum so schlecht vertrug, dass sie mehrere Infektionen davon bekam und ihre Arbeit in der Teestube nicht länger ausüben konnte. Der Tag, an dem sie für gesund erklärt wurde, war einer der glücklichsten unseres Lebens. Da wussten wir noch nicht, wie kurz unsere Freude währen würde.

Schon nach der ersten Diagnose war sie nie mehr die Alte. Sie erlangte zwar ihre körperliche Leistungsfähigkeit zurück und ging irgendwann wieder arbeiten, doch ihre Haare wuchsen nicht überall gleichmäßig nach, worunter ihr Selbstbewusstsein litt. Zuvor war sie mit ihren Zumba-Kursen, dem Buchclub und den kostenlosen Back-Seminaren, die sie in den Schulferien für Kinder anbot, eine feste Größe der Dorfgemeinschaft gewesen, doch jetzt zog sie sich mehr und mehr zurück. Alles, was sie tat, dauerte viel länger als früher, und dann kam das Lymphödem, das ihren Arm so stark anschwellen ließ, dass sie kaum noch in der Lage war, die Kuchen in die Vitrine zu stellen.

Sie war gerade dabei, wieder zu alter Stärke zurückzufinden, als wir erfuhren, dass der Krebs gestreut hatte. Als sie getestet wurde, hatte er sich bereits in Lunge und Leber eingenistet.

Weil sie nicht mehr arbeiten konnte, kündigte Dad seine Stelle, um die Teestube weiterzuführen, doch es ging so schnell mit ihr bergab, dass keiner von uns auf das Ende vorbereitet war. Mom bemühte sich sehr, ein tapferes Gesicht aufzusetzen, um uns nicht zu belasten, und das führte dazu, dass wir lange nicht begriffen, wie schlecht es wirklich um sie stand.

Ich fand den Gedanken unerträglich, dass ich sie nicht länger beim Kochen um Rat fragen oder sie umarmen konnte, wenn ich traurig war – alles Dinge, die ich als selbstverständlich betrachtet hatte. Vielleicht war das egoistisch, aber ich wollte sie so lange wie irgend möglich bei mir behalten, um jede Geschichte, jedes Rezept aus ihr herauszuholen, die sie mir vielleicht im Laufe der nächsten vierzig Jahre verraten hätte. Doch zu dem Zeitpunkt war es bereits zu spät, ihr Gesundheitszustand hatte sich rapide verschlechtert. Der Tag, an dem sie mir endlich ihre Berufsgeheimnisse anvertraute – eine Prise Chili in ihrem berühmten Schokoladenkuchen; ein Hauch von Miso und ein Spritzer Fischsauce in ihrem Weihnachts-Rosenkohl –, war der Tag, an dem ich begriff, dass sie sterben würde.

»Höchstwahrscheinlich gibt es keinen erblich bedingten Zusammenhang zwischen Ihrem Krebs und dem Ihrer Mutter«, sagt Dr. Finnegan und reißt mich aus meinen Gedanken. »Brustkrebs und Darmkrebs sind in der Regel unabhängig voneinander, allerdings könnte es eine Verbindung zwischen Ihrem Tumor und der Erkrankung Ihrer Großmutter geben. Darüber können Sie sich aber noch mit dem behandelnden Team austauschen.«

Ich nicke, als hätte ich sie verstanden, dabei bin ich kaum aufnahmefähig. Als Nächstes wendet sie sich an Johnny und erkundigt sich auch nach seiner Familiengeschichte. Über die väterliche Seite seiner Verwandtschaft weiß er so gut wie nichts, und als sie ihn danach fragt, mauert er.

»Haben Sie bereits Kinder?«

Wir schütteln den Kopf.

»Waren Sie schon einmal schwanger?«

»Nein.«

»Haben Sie je versucht, schwanger zu werden?«

Wieder schüttle ich den Kopf und schiele zu Johnny. Ich weiß, dass er Kinder möchte. Als Einzelkind, dessen Vater die Familie verlassen hat, als er sechs war, hat er sich immer Geschwister gewünscht und sich geschworen, eines Tages eine ganze Schar Kinder zu haben. Allerdings hatten wir geplant, erst berufliche und finanzielle Sicherheit zu erlangen, bevor wir Eltern werden, und dann ist da auch noch Mums Stimme in meinem Hinterkopf, die mich ermahnt, vor dem Kinderkriegen auf jeden Fall zu heiraten. So liberal sie in vielerlei Hinsicht auch war, was die Familie anging, hatte sie ziemlich traditionelle Ansichten.

»Verstehe«, sagt Dr. Finnegan.

»Ist das ein Problem?« Ihr Gesichtsausdruckt legt nahe, dass ich etwas falsch gemacht habe.

»Überhaupt nicht«, sagt sie kopfschüttelnd und blickt von ihrem Notizblock auf. Dann rückt sie mit der Wahrheit heraus: »Es gibt allerdings Hinweise darauf, dass es gegen Brustkrebs schützen kann, wenn man früh Kinder bekommt. Das hat mit den Hormonen zu tun, die während einer Schwangerschaft ausgeschüttet werden.«

Der Schlag sitzt. Wenn ich in den letzten zehn Jahren Babys bekommen hätte, statt an meiner Karriere zu feilen, wäre ich jetzt vielleicht nicht in dieser Situation.

Ich blicke zu Boden.

»Hätten Sie denn gerne in der Zukunft Kinder?«

»Deshalb bin ich ja hier«, sage ich. »Mr. Patel hat was von Eizellenkonservierung gesagt.«

Sie schaut zu Johnny, dann auf ihren Schreibtisch und macht sich eine Notiz.

»Das ist eine der Optionen, über die wir uns unterhalten können.«

»Ich kann danach doch trotzdem noch Kinder kriegen, oder?«

»Nun, wie Sie vielleicht wissen, kommt es nur sehr selten vor, dass Frauen unter vierzig an Brustkrebs erkranken. Die Chemotherapie greift die schnell wachsenden Krebszellen an, aber leider kann sie nicht zwischen guten und schlechten Zellen unterscheiden, deshalb schädigt sie auch normale, lebendige Körperzellen. Das ist auch der Grund, weshalb Ihnen die Haare ausfallen und Ihre Fertilität abnimmt.«

»Und was gibt es da für eine Lösung?«, frage ich. Es *muss* doch eine Lösung geben!

»Nach einer Chemotherapie kommen die meisten Frauen etwa zehn Jahre früher in die Menopause als der Durchschnitt«, sagt sie.

Menopause. Das Wort habe ich bislang immer nur mit Frauen jenseits der fünfzig assoziiert. Bald könnte ich also selbst damit zu tun bekommen.

»Was sind denn nun unsere Optionen?« *Kommen Sie zum Punkt.*

»Einige Frauen in Ihrer Situation entscheiden sich dafür, ihre Eizellen einfrieren zu lassen«, erklärt sie. »Aber die Chancen einer erfolgreichen Schwangerschaft sind extrem gering.«

»Wie gering?«

»Unter zehn Prozent. Die Eizellen können während der Entnahme oder beim Auftauen beschädigt werden. Es gibt keine Erfolgsgarantie, erst recht nicht, wenn man Ihr Alter mit einkalkuliert.«

Wieder werfe ich einen Blick in Johnnys Richtung, der sehr still geworden ist. Ich weiß, was ihm gerade durch den Kopf geht: Er spürt, wie ihm seine Zukunft als Vater wie Sand durch die Finger rinnt. Vor ein paar Tagen wollte ich mich noch von ihm trennen, und er hat um mich gekämpft. Jetzt wünscht er sich vielleicht, er hätte sich in die Arme der fruchtbaren, jungen Miss Avo gestürzt.

Ich schüttle die unangenehmen Gedanken ab. »Wie sieht die Alternative aus?«

»Sie könnten auch eine mit dem Sperma Ihres Partners befruchtete Eizelle einfrieren lassen.« Sie sieht Johnny an. »Wenn man einen befruchteten Embryo konserviert, erhöht sich die Chance auf eine Schwangerschaft deutlich. Um etwa fünfzig Prozent.«

Johnny dreht sich zu mir um und nickt, als wäre dies der beste Vorschlag, den er seit Langem gehört hat.

Ich wende mich wieder an Dr. Finnegan. Einen Embryo einzufrieren würde bedeuten, dass Johnny und ich ein Leben lang aneinandergekettet sind und ich nur mit ihm Babys bekommen kann. Das ist die Entscheidung, die wir in den kommenden Tagen treffen müssen, denn der Eingriff muss erfolgen, ehe ich mit der Chemo beginne. Dabei weiß ich nicht einmal mehr, ob wir in ein paar Wochen noch zusammen sind, geschweige denn, ob wir eine komplette Chemotherapie überstehen werden. Ich habe ihm nicht einmal von Marcus erzählt. Unsere Beziehung steht ohnehin schon auf Messers Schneide.

»Ich, äh ...« Damit habe ich nicht gerechnet. Überhaupt nicht. Ich dachte, es ginge lediglich darum, meine Eizellen einfrieren zu lassen. Aber wenn ein befruchteter Embryo die Erfolgsaussichten so signifikant erhöht, scheint die Antwort auf der Hand zu liegen.

»Es gibt einiges, worüber Sie nachdenken müssen«, sagt die Onkologin und sieht mich verständnisvoll an.

»Uns bleibt aber nicht mehr viel Zeit, ehe ihre Chemotherapie anfängt«, wirft Johnny ein, um die Ärztin dazu zu animieren, weitere Informationen preiszugeben. Mir ist das alles zu viel.

Sie erklärt uns das Verfahren. Zunächst wird meine Periode ausgelöst, dann bekomme ich Hormonspritzen, um meine Eizellenproduktion anzuregen. Am Ende werden mir dann unter Betäubung mehrere Eizellen entnommen und mit Johnnys Sperma befruchtet.

»Bedenken Sie, dass das eine durchaus unangenehme Prozedur sein kann«, sagt sie. »Vergleichbar mit der Hormonbehandlung im Vorfeld einer künstlichen Befruchtung.«

Johnny ist blass geworden. Während Leahs Kinderwunschbehandlung habe ich ihm manchmal von den schlimmen Nebenwirkungen erzählt, mit denen sie zu kämpfen hatte: die Spritzen, die Unterleibsschmerzen, die andauernden Stimmungsschwankungen. Ich wette, er rechnet mit dem Schlimmsten.

»In Anbetracht der Dringlichkeit kann ich kurzfristig einen Termin in der Klinik für assistierte Reproduktion für Sie vereinbaren, wenn Sie das möchten«, sagt Dr. Emily. »Mit ein bisschen Glück können Sie dann gleich loslegen.«

Assistierte Reproduktion. Das klingt wie ein Ort, an dem Roboterarme gefrorene Kapseln in die Vaginen von Frauen einführen. Wahrscheinlich ist das auch gar nicht so weit von der Realität entfernt. *Das* wäre wirklich mal eine Geschichte, die man später seinen Enkeln erzählen kann – gesetzt den Fall, dass wir jemals welche haben.

»Okay«, sage ich. Ich kann mir nicht vorstellen, dass eine kinderlose Frau in dieser Situation Nein sagt.

»Da gäbe es allerdings noch eine Sache zu bedenken«, fügt sie hinzu. »Sie dürfen nicht vergessen, dass im Zuge des Verfahrens das Hormon Östrogen stimuliert wird, das Ihre spezielle Form von Brustkrebs ausgelöst hat.«

»Ist das gefährlich?«

»Vermutlich nicht. Es gibt nicht genug Frauen in Ihrem Alter mit Mammakarzinom, um uns eine ausreichende Datenlage zu liefern, aber ich denke, es besteht kein großer Anlass zur Sorge.«

Wenn sie die Idee für gefährlich hielte, würde sie uns doch bestimmt davon abraten. Schließlich wollen wir ja nicht *sofort* ein Baby haben. Es ist eher eine Rückversicherung für die Zukunft, damit wir uns alle Möglichkeiten offenhalten. Und nachdem ich die Chemo meiner Mutter miterlebt habe, bin ich mir relativ sicher, dass ich ein paar Wochen Bauchschmerzen verkraften kann.

»Okay«, sage ich. »Machen Sie einen Termin.«

AUSSERGEWÖHNLICHE FRAUEN

»Die Grundidee ist es, außergewöhnliche Frauen in den Fokus der Aufmerksamkeit zu rücken, die man sonst kaum in der *Luxxe* zu sehen bekommt«, sage ich und deute auf den Bildschirm. Ich habe die Grafikabteilung gebeten, ein schwarz-weißes Cover mit dem Titel *Jubiläumsausgabe zum 10-Jährigen – wir feiern außergewöhnliche Frauen* in geschwungener Schrift über einer Collage verschiedener Porträtfotos zu entwerfen.

»Wer sind diese Frauen, und wie viele Ausgaben werden wir mit denen verkaufen?«, fragt Miles, der vor seinem Laptop sitzt und nur kurz im Tippen innehält.

»Die Frau links oben ist Ngozi Okeye, eine Body-Positivity-Influencerin mit fast einhunderttausend Followern«, sage ich und schüttle mich innerlich bei der Vorstellung, ich hätte womöglich Little Miss Avo ausgewählt. »Die Frau neben ihr ist Sara González Gómez, sie ist sozusagen die nächste Greta Thunberg. Dann haben wir da noch die Transgender-Aktivistin Michaela May …«

»Ihre Instagram-Storys sind wahnsinnig inspirierend«, schiebt Aisha hinterher und reckt den Daumen in die Höhe.

Ich sage meinen einstudierten Text auf. Nach den *Luxxe Women Awards* bin ich ins Grübeln gekommen. Ich habe mir überlegt, dass wir offener werden und der nächsten Stephanie Asante eine Bühne bieten sollten. Noch vor wenigen Jahren hätten Frauen wie sie niemals einen Artikel in unserem Magazin bekommen. Es birgt ein gewisses Risiko, weniger bekannte Frauen aufs Cover zu nehmen, deshalb habe ich dazwischen prominente Gesichter platziert, die im Laufe der letzten zehn Jahre schon mal auf dem Cover der *Luxxe* zu sehen waren. Und ich habe darauf geachtet, solche Frauen auszusuchen, die die Werte unseres Magazins widerspiegeln. Wenn wir immer nur denjenigen Frauen eine Stimme geben, die ohnehin schon reich und berühmt sind, werden wir mit unseren Inhalten nie wirklich am Puls der Zeit sein, aber genau das wünsche ich mir.

»Ich weiß nicht«, sagt Tabitha, die derart finster die Stirn runzelt, dass man meinen könnte, ich hätte vorgeschlagen, Harvey Weinstein aufs Cover zu drucken. »Letztes Jahr hatten wir mal einen Titel mit Lexy Banks, der hat sich nicht so gut verkauft.«

Auf solche Einwände bin ich vorbereitet. Ich wusste, dass Tabitha etwas anführen würde, was vor meiner Zeit passiert ist, und bin bereit, für meine Idee zu kämpfen.

»Mir ist das Risiko bewusst, das wir damit eingehen.« Ich lächle Tabitha an. »Aber in den letzten zwölf Monaten hat sich das Magazin weiterentwickelt. Unsere Leserinnenschaft ist reif für Neues. Der Gedanke dahinter, zwanzig unterschiedliche Frauen auf dem Cover zu haben, ist der, dass es auf diese Weise für jede Leserin eine Person gibt, mit der sie sich identifizieren kann. Ich will, dass sich *alle* Frauen von uns angesprochen fühlen.«

»Aha. Und wo sind dann die Modeschöpferinnen? Die Models? Warum ist Sophia Henley-Jones nicht dabei?«, fragt Tabitha.

»Ich hatte gehofft, dass du mir dabei helfen könntest – das hier ist auch nicht die finale Auswahl. Allerdings habe ich den Eindruck, dass wir Sophia schon oft genug im Heft hatten«, sage ich, wobei ich bewusst darauf achte, ihren Namen diesmal korrekt auszusprechen. »Es ist an der Zeit, den Gesichtern von morgen eine Chance zu geben. Schlag mir doch einfach ein paar Namen vor, und dann schauen wir mal.«

Es ist mir sehr wichtig, dass Tabitha in den Prozess mit eingebunden wird. Mehr noch: Ohne ihre Hilfe könnte ich meinen Plan niemals durchziehen. Aber sie ist immer so abwehrend und negativ und krittelt an meinen Ideen herum, ehe ich auch nur die Chance habe, sie vollständig zu erklären. Ich wechsle zur nächsten Folie. Leah hat großartige Arbeit geleistet, indem sie die *Luxxe* relevanter für die LGBTQ+-Community gemacht hat, und ich bin entschlossen, diesen Weg fortzuführen und noch mehr unterrepräsentierten Frauen Platz in unserem Heft zu bieten.

Als Nächstes übergebe ich das Wort an Aisha, damit sie die digitalen Aspekte des Plans erläutert, der aus einer ausgeklügelten Social-Media-Kampagne inklusive Instagram-Takeover auf der *Luxxe*-Seite besteht, mit der wir die Sichtbarkeit gewöhnlicher und außergewöhnlicher – oder, wie wir es nennen: außergewöhnlich gewöhnlicher – Frauen auch im Netz erhöhen wollen.

Als wir fertig sind, applaudieren alle. Es scheint also beschlossene Sache zu sein – ganz abgesehen davon wüsste ich nicht, welche Einwände man gegen meine Idee erheben könnte.

Aber dann kommen die Fragen. Tabitha fragt mich nach verschiedenen Leuten aus der Modebranche, von denen ich noch nie gehört habe. Daraufhin legt auch Miles los. Er will wissen, wie das Budget aussieht und mit welchen Gewinneinbußen wir rechnen müssen, wenn wir keinen großen Namen auf dem Cover haben. Ich bemühe mich, jede Frage zu beantworten, doch am Ende des Verhörs bin ich am Boden zerstört. All das hier hätte stattfinden sollen, bevor Leah in die Babypause geht, und irgendwie kann ich mich des Eindrucks nicht erwehren, dass die Präsentation wie am Schnürchen geklappt hätte, wenn sie dabei gewesen wäre.

Tabithas eigener Pitch ist der Hammer. Sie möchte, dass wir für die Jubiläumsausgabe eine Reihe unterschiedlicher Cover produzieren, auf denen jeweils ein Star aus dem letzten Jahrzehnt abgebildet ist. Darüber hinaus schlägt sie eine digitale Serie vor, in der Supermodels und Designer auf die größten Momente der Mode zurückblicken. Die entsprechenden Leute sind praktisch schon fest gebucht, weil Tabitha so ausgezeichnet vernetzt ist. Miles überzeugt die kommerzielle Zugkraft der bekannten Namen, und ich habe das Gefühl, dass all meine harte Überzeugungsarbeit umsonst war.

Niedergeschlagen sinke ich auf meinem Stuhl zusammen. Vor zwei Wochen lief alles gut. Ich hatte gerade meine neue Stelle angetreten und glaubte, mit der Liebe meines Lebens zusammen zu sein. Jetzt habe ich Krebs, eine kriselnde Beziehung und einen Job, von dem ich allmählich glaube, ihm nicht gewachsen zu sein.

»Ich habe noch ein anderes Meeting«, sagt Miles und klappt seinen Laptop zu. »Da war schon viel Schönes dabei. Jess, ich liebe die Idee mit den außergewöhnlichen Frauen, aber wie Tabitha ganz richtig erkannt hat, müssen wir auch unsere

Werbepartner zufriedenstellen. Ich überlasse es den beiden Damen, das auszudiskutieren.«

Aisha sieht erst mich, dann Tabitha, dann die Tür an. »Soll ich Tee kochen?«

Als ich eine Stunde später aus dem Büro komme, erspähe ich Marcus auf der anderen Seite des Innenhofs. Er steht mit dem Rücken an die Wand gelehnt, telefoniert und raucht dabei. Unsere Blicke treffen sich kurz, dann wendet er sich ab und tut so, als hätte er mich nicht gesehen.

In der U-Bahn öffne ich die Dating-App. Ich habe vergessen, sie zu löschen, weil in der letzten Woche einfach zu viel los war, aber wenn Johnny sie sieht, dreht er garantiert durch. Ich gehe auf mein Profil, um rasch noch einmal meine Matches durchzuschauen, ehe ich sie deinstalliere. Dann klicke ich meine Nachrichten an und suche nach Marcus.

Doch von ihm fehlt jede Spur.

Er hat mich gelöscht, als ob es unser Techtelmechtel nie gegeben hätte.

EIZELLENKONSERVIERUNG

»Entschuldige die Verspätung«, sagt Johnny, als er ins Wartezimmer des Krankenhauses gestürzt kommt. Ich musste die Schwester am Empfang bitten, die nächste Patientin vorzuziehen. Sie reagierte mit einem genervten Augenrollen, sodass ich schon befürchtete, sie würde uns ganz von der Liste streichen.

»Was für ein Scheißtag«, sagt Johnny, schält sich aus seinem Mantel und holt sein Smartphone aus der Tasche. »Die Besprechung mit einem Mandanten hat eine halbe Stunde länger gedauert, und der Verkehr war die Hölle. Es hilft auch nicht gerade, dass Rupert Smith durchs Büro stolziert, als würde die Kanzlei ihm gehören.«

»Jetzt bist du ja hier.« Ich tätschle ihm das Knie und entscheide mich, ihm nichts von meinem mindestens genauso anstrengenden Vormittag zu erzählen.

»Ich muss nur kurz auf diese Mail hier antworten, dann gehöre ich ganz dir«, sagt er und schiebt meine Hand beiseite, ehe er hektisch auf seinem Telefon zu tippen beginnt.

Um uns herum liegen Klatschmagazine auf Beistelltischen, und in metallenen Halterungen an den Wänden stecken Broschüren über künstliche Befruchtung und Adoption. Es gibt sogar eine schicke neue Kapselmaschine für Kaffee und Kräutertee. In den Ecken des Raumes sitzen mehrere Pärchen; einige Frauen sind allein gekommen. Die meisten wünschen sich wahrscheinlich verzweifelt Kinder, während wir hier sind, um sicherzustellen, dass wir nie in eine solche Situation geraten.

Es ist erst Mitte der Woche, und schon jetzt müssen wir eine schier unüberschaubare Zahl von Terminen in unsere ohnehin schon vollen Arbeitstage eintakten. Heute Morgen hatten wir bereits ein Gespräch mit Dr. Malik, dem Onkologen, der für meine Chemotherapie und die Bestrahlung verantwortlich ist, während Mr. Patel die OP leiten wird. Ich hatte nicht so bald mit den Ergebnissen gerechnet, deshalb bin ich vor Schreck fast vom Stuhl gefallen, als Dr. Malik mir mitteilte, mein CT und der Knochenscan seien beide negativ ausgefallen.

»Das ist großartig«, sagte ich unter Tränen, als Johnny und ich uns draußen vor dem Wartezimmer in den Armen lagen. Wir müssen meine Brust zwar trotzdem noch mit radioaktiven Strahlen bombardieren, um dafür zu sorgen, dass der Krebs nicht streut, aber es ist eine unfassbare Erleichterung zu wissen, dass ich keine Metastasen in Lymphknoten, Knochen oder anderen Organen habe. Dr. Malik hat erklärt, dass man mir einen kleinen Metallmarker in den Tumor injizieren wird, um nachverfolgen zu können, ob er während der Chemotherapie schrumpft. Danach wird er entscheiden, ob ich eine vollständige Mastektomie oder lediglich eine sehr viel simplere Lumpektomie benötige.

Ich werde den Gedanken nicht los, dass ich mit dem Feuer spiele, indem ich die Chemotherapie aufschiebe, um meine Eizellen einfrieren zu lassen. Aber es sind ja nur zwei Wochen.

»Jessica?« Eine sehr gepflegt aussehende Klinikassistentin reißt mich aus meinen Grübeleien. »Wenn Sie bitte mitkommen würden.«

Johnny blickt von seinem Smartphone auf und nickt mir zu. »Viel Glück.«

Im Untersuchungszimmer warten zwei Frauen auf mich, eine ältere mit warmherzigem Lächeln und eine andere, die so jung aussieht, dass sie die Tochter der ersten sein könnte.

»Ich bin Sinéad, und das hier ist Rita«, erklärt die ältere. »Sind Sie damit einverstanden, dass Rita heute mit von der Partie ist?«

»Je mehr, desto besser.«

»Es könnte sich ein bisschen ungewohnt anfühlen. Wenn wir aufhören sollen, geben Sie einfach Bescheid«, sagt Rita. Sie deutet auf einen Gynäkologenstuhl mit Papierauflage und zwei Beinschalen an den Seiten, die meine Schenkel in einer sehr unangenehmen Position fixieren.

»Wir benutzen einen stabförmigen Schallkopf und Gleitmittel, um bei Ihnen eine vaginale Sonografie durchzuführen«, sagt Sinéad. »Das hört sich erst mal beängstigend an, tut aber nicht weh. Es ist ungefähr so wie ein Abstrich, okay? Wenn Sie sich jetzt bitte unten herum freimachen und auf dem Stuhl Platz nehmen könnten, dann decken Sie sich mit dem Papier zu, und wir sind gleich wieder da.«

Rita reicht mir ein rechteckiges Stück pergamentartiges Papier, mit dem ich meine Blöße bedecken soll und folgt Sinéad aus dem Raum. Nach all den Ultraschalluntersuchungen, Mammografien und Biopsien, die ich schon über mich habe ergehen lassen, bin ich eigentlich an die seltsame Form der Schamhaftigkeit gewöhnt, die es den Ärzten gebietet, den Raum zu verlassen, während die Patientin sich entkleidet, aber der Ablauf eines vaginalen Ultraschalls ist neu für mich.

Ich ziehe mir die Jeans herunter, falte meinen Slip und den Kleiderstapel auf einen Hocker. Dann versuche ich, es mir auf dem Stuhl bequem zu machen, und platziere meine Beine in den dafür vorgesehenen Auflagen. Ich lege mir das Papier auf den Bauch und werfe noch einen Blick auf mein Handy, ehe ich mich auf die unvermeidlichen fünf Minuten Wartezeit einstelle.

»Sehr gut«, sagt Sinéad, als sie zurückkommt und mich auf dem Stuhl liegen sieht wie ein Backblech voller Croissants, das darauf wartet, in den Ofen geschoben zu werden.

Ihre Komplizin Rita reicht ihr etwas, was sich nur als riesiger weißer Dildo beschreiben lässt, der mit einem altmodisch anmutenden Telefonkabel an einen Apparat angeschlossen ist. Wenn es hier nicht um die Frage ginge, ob ich jemals Kinder bekommen werde, wäre die Sache beinahe komisch.

»Es ist halb so schlimm, wie es aussieht.« Sinéad drückt ein durchsichtiges Gel auf die joystick-artige Ultraschallsonde.

»Besser mit Sextoy als gar nicht«, sage ich.

Sinéad lächelt schief, als hätte sie ähnliche Bemerkungen schon tausendmal gehört. Dann schaut sie mir in die Augen, um mir zu signalisieren, dass es gleich losgeht, während sie den Joystick hebt.

»Es könnte ein bisschen kalt werden«, warnt sie mich vor.

Ich spüre, wie sich meine Muskeln anspannen, als sie das Ding bis zum Anschlag in mich hineinschiebt. Dann zeigt sie auf die Computermonitore zu beiden Seiten des Stuhls und bewegt den Stab in mir hin und her, während sie hochkonzentriert auf die Bilder starrt.

»Hier können Sie Ihre Eierstöcke sehen«, erklärt sie. »Der Ultraschall erlaubt uns festzustellen, wie viele Eizellen sich in jedem Eierstock befinden. So können wir einschätzen, wie viele Eizellen Sie produzieren könnten.«

»Wie viele sind es denn?« Ich sehe nur verschwommenes Schwarz-Weiß.

»Eine ausreichende Anzahl. Das bedeutet nicht zwangsläufig, dass sie auch von guter Qualität sind, aber immerhin haben Sie genügend Eier in jedem Körbchen.«

Als sie mit dem Joystick fertig ist, reicht sie ihn an Rita weiter. Dann zieht sie sich geräuschvoll die Handschuhe aus und beginnt, ein Formular auszufüllen.

»So, das Gröbste hätten Sie hinter sich«, sagt sie. »Wenn Sie sich wieder anziehen und ins Wartezimmer gehen, treffen wir uns gleich noch einmal zusammen mit Ihrem Partner.«

Ich spüre immer noch das kalte Gel in mir, als ich Slip und Jeans anziehe und ins Wartezimmer zurückkehre. In Gegenwart der anderen Patientinnen fühle ich mich seltsam unbehaglich. Ich wurde gerade auf eine sehr intime Weise untersucht, und hier sitzen alle und schlürfen Tee.

»Wie war es?«, fragt Johnny, der immer noch mit seinem Smartphone beschäftigt ist.

»Interessant.« Ich frage mich, wie viele solcher vaginalen Untersuchungen ich noch erdulden muss, bis alles vorbei ist.

Innerhalb weniger Minuten ruft Rita uns wieder herein. Diesmal geht sie mit uns in einen anderen Raum, wo Sinéad bereits wartet. Sie stellt sich Johnny vor und schüttelt ihm zur Begrüßung die Hand.

»Wenn Sie mit der Befruchtung fortfahren möchten, sollten wir über Termine reden«, sagt sie, während sie etwas in ihren Computer tippt.

Sie erläutert uns den Ablauf. Zunächst muss ich Tabletten schlucken, die meine Periode auslösen, dann folgen tägliche Hormonspritzen, die ich mir selber setzen muss, sowie Bluttests für uns beide, um unser Fertilitätsniveau zu überprüfen und Krankheiten auszuschließen. Am Schluss muss mir jemand eine letzte Spritze in den Po geben, die den Eisprung auslöst, dann erfolgt die Entnahme der Eizellen unter lokaler Betäubung. Romantik sieht anders aus.

»Es gibt einige Nebenwirkungen wie einen aufgeblähten Bauch und Unwohlsein. Ihre Hormone befinden sich nicht mehr im Gleichgewicht, deshalb könnte es auch sein, dass Sie ein bisschen emotionaler sind als sonst.«

Ich wette, das ist ein Euphemismus für »Sie werden täglich Selbstmordgedanken haben«, aber was ist schon ein weiterer Schocker nach Fremdgehen und Krebs?

Sinéad zieht einen Kalender zurate und überprüft einige Daten. Johnny und ich zücken unsere Smartphones. Aus dem Augenwinkel sehe ich, wie er den Kopf schüttelt.

»Sie sollten so schnell wie möglich anfangen, damit die Chemotherapie losgehen kann. Wenn wir also die Zeit mit einberechnen, die wir brauchen, um Ihre Periode auszulösen, dann bekämen Sie die letzte Injektion am … achtzehnten Dezember«, sagt sie.

Ich stelle mir die Adventszeit vor. Weihnachtsfeiern, ausgelassene Abende mit Aisha. Dieses Jahr wird es ganz anders sein.

Johnny stößt schnaubend die Luft aus.

Sinéad und ich werfen ihm fragende Blicke zu.

»Tut mir leid, aber bei uns steht in Kürze der Carter-Moran-Fall an«, sagt er. »Nächsten Monat wird es eng.«

Ich knirsche mit den Zähnen und lächle Sinéad an. »Wenigstens sind wir zu Weihnachten fertig.«

»Es gibt keinen perfekten Zeitpunkt für so was«, meint sie. »Geht es Ihnen so weit gut?«

»Ja, es ist nur ...« Ich kann es kaum aussprechen, bevor meine Stimme bricht und ich schon wieder weinen muss. Eine einzelne Träne rollt mir die Wange hinab und in meinen Mundwinkel. Sie schmeckt warm und salzig. Jetzt könnte ich wirklich Mums Beistand gebrauchen. Sie würde wissen, was sie sagen muss. Sie würde wissen, ob ich das Richtige tue, ob sich das alles lohnt. Es ist eine Entscheidung von großer Tragweite.

Sinéad nimmt eine Schachtel mit Taschentüchern von ihrem Schreibtisch und hält sie mir hin. Ich betupfe mir die Augen, lache und versuche, tapfer zu sein.

»Entschuldigung«, schniefe ich.

»Hey.« Sie tätschelt mir die Schulter. »Sie machen gerade eine schwere Zeit durch.«

Noch einmal ziehe ich die Nase hoch und nicke zum Dank, doch je länger ich darüber nachdenke, desto mehr fehlt mir Mum. Sie würde wissen, was zu tun ist. Sie würde mir allein durch ihre Anwesenheit Kraft geben. Doch selbst wenn ich eines Tages ein Kind haben sollte, wird sie nicht da sein, um es kennenzulernen.

»Tut mir leid«, sage ich und springe auf.

»Alles in Ordnung, nehmen Sie sich ruhig ein bisschen Zeit für sich.« Sinéad öffnet mir die Tür.

Ich stürze aus dem Raum und flüchte mich auf die Behindertentoilette. Dort schließe ich mich ein, hocke auf der Kloschüssel, den Kopf zwischen den Knien, und spüre, wie das Blut in meinen Schädel fließt.

Im Schutz der summenden Lüftung schluchze ich hemmungslos und blicke dabei auf den makellos weißen Fußboden. Ich muss stark sein und das irgendwie durchstehen. Johnny bietet mir Liebe, Stabilität und eine Zukunft, in der ich die Möglichkeit habe, Mutter zu werden. Es gibt keine andere Wahl.

SCHAUFENSTERPUPPE

Ich trete beiseite, um zwei jungen Pflegern Platz zu machen, die ein schmales Bett vorbeischieben. Die Patientin darin liegt unter einem zerknäulten Laken, das dieselbe Farbe hat wie ihre Haut. Der Blick ihrer blutunterlaufenen Augen trifft meinen, und ich sehe ein Aufblitzen von Menschlichkeit: die Erinnerung an eine junge, lebensfrohe Person, gefangen im Körper eines alten, faltigen, welken Menschen. Ich lächle ihr zu, doch sie wendet sich ab. Das erinnert mich daran, wie Mum früher versucht hat, uns ihren Anblick zu ersparen, wenn es ihr besonders schlecht ging. Sie fühlte sich, als hätte sie ihre Würde verloren.

Ich erreiche den violetten Flügel des Krankenhauses, die psychologische Station. Soll das Violett aufheiternd wirken? Auf langes Drängen von Schwester Rose hin habe ich einen Termin vereinbart. *»Wir haben ein sehr engagiertes Team von Therapeuten, die mit Ihnen über all Ihre Sorgen sprechen können.«* Das ist wenigstens mal eine Abwechslung zu den Bluttests und Tabletten, die mich auf die hormonelle Stimulation vorbereiten sollen.

Ich erreiche die verglasten Türen und starre in den vor mir liegenden Gang. Ich bin versucht, wieder umzudrehen. Wie soll ein Fremder auch nur annähernd nachvollziehen können, dass ich im Verlauf von zwei Jahren meine Mutter verloren habe, von meinem Verlobten betrogen wurde, eine Krebsdiagnose bekommen und erfahren habe, dass ich vielleicht nie Kinder kriegen kann? Außerdem weiß ich eins genau: Wenn ich erst mal anfange zu weinen, werde ich so schnell nicht mehr aufhören.

Ich stoße die schweren Türen auf und melde mich am Empfang an. Dann suche ich mir mit gesenktem Kopf einen Platz in der hintersten Ecke des Wartebereichs und bete, dass mich niemand sieht, den ich kenne. Ich nehme eine ein Jahr alte Ausgabe der *Grazia* in die Hand und blättere darin.

Ein Paar Converse Chucks taucht vor mir auf, ehe ich ihr Gesicht sehe. »Darf ich mich dazusetzen?«

Sie wartet nicht auf eine Antwort, sondern parkt ihren winzigen Körper auf dem zerschlissenen Stuhlkissen neben mir.

»Diese Zeitschriften sind wahrscheinlich verkeimter als deine Klobrille«, sagt sie.

»Igitt.« Ich werfe die Zeitschrift auf den Tisch und greife in meinen Rucksack, um nach dem Desinfektionsgel zu suchen. Ich gebe einen Pumpstoß in meine Handfläche, dann biete ich der Frau neben mir auch was an.

»Annabel, richtig?«

»Manche sagen Bel zu mir. Hi, Jess.« Ich fühle mich geehrt, dass sie sich an meinen Namen erinnert. »Dann bist du also auch für einen Termin hier?«

Ich lache. »Ja. Im Grunde nur, damit meine Krankenpflegerin endlich Ruhe gibt. Eigentlich brauche ich keine Therapie.«

»Ha. Ich schon. Obwohl, wem mache ich eigentlich was vor? Ich komme nur wegen des heißen Therapeuten. Er ist das Highlight meiner Woche.«

»Du hast einen heißen Therapeuten? Um wie viel Uhr ist denn deine Sitzung?«

»Um zehn nach zehn ... vor einer halben Stunde also. Aber wir haben ja nichts Besseres zu tun, oder?«

Wieder muss ich lachen. Sie ahnt ja nicht, dass ich Mühe habe, meine Termine mit einem Vollzeitjob in der Redaktion eines Hochglanzmagazins unter einen Hut zu bringen, auch wenn mir das Unterfangen immer vergeblicher erscheint, je mehr mir das Ausmaß der vor mir liegenden Behandlung bewusst wird. Meine Sitzung hätte um halb elf beginnen sollen, daher bezweifle ich, dass wir denselben Therapeuten haben.

»Er heißt Deepak, der heiße Therapeut. Ich nenne ihn Dr. Deep. Ich bin so was wie seine Musterschülerin. Wenigstens bin ich seine einzige Patientin unter fünfzig, und ich glaube, er weiß das zu schätzen. Ich biete eine angenehme Abwechslung zu all den alten Damen.«

»Ich glaube, ich bin bei einer Frau«, sage ich und schaue auf den Zettel, auf dem mein Termin vermerkt ist. »Da habe ich wohl Pech gehabt.«

Annabel öffnet den Mund, um etwas zu entgegnen, doch in diesem Moment geht die Tür auf, und ein großer Mann mit schickem Anzug und dicker Brille kommt herein. »Morgen, Annabel«, sagt er augenzwinkernd.

»Hab ich's dir nicht gesagt?«, raunt sie mir nicht gerade unauffällig zu, ehe sie sich mit beiden Händen aus ihrem Stuhl in die Höhe stemmt.

»Viel Spaß«, wünsche ich ihr, ehe sie dem Therapeuten nach nebenan folgt und die Tür hinter sich schließt.

Eine Stunde später bin ich fertig. Meine Wangen sind fleckig, die Augen gerötet, so wie bei der Frau, die ich auf dem Gang gesehen habe. In der Faust habe ich immer noch einige zerknüllte Taschentücher.

»Traumalevel auf einer Skala von eins bis zehn?«

Ich schaue mich im Wartezimmer um und entdecke Annabel, die mit dem Rücken an der Betonwand sitzt, die Beine über die Sitzflächen dreier Stühle ausgestreckt. Sie hat auf mich gewartet.

»Acht Komma fünf.«

»Puh, krass«, sagte sie und drückt mir eine gigantische Tüte Haribo in die Hand. »Die habe ich für dich gekauft. Ich dachte mir, du brauchst vielleicht eine Aufmunterung.«

»Danke. Wie war dein Date mit dem scharfen Therapeuten?«

Annabel verdreht in gespielter Ekstase die Augen. »Heiß wie Frittenfett. Kaum auszuhalten, dass ich eine ganze Woche warten muss, bis ich ihn wiedersehen darf.«

»Nach der trostlosen Sitzung, die ich gerade hatte, möchte ich alles über dein leidenschaftliches Stelldichein erfahren. Hast du vielleicht Lust, mit mir Perücken shoppen zu gehen?«

»Süße, ich habe alle Zeit der Welt. Lass uns von hier verschwinden.«

Das ist das Beste, was ich seit Langem gehört habe.

»Hier entlang«, sagt Annabel, während sie mich zurück in Richtung Haupteingang und dann durch eine Doppeltür lotst. »Wappne dich. Du bist im Begriff, das Land der alten Damen zu betreten.«

Bei unserem Eintreten kommt Leben in die grauhaarige Frau hinter dem Verkaufstresen. Sie scheint in den Sechzigern oder Siebzigern zu sein. Es ist, als wären wir die ersten Kundinnen, die sich seit einem Jahr in ihren Laden verirrt haben.

»Hallo, die Damen«, sagt sie und mustert uns von oben bis unten. »Suchen Sie etwas Bestimmtes?«

»Perücken«, antwortet Annabel.

»Für Sie selbst, meine Liebe?« Sie beäugt Annabels schwarzes Uma-Thurman-Haar.

»Eigentlich soll sie für mich sein«, sage ich. »Ich habe einen Gutschein von der Krankenkasse. Wegen der Chemo.«

»Oh«, sagt die Frau. »Sie sind aber sehr jung, meine Liebe.«

»M-hm.«

Sie deutet auf die halb leeren Regale hinter sich. »Haben Sie schon eine Vorstellung?«

Ich blicke mich um. Es gibt insgesamt höchstens zwanzig Perücken in verschiedenen Brauntönen. Die meisten sind lang und gelockt oder als Vokuhilas geschnitten. Die Puppenköpfe, die sie tragen, haben alle weiße Haut und tote Augen.

»Haben Sie auch was ... Farbenfroheres?« Die Art, wie Annabel dies sagt, erinnert mich an Mum, und unwillkürlich muss ich an das gelbe Kopftuch denken, das Tante Cath ihr gekauft hat. Als sie es anprobierte, haben wir uns fast totgelacht, weil sie aussah wie eine Ananas. Bis zum Tag ihres Todes haben wir sie »Ananaskopf« genannt. Der Gedanke zaubert mir ein Schmunzeln ins Gesicht.

Abermals lässt die Frau den Blick über die Regale schweifen, dann schüttelt sie den Kopf.

»Vielleicht was ... Moderneres?«, sage ich und sehe erst sie, dann Annabel an.

»Mehr als das hier haben wir nicht«, sagt sie. »Es gibt jede Menge Auswahl. Bald kommen auch noch einige neue Modelle rein. Welches möchten Sie denn gerne anprobieren?«

Annabel wirft mir einen Blick voll nackter Verzweiflung zu, dann lächelt sie. »Du hast dich doch immer schon gefragt, wie du mit einem Vokuhila aussehen würdest, oder, Jess?«

»Stimmt. Genau danach habe ich gesucht.« Ich deute auf die langhaarigste und lockigste Perücke von allen, eine schlammbraune Vokuhila-Nummer auf dem obersten Regal.

Schnaufend und ächzend, als hätten wir angekündigt, jede Perücke im Laden anzuprobieren, holt die Dame den Puppenkopf mithilfe eines Hakens herunter und zupft daran herum. Sie reicht mir ein Haarnetz, dann hält sie mir die Perücke hin. Ich stopfe meine langen roten Haare in das Netz, dann stülpe ich mir die Perücke über, die muffig riecht und mal wieder ordentlich frisiert werden müsste.

»Und? Wie sehe ich aus?«, frage ich und werfe mich in Pose.

Annabel kann sich nur mit Mühe einen Lachkrampf verkneifen. Sie schürzt die Lippen, zieht die Augenbrauen hoch und nickt energisch, ehe sie sich in Richtung Tür abwendet und so tut, als würde sie sich für einen Stapel Flyer interessieren.

Ich kichere, als ich mir die Perücke vom Kopf ziehe und sie der Dame zurückgebe, die sie wieder dem kränklich aussehenden Puppenkopf aufsetzt.

»Ich glaube, für heute belasse ich es dabei.«

Kaum ist die Tür hinter uns ins Schloss gefallen, prusten wir los.

»Du hast *unfassbar hässlich* ausgesehen«, ruft Annabel, und ich liebe sie dafür, dass sie nicht das sagt, wovon sie glaubt, dass ich es hören möchte, so wie alle anderen.

Vor dem Ausgang bleiben wir nebeneinander stehen wie zwei Schulkinder, die sich gegen die Kälte rüsten. Ich ziehe den Reißverschluss meines pelzgefütterten Parkas hoch, während Annabel eine Fellmütze mit Ohrenklappen und Bommeln über ihren schwarzen Bob stülpt. Dann langt sie in ihre Jackentaschen und zieht ein Paar fingerlose Fleecehandschuhe heraus, die sie sich überstreift, bis ihre schwarzen Fingernägel vorne herausschauen.

»Hast du schon Pläne für heute?«, fragt sie, als wir aus dem muffigen Foyer in die kalte, klare Dezemberluft hinaustreten.

»Na ja.« Ich habe mir vorgenommen, direkt nach meinem Termin zurück in die Redaktion zu fahren. Andererseits würde ich wirklich gern mehr Zeit mit Annabel verbringen. Ein bisschen kann ich vielleicht noch rausschinden. »Um drei habe ich ein Meeting, aber bis dahin könnte ich mir freinehmen.«

»Dann habe ich eine Idee«, sagt sie. »Komm mit.«

Wir gehen den Fluss entlang nach Blackfriars und schlängeln uns durch die Massen am Borough Market, am Golden Hinde und dem Globe Theatre vorbei. Vor dem Tate Modern sind die Weihnachtsmärkte bereits in vollem Gange. Pärchen mit Mützen und Handschuhen trinken Glühwein und essen Bratwurst an hölzernen Spießen.

Alles hier erinnert mich an meine Zeit auf der Uni, an das Wohnheim in Waterloo, in dem ich im ersten Jahr gehaust habe, und die Studentenvereinigung am anderen Flussufer. Ich weiß nicht, an wie vielen Abenden ich in schwindelerregend hohen Absätzen über die Waterloo Bridge gestöckelt und spätnachts mit den Schuhen in der Hand barfuß nach Hause getorkelt bin. Wenn ich Glück hatte, hat mich jemand Huckepack genommen, aber meistens schlief ich noch in Klamotten ein, bevor irgendwas Aufregendes passieren konnte.

»Wo wollen wir denn hin?«, frage ich, als wir unten am Bahnhof unsere Dauerkarten durch den Automaten ziehen.

»Nach Peckham«, antwortet Annabel.

Ich halte an und lege ihr die Hand auf den Unterarm, damit sie ebenfalls stehen bleibt.

»Peckham?«

»Das sind bloß Haltestellen«, sagt sie. »Wohl kaum das Ende der Welt.«

»Ich weiß, wo Peckham ist«, sage ich lächelnd. »Die Familie meiner Mutter stammt von da.«

»Ernsthaft?«, sagt sie. »Meine auch! Meine Eltern leben immer noch dort. Kennst du dich gut aus?«

»Als Kind war ich oft da. Wir haben meine Tante Cath besucht, aber nach der Scheidung ist sie weggezogen.«

»Noch ein Grund mehr, weshalb mein Plan Sinn macht«, sagt sie und zieht mich in einen leeren Wagen. Sie hat einen Anstecker mit der Aufschrift »Krebs an Bord«, deshalb kriegt sie in der U-Bahn immer einen Sitzplatz, genau wie Schwangere.

»Wohnst du immer noch in Peckham?«

»Nee, in Camberwell, aber das ist nicht weit. Und du?«

»Clapham.«

»Wir Mädels von der Südseite«, sagt sie und reckt die Faust. Ich komme mir vor wie eine Achtjährige auf dem Spielplatz, die sich freut, dass sie mit ihrer neuen Freundin etwas gemeinsam hat. Etwas anderes als den Krebs. »Und wo bist du aufgewachsen?«

»Yorkshire«, sage ich.

»Dachte ich mir, dass du aus dem Norden stammst.«

»Ja, meine Mum ist dorthin umgezogen, als sie meinen Dad kennengelernt hat. Das war vor meiner Geburt. Ich bin zum Studieren nach London gekommen und hier hängen geblieben.«

»Aber deine Eltern leben immer noch in Yorkshire?«

»Mein Dad«, sage ich. Ich zögere kurz. »Meine Mum ist gestorben.«

»Tut mir leid.«

»Schon gut.«

Einige Minuten lang sitzen wir in entspanntem Schweigen da, während der Zug durch Denmark Hill rattert. Ich erinnere mich daran, dass ich immer noch die Haribo-Tüte habe, und biete sie Annabel an. Sie holt einen Apfelring heraus und steckt ihn sich in den Mund.

Sie ist ganz unruhig. In einem Moment reißt sie sich Mütze, Jacke und Handschuhe vom Leib und fächelt sich mit einer Broschüre aus dem Krankenhaus Luft zu, im nächsten breitet sie die Jacke auf ihrem Schoß aus und schiebt ihre Hände darunter, um sie zu wärmen.

»Hitzewallungen«, sagt sie.

»Kenne ich noch von meiner Mum.«

»Hatte sie auch Brustkrebs?«

»Darm.«

Annabel nickt und nimmt sich ein Spiegelei aus der Haribo-Tüte.

»Stören sie dich sehr? Die Hitzewallungen?«

»Man gewöhnt sich dran.« Sie zuckt mit den Schultern.

In Peckham Rye gehen wir die Stufen des Bahnhofs

hinunter durch den Bahnbogen. Im ersten Jahr nach der Uni, als ich ein unbezahltes Praktikum nach dem anderen machte, durfte ich wieder bei Tante Cath wohnen. Es ist schon ein paar Jahre her, seit ich zuletzt hier war, und obwohl sich seit meiner Jugend einiges verändert hat, erscheint mir die Gegend noch vertraut. Inzwischen konkurrieren die Fischhändler mit Hipster-Cafés und trendigen Bars, aber es gibt immer noch dieselben offenen Buden mit aufgestapelten Süßkartoffeln, dem Geruch von Räucherfleisch und Jerk Chicken und die bis spät in die Nacht geöffneten Frisörsalons, in denen das Kontakteknüpfen mindestens so wichtig ist wie das Haareflechten.

Annabel ist außer Atem, als wir um die Ecke biegen. Sie führt mich eine Straße hinunter an einigen Bushaltestellen, Billigläden und einem McDonald's vorbei, der jetzt zur Mittagszeit voll besetzt ist. Sie zeigt nach vorn auf ein Schaufenster, das sich radikal von dem im Krankenhaus unterscheidet. Unzählige Reihen identisch aussehender Puppenköpfe mit leblosen Mienen stehen übereinander, schwarze wie weiße, und sie alle tragen Perücken in jeder nur erdenklichen Form und Farbe. Es gibt Afros, silberne, pinkfarbene und blaue Haare, lange, kurze und asymmetrische Frisuren. Bis in den hinteren Bereich des Ladens ist alles voller Köpfe.

»Ganz schön gruselig, was?«, sagt sie.

Ich nehme ihre Hand, und gemeinsam betreten wir das Geschäft. »Jetzt kommen wir der Sache schon näher.«

Die nächsten fünf Minuten lang sieht Annabel mir zu, während ich die normalsten Perücken im Laden anprobiere, die meinen natürlichen Haaren möglichst ähnlich sehen, von schulterlang und rostbraun bis hin zu kupferrot und gelockt.

Ich setze ein Haarnetz auf und stehe still, während die Verkäuferin an der Perücke zieht und zupft, bis sie richtig sitzt.

»Riecht nach verbranntem Plastik«, sage ich und schaue Annabel um Bestätigung heischend an. »Was meinst du?«

»Wenn du keine Haare mehr hast, wird das ganz anders aussehen. Dann hast du auch diese Koteletten nicht mehr«, sagt sie und berührt mich seitlich an den Wangen.

»Was ist mit der Form?«

»Du kannst tragen, was du willst«, sagt Annabel, dann hält sie kurz inne. »Aber man hat ja nur einmal eine Glatze ... hoffentlich. Warum lässt du es nicht ein bisschen krachen?«

Sie schiebt die Finger unter ihren schwarzen Bob, zieht ihn sich vorsichtig vom Kopf und legt ihn auf den Tresen. Ihre Kopfhaut ist weißer als ihr Gesicht, so als hätte sie nie die Sonne gesehen, und durch die dünne, gräulich schimmernde Haut erkennt man die Konturen ihres Schädels.

Ich ertappe mich dabei, wie ich sie anstarre. »Tut mir leid, ich wollte nicht glotzen.«

»Schau ruhig, so viel du willst. Am Anfang ist es ein Schock, aber mit der Zeit gewöhnt man sich dran. Willst du mal anfassen?«

Sie nimmt meine Hand und führt sie an ihren Kopf.

Ich fahre mit einem Finger hinten an ihrem Schädel entlang. Es ist ein hochgradig intimer Akt mit dieser Frau, die ich erst seit einer Woche kenne. Ihre Kopfhaut fühlt sich seidig weich an und ist komplett kahl, ganz anders als Johnnys, als er sich mal eine Zeit lang die Haare abrasiert hat. Er fühlt sich an wie der Kopf eines Babys, nur größer, mit all seinen Konturen und Unebenheiten, zerbrechlich und kostbar.

Annabel erschauert.

»Tut mir leid.«

»Kein Problem. Es kitzelt ein bisschen, aber eigentlich fühlt es sich gut an. So viel Erotik hatte ich das ganze Jahr noch nicht ...«

»Wem sagst du das?«

»Kann ich die da mal anprobieren?«, fragt Annabel und deutet auf einen Lockenschopf auf einem der höheren Regale.

Die Verkäuferin wirkt erleichtert, dass sie wieder etwas zu tun bekommt, statt zwei unbeholfenen Chemo-Opfern dabei zuzuschauen, wie sie sich gegenseitig die Köpfe streicheln. Genau wie die Frau im Krankenhaus angelt sie die Perücke mit einem Hakenstock herunter, nimmt das Haarnetz heraus und legt es beiseite. Annabel braucht es nicht.

Annabel setzt die Perücke auf und rückt sie zurecht, sodass sie ihr nicht in die Augen hängt. Dann macht sie ein Duckface. »Und, wie sehe ich aus? Okay, jetzt bist du dran.«

»Welche Farbe findest du am besten – gelb, grün oder eher pink?«, frage ich.

Annabel schüttelt den Kopf und deutet auf einen blauen Bob mit Pony, der ähnlich geschnitten ist wie ihr schwarzer. »Von den vielen Dingen, die ich am Brustkrebs hasse, steht die Farbe Pink ganz weit oben.«

»Wem sagst du das? Brustkrebs braucht dringend ein Rebranding.«

Sie lacht. »Setz mal die blaue auf. Blau ist meine Lieblingsfarbe.«

»Meine auch«, sage ich.

»Die hier?«, fragt die Verkäuferin und deutet auf das entsprechende Modell.

Ich nicke.

Die Frau nimmt den Kopf vom Regal und zieht vorsichtig die Perücke ab, ehe sie sie mir reicht. Zuerst setze ich sie falsch herum auf, sodass ich lauter Haare im Gesicht habe und aussehe wie Vetter It aus der *Addams Family*. Annabel hilft mir dabei, sie zu richten. Ihre kalten Finger streifen mein Gesicht.

Sobald die Perücke richtig sitzt, zieht sie ihr Handy aus der Hosentasche, tippt die Kamera an und aktiviert den Selfie-Modus. »Eins, zwei, drei!«

Wir beide machen einen Schmollmund und brechen gleich darauf in Gelächter aus. Annabel schießt mehrere Aufnahmen hintereinander, und als wir sie uns danach ansehen, müssen wir noch heftiger lachen. Auf einem der Bilder habe ich die Augen halb geschlossen und sehe ein bisschen wahnsinnig aus, aber abgesehen davon könnten wir fast Schwestern sein.

»Das wird unser neues Profilbild«, verkündet sie.

Die nächsten zwanzig Minuten verbringen wir damit, uns quer durch den Laden zu probieren – gelbe und rote, bei denen uns die Haare bis zum Hintern reichen, graue Lockenperücken, glänzende violette und pechschwarze mit glatten Haaren. Jede Perücke, die ich aufsetze, kratzt, dafür sind sie preiswert genug, dass ich mir eine zweite als Ersatz leisten kann.

Am Ende entscheide ich mich für den blauen Bob mit Pony, passend zu Annabels, und eine rotbraune Perücke, die meiner Naturhaarfarbe relativ nahekommt. Während ich meine Kreditkarte durch das Lesegerät ziehe, faltet die Verkäuferin die Perücken, steckt sie in eine Plastiktüte, drückt den Schnappverschluss zu und schiebt sie über den Tresen.

»Gott segne Sie, Ladies«, sagt sie, als wir den Laden verlassen.

KISTEN

»Wo kommt die denn her?« Johnny nimmt meine blaue Perücke zwischen Daumen und Zeigefinger und hält sie am ausgestreckten Arm von sich weg, als wäre sie ein dreckiger Putzlappen.

»Ich habe eine neue Freundin gefunden«, sage ich und lächle bei dem Gedanken an meinen Shoppingtrip mit Annabel. »Wir waren Perücken kaufen.«

»Ein Kollege auf der Arbeit hat mir von einer Behandlungsmethode namens Kältekappen-Therapie erzählt. Seine Frau hat das gemacht, das kann den Verlust der Haare verhindern«, sagt Johnny. »Vielleicht solltest du das auch mal ausprobieren?«

»Ja, ich habe davon gehört.« Ich erinnere mich daran, wie Schwester Rose mich über verschiedene Behandlungsmöglichkeiten aufgeklärt hat. »Aber angeblich fühlt sich das so an, als würde man den Kopf drei Stunden lang in den Gefrierschrank stecken, es ist extrem schmerzhaft. Und du weißt ja, wie kälteempfindlich ich bin.«

Johnny zupft schweigend an den synthetischen Strähnen der Perücke herum.

»Was ist denn los?« Ich klopfe aufs Bett, damit er zu mir unter die Decke kommt.

Er legt sich neben mich und lehnt den Rücken gegen das Kopfteil. »Es ist einfach schwer für mich.«

»Was meinst du?« Ich nehme unter der Decke seine Hand.

»Der Gedanke, dass dir bald die Haare ausfallen. Nach der Krankheit deiner Mum …«

Ich weiß noch, wie ich Mum zum ersten Mal ohne Haare gesehen habe. Johnny hat mich immer zu ihr gefahren und mich hinterher zu Hause getröstet. Er fand es genauso schlimm wie ich, sie zu besuchen, und jetzt muss er all das noch einmal durchmachen.

»Hey, das wird schon«, sage ich und schmiege mich in seine Arme. »Ich bin trotzdem noch ich. Ich bin immer noch dein Rotschopf.« Nur, dass ich eben *kein* Rotschopf mehr sein werde – nicht, wenn ich meine Haare verliere.

Er streichelt mir den Kopf, während wir einige Minuten lang schweigend dasitzen.

»Vielleicht könnten wir heute was zusammen unternehmen – eislaufen gehen, zum Beispiel?«, schlage ich vor und setze mich im Bett auf. Ich bin fest entschlossen, wieder die lustige Jess zu sein und mir Zeit zu nehmen, an unserer Beziehung zu arbeiten, bevor ich mit der Chemo anfange.

»Ach. Ich dachte, du weißt, dass ich in die Kanzlei muss?«

»An einem Samstag?«

»Es hat mit dem Fall zu tun, an dem wir gerade arbeiten. Der will und will kein Ende nehmen.«

Kaum dass er »wir« gesagt hat, rutscht mir das Herz in die Hose. Little Miss Avo ist in Manchester und stellt somit keine unmittelbare Gefahr dar, aber nächste Woche muss er wieder hin, und ich weiß genau, dass sie sich nach meiner Krebserkrankung erkundigen wird. Wahrscheinlich wird sie auch den Kopf zur Seite neigen und ihm versichern, dass sie für ihn da ist, falls er sie braucht. Sobald ich eine Glatze habe, wird er sich bestimmt von ihren perfekten Haaren verführen lassen, die immer so aussehen, als käme sie frisch vom Frisör.

»Aber heute muss ich mit den Hormonspritzen anfangen«, sage ich.

»Scheiße. Können wir das vielleicht machen, wenn ich wieder zu Hause bin?«

»Und wann wird das sein?«

»Keine Ahnung. Du weißt doch, wie es ist.«

Mitunter bleibt er bis neun Uhr abends im Büro, sogar am Wochenende. Hin und wieder arbeitet er sogar die ganze Nacht durch. Aber manchmal ist er auch früher fertig, dann sitzt er den ganzen Nachmittag im Pub herum.

»Ist ja auch egal.« Ich schüttle den Kopf und nehme die Perücke ab, die bereits anfängt zu jucken. »Mach dir keinen Kopf, ich schaff das schon allein.« Johnny sind Spritzen genauso zuwider wie mir.

»Bist du sicher?«

»So ist es einfacher.« Auch wenn mir bei der Vorstellung, mir selbst eine Spritze zu setzen, angst und bange wird.

»Könntest du nicht Lauren fragen, ob sie dir hilft?«

»Mal sehen.« Die Spritzen müssen jeden Tag exakt zur selben Uhrzeit gesetzt werden, und das zehn Tage lang. Am Schluss folgt die Injektion, um den Eisprung auszulösen.

»Ich komme zurück, so schnell es geht, versprochen«, sagt er, küsst mich noch einmal und zieht sich dann die Socken an.

»Sie heißt übrigens Annabel«, sage ich, als er im Begriff ist, das Zimmer zu verlassen. »Meine neue Freundin.«

In Kates Haus sieht es aus, als hätte eine Bombe eingeschlagen. Im Eingangsbereich stapeln sich Kartons auf Kartons und bilden eine Gasse, die kaum breit genug ist, dass man sich als einzelne Person, geschweige denn mit einem Kinderwagen, hindurchzwängen kann. Vom Eingangsflur geht eine Waschküche ab, in der jeder Quadratzentimeter Oberfläche mit weiteren Kartons vollgestellt ist. Darin befinden sich Werkzeuge, Putzutensilien, Haken, Dübel und anderer Kleinkram. Auf dem Fußboden liegt ein riesiger Berg Wäsche, von dem man nicht weiß, ob er sauber oder schmutzig ist.

»Ich habe dir doch gesagt, es ist die reinste Müllhalde.« Kate nimmt mich mit in die Küche, wo Ella in ihrem Hochstuhl sitzt.

»Mach dir keinen Kopf.« Ich bin einfach nur froh, nicht allein zu Hause sitzen und an Johnny und Mia denken zu müssen.

»Ich mache dir was zum Brunch«, sagt sie und drückt mit dem Daumen an einer Avocado herum, um den Reifegrad zu prüfen. »Avocado auf Toast?«

»Lass mich das doch übernehmen.« Ich habe ein schlechtes Gewissen, wenn ich zu ihr komme, weil sie dann meint, mich bedienen zu müssen, aber anders geht es nicht, seit sie ein Kind hat.

Kate setzt sich wieder hin und reicht Ella einzelne Blaubeeren, die sie lutscht und dann in Form von lilafarbenem Brei wieder aus ihrem zahnlosen Mund befördert. Ich suche nach einem Schneidebrett, finde eins in der Spüle und wasche es ab, bevor ich die überreife Avocado zerteile.

»Wie geht es dir?«, erkundige ich mich.

Lauren und mir ist aufgefallen, das Kate sich seit der Geburt ihres Babys verändert hat, doch sobald wir sie darauf ansprechen, macht sie dicht.

»Mir geht es super«, sagt sie und wischt meine Sorgen wie immer beiseite. »Ich meine, ich habe ein totales Schlafdefizit, und mit meinen Sozialkontakten ist es auch nicht mehr weit her. Aber abgesehen davon fühle ich mich prima.«

»Was ist mit deinen Freundinnen aus dem Rückbildungskurs?«

Ihr Gesicht nimmt diesen störrischen Ausdruck an, wie wenn man als Letzte für die Korbball-Mannschaft gewählt wurde und so tun will, als würde einem das nichts ausmachen. »Denen geht's ausgezeichnet. Einige von ihnen arbeiten sogar schon wieder. Keine Ahnung, wie ich das schaffen soll.«

»Hast du mal über eine Psychotherapie nachgedacht?«

»So was können wir uns nicht leisten.« Das kommt mir wie eine Ausrede vor, schließlich haben sie ein riesiges Haus mit vier Schlafzimmern in Dulwich. Andererseits ist der Kredit bestimmt eine große finanzielle Belastung.

»Vielleicht wäre es eine lohnende Investition.« Ich wünschte, ich könnte etwas tun, damit es ihr besser geht. Unsere Kate, die geniale Eventplanerin, die immer für alle da war und die tollsten Dinnerpartys und Feste organisierte, ist seit Ellas Geburt nicht mehr wiederzuerkennen.

»Wie läuft es mit Johnny? Hast du ihm von du weißt schon wem erzählt?«

»Noch nicht.« Ich will genauso wenig über meine Beziehung reden wie sie über ihre psychischen Probleme.

Stattdessen erzähle ich ihr von der bevorstehenden Konservierung meiner Eizellen und meiner Perücken-Shoppingtour mit Annabel, während ich gleichzeitig versuche, vier Eier zu pochieren. Der Dotter des ersten geht mir kaputt, sodass es sich in weißorangen Schlieren im Kochwasser verteilt.

»Sie hört sich nett an«, meint sie. »Es muss schön sein, jemanden zu haben, der weiß, was du durchmachst.«

»Ja.« Ich stelle den Teller mit dem heilen Ei vor Kate hin, während ich das zerflossene nehme. Das Eigelb bildet einen krümeligen, faserigen Haufen auf der Avocado.

»Sieht so aus, als hätten wir uns endlich auf ein Datum geeinigt.«

Es hat ungefähr sechsunddreißig Mails gedauert, ehe wir uns auf ein Wochenende für Laurens Junggesellinnenabschied festlegen konnten. Es gibt nur drei Frauen, die aufgrund von anderen Junggesellinnenabschieden, Feiertagen oder Problemen mit der Kinderbetreuung nicht teilnehmen können. Jetzt müssen wir nur noch darüber nachdenken, was wir unternehmen wollen, und die verschiedenen Zahlungsmodalitäten festlegen, je nachdem, ob jemand ein oder zwei Tage teilnimmt, Alkohol trinkt oder nicht und so weiter und so fort.

Wir gehen die verschiedenen Optionen durch: ein Trip nach Barcelona, ein Spa-Wochenende, ein Kochkurs, eine Landpartie mit Nackt-Butlern, eine Reise nach Prag. Sobald ich mit der Chemo angefangen habe, sind Reisen ins Ausland für mich tabu. Auf Kates Junggesellinnenabschied haben wir – ganz im Gegensatz zu ihrem Mann Colm, der einen Riesenspaß beim Paintball im New Forest hatte – die meiste Zeit Glitzerkrönchen und Fascinators gebastelt. Das sind sechzig Minuten meines Lebens, die ich nie mehr zurückbekommen werde. Das Letzte, worauf ich Lust habe, ist ein weiterer sterbenslangweiliger Bastelnachmittag.

»Ein Spa-Wochenende klingt himmlisch«, sagt Kate und hebt die Reste der Blaubeerpampe auf, die Ella auf den Boden geworfen hat. Mein Teller ist leer, während Kates perfekt pochiertes Ei kalt und unangetastet dasitzt und sie sich nach Kräften bemüht, ihr weinendes Baby zu trösten.

»Ich glaube, Lauren möchte richtig die Sau rauslassen«, sage ich und stelle mir vor, wie sie reagieren wird, wenn wir ihr eröffnen, dass wir das komplette Wochenende ungeschminkt und in Bademänteln abhängen wollen.

»Du hast recht.« Kate hebt Ella aus ihrem Hochstuhl.

»Gib sie mir«, sage ich. »Dann kannst du in Ruhe aufessen.«

Sie gibt mir das Baby. Ich halte Ella bäuchlings auf dem Unterarm und schaukle sie hin und her wie ein Flugzeug. Innerhalb von Sekunden fängt sie lauthals an zu plärren, und mir bleibt nichts anderes übrig, als sie Kate zurückzugeben, die das Essen nun endgültig aufgibt.

»Schhh«, sagt sie und schlängelt sich durch die Kartongasse im Flur, bis die beiden außer Sichtweite sind. Ich möchte sie fragen, wie es mit Colm läuft, was sie für Ella empfindet und was ihre Pläne zu einem beruflichen Wiedereinstieg sind. Ich möchte ihr Zeit geben, wirklich darüber zu sprechen, wie es ihr geht. Ich möchte mit ihr über Johnny reden, über die Embryos, die wir einfrieren wollen, und darüber, dass ich noch nie vor einer Entscheidung so viel Angst hatte. Doch dem Klang von Ellas Geschrei aus dem ersten Stock nach ist klar, dass ich meine Chance verpasst habe.

Ich bin fast bereit für meine erste Injektion. Ich sitze mit Oreo zusammen vor dem Fernseher und breite eine Decke über meine Beine und Füße. Dann hole ich die Anleitung aus der Fruchtbarkeitsklinik hervor und öffne eins der Päckchen. Ich hole die Ampulle mit der Flüssigkeit heraus, die Spritze und den Kolben, und lege alles bereit.

Ich halte die Spritze zwischen Daumen und Zeigefinger und zermartere mir das Hirn, um mich daran zu erinnern, wie Sinéad es in der Demonstration gemacht hat. Sie hat mir gesagt, ich solle gegen die Spritze klopfen, damit keine Luftbläschen darin sind, aber da ist eine winzige Blase, die einfach nicht weggehen will. Ich wünschte, ich hätte jemanden, der mir sagt, ob ich es richtig mache. Ich schwitze so stark, dass ich Angst habe, die Spritze könnte mir aus der Hand rutschen. Ich ziehe mir das T-Shirt bis über die Brust hoch. Vorsichtig betaste ich meinen entblößten Bauch auf der Suche nach den Stellen mit der dicksten Speckschicht. Unterhalb des Bauchnabels finde ich schließlich eine passende Hautfalte und greife sie mit den Fingern der linken Hand.

Mit der rechten nehme ich die Spritze. Die Nadelspitze schwebt über der Bauchfalte. Ein scharfes Atemholen, dann ramme ich mir die Spritze in einem Neunzig-Grad-Winkel in die Haut und drücke den Kolben herunter, bis er nicht mehr weitergeht. Als ich die Spritze wieder herausziehe, sehe ich, wie ein dunkler Tropfen Blut austritt.

Meine Muskeln entspannen sich, ich greife nach einem der Wattebäusche, die ich sonst immer zum Abschminken benutzt habe, und drücke ihn fest auf die blutende Einstichstelle an meinem Bauch. Zwei Minuten lang halte ich ihn fest, während ich gleichzeitig das Foto von Mum auf dem Kaminsims anstarre.

Dann stehe ich aus dem Sessel auf, nehme die leere Spritze und werfe sie in die gelbe Kanülenabwurfbox, die man mir im Krankenhaus mitgegeben hat. Ich höre, wie sie am Boden aufkommt. Oreo leckt mir die Füße. *Gut gemacht, Mum.* Da waren's nur noch neun.

METASTASEN

An Tag sieben bin ich dermaßen aufgebläht und weinerlich, dass ich am liebsten alles hinschmeißen würde. Mein Bauch fühlt sich an, als würde er jeden Moment platzen wie ein Wasserballon. In der Redaktion muss Aisha die Folgen meines zunehmend angespannten Verhältnisses zu Tabitha ausbaden, die alles daranzusetzen scheint, meine Arbeit zu sabotieren, wann immer ich für ein paar Stunden wegmuss, um einen Termin im Krankenhaus wahrzunehmen. Während unserer gemeinsamen Mittagspause habe ich bereits mehr als einmal in meine Tomatensuppe geheult, und Aisha hat immer wieder versucht, mich dazu zu überreden, mir eine Weile freizunehmen.

Ich frage mich, ob es so falsch wäre, einfach alles dem Schicksal zu überlassen. Wenn ich nach der Krebserkrankung keine Babys mehr bekommen kann, dann soll es vielleicht einfach nicht sein. Schließlich ist mein Kinderwunsch nicht wichtiger als alles andere. Ich bin einfach nur immer davon ausgegangen, dass ich in der Lage sein werde, Kinder zu bekommen, wenn ich denn welche möchte. Wenn man eine Frau ist, kriegt man irgendwann Kinder, das ist der Lauf der Dinge.

Außerdem habe ich keine Geschwister. Ich bin die Einzige, die die Gene meiner Eltern weitergeben kann, und bei Johnny ist es genauso. Ich weiß, dass Mum wahnsinnig gerne ein Enkelkind gehabt hätte. Und Dad würde sich auch freuen. In gewisser Weise mag es leichtsinnig sein, mein Erbgut weiterzugeben, denn es könnte ja sein, dass ich ein defektes Brustkrebs-Gen in mir trage, aber das Bedürfnis scheint instinktiv zu sein.

Ich lege eine Hand auf meinen prallen Bauch. Es kommt mir grausam vor, dass die Nebenwirkungen der Hormonbehandlung denen einer richtigen Schwangerschaft ähnlich sind. Die Krämpfe, das schmerzhafte Aufgeblähtsein, der Umstand, dass ich in einer Minute am liebsten tanzen möchte und mir in der nächsten zum Heulen zumute ist. All die Nebenwirkungen einer Schwangerschaft, nur ohne dass am Ende ein Baby dabei herauskommt.

Ich gehe nach meiner letzten Kontrolluntersuchung vor der Eizellenentnahme den Krankenhausflur entlang, als Annabel aus einer Tür tritt. Offenbar hatte sie auch gerade einen Termin. Sie sieht ungefähr so bedrückt aus, wie ich mich fühle.

»Geht es dir gut?« Ich frage mich, was für Neuigkeiten sie bekommen hat.

»Will nicht drüber reden«, murmelt sie. »Erzähl mir lieber von dir. Du kannst mir alles sagen – wir sind bald Glatzenschwestern, zwischen uns darf es keine Geheimnisse geben, okay?«

Vor lauter Erleichterung sacken meine Schultern herab. Johnny ist die ganze Zeit mit seiner Arbeit beschäftigt, und ich brauche jemanden, der mir seine ungeteilte Aufmerksamkeit schenkt. Wir gehen den Gang entlang und schlagen den Weg zur Filiale von Costa Coffee ein, wo Annabel für mich einen Flat White, für sich selbst einen Latte und dazu noch ein großes Stück Red Velvet Cake zum Teilen bestellt.

»In ein paar Tagen soll ich mit Johnny einen Embryo einfrieren lassen«, sage ich.

»Hört sich so an, als hättest du Zweifel …«

Dafür, dass ich sie erst seit ein paar Wochen kenne, fühle ich mich in Annabels Gesellschaft erstaunlich wohl. Es ist, als könnte ich ihr meine größten Ängste anvertrauen, ohne Sorge haben zu müssen, dass sie mich verurteilt. Seit wir Perücken shoppen waren, schreiben wir einander regelmäßig. Größtenteils schickt sie mir No-Bullshit-Memes wie: Lass mich die Erste sein, die dem Nächsten, der dir sagt, dass nichts ohne Grund passiert, eins in die Fresse gibt. Sie hat etwas unglaublich Wahrhaftiges und Offenherziges an sich.

»Na ja, kurz vor der Diagnose habe ich erfahren, dass er fremdgegangen ist«, sage ich.

»O Mann, das tut mir leid. Was für ein Arsch.«

»Ich weiß.«

»Erzähl. Ich bin ganz Ohr.«

Also erzähle ich ihr alles. Ich fange an bei Mia und Marcus, dann spule ich bis zum Anfang unseres modernen Märchens zurück. Ich berichte ihr, wie Johnny und ich uns auf einer Hochzeitsfeier kennengelernt haben – zwei Menschen aus dem Norden, von ihren ehrgeizigen Lebensentwürfen nach London verschlagen. Ich sage, dass er während der Krankheit meiner Mutter der beste Freund war, den man sich nur wünschen konnte, obwohl ihm die Sache sehr naheging. Dass wir unseren jeweiligen WGs Lebewohl gesagt und stattdessen eine wunderhübsche kleine Wohnung in Clapham gemietet haben. Und dass er eines Tages nicht lange nach Mums Tod mit einer kleinen Pappschachtel nach Hause kam, in der unser Kater Oreo saß. Er sah so süß aus und wartete einfach nur darauf, geliebt zu werden, und Johnny meinte, er könne ein Schritt auf dem Weg zu eigenen Kindern sein.

»Klingt extrem romantisch«, sagt Annabel, schneidet ein kleines Stück vom Kuchen ab und schiebt es sich in den Mund.

»War es auch.«

»Was ist passiert?«

Ich starre die Krümel auf ihrem Teller an. In vielerlei Hinsicht war alles perfekt. Wenn es Johnny gut ging, war er die Seele jeder Feier und derjenige, der auf Dinnerpartys alle zum Lachen brachte. Aber es brauchte nur den winzigsten Rückschlag, damit er in ein tiefes Loch fiel und von sich behauptete, genauso ein Versager zu sein wie sein Vater. Der Sex mit ihm ist eher mittelmäßig, aber wer hat nach fünf Jahren schon noch kernerschütternden Sex? Und der Alkohol ... Ich weiß von Anfang an, dass Johnny mehr trinkt als ein durchschnittlicher Dreißigjähriger. Aber ich dachte, es sei nur eine Phase, aus der er irgendwann herauswachsen würde.

»War er jemals in Therapie?«, will Annabel wissen.

»Um Himmels willen, nein.« Ich schüttle den Kopf. »Johnny ist einer dieser sturen Nordländer, die glauben, Psychotherapie sei was für Schwächlinge.« Er assoziiert jede Bitte um Hilfe mit Schwäche, aber das liegt daran, dass er viel durchgemacht hat. Ich frage mich oft, ob er seine Kindheit versäumt hat, weil er nach dem Verschwinden seines Vaters zu Hause so viel Verantwortung übernehmen musste.

Mums Tod hat ihn schwer getroffen. Obwohl ich damals noch mit Lauren zusammenwohnte, war Johnny mein Fels in der Brandung. Er kam immer mit, wenn ich Mum besuchte, oder leistete Dad Gesellschaft. Die Liebe meiner Eltern war immer seine Wunschvorstellung für seine eigene Beziehung. Er hat es nie verwunden, dass sein Vater ihn als Kind im Stich gelassen hat, und das beeinflusst nach wie vor sein ganzes Leben. Auf jeden Fall ist es einer der Gründe, weshalb er Anwalt geworden ist. Er wollte beweisen, dass er kein nutzloser Säufer ist wie sein Erzeuger.

»Vielleicht hätte ich mir nach Mums Tod mehr Zeit für ihn nehmen sollen«, sage ich.

»Das klingt sehr altruistisch.«

»Ja. Ich weiß auch nicht.«

Ich seufze. Daran zu denken, ist immer noch sehr schmerzhaft. »Als Mum starb, habe ich alles abgeblockt, was mich irgendwie an sie erinnerte. Im ersten Jahr habe ich mich ganz in die Arbeit gestürzt und wurde bei meinem alten Magazin sogar zur Chefredakteurin befördert. Doch seit ihrem Tod war mir das Backen verleidet, und meine Liebe zu *Perfect Bake* nahm immer mehr ab. Als dann die Stelle bei der *Luxxe* frei wurde, habe ich die Gelegenheit beim Schopf ergriffen, aber natürlich bedeutete das, dass ich viel Zeit investieren musste, um mich für die neue Position fit zu machen. Gut möglich, dass ich Johnny im Zuge dessen vernachlässigt habe. Ich glaube, ich wollte einfach alles verdrängen, was mich irgendwie an Mum erinnert. Sogar meinen Dad.«

Annabel sieht mich mitfühlend an. »Hat er gesagt, dass das der Grund war, weshalb er dich betrogen hat?«

Ich zucke mit den Schultern. »Indirekt schon, ja. Er hat gesagt, ich sei nicht genug für ihn da gewesen. Ich denke immer, wenn jemand fremdgeht, dann, weil etwas in der Beziehung falsch läuft. Ich weiß, dass ich auch einen Teil der Schuld trage.«

»Es stimmt wohl, dass jemand, dessen Beziehung perfekt ist, nicht fremdgeht, aber vielleicht steckt ja noch mehr dahinter«, sagt Annabel. »Ich meine – könnte es auch sein, dass du nicht mehr so viel Zeit mit ihm verbracht hast, weil du es nicht *wolltest*? Macht er dich glücklich?«

»Hmm …« Die Frage kommt unerwartet. Macht Johnny mich glücklich? Es ist nicht mehr wie in unserer Anfangszeit, als er sich nach der Arbeit mit mir traf und mein Magen Purzelbäume schlug, sobald ich ihn die Rolltreppe hinaufkommen sah. Wir sitzen nicht mehr zusammen im Park, beobachten Passanten und lachen, weil er sich ausdenkt, was sie wohl sagen könnten, und sie mit verstellter Stimme nachahmt. Was zählt, ist, dass wir uns miteinander wohlfühlen. Er ist ein toller Vater für Oreo, und deshalb denke ich, dass er auch ein toller Vater für meine Kinder sein wird.

»Wir sind schon lange zusammen«, sage ich. »Er ist nicht vollkommen, aber er wird einen großartigen Ehemann abgeben. Ich finde es toll, dass wir eine ähnliche Herkunft haben. Deshalb verstehen wir, wie der andere tickt, weißt du?«

»Aber macht er dich glücklich?«

»Natürlich macht er mich glücklich.« Ja, ja, er macht mich definitiv glücklich. Nur weil er selbst nicht immer glücklich ist, heißt das nicht, dass wir als Paar nicht glücklich sind.

»Solange du dir da sicher bist«, meint sie. Dann starrt sie in die Ferne, als erinnerte sie sich an etwas. »Wenn ich durch den Krebs eins gelernt habe, dann, wie man erkennt, welchen Menschen man wichtig ist und was im Leben wirklich zählt.«

»Beziehst du dich auf einen Ex?«, frage ich vorsichtig. Ich will meinen Finger nicht in eine Wunde legen, von der ich annehme, dass sie sehr schmerzhaft ist.

Sie öffnet den Mund, dann macht sie ihn wieder zu und seufzt. »So was in der Art, ja.«

Ich finde es schrecklich, was sie durchgemacht hat, sehe ihr jedoch an, dass sie noch nicht bereit ist, sich mir anzuvertrauen, deshalb wechsle ich das Thema. »Und was ist mit dir? Hast du deine Eizellen einfrieren lassen?«

Annabels Miene wird ernst. Auf einmal sehe ich, wie erschöpft, ausgezehrt und grau sie aussieht.

»Was ist?«

»Also …« Sie bricht ab. »Ja, ich habe meine Eizellen einfrieren lassen. Aber ich werde trotzdem nie Kinder bekommen.«

»Vielleicht nach deiner Behandlung?«

»Jess, du verstehst nicht. Ich habe Metastasen.«

Ich erinnere mich noch an Mums Metastasen-Diagnose, als wäre es gestern gewesen. Zwischen dieser Diagnose und ihrer ersten lagen zwei Jahre Gnadenfrist. Nach überstandener Chemo dachten wir, alles sei wieder normal. Es gab eine kurze Zeitspanne, in der Mum das Leben noch mehr genoss als vorher. Sie ließ keine Gelegenheit aus und war für die kleinsten Dinge dankbar – eine Tasse Tee trinken, Zeitung lesen, *Strictly Come Dancing* im Fernsehen schauen.

Dann wurde sie wieder in den Alltag hineingesogen. Sie machte sich Sorgen um die Teestube, ums Geld und um ihre Gesundheit. Jede Kleinigkeit betrachtete sie als Anzeichen dafür, dass der Krebs zurückgekommen war – Kopfschmerzen mussten bedeuten, dass sie einen Hirntumor hatte, ein Ziehen im Rücken hieß Krebs in der Wirbelsäule, und wenn sie hustete, war das ein sicheres Zeichen für ein Lungenkarzinom.

Am Ende war es das einzige Symptom, das sie nicht mit dem Krebs in Verbindung gebracht hatte: die Kurzatmigkeit, die ihr beim Treppensteigen zusetzte und die sie auf ihre Gewichtszunahme und das Alter geschoben hatte. Sie war der finale Beweis dafür, dass der Krebs gestreut hatte, und als Mum endlich zum Arzt ging, hatte er bereits von ihrem gesamten Körper Besitz ergriffen. Die Gnadenfrist war zu Ende – für uns alle. Bei Metastasen gibt es keine Heilung.

Für mich wirkte Mum immer irgendwie alt, weil sie meine Mutter war, aber sie war erst siebenundfünfzig, als sie die Diagnose bekam, und sechzig bei ihrem Tod. Seitdem sind nur wenige Jahre vergangen, und ich kann immer noch nicht fassen, wie jung sie gestorben ist.

Und jetzt ist da Annabel mit ihren siebenundzwanzig Jahren. Genauso alt war ich, als bei Mum der Krebs festgestellt wurde, und ich dachte, das Ende der Welt sei gekommen. Zu wissen, dass man sterben muss, dass man niemals Kinder haben wird ... Ich kann mir nicht ansatzweise vorstellen, wie sich das anfühlt. Und trotzdem ist sie so positiv, so voller Leben und Energie. Ich frage mich, ob das der Grund ist, weshalb man sich so gut mit ihr unterhalten kann und ich das Gefühl habe, dass sie mich niemals verurteilen würde. Vielleicht hat sie ihre eigenen Sorgen losgelassen. Wenn man keine Angst mehr hat und weiß, dass man nicht mehr lange auf der Welt sein wird, eröffnen sich einem vielleicht ganz neue Möglichkeiten.

Ich darf nicht zulassen, dass ich mich so verändere wie Mum. Ich darf nicht bei jedem Wehwehchen in Panik ausbrechen, sonst vergeude ich mein Leben. Von jetzt an will ich mehr so sein wie Annabel. Ich werde meine eigene Zukunft gestalten, zuversichtlich bleiben und allem, was kommt, gegenüber offen sein. Schluss mit dem Selbstmitleid!

EIN ALLERLETZTES MAL

Drei Tage vor der Entnahme meiner Eizellen kommt Johnny pünktlich von der Arbeit nach Hause. Er lässt mir ein Bad ein, zündet Kerzen an und befiehlt mir, mich zu entspannen, während er eins meiner Lieblingsgerichte kocht, eine Fischpastete. Ich lasse die Badezimmertür angelehnt, damit ich hören kann, wie er in der Küche werkelt und dabei vor sich hin summt.

Ich lehne mich in der Wanne zurück und lege das Kinn auf die Brust, um meine Brüste zu betrachten. Von außen sieht man nicht, dass sich in einer von ihnen etwas befindet, was mich umbringen könnte. Seit der Diagnose ist erst ein Monat vergangen, aber ich wünsche mir, dass es möglichst bald mit der Chemo losgeht.

Ich fahre mit dem Daumen in kreisenden Bewegungen über meine rechte Brust – die, in der sich kein Tumor befindet. Ich möchte sichergehen, dass das immer noch der Fall ist, auch wenn ich annehme, dass man ihn auf dem CT gesehen hätte.

Die Bläschen des Badeschaums zerplatzen knisternd und bilden einen seidigen Film auf meiner Haut. In ein paar Monaten muss ich unters Messer, danach wird mein Körper nicht mehr derselbe sein. Ich schwöre, wenn ich die Chemo und die OP hinter mir habe, werde ich mich nie wieder über mein Aussehen beklagen. Ich werde diesen Körper nie mehr schlecht behandeln. Ich werde stolz auf ihn sein und ihn herzeigen, so wie an dem Abend, als wir den Knoten entdeckt haben.

Es war in der Toskana. Wir sind in der ersten Septemberwoche geflogen, hauptsächlich, um die Schulferien zu umgehen.

Im Urlaub bin ich immer ein anderer Mensch, und Johnny geht es ähnlich. Ein Glas Rotwein und die Chance, meine Sommerklamotten aus dem Schrank zu holen, mehr brauche ich nicht, um loslassen zu können. Dazu noch ein bisschen Sonnenschein, und der über Monate angesammelte Stress und die Arbeitssorgen fallen von mir ab. Und Johnny findet nichts verführerischer als eine entspannte Jess.

An besagtem Abend füllte er immer wieder heimlich mein Glas auf, damit ich nicht mitbekam, wie viel ich trank. Er küsste mich, bis ich ihm nicht länger widerstehen konnte. Schon bald knutschten und fummelten wir wie Teenager, und man hätte meinen können, dass wir erst seit viereinhalb Wochen zusammen waren, nicht schon viereinhalb Jahre.

»Lass uns nach Hause ins Bett gehen«, sagte er und bedeutete mir mit einer Kopfbewegung, meinen letzten Schluck Wein auszutrinken, während er sein Whiskyglas leerte.

Wir stolperten aus dem Taxi und durchs Tor unserer Villa. Auf dem kopfsteingepflasterten Weg der Einfahrt hatte ich Mühe in meinen hochhackigen Schuhen, bis Johnny mich kurzerhand auf seine Arme nahm und bis zur Tür trug. Ich kickte mir die Schuhe von den Füßen und folgte ihm die Wendeltreppe zu unserem Schlafzimmer hinauf, das noch warm war vom Nachmittagssonnenschein.

Ich begann mir das Kleid auszuziehen. Ich war daran gewöhnt, mich möglichst effizient zu entkleiden, damit wir schnell Sex haben konnten und ich am nächsten Tag für die Arbeit ausgeschlafen war. Aber diesmal hielt Johnny mich zurück. Ich wollte etwas sagen, doch er legte mir einen Finger auf die Lippen, den er kurz darauf durch seine eigenen Lippen ersetzte.

»Lass es uns so machen wie früher«, flüsterte er. »So wie im Lake District, weißt du noch?«

Ich wusste es noch. Im Lake District hatten wir unser allererstes Urlaubswochenende zusammen verbracht – inklusive Spitzendessous, die ich extra dafür gekauft hatte, teuren Champagners, den Johnny beim Abendessen bestellt hatte, und Austern, die ich zum ersten Mal in meinem Leben probiert und von denen ich behauptet hatte, sie würden mir schmecken. Aber es sind weniger die langen Nächte voller Sex, die mir im Gedächtnis geblieben sind, als die stundenlangen Gespräche dazwischen.

An dem Wochenende erzählte er mir zum ersten Mal von seiner Kindheit und den vagen Erinnerungen an die Alkoholsucht seines Vaters, der die Familie irgendwann verlassen hatte. Ich weiß noch, wie weh es mir tat, an den kleinen Jungen zu denken, der im Alter von sechs Jahren auf einmal die Rolle des Mannes übernehmen musste, der seine Mutter beschützte.

Aber der Sex an dem Wochenende war auch ziemlich gut. Zu dem Zeitpunkt hatte ich bereits festgestellt, dass ich Johnny körperlich umso mehr zu geben bereit war, je mehr er sich mir emotional öffnete. Wir setzten kaum einen Fuß vor die Tür unserer Pension, blieben bis vier Uhr morgens wach, und schliefen eng umschlungen ein. Das war, kurz bevor sich alles veränderte.

Nur wenige Monate später erhielt Mum ihre Krebsdiagnose, und der leidenschaftliche Beginn unserer Beziehung war jäh vorbei. Sexmarathons wichen schlaflosen Nächten, in denen er zuhörte, während ich ihm von Mum erzählte und von meiner Angst, dass die Chemotherapie vielleicht nicht ausreichen könnte und ich den Menschen verlieren würde, den ich auf der Welt am meisten brauchte.

Jetzt schob er einen Finger unter den Träger meines Kleides, streifte ihn mir über die Schulter und beugte sich herab, um mich einmal, zweimal, dreimal zu küssen, erst auf meine Schulter, dann auf meinen Hals und schließlich auf mein Ohrläppchen. Ich stöhnte und wünschte mir, er würde mich endlich ausziehen.

Ich neigte den Kopf zur Seite, damit er mich besser am Hals küssen konnte, und gleich darauf spürte ich seine Hand unter meinem Kleid. Er zog mir den Slip herunter und ließ ihn auf den kalten Steinboden fallen.

Dann nahm er mein Kleid und streifte es mir über den Kopf, bis ich nur noch im BH vor ihm stand. Er drehte mich herum, damit er den Verschluss aufhaken konnte, schob mir den BH über die Schultern nach unten und sah zu, wie er neben meinem Slip auf dem Boden landete.

Dann begann auch er sich auszuziehen, nicht schnell und achtlos wie zu Hause, sondern voller Verlangen. Ich wollte mich wieder zu ihm umdrehen, doch er hielt mich mit ausgestrecktem Arm zurück. »Bleib so«, flüsterte er, denn es war so still im Zimmer, dass es den Bann gebrochen gewesen hätte, in normaler Lautstärke zu sprechen.

Seine Hose fiel mit einem hellen *Klink* des Gürtels zu Boden. Er warf sein Hemd hinterher, und kurz darauf spürte ich seine Haut an meiner und seine Erektion, die sich gegen meinen Rücken presste, während er mit einem Finger erst die eine, dann die andere Brustwarze streichelte, ehe er langsam nach unten zwischen meine Beine wanderte und in mich hineinglitt. Inzwischen war ich ganz atemlos. Ich keuchte, zum ersten Mal seit langer Zeit vollkommen eingehüllt in seine Liebe.

Die Hände an meinen Hüften, kniete er sich auf die hingeworfene Kleidung. Er presste die Nase gegen meinen Po, ehe er meine Schenkel auseinanderschob und mich nun doch zu sich herumdrehte. Ich spürte seine Zunge an meiner Klitoris, wie sie leckte und tastete, ehe er mich mit zwei Fingern zum Orgasmus brachte und ich laut und heftig kam.

Ich zog ihn an mich, streckte mich auf dem Bett aus und erlaubte ihm, in mich einzudringen. Ich keuchte, und er stöhnte an meinem Hals, sodass die Haarsträhnen auf meiner Haut feucht wurden von seinem Atem.

Er murmelte mir unverständliche Dinge ins Ohr, während er kam. Ich fühlte seinen Körper ganz nah an meinem, als er die Kontrolle verlor. Nach dem Höhepunkt ließ er sich auf mich sinken, und ich zog ihn fest an mich. Ich wollte ihn so lange wie möglich ganz nah bei mir haben.

»Scheiße«, war alles, was ich hervorbrachte, als ich meine Arme und Beine um ihn schlang und das Gefühl genoss, von seinem Gewicht fast erdrückt zu werden. Er lag immer noch schwer atmend auf mir, und ich hörte das *Bumm bumm bumm* seines Herzens an meiner Brust.

»Scheiße«, pflichtete er mir bei und fing an zu lachen. »Das ist die Frau, für die ich mich entschieden habe. Es macht mich so unglaublich scharf, wenn du dich gehen lässt.«

»In dem Fall sollten wir das öfter machen«, sagte ich und schloss die Augen. »Bleib auf mir liegen, beweg dich nicht vom Fleck.«

Zehn Minuten später lag ich, die dünne rote Decke bis zur Taille hochgezogen, auf dem Rücken, die Beine rechts und links von dem feuchten Fleck zwischen meinen Schenkeln, und wartete darauf, dass er seine Zigarette zu Ende rauchte. Das Nikotin war ein Laster, das er sich nur im Urlaub gestattete.

Ich drehte mich auf die Seite. Auf einen Ellbogen gestützt, schaute ich zum Balkon hinüber, wo Johnny mit dem Rücken zu mir stand und rauchend in die stockdunkle Nacht hinausblickte.

Meine Brüste waren milchweiß im Vergleich zu den krebsroten Stellen, die mein Bikinioberteil nicht vor dem Sonnenbrand geschützt hatte. Ich machte mir Vorwürfe, weil ich nicht besser aufgepasst hatte. Egal, wie gewissenhaft ich mich mit Lichtschutzfaktor 50 eincremte, ich vergaß immer die Ränder und solche Stellen, die sonst nie Sonne abbekamen – bis auf das eine Mal, als wir in Thailand einen FKK-Strand entdeckt hatten.

Ich fuhr mit dem Finger über den roten Streifen unter meiner linken Brust. Die Berührung tat weh, und ich spürte die Hitze, die meine Haut ausstrahlte. Als ich mir die flache Hand auf die Brust legte, fühlte ich die Kühle im Kontrast zu der verbrannten Haut an meinen Rippen. Ich drückte kurz zu, weil der Druck die Schmerzen linderte und das Gefühl der Brust in meiner Hand irgendwie schön und tröstlich war.

Und da spürte ich es. Einen harten, runden Knoten wie einer der Gummibälle, mit denen wir als Kinder gespielt hatten. Von außen war er nicht zu sehen, aber er war da, direkt unter der Haut, im oberen Bereich Richtung Schlüsselbein.

»Komm mal her und fühl das.« Ich setzte mich auf und zog die Bettdecke hoch.

»Du bist ja unersättlich heute«, meinte Johnny und drehte sich, die Zigarette noch in der Hand, mit schlaffem Penis zu mir herum.

»Nein, ernsthaft. Ich glaube, ich habe einen Knubbel gefunden.«

»Was?« Er drückte seine Zigarette aus, tappte auf nackten Füßen über den kühlen Boden und ließ sich neben mir aufs Bett fallen. »Lass mal sehen.«

Seine Finger waren kalt und ein wenig feucht, als er meine Brust betastete.

»Da ist nichts, wovon redest du? Das wäre mir doch aufgefallen.«

»Doch, da ist was. Hier«, sagte ich und suchte, bis ich den Knoten wiedergefunden hatte. Dann legte ich seinen Finger darauf. Vorsichtig berührte er den elastischen Knubbel, während ich seine Hand festhielt. Seine Miene wurde ernst.

»Tut das weh?«, fragte er, nahm den Finger weg und sah mich mit seinen großen mandelförmigen Augen an.

»Ich glaube nicht«, sagte ich, während ich weiter an der Stelle herumtastete.

»Bestimmt ist es nichts Schlimmes. Sobald wir zu Hause sind, gehen wir zum Arzt.«

In dieser Nacht schlief keiner von uns. Es war wie in der guten, alten Zeit – nur dass es diesmal nichts damit zu tun hatte, dass wir so viel Spaß hatten.

»Du bist da drin doch nicht ertrunken, oder?«, ruft Johnny durch den Flur.

Das Wasser schwappt über, als ich mich am Badewannenrand festhalte und aufstehe.

»Nicht ganz«, rufe ich zurück.

»In fünf Minuten ist die Pastete fertig.«

»Komme.«

Langsam steige ich aus der Wanne und beobachte im Spiegel, wie der Badeschaum an meinen Beinen hinunterläuft, ehe er sich zu meinen Knöcheln sammelt. Ich betrachte eine Zeit lang meinen Körper, die Hände auf meinem geschwollenen Bauch, als trüge ich ein Baby darin. In zwei Tagen wird ein Arzt meine Eizellen entnehmen und sie mit Johnnys Sperma befruchten. Was für eine invasive, sterile Art, ein Kind zu zeugen. Welten entfernt von dem liebevollen Sex, von dem ich dachte, dass er eines Tages zu einer Schwangerschaft führen würde.

Aber jetzt gibt es kein Zurück mehr. Auf einmal empfinde ich den Verlust meiner Mum so schmerzhaft, als würde ein Stück meines eigenen Körpers fehlen. Ich bin im Begriff, eine der wichtigsten Entscheidungen meines Lebens zu treffen, und ich sehne mich nach Mum.

»Und? Hast du schon Fortschritte mit deinem Aktionsplan gemacht?«, frage ich und suche nach den Stückchen geräucherten Rotbarschs in der Mitte der Pastete.

Es ist einen Monat her, seit ich zuletzt das Thema Partnerschaft in der Kanzlei angesprochen habe, und ich glaube, der Zeitpunkt ist günstig, da Johnny besser gelaunt zu sein scheint als in den vergangenen Wochen.

»Keine Chance«, sagt er und trinkt einen Schluck von seinem Wein. »Nicht, bis wir den Fall abgeschlossen haben.«

»Vielleicht können wir gemeinsam daran arbeiten, wenn ich mit der Chemo anfange? Wenn ich nicht zur Arbeit kann, wird mir bestimmt langweilig.« Ich habe die Befürchtung, dass er die Sache schleifen lässt, die nächste Gelegenheit verpasst und dann wieder am Boden zerstört ist.

»Erica ruft an.« Johnny beäugt sein Smartphone, das auf dem Tisch vibriert.

»Lass.« Ich strecke die Hand aus, um ihn daran zu hindern, ranzugehen.

Er wirkt nervös, als er das Telefon klingeln lässt und es dann widerstrebend auf lautlos stellt.

»Und?«, sage ich, als er wieder seine Gabel in die Hand nimmt.

»Was, und?«

»Darf ich dir bei dem Plan helfen?« Nicht, dass ich viel Expertise anzubieten hätte, aber es wäre schon mal ein Anfang, wenn ich mich mit ihm hinsetzen und ihm dabei helfen würde, sich zu fokussieren.

»Kannst du das Thema nicht mal ruhen lassen?« Er trinkt einen tiefen Schluck aus seinem Weinglas. »Ich habe mit dem Fall genug um die Ohren, dann auch noch die Sorge um dich und …«

»Schon gut«, sage ich und nehme seine unwirsche Erwiderung als Zeichen, ihn nicht weiter zu bedrängen. »Tut mir leid.«

»Nein, mir tut es leid«, sagt er. »Es ist einfach schwer für mich.«

In dem Moment macht es Klick.

Es ist schwer für *ihn*? *Ich* bin diejenige, die Krebs hat. *Ich* bin diejenige, die betrogen wurde, und *ich* bin diejenige, die womöglich die größte Karrierechance ihres Lebens verpasst, weil sie ihre Krebserkrankung behandeln lassen muss – aber es ist schwer für *ihn*? In den letzten paar Wochen habe ich mir permanent Vorwürfe gemacht, weil ich nicht für ihn da war und eine schlechte Freundin bin und ihn deswegen in die Arme einer anderen Frau getrieben habe. Während er absolut keine Verantwortung für das übernimmt, was er getan hat.

Auf einmal fühle ich mich an jenen Abend zurückversetzt, als ich ihm gegenüber auf dieser Bank saß und er mir das mit Mia gebeichtet hat.

»Ich habe dich betrogen«, sage ich.

Sein Kopf schnellt in die Höhe. »Was?«

»Nachdem du mir das mit Mia erzählt hast, habe ich einen Kollegen geküsst.«

Er lässt Messer und Gabel auf seinen Teller fallen und verschränkt die Arme vor der Brust. »Wovon redest du?«

Das Geständnis kommt mir fast ohne mein Zutun über die Lippen: die Dating-App, die Knutscherei mit Marcus in der Kneipe, mit der ich es Johnny heimzahlen wollte.

»Du warst auf einer *Dating-Seite*?« Er betont die Worte, als wäre das verwerflicher als die Tatsache, dass Marcus mir seine Zunge in den Hals gesteckt hat.

»Ich wollte dir wehtun«, sage ich unerwartet emotionslos.

Er steht auf, schwingt die Beine über die Bank, eins nach dem anderen, und geht rückwärts zum Herd, wo er sich Wein nachschenkt.

»Was soll der Mist, Jess?« Er nimmt ein Geschirrtuch in die Hand und beginnt damit gegen seinen Schenkel zu schlagen.

»Es tut mir leid. Du hast gesagt, ich könnte mich revanchieren, damit wir quitt sind, außerdem warst du mit ihr in Manchester, und ich ...«

»Verdammte Scheiße noch mal, ich habe dir gesagt, dass ich dich heiraten will! Ich überlege, deinetwegen die Kanzlei zu wechseln!« Seine Nasenlöcher blähen sich, als er seinen Wein in einem Zug austrinkt und sich das Glas sofort noch einmal vollgießt.

»Wirklich?« Das höre ich zum ersten Mal.

Er schüttelt den Kopf. Er weiß genau, dass er im Unrecht ist. »Weil ich dich liebe. Weil ich weiß, wie sehr es dich trifft, dass ich nach wie vor mit ihr zusammenarbeite. Weil ich dir zeigen will, wie sehr ich dich liebe.«

»Es tut mir leid«, sage ich und presse die Hände auf meinen aufgeblähten Bauch.

Er deutet mit einem Kopfnicken auf mich. »Und was ist jetzt damit?«

»Ich weiß es nicht, Johnny.« Ich wünschte, wir hätten mehr Zeit. Mehr Zeit, um unsere Konflikte zu klären, ehe ich den Embryo einfrieren lasse. Mehr Zeit vor der Chemotherapie.

»Verdammte Scheiße, Jess«, sagt er und stürmt aus der Küche.

»Wo willst du hin?«

»Weg.«

Die Wohnungstür fällt krachend hinter ihm ins Schloss.

NADELSTICHE

Ich liege mit heruntergezogener Schlafanzughose und entblößtem Hintern auf meinem Bett. Ich habe es tatsächlich geschafft, mir selbst zehn Spritzen in den Bauch zu geben, aber dies hier ist die letzte Injektion, die den Eisprung auslösen soll, und die kann ich mir nicht allein verabreichen. Es ist eine zutiefst unangenehme Situation für uns beide, aber was sein muss, muss sein.

»Bist du sicher, dass du weißt, wie es geht?«, frage ich und blicke über meine Schulter.

»Das Ziel ist ja groß genug.«

»Dad!« Ich drehe mich um und gebe ihm einen Klaps auf die Hand. Ich weiß, er möchte mich nur aufheitern, aber seine Stimme zittert. Er hasst Spritzen.

»Ich lege jetzt los«, sagt er.

Ich spanne meine Pobacken an, balle die Fäuste und warte auf den Schmerz. Aber er kommt nicht. Stattdessen bewegt sich die Matratze.

»Ganz ruhig, Schatz. Wenn dein Hintern hart ist wie Stein, geht es nicht.«

Ich muss lachen, wodurch sich meine Muskeln automatisch entspannen. In dem Moment sticht er zu. Ich spüre, wie die Nadel in mein Fleisch eindringt, und gebe ein leises Quietschen von mir. Es tut weh.

»Fast fertig, einen kleinen Moment noch«, sagt er.

Es tut wirklich höllisch weh. Scheiße, tut das weh!

Endlich ist es vorbei. Ich spüre jeden Millimeter der Nadel, als er sie herauszieht.

Dad wendet sich zur Tür und entfernt sich unter lautem Räuspern.

»Ich mache uns eine Tasse Tee, Liebes.«

Super, und wir tun so, als hätte das hier nie stattgefunden.

Noch sechsunddreißig Stunden. Dies ist die letzte Spritze, bevor die Eizellen entnommen werden.

Einige Minuten später, nachdem ich mir die Hose wieder hochgezogen und mich etwas gesammelt habe, geselle ich mich zu Dad in die Küche.

Er brüht gerade den Tee auf. »Ich finde, wir sollten uns heute das Essen liefern lassen. Worauf hast du Lust?«

»Großartige Idee«, sage ich. »Entscheide du.«

Wir sitzen vor dem Fernseher, auf dem Couchtisch ein Tablett mit Sushi. Früher dachte Dad immer, er möge kein Sushi. Er konnte nicht verstehen, weshalb man »diesen ekelhaften rohen Fisch« essen sollte, aber Mum liebte es und bestellte welches, wann immer sie mich in London besuchte. Als sie ihn endlich dazu überredete, auch mal einen Bissen zu probieren, stellte sich heraus, dass es ihm richtig gut schmeckte, und es wurde zu einer Art Familientradition. Nach Mums Tod bestellten wir kein Sushi mehr, weil wir das Gefühl hatten, sie dadurch zu verraten, aber ich glaube, mit dem heutigen Abend möchte Dad mir sagen, dass sie wollen würde, dass wir unser Leben weiterleben, und wir uns diesen kleinen Moment ruhig gönnen dürfen.

Als Johnny gestern Abend trotz meiner dreitausend Anrufe nicht nach Hause kam, musste ich mich notgedrungen darauf einstellen, dass er womöglich auch nicht zum Einfrieren des Embryos erscheinen wird. Irgendwann hat er dann geschrieben, er würde die nächsten paar Tage bei einem Freund übernachten, um den Kopf frei zu kriegen, aber da hatte ich bereits Dad gebeten, herzukommen, um mir bei der letzten Spritze zu helfen und vor dem Eingriff meine Hand zu halten, falls ich Beistand brauche.

Oreo beobachtet aufmerksam, wie ich ein Stück Lachs-Nigiri in ein Schälchen mit Sojasauce tunke und es mir in den Mund stecke. Ich genieße den süß-salzigen Umamigeschmack. Während der Chemotherapie darf ich weder rohen Fisch noch weichgekochte Eier essen, deshalb will ich das Beste rausholen, solange ich noch kann.

Dad hustet, weil er aus Versehen zu viel Wasabi verschluckt hat. »Verdammte Axt, ist das scharf!«

Ich klopfe ihm auf den Rücken und reiche ihm ein Glas Wasser, während er abwechselnd lacht und hustet, bis die Schärfeattacke vorbei ist.

Wir legen eine alte DVD mit einer Komikerin ein, die von ihrem Urlaub in Marbella erzählt, und ich wärme unsere Misosuppen auf, damit wir sie schlürfen können, während wir gemütlich die Beine auf dem Sofa ausstrecken. Ich bin pappsatt und glücklich.

Nach der Show stapeln wir die Sushischachteln aufeinander und werfen die Reste in den Mülleimer. Dad spült die Teller ab, während ich Ordnung im Kühlschrank schaffe.

»Er wird schon zurückkommen, Schätzchen, ganz bestimmt.«

Ich habe den Streit nur kurz erwähnt, als Dad ankam, ansonsten haben wir den ganzen Abend nicht über Johnny gesprochen.

»Glaubst du?« Ich denke daran, wie wütend er war, nachdem ich ihm von Marcus erzählt hatte.

»Der Kerl ist genauso stur wie dein alter Vater, aber ich weiß, wie sehr er dich liebt.«

»Tja, aber jetzt ist er nicht hier«, sage ich und entdecke ein Glas Oliven, das seit einem halben Jahr ganz hinten im Kühlschrank steht.

Dad dreht sich zu mir um. »Du weißt, dass du es nicht tun musst, wenn du nicht willst?«

»Was muss ich nicht tun?« Ich weiß nicht genau, ob er sich auf das Einfrieren des Embryos oder meine Beziehung mit Johnny bezieht.

»Diese Sache mit den Eiern.« Genau wie uns in der Gegenwart des anderen das Wort »Brust« nicht über die Lippen kommt, reden wir auch nicht wirklich über die Befruchtung meiner Eizellen.

»Dad«, sage ich, nehme eine Milchtüte aus dem Kühlschrank und stelle sie wieder an dieselbe Stelle zurück, einfach nur, um etwas zu tun zu haben. »Es ist alles halb so wild. Ich kriege bloß eine örtliche Betäubung, keine Vollnarkose.«

Als wir uns das letzte Mal in einer ähnlichen Situation befanden, standen wir draußen vor dem OP und versuchten, ein tapferes Gesicht zu machen, während wir uns von Mum verabschiedeten und ihr versicherten, dass wir da sein würden, wenn sie aus der Narkose erwacht. Ich weiß, wie es sich anfühlt, Angst davor zu haben, dass die Person, die man am meisten auf der Welt liebt, auf dem OP-Tisch sterben könnte. Alles, was man in den bangen Stunden des Wartens tun kann, ist, sich den Augenblick vorzustellen, in dem der Chirurg rauskommt, um einem die Hiobsbotschaft zu überbringen.

Ich weiß, dass meinem Dad jetzt in diesem Moment genau solche Gedanken durch den Kopf gehen.

»Es ist trotzdem eine Tortur, Schatz.«

»Aber vielleicht meine einzige Chance, irgendwann mal Kinder zu haben.«

Er liebt mich und will nur das Beste für mich, aber er kann unmöglich begreifen, was es heißt, niemals Mutter werden zu können.

»Deine Mum und ich haben auch ein Kind verloren«, sagt er wie aus heiterem Himmel.

»Was? Wann?«

»Vor deiner Geburt.«

Ich schließe die Kühlschranktür und lasse mich dagegen sinken. Auf einmal fühle ich mich wacklig auf den Beinen.

»Das wusste ich nicht.«

»Sie war erst ein paar Monate schwanger. Es war nicht geplant, aber wir wollten das Baby.« In seinen Augen schimmern Tränen.

»Das tut mir leid.«

»Danach haben wir es jahrelang vergeblich versucht. Beim ersten Mal waren wir noch entspannt und haben alles auf uns zukommen lassen, aber auf dich haben wir lange warten müssen. Und dann kamst du endlich, und du warst perfekt.«

Ich hefte den Blick zu Boden.

»Deine Mum und ich hätten alles darum gegeben, dir noch einen kleinen Bruder oder eine kleine Schwester zu schenken.«

»Wirklich? Habt ihr es nach mir noch weiter versucht?«

»Jahrelang, Schatz. Ohne Erfolg. Du warst unser kleines Wunder. Für dich hätten wir alles getan.«

»Ich möchte irgendwann auch Mutter werden, Dad. Ich möchte dir und Mum etwas schenken, worauf ihr stolz sein könnt.«

»Wir sind so oder so stolz auf dich, Liebes«, entgegnet er. Seine Stimme bricht. Er dreht sich zur Spüle und wischt sich die Augen.

Ich reiße ein Stück Küchenpapier ab und reiche es ihm.

»Danke.« Er schnäuzt sich die Nase. »Ich möchte einfach nur, dass es dir gut geht, weißt du? Es ist schön, wenn du dir ein Baby wünschst, aber das Wichtigste ist, dass ich dich nicht verliere.«

Ich presse die Lippen aufeinander und nicke stumm. Als ich zwölf Jahre alt war, habe ich in der Schule mal einen Aufsatz darüber geschrieben, dass ich später einen Mann haben wolle, der so ist wie mein Dad. Meine Klassenkameraden haben mich ausgelacht, und Miss Kingly fand es »zuckersüß«, dabei meinte ich es ernst. Ich wollte einen Ehemann, der das Fußballspiel mit seinen Kumpels sausen lässt, um mich aus dem Club oder der Bar abzuholen, damit ich nicht alleine im Taxi fahren muss. Ich wollte einen Mann, der auf meiner Seite des Bettes liegt, um es für mich anzuwärmen, bevor ich schlafen gehe. Ich wollte jemanden, der zweihundert Meilen weit fährt, nur um mit mir Sushi zu essen und mir zu sagen, dass alles gut wird.

Ich will jemanden, der mich bedingungslos liebt, so wie Dad Mum geliebt hat. Mit einem solchen Mann will ich eines Tages ein Kind haben. Ich sprühe Küchenreiniger auf die Arbeitsfläche und kneife ganz fest die Augen zu, um nicht zu weinen.

AUF NÜCHTERNEN MAGEN

An dem Tag, an dem meine Eizellen eingefroren werden sollen, erwache ich um zwei Uhr morgens von einem lauten Klopfen an der Wohnungstür. Mühsam öffne ich ein vom Schlaf verkrustetes Auge.

Bumm, bumm, bumm. »Jess! Lass mich rein!«

Mit einem Satz springe ich aus dem Bett. Ich will unbedingt an der Tür sein, bevor Dad wach wird. Doch es ist bereits zu spät. Dad steht im Türrahmen zum Wohnzimmer und reibt sich die Augen.

»Leg dich wieder hin.« Ich bedeute ihm, zurück zur Couch zu gehen.

»Jess! Ich weiß, dass du da bist!«

»Schhh«, zische ich, als ich den Schlüssel im Schloss herumdrehe. Johnny muss an der Tür gelehnt haben, denn als ich sie öffne, stolpert er über die oberste Stufe und fällt praktisch in den Flur.

»Mein Gott, was ist denn mit dir los?«, frage ich und betrachte ihn mit einer Mischung aus Abscheu und Mitleid. »Wo hast du deinen Schlüssel?«

»Es ist zwei Uhr früh«, merkt Dad an und macht einen Schritt auf uns zu. »In wenigen Stunden hat sie ihren Termin im Krankenhaus!«

»Dad, lass nur, ich kümmere mich darum.« Ich schiebe ihn zurück ins Wohnzimmer.

»Er ist sturzbetrunken. Du darfst dich von ihm nicht so behandeln lassen, Schatz.«

»Ich regle das«, sage ich und versuche, ruhig zu bleiben, ehe ich vorsichtig die Wohnzimmertür schließe und zurück zu Johnny gehe.

Ich schiebe ihn in die Küche, damit wir uns in Ruhe unterhalten können, während ich gleichzeitig versuche, ihn auszunüchtern.

»Ich brauche eine Umarmung«, sagt er und schlingt die Arme um mich.

Ich wehre mich nicht dagegen. Ich spüre seinen starken Körper und schließe die Augen, während ich den vertrauten Geruch von Whisky, Qualm, Schweiß und Johnny einatme. Mit schlaff herabhängenden Armen lasse ich mich von ihm halten.

»Es tut mir leid«, schluchzt er, und sein Kopf bebt an meiner Schuler. »Es tut mir so leid, es tut mir leid, das alles tut mir ja so leid.«

Ich mache mich von ihm los und lege ihm einen Arm um die Schultern, um ihn den Flur hinunter ins Schlafzimmer zu schaffen. Er ist offensichtlich zu betrunken für ein vernünftiges Gespräch.

Ich muss ihm einen kräftigen Stoß geben, damit er aufs Bett fällt. Dort liegt er völlig regungslos da, bis ich ihn in die stabile Seitenlage bringe, damit er ungehindert atmen kann. Dann schalte ich das Licht aus. Eigentlich sollte er vor dem Einfrieren der Embryos keinen Alkohol trinken, aber Johnnys Blut besteht ohnehin zu neunzig Prozent aus Whisky, insofern macht es wohl keinen großen Unterschied.

Ich drehe ihm den Rücken zu und versuche einzuschlafen, doch die Tränen lassen sich nicht aufhalten.

»Was glaubst du, weshalb ist sie hier? Akute Unfähigkeit, sich normal zu kleiden?«, raunt Dad mir ins Ohr und deutet zu der Frau auf der gegenüberliegenden Seite des Wartezimmers.

»Dad!« Ich gebe ihm einen Ellbogenstoß in die Rippen. Als Mum krank war, hat er immer »Errate das Leiden« gespielt.

Ich habe heute noch nichts gegessen und getrunken, und der Kerl gegenüber treibt mich in den Wahnsinn, weil er so laut seinen Latte schlürft. Jeder Geruch, der mir in die Nase steigt, ist die reinste Folter, angefangen bei der Milch in seinem Kaffee bis hin zu dem gebutterten Toast von Costa. Ich will das hier so schnell wie möglich hinter mich bringen, damit ich endlich frühstücken kann.

Dad und ich sind beide um sechs Uhr aufgestanden – ich, weil ich nicht schlafen konnte, er wegen der harten Couch. Deshalb hatte ich genug Zeit, ihn über die Situation ins Bild zu setzen, bevor Johnny wach wurde. Nach einem ziemlich beklemmenden Wiedersehen am Küchentisch beschlossen wir, zu dritt ins Krankenhaus zu fahren. Lauren hat darauf bestanden, ebenfalls zu kommen.

»Geoff«, sagt sie, als sie zu uns stößt, und umarmt meinen Vater, ehe sie Johnny mit einem flüchtigen Nicken begrüßt. »Wie geht es dir? Wir haben uns ja seit Ewigkeiten nicht gesehen.«

Johnny und ich überlassen Dad und Lauren ihrem Gespräch über den neuesten Dorfklatsch aus Yorkshire, während wir die nötigen Formulare ausfüllen. *Name, Geburtsdatum, Adresse, nächste Angehörige. Besteht die Möglichkeit einer Schwangerschaft? Rauchen Sie? Hatten Sie zu einem früheren Zeitpunkt schon mal eine Krebserkrankung?*

»Ich könnte uns einen Tee holen«, schlägt Johnny vor, nachdem wir die ausgefüllten Blätter abgegeben haben.

»Eigentlich würde ich mich gerne kurz mit Lauren allein unterhalten. Ist das okay, Dad?« Ich deute auf ihn und Johnny.

»Ich wollte mir sowieso ein bisschen die Beine vertreten«, sagt Dad. »Braucht ihr zwei Mädels irgendwas?«

Wir schütteln den Kopf.

Sobald die beiden außer Hörweite sind, rückt Lauren ganz nah an mich heran. »Geht es dir gut?«

»Ich weiß nicht, ob ich das durchziehen kann.«

Lauren legt den Kopf schief. »Ach, Jess. Jetzt ist es ein bisschen spät, um es sich anders zu überlegen.«

Zum ungefähr vierundachtzigsten Mal in dieser Woche kommen mir die Tränen. »Ich habe einfach das Gefühl, dass es ziemlich viel Druck erzeugt, wenn ich einen befruchteten Embryo mit einem Mann einfrieren lasse, der mich erst vor Kurzem betrogen hat. Woher will ich wissen, dass er es nicht wieder tut?«

Lauren schüttelt seufzend den Kopf. »Ich habe mich gefragt, was ich tun würde, wenn Charlie mir das angetan hätte. Aber dann denke ich die ganze Zeit: Was, wenn das deine einzige Chance ist, Kinder zu bekommen?«

Eine Schwester in orangefarbenen Crocs tritt aus einem Nebenraum. Sie schlurft über den Linoleumboden, als trüge sie Pantoffeln.

»Was, wenn er mich wegen Mia verlässt, und ich habe dann nur seinen Embryo und keine Möglichkeit mehr, mit einem neuen Partner ein Baby zu bekommen?«

Lauren legt den Arm um mich. »Erstens: Mir ist nur

wichtig, dass du glücklich bist, also hör auf deinen Bauch. Und zweitens: Das wird nicht passieren. Johnny liebt dich.«

»Danke, Süße.« Ich drücke ihre Hand. »Offen gestanden, sagt mein Bauch, dass ich ins Bad rennen und kotzen möchte.«

Eine andere Schwester taucht vor unserer Sitzreihe auf. »Miss Jackson? Wir wären jetzt so weit.«

Ich schaue Lauren an und kann nicht sprechen. Sie nickt mir aufmunternd zu.

»Was immer du tust wird schon das Richtige sein. Ich bin für dich da, okay?«

Ich atme einmal tief durch, dann gehe ich auf die Schwester zu.

Man hat mir ein Beruhigungsmittel verabreicht, und als ich nach dem Eingriff aufwache, fühle ich mich, als hätte mich in Lkw überfahren. Ein Moment vergeht, ehe ich wieder weiß, wo ich bin und wieso. Stück für Stück kommen die Erinnerungen zurück ... der Krebs, Mums Tod, Johnnys Seitensprung ...

O Gott. Was mache ich hier? Ich bin im Begriff, einen Embryo einzufrieren mit einem Mann, der mich vor nicht mal zwei Monaten aufs Übelste hintergangen und mein Vertrauen missbraucht hat. Mit jemandem, der mir einreden will, dass ich eine schlechte Partnerin bin, obwohl er derjenige ist, der immer nur an sich selber denkt. Mir fällt die Frage ein, die Annabel mir gestellt hat, und ich erkenne, dass ich die Antwort eigentlich die ganze Zeit über wusste.

Johnny macht mich nicht glücklich.

Ich taste nach dem Notrufknopf. Wo ist die Schwester?

Einen Augenblick später kommt sie herein. Es ist die gleiche Frau, die mir zuvor den Eingriff erklärt und von ihrer

Schwester erzählt hat, die vor Kurzem den Brustkrebs besiegt habe.

»Sie sind wach«, sagt sie. »Warten Sie, ich ...«

»Haben Sie sie schon befruchtet? Bitte, sagen Sie mir, dass Sie sie noch nicht befruchtet haben. Bitte nicht. Bitte.«

»Immer mit der Ruhe.« Sie tritt zu mir ans Bett.

»Es ist dringend. Sie müssen dafür sorgen, dass die Eier nicht befruchtet werden. Ich habe es mir anders überlegt.«

Die Schwester beugt sich über mich und schaut mir lächelnd ins Gesicht. »Keine Sorge«, sagt sie. »Zunächst mal: Der Eingriff ist erfolgreich verlaufen. Es konnten zwölf Eizellen entnommen werden.«

»Sie verstehen mich nicht.« Mein Herz klopft schneller, meine Hände zittern. »Bitte, bitte befruchten Sie die Eizellen nicht.«

Sie hebt begütigend die Hand und spricht mit ruhiger, sanfter Stimme. »Es ist alles in Ordnung, Miss Jackson. Wir haben die Eier noch nicht befruchtet. Soll ich Ihren Partner hereinbitten, damit Sie das mit ihm besprechen können?«

»Ja«, sage ich. »Bitte. Johnny. Ich muss mit ihm reden.«

Wenige Minuten später kommt er herein. Er sieht verwirrt aus. »Alles in Ordnung?«

Ich bitte die Schwester, uns allein zu lassen.

»J«, sage ich, bedeute ihm, sich ans Bett zu setzen und meine Hand zu nehmen. »Ich kann das nicht.«

»Was? Haben sie nicht gerade deine Eizellen entnommen?«

»Doch, schon. Aber ich will nicht, dass sie befruchtet werden.«

»Ich verstehe nicht ganz. Das mit gestern Nacht tut mir wirklich leid, aber so was wird nie wieder vorkommen. Ich war verletzt. Ich musste das alles erst mal verdauen.« Er fummelt an seinem Schlüsselring herum und streicht mit dem Daumen über das blanke Metall.

Ich versuche, mich im Bett aufzusetzen, damit ich besser mit ihm sprechen kann. »Was mit Mia passiert ist …«

Er fällt mir ins Wort. »Das mit Mia ist aus und vorbei! Es hat mir nichts bedeutet, ich schwöre es dir. Bitte, lass nicht zu, dass sie unserer gemeinsamen Zukunft im Weg steht.«

»Lass mich ausreden«, sage ich und hebe die Hand wie ein Stoppschild. »Was mit Mia passiert ist, hat mir aufgezeigt, dass das mit uns nicht funktioniert. Ich glaube, ich hatte schon seit einer Weile ein ungutes Gefühl, aber so vieles an unserer Beziehung war super und …«

»So viel an unserer Beziehung *ist* super«, sagt er.

»Nein, jetzt lass mich doch mal ausreden. Johnny, du machst mich nicht mehr glücklich. Und ich dich auch nicht. Du lässt mich nicht an dich heran. Du hasst deinen Job, aber wenn ich versuche, dir zu helfen, willst du davon nichts wissen. Du fängst an zu trinken und tust so, als würden sich alle Probleme schon irgendwann von selber lösen. Aber ich kann dir nicht helfen, wenn du mich abblockst.«

»Weil bei dir immer alles perfekt ist«, sagt er. »Du bist so begabt und fleißig, alle finden dich toll. Du kannst auf die Bühne gehen und strahlen und dich für jede Stelle bewerben, die du haben willst, und du kriegst sie. Ich bin immer nur Durchschnitt.«

»Mein Leben ist *nicht* perfekt!« Ich deute auf das blauweiße Krankenhausnachthemd und das Klinikbett, in dem ich liege. »In den letzten Wochen hatte ich schreckliche Angst vor der Chemo, und trotzdem habe ich die meiste Zeit damit zugebracht, dich zu trösten! Du tust ja gerade so, als wärst du derjenige, der Krebs hat!«

Während mir diese Worte über die Lippen kommen, wird mir bewusst, was für eine Last er für mich war. Ich habe versucht, ihn zu unterstützen, aber in Wahrheit habe ich es damit nur noch schlimmer gemacht.

Ich bin immer noch benommen von dem Beruhigungsmittel, trotzdem ist auf einmal alles sonnenklar. Die einzige Möglichkeit, ihm zu helfen, ist, ihn gehen zu lassen.

»Dir wehzutun ist das Letzte, was ich will«, sage ich so sanft und leise, wie ich kann. »Aber ich glaube, in dem Moment, als du gesagt hast, dass du fremdgegangen bist, wusste ich, dass wir uns nicht mehr guttun. Als dann die Krebsdiagnose kam, hat mich das ziemlich aus der Bahn geworfen, aber inzwischen bin ich wieder einigermaßen gefestigt. Ich schaffe das auch allein.«

Er schaut mich an wie ein geprügelter Hund.

»Aber, Jess ...«

Ich schüttle den Kopf. Zum ersten Mal seit Wochen weiß ich, was ich tue. »Es tut mir leid, Johnny. Es ist vorbei.«

Zehn Minuten später stecken Lauren und Dad die Köpfe zur Tür herein.

»Wir haben gehört, was passiert ist«, sagt Lauren.

»Geht es dir gut, Jessie?« Dad ist sichtlich aufgewühlt, als er mich zusammengekauert im Krankenhausbett liegen sieht.

»Es geht schon«, sage ich. »Ich bin seltsam erleichtert.«

Das ist mein Ernst. Ich wusste gar nicht, wie sehr Johnny mir die Luft zum Atmen genommen hat, bis ich an den Punkt kam, an dem es um alles oder nichts ging.

Als ich nach draußen zu Dad und seinem Auto gehe, fühle ich mich jeder Energie beraubt. Mitten auf dem Parkplatz muss ich eine Pause einlegen.

»Was, wenn ich meine Chancen, Mutter zu werden, damit endgültig verspielt habe?«

Die zwölf Eizellen sind ein Trost, doch nach allem, was ich gelesen habe, gibt es unzählige Dinge, die beim Einfrieren, Lagern, Auftauen oder Wiedereinsetzen schieflaufen können.

»Gar nichts hast du verspielt«, sagt Lauren, verschränkt ihre Finger mit meinen und hält meine Hand fest. »Du hast ein Dutzend Eier auf Eis, und wenigstens bist du nicht länger an jemanden gefesselt, den du nicht liebst.«

»Danke, Lauren.« Ich schmiege den Kopf an ihre Schulter und spüre das Kitzeln ihrer pelzbesetzten Kapuze am Hals, als ich sie ganz fest in die Arme nehme.

»Dafür bin ich doch da«, sagt sie.

AUSEINANDERGEHEN

»Du wirst mir fehlen, Kleiner«, sagt Johnny und krault Oreo am Hals, während der sich auf dem Teppich wälzt, damit jemand seinen weißen Bauch streichelt.

Ich habe Johnnys Familiengruppe auf WhatsApp verlassen und seine Mutter angerufen, um ihr zu sagen, dass ich mir große Sorgen um ihn mache und ihm gerne helfen würde, aber weiß, dass wir uns nur gegenseitig unglücklich machen. Sie schluchzte ins Telefon, sagte mir, ich sei das Beste, was ihrem Sohn jemals passiert sei, und flehte mich an, es noch einmal mit ihm zu versuchen.

Auch Johnny hat geweint, als wir gestern Abend aus dem Krankenhaus nach Hause kamen. Er hat gebettelt und gefleht, ich möge ihm noch eine Chance geben. Es hat mich meine ganze Kraft gekostet, nicht weich zu werden. Es wäre einfacher, bei ihm zu bleiben und an unserer Beziehung zu arbeiten, aber ich weiß, dass ich den schweren Weg wählen muss.

Trotzdem – mit anzusehen, wie er es der Katze sagt, zerreißt mir fast das Herz.

Naiv, wie ich war, dachte ich, die Anschaffung einer gemeinsamen Katze sei praktisch so etwas wie ein Heiratsversprechen. Ursprünglich waren wir nur ins Tierheim gefahren, um uns umzusehen, weil ich Entzugserscheinungen von Frostie hatte. Doch als Oreo sein kleines schwarzes Köpfchen reckte und uns ansah, als wollte er sagen: »Bitte, lasst mich nicht hier zurück«, war es um uns beide geschehen, und dann war er später mit dem Kater als Überraschung nach Hause gekommen.

Jetzt habe ich das Gefühl, das Zuhause des kleinen Kerlchens zu zerstören.

»Was wird jetzt aus der Wohnung?«, fragt Johnny keine vierundzwanzig Stunden nachdem wir benommen aus dem Krankenhaus zurückgekehrt sind.

So weit habe ich noch gar nicht vorausgedacht. In den letzten Jahren hat Johnny zwei Drittel der Miete bezahlt, weil sein Anwaltsgehalt deutlich höher ist als das, was ich als Redakteurin verdiene. Das war Teil unserer Abmachung, ehe wir den Vertrag unterschrieben haben, denn von meinem Gehalt allein hätte ich es mir niemals leisten können, in der Abbeville Road zu wohnen.

Mit Anfang zwanzig, bevor ich mit Lauren zusammenzog, lebte ich in ständig wechselnden WGs und musste mich von australischen Mitbewohnern interviewen lassen, die wissen wollten, ob ich gerne badete, weil sie die Dusche bräuchten, um ihre Hanfpflanzen feucht zu halten. Als Johnny und ich unsere gemeinsame Wohnung bezogen, glaubte ich, einen Ort gefunden zu haben, an dem ich sehr lange bleiben würde.

»Ich … ich weiß nicht«, sage ich. »Nächste Woche fange ich mit der Chemo an.« Mir graut bei der Vorstellung, während der Behandlung irgendwo auf einem Sofa übernachten zu müssen, sei es bei Kate und Colm und ihrem schreienden Baby oder – noch schlimmer – bei Lauren und Charlie mit ihren andauernden Zänkereien.

Meine Handflächen sind schweißfeucht geworden. Ich weiß nicht, ob ich nächsten Monat noch arbeiten kann – ob ich dann überhaupt noch einen Job habe, wenn ich mir alle drei Wochen wegen der Chemo freinehmen muss. Und selbst wenn, könnte ich mir unmöglich eine eigene Wohnung leisten. Bei der Aussicht, mit irgendwelchen Unbekannten zusammenwohnen zu müssen, wird mir speiübel.

Johnny starrt die Wand an. »Hör zu, das alles ist meine Schuld. Ich bin derjenige, der es vermasselt hat. Ich fahre über Weihnachten zu meiner Mum, und danach schaue ich mal, ob ich für mich was finde, was näher bei der Arbeit liegt. Du kannst hierbleiben, bis im Mai der Mietvertrag ausläuft.«

»Aber das Geld! Ich kann die Wohnung alleine nicht bezahlen.«

»Mach dir deshalb keinen Kopf«, sagt er, nun wieder ganz der rationale Anwalt, den ich in letzter Zeit selten zu Gesicht bekommen habe. »Bis Vertragsende zahle ich weiterhin meinen Anteil. Das ist das Mindeste, was ich tun kann. Ich werde dich immer unterstützen, egal, was kommt.« Bei den letzten Worten bricht seine Stimme, und ich sehe ihm an, dass er mit Gewalt die Tränen zurückhalten muss.

Ich will etwas erwidern, doch er nimmt Oreo auf den Arm und verlässt hastig das Zimmer.

Meine Inbox verlangt meine Aufmerksamkeit. Ich habe zweihundertdreiundfünfzig ungelesene E-Mails, von denen mehr als die Hälfte mit Laurens Junggesellinnenabschied zu tun hat. Ich habe das Thema seit Wochen ignoriert, doch nun erscheint es mir allemal verlockender, als zu versuchen, mein Wohnungsproblem zu lösen oder den Stapel Magazinseiten über »Frauen, die gegen jede Chance die Liebe fanden« Korrektur zu lesen, der neben meiner Tastatur liegt. Ich muss ganz unten angekommen sein.

Nachdem ich die Spam-Mails diverser Fashion-Stores und unzählige Newsletter, die ich sowieso nie lese, gelöscht habe, widme ich mich der neuesten Nachricht. Die Betreffzeile lautet »*RE: re: re: re: re: re: Laurens spektakulärer Junggesellinnenabschied!*« Ich klicke auf die Mail und fange ganz unten an zu lesen.

Wie es scheint, schwelt seit Wochen ein immer weiter ausufernder Streit über Zahlungsmodalitäten und Verbindlichkeit der Zusagen. Emma findet die Idee eines Spa-Wochenendes großartig, muss aber am Sonntag zu einer Taufe und will daher nur für eine Nacht bezahlen. Kate hat sie gebeten, bis Freitag die volle Summe zu entrichten, da die anderen den Fehlbetrag sonst ausgleichen und einen wesentlich höheren Preis von dreihundertsechsundzwanzig Pfund pro Kopf zahlen müssten. Rowena hat geschrieben, sie könne keinen Babysitter finden und müsse daher ganz absagen (»*Die anderen Mamis werden wissen, wie schwer es ist, sich ein ganzes Wochenende freizuschaufeln*«), woraufhin Kate sie darüber informiert, dass sämtliche Aktivitäten sowie das Hotel bereits fest gebucht seien und Stornierungen nicht akzeptiert würden.

Kein Wunder, dass mein Handy vor Textnachrichten schier explodiert. Ich genehmige mir einen großzügigen Schluck Kaffee, dann öffne ich die WhatsApp-Gruppe mit dem Namen »Laurens heißer Haufen«. *Laurens hysterischer Haufen* wäre treffender. Ich scrolle bis an den Anfang der ungelesenen Nachrichten zurück.

Lucy Barnett hat die Gruppe verlassen

Die Nachricht steht irgendwo zwischendrin. Kate versucht, die erhitzten Gemüter zu beruhigen, und Laurens Mutter bietet an, die zusätzlich anfallenden Kosten zu übernehmen. Als wäre das ganze Hin und Her nicht schon anstrengend genug, muss eine Frau auch noch Öl ins Feuer gießen, indem sie ein Meme mit der Überschrift: Ruhig bleiben und aus Penis-Strohhalmen trinken postet.

Ich schlürfe meinen Kaffee, während ich mich auf der Website des Spas umsehe und die horrenden Preise für die einzelnen Behandlungen registriere. Dann hole ich tief Luft und logge mich ins Online-Banking ein.

Scheiße. Es gibt zwar einige eingehende Beträge im Zusammenhang mit Laurens Junggesellinnenabschied, aber die brauche ich, um Hotel und Spa zu bezahlen. Danach bleibt gerade noch genug übrig, um Johnny meinen Teil der Miete zu überweisen. Es wird nie im Leben reichen, um mir eine eigene Wohnung zu nehmen, wenn ich im Mai ausziehen muss.

Ich öffne ein neues Tab und google »Wohnungen Clapham«. Dies führt mich zu der Seite *Right Move*, wo ich nach Einzimmerapartments suche. Es gibt so gut wie keine Angebote für unter tausend Pfund. Ich erweitere meinen Suchradius auf zehn Meilen und trage mein maximales Budget ein.

Über das Ergebnis muss ich schallend lachen. Es gibt ein Studio-Apartment in Golders Green, das aussieht wie eine Gefängniszelle und schlappe siebenhundertfünfzig Pfund pro Monat kostet, und ein WG-Zimmer, dessen Wände allem Anschein nach im vergangenen Jahrhundert zuletzt gestrichen wurden. Für den Preis eines Schuhkartons in London könnte ich in Yorkshire in einem Palast leben.

»Jess, hast du kurz Zeit?«

Ich minimiere das Fenster, und im selben Moment tritt Tabitha an meinen Schreibtisch.

»Klar, was gibt's denn?«

»Äh, ich wollte nur fragen, wie du mit den Seiten vorankommst, wir müssen sie nämlich in einer Stunde abschicken.«

Ich starre auf den Stapel Blätter, der seit heute früh unangetastet auf meinem Schreibtisch liegt. »Bin dran«, sage ich.

»Bist du sicher? Für mich hat es nämlich so ausgesehen, als würdest du dir im Internet Kosmetikbehandlungen und Wohnungen anschauen.«

»Wie bitte?« Ich stehe auf, damit ich mit ihr auf Augenhöhe bin, und senke die Stimme, weil ich nicht will, dass die anderen unser Gespräch mitbekommen. Aisha hat bereits den Kopf gehoben.

»Es ist nur ... weißt du, als Leah noch hier war, hatten wir das immer bis neun Uhr erledigt.«

Ich seufze. Es ist nichts dabei, wenn sie den ganzen Tag lang mit der Kita ihres Kindes telefoniert und fragt, ob sie inzwischen vegane Lasagne auf dem Speiseplan haben, aber weil ich alleinstehend und kinderlos bin, habe ich nicht das Recht, mir zwischendurch mal fünf Minuten Auszeit zu nehmen. Sie soll mich gefälligst in Ruhe lassen.

»Wenn du es genau wissen willst – ich habe mich von meinem Freund getrennt.«

»O mein Gott.« Ihr Ton wird weicher, und sie legt mir eine Hand auf den Arm. »Warum hast du nichts gesagt? Scheiße, Jess, das tut mir so leid. Wenn ich irgendwas für dich tun kann ...«

Ich nicke und kämpfe mit den Tränen. Ich habe mein Herz und meine Seele für diesen Job gegeben, und jetzt kommt es mir so vor, als würde ich das Redaktionsteam im Stich lassen.

»Hey.« Sie hakt sich bei mir unter und steuert mit mir einen der gläsernen Besprechungsräume an. »Komm, lass uns darüber reden.«

Eine Sekunde später gesellt sich Aisha zu uns.

»Ich habe ihr das mit Johnny gesagt«, erkläre ich, weil ich weiß, dass sie sonst denkt, ich hätte Tabitha von meiner Krebserkrankung erzählt.

»Ahh«, macht Aisha und schüttelt den Kopf. »So ein Arschloch.«

»Falls es dich tröstet: Ich hatte auch jede Menge Arschlöcher, ehe ich meinem Billy begegnet bin«, sagt Tabitha. »Irgendwann wird der Richtige schon kommen.«

Ein winziges Lächeln umspielt meine Lippen, als ich sehe, wie Aisha mit den Augen rollt.

»Alles halb so schlimm«, sage ich. »Das wird sich nicht auf meine Arbeit auswirken. Wenn ich unter meinem Schreibtisch schlafen muss, kann ich wenigstens ein paar Überstunden machen.«

»Ich habe dir doch schon gesagt, dass du bei mir wohnen kannst«, schaltet sich Aisha ein. »Ich kann gerne die Couch nehmen.«

»Danke, Süße, ich werde definitiv darüber nachdenken.«

Tabitha reicht mir eine Packung Taschentücher. »Weißt du …«, sagt sie, bricht dann jedoch ab. »Nein, wahrscheinlich ist es dafür noch zu früh.«

»Was?« Ich bin bereit, mir alles anzuhören, was mich von Johnny und meiner drohenden Obdachlosigkeit ablenkt.

»Wohlgemerkt, ich denke nur laut. Wir brauchen eine neue Kolumnistin für Sex und Beziehungen. Wie wär's, wenn du darüber schreibst, wie es ist, nach einer langen Beziehung wieder ins Dating einzusteigen?«

Aisha fängt meinen Blick ein, und wir können uns nur mit Mühe ein Lachen verkneifen. Typisch Tabitha. Sie merkt gar nicht, wie sehr sie Aisha, die seit Ewigkeiten Single ist und datet, damit gekränkt hat.

»Ich, also ...«

»Mach nur«, sagt Aisha. »Ich könnte mir keine Bessere dafür vorstellen.«

Grinsend stelle ich mir vor, wie ich mit Perücke zu einem Date erscheine. »Danke, dass du an mich gedacht hast, Tabitha, aber du hast recht, dafür ist es wirklich noch zu früh.«

»Natürlich meine ich nicht jetzt gleich. Aber vielleicht im neuen Jahr, sobald du Gelegenheit hattest, das Ganze zu verarbeiten?«

»So schlecht ist die Idee wirklich nicht«, meint Aisha.

Ich trockne meine Tränen und öffne die Tür des Besprechungsraums. Wenn ich mich nicht gerade von Johnny getrennt hätte, wäre die Situation beinahe komisch. In den letzten zwei Jahrzehnten hätte ich alles dafür gegeben, eine eigene Kolumne in diesem Magazin zu bekommen. Ich hätte bloß nie gedacht, dass ich dafür meinen zukünftigen Ehemann verlassen muss.

FÜNFZIG ERSTE DATES

Annabel trifft sich mit mir in der Abbeville Road, wenige Minuten von meiner Wohnung entfernt. Johnny zufolge war die Lage eins der Hauptargumente des Maklers, der behauptete, »Abbeville Village« mit seinen hübschen kleinen Läden und Restaurants sei die beliebteste Gegend von Clapham. Kurz nach unserem Einzug malte ich mir aus, wie wir an den Wochenenden gemütlich in einem dieser besagten Läden sitzen und Smoothies schlürfen würden. In Wahrheit lassen sich die Male, die wir das getan haben, an einer Hand abzählen, noch dazu ist die Miete dreimal so hoch wie zwei Straßen weiter.

Heute sitzen wir in einem Café, wo trendige Hipstermums in Funktionskleidung glutenfreien Toast mit Avocadocreme essen und an ihren Flat Whites nippen, während sich ihre kleinen Sprösslinge an Babyccinos laben. Umso dankbarer bin ich für die Anwesenheit meiner Krebsfreundin, die genauso ein Sonderling ist wie ich und gleich nach ihrer Ankunft erst mal aufs Klo verschwinden musste, um sich eine ihrer zahlreichen Spritzen zu setzen.

»Dann hast du es in der Redaktion immer noch nicht gesagt?«, fragt Annabel, die eine Tasse mit heißer Schokolade in beiden Händen hält.

Ich schüttle den Kopf. »Ich habe Tabitha nur von der Trennung erzählt, damit sie mir nicht weiter auf die Nerven geht. Ich brauche nicht noch mehr Mitleid.«

»Was hat sie gesagt?« Mit dem Löffel fischt Annabel einen kleinen Marshmallow aus ihrer Tasse, der an den Rändern bereits zu einem rosafarbenen klebrigen Brei geschmolzen ist.

Als ich mir das Gespräch ins Gedächtnis rufe, muss ich lachen. »Sie hat mir angeboten, eine Dating-Kolumne zu schreiben.«

»Ernsthaft? Denkst du denn darüber nach, dich wieder mit Männern zu treffen?«

Ich verziehe das Gesicht, als ich mich an die Begegnung mit Marcus und das Gefühl fremder Lippen erinnere. »Gott, nein! Wenigstens nicht sofort.«

»Gut«, sagt Annabel. »Du solltest definitiv erst mal eine Zeit lang Single sein.«

Mir wird bewusst, wie wenig ich über sie weiß. »Und du? gehst du auf Dates?«

Annabel schnaubt. »Was soll ich denn in mein Profil schreiben? Todkranke Frau, siebenundzwanzig, sucht Mann für Beziehung ohne Zukunft?«

Ich merke, wie ich unwillkürlich den Kopf zur Seite neigen will, und reiße mich gerade noch rechtzeitig am Riemen. Das Letzte, was sie braucht, ist Mitleid.

»Jeder Mann könnte sich glücklich schätzen, dich zu haben, Bel«, sage ich und merke, dass ich zum ersten Mal ihren Kosenamen verwendet habe. Es ist, als hätten wir damit die Grenze zu einer echten lebenslangen Freundschaft überschritten. Wie lang ihr Leben auch immer sein mag.

»Es macht einfach keinen Spaß, zuzusehen, wie dem Mann alles aus dem Gesicht fällt, wenn man ihm sagt, dass es keine Hoffnung auf Besserung gibt.«

»Ist das denn schon mal vorgekommen?« Ich weiß, es gibt da etwas – oder jemanden –, worüber sie bislang nicht gesprochen hat, aber ich möchte auf keinen Fall alte Wunden aufreißen.

Sie senkt den Blick auf die Tischplatte und nickt. »Mein Ex, Mark.«

»Das tut mir leid.« Ich berühre ihre Hand. »Was ist passiert? Ich meine … nur, wenn du darüber reden willst.«

»Er hat sich Kinder gewünscht«, sagt sie im Flüsterton. Ich sehe, dass sie den Tränen nahe ist. »Wir waren noch jung, weißt du? Wir sind mit fünfundzwanzig zusammengekommen, ungefähr ein Jahr nach meiner ersten Diagnose, nachdem ich mit der Behandlung durch war und dachte, dieses Kapitel meines Lebens sei abgeschlossen. Mark ist einer dieser Männer, die super mit Kindern umgehen können. Er hat drei kleine Neffen, auf die wir oft aufgepasst haben. Sie waren ganz verrückt nach ihm und haben sich immer gleich auf ihn gestürzt. Er wollte mindestens vier eigene Kinder haben.«

Ich schlucke. »Und du?«

Sie nickt. »Ja, ich wollte auch Kinder. Nach meiner ersten Diagnose habe ich ein paar Eizellen einfrieren lassen, obwohl ich noch jung genug war, dass wir auch auf natürlichem Weg hätten schwanger werden können. Aber dann …« Sie schüttelt den Kopf. »Dann kam raus, dass der Krebs gestreut hatte. Und das war's.«

Mein Herz krampft sich zusammen, als ich versuche, mir vorzustellen, wie es für sie gewesen sein muss, zu erfahren, dass ihr Krebs unheilbar ist und sie niemals Kinder haben wird. »Und es gibt wirklich keine Möglichkeit?«

»Sie haben mir die Eierstöcke entfernt.«

»Scheiße.«

»Und dann hat er mit mir Schluss gemacht.«

O Gott. Wie konnte ich nur so unsensibel sein, von meinen lächerlichen Problemen zu reden, während diese Frau von ihrem Freund verlassen wurde, weil sie Krebs hat! Ich dachte, meine Lage sei mies, weil ich nicht weiß, ob ich jemals Kinder bekommen werde, aber ich habe wenigstens noch *Hoffnung*. Die Endgültigkeit, keine Eierstöcke mehr zu besitzen, muss ihr jedes bisschen Zuversicht geraubt haben.

Ich verziehe das Gesicht. Ich kann mir nicht vorstellen, dass jemand mit einer Frau Schluss machen kann, die so wundervoll ist wie Annabel – schon gar nicht, wenn sie Krebs hat. »Er hat dich sitzen lassen?«

Wieder schüttelt sie den Kopf. Die Erinnerung tut immer noch weh, das ist ihr deutlich anzusehen. »Ich durfte ihn nicht an mich binden. Ich wusste ja, wie sehr er sich Kinder wünscht.«

»Aber was war mit deinen eingefrorenen Eizellen? Oder Adoption?«

»Komm schon, Jess. Man kann kein Kind adoptieren, wenn man todkrank ist.«

Das klingt vernünftig, aber zugleich auch grausam. »Es tut mir leid, dass du so viel durchmachen musstest.«

»Schon gut«, sagt sie. »Das ist nur eins der zahlreichen Probleme, wenn man Metastasen hat. Wir können nicht ins normale Leben zurückkehren so wie diejenigen, die den Krebs ›besiegt‹ haben.« Sie malt Anführungszeichen in die Luft.

Ich nehme mir vor, niemals mehr diese Formulierung zu benutzen, selbst wenn ich irgendwann krebsfrei sein sollte. Als Mum erfuhr, dass ihr Krebs gestreut hatte, war dies in gewisser Hinsicht der schlimmste Tag meines Lebens, aber zugleich war es auch eine Erleichterung, endlich diesem Kreislauf aus Hoffen und Bangen, Sorgen und Ungewissheit zu entkommen.

»Lass solche Ängste nicht zu«, sagt Annabel und rührt den Marshmallowschleim in ihre heiße Schokolade. »Leb dein Leben, Jess. Ernsthaft. Wenn es eins gibt, was ich im Nachhinein anders machen würde, dann, dass ich mein krebsfreies Jahr damit verbracht hätte, Spaß zu haben, statt mir ständig den Kopf darüber zu zerbrechen, dass die Krankheit zurückkommen könnte.«

»Das werde ich.« Ich bin es ihr und Mum schuldig, das Leben zu genießen, statt mich von meinen Sorgen auffressen zu lassen.

»Und verschwende nicht deine Zeit damit, irgendwelche Pimmelköpfe zu daten«, fügt sie trocken hinzu.

Ich pruste los, erleichtert, dass der Fluch des Krebsgesprächs gebrochen ist.

»Das wird einer meiner Neujahrsvorsätze«, sage ich. »Keine Pimmelköpfe mehr.«

Annabel lacht. »Sag mal, hast du vielleicht Lust, an Weihnachten zu uns zu kommen?«

Mir fällt auf, dass sie »uns« gesagt hat, und ich frage mich, wen sie damit meinen könnte. Ich war so sehr mit meinen eigenen Problemen beschäftigt, dass ich praktisch nichts über sie weiß.

Annabel nickt mehrmals, dann erklärt sie es mir. »Ich und mein Bruder Joe verbringen das Fest zusammen. Mum und Dad haben die letzten fünfzehn Jahre an Weihnachten fast immer gearbeitet, deshalb machen wir unser eigenes Ding.«

Sie lächelt und zuckt, als sie »Ding« sagt, mit leisem Stolz die Achseln.

»Eure Eltern müssen an Weihnachten arbeiten?« Ich kann mir nicht vorstellen, einen so wichtigen Tag ohne meinen Dad zu verbringen – oder ohne Mum, als sie noch lebte.

Diesmal nickt Annabel energischer. Ihr scheint das Arrangement nichts auszumachen. »Sie sind in einem Pflegeheim beschäftigt. Kent House, sagt dir das was? Mum ist Köchin und Dad Pfleger. Sie ziehen eine richtige Party auf. Jedes Jahr an Heiligabend verkleiden sie sich als der Weihnachtsmann und seine Frau, und Mum kocht ein riesiges Festmahl für die Alten, das zum Ende hin in einen Karaokeabend-Schrägstrich-Rave ausartet. Ich glaube, in einem früheren Leben waren meine Eltern Entertainer. Das Fest ist der Höhepunkt ihres Jahres.«

»Das ist so süß.« Ich stelle mir vor, wie Bels Eltern die Senioren mit ausgefallenen Kostümen und einem Gourmet-Dinner zum Strahlen bringen. »Aber fehlen sie dir nicht an Weihnachten?«

Sie schüttelt den Kopf. »Nein, nein, wir verbringen sonst viel Zeit miteinander. Am ersten Feiertag gehen wir morgens zu ihnen und tauschen Geschenke aus, bevor sie zur Arbeit müssen, und am zweiten Feiertag feiern wir dann noch mal gemeinsam. In der Zwischenzeit machen wir es uns zu Hause gemütlich. Früher haben wir das Fest immer bei unseren Großeltern verbracht, aber die leben nicht mehr.«

»Das tut mir leid«, sage ich und lege ihr eine Hand auf den Arm.

»Ist schon gut. Gramps ist vor ein paar Jahren an einem Herzinfarkt gestorben. Er war erst fünfundsiebzig. Ein paar

Jahre später ist meine Nan ihm dann gefolgt, genau an ihrem sechzigsten Hochzeitstag. Ich glaube, es war ihr gebrochenes Herz.«

»Ach, Süße.« *Bitte, nicht weinen, bitte nicht weinen, bitte nicht weinen.*

»Das ist auch der Grund, weshalb ich zum ersten Mal Krebs bekommen habe, da bin ich mir sicher«, sagt sie und starrt den Türrahmen an. Gerade ist eine Frau mit Yogamatte und Buggy hereingekommen.

»Wie meinst du das?«

»Der Stress und die Trauer nach ihrem Tod. Und dann musste ich meinen Eltern auch noch mit dem ganzen juristischen und finanziellen Kram helfen. Das hat bei mir den Krebs ausgelöst.«

»Wirklich?«

»Stress schwächt das Immunsystem. Ich will damit nicht sagen, dass ihr Tod die *Ursache* meiner Krankheit war, aber vielleicht hat sie sich dadurch verschlimmert. Medizinisch gesehen gibt es keine Beweise dafür, aber Dr. Deep meint, an der Theorie könne was dran sein.«

Ich frage mich, ob Stress auch die Ursache meines Tumors ist. Mums Krankheit, die Sorge um Dad, weil er ganz allein ist. Habe ich insgeheim gespürt, dass etwas zwischen mir und Johnny falsch läuft? Vielleicht, allerdings bezweifle ich, dass ich deswegen Krebs bekommen habe. Und mein Job ist zwar stressig, aber schließlich bin ich keine Premierministerin oder dergleichen. Ich rufe mir ins Gedächtnis, was der Onkologe bei meinem letzten Termin gesagt hat: dass man nicht feststellen kann, wo genau die Ursache für meinen Tumor liegt, und ich mir auf keinen Fall die Schuld daran geben solle.

»Es tut mir wirklich leid, Annabel«, sage ich. »Wenn ich irgendwas tun kann ...«

Ich habe riesengroßes Glück, weil es mir besser geht als ihr. Trotzdem sitzen wir beide irgendwie im selben Boot, und das ist ein tröstliches Gefühl. Sie ist der einzige mir bekannte Mensch in meinem Alter, der das durchgemacht hat, was ich gerade durchmache. Der einzige Mensch in meiner Umgebung, der versteht, wie es ist, wenn einem eröffnet wird, dass man vielleicht niemals Kinder bekommen wird. Ich drücke ihre Hand, dann muss ich den Blick abwenden und die Nase hochziehen.

»Jetzt werd bloß nicht albern«, rügt sie mich, wischt sich eine Träne von der Wange und lacht. »Wie dem auch sei – es gibt etwas, was du tun kannst. Komm an Weihnachten zu uns, du wirst es nicht bereuen. Joes Dosenbier-Hähnchen ist legendär.«

»Ihr esst an Weihnachten Dosenbier-Hähnchen?«

»O ja«, sagt sie und wirkt sofort etwas munterer. »Und Colaschinken. Absolut episch. Wir übergießen irgendein Stück Fleisch mit einem kohlensäurehaltigen Getränk, und normalerweise laden wir noch meinen älteren Nachbarn ein, weil es zu mehreren einfach lustiger ist.«

Es ist eine schöne Vorstellung: ein Weihnachtsfest mit einem Haus voller schräger Vögel und mehr Essen, als man jemals verputzen könnte. Als Mum noch lebte, haben wir auch immer so Weihnachten gefeiert. Sie tischte ein wahrhaft königliches Mahl auf, es gab ihre legendären in Gänsefett gerösteten Kartoffeln, ihren speziellen Rosenkohl und das cremigste Steckrüben-und-Karotten-Püree, das man sich vorstellen kann. Dazu lud sie wahllos irgendwelche Leute ein, seien es verwitwete Gäste aus der Teestube oder Teilnehmer ihres Zumbakurses. Unsere Familie war klein, aber wenn sich zwölf Leute um den Esstisch drängten, merkte man nichts davon.

Mit Mums Tod änderte sich das alles. Normalerweise begannen Johnny und ich das Fest mit einem Streit, weil wir uns nicht einigen konnten, bei wem wir die Feiertage verbringen wollten – bei seiner Mutter in Manchester oder bei meinem Dad auf der anderen Seite der Pennines. Doch wo auch immer wir am Ende hinfuhren, es war immer ein ruhiges Fest.

»Ich bin dabei«, sage ich. »Wobei ... das ist jetzt vielleicht ein bisschen zu viel verlangt, aber ...«

Annabel hebt eine aufgemalte Augenbraue.

»Kann mein Dad mitkommen? Er ist total unkompliziert und schläft normalerweise schon, wenn die Queen ihre Ansprache hält.«

»Papa Jackson ist zu einhundert Prozent willkommen«, sagt sie und strahlt bei dem Gedanken, noch mehr Menschen bewirten zu können. »Welches Gericht möchtest du gerne beisteuern?«

»Ich mache einen richtig guten Speck-Rosenkohl«, sage ich.

»Ausgezeichnet.« Bel nickt. »Wir schenken uns übrigens nichts. Nur Wichteln. Maximal zehn Pfund.«

»Für wen soll ich was besorgen?«

»Ich gebe dir noch Bescheid. Wahrscheinlich sind es nur du, ich, Joe, dein Dad und noch ein paar ältere Herrschaften ... Es gibt da einen Witwer aus dem Seniorenheim, den möchte ich gerne mit einer Dame verkuppeln, die ich von der Onko kenne. Wir nennen sie Tante Mags.«

»Ein Kuppelversuch zum Fest?«, frage ich. »Wie schön.«

»Leider hat Mags zusätzlich zum Chemobrain auch noch eine leichte Form von Alzheimer. Ich habe schon öfter versucht, sie mit einem der Herren aus dem Krankenhaus zusammenzubringen, aber sie vergisst es jedes Mal wieder. Das ist wie in *Fünfzig erste Dates*.«

»Genau das, was ich brauche.«

WENN DU KINDER HAST, WIRST DU ES VERSTEHEN

In der letzten Mittagspause vor Weihnachten trifft sich Lauren mit mir beim Frisör. Schwester Rose hat mir vorgeschlagen, mir die Haare vor der Chemo kurz schneiden zu lassen, damit der Schock nicht so groß ist, wenn sie ausfallen. Lauren war anfangs nicht begeistert davon, dass ich damit die von ihr erträumte Optik der Brautjungfern-Garde zunichtemache, aber dann ist ihr klar geworden, dass ich im April sowieso keine Haare mehr haben werde.

»Hast du mit Johnny gesprochen?«, fragt sie, während die Frisörin ihre Haare um ein Glätteisen wickelt.

Ich berichte ihr von dem Gespräch mit seiner Mutter, dass ich aus der Familien-WhatsApp-Gruppe ausgestiegen bin und ihn auf Facebook entfreundet habe.

»Klingt nach Schlussstrich. Vielleicht ist dies deine Chance, das Glück im Singledasein zu finden. Oder wer weiß, vielleicht lernst du auf meiner Hochzeit ja einen attraktiven Junggesellen kennen?«

»Was, mit Glatze?«, sage ich. »Ich glaube kaum, dass ich unter der Entourage der Braut die Gefragteste sein werde …«

Wir müssen beide lachen, obwohl mir in Wahrheit davor graut, zusehen zu müssen, wie Lauren zum Altar schreitet, während ich mitten in der Chemo stecke und aussehe wie Mr. Potato Head.

Hinter meinem Stuhl taucht eine zweite Frisörin im Spiegel auf. Jetzt gibt es kein Zurück mehr. Ich zeige ihr einige Kurzhaarfrisuren aus Zeitschriften. Die Models sehen alle knabenhaft und wunderschön aus, und durch die kurzen Haare wirken ihre Augen riesengroß.

»Der hier würde Ihnen stehen«, sagt die Frisörin, berührt mich oben am Kopf und streicht mir den Pony schräg über die Stirn.

»Du wirst super aussehen mit einem Pixieschnitt«, meint auch Lauren.

Den Rest der Zeit sitzen wir da und schweigen. Ich bin dankbar, dass Lauren ausnahmsweise mal nicht über ihre Hochzeit reden will, und noch dankbarer, dass die Frisörin kein Interesse an meinen nicht vorhandenen Feiertagsplänen zeigt.

Büschelweise schweben meine roten Haare zu Boden. Sobald meine Ohren freigelegt sind, spüre ich die Kälte. Ganz am Ende nimmt sie den elektrischen Rasierer und versäubert mir damit den Nacken, was ein wenig kitzelt.

Dann hält sie mir einen großen Spiegel hin, damit ich meinen Hinterkopf betrachten kann. Die Frisur sieht gut aus – anders, aber gut.

Als ich aufstehe und den Klettverschluss hinten an meinem Umhang öffne, fällt mein Blick auf den Haufen roter Haare. Einunddreißig Jahre lang habe ich sie nie kürzer als schulterlang getragen.

»Wow«, sagt Lauren, als sie mich sieht. »Du schaust umwerfend aus.«

»Findest du es okay?«, frage ich und streiche mit der Hand über meinen Nacken, während ich versuche, mich an das Gefühl zu gewöhnen.

»Ich kann nicht glauben, dass du das nicht schon vor Jahren gemacht hast. Die Frisur entspricht absolut deinem Typ.«

»Danke«, sage ich. »Schade nur, dass sie nicht lange halten wird.«

»O mein Gott«, ruft Aisha, als ich mich dem langen Tisch nähere, um den sich mein in festliche Weihnachtspullis gekleidetes Redaktionsteam versammelt hat. »Der Look ist der Hammer!«

Sie stellt ihr Weinglas ab, wirft die Arme um mich und löst sich gleich darauf von mir, um meinen neuen Haarschnitt zu begutachten. »Ganz im Ernst, Jess. Warum hast du das nicht schon viel früher gemacht?«

Ich lächle ihr Kompliment weg und schlüpfe auf den freien Platz gegenüber von Miles und Tabitha. Ich habe mich immer noch nicht an das Gefühl gewöhnt, keine Haare im Nacken zu haben.

»Steht dir«, sagt Tabitha, die als Einzige keinen Weihnachtspulli trägt. »Ist das in Vorbereitung aufs Dating?«

Ich lache über ihre Spitze – als würde ich mir einen neuen Haarschnitt zulegen, nur um den Männern zu gefallen.

»Ich hatte einfach Lust auf eine Veränderung.« Ich schiele zu Miles und Aisha, die als Einzige mein Geheimnis kennen.

»Also, ich persönlich kann Kurzhaarschnitte nur empfehlen. Als Mutter würde ich niemals zu langen Haaren zurückkehren.«

Fast glaube ich zu spüren, wie Aisha neben mir die Augen verdreht.

Miles winkt mit seinem Weinglas und deutet auf die vor ihm stehenden Flaschen. »Weiß oder rot?«

»Weiß, bitte. Nur ein kleines Glas.« Sobald ich mit der Chemo anfange, darf ich nicht mehr viel Alkohol trinken, aber jetzt ist Weihnachten.

Ein Kellner mit Weihnachtsmannmütze bringt eine Platte voller scharfer, fettiger Chickenwings und mit Ahornsirup glasierter Würstchen für alle. Vor Tabitha stellt er einen Teller mit frittierten veganen Chickennuggets hin.

»So. Ich dachte, wir könnten reihum sagen, was wir im nächsten Jahr gerne anders machen würden«, sage ich, fest entschlossen, die Weihnachtsfeier der Redaktion in eine positive Richtung zu lenken. »Aisha, magst du anfangen?«

Aisha beißt in ihren Chickenwing und fängt an, darüber zu reden, dass sie sich in Zukunft mehr Diversität für das Magazin wünscht. Zwischendrin klingelt Tabithas Handy, woraufhin sie sich entschuldigt und vom Tisch aufsteht. Als Nächstes richte ich die Frage an die Leiterin der Social-Media-Abteilung, dann an die Praktikantinnen.

Als ich an der Reihe bin, ist Tabitha immer noch nicht zurückgekehrt. Stattdessen sehe ich sie, das Telefon am Ohr, in der Nähe des Eingangs stehen. Sie wirkt gestresst.

»Ich hole sie«, sage ich. Es ist mir sehr wichtig, dass sie meine sorgsam einstudierte Rede über Teamarbeit und besser strukturierte Meetings hört.

Als ich mich der Tür nähere, höre ich, dass sie in eine hitzige Diskussion verwickelt zu sein scheint.

»Ich habe es Ihnen schon dreimal gesagt: Sie sind im Kühlschrank, auf dem obersten Regal. Wenn Sie sie nicht finden konnten, hätten Sie mich anrufen sollen. Sie ernährt sich vegan, verdammt noch mal. Ich bezahle Sie nicht dafür, dass Sie sie mit Würstchen und Pommes füttern.«

Tabitha sieht mich und nickt mir zu.

»Aha, tja, dann werde ich wohl dafür sorgen, dass meine Anweisungen künftig noch ausführlicher sind. Ja, ja, ist gut. Das Geld habe ich Ihnen hingelegt. Ja, in Ordnung, schöne Weihnachtsferien.«

»Alles okay?«, frage ich.

Tabitha schnaubt, dann drängt sie sich an mir vorbei, um zurück an den Tisch zu gehen. »Wenn du Kinder hast, wirst du es verstehen.«

NACH VORNE SCHAUEN

Dad kommt am Heiligabend mit einem Auto voller Tüten und Kartons.

»Willst du einen ganzen Monat bleiben?«, frage ich.

»Hör mal, Liebes.« Er bleibt im Flur stehen, nachdem er einen überfüllten Plastiksack abgestellt hat, der mit Kleidern gefüllt zu sein scheint. »Nach allem, was du hinter dir hast, wollte ich es eigentlich nicht erwähnen, aber es wird höchste Zeit, dass wir darüber sprechen.«

Nicht jetzt. Nicht an Heiligabend. Ich will nicht am Abend vor Weihnachten darüber reden, ob und wann wir die Sachen meiner Mutter entsorgen.

»Schätzchen«, sagt er. »Ich versuche schon seit Monaten, mit dir darüber zu reden.«

»Dad, es ist Heiligabend!« Ich fuchtele frustriert mit den Armen, und ganz vielleicht stampfe ich sogar mit dem Fuß auf wie ein bockiger Teenager. Dann seufze ich. »Lass mich wenigstens erst einen Tee aufsetzen.«

Ich helfe ihm mit dem Gepäck und trage Kisten voller Bücher sowie ein kleines klimperndes Köfferchen in die Wohnung. Wahrscheinlich befindet sich Mums Schmuck darin. Nach der Autofahrt ist er vermutlich komplett verheddert.

Eine halbe Stunde später sitzt Dad auf dem Sofa. Ich habe es mir auf dem Fußboden bequem gemacht und versuche die letzten Schlucke meines Ingwer-Zitronentees so langsam wie möglich zu trinken, weil ich weiß, dass er anfangen wird, sobald meine Tasse leer ist.

»Früher oder später müssen wir doch darüber reden«, sagt er. Er stellt seinen Becher hin und gesellt sich zu mir auf den Boden, sodass wir beide von Kartons und Kisten umgeben sind.

»Dad ...« Ich kann es nicht ertragen, in die Kartons zu schauen. Nicht heute Abend.

»Liebes.« Er tätschelt eine der Kisten. »Du warst seit einem Jahr nicht mehr zu Hause.«

»Nein, das stimmt nicht ...« Ich denke nach. Ist es wirklich schon so lange her? Tatsächlich, er hat recht. Letztes Jahr an Weihnachten habe ich ihn zuletzt besucht. Ich war so sehr mit der Arbeit und meinen eigenen Problemen beschäftigt, dass ich meinen Vater vernachlässigt habe.

»Mir ist klar, dass du viel um die Ohren hast. Du lebst dein eigenes Leben. Aber es sind jetzt bald zwei Jahre, Jessie.«

Zwei Jahre ohne Mum. Einerseits kommt es mir vor wie ein ganzes Leben, andererseits ist es nicht annähernd lang genug, um ihre Sachen auszusortieren.

»Dad ...«

»Liebling, ich will ja gar nicht, dass wir die Sachen wegwerfen. Es geht mir nicht darum, dass wir sie vergessen. Du kannst alles behalten, was du möchtest – alles, was dir etwas bedeutet. Aber ich muss nach vorne schauen, so schmerzhaft das auch sein mag.«

Eine Träne rollt mir über die Wange, und ich wische sie mit einem einzelnen Finger weg. »Ich will aber nicht, dass du nach vorne schaust, Dad.«

Er rutscht über den Fußboden, bis er direkt neben mir sitzt, und breitet die Arme aus, damit ich mich hineinschmiegen kann. »Ich weiß, Liebes. Aber ich muss es tun.«

»Warum denn? Warum musst du das tun? Es ist ja nicht so, dass du das Haus verkaufen willst und jemand Neues einzieht.« Ich weine an seiner Schulter, meine Tränen durchnässen seinen kratzigen Wollpullover.

Der Druck seiner Arme um mich wird fester und dämpft mein Schluchzen. »Schatz, ich habe jemanden kennengelernt.«

Ich mache mich von ihm los und wische mir mit dem Ärmel das Gesicht ab. »Was?«

»Es war doch nur eine Frage der Zeit.«

»Wen?« Es fühlt sich an wie bei Johnny und Mia. Wie ein Verrat.

»Eine sehr nette Frau aus dem Dorf. Sie ist auch verwitwet.«

Nein. Es kann nicht sein, dass mein Dad sich mit einer anderen Frau trifft. Es kann nicht sein, dass er sie küsst und mit ihr durch das Dorf spaziert, in dem Mum von allen so sehr geliebt wurde.

»Seit wann?« Ich bringe es nicht über mich, ihm in die Augen zu schauen, deshalb hefte ich den Blick auf einen der Kartons.

»Wir kennen uns schon länger. Sie war eine Kundin.«

»Kenne ich sie?«

»Vielleicht hast du sie mal in der Teestube gesehen. Sie heißt Elizabeth, aber alle nennen sie Lizzie.«

Lizzie. Kaum dass er ihren Namen ausspricht, weiß ich, wen er meint. Als ich noch ein Kind war, ist sie oft mit ihrem

Mann in die Teestube gekommen. Früher hat sie mir immer gesagt, dass ich hübsche Sommersprossen hätte und mich in ein paar Jahren vor Jungs bestimmt gar nicht mehr retten könne. Der Tod ihres Mannes muss etwa zehn Jahre zurückliegen.

»Nein.« Ich schüttle den Kopf. Ich will nichts davon hören.

»Jessie, Liebes«, sagt er.

Doch ich bin bereits aufgesprungen und stürme aus dem Zimmer. »Lass mich in Ruhe.«

SCHÖNE BESCHERUNG

Als wir in Annabels winziger Wohnung in Camberwell eintreffen, sitzt Mags, die Alzheimer-Dame, bereits in einem Sessel im Wohnzimmer und schaut sich einen Schwarz-Weiß-Film im Fernsehen an. Ihre Haare sind mit einem bunten Tuch hochgebunden.

»Frohe Weihnachten!«, sage ich, umarme Annabels knochige Gestalt und folge ihr durch den schmalen Flur in die Küche, aus der mir der Duft von Brathähnchen entgegenschwebt.

»Das hier ist Joe«, sagt sie. »Meine bessere Hälfte. Joe, Jess. Jess, Joe.«

Annabels Bruder, in Schürze und mit einem Messer in der Hand, dreht sich um. Er ist ihr wie aus dem Gesicht geschnitten – das gleiche breite Lächeln, die gleichen strahlend blauen Augen, das gleiche absolut symmetrisch geschnittene Gesicht, nur dass er größer und kräftiger ist. Seine dunkelblonden Haare sind fast militärisch kurz, sodass man die runde Form seines Kopfes erkennen kann. Ich frage mich, ob er sich die Haare aus Solidarität zu Annabel abrasiert hat.

Ich will seine freie Hand schütteln, doch er beugt sich vor und küsst mich erst auf die linke, dann auf die rechte Wange. Ich vermassle es genauso wie bei meiner Begegnung mit Stephanie Asante, sodass es um ein Haar zu einer Kollision unserer Lippen kommt.

»Entschuldigung«, sage ich.

»Mein Fehler«, erwidert er und wischt sich die Hände an der Schürze ab. »Ich habe zu lange in Frankreich gelebt.«

»Bei seiner damaligen Freundin«, klärt Annabel mich auf. »Aber irgendwann hat er seine kleine Schwester so schmerzlich vermisst, dass er nach Hause zurückgekommen ist.«

Joe verdreht in gespieltem Spott die Augen und tritt zum Kühlschrank.

»Was kann ich dir anbieten, Jess? Tee, Kaffee, Saft, Wodka?«

»Für mich nur einen Tee, bitte«, sage ich. »Aber mein Dad kommt gleich nach, der würde sich bestimmt über einen starken schwarzen Kaffee freuen. Den kann ich auch kochen.«

»Nein, mach dir keine Umstände«, sagt Joe. »Setz dich, ich bringe gleich alles rüber.«

Annabel geht zur Tür, als Dad eintritt und mit seinem Autoschlüssel klimpert. Heute Vormittag haben wir das Thema seiner neuen Freundin bislang erfolgreich vermieden.

»Hübsche kleine Wohnung«, sagt er und schaut sich um, ehe er sich Annabel zuwendet und ihr die Hand gibt. »Geoff. Freut mich, Sie kennenzulernen.«

»Mich auch, Mr. ...«

»Geoff«, sagt er noch einmal und schüttelt ihr dermaßen energisch die Hand, dass ich Angst habe, er könnte sie ihr brechen.

»Hallo, Mags!«, sage ich und wedle mit der Hand vor dem Gesicht der alten Dame herum, ohne ihr dabei den Blick auf den Fernseher zu versperren. »Ich bin Jess-i-ca.«

»Sie ist nicht taub«, sagt Annabel, als sie hinter mir hereinkommt. »Du kannst deinen Namen in normaler Geschwindigkeit und Lautstärke sagen. Du musst dich nur darauf einstellen, ihn fünfzigmal zu wiederholen.«

Mags' schlaffe, bleiche Haut erinnert mich an Mum in ihren letzten Tagen, obwohl Mags mindestens zwanzig Jahre älter ist. Ich hoffe, dass macht es für Dad nicht noch schlimmer.

Ich setze mich aufs Sofa, klopfe das Kissen auf und bedeute ihm, neben mir Platz zu nehmen. Vorsichtig lässt er sich in die Polster sinken und nickt Mags zu, die jedoch kaum von ihrem Film aufblickt.

Einen Moment später kommt Joe ins Wohnzimmer. Er trägt ein Tablett mit Tee, Kaffee und einer Schachtel Mince Pies vor sich her. Es ist das erste Weihnachtsfest, das ich, abgesehen von den Besuchen bei Johnnys Familie, nicht zu Hause verbringe. Seit Mums Tod bin ich die Köchin, und auch davor schon habe ich ihr immer assistiert.

»Magst du mir ein bisschen helfen, Jess?«, fragt Joe, als hätte er meine Gedanken gelesen.

Ich ergreife die Gelegenheit beim Schopf und folge ihm in die Küche.

Sobald die Tür hinter uns ins Schloss gefallen ist, senkt er die Stimme. »Sie musste sich heute Morgen übergeben«, raunt er und blickt mir geradewegs in die Augen. »Sie hat fast die ganze Nacht wach gelegen. Sie versucht, tapfer zu sein, aber könntest du mir vielleicht einen Gefallen tun und dafür sorgen, dass sie sich nicht überanstrengt?«

»Natürlich.« Ich fühle mit ihm. Ich selbst kenne Annabel ja nicht anders als krank.

»Danke.« Er berührt meinen Arm. »Es ist schön, dass sie eine Freundin wie dich hat. Ich habe schon viel von dir gehört.«

Das ist seltsam, denn umgekehrt habe ich Annabel noch nie von ihren Freunden erzählen hören. Sie hat sie mit keinem Wort erwähnt, so als hätte sie sie alle aus ihrem Leben gestrichen. Ich erinnere mich daran, wie ausweichend sie war, als die Sprache auf ihren Ex-Freund kam. Sie behauptete, sie hätte ihn absichtlich zurückgestoßen, und nun frage ich mich, ob sie mit Freunden und Familie womöglich dasselbe gemacht hat.

»Nur Positives, hoffe ich.«

Joe lächelt. »Es tut ihr gut, jemanden zu haben, der sich in ihre Lage versetzen kann. Ich glaube, meine sture Schwester hört besser auf dich als auf mich. Vielleicht kannst du sie überzeugen, sich vor dem Mittagessen noch mal kurz hinzulegen? Ich weiß, du bist auch krank und musst es ruhig angehen lassen. Sag einfach Bescheid, falls es dir zu viel wird.«

»Oh, ich bin nicht …« Ich weiß nicht recht, wie ich meinen Zustand beschreiben soll. Glaubt er etwa, dass ich auch todkrank bin wie seine Schwester? Eigentlich fühle ich mich ganz gesund, vor allem seit die Hormonbehandlung vorbei ist. Allerdings stehen mir immer noch Chemotherapie und Bestrahlung bevor. »Mir geht es gut. Ich kann dir gerne helfen.«

»Würdest du dann ein paar Karotten schnippeln? Danach kannst du zurück ins Wohnzimmer gehen und Bel sagen, dass alles so weit fertig ist. Vielleicht findest du einen Weg, sie zu einem Nickerchen zu bewegen?«

Die nächste halbe Stunde übernehme ich die Rolle als Joes Souschef und sehe ihm beim Gemüseschneiden zu. Außerhalb von *Masterchef* habe ich noch nie einen Menschen so gekonnt mit dem Messer umgehen sehen. In der Zeit, die ich benötige, um einen kleinen Beutel Karotten zu putzen, hat er einen ganzen Berg Kartoffeln geschält.

»Das ist der Vorteil, wenn die Mutter Köchin ist«, meint er, als er merkt, wie ich ihm gebannt zuschaue. »Vor der Stelle im Pflegeheim hat sie in einer Schulkantine gekocht, deshalb kennt sie sich mit Massenproduktion aus.«

Ein Glas Wein später beginne ich die Zubereitung meines Speck-Rosenkohls zu kommentieren, als wäre ich Nigella Lawson. »Und nuuuun«, sage ich, wobei ich die Lippen schürze und das Wort absichtlich in die Länge ziehe. »Ein schöner Spritzzzzzer Zitronensssaft...« Ich betone die Zischlaute, während ich aus großer Höhe die Zitrone über dem Rosenkohl ausdrücke, ehe ich mir in einer übertriebenen Geste den Saft vom Finger lecke. Mum hat das früher auch immer so gemacht, und Joe hält sich den Bauch vor Lachen.

Eine Dreiviertelstunde vergeht. Wir unterhalten uns über alles Mögliche, von Politik bis hin zu der Frage, wie Annabel als Kind war. Ich erzähle von meinem Job, der ihn tief zu beeindrucken scheint, und er schildert mir im Gegenzug seinen ziemlich ungewöhnlichen Werdegang. Er hat zunächst in Afrika Freiwilligendienst geleistet, um dann einige sterbenslangweilige Jahre in der Personalvermittlung zu arbeiten. Darauf folgten eine kurze Lebenskrise, während der er eine Ausbildung zum Lehrer begann, sowie ein Umzug nach Paris zu seiner damaligen Freundin. Momentan arbeitet er als Lehrer und entwickelt nebenbei eine App, die Menschen beim Berufswechsel helfen soll. Das klingt alles wahnsinnig aufreibend, aber ich bin dermaßen gefesselt von seiner Lebensgeschichte, dass ich darüber fast vergesse, dass Weihnachten ist, ich das Fest in einer fremden Wohnung verbringe und Johnny nicht bei mir ist.

Johnny hätte niemals in der Küche ausgeholfen – was mich aber auch nicht gestört hat. Mir war es ohnehin lieber, wenn ich freie Bahn hatte. Manchmal kam er kurz rein, um sich aus dem Bräter ein verbranntes Stückchen Speck zu schnappen oder eine Scheibe Wurst aus einer Pfanne zu stibitzen. Dafür bekam er dann immer einen Klaps auf die Finger, aber übel genommen habe ich es ihm nicht.

Als ich einen Blick ins Wohnzimmer werfe, um nachzuschauen, wie dort die Lage ist, stelle ich fest, dass nicht nur Annabel, sondern auch Dad und Mags eingeschlafen sind und nun in unterschiedlichen Tonlagen schnarchen.

Irgendwie ist Annabels Kopf auf Dads Schulter gerutscht, und ich versuche mir vorzustellen, was Mum dabei empfunden haben muss, wenn sie bei uns ins Wohnzimmer kam und sah, wie Dad und ich das üppige Weihnachtsmahl wegschliefen. Bel rinnt ein kleiner Speichelfaden aus dem Mundwinkel, und Dads Kopf ist nach vorn gesunken. Mags hat die Fernbedienung auf den Boden fallen lassen, der Film läuft noch. Sie sehen alle so zufrieden aus.

Lächelnd kehre ich in die Küche zurück. »Auftrag erfüllt.«

Bei Tisch gönne ich mir ein zweites Glas Wein. Zwischenzeitlich wurde auch Mr. Wade, der Witwer, vom Fahrdienst des Pflegeheims vorbeigebracht, sodass unsere Tafelrunde mit insgesamt sechs Personen nun vollzählig ist. Wir füllen unsere Teller mit Colaschinken, Dosenbier-Hähnchen, Röstkartoffeln und natürlich meinem Speck-Rosenkohl, von dem ich weiß, dass er ein Hit sein wird.

Die Gespräche drehen sich größtenteils um Annabels Versuch einer Beziehungsanbahnung zwischen Mags und Mr. Wade, der mit seiner Schiebermütze und Weste wirklich schick aussieht. Ich bezweifle zwar, dass Annabel ihre Mission, die beiden Pensionäre zusammenzubringen, jemals erfolgreich abschließen wird, doch ich finde es großartig, wie sehr sie in der Herausforderung aufgeht.

»Du siehst heute richtig glamourös aus, Tante Mags«, sagt sie. »Sieht sie nicht toll aus, Mr. Wade?«

Mr. Wade lüftet seine Mütze in Richtung der alten Dame. »Atemberaubend.«

»Da werde ich ja ganz rot«, sagt Mags. »Halten Sie sich zurück …«

»Jess, dein Rosenkohl ist unfassbar lecker, was hast du außer Schalotten und Speck denn sonst noch reingetan?«, fragt Joe, ehe er sich eine weitere Kelle auftut.

»Geheimrezept«, sage ich, hocherfreut, dass der Meisterkoch persönlich von meinem bescheidenen Gericht beeindruckt ist.

»Sie wird es niemals verraten«, wirft Dad ein. »Es ist ein Rezept ihrer Mutter. Wahrscheinlich ist unsere Jess die Einzige, die als Fünfjährige Rosenkohl mochte. Sie konnte gar nicht genug davon bekommen. Ihre Mutter hat ihr das Rezept auf dem Sterbebett verraten, stimmt's, Liebes?«

»Ganz so dramatisch war es nicht«, sage ich, immer noch wütend auf ihn wegen seines Verrats. »Aber ja, Mum war eine begnadete Köchin.«

»Darauf trinke ich«, sagt Joe und erhebt sein Glas zum

zweiten Mal. Mr. Wade tut es ihm mit zitternder Hand nach, wohingegen Mags erst einen Stupser von Annabel bekommen muss, ehe sie begreift, was von ihr erwartet wird.

Ich kippe mein zweites Glas Rotwein herunter. Nach den Feiertagen beginnt meine Chemotherapie, dann ist Enthaltsamkeit angesagt. Aber was macht schon ein Glas mehr oder weniger an Weihnachten?

Mir ist gar nicht bewusst, wie beschwipst ich bin, bis ich aufstehe, um aufs Klo zu gehen. Ich bleibe ein bisschen länger auf der Toilette sitzen, um einen Moment für mich zu haben, und scrolle durch die Nachrichten auf meinem Smartphone. Aisha verbringt ein stinklangweiliges Weihnachtsfest mit ihrer Familie und will wissen, ob es normal ist, dass sie ihren Cousin scharf findet. Als Nächstes kommt ein Selfie von Lauren mit ihrem Verlobten Charlie und den Worten:

Fröhliche Weihnachten, Jess! Ich weiß, das Jahr war für dich nicht das beste, aber ich verspreche dir, das nächste wird eine Fantastillionmal toller. Auf gute Gesundheit und aufregende Mädelsabenteuer. Hab dich liiiiiieb xx.

Ich öffne Facebook, wo Lauren dasselbe Foto von sich und Charlie gepostet hat. Die Bildunterschrift dazu lautet:

Das letzte Weihnachtsfest, bevor wir Mr. und Mrs. Kenny sind.

Ich komme mir selbstsüchtig vor, aber ich habe schreckliche Angst, dass sie gleich nach der Hochzeit anfängt, von Babys zu reden, und ich sie dann auch verliere. Seit ihrer Verlobung hat sie sich verändert, und ich kann nicht anders, ich möchte sie am liebsten ganz für mich haben. Selbst Aisha wird irgendwann einen Partner finden und eine Familie gründen. Wenigstens werde ich immer Annabel haben, sage ich mir, doch schon im nächsten Moment durchzuckt mich ein schrecklicher Gedanke: Dies könnte ihr letztes Weihnachtsfest sein.

Von Johnny habe ich keine Nachricht bekommen. In zwei Tagen hätten wir unseren fünften Jahrestag gefeiert. Zu Weihnachten hatte ich uns zwei Tickets für die *Killers* besorgt. Ich hatte mich schon so darauf gefreut, sein Gesicht zu sehen, wenn er das Geschenk aufmacht. Ich habe die Karten extra in einem Schuhkarton verpackt und ganz hinten im Schrank versteckt, damit Johnny nicht errät, worum es sich handelt. Auf der Hochzeitsfeier damals haben wir zunächst über unseren gemeinsamen Musikgeschmack zueinander gefunden. »Mr. Brightside« war unser Song.

Ungefähr jetzt würden wir gemütlich mit Wein und einer Dose Quality Street in unseren neuen Pyjamas im Wohnzimmer sitzen, uns um das letzte grüne Konfekt streiten und die Ansprache der Queen kommentieren, während Dad auf dem Sofa schnarcht.

Ich wasche mir die Hände und beuge mich dichter zum Badezimmerspiegel, um meine Haut zu inspizieren. Meine Pupillen sind geweitet, meine Augen ein wenig gerötet. Der neue Kurzhaarschnitt überrascht mich jedes Mal aufs Neue; er ist so ganz anders als jede Frisur, die ich bisher hatte. Ich lege mir die Hände seitlich an den Kopf und versuche mir vorzustellen, wie ich mit Glatze aussehen werde, doch es fällt mir schwer.

Ich öffne den Badezimmerschrank auf der Suche nach einem Wattestäbchen, mit dem ich meinen verschmierten Eyeliner ausbessern kann. Ich finde keins, dafür ist der ganze Schrank voller Fläschchen mit Pillen, die unaussprechliche Namen haben. Alle sind verschreibungspflichtig und gehören Annabel. *Eine pro Tag, zwei jeden Morgen, zur Mahlzeit einnehmen, nicht kauen.*

Ich möchte mir nicht ausmalen, wie ihr Körper auf all die fremden Substanzen reagiert und wie es ist, so viele Chemikalien im Blut zu haben. Ich habe mich immer bemüht, möglichst ohne Tabletten auszukommen. Ich ertrage meine Kopfschmerzen, bis sie wirklich nicht mehr auszuhalten sind, aber Krebs ist eine andere Hausnummer. Schon bald werde ich schlucken müssen, was immer die Ärzte mir verordnen, so sehr ich den Gedanken an all die starken Medikamente in meinem Körper auch verabscheue.

Als ich ins Wohnzimmer zurückkehre, erklärt Annabel gerade Tante Mags, wie Wichteln funktioniert.

»Wir sitzen alle im Kreis und öffnen nacheinander die Geschenke. Du musst raten, wer dein Wichtel war, und wenn du richtig liegst … tja, dann bist du was ganz Besonderes.«

»Möchtest du anfangen, Mags?«, fragt Joe.

Ich schaue zwischen Joe und Annabel hin und her. Wenn ich sehe, wie sie miteinander umgehen, wird mir ganz warm ums Herz. Ich hätte alles dafür gegeben, einen Bruder oder eine Schwester zu haben.

Mags reißt das glänzende rote Geschenkpapier auf und fördert einen knallrosa Lippenstift sowie eine Lidschatten-Palette zutage, wie man sie bei einer Teenie-Kosmetiklinie in der Drogerie finden würde.

»Wunderschön!«, sagt Annabel. »Und? Errätst du, wer dein Wichtel war?«

Mags macht ein verdattertes Gesicht, während sie den Finger unter die Lasche der Lidschatten-Schachtel schiebt, um sie zu öffnen.

»Ich gebe dir einen Tipp«, fährt Annabel fort. »Die Person, die dir das Geschenk gemacht hat, sitzt in diesem Kreis, und es handelt sich um eine Frau. Na, was glaubst du, wer war es?«

Langsam fällt bei Mags der Groschen, und sie zeigt mit dem Finger auf mich. »Sie!«, sagt sie. »Ich kenne Ihren Namen nicht. Ihr Freund ...«

»Mein Freund?« Auf einmal klopft mein Herz schneller.

Sie deutet auf Joe.

»Ach so«, sage ich und schenke Joe ein verlegenes Lächeln. »Nein, nein, das ist nicht mein Freund.«

»Spiel einfach mit«, raunt er und zwinkert mir zu.

Annabel räuspert sich hörbar. »Also, eigentlich war ich dein Wichtel, Mags. Aber ich will mal nicht so sein. Im Grunde könnten Jess und ich ja auch Schwestern sein ... Okay, jetzt bist du dran, Joey.«

Joe reißt das glänzende Papier seines Päckchens auf. Darunter kommen ein Weihnachtsmannbart, eine rote Mütze und eine Brille zum Vorschein.

»Ah, eine Weihnachtsmannverkleidung! Und ich würde mal schätzen, mein Wichtel war ... Bel?«

Annabel verdreht die Augen. Natürlich war sie sein Wichtel. Alle Wichtelgeschenke kommen von ihr, bis auf die zwei von mir beziehungsweise Joe. Sie ist diejenige, die diesen Haufen schräger Vögel zusammenhält.

Dad bekommt ein lustiges Rudolph-Outfit, Annabel ein Disney-Tagebuch für Kinder mit Schloss und Schlüssel. Ich hätte ihr lieber ein hochwertiges, in Leder gebundenes Buch gekauft, aber die Zehn-Pfund-Regel schien mir unumstößlich zu sein.

Irgendwann bin ich an der Reihe, mein Geschenk zu öffnen. Was Bel wohl für mich gekauft hat? Vielleicht noch eine Perücke? Ich öffne das weiche Päckchen und falte einen riesigen neonpinken Pink-Panther-Onesie mit Reißverschluss am Bauch auseinander.

»Oh, wow«, sage ich lachend. »Ich habe noch nie einen Onesie getragen.«

»Die sind praktischer, als man meint«, sagt Bel. »Ich dachte, du könntest ihn vielleicht während der Chemo tragen und in den Wintermonaten, wenn du dir die Titten abfrierst. Wir werden dir ein paar Eiswürfel oben reinstecken müssen, wegen der Hitzewallungen, oder wir machen dir einen speziell angepassten Kühlkissen-BH …«

»Hitzewallungen«, meldet sich Mags zu Wort. »Hatte ich auch, schrecklich war das. Habe geschwitzt wie ein Schwein. Fünf Jahre lang hatte ich die. Fünf schweißtreibende Jahre.«

Alle lachen.

Joe setzt seine Weihnachtsmannmütze auf und macht sich auf den Weg in die Küche. »Ich koche uns einen Kaffee«, verkündet er. »Wenn ich zurückkomme, müssen alle ihre neuen Sachen tragen.«

Um neunzehn Uhr sitzt die ganze Gruppe todmüde im Wohnzimmer. Annabel hat sich auf einem Kissenstapel zusammengerollt, ihre Beine liegen auf Joes Schoß. Es ist eine Szene geschwisterlicher Vertrautheit, wie ich sie nie erleben durfte. Die beiden wirken sehr eng miteinander, und ich sehe deutlich, wie sehr Joe sie liebt. Wahrscheinlich hätte er ihren Ex am liebsten umgebracht.

Mags ist schon wieder eingeschlafen, und Mr. Wade sitzt mit steifem Rücken auf einem Küchenstuhl und liest Zeitung. In ehrfürchtigem Staunen sehe ich ihm dabei zu. Irgendwie gelingt es ihm, dass die Seiten am Ende nicht völlig zerknittert oder falsch gefaltet sind. Hin und wieder lässt er die gefaltete Zeitung in seinen Schoß sinken, um geräuschvoll einen Schluck Tee aus einer von Annabels drolligen antiken Tassen zu schlürfen, ehe er sie auf ihren Unterteller zurückstellt.

Kuschelig warm in meinem neuen Onesie, lehne ich den Kopf an Dads Schulter, während er die Szenen mit Jude Law und Cameron Diaz in *Liebe braucht keine Ferien* verschläft. Obwohl mich der Film an all die Weihnachtsfeste mit Johnny erinnert, bin ich glücklich. Dieses Zusammensein von Sonderlingen fühlt sich an wie ein richtiges Familienweihnachten. Das beste, das ich seit Mums Tod hatte.

WILLKOMMEN IM CHEMO-CLUB

Am Tag meiner ersten Behandlung erwache ich schweißgebadet und mit dem Kopf auf der falschen Seite des Betts – dort, wo früher Johnny gelegen hat. Meine Gliedmaßen sind seltsam verdreht, ich habe mich in einer losen Ecke des Bettlakens verheddert, und die Decke ist halb vom Bett gerutscht.

Ich habe kaum geschlafen. Meine Augen fühlen sich wund und blutunterlaufen an, und mir dröhnt der Schädel. Ich fürchte mich vor dem Unbekannten. Heute ist der Tag, an dem meine Haarfollikel anfangen werden abzusterben. Heute ist der Tag, an dem ich erfahren werde, wie sich eine Chemotherapie anfühlt, und zwar nicht als diejenige, die auf dem Besucherstuhl sitzt. Heute ist der Tag, an dem mein Vater zusehen muss, wie ich das durchmache, was wir gemeinsam bei Mum erlebt haben. Eine Behandlung, die sie nicht retten konnte.

Ich setze mich im Bett auf. Oreo springt mir auf den Schoß und drückt seinen Kopf gegen meine Taille. *Fütter mich, fütter mich.* Ich versuche ruhig zu atmen und bis zehn zu zählen, aber es geht nicht. Ich bekomme keine Luft. Mein Brustkorb fühlt sich an, als wäre er schockgefrostet worden, und mein Gehirn arbeitet nicht richtig. *Ich kriege keine Luft, ich kriege keine Luft, ich kriege keine Luft.*

»Jessie?«

Dad steckt den Kopf zur Tür herein und holt mich aus meiner Trance. Ich sehe ihn, aber sprechen kann ich immer noch nicht.

»Geht es dir gut, Schatz?«

Er legt mir die Hand an die Stirn, um die Temperatur zu fühlen, so wie Mum es früher immer gemacht hat. Jetzt hat er die Mutterrolle übernommen.

»Alles wird gut, Liebes, alles wird gut.« Genau das hat Mum auch immer gesagt. »Einfach nur tief atmen, und alles wird gut.«

Es vergehen noch ein paar Minuten, ehe ich antworten kann und mir bewusst wird, dass ich weine. Die Tränen machen es mir noch schwerer, tiefe Atemzüge zu nehmen, so verzweifelt ich mich auch darum bemühe. Dad streichelt mir den Kopf, während Oreo auf meinem Schoß liegt und schnurrt. Beide versuchen mit vereinten Kräften, mich zu beruhigen.

Ich stoße einen abgrundtiefen Seufzer aus, greife nach der Schachtel mit den Taschentüchern auf dem Nachttisch und schnäuze mir die laufende Nase.

»Alles ist gut, mein Schatz«, sagt Dad. »Ich bin ja hier.«

Ich begreife nicht sofort, was sich gerade ereignet hat, ich bin zu starr vor Angst, zu sehr in meinem Kopf gefangen. Wie kann es sein, dass mein Vater, ein Mann, der sich fast vierzig Jahre lang in jeder Hinsicht auf meine Mutter verlassen hat, plötzlich weiß, was zu tun ist, wenn es mir schlecht geht? Habe ich ihn die ganze Zeit unterschätzt?

»Ich koche dir einen Tee, und dann machen wir uns mal besser auf den Weg.« Er tätschelt mir durch die Bettdecke das Knie, ehe er mühsam aufsteht.

»Wie viel Uhr ist es denn? Sind wir spät dran?«

»Nein, keine Sorge, wir haben noch jede Menge Zeit. Hast du die Tabletten gegen Übelkeit genommen?«

Ich schüttle den Kopf. Was würde ich nur ohne ihn machen? Allein schaffe ich das nicht. *Ich schaffe es nicht. Ich schaffe es nicht.*

Als er sieht, dass ich erneut zu zittern beginne, legt er mir fest die Hand auf den Arm und blickt mir geradewegs in die Augen. »So, jetzt hörst du mir mal zu. Wir stehen das gemeinsam durch. Wir schaffen das, in Ordnung? Du musst stark sein … für mich.«

Ich sehe, wie sich in seinen Augenwinkeln kleine Pfützen bilden, doch er kneift die Augen zu, ehe sie überlaufen können.

»Ich werde stark sein.« Ich ziehe die Nase hoch. »Versprochen.«

Ich muss stark sein. Für Dad, für Mum. Heute muss ich stark sein.

»Willkommen im Chemo-Club!«, ruft Annabel und umarmt erst mich, dann Dad, als wir unseren angestammten Tisch in der klinikeigenen Costa-Filiale erreichen.

»Hi, äh …« Ich blicke in die Runde und sehe Mags mit einem ihrer bunten Kopftücher. Neben ihr sitzt eine hübsche dunkelhaarige Frau um die vierzig. Im ersten Moment ist mir mein rotes verheultes Gesicht peinlich, doch als ich ihre fehlenden Augenbrauen sehe, wird mir bewusst, dass wir mehr gemeinsam haben als gedacht.

»Das hier ist Priya.« Bel deutet auf die dunkelhaarige Frau. »Tante Mags kennst du ja schon. Mags, erinnerst du dich noch an Jess und ihren Vater Geoff?«

»Hi!«, sagt Priya, die aufsteht, um mich auf beide Wangen zu küssen und dann zu umarmen. Ihr süßliches Parfüm hüllt mich ein. Als sie sich wieder hinsetzt, erkenne ich, dass ihre dichten, dunklen Haare eine Perücke sind. Mags blickt auf die Tischplatte.

»Wir wollten dich überraschen«, sagt Bel. »Weil heute der erste Tag deiner Chemo ist. Ich dachte, du freust dich vielleicht über ein paar freundliche Gesichter und die moralische Unterstützung.«

»Ihr seid extra meinetwegen gekommen?«

»Na ja, Mags hat heute auch ihre Chemo, und Priya hat einen Herceptin-Termin«, sagt Bel und schaut Priya an. »Ich bin die hobbylose Versagerin, die selbst an ihren freien Tagen im Krankenhaus abhängt.«

In den drei Werktagen zwischen Weihnachten und Neujahr fläze ich mich normalerweise zusammen mit Johnny auf dem Sofa, gieße mir Kaffee in den Hals und stopfe mich mit übrig gebliebenen Keksen voll, während ich in einem neuen Roman mit glänzendem Schutzumschlag schmökere. Dad würde im Haus werkeln und vielleicht ein bisschen im Garten arbeiten, während die Teestube geschlossen ist. Nachdem wir unseren Jahrestag gefeiert haben, würde Johnny sich mit seinen Kumpels aus Manchester treffen und ein paar Tage bei seiner Mutter verbringen, ehe wir für Silvester zusammen nach London zurückkehren.

Dieses Jahr ist alles anders. In der Wohnung fühlt sich Dad wie ein Fisch auf dem Trockenen: kein Garten, in dem er sich betätigen kann, lauter fremde Sachen, und dann schwebte auch die ganze Zeit noch die Aussicht auf meine erste Chemotherapie über uns. Wir beide wissen, was vor mir liegt, und dennoch ist alles ungewiss. Dad hat Mums Kisten im Abstellraum untergebracht, und wir haben den zweiten Feiertag damit zugebracht, so zu tun, als hätte es unsere kleine Konfrontation nie gegeben. Wir schauten Weihnachtsfilme im Fernsehen an, aber so ganz vermochten wir die Herde Elefanten im Raum nicht zu ignorieren.

»Wir wissen alle, wie das ist«, sagt Priya und schenkt mir einen mitfühlenden Blick. »Aber du wirst die Bude so was von rocken, Süße. Annabel hat mir gesagt, wie stark du bist.«

Ich schaue zu meinem Dad, der wie bestellt und nicht abgeholt neben uns steht.

»Ich mache einen kleinen Spaziergang«, verkündet er. »Treffen wir uns dann in einer halben Stunde?«

Ich nicke. Ich hatte bereits einen Termin mit meinem Onkologen Dr. Malik und diverse Blutuntersuchungen, um sicherzugehen, dass meine Konstitution stark genug ist für eine Chemotherapie. Ich bin heilfroh, dass neue Freundinnen mir die unangenehme Wartezeit verkürzen. Ich hoffe nur, dass Dad in der nächsten halben Stunde nicht in Panik gerät.

»Chemo-Club?«, frage ich, als ich mich zu den Frauen an den Tisch setze. »Gibt es das wirklich?«

»Nur unsere kleine Clique«, sagt Bel und legt mir ihren knochigen Arm um die Schultern. »Wir sind hier, um dem Krebs den Stinkefinger zu zeigen, stimmt's, Mädels?«

Diebisch grinsend reckt Mags ihren faltigen Mittelfinger in die Höhe und bringt uns damit alle zum Lachen.

»Das haben wir dir mitgebracht«, sagt Annabel und deutet auf eine Schachtel von der Größe eines Schuhkartons, die in Peppa-Wutz-Geschenkpapier eingewickelt ist. »Ein anderes hatte ich leider nicht.«

»Das wäre doch nicht …« Ich schaue in die Runde, ehe ich langsam das Geschenk auswickle. Ich nehme den Deckel des Schuhkartons ab, und darin kommt eine Reihe verschiedener Dinge zum Vorschein: eine Ausgabe von *Fifty Shades of Grey*, ein Dankbarkeits-Tagebuch, eine riesige Tafel Schokolade, eine Packung kühlende Feuchttücher und ein paar Lutscher genau wie die, die ich früher immer in den Partytütchen auf Kindergeburtstagen bekommen habe. Außerdem sind da noch ein kleines Fläschchen schwarzer Nagellack, ein Bio-Schaumbad, eine Augenmaske sowie eine Rolle Pfefferminzbonbons.

»Dein Chemo-Überlebens-Set«, erklärt Annabel. »Unsere Art, dir zu sagen, dass wir für dich da sind.«

»Das ist total lieb von euch«, sage ich, »wäre aber wirklich nicht nötig gewesen. Jetzt bin ich gerührt und gleichzeitig irgendwie deprimiert.«

»Das hier ist ein Club, in dem keine von uns Mitglied werden wollte. Aber man muss versuchen, das Positive an der Situation zu sehen«, sagt Priya. Als sie lächelt, funkeln ihre braunen Augen unter den langen Kunstwimpern. »Ich habe elfjährige Zwillinge, und beide finden es besser, seit ich Krebs habe, weil ihre Mummy jetzt mehr Zeit mit ihnen verbringt.«

Ich weiß, sie meint es nur gut, aber das Konzept »Silberstreif am Horizont« war mir noch nie so ganz geheuer. Als Mum krank war, habe ich viele Artikel über Frauen gelesen, die von dem »Geschenk« sprachen, das der Krebs für sie bedeutet habe. Sie würden mehr Zeit mit der Familie verbringen, hätten gelernt, auch kleine Dinge im Leben wertzuschätzen, und eine engere Beziehung zu ihren Freunden aufgebaut. Aber für Mum war der Krebs kein Geschenk, genauso wenig wie für die meisten Menschen und ihre Angehörigen. Der Krebs war etwas, was sie auf brutale Weise aus dem Leben gerissen hat.

»Dann macht ihr alle gerade eine Chemo?«, frage ich.

Annabel gibt ein Geräusch von sich wie der Buzzer in einer Gameshow, wenn ein Kandidat die falsche Antwort gegeben hat. »Verbotenes Wort Nummer eins. Punktabzug!«

»Wie bitte?«

»Die erste Regel des Chemo-Clubs«, sagt Priya geduldig und verdreht die Augen. Sie ist mir auf Anhieb sympathisch. »Sie lautet: Wir reden nicht über die Chemo.«

»Damit kann ich mich abfinden«, sage ich. »Was ist sonst noch verboten?«

»Blutwerte«, sagt Bel und schneidet eine Grimasse. »Kanüle, Ausfluss, Eiter, Katheter … all die ekligen medizinischen Sachen, bei denen einem die Galle hochkommt.«

Ich lache und schüttle mich gleichzeitig. »Ich war nie ein großer Fan dieser Dinge, wenn ich ganz ehrlich sein soll. Was ist mit dir, Mags, hast du auch irgendwelche verbotenen Wörter?«

»Verfluchter Krebs«, sagt sie, ballt ihre altersfleckige Hand zur Faust und zeigt uns erneut den Mittelfinger.

Wir lachen.

»Wir sollten ›Kampf‹ auch auf die Liste setzen«, sagt Annabel. »Sie hat nicht ›den Kampf gegen den Krebs verloren‹, sie ist daran gestorben, fuck.«

Priya steckt sich den Finger in den Hals. »Gott, ja. Genau wie wenn die Leute sagen: ›Sie ist von uns gegangen‹, oder ›Wir haben sie an den Krebs verloren‹.«

»Abgemacht«, sagt Annabel. »Keine Kämpfe mehr, keiner

geht von uns, und wenn wir jemanden verlieren, dann allenfalls im Supermarkt.«

»Die Regel des Chemo-Clubs besteht also darin, dass wir über nichts reden, was damit zu tun hat, weshalb wir hier sind und wie es uns geht?«, frage ich.

»Du lernst schnell«, sagt Bel.

»Und worüber dürfen wir reden?«

»Sex!«, ruft Mags, und schon wieder müssen alle lachen.

»Männer sind immer ein gutes Thema«, sagt Bel. »Wobei – nur die anständigen. Es gibt auch eine Liste mit gebannten Namen. Möchten Sie vielleicht einen gewissen Ex-Freund auf diese Liste setzen, Ms. Jackson?«

Ich schmunzle. Seit der Trennung habe ich viel über Johnny nachgedacht. Inzwischen bin ich durch mit ihm, und es würde mir nichts ausmachen, nie wieder seinen Namen zu hören. Ich nicke.

»Abgemacht«, sagt Bel. »Jedes Mal, wenn du Johnny erwähnst, müssen wir leider darauf bestehen, dass du einen Fremden um ein Date bittest.«

Ich lache. »Wer ist Johnny?«

Ich verlasse die Mädels im Coffeeshop und gehe auf der Suche nach Dad die endlosen Flure entlang. Der Empfang der onkologischen Station ist mit Weihnachtskarten und Lametta geschmückt, und in der Ecke steht ein Baum, an dem Kugeln und in Folie verpackte Schokolade hängen, die niemand gegessen hat. Während ich auf meinen Termin warte, betritt eine rundliche Frau den Wartebereich. Sie hat etwas in der Hand, das wie eine Zimtstange aussieht und das sie zwischen die Zweige des Baums steckt.

»So duftet er festlich«, erklärt sie auf meine fragenden Blicke hin.

Nach wenigen Minuten taucht Schwester Rose auf. Sie nimmt mich zur Begrüßung in die Arme, dann mustert sie mich und meinen Onesie von oben bis unten. »Der sieht sehr gemütlich aus. Hatten Sie ein schönes Weihnachtsfest?«

»Ganz wunderbar, danke. Es ist eine Erleichterung, endlich die Hormonspritzen hinter mir zu haben«, sage ich, obwohl ich nicht behaupten kann, dass ich mich im Moment besonders erleichtert fühle. Mein Magen ist vor lauter Nervosität in Aufruhr, und ich habe Angst, mich trotz der extrastarken Anti-Übelkeits-Tabletten, die ich im Vorfeld genommen habe, übergeben zu müssen. »Und bei Ihnen?«

»Viel gegessen«, antwortet sie lachend und tätschelt sich den Bauch. »Ich erkläre Ihnen alles. Es ist ziemlich ruhig heute. Alle anderen sitzen noch zu Hause bei ihren Mince Pies.«

Dad gesellt sich zu uns und folgt einige Schritte hinter uns, als Schwester Rose mich in einen weißen Raum bringt, der steril, aber dennoch hell und luftig wirkt.

»Setzen Sie sich, die Chemo-Schwester kommt gleich. Haben Sie die Mittel gegen Übelkeit eingenommen?«

Ich nicke. Jedes Mal, wenn jemand »Chemo« sagt, spüre ich ein kleines Ziehen der Furcht im Magen.

»Und Sie fühlen sich so weit gut?«

»Nervös.«

»Das ist ganz normal.« Sie lächelt. »Sie werden drei oder vier Stunden hier sein. Sobald Sie wieder zu Hause sind, können Sie sich ausruhen. Es ist nicht so schlimm, wie Sie denken. Manchmal hilft es, wenn man das erste Mal einfach hinter sich gebracht hat.«

Ich wünschte, die Leute würden aufhören, das zu sagen, und mich einfach in Ruhe lassen. Die Angst vor der Chemo ist wie Prüfungsangst, sie wird immer und immer schlimmer, bis man an seinem Platz sitzt und loslegt. Dann ist alles auf einmal nicht mehr so schlimm. Ich muss schon wieder pinkeln.

Ich mache es mir auf dem Zahnarztstuhl bequem, strecke die Beine aus und lege die Ellbogen auf den Armlehnen ab. Neben mir steht ein Gestell, das an einen weißen Apparat mit einem großen Monitor und Ziffernfeld angeschlossen ist. Ich komme mir vor wie bei meiner eigenen Hinrichtung.

»Das hier ist Schwester Angelica«, stellt Rose mir eine sehr zierliche Frau vor, die plötzlich wie aus dem Nichts aufgetaucht ist. Sie muss um die fünfzig sein, sieht aber so aus, als wäre sie gerade erst mit der Schule fertig.

»Hiiii«, sagt sie in einem Ton, der warmherziger und freundlicher ist als alles, was ich bisher in diesem Krankenhaus gehört habe. Sie erinnert mich an die nette philippinische Schwester, die Mum gepflegt hat.

»Bei Ange sind Sie in guten Händen«, sagt Rose. »Sie ist eine unserer besten Chemo-Schwestern. Sie ist schon seit vielen Jahren bei uns, auch wenn sie aussieht wie ein Teenager.«

Ich lache erleichtert, und Angelica stimmt mit ein. Ihr Lachen klingt hell und beinahe hysterisch, sodass es erst meinen Vater ansteckt und schließlich auch die Frau, die ein Stück entfernt still in ihrem Stuhl sitzt und ebenfalls ihre Infusion bekommt.

»Wir werden viel SPASS zusammen haben«, sagt Ange und nickt dermaßen begeistert, dass ich mich frage, ob sie auf Drogen ist.

»Dann überlasse ich Sie den fähigen Händen meiner Kollegin«, sagt Rose und drückt zum Abschied noch einmal leicht meine Hand.

»Das muss Ihr Dad sein.« Ange vollführt eine Art Knicks vor meinem Vater. »Sehr attraktiv.«

Dad windet sich auf seinem Stuhl, ehe Ange um mich herumgeht und sich auf meine andere Seite setzt. Können wir die Sache bitte einfach hinter uns bringen?

Sie prüft meine Patientendaten und geht mit mir eine Reihe von Haftungsausschlüssen, Fragen und Erläuterungen durch. »Könnten Sie mir Ihr Geburtsdatum und die erste Zeile Ihrer Adresse nennen? Perfekt. Und Sie haben vor ein paar Stunden zusammen mit Ihrer Mahlzeit das Dexamethason eingenommen? Sehr gut. Ihre Blutwerte sehen so weit normal aus. Prima.«

Sie zählt eine Reihe von Nebenwirkungen auf. *Übelkeit, Unwohlsein, Kopfschmerzen, Verstopfung, Durchfall, Lichtempfindlichkeit, Abgeschlagenheit, Gelenkschmerzen, erhöhte Temperatur, Fieber.* »Das Wichtigste ist, dass Sie uns anrufen, falls Sie irgendwas Ungewöhnliches bemerken, in Ordnung? Und messen Sie alle paar Stunden Ihre Temperatur. Es ist wirklich sehr wichtig, dass Sie sich melden, sobald Ihnen etwas falsch vorkommt – warten Sie nicht, bis es zu spät ist.«

Hört das denn nie auf?

Zwischendurch richtet sie immer wieder kleine Bemerkungen an Dad und scherzt mit ihm. Der scheint die Aufmerksamkeit durchaus zu genießen.

Dann ist es endlich so weit.

Ich strecke den Arm aus, lege ihn auf dem Polster ab und balle die Hand zur Faust, während ich zusehe, wie die Schwester eine Nadel sowie einige Kanülen von einem Tablett nimmt. Als sie mit der Nadel auf mich zutritt, wende ich den Kopf ab, weiche Dads Blicken aus und fixiere das Schild mit der Aufschrift »Ausgang« über der Tür.

»Nur ein kleiner Piks«, sagt sie. Gleich darauf spüre ich den dumpfen, ziehenden Schmerz, als die Nadel in meine Armbeuge eindringt. Es dauert deutlich länger als bei einer Blutabnahme. Und es tut weh, aber verglichen mit der Angst des Wartens ist der Schmerz eine Erleichterung

»Bitte die Faust öffnen«, sagt sie. Ich gehorche und bete zu Gott, dass sie die Vene getroffen hat, damit ich diese Tortur kein zweites Mal über mich ergehen lassen muss.

Wenig später höre ich ein Klicken und spüre ein leichtes Ziehen am Arm.

»So, erledigt«, verkündet sie und tätschelt die Stelle. Ich blicke mich um und sehe, dass etwas an meinem Arm befestigt ist, das Ähnlichkeit mit einem kleinen Zapfhahn hat. Darin stecken zwei Schläuche.

»So kann ich Ihnen verschiedene Medikamente verabreichen, ohne Sie mehrmals stechen zu müssen«, sagt sie und lacht wieder ihr helles Lachen. Auch diesmal stimmen Dad und die Frau nebenan mit ein.

Angelica holt einen großen durchsichtigen Plastikbeutel mit einer knallroten Flüssigkeit und hängt ihn oben an den Infusionsständer.

»Davon wird Ihr Urin rot wie Himbeerlimo.« Sie lacht abermals. »Keine Sorge, das ist kein Blut!«

Als sie den roten Urin erwähnt, muss ich unwillkürlich an Johnny denken. Über so etwas hätte er sich bestimmt köstlich amüsiert.

»Ich gebe Ihnen zusätzlich auch noch eine Infusion mit Natriumchloridlösung«, sagt Ange. »Das könnte sich ein bisschen kalt anfühlen, und vielleicht haben Sie das Gefühl, auf die Toilette zu müssen.«

Ich spüre das Kitzeln, noch ehe sie verstummt, und schmecke das Kochsalz hinten im Rachen. Es ist ein nicht direkt unangenehmes, aber seltsames Gefühl.

Schwester Ange verbindet den Himbeerlimo-Beutel mit dem Regler an der Kanüle und drückt einige Knöpfe an dem Apparat. Sie beobachtet mich noch einige Minuten lang, dann steht sie auf.

»Fertig«, sagt sie. »In einer Viertelstunde bin ich zurück. Wir passen Ihre Dosis zwischendurch immer wieder an. Wenn Sie mich brauchen, drücken Sie einfach auf diesen Knopf. Bye, Daaaaad.«

Ich schaue zu meinem Vater, für den die Prozedur extrem unangenehm gewesen sein muss. Mein ganzer Körper ist angespannt, während ich auf irgendeine Gefühlsregung von ihm warte.

»Die steht ja ganz schön unter Strom, was, Schatz?«

»Ich bin heilfroh, dass der Teil mit der Nadel vorbei ist«, flüstere ich.

»Jetzt hast du es hinter dir. Ich hole uns einen Kaffee, was für einen hättest du gerne?«

Kaffee ist das Letzte, worauf ich gerade Lust habe, aber ich bin dankbar, dass Dad nicht die ganze Zeit neben mir sitzen bleiben will.

»Für mich nichts, danke. Mach ruhig einen kleinen Spaziergang und geh zu Annabel in den Coffeeshop. Lass dir Zeit, vielleicht schlafe ich ein bisschen.«

Natürlich habe ich nicht die Absicht zu schlafen. Ich kann mir nichts weniger Entspannendes vorstellen, als mit einem Beutel roter Flüssigkeit und Schläuchen im Arm hier zu sitzen.

»In Ordnung, dann bis gleich, Liebes. Ruf mich an, wenn du mich brauchst.«

Sobald er fort ist, hebe ich den Blick und lächle die Frau gegenüber an.

»Ihr erstes Mal, was?«, fragt sie. Sie ist um die sechzig, ihr Gesicht ist aufgedunsen, und sie trägt ein gelbes Kopftuch. Sie erinnert mich an Mum und ihren Ananaskopf.

Ich nicke. »Alles andere als ein Besuch im Spa, was?«

Die Frau lächelt. »Man gewöhnt sich daran. Das geht schnell.«

»Wie viele haben Sie noch vor sich?«

»Ich bekomme niedrige Dosen, einmal die Woche«, sagt sie. »Ein paar muss ich noch, aber Ende Januar bin ich fertig.«

»Sie sind bestimmt froh, wenn Sie in Ihr normales Leben zurückkehren können?«

Die Frau zögert, dann sieht sie mich wissend an und schüttelt den Kopf. »So viel Leben ist da nicht mehr. Metastasen, wissen Sie?«

Ich nicke langsam.

Im Laufe der nächsten zwei Stunden kommt Schwester Ange immer wieder wie ein Jo-Jo ins Zimmer gehüpft. Sie stellt meine Infusion ein, tauscht den Beutel mit Himbeerlimo aus, misst meinen Blutdruck und vergewissert sich, dass ich nicht bewusstlos zu werden drohe. »Es geht mir gut«, beteuere ich immer wieder. Ehrlich gesagt, fühle ich mich deutlich besser als erwartet.

Nach dem zweiten Nachfüllbeutel ist die Frau gegenüber mit ihrer Behandlung fertig, und eine andere Schwester kommt, um sie von den Schläuchen zu befreien und ihr in einen Rollstuhl zu helfen. Ich winke ihr zum Abschied und sage »Bis bald«, obwohl ich nicht glaube, dass wir uns wiedersehen werden.

Sie lächelt. »Schön, Sie kennengelernt zu haben«, sagt sie. »Viel Glück.«

Dad bringt mir ein Käsesandwich und Obstsalat mit einer kleinen Gabel in einem Plastikbecher, den er für mich öffnet. Ich esse einige Stücke Ananas und genieße es, wie mir der kühle Saft die Kehle hinabrinnt. Auch am Sandwich versuche ich mich, kaue aber auf jedem Bissen ungefähr fünf Minuten lang herum. Ich habe einfach keinen Appetit. Vielleicht bekomme ich doch langsam die Nebenwirkungen zu spüren.

Als der letzte Rest der Infusion durchläuft, sehe ich Annabels schwarze Perücke in der Tür und höre das Quietschen ihrer Chucks draußen auf dem Gang. Schon ein kurzer Blick auf sie lässt mich einen Seufzer der Erleichterung ausstoßen.

»Ich habe dir einen Tee mitgebracht«, sagt sie und stellt eine Tasse heißen Pfefferminztee auf den Tisch.

»Tausend Dank.« Ich bin froh, dass sie weiß, wie wenig mir jetzt nach Kaffee oder schwarzem Tee zumute ist.

»Wie läuft die Beauty-Behandlung?«

»Bisher ziemlich schmerzfrei«, lüge ich.

»Wie lange dauert es noch?« Sie beäugt die Infusion.

»Vielleicht noch zwanzig Minuten oder so?« Dann senke ich die Stimme auf Flüsterlautstärke. »Übrigens – ich glaube, die Schwester steht auf meinen Dad.«

Annabels Augen fangen an zu leuchten. »Du hast Ange? Genial. Ich liebe sie. Sie flirtet mit jedem, sogar mit mir.«

»Das ist beruhigend«, sage ich, froh, Annabel zum Schmunzeln gebracht zu haben.

Plötzlich höre ich eine Glocke läuten und gleich darauf lauten Jubel und Applaus. Als ich mich umschaue, sehe ich, dass sich die Schwestern um eine ältere Frau geschart haben. Instinktiv beginne auch ich zu klatschen, doch dann bemerke ich Annabels Miene und höre auf.

»Hey, alles in Ordnung?«

Sie zuckt mit den Schultern.

»Was ist?«

»Die Glocke«, sagte sie. »Die wird geläutet, wenn jemand seine letzte Chemo hinter sich hat, so nach dem Motto ›Jippie, du bist geheilt, lass uns feiern‹. Ein Schlag ins Gesicht für all diejenigen, deren Behandlung niemals zu Ende sein wird.«

»Mist, das tut mir leid«, sage ich und drücke ihre Hand. Ich kann mir nicht ansatzweise vorstellen, wie es sein muss, zu wissen, dass man nach Abschluss seiner Behandlung nichts zu feiern haben wird. Dass es keinen Abschluss der Behandlung *geben* wird.

Sie lächelt schief und zuckt abermals mit den Schultern.

Ich schaffe es, einige kleine Schlucke von dem Pfefferminztee zu trinken, ehe die letzten Tropfen Himbeerlimo in meine Venen sickern. Sogleich ist Schwester Ange wieder zur Stelle. Sie grüßt Annabel und zwinkert Dad zu, ehe sie mir nochmals eine Kochsalzlösung an den Tropf hängt und die lange Nadel aus meiner Armbeuge zieht. Sie presst einen Wattebausch auf die Einstichstelle. Das war gar nicht so schlimm.

»Bleiben Sie noch ein bisschen hier und ruhen Sie sich aus«, sagt sie. »Keine Eile. Lassen Sie sich Zeit mit dem Aufstehen und gehen Sie alles schön langsam an.«

Aber weil ich pinkeln muss, stehe ich, gestützt von Dad auf der einen und Bels zarter Gestalt auf der anderen Seite, aus meinem Sessel auf.

Es ist ein kalter Tag, doch der Himmel ist blau, und die geräumige Toilette ist lichtdurchflutet. Ich pelle mich aus meinem Onesie, sehe zu, wie er mir bis zu den Knöcheln herunterrutscht, und setze mich. Mein Urin plätschert in die WC-Schüssel.

Als ich nach einer scheinbaren Ewigkeit fertig bin, stehe ich auf und werfe einen Blick in die Schüssel, ehe ich spüle. Sie ist voll mit dunkler Flüssigkeit. Rot wie Himbeerlimo. Der Geruch der Stoffe, die mein Körper ausgeschieden hat, löst bei mir einen Würgereiz aus. Ich wasche mir mindestens fünf Minuten lang die Hände, als wären sie mit gefährlichen Keimen verunreinigt.

»Alles gut?«, fragt Annabel bei meiner Rückkehr.

Ich nicke, zu schwach für Worte.

»Na, kommt, Mädels, gehen wir raus an die frische Luft.« Dad breitet die Arme aus und legt einen um mich, den anderen um Bel.

Arm in Arm verlassen wir zu dritt die Station.

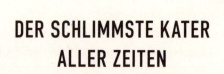

DER SCHLIMMSTE KATER
ALLER ZEITEN

Als ich am nächsten Morgen aufwache, bin ich nicht Jess. Mein Schädel pocht, in meinem Mund schmeckt es nach Metall. Die Übelkeit raubt mir den Verstand. Ich bin nur noch ein Etwas, ein defektes, bewegungsunfähiges Ding. Ich bin nicht Jess. Heute nicht.

Ich starre auf das Holz meiner Nachttischschubladen. Die wellenförmige Maserung der Eiche, dunkelbraun vermischt mit hellbraun, mal spitz, mal rund, wabert vor meinen Augen. Ich kann weder nach links noch nach rechts schauen, nur geradeaus. Ich bin eine gelähmte Jess. Eine Jess, die nicht Jess ist.

»Jess?« Dad steckt den Kopf zur Tür herein. »Möchtest du einen Tee, mein Schatz?«

Ich kann nicht antworten.

»Jessie?« Er schiebt die Tür ein Stückchen weiter auf und betritt vorsichtig das Schlafzimmer. Ich sehe, wie Oreo sich an ihm vorbeischlängelt, und spüre kurz darauf das Gewicht seines kleinen Körpers, als er zu mir aufs Bett springt.

»Ach, Liebling«, sagt Dad voller Mitgefühl, als er das zusammengekauerte Häufchen Elend sieht, zu dem ich geworden bin, schwitzend und stinkend, die Bettlaken verdreht und verknotet wie Spaghetti.

Jess ist nicht da.

»Meine kleine Jessie.« Er stellt den dampfenden Tee auf dem Nachttisch ab und streicht mir, behutsam, als wäre ich eine Katze, über den Kopf. »Kleine Jessie, kleine Jessie.«

Der Geruch der Milch im Tee steigt mir in die Nase und weckt mich aus meiner Starre. Ich muss würgen. Ich versuche zu sprechen, doch mehr als ein undeutliches Murmeln kommt dabei nicht zustande. *Nimm das weg*, flehe ich im Stillen und kann nur hoffen, dass er es hört.

»Entschuldige.« Er springt auf, nimmt die Tasse und trägt sie aus dem Zimmer. Er hat verstanden. Gott sei Dank hat er verstanden.

Wenig später kehrt er zurück. »Hast du deine Steroide genommen? Sehr gut«, sagt er, als er die Bananenschale und die Tablettenschachtel auf meinem Nachttisch sieht.

»Schlaf, Schätzchen.« Wieder streichelt er mich. »Ruh dich aus. Schlaf.«

Am Abend erwache ich vom Summen einer eingehenden Textnachricht. Mit einiger Anstrengung gelingt es mir, den Arm auszustrecken, nach dem Handy auf meinem Nachttisch zu greifen und den Blick auf die zahlreichen WhatsApp-Nachrichten auf meinem Home-Bildschirm zu richten.

Lauren hat geschrieben.

Hi, Süße, wie geht es dir? Ich denke ganz oft an dich. Ruf an, wenn du reden magst. Xx.

Mühsam setze ich mich auf und scrolle weiter, um zu sehen, von wem die anderen Nachrichten sind, aber dann wird mir klar, dass es nur einen Menschen gibt, von dem ich jetzt gerne hören würde: Mum. O Gott, ich habe solche Sehnsucht nach meiner Mum.

Tränen steigen mir in die Augen, als die Erinnerungen mich überwältigen. Wann immer ich krank oder traurig war, wusste sie genau, was sie tun musste. Als ich zum ersten Mal Regelschmerzen bekam, hat sie mir becherweise Tee mit dicken Brocken Kandiszucker gemacht und mir einen ihrer köstlichen Kuchen gebacken. Zitronenkuchen erinnert mich immer an meine Jugend, weil er das Einzige war, was mir in solchen Momenten Trost zu spenden vermochte, und meine früheste Erinnerung an ihre mit Pudding gefüllten Krapfen stammt noch aus meiner Vorschulzeit, als ich einmal vom Fahrrad gefallen war und mir den Kopf blutig geschlagen hatte. Es gab keinen Kummer, den sie mit ihrer süßen Magie nicht lindern konnte.

Solange ich mich noch auf den Beinen halten konnte, sorgte sie dafür, dass ich aus dem Bett aufstand und in die Küche kam, um ihr beim Backen zu helfen. Manche Menschen sind der Auffassung, dass leichte körperliche Betätigung gegen Krankheiten hilft. Für Mum bestand diese Betätigung darin, am Herd zu stehen und mit Liebe zu kochen. Lange bevor sie die Teestube kaufte, ließ sie mich, wenn es mir schlecht ging, Brot kneten oder den Teig für den Kaffeekuchen anrühren und wackelte dabei mit dem Hintern, um mich von meinem Elend abzulenken. Es funktionierte jedes Mal. Bis die Uhr am Ofen klingelte, waren meine Schmerzen fast immer vergessen.

Leider konnte ich ihr nie denselben Dienst erweisen. Irgendwann gab sie das Backen auf. Sie hatte nicht mehr die Kraft dazu, und vielleicht habe ich nicht energisch genug versucht, sie umzustimmen. Ihre innere Niedergeschlagenheit war groß, aber vielleicht hätte ich ihr einen Teil davon nehmen können, wenn wir nur zusammen durch die Küche getanzt wären. Ich habe es versucht, aber sie wirkte jedes Mal so furchtbar traurig, wenn sie merkte, dass sie nicht mehr die Energie hatte, um das zu tun, was sie am meisten liebte.

Ich sehe, wie sich die Schlafzimmertür öffnet, und nehme schnell einige Taschentücher, damit Dad meine Tränen nicht sieht. Doch es ist bloß Oreo, der vorsichtig hereingeschlichen kommt, um dann aufs Bett zu springen und mich anzustupsen.

»Ach, Baby«, sage ich, streichle seinen kleinen Kopf und fühle mich ein bisschen besser, als ich sein Schnurren höre. »Mummy geht es gar nicht gut.«

Ich scrolle durch die restlichen Nachrichten. Es gibt welche von Annabel, Kate, Aisha, Lauren, von Tante Cath und sogar von Priya, die sich alle nach meinem Befinden erkundigen. Doch im Moment kann ich ihnen nicht antworten, der bloße Gedanke daran überfordert mich heillos. Stattdessen öffne ich Facebook.

Erster Post. Von Tara Woodward, einer alten Kommilitonin, zuletzt gesehen vor ungefähr neun Jahren. Ich habe Ja gesagt! steht neben dem Bild eines funkelnden Rings und einem paradiesischen Strandfoto. Zweihundertdreiundsechzig Likes, einundneunzig Kommentare.

Nächster Post. Leah Wilder. Meine beiden Liebsten, lautet die Überschrift, gefolgt von einem gelben und einem blauen Herzchen. Darunter ein Bild von ihrer wunderschönen Ehefrau mit Baby Milo auf dem Arm. Sechsundachtzig Likes, fünf Kommentare.

Ich klicke in meine Status-Box und fange an zu tippen.

Erste Chemo überstanden. Sie verlief erstaunlich ereignislos und relativ schmerzfrei. Wie es mir heute Morgen geht, ist allerdings eine ganz andere Geschichte. Wenn man zehn Jägermeister-Red Bull, zwei Liter Tequila, eine Flasche Wein und sechs Bier auf ex trinkt, hat man vielleicht eine ungefähre Vorstellung davon, wie ich mich gerade fühle. Es ist wie der schlimmste Kater aller Zeiten, wundert euch also nicht, falls ihr in den nächsten paar Tagen nichts von mir hört. Jess x.

Bereits wenig später trudeln die ersten Reaktionen ein. Eine Mischung aus Likes, weinenden Emojis und Mutmach-Kommentaren taucht unter meinem Post auf.

Ophelia Cossack-Daly: Das Schlimmste hast du überstanden, Süße. Eine Behandlung geschafft, fünf musst du noch. #dupackstdas. Bald wird es dir besser gehen, du bist die Beste. Xx.

Cath Elderfield: Ich bin stolz auf dich, Liebes. Die Schmerzen gehen vorüber – lass es jetzt ruhig angehen und schlaf dich aus. Ich denke an dich. Alles Liebe von Tante Cath xx

Simon Brighthouse: jessica meine frau hatte brustkrebs sie hat jede menge tipps für die chemo zum beispiel kurkuma und aprikosenkerne. Sie hat auch viele von ihren kopftüchern übrig wenn du welche möchtest sie hat gesagt sie sind sehr bequem weil ihr kopf von den perücken dauernd gejuckt hat.

Aisha Parker: Du hast es gerockt! Bin wahnsinnig stolz auf dich. Das nächste Jahr wird deins, ich spüre es. Hab dich lieb xx.

Dann bekomme ich eine Textnachricht von Annabel. Hab deinen FB-Post gesehen. Wer ist diese verstrahlte Ophelia Cossack mit ihrem dummen Gelaber? Xoxo.

Zum ersten Mal seit gestern muss ich aus vollem Herzen lachen.

Ich war mit ihr auf der Uni. Könnte sie entfreunden, aber irgendwie bin ich neugierig, was als Nächstes von ihr kommt. Xx

Bel antwortet: Auf jeden Fall. Wie geht es dir?

Ziemlich beschissen, aber das ist wahrscheinlich normal. Und dir?

Krebs ist einfach der letzte Scheiß, Süße. Heute ist der schlimmste Tag, morgen geht es dir wieder besser. Joe sendet ganz liebe Grüße. Fühl dich gedrückt xoxo.

Ich sperre mein Smartphone und lege es zurück auf den Nachttisch. Ich habe fast vierundzwanzig Stunden geschlafen.

Jetzt muss ich aufs Klo. Ich wälze mich aus dem Bett und stütze mich mit einer Hand an der Wand ab, während mein Körper sich langsam wieder an die Vertikale gewöhnt. Im ersten Moment verschwimmt alles vor meinen Augen, und es dauert eine Weile, ehe ich wieder klar sehen kann. Einen Fuß vor den anderen setzend, schleppe ich mich den kurzen Flur hinunter ins Bad. Dort angekommen, sinke ich auf die Toilette, als wäre ich tagelang marschiert. Mein Urin rauscht in die Schüssel. Das Rot ist mittlerweile ein wenig verblasst, aber es stinkt immer noch nach Chemikalien, und mir kommt davon die Galle hoch.

Ich bleibe noch einen Moment lang sitzen, ehe ich spüle. Dann gehe ich zum Waschbecken und betrachte mich eingehend im Spiegel, während ich mir die Hände mit Seife und kühlem Wasser wasche. Die Jess, die mir aus dem Glas entgegenblickt, sieht schläfrig und verquollen aus, das Gesicht aufgeschwemmt von den Steroiden, die Haut grau und mit einem dünnen Schweißfilm bedeckt.

Ich drehe den Hahn der Badewanne auf und regle die Temperatur, ehe ich einen Schuss Bio-Badezusatz aus meiner Chemo-Notfall-Box ins Wasser gebe.

Das Wasser ist zu heiß, und ich stoße einen kleinen Schrei aus, als ich mir die Füße verbrühe. Verdammt, tut das weh! Aber immerhin *spüre* ich wieder was.

Sobald die Temperatur erträglich ist, steige ich in die Wanne und lasse mich tief ins Wasser sinken, bis es meine Lippen berührt und nur noch Nase und Augen frei sind. Es ist ungewohnt, nicht länger das Gewicht meiner langen, im Wasser schwebenden Haare zu spüren, da ist nur noch ein kurzer Haarhelm, kompakt und leicht. Ich frage mich, wie lange es dauern wird, bis ich gar keine Haare mehr habe.

Ich nehme mein Buch in die Hand und schlage die erste Seite auf, merke jedoch schnell, dass ich den ersten Absatz wieder und wieder lese, ohne die darin enthaltenen Informationen zu verarbeiten. Meine Aufmerksamkeitsspanne beträgt ungefähr drei Sekunden, dann driften meine Gedanken zu Lauren und ihrem Junggesellinnenabschied. Mein Gehirn funktioniert nicht so, wie es sollte.

Ich schließe die Augen, lasse das Buch neben der Wanne auf den Boden fallen und sinke noch tiefer in den Schaum. Das warme Wasser ist eine Wohltat für meine verspannten

Muskeln und beruhigt meinen gereizten Magen. Wenn Johnny mich jetzt sähe, mit meinem roten verquollenen Gesicht, würde er mich dann noch attraktiv finden? Wird mich überhaupt jemals wieder ein Mann attraktiv finden?

Etwa eine Dreiviertelstunde später steige ich aus der Wanne und wickle mich in ein dickes, flauschiges Badetuch, das Dad vorsorglich über den Handtuchheizkörper gehängt hat.

Jetzt bin ich wieder Jess. Mehr oder weniger.

LASS DICH TREIBEN

Mein Start ins neue Jahr …, steht unter dem Foto, auf dem Tabitha Richardson in einem roten Badeanzug mit Cut-outs am Rand eines Infinity-Pools zu sehen ist. Wenn man bedenkt, dass sich jenseits des Bildausschnitts höchstwahrscheinlich irgendwo ein einjähriges Baby befindet, sieht sie geradezu verboten glamourös aus. Sie hat die Hashtags #paradies, #ruhevordemsturm und #beschenkt hinzugefügt. Der Rest ihres Feeds ist voll mit ekelerregenden Posts von ihr und ihrer perfekten Familie, die in makellosen Hotelzimmern vor einem Berg aus Weihnachtsgeschenken posieren.

Ich sollte mich nicht auf Instagram herumtreiben, aber irgendwie ist es wie ein Zwang. Nachdem ich die letzten Tage im Bett verbracht habe, bin ich bestens darüber informiert, wie meine Freunde und Kollegen ihre Weihnachtsferien verbracht haben, sei es Kates und Colms Familientreffen in Irland, Aishas Fest mit ihrer Mutter und Schwester oder Tabithas Traumreise nach Sri Lanka. Nach all den instagramauglichen Foodfotos und Hochglanz-Christbaumbildern sind die Feeds mittlerweile im neuen Jahr angekommen, inklusive Selfies und inspirierenden Sprüchen für die kommenden Monate.

Lauren hat mich bekniet, mit ihr zum Landhaus von Charlies Familie zu fahren, weil sie sich dort sonst »zu Tode langweilt und unter all den feinen Spießern völlig deplatziert vorkommt«, aber ich habe weder die Energie noch das Bedürfnis, Clapham zu verlassen. Zum ersten Mal bin ich über Weihnachten in London geblieben, und es ist wundervoll, wie ruhig die Stadt ist. Nicht, dass ich es vor die Tür geschafft hätte – aber es gibt deutlich weniger Sirenengeheul und Straßenlärm als sonst. Ungefähr jetzt wären Johnny und ich nach London zurückgekehrt und würden uns auf Kates und Colms Silvesterparty vorbereiten, eine klassische Pärchenveranstaltung. In diesem Jahr wurden die Einladungen eher halbherzig ausgesprochen. Bestimmt möchte niemand das Chemo-Opfer auf seiner tollen Party haben?

Am einunddreißigsten Dezember, als ich mich größtenteils wieder wie ein Mensch fühle, kommt Tante Cath mich mit ihren zwei heranwachsenden Söhnen besuchen. Mir hat davor gegraut, weil meine Cousins ziemliche Energiebündel sind, doch am Ende ist es ganz angenehm, sich mal wieder richtig anzuziehen und zu schminken. Mein Cousin Kit hat seine Spielekonsole dabei, und ich zocke ein paar Runden des neuesten Autorennens, bevor irgendwann die Langeweile einsetzt. Wir brechen zu einem Spaziergang durch den verregneten Park auf, doch schon an der ersten Straßenecke bin ich so erschöpft, dass wir umkehren müssen. Zurück in der Wohnung, lasse ich mich auf die Küchenbank sinken und warte darauf, dass Cath uns mit heißem Tee aufmuntert. Am Ende des Nachmittags fühle ich mich wie durch die Mangel gedreht.

Als die Jungs ihre Geschenke ins Auto laden, nimmt Tante Cath meine Hand und zieht mich auf die Seite. »Deine Mum wäre stolz auf dich, weißt du?«, sagt sie.

Ich stutze.

»Wie du mit alldem umgehst. Und wie schnell du über diesen schrecklichen Johnny hinweggekommen bist.« Sie breitet die Arme aus und drückt mich ganz vorsichtig, als wüsste sie, wie weh mir alles tut.

»Weißt du, was deine Mum zu mir gesagt hat, als ich mitten in der Scheidung steckte?«

Ich nicke auffordernd, damit sie es mir erzählt. Manchmal wünschte ich, man könnte Mums Weisheit in Flaschen abfüllen.

»Wenn man auf dem offenen Meer schwimmt, hat man manchmal das Gefühl, niemals die Küste zu erreichen. Man schwimmt und schwimmt und versucht verzweifelt den Kopf über Wasser zu halten. Aber weißt du was? Manchmal muss man aufhören, Wasser zu treten, und sich einfach treiben lassen. Es dauert vielleicht eine Weile, aber irgendwann schafft man es an Land.«

Ich umarme sie, weil ich weiß, dass ich nicht in der Lage wäre zu reden, ohne dabei in Tränen auszubrechen.

»So klug dieser Satz auch ist, es ist nicht dasselbe, wie wenn deine Mum noch da wäre«, flüstert sie, ehe sie mit einer Kopfbewegung in Richtung meines Vaters deutet, der an der Tür steht, um sie zu verabschieden. »Das ist mir bewusst. Aber dein Dad leidet auch, vergiss das nicht. Es ist eine schwierige Situation für ihn. Ich glaube, er versucht, das alles hinter sich zu lassen und einen neuen Weg für sich zu finden.«

Ich nicke. Ich weiß, was sie meint, auch wenn ich es kaum ertragen kann.

»Ich weiß, ich werde niemals deine Mutter ersetzen, aber ich bin nur einen Anruf entfernt, wenn du mich brauchst.«

Als sie geht, habe ich Tränen in den Augen. Es ist so lange her, dass ich eine Mutter in meinem Leben hatte, und mir war gar nicht bewusst, wie dringend ich sie brauche.

Als Dad am Nachmittag ins Wohnzimmer kommt, sitze ich, umgeben von Mums Sachen, auf dem Fußboden. Seit einer Viertelstunde tropfen meine Tränen auf die Pappkartons, und noch immer habe ich nicht den Mut aufgebracht, sie zu öffnen.

»Jessie«, sagt er, als er mich sieht, und kniet sich neben mich. »Du musst das nicht machen, wenn du noch nicht so weit bist. Es tut mir leid, dass ich dir die Pistole auf die Brust gesetzt habe.«

»Nein«, sage ich und wische den Rotz unter meiner Nase weg. »Du hattest recht. Ich muss mich damit auseinandersetzen.«

»Bist du dir sicher? Dann mache ich uns aber wenigstens einen Tee.«

Wenige Minuten später kehrt er mit gebutterten Crumpets und frisch aufgebrühtem Tee zurück. Ich ziehe ein paarmal die Nase hoch, dann beiße ich in die fluffigen, buttrigen Pfannkuchen. Sie schmecken himmlisch, und mir wird bewusst, wie sehr ich mein Elternhaus, den Duft frisch gebackenen Kuchens und die nicht enden wollenden kulinarischen Genüsse vermisse.

»Du hast mir gefehlt«, sage ich. Eine Träne fällt auf meinen Crumpet und versickert.

»Nicht so sehr wie du mir.«

Wir lecken uns die Butter von den Fingern, dann machen wir uns an die Arbeit. Ich bin vielleicht noch nicht so weit, dass ich mich über Dads neue Freundin unterhalten könnte, aber ich traue mir zu, Mums Sachen durchzugehen.

Ich beginne mit den Plastiksäcken voller Kleidung. Ein schmal geschnittenes gestreiftes Strickkleid, eine cremefarbene Jacke mit Schulterpolstern, eine alte Lederhose, die sie immer getragen hat, wenn sie mit ihren Freundinnen ausging, bevor sie durch die Chemotherapie zunahm. Dann streift meine Hand etwas Glattes, Seidiges. Ich ziehe es aus dem Sack. Es ist das eng anliegende, tief ausgeschnittene rote Kleid, das sie sich zu ihrem fünfundfünfzigsten Geburtstag gekauft hat, denn: »Wer sagt, dass man mit fünfzig altbacken aussehen muss? Ich werde sogar mit sechzig noch sexy aussehen, wartet's nur ab!« Die Erinnerung zaubert mir ein Lächeln ins Gesicht.

So war das mit Mum: Sie sparte sich ihre besten Kleider nicht für besondere Anlässe auf, sondern trug sie auch zu Hause. Sie war wie die Frau aus einer Fotostrecke in einem Magazin, die ein glamouröses gepunktetes Kleid trägt, während sie in der Küche steht und eine Zitronentarte bäckt. Mum war ein Paradebeispiel für Yolo, als es Yolo noch gar nicht gab.

»Ich dachte mir, du könntest vielleicht ein paar Lieblingssachen behalten, und den Rest spenden wir«, sagt Dad. »Was hältst du davon?«

Ich bin mit dem zweiten Sack beschäftigt und schnappe nach Luft, als ich das wunderschöne Paillettenkleid heraushole, das Mum getragen hat, als sie einmal bei der Live-Aufzeichnung von *Strictly Come Dancing* dabei sein durfte. Ich hatte alle Bekannten mobilisiert, damit sie sich an der Auslosung für die Show in Blackpool beteiligten, weil wir Mum zu ihrem sechzigsten Geburtstag mit Tickets überraschen wollten. Am Ende war es Lauren, die zwei Eintrittskarten gewann, und ich werde nie Mums freudestrahlendes Gesicht vergessen, als sie den Umschlag öffnete und ihr bewusst wurde, dass wir in den Blackpool Tower Ballroom gehen würden.

»Sie war so glücklich an dem Abend«, sage ich und erinnere mich, wie wir Dad gleich nach der Show anriefen, weil wir unbedingt wissen wollten, ob er uns im Fernsehen gesehen hatte. Eigentlich waren die Tickets für sie beide gedacht, aber Dad hatte darauf bestanden, dass ich Mum begleitete – mit mir würde sie es mehr genießen, meinte er.

»Ja, das war sie«, sagt Dad. Dann steht er auf und nimmt meine Hand, um mit mir ein, zwei, drei Walzerschritte durchs Wohnzimmer zu machen.

»Sie hat nie aufgehört, damit zu prahlen, dass sie für einen Sekundenbruchteil im Fernsehen zu sehen war – zur Hauptsendezeit«, sage ich lachend. Ich musste ihr sogar eine Aufnahme des denkwürdigen Moments besorgen und das verschwommene Bild ihres Kopfes hinter dem Juror Bruno Tonioli vergrößern, damit sie es in der Teestube an die Wand hängen und allen Gästen voller Stolz davon erzählen konnte.

Dad tanzt mit mir zwischen Kleiderstapeln, Tüten und Schachteln durch den Raum, während wir beide unseren Erinnerungen an Mum nachhängen.

Bis ich mir den Zeh an einem Karton stoße und hinfalle.

»Liebes, geht es dir gut?« Dad sinkt neben mir in die Hocke und streckt die Arme nach mir aus.

Ich lasse mich hineinfallen, und diesmal schluchze ich, als hätte man mir das Herz aus dem Leib gerissen.

»Sie fehlt mir so sehr.« Mein ganzer Körper bebt, während ich weine und weine und weine.

»Mir auch, Schatz. Jeden Tag.«

Gefühlt eine Stunde lang sitzen wir so da, bis wir uns irgendwann wieder gefangen haben und uns den restlichen Kisten zuwenden. Ich behalte das Paillettenkleid, das rote Kleid, Mums blaue Lieblingsohrringe und einen Karton mit Büchern. Als ich einwillige, die restlichen Sachen der Wohltätigkeit zu spenden, schlägt Dad vor, dass er sie auf der Heimfahrt im Norden der Stadt abgeben könne, damit ich nicht Gefahr laufe, einer Fremden in den Sachen meiner Mutter auf der Straße zu begegnen.

»Oder noch besser: Ich gebe sie irgendwo in der Nähe vom Watford Gap ab. Dahin verirrst du dich ja wohl nicht so schnell.«

»Sehr witzig.« Ich gebe ihm einen scherzhaften Klaps auf den Arm. Ich bringe es nicht fertig, ihm zu sagen, dass alle Altkleider zentral gesammelt und sortiert werden. »Nächstes Jahr komme ich öfter, versprochen.«

Doch kaum sind mir diese Worte über die Lippen gekommen, fällt mir wieder ein, weshalb ich mich gescheut habe, ihn zu besuchen. »Bist du sicher, dass du das Haus und die Teestube verkaufen willst?«

Er nickt, und zum ersten Mal sehe ich, wie entschlossen er ist. Er hat einfach nur gewartet, bis ich bereit war, es zu akzeptieren. »Das Haus ist zu groß für einen allein, und die Teestube gehörte deiner Mutter. Ich kann ihr nicht gerecht werden. Ich habe einen kleinen Bungalow gefunden, der ideal ist für mich.«

»Dann verlässt du also nicht das Dorf?«

»Nein, Liebes. Er liegt in der Laywood Lane, dem kleinen Weg, wo du als Kind immer gespielt hast.«

»Ich liebe diesen Weg«, sage ich. »Ist es eins der kleinen Cottages mit den Apfelbäumen?«

»Genau«, sagt er, und seine Miene hellt sich auf.

Ein Apfelbaum, um den Dad sich kümmern kann, und ein kleines einstöckiges Haus, in dem er sich keine Sorgen wegen der Treppenstufen machen muss, wenn ihm seine Knie mal wieder Probleme bereiten.

»Klingt perfekt«, sage ich.

Am Abend sitzen wir auf dem Sofa, schauen Filme und essen Dads festliche Version von Bubble and Squeak. Um zehn Uhr schläft er tief und fest, während ich durch Instagram scrolle und die Insta-Story von Aisha verfolge, die ihren Wodka in die Kamera hält, ehe sie einen Schwenk durch den Club macht, in dem sie gerade tanzt.

Ich wackle in meinen Socken mit den Zehen und schmiege den Kopf an Dads Schulter.

Kurz bevor *Jools Holland* zu Ende ist und am Themseufer das Feuerwerk losgeht, wecke ich ihn. Verschlafen schlägt er ein Auge auf. »Was macht der Typ eigentlich an den restlichen dreihundertvierundsechzig Tagen im Jahr?«, kommentiert er das Fernsehprogramm.

»Keine Ahnung.« Lachend stoße ich mit meiner Tasse gegen sein leeres Whiskyglas. »Frohes Neues, Dad.«

Er legt den Arm um mich. »Das letzte konnte man auch wirklich in der Pfeife rauchen«, sagt er, nur um gleich darauf wieder einzuschlafen.

RECHTS WISCHEN

Am Neujahrsmorgen wache ich ausnahmsweise ohne Kater auf und fühle mich so gut wie seit Beginn der Chemo vor knapp einer Woche nicht mehr. Dad hat sich bereits früh auf den Heimweg gemacht, und nun, da ich wieder allein in meiner Wohnung bin, habe ich das Gefühl, nicht länger die Rolle des mürrischen Teenagers spielen zu müssen, in die ich in seiner Gegenwart oft schlüpfe.

Neues Jahr, neues Ich.

Der 1. Januar ist immer ein ganz besonderer Tag. Man hat ein befriedigendes Gefühl, wie wenn man zum ersten Mal ein druckfrisches Hochglanzmagazin aufschlägt. Die Seiten sind noch nicht durch Fingerabdrücke verunstaltet, die Fotos glänzen, und auf jeder Seite warten neue Möglichkeiten. Dieses Jahr ist ein Neuanfang für mich. Ich werde keine Zeit damit vergeuden, darüber nachzugrübeln, was hätte sein können, wenn Johnny und ich noch zusammen wären. Ich werde mich nicht in Selbstmitleid suhlen. Ich werde in die Welt hinausgehen und mich mit Männern treffen, und ich werde alles dafür geben, eine gute Chefredakteurin zu sein.

Ich breite eine Unmenge alter *Luxxe*-Ausgaben auf meinem Bett aus und mache mir Notizen auf einem Schreibblock, auf dessen Deckblatt *»Der Laptop des einundzwanzigsten Jahrhunderts«* steht. Ich habe keine Lust mehr auf die ewig gleichen Artikel über *Frauen Die Irgendeinen Scheiß Durch-*

machen Mussten Und Nun Endlich Zu Sich Selbst Gefunden Haben. Die Geschichten fangen immer damit an, dass sie ungeschminkt in alten Jeans und Schlabberpulli ins Chateau Marmont in Los Angeles kommen, und enden mit einer Transformation in einen strahlend schönen Schmetterling mit null Problemen.

Aber das Leben verläuft nicht immer geradlinig. Ich will, dass die *Luxxe* jeder Frau eine Identifikationsfläche bietet. Ich will, dass wir starke, wegweisende Persönlichkeiten porträtieren, die vielleicht noch gar nicht auf dem Höhepunkt ihres Schaffens angekommen sind und die definitiv kein Leben ohne Probleme führen. Ich möchte, dass wir über Frauen schreiben, die trotz allem noch mit Widrigkeiten zu kämpfen haben: Frauen wie Stephanie Asante, die in einer Sozialwohnung aufgewachsen ist, in ihrer Kindheit Gewalt erfahren hat und jetzt ein Netzwerk leitet, das anderen Frauen dabei hilft, sich aus ähnlichen Verhältnissen zu befreien. Ich will, dass wir Women of Color zeigen, Menschen mit Beeinträchtigungen, Transfrauen und Frauen, die nie ihr Abitur gemacht, geschweige denn in Oxford oder Cambridge studiert haben. Ich will über Frauen schreiben, die nicht dieselben Privilegien haben wie wir.

Während ich in den alten Ausgaben blättere, stoße ich auch auf die Seiten zum Thema Sex und Beziehung. Da gibt es Artikel über luxuriöse Hochzeitsfeiern, darüber, wie man auch nach Jahren die Leidenschaft in der Ehe am Leben erhält, oder über die Vereinbarkeit von Kind und Karriere. Vor einem halben Jahr, als ich mich noch auf eine gemeinsame Zukunft mit Johnny freute, hätte ich diese Artikel verschlungen. Aber jetzt bin ich Single, und obwohl ich nachvollziehen kann, weshalb das Magazin mit Leah als Chefredakteurin so ausführlich über Hochzeiten und Babys berichtet hat, ist nicht zu übersehen, dass alleinstehende Frauen in der *Luxxe* kaum vorkommen.

Plötzlich erscheint mir Tabithas Vorschlag, eine Online-Kolumne übers Dating zu schreiben, gar nicht mehr so abwegig. Ich muss schließlich nicht den Rest meiner Tage sexuell enthaltsam leben, nur weil mir demnächst die Haare ausfallen.

Ich mache mir eine Scheibe Toast und lade zum zweiten Mal *Happn* herunter. Ich will gerade damit anfangen, ein neues Profil zu erstellen, als ich sehe, dass mein altes noch existiert. Hm. Beim Deinstallieren der App muss ich vergessen haben, es zu löschen.

Ich habe drei neue Nachrichten.

Ben, 25: Hey.

Kyle, 42: Hi.

Rick, 30: Bist du jüdisch? Weil Israeli. Schön, dich kennenzulernen.

Den Details unter Bens Profil zufolge sind wir uns schon einmal im Krankenhaus über den Weg gelaufen. Ich könnte alle möglichen Ärzte und Patienten hier treffen.

Im nächsten Moment kommt mir eine Idee. Ich bin eine Frau, die bis zum Hals in Problemen steckt. Vielleicht kann ich über meine *eigenen* Erfahrungen beim Dating berichten. Dabei soll es nicht darum gehen, die seltsamen Gestalten, denen ich online begegne, bloßzustellen oder mich über sie lustig zu machen. Nein, ich will darüber schreiben, wie ich ernsthaft versuche, die Liebe zu finden. Denn das will ich doch, oder? Ich bin nicht auf einen One-Night-Stand aus. Ich suche nach der Liebe fürs Leben. Und wenn ich zeigen kann, wie anstrengend diese Suche ist, fühlen sich andere Frauen vielleicht nicht mehr ganz so allein.

Ich recherchiere ein wenig über traditionelle Dating-Portale und lade mir zusätzlich zu denen, die Aisha erwähnt hat, noch vier weitere Apps herunter. Macht insgesamt sieben.

Das ist es: Ich werde in sieben Tagen auf sieben Dates mit sieben Männern von sieben verschiedenen Dating-Plattformen gehen und hinterher über meine Erlebnisse schreiben. Auf diesem Weg *muss* ich doch einem anständigen Mann begegnen.

Der Rest des Nachmittags vergeht in hektischer Betriebsamkeit. Ich versuche, möglichst vorteilhafte Selfies zu schießen, zusätzlich wähle ich noch eine Reihe anderer Fotos aus, auf denen ich den Eindruck einer freundlichen, aktiven und beliebten Person mache, und schreibe etwas über mich selbst und die Kriterien, die mir bei einem Mann wichtig sind. Ich fülle ein Formular mit meinen persönlichen Angaben aus und absolviere im Anschluss einen so umfangreichen Test, als wollte ich Mitglied bei *Mensa* werden. Am Schluss erscheint ein leeres Textfenster mit der Aufforderung »*Erzähl uns was über dich*«.

Es gibt eine Mindest-Zeichenanzahl, und wie sich herausstellt, erreicht der Satz »Das hier fülle ich später aus« das erforderliche Limit nicht. Ich studiere unzählige Profile, und mit der Zeit wird mir klar, dass es ein bestimmtes Schema gibt, dem viele folgen und das durch Kürze und Listen charakterisiert ist. Ich nehme für alle Plattformen Variationen desselben Profils. Wenn ich eins kann, dann effizient arbeiten.

Hi, ich bin Jess. Ich bin einunddreißig Jahre alt und Single, aber das hast du dir vermutlich schon gedacht. Ich suche nach einem humorvollen, intelligenten Mann, der vorzugsweise noch all seine Zähne hat – das sind doch keine allzu hohen Ansprüche, oder? Ich bin Redakteurin bei einem Magazin und liebe Listen. Insofern ...
Ich mag: Krapfen mit Puddingfüllung, Sonntagsbraten, Popbands aus den Neunziger- und Nullerjahren (z. B. Destiny's Child, Girls Aloud, Mis-Teeq), Cocktails auf Tequilabasis und Männer, die den Feminismus verstehen.
Ich mag nicht: überreife Bananen, Leute, die in ihren Profilen sämtliche Länder auflisten, in denen sie schon mal waren, rüpelhafte Regenschirmträger und die Northern Line.

Als mein Profil auf dem siebten Dating-Portal endlich steht, wartet in einer der Apps, die man nicht durch Wischen bedient, bereits eine ganze Inbox voller Nachrichten auf mich.

15:15h
An: SayYesToJess
Von: CariocaDreamer
Hallo, ich bin aus Brasilien! Mein Name ist Ricardo! Ich benutze zum ersten Mal eine Dating-Seite! Ich hoffe, dir gefallen meine Bilder! Ich surfe gern, aber nicht im kalten Wasser von England. Ich suche nach einer Frau, die eines Tages mal mit mir nach Brasilien reist. Sei nicht schüchtern, schick mir eine Nachricht, vielleicht verstehen wir uns ja!
Ric!

15:21h
An: SayYesToJess
Von: Loves4Foolz
Hey. Das im Profil ist übrigens nicht mein Foto – hab ein Model benutzt, um meine Identität geheim zu halten, weil ich verheiratet bin. Bock auf ein bisschen Spaß?

15:38h
An: SayYesToJess
Von: AdamundSaira
Hey, Jess, wir fanden dein Profil toll! Wir sind seit über zehn Jahren in einer liebevollen Beziehung und suchen nach einer Frau, die mit uns gelegentlich unverbindlichen Spaß haben möchte. Nichts Perverses. Saira ist Anwältin, und ich bin Broker, deshalb haben wir nur wenig Freizeit, aber am Wochenende laden wir manchmal eine dritte Person ein, die ein bisschen Leben in die Bude bringt. Wenn du magst, können wir uns auch gerne erst mal auf FaceTime unterhalten, um uns besser kennenzulernen. Adam und Saira x.

15:48h
An: SayYesToJess
Von: Adonis 123
Du bist echt sexy. Kommst du vorbei?

Ich war immer schon neugierig, wie es wohl ist, im Internet nach einem Mann zu suchen. Natürlich gab es Online-Dating schon, bevor ich Johnny kennenlernte, aber damals war ich viel zu sehr damit beschäftigt, jung und wild zu sein und zusammen mit Lauren irgendwelche Typen in Bars anzuquatschen. Irgendwann wurde das Internet dann zum *einzigen* Ort, um Leute kennenzulernen. Seitdem habe ich unzählige Geschichten gehört, von Erfolgsmeldungen wie bei Lauren und Charlie bis hin zu Aishas Schauermärchen. Ihr letzter Kandidat war ein Börsenmakler, der nach dreiminütigem Vorspiel unwirsch erklärte, dass sich seine Hose nicht von selbst auszöge. Ich muss nicht extra erwähnen, dass die Reaktion in klassischer Aisha-Manier nicht lange auf sich warten ließ: Freundlicherweise entkleidete sie ihn vollständig, ehe sie seine Sachen aus dem Schlafzimmerfenster warf, sodass ihm nichts anderes übrig blieb, als splitternackt den Rückzug aus ihrer Wohnung anzutreten.

Allen negativen Erlebnissen zum Trotz dachte ich immer, dass es bestimmt Spaß machen würde, im Netz Männer kennenzulernen. Allerdings hätte ich nie damit gerechnet, dass es dermaßen süchtig machen kann. Die Auswahl ist buchstäblich riesengroß, auch wenn die meisten für mich nicht infrage kommen.

Es gibt zahlreiche schlecht ausgeleuchtete Selbstporträts im Spiegel, Fotos von sich wölbenden Boxershorts und hin und wieder sogar ein frontales Dickpic. Dazu mehr Kerle, die mit betäubten Tigern posieren, als es überhaupt Tiger in Indien gibt. Und dann sind da noch Leute wie Adam und Saira. Ihr erstes Foto ist von der Seite aufgenommen, sodass man ihre Gesichter nicht richtig erkennen kann. Das nächste ist ein Selfie irgendwo an einem Strand, und dann gibt es noch diverse Bilder von Saira im Kostüm und Adam im Anzug. Selbst wenn ich für einen Dreier zu haben wäre, würde ich niemals etwas mit einem Anwalt anfangen, denn er könnte sich ja in denselben Kreisen bewegen wie Johnny und Mia.

Die Profile auf den verschiedenen Plattformen sind sehr unterschiedlich und bieten einen guten Einblick in die Klientel der jeweiligen Seite. Die Männer auf den Apps haben in der Regel eine bessere Rechtschreibung, fassen sich aber eher kurz, während die auf den Websites ganze Aufsätze schreiben, dafür jedoch einen unkonventionellen Umgang mit der Orthografie pflegen. Einer hat zum Beispiel geschrieben, dass er »null Toleranz für Tusis« hat, und ein anderer will »keine Langenweiler«. Ich weiß nicht recht, ob ich mich lieber auf diejenigen konzentrieren soll, die weder Rechtschreibung noch Grammatik beherrschen, sich aber wenigstens Mühe gegeben haben, oder ob ich besser mit Männern bedient bin, die vielleicht einen Doktortitel haben, mit ihren Profilen aber anscheinend jede potenzielle Interessentin abschrecken wollen.

Die wenigsten Nachrichten, die ich bekommen habe, beziehen sich auf Angaben in meinem Profil. Vielleicht hatte Aisha recht, und die Leute gehen wirklich nur nach den Fotos. Einen gibt es allerdings, der mein Profil gelesen und sich ganz offensichtlich über seine Antwort Gedanken gemacht hat.

FiremanMike83: Hey, Jess ... riesiger Fan von Sonntagsbraten! Ich kann sogar einen zubereiten, was sagst du dazu? Bin genau wie du ein Fan der Musik der Neunziger. Steht ›Waterfalls‹ von TLC auch auf deiner Hitliste? Mike x

Ich bin dermaßen erleichtert, dass ich sofort antworte.

SayYesToJess: Hi Mike! Klar, ›Waterfalls‹ steht ganz oben – Hammertitel! Und? Wann gibt's den Braten?

FiremanMike83: Sobald ich weiß, ob du eine Verrückte bist oder nicht lol x.

Notiz an mich selbst: Lol zu der Liste der Dinge hinzufügen, die ich nicht mag.

SayYesToJess: Äh ... kriegst du es hier denn oft mit Verrückten zu tun? Ich versuche, nicht gekränkt zu klingen.

FiremanMike83: Und ob. Du klingst so weit ganz normal, aber es gibt viele Mädels hier, die dich bloß abziehen wollen und dir sagen, sie gehen nur unter einer Bedingung mit dir aus.

SayYesToJess: Wie meinst du das?

Ich bin wirklich sehr unbedarft, was die Gepflogenheiten des Datings angeht.

FiremanMike83: Sie wollen, dass man ihnen Klamotten kauft. Kleider und so Zeugs. Schicken einem den Link zum Bestellen. Einige machen das beruflich. Meistens Polinnen. X.

SayYesToJess: Äh ... was?

Ich verstehe nur Bahnhof.

FiremanMike83: Und selbst wenn du ihnen das Kleid kaufst, wollen sie am Ende meistens doch nicht mit dir schlafen x.

Oh. Wow. Okay. Vielleicht sollte ich meine Menschenkenntnis einer kritischen Prüfung unterziehen. In jedem Fall scheint mir dies hier der richtige Augenblick zu sein, um mit Ghosting anzufangen.

Ich wechsle zu der sogenannten »feministischen« App, deren Nutzer etwas netter sind. Wie sich herausstellt, habe ich ein Match: einen attraktiven Typen namens Frank, dessen Profil darauf hindeutet, dass er meine Liebe zu gutem Essen teilt.

Ich klicke auf das Textfenster, um ihm eine Nachricht zu schreiben.

Hey, Frank, schön, dich hier zu sehen. Hast du vielleicht mal Lust auf einen Drink?

Er antwortet innerhalb von Sekunden. Ich hätte heute Abend Zeit. X

FRANK, DER FOODIE

Frank, 33. Projektmanager und begeisterter Foodie. Ich suche nach einer netten Frau, die mit mir zu Abend isst. Ich bin groß, es wäre also super, wenn du nicht allzu klein geraten wärst, aber abgesehen davon habe ich kein »Beuteschema«. IG: @Frank_About_Food
PS: Wir können lügen und behaupten, wir hätten uns bei Tesco kennengelernt x

In der Zeit, die zwischen meiner Ankunft vor dem Restaurant und Franks Erscheinen vergeht, entdecke ich mindestens sechs Leute, die er sein könnten. Ein bärtiger Mann mit Filzhut, der eine gewisse Ähnlichkeit mit Tom Hardy hat. Ein Mann mit Pferdeschwanz, der in etwa so groß ist wie Frank, aber mindestens zehn Jahre älter aussieht und Pickel hat. Dann ein nervöser Typ mit Brille, der vor dem Eingang stehen bleibt, erst sein Handy und dann mich anschaut und sich schließlich abwendet. Irgendwann erspähe ich einen schlaksigen Mann in einer Lederjacke, der gerade die Straße überquert. Ich schaue mir Franks Profilfoto in der App an. Das ist er.

Scheiße. Es ist noch viel zu früh für so etwas. Ich war schon vor Verlassen der Wohnung total erschöpft. Zu duschen, Make-up aufzulegen und mich in meine Skinny Jeans und Boots zu zwängen, war anstrengender als alles, was ich in den anderthalb Wochen seit meiner ersten Chemo gemacht habe.

Wäre Dad noch da, hätte er mir garantiert auch gesagt, dass es für Verabredungen mit Männern noch zu früh ist. Wegen der Infektionsgefahr habe ich die U-Bahn gemieden und ein Taxi genommen, so wie Dr. Malik es mir geraten hat, trotzdem bin ich so schwach, dass meine Knie jeden Augenblick unter mir nachzugeben drohen. Ich wünschte, ich säße im Schlafanzug zu Hause auf dem Sofa.

Ich halte nach einer Fluchtmöglichkeit Ausschau. Wenn ich den Kopf einziehe und nach links verschwinde, sieht er mich vielleicht nicht. Noch hat er mich nämlich nicht entdeckt. Wie machen die Leute das nur, sich mit Wildfremden zum Abendessen zu treffen, als wäre es das Selbstverständlichste von der Welt?

»Jess?«

Als ich aufblicke, steht ein annähernd zwei Meter fünfzehn großer Hüne namens Frank vor mir. Seine Haare sind für seine Gesichtsform viel zu kurz geschnitten, und aus der Nähe erkenne ich, dass eins seiner Augen leicht nach links schielt, während das andere geradeaus schaut.

»Hey«, sage ich und stelle mich für einen Wangenkuss auf die Zehenspitzen. Als ich damals Johnny kennenlernte, gab es keine solchen peinlichen Begrüßungsrituale. Erst haben wir uns beim Hochzeits-Bingo ein paar Jägermeister hinter die Binde gekippt, dann haben wir uns die halbe Nacht auf der Tanzfläche aneinander gerieben. Damals war alles noch einfacher.

»Wie geht's?«, fragt er, ohne auf eine Antwort zu warten. »Ich freue mich, den Laden hier mal auszuprobieren.«

»Scheint ja gut zu sein, wenn man sich die Schlange so anschaut.« Ich muss mich unbedingt hinsetzen. Meine Beine sind bereits ganz wacklig, ganz zu schweigen von der Energie, die es mich kostet, meinen Körper in der eisigen Kälte warm zu halten. Der beißende Wind schmerzt an meinen Ohren.

Ich deute auf die Schlange der Wartenden vor uns und reibe demonstrativ die Hände gegeneinander, um sie zu wärmen. »Denkst du, das Warten lohnt sich?«

»Ich schaue mal, was sich machen lässt«, sagt er augenzwinkernd. »Beziehungen.«

Frank spaziert an der Schlange vorbei bis nach vorne zum Empfang. Dort sagt er etwas zu der Frau mit Pferdeschwanz und Klemmbrett. Die Frau schüttelt den Kopf. Er sagt noch etwas, doch sie hat sich bereits dem nächsten Pärchen zugewandt und geleitet es ins Innere.

»Kein Glück?«, frage ich, als er etwas zerknirscht zurückkehrt.

»Normalerweise lassen sie mich rein, aber heute ist Eröffnung, und es sind viele andere VIPs in der Schlange, von daher …«

»Bist du ein VIP?«

»Influencer«, sagt er und wedelt wie zur Erklärung mit seinem Smartphone.

»Was ist dein Insta-Name?«, frage ich und ziehe einen Handschuh aus, um Instagram zu öffnen.

Er zögert zunächst, dann schaut er mir beim Tippen über die Schulter. »At Frank Unterstrich about Unterstrich Food.«

»Frank about Food?«, frage ich und klicke sein Profil an. »Cooler Name.«

Ich werfe einen Blick auf seine Insta-Seite und nehme mir vor, mir den Account später noch genauer anzuschauen. Er hat fünfhundertsechzig Follower.

»Ich habe den Account erst vor Kurzem öffentlich gestellt«, erklärt er und fährt sich mit der Hand durchs Haar. »Deshalb habe ich noch nicht so viele Follower.«

»Verstehe«, sage ich. »Und was arbeitest du tagsüber?«

Wir unterhalten uns etwa eine Viertelstunde lang über unsere jeweiligen Berufe, während wir alle paar Minuten in der Schlange einige Schritte vorrücken. Frank will wissen, ob wir bei der *Luxxe* auch Instagram-Takeovers machen.

»Woher weißt du, dass ich bei der *Luxxe* arbeite?« Ich zermartere mir das Hirn, ob ich den Namen irgendwo in meinem Profil erwähnt habe. Nein, ich bin mir ganz sicher, es nicht getan zu haben.

Frank schaut mich wie ertappt an. »Bildersuche auf Google.«

»Wie meinst du das?«

»Ich habe dein Profilbild auf Google gesucht?« Er formuliert es als Frage. »Die meisten nehmen für ihr Profil ein Foto, das sie auch woanders nutzen. Ich habe ungefähr drei Sekunden gebraucht, um dich zu finden.«

»Oh«, sage ich und nehme mir vor, ein bisschen besser auf meine Privatsphäre zu achten. Nicht, dass ich ein Problem damit hätte, dass er weiß, wo ich arbeite. Allerdings hätte ich es ihm lieber selbst erzählt.

Ich erkläre Frank, dass ich erst seit ungefähr einem Monat bei der *Luxxe* arbeite und nichts mit der Social-Media-Abteilung zu tun habe – obwohl ich ihm natürlich helfen könnte, wenn ich wollte. Er lässt nicht locker und versucht herauszufinden, welche Kollegin bei uns für Social Media verantwortlich ist.

Als wir bei der Dame mit Pferdeschwanz angekommen sind, sagt Frank: »Danke, Anikka.« Sie macht ein verdutztes

Gesicht, begleitet uns aber zu zwei Hockern am Tresen der von Wasserdampf vernebelten Pastaküche.

»Sie hat uns die besten Plätze gegeben«, sagt er, rückt seinen Hocker zurecht und legt sein Handy mit dem Display nach oben auf den Tresen. »Das Leben als Influencer hat durchaus seine Vorteile.«

Ich bin mir ziemlich sicher, dass sie uns die *einzigen* freien Plätze gegeben hat, möchte Frank jedoch nicht die Illusion rauben.

Schon wenige Augenblicke nach Betreten des Restaurants merke ich, wie meine Wangen anfangen zu glühen und mir im Nacken der Schweiß ausbricht. Ich reiße mir die Jacke vom Leib. Die Hitze legt sich wie eine schwere Decke um meinen gesamten Körper.

Meine erste Hitzewallung bei meinem ersten Date. Ich hätte zu Hause bleiben sollen. Es ist noch zu früh. Meine Haut brennt wie Feuer.

Frank sagt etwas, doch ich höre ihn gar nicht, weil mein Körper so sehr darauf fixiert ist, sich Abkühlung zu verschaffen. Kurzerhand ziehe ich auch meinen Pullover aus und wünschte, ich könnte mich bis auf die Unterwäsche entkleiden.

»Jess?«, sagt Frank und blickt ungeduldig von mir zur Kellnerin, die hinter uns steht. »Weiß oder rot?«

»Äh, rot«, sage ich.

Gleich darauf fange ich an, vor Kälte zu zittern. Ich bekomme eine Gänsehaut, und die kleinen Härchen auf meinen Armen richten sich auf. Ich angle mir den Pullover, den ich unter meinem Hocker auf die Jacke geworfen habe.

Nachdem sich meine Körpertemperatur wieder einigermaßen normalisiert hat und ich die Fassung wiedererlangt habe, nehme ich erleichtert zur Kenntnis, dass Frank noch immer in eine Befragung der Kellnerin verwickelt ist. Nachdem er fünf Minuten lang verschiedene Weine probiert und abgelehnt hat, entscheidet er sich schließlich für eine Flasche Pinot Noir. Gerade als sie gehen will, meint er: »Übrigens würden wir jetzt auch gerne was zu essen bestellen.«

Ich öffne den Mund, doch er rattert bereits verschiedene kleine Speisen herunter. Burrata, Oliven, Sauerteigbrot, Salumi (was ist das überhaupt?), Ravioli, Linguine mit Hummer …

»Sonst noch was?«, fragt er, nachdem er die komplette Bestellung für uns beide aufgegeben hat.

Ich gebe einen vagen Protestlaut von mir, ehe ich zu dem Schluss komme, dass Widerstand zwecklos ist. Johnny hat mich immer selbst bestellen lassen.

Unser Essen kommt auf einen Schlag. Kleine Teller mit Burrata und italienischer Wurst, frische Bandnudeln mit Hummerstückchen und prall gefüllte Ravioli. Ich nehme meine Gabel in die Hand, um eine Scheibe Wurst aufzuspießen, doch jemand gibt mir einen Klaps auf die Finger.

»Nicht so hastig«, sagt Frank und sieht mich streng an. »Erst fotografieren, dann essen.«

Ich lege meine Gabel wieder hin und sehe zu, wie er von seinem Hocker aufsteht, sämtliches Besteck beiseiteräumt und die Teller zu einer Collage arrangiert. Er schießt ein Testfoto, dann schüttelt er den Kopf – »Zu dunkel« – und holt ein tragbares Blitzgerät aus seiner Tasche.

Dann fährt er mit seinem Fotoshooting fort. Zwischendrin bittet er mich sogar, meinen Hocker zu räumen, weil ich einen Schatten auf das Bild werfe. Ich nicke der Frau neben mir entschuldigend zu, als ich ihr beim Abstieg versehentlich meinen Ellbogen in die Seite ramme.

Die Hummer-Linguine sehen wirklich sehr verlockend aus, und der Dampf, der von ihnen aufsteigt, wird immer schwächer, bis er schließlich ganz versiegt.

»Ich glaube, das Essen wird allmählich kalt?« Ich formuliere es bewusst als Frage, um nicht zu fordernd zu klingen.

»Bin gleich fertig«, sagt er, ohne mich anzusehen, und vollführt einen Schwenk über die Reihe der Teller, ehe er das Handy in den Selfiemodus schaltet und anfängt, das Restaurant vorzustellen.

Endlich steckt er das Blitzgerät zurück in seine Tasche und nimmt wieder auf seinem Hocker Platz. Ich greife nach meiner Gabel, werde jedoch abermals unterbrochen.

»Warte«, sagt er. »Ich muss noch kurz eine Story posten.«

Ich starre auf sein Handy, während er das Restaurant taggt, einige Hashtags hinzufügt und sich durch die verschiedenen Fonts klickt. Nach einer gefühlten Ewigkeit drückt er auf »Senden«, lässt die App jedoch geöffnet und das Telefon auf dem Tresen liegen, ehe er sein Besteck nimmt und sich an mir vorbeilehnt, um die Burrata anzuschneiden.

»Sorry«, sagt er mit vollem Mund. »Das muss man gleich zu Anfang machen, das erhöht die Interaktion.«

»M-hm.« Ich nicke und widme mich endlich den lauwarmen Linguine.

»Wenn das Restaurant weiß, dass man hier ist, sind außerdem die Chancen größer, dass man was umsonst kriegt.«

Ich schiele zum Pastakoch und freue mich zu sehen, dass er keinerlei Notiz von uns nimmt.

Wir bedienen uns mit Fingern, Messern und Gabeln. Anfangs geben wir noch acht, dem anderen nichts wegzuessen, doch nach einer Weile verlieren wir unsere Zurückhaltung, bis wir schließlich um das letzte Stückchen Salumi kämpfen.

»Ich mag Frauen mit einem gesunden Appetit«, sagt Frank. »Sollen wir Nachschub bestellen?«

Ich spieße das letzte Stückchen Hummer auf, schiebe es mir in den Mund und lecke mir die Sauce von den Lippen. Den herablassenden Kommentar ignoriere ich.

»Ich bin pappsatt«, verkünde ich und tätschle meine kleine Wampe. »Aber danke, es war köstlich.«

»Darf es noch ein Dessert sein?«, fragt die Kellnerin, als sie den letzten Teller einsammelt und laut klappernd das Besteck darauflegt.

»Wir nehmen den Schokobrownie«, entscheidet Frank und gibt der Kellnerin die Speisekarten zurück, ohne mich auch nur anzusehen. Wieder öffne ich den Mund, doch die Frau ist bereits verschwunden.

»Ich muss mal kurz für kleine Mädchen«, sage ich und freue mich schon darauf, die Nachrichten von Aisha zu lesen, die in der Zwischenzeit bei mir eingetrudelt sind.

Ich lasse mich auf die WC-Schüssel sinken. All meine Energie ist direkt in den Verdauungstrakt gegangen. Ich öffne Frank_About_Food auf Instagram und klicke auf seine Storys. Er muss noch vor unserem Treffen ein Video von sich gefilmt haben. »Hi, Leute! Hier ist Frank About Food, ich wurde gerade ins Lucia's zur aufregendsten Neueröffnung des Monats eingeladen. Bleibt dran, wenn ihr wissen wollt, was ich esse!« Ich spiele den Film noch einmal ab. Mir wird klar, dass er ganz vorne in der Schlange gestanden haben muss, damit es so aussieht, als würde er, ohne zu warten, durchgelassen. Erst danach ist er wieder nach hinten gegangen, um sich mit mir zu treffen. Lachend leite ich das Video an Aisha weiter.

Als ich an den Tresen zurückkehre, befindet sich ein mikroskopisch kleines Stückchen Brownie auf einem Teller, der theoretisch in der Mitte zwischen mir und Frank steht und neben dem zwei Gabeln liegen, eine auf jeder Seite.

»Ich hab dir was aufgehoben«, sagt er.

Ich nehme meine Gabel und esse den letzten Bissen, der nicht nur aus Krümeln besteht.

»Den Rest kannst du gerne auch noch haben, wenn du möchtest.«

Ich kaue auf dem winzigen Browniestückchen herum, während Frank schon wieder mit Instagram beschäftigt ist, auf seine Insights klickt und sich danach seine eigenen Storys anschaut.

Als die Mappe mit der Rechnung kommt, schlägt Frank sie auf und schaut sich um, als suchte er nach jemandem, der sie korrigiert.

»Und? Wie hoch ist der Schaden?«, frage ich und greife nach meiner Handtasche.

»Ich kann nicht fassen, dass sie uns nichts umsonst gegeben haben«, sagt er. »Normalerweise kriege ich mindestens ein Glas Champagner.«

Fünf Minuten später, nachdem wir die Rechnung zu gleichen Teilen bezahlt haben, stehen wir draußen auf der Straße und verabschieden uns. Er muss zur U-Bahn, ich rufe mir ein Taxi.

»Es war soooo schön, dich kennengelernt zu haben«, sagt er und gibt mir einen flüchtigen Kuss auf die Wange, ehe er erneut auf sein Handy schaut. »Vergiss nicht, mich bei deiner Kollegin zu erwähnen, wegen des Insta-Takeovers. Ich liebe die *Luxxe*.«

»Klar«, sage ich und nehme mir vor, dem Social-Media-Team zu sagen, sie sollen um Gottes willen keine Kooperation mit ihm in Erwägung ziehen. Während der Heimfahrt schaue ich mir den Rest von Franks Story an. Nach dem Essen hat er draußen vor dem Restaurant noch ein weiteres kurzes Video aufgenommen, in dem er sich beim Lucia's für »den großartigen Service und das fantastische Team« bedankt.

Währenddessen warte ich auf eine Nachricht von ihm, dass es ein schöner Abend oder ein tolles Date war. In den fünf Jahren mit Johnny habe ich mich daran gewöhnt. Er hat sich immer vergewissert, dass ich sicher nach Hause komme. Ja, er hat mich betrogen – aber er wusste, was sich gehört.

Als ich zu Hause bin und mich ausziehe, hat Frank das Bild unserer Teller mit einer ellenlangen Beschreibung und zwanzig Hashtags in einem gesonderten Kommentar gepostet. Ich klicke die Seite des Restaurants an und sehe, dass er auch dort einen Kommentar hinterlassen hat. Großartiger Eröffnungsabend, danke, dass ich dabei sein durfte! Folgt @Frank_About_Food für mehr Storys! #FollowforFollow.

Er scheint ausreichend Zeit gehabt zu haben, seinen Instagram-Account zu pflegen, aber nicht genug, um sich bei mir zu erkundigen, ob ich wohlbehalten zu Hause angekommen bin.

SIEBEN DATES, SIEBEN APPS, SIEBEN TAGE

Nach einer fünfjährigen Beziehung ist Jessica Jackson wieder auf dem Markt und versucht ihr Glück beim Online-Dating

Als ich das letzte Mal Single war, gab es noch kein Tinder, und niemand wusste, was Instagram ist. Ein halbes Jahrzehnt später ist es genauso leicht, sich ein Date zu organisieren, wie sich eine Bowl glutenfreie Ramen mit veganen Gyozas zu bestellen. Aber ist es auch möglich, auf diesem Weg die wahre Liebe zu finden? Ich habe mir sieben Tage Zeit gegeben, um das herauszufinden.

Montag – der Influencer
Persönliche Angaben: Fred*, Projektmanager, 33
Kennengelernt auf: Bumble
Ich liebe Essen. Ich esse gerne, ich koche gerne und ich rede gerne darüber. Als ich daher auf der App, auf der Frauen den ersten Schritt machen, mit einem Foodie gematcht wurde, zögerte ich nicht lange und bat ihn um ein Date.
Pro: Er sammelte Pluspunkte, indem er ein cooles neues Restaurant aussuchte.
Kontra: Er ruinierte alles wieder, indem er am Ende den ganzen Brownie aufaß.

Er war mehr oder weniger so, wie er sich beschrieben hatte – freundlich, klug, gut aussehend. Leider hatte er weitaus mehr Interesse an gesichtslosen Followern als daran, mir ins Bett zu folgen.
Was ich gelernt habe: Man sollte jemanden erst mal online kennenlernen, bevor man einen ganzen Abend investiert.

* Die Namen wurden zum Schutz der betreffenden Personen geändert – und um vermeiden, dass ich getrollt werde.

Dienstag – der mit dem leeren Profil
Persönliche Angaben: Jai, »Gründer«, 39
Kennengelernt auf: Inner Circle
Ich gebe es zu – seine drei Fotos waren sehr überzeugend
- Jai in Schlips und Kragen auf einer Bühne, wie beim TED Talk
- Jai mit nacktem Oberkörper auf einem Surfbrett
- Jai auf einer Hochzeitsfeier, Mutter und Schwester im Arm

Hatte ich Bedenken, weil sein Profil bis auf eine Reihe von Emojis leer war? Ach was – ich dachte mir, dann wäre es umso spannender, ihn persönlich kennenzulernen.
Großer Fehler. Wie sich herausstellt, ist ein Typ, der in seinem Online-Profil nichts zu sagen hat, auch beim Date nicht bereit, sich diesbezüglich Mühe zu geben. Man kann der attraktivste Mann der Welt sein, aber wenn man zu sehr mit sich selbst beschäftigt ist, um eine Unterhaltung zu führen, bin ich nicht interessiert.
Was ich gelernt habe: Leeres Profil = leere Zukunft (Notiz an mich selbst: eigenes Profil überarbeiten)

Mittwoch – der Klugscheißer

Persönliche Angaben: Jared, Forschungsstipendiat und Mount-Everest-Bezwinger, 36

Kennengelernt auf: Tinder

Sapiosexuelle(r), Substantiv. Jemand, der Intelligenz sexuell anziehend oder erregend findet. Zugegeben, das musste ich erst googeln, aber dann dachte ich: »Klar, passt.« In meinen Ex habe ich mich nicht nur wegen seines Ehrgeizes und seiner Energie verliebt, sondern auch, weil er so gute Tanzschritte zu Party Rock Anthem draufhatte. Obwohl Jareds Profil also ein wenig abschreckend wirkte, ging ich davon aus, dass er im echten Leben das war, wonach ich suchte. Irrtum. Von seiner Eingangsfrage über den Bildungsweg meiner Eltern an hatte ich das Gefühl, mich bei einem Vorstellungsgespräch für einen extrem begehrten Studienplatz zu befinden. Ja, ich mag schlaue Männer, aber ich will niemanden, der es darauf anlegt, mich als dumm hinzustellen. Wenn ich mein Allgemeinwissen testen will, bewerbe ich mich für die University Challenge.

Was ich gelernt habe: Date niemals einen Mann, der Sätze schreibt wie »Wisch links, wenn du dir die Augenbrauen mit Filzstift aufmalst«.

Donnerstag – der Verheiratete

Persönliche Angaben: Elliot, Whisky-Importeur, 32

Kennengelernt auf: Hinge

Ich: »Wo wohnst du eigentlich?«

Er: »Oh ... also, ehrlich gesagt ... bei meiner Familie.«

Ich: *setzt Pokerface auf*: »Du wohnst noch bei deinen Eltern?«

Er: »Nein, äh, ich … ich wohne mit meinen Kindern und meiner, äh, Frau zusammen.«
Ich: …
Er: »Ich weiß, was du jetzt denkst, aber sie hat überhaupt kein Problem damit.«
Was ich gelernt habe: Ergründe die Absichten eines Mannes vor dem Date – ein einfaches »Bist du Single?« sollte genügen.

Freitag – der Kumpeltyp
Persönliche Angaben: Niall, Englischlehrer, 29
Kennengelernt auf: Match
Als er mich sah, machte er mir gleich als Erstes ein Kompliment für meine Lederjacke, nur um mir dann zu offenbaren, dass seine Ex genau die gleiche hat. Es dauerte nur wenige Minuten, da berichtete er mir unter Tränen, dass seine Ex ihn für seinen besten Freund verlassen habe, und wir schwelgten gemeinsam in unserem Liebeskummer. Eine halbe Flasche Wein später lachten wir über alles Mögliche von Uber-Bewertungen bis hin zu der Tatsache, dass er sich immer noch mit seiner Ex das Sorgerecht für einen Leguan teilt. Es war von Anfang an sonnenklar, dass wir beide einander nur als gute Kumpel betrachteten.
Das habe ich gelernt: Vielleicht war mein Ex doch nicht so toll, wie ich immer dachte. Es ist Jahre her, dass ich so viel gelacht habe wie auf diesem Date – aber wahrscheinlich sind wir andere Menschen als damals, als wir uns kennenlernten.

Samstag – der Pfau

Persönliche Angaben: Alejandro, Polospieler und Banker, 30
Kennengelernt auf: Happn
Alejandro bewies Initiative, indem er mich zu seiner eigenen Dachterrassenparty einlud. Eigentlich dachte ich, dort würde ich seine Freunde kennenlernen, doch als ich auf besagter Dachterrasse ankam, merkte ich ziemlich schnell, dass ich nicht die Einzige war, die glaubte, von ihm zu einem romantischen Date gebeten worden zu sein. Ein ganzer Harem an Frauen stand Schlange, damit er ihnen seine Aufmerksamkeit schenkte. Ich unterhielt mich eine halbe Stunde lang mit einer glamourösen Ukrainerin, bevor diese mir offenbarte, dass sie achtzehn Jahre alt sei und »Ale« in einem Stripclub kennengelernt habe. Außerdem bezahlte ich ein Vermögen für eine Runde Cocktails zu je sechzehn Pfund für eine größere Gruppe von »chicas«, die sich am Ende des Abends als »Ales Engel« bezeichneten (s. die entsprechenden Insta-Storys als Beweis).
Das habe ich gelernt: Es gibt Kerle da draußen, die verwechseln Dating-Apps mit Kickstartern. Wenn du das nächste Mal mehr Gäste auf deiner Party haben willst, warum versuchst du es nicht mit Crowdfunding, Süßer?

Sonntag – der Mann, der keine Fragen stellte

Persönliche Angaben: Bryan, Fotograf, 31
Kennengelernt auf: POF
Ich (nachdem alle anderen Gesprächsthemen erschöpft waren): »Hast du Geschwister?«
Er: *erzählt lange und verstörende Geschichte über seine Schwester*

Ich: *wartet darauf, dass er sagt: Und du? Hast du auch einen Bruder oder eine Schwester?*
Er: *trinkt Bier*
Gut, dass ich Journalistin bin, denn wenn ich bei diesem Date nicht die Fragen gestellt hätte, hätten wir den ganzen Abend nicht mehr als drei Worte miteinander gewechselt. Ich weiß nicht, ob die sozialen Netzwerke schuld daran sind, aber die meisten Leute scheinen heutzutage nur noch um sich selbst zu kreisen.
Das habe ich gelernt: Ich will einen Partner, der nicht nur interessANT, sondern auch interessIERT ist – jemanden, der sich wenigstens ein paar grundlegende persönliche Fakten über mich merkt und sich die Mühe macht, auf mich einzugehen.

Während ich im Schlafanzug und mit Blasen an den geschundenen Füßen dasitze und dies schreibe, entschuldige ich mich im Stillen bei jedem Mann und jeder Frau, die ich in Zeiten von Tinder jemals um ihr Singledasein beneidet habe. Dating. Ist. Unfassbar. Anstrengend.
Klar, es ist aufregend und macht Spaß, und es gibt einige sehr nette, normale Leute auf diesen Plattformen, aber es kostet enorme Kraft, sich immer und immer wieder neu auf jemanden einzulassen, mit dem man am Ende vielleicht nur wenige Stunden verbringt – ganz zu schweigen von der Belastung für den Geldbeutel. (Zum Glück habe ich fast nur Coke getrunken.)
Doch alles in allem hat es sich gelohnt, denn ich habe genauso viel über mich selbst gelernt wie über das Online-Dating und die Männer, die sich dort tummeln. Ich habe

gelernt, dass ich nicht einfach nur einen Mann will, der dunkle Haare und einen akzeptablen IQ hat. Ich will jemanden, mit dem ich reden kann, jemanden, der mich wirklich zum Lachen bringt.

Aber vor allem habe ich gelernt, dass ich auf einer App, die Geo-Tracking nutzt, um Fremde zum Vögeln zu orten, vermutlich nicht die große Liebe finden werde. Nein. Ich werde bald zweiunddreißig, und ich habe keine Lust mehr, meine Zeit mit Nieten zu vergeuden. Ich suche einen Mann fürs Leben, und ich bin bereit, alles zu tun, was nötig ist, um ihn zu finden. Kennt jemand zufällig einen geeigneten Junggesellen?

Feiglinge, die mich geghostet haben: 3
Lebenszeit, die ich nie wieder zurückbekommen werde: 35 h
Ausgaben insgesamt: 323,87 £

ENTFOLGT

»Wann erscheint die nächste Folge?«

Als ich am Freitag der nächsten Woche ins Büro komme, sehe ich, dass Tabitha hinter Aisha an deren Schreibtisch steht und über ihre Schulter hinweg die Nutzerstatistiken unserer Website beäugt.

»Ist sie gut angekommen?« Ich nähere mich den beiden, ohne einen Blick auf Aishas Monitor zu werfen. Ich habe ihr die Kolumne am Montag geschickt und die ganze Woche lang nervös auf eine Reaktion gewartet.

»Na ja.« Tabitha macht eine vage Handbewegung. »Ich persönlich fand den Text toll, aber ich glaube, es wird noch eine Weile dauern, bis du eine Leserschaft aufgebaut hast. Außerdem ist Januar.«

Ich beeile mich, mir den Mantel auszuziehen, weil ich die mittlerweile vertrauten Vorboten einer Hitzewallung spüre. Dann lasse ich mich auf meinen Stuhl fallen und spreize die Beine, um mir so viel Kühlung wie möglich zu verschaffen.

»Können wir vielleicht die Klimaanlage hochdrehen? Es ist total stickig hier drin.«

»Kommst du in die Wechseljahre oder was?«, sagt Tabitha lachend.

Wenn sie wüsste! Dr. Malik hat mir erklärt, dass infolge der Chemotherapie nicht nur meine Periode ausbleiben wird, sondern ich auch für eine gewisse Zeit mit Hitzewallungen und anderen klimakterischen Symptomen rechnen muss. Wenn die superfruchtbare Tabitha Witze über die Menopause macht, als wäre das etwas, wofür man sich schämen muss, komme ich mir als Frau wie eine Versagerin vor. Trotzdem lache ich mit.

»Kann sein, dass ich eine kleine Pause vom Dating brauche«, sage ich. In Wahrheit hätte ich nichts dagegen, wenn ich für den Rest meines Lebens nie wieder durch eine App wischen müsste. Mein kleines Projekt mag mir eine gute Story eingebracht haben, aber es hat mich auch jedes letzte bisschen Kraft gekostet, das nach der Chemo noch übrig war. Danach war ich völlig ausgelaugt. Ich habe es nicht einmal zum Sonntagsbrunch mit Kate und Lauren geschafft, weil ich mich einfach nicht aus dem Bett quälen konnte.

»Na ja, jetzt hast du was losgetreten«, sagt Tabitha stirnrunzelnd. »Die Leserinnen wollen garantiert wissen, wie es weitergeht. Außerdem hast du gesagt, dass du wirklich einen Mann suchst.«

»Ich lasse mir was einfallen.« Nächste Woche steht meine zweite Chemo an, und es ist nur eine Frage der Zeit, bis mir die Haare ausfallen. Wie soll ich dann noch auf Dates gehen?

Jeden Morgen prüfe ich mein Kopfkissen auf Anzeichen von Haarausfall. Ich habe die einschlägigen Filme gesehen, ich kenne die Szene, in der die Protagonistin sich unter der Dusche am Hinterkopf berührt, dann nach unten schaut und ein Büschel Haare im Abfluss entdeckt. Aber dass ich damit rechne, heißt nicht, dass es leicht wird. Jeden Tag betaste ich meinen Kopf und ziehe hier und da vorsichtig an meinen Haaren. Wenn sie nicht ausfallen, atme ich erleichtert auf. Noch einen Tag Aufschub.

Ich werfe einen Blick in meine Inbox. Irgendeine PR-Agentur hat mir geschrieben. Jess, Ihr Text übers Online-Dating hat uns wirklich super gefallen. Ist eine regelmäßige Kolumne in Planung? Wir würden Sie und eine Begleitung gerne ins Rathmore House einladen – alles inklusive! Wir haben ein Pärchen-Angebot, von dem wir glauben, dass es Ihren Geschmack treffen könnte, und es wäre absolut perfekt für die Luxxe.

Ich verdrehe die Augen und wechsle zu meinem Instagram-Account. Dort wartet eine Nachricht von Frank_About_Food auf mich.

Jess, ich habe deinen Artikel gelesen. Ist ja lustig, dass du dachtest, ich würde dich ausnutzen, aber bilde dir bloß nichts ein. Wenn du's genau wissen willst: Ich würde auch kein zweites Date mit dir wollen. Wünsche dir noch ein schönes Leben. #Entfolgt.

Ich verziehe das Gesicht. *Natürlich* hat Frank meinen Text gelesen. Er verbringt sein ganzes Leben im Internet. Na ja, wahrscheinlich habe ich es nicht anders verdient.

Ich gehe auf die Instagram-Seite der *Luxxe*. Aisha hat ein Foto von mir gepostet, das während eines Shootings für *Perfect Bake* entstanden ist. Ich schaue nach unten, als würde ich überlegen, für welchen Kuchen ich mich entscheiden soll. Der Text dazu lautet: Unsere derzeitige Chefredakteurin ist in sieben Tagen auf sieben Dates gegangen, um zu sehen, ob sich auf diesem Weg die Liebe finden lässt. Folgt dem Link, wenn ihr wissen wollt, was sie erlebt hat.

Der Post hat zwanzig Kommentare. Etwa die Hälfte davon sind Herzchen-Emojis oder stammen von Leuten, die mich bitten, ihnen zu folgen. Aber es finden sich auch ein paar persönliche Kommentare darunter.

@Aisha_Parker_ Yay, Mädel! Bin stolz auf dich, dass du das durchziehst. Deine Dating-Bemühungen lassen mich alt aussehen! Xx

@Life_after_luvv: Liebe deinen Text. Finde es gut, dass du die Sache in die Hand nimmst. Ich persönlich habe den Männern abgeschworen ...

@JillyheartsLondon: Woher hast du das Top? X

@Jj781th2: So hübsch ist sie nun auch wieder nicht

Der letzte Kommentar versetzt mir einen kleinen Stich. Ich habe mir beim Schreiben des Textes so viel Mühe gegeben, aber anscheinend interessieren sich die Leute hauptsächlich dafür, was ich anhabe und ob ich überhaupt attraktiv genug bin, um eine Kolumne über Dating zu verfassen. Wenn sie wüssten, wie viel Kraft es mich gekostet hat, mitten während der Chemotherapie zu so vielen Verabredungen zu gehen, würden sie sich solche Bemerkungen vielleicht verkneifen. Aber ich will kein Mitleid.

Der Januar vergeht immer langsam. Trübes Wetter, dunkle Abende und Ebbe auf dem Konto bedeuten geizige Freunde und schlecht gelaunte Kollegen. Wenn dann mein Geburtstag näher rückt, hat nie jemand Lust, etwas zu unternehmen. Doch dieses Jahr ist es anders. Die erste Januarwoche ist wie im Flug vergangen. Ich hatte jeden Abend ein Date und habe nachts vor lauter Erschöpfung wie eine Tote geschlafen, während ich gleichzeitig versuchen musste, die Arbeitslast des neuen Jahres zu bewältigen. Mir kommt es so vor, als wäre kaum Zeit vergangen, doch dann stehen auf einmal mein Geburtstag und die zweite Chemo vor der Tür.

Es wird immer behauptet, es sei großes Pech, im Dezember Geburtstag zu haben, aber der Januar ist noch viel schlimmer. Meistens habe ich gar nicht richtig gefeiert, sondern bin nur mit Johnny essen gegangen, weil meine Freunde Anfang des Jahres zwecks Entgiftung gerne mal eine alkoholfreie Phase einlegen und das Geld allenthalben knapp ist. In diesem Jahr ist Lauren zu sehr mit ihrer Hochzeitsplanung beschäftigt, Aisha hat sich einen Ausgabenstopp auferlegt, und Kate möchte ich lieber nicht behelligen, weil sie mit Ella ohnehin schon überlastet ist. Doch obwohl ich keine besonderen Pläne habe, möchte ich unbedingt, dass meine Haare bis zum Geburtstag durchhalten.

All meinen Wünschen und Hoffnungen zum Trotz und obwohl ich sie mir absichtlich mehrere Tage lang nicht gewaschen habe, fangen meine Haare drei Tage vor meinem Geburtstag an, mir büschelweise auszufallen. Es beginnt mit einigen Strähnen auf dem Kopfkissen oder in der Bürste – nicht weiter erwähnenswert. Doch als ich den Ziehtest mache, habe ich auf einmal die ganze Hand voller Haare. Es hat nicht wehgetan, nur meine Kopfhaut schmerzt wie nach einem Sonnenbrand.

Es ist so weit.

Ich hätte mir wirklich gewünscht, dass es erst nach meinem Geburtstag ernst wird. Ich könnte mir auch die nächsten Tage nicht die Haare waschen, aber sie jucken bereits und fühlen sich unangenehm fettig an. Sie sind wie ein Wackelzahn, der nur noch an einem kleinen Fetzen Haut hängt. Ich weiß, dass es mir besser gehen wird, wenn sie weg sind.

Ich kratze mich am Kopf. Ein weiteres Bündel Haare landet auf dem Kissen. Ich kratze weiter. Es fühlt sich gut an. Irgendwie befriedigend.

Ich will mir die Haare unbedingt waschen. Am liebsten würde ich sie mir alle mit Gewalt ausreißen. Sie sind bereits tot. Genau wie den Tumor will ich sie einfach nur noch loswerden.

LAMMBRATEN

Am Morgen meines zweiunddreißigsten Geburtstags, es ist das Wochenende nach Chemotherapie Nummer zwei, entdecke ich beim Aufwachen das bisher größte Büschel Haare auf meinem Kissen. Ein rotes Häufchen, das an meinem Hinterkopf eine kahle Stelle von der Größe einer Fünfzigpencemünze hinterlassen haben muss.

Ich setze mich im Bett auf und betaste meine Kopfhaut bis hinunter zum Nacken. Das Sonnenbrandgefühl ist größtenteils verschwunden, und obwohl ich eine schüttere Stelle finde, habe ich nach wie vor überall Haare.

Ich knipse die Nachttischlampe an, stehe aus dem Bett auf und trete zu dem mannshohen Spiegel. Mit der Bürste in der Hand setze ich mich davor auf den Boden. Ganz vorsichtig fange ich an zu bürsten, um mir wenigstens ansatzweise eine Frisur zu machen.

Doch es hat alles keinen Zweck. Bei jedem Bürstenstrich bleiben Haare zwischen den Borsten hängen, und auch die anderen sitzen nicht mehr wirklich fest. Wenn ich dusche, wird das Gewicht des Wassers sie bestimmt alle wegwaschen.

Mein Herz klopft. Ich muss es tun.

Oreo folgt mir, als ich ins Bad tappe, wobei ich darauf achtgebe, Dad nicht aufzuwecken, der gestern spätabends angekommen ist und auf dem Sofa schläft. Ich gebe Badeschaum in die Wanne. Während sie sich mit Wasser füllt, ziehe ich meinen Schlafanzug aus und betrachte mich lange im Spiegel. Mit dem Kurzhaarschnitt sehe ich aus wie ein Junge. Anfangs fand ich ihn noch feminin und sexy, vor allem als die Frisörin mir den Pony quer über die Stirn gekämmt hat, doch je fettiger und stumpfer die Haare werden und je länger ich mich mit ihnen beschäftigen muss, desto weniger Freude habe ich an dem Schnitt.

So wie jetzt werde ich nie wieder aussehen.

Die Finger zu einem Kamm gespreizt, fahre ich mir mit der rechten Hand durchs Haar. Ich weiß genau, was passieren wird. Trotzdem schließe ich die Augen und ziehe. Die Schmerzen sind nicht weiter erwähnenswert, im Gegenteil, es ist ein befriedigendes Gefühl, als ich mir ein dickes Büschel Haare ausreiße, so wie wenn man die tote Haut von einem Sonnenbrand abschält oder am Schorf einer Wunde kratzt.

Ich sehe mich im Bad nach etwas um, worin ich die ausgerissenen Haare sammeln kann. Mein Blick fällt auf den Kaffeebecher aus Pappe, den Dad gestern Abend nach der langen Autofahrt auf der Fensterbank abgestellt haben muss. Der ideale Abfallbehälter.

Ich stelle den Becher neben der Wanne auf den Boden und tauche einen Fuß ins Wasser. Die Temperatur ist genau richtig, also steige ich in die Wanne und lehne mich zurück, bis meine Haare das Wasser berühren. Es wird für eine ganze Weile das letzte Mal sein, dass es sich so anfühlt.

Ich genieße das Gefühl, ganz von Wasser umgeben zu sein und meine fettigen Haare einzuweichen, die mich schon seit Tagen stören. Ich habe alles getan, um sie über den heutigen Abend zu retten, damit ich für meine Freunde normal aussehe, doch es lässt sich nicht länger aufschieben.

Als ich bereit bin, fahre ich mir mit der Hand über die Kopfhaut, erst einmal, dann noch einmal. Ich nehme einen Teil meiner Haare zwischen die Finger. Es kostet mich keinerlei Kraft, sie herauszuziehen, wie ein zarter Lammbraten, bei dem sich das Fleisch mühelos vom Knochen löst. Ich ziehe die nassen, leblosen Strähnen aus dem Badewasser, wringe sie aus und lege sie in den Kaffeebecher.

Als ich die letzten Strähnen entfernt habe, quillt der Becher fast über. Ich drücke den nassen Haarklumpen tiefer hinein, als wollte ich Platz in einem überfüllten Mülleimer schaffen. Der Becher fühlt sich schwerer an, als wenn er mit Kaffee gefüllt wäre, so dicht und feucht sind meine Haare.

Direkt an meiner Kopfhaut sind noch einige Härchen übrig, die sich nur durch energisches Ziehen entfernen lassen. Doch irgendwann ist mein gesamter Schädel kahl, und meine Finger ertasten nur noch ein paar flaumige Stellen.

Ich gebe etwas Shampoo in meine Handfläche und verreibe es zwischen meinen Händen, dann verteile ich es sanft auf meiner Kopfhaut. Mein Kopf fühlt sich an wie der eines Babys, weich und glatt und rund.

Ich tauche unter, bis nur noch mein Gesicht aus dem Wasser ragt, und starre auf die Risse in der Zimmerdecke. *Nicht in der Wanne einschlafen, Jess*, höre ich Mums warnende Stimme.

Ich weiß, sobald ich aus der Wanne steige, werde ich mein Bild im Spiegel sehen. Dann gibt es kein Zurück mehr. Keine Möglichkeit, es ungeschehen zu machen und die Haare zurück auf meinen Kopf zu zaubern.

Als ich mich aufsetze, wird mir kurz schwarz vor Augen. Ich halte mich am Wannenrand fest. Als sich der Nebel lichtet, fällt mein Blick auf mein Spiegelbild.

Mein Kopf ist weiß und nackt, mit vereinzelten Büscheln flaumiger, heller Haare. Ich sehe aus wie ein frisch geschlüpftes Küken, noch nicht ganz bereit für die Welt.

Als ich endlich den Mut aufbringe, das Bad zu verlassen, ist es acht Uhr. Ich versuche mir wie sonst auch ein Handtuch um den Kopf zu wickeln, doch ohne Haare gerät es ständig ins Rutschen, sodass ich es mit einer Hand festhalten muss. Leise schleiche ich den Flur entlang in mein Zimmer. Dort krieche ich zurück ins Bett und nehme mein Smartphone in die Hand, um Annabel eine Nachricht zu schicken.

Ich habe eine Glatze.

Die Antwort lässt nicht lange auf sich warten. Scheiße. Geht es dir gut? xoxo

Erstaunlicherweise bin ich erleichtert.

Keine Haare zu haben kann auch befreiend sein, stimmt's?! xo

Allerdings habe ich ein kleines Problem. Warte kurz ...

Ich halte mir das Telefon vors Gesicht und mache ein Selfie, um den widerspenstigen Flaum auf meinem Kopf zu dokumentieren.

Die Benachrichtigung Annabel tippt ... erscheint auf dem Display, nur um kurz darauf wieder zu verschwinden. Dann ist sie wieder da. Und verschwindet erneut. Na, super – nicht mal meine Krebsfreundin weiß, was sie dazu sagen soll.

Dann kommt endlich eine Antwort: Willkommen im Club, Tweetie! Rasier das Zeug einfach ab. Du wirst wunderschön aussehen xoxo.

Ich hole tief Luft und gehe ins Wohnzimmer. Sanft tippe ich Dad auf die Schulter, bis er sich regt.

»Jess«, murmelt er und schlägt ein Auge auf.

Ich stehe vor ihm, das Handtuch um den Kopf gewickelt, während er verschlafen in die Gegend blinzelt.

»Herzlichen Glückwunsch zum Geburtstag, Liebes«, sagt er und setzte sich auf. »Geht es dir gut?«

Ich berühre das Handtuch auf meinen Kopf. »Bitte erschrick nicht ... Ich habe keine Haare mehr.«

Ich warte auf eine Reaktion. Eine Sekunde, zwei Sekunden, drei Sekunden verstreichen.

»Ach, Schätzchen.«

»Versprichst du mir, nicht zu lachen?«

Er sieht mich an, als wollte er sagen: *»Wie kannst du so was auch nur denken?«*, und wartet darauf, dass ich das Handtuch wegnehme.

Ich kehre ihm den Rücken zu und wickle es ab. Dann drehe ich mich langsam zu ihm herum.

Er hat Tränen in den Augen. »Verdammt, Jessie«, sagt er. »Nur du kannst so bezaubernd aussehen.«

HAMPSTEAD HEATH

Ich wollte Dad nicht belasten, indem ich ihn bitte, mit mir zum Frisör zu kommen, deshalb rufe ich Lauren an. Sie gratuliert mir zum Geburtstag und sagt, dass sie zwar grundsätzlich Zeit habe, sich heute Abend mit mir zu treffen, und mir später noch eine Nachricht schreiben werde, um konkrete Pläne zu machen. Im Moment allerdings sei sie vollauf mit den Hochzeitsvorbereitungen beschäftigt. Sie kann sich nicht entscheiden, ob sie lieber Arancini oder Mini-Yorkshire Puddings als Kanapees haben möchte. Ich rate ihr zum Yorkshire Pudding – Yorkshire Pudding geht *immer*. Dann lege ich geknickt auf.

Als Nächstes schreibe ich Aisha, weil ich weiß, dass sie immer für ein Treffen zu haben ist. Wahrscheinlich sitzt sie ohnehin nur im Schlafanzug in ihrer Bude und schaut Kochsendungen an.

Ach je, tut mir leid, antwortet sie. Das Date mit dem DJ gestern Abend war der Hammer, nur leider habe ich jetzt einen echt monströsen Kater. Ich fühle mich, als müsste ich sterben x

So viel zu den Filmen, in denen sich die Leute aus Solidarität mit ihren krebskranken Freundinnen die Köpfe kahl rasieren lassen. Schwer vorstellbar, dass eine meiner Freundinnen zu einer derart selbstlosen Geste fähig wäre.

Erst ganz am Schluss versuche ich es bei Annabel. Nicht, dass sie meine letzte Wahl wäre – ganz im Gegenteil. Aber ich möchte sie nicht noch zusätzlich belasten. Sie macht schon genug durch.

Sie sagt sofort zu. Ich dachte, du bist bestimmt mit deinen Freundinnen unterwegs, aber insgeheim habe ich gehofft, dass wir uns treffen können. Ich habe nämlich eine Überraschung für dich xoxo

Während ich auf Annabel warte, öffne ich die Post. Ich habe mehrere Glückwunschkarten bekommen, unter anderem von Tante Cath, einigen entfernten Verwandten sowie ein paar von Mums alten Freundinnen. Cath und die Jungs haben mir einen wunderschönen Präsentkorb voll mit gesunden Leckereien geschickt – Mandelmus, Sesamriegel und das Allheilmittel: Grünkohlchips. Außerdem haben sie noch ein sehr edles neues Backbuch dazugelegt, über das mal eine Rezension in *Perfect Bake* stand. Mir kommt der Verdacht, dass Cath sich auf die Seite derjenigen geschlagen hat, die versuchen, mich wieder zum Backen zu animieren.

Dad überreicht mir eine Geburtstagskarte mit Katzenmotiv. *Zweiunddreißig Jahre Taxifahrten, zinsfreie Kredite und Sorgenfalten, aber ich würde nichts daran ändern. Die allerbesten Wünsche für mein allerbestes Mädchen. Mum wäre stolz auf dich. In Liebe, dein Dad,* hat er hineingeschrieben. In der Karte befindet sich außerdem ein Scheck, von dem ich mein »nächstes großes Abenteuer« finanzieren soll.

Zum Schluss überreicht er mir zögernd noch ein in grünes Krepppapier eingewickeltes Geschenk. Mir stockt der Atem, als Mums alter Rezeptordner zum Vorschein kommt, in den sie von Hand all ihre Rezepte notiert hat. Die Seiten sind fleckig und voller Mehlstaub.

»Oh, Dad!«, sage ich und muss schlucken, als ich mit der Fingerspitze meines Zeigefingers über den Einband streiche. Den Ordner in der Hand zu halten, versetzt mich zurück in die Zeit, als ich mit ihr zusammen für die Teestube gebacken habe.

»Wenn du wieder so weit bist, Liebes«, meint er augenzwinkernd.

Um zehn Uhr kommt Annabel mit einem Päckchen in der Hand. Joe sitzt im Wagen und wartet.

»Herzlichen Glückwunsch, du alte Frau!«, sagt sie und umarmt mich auf der Schwelle.

»Oh, danke«, sage ich und lege eine Hand an meinen Kopf, um zu überprüfen, ob meine Wollmütze noch richtig sitzt. »Möchte Joe nicht reinkommen?«

»Er ist heute unser Chauffeur«, sagt Bel. »Ich erkläre dir unseren Plan, und dann kann es losgehen.«

»Soll ich Tee aufsetzen?« Ich bitte sie hinein und winke Joe zu.

»Keine Zeit.« Sie überreicht mir das Päckchen. »Hier, mach auf.«

Wir gehen in die Küche, wo sie Dad zur Begrüßung in die Arme nimmt. Ich reiße das Geschenkpapier auf. Darunter kommen eine selbst gebastelte Karte sowie ein weiteres Päckchen zum Vorschein. Ich nehme die Karte in die Hand und betrachte sie. Sie ist mit Stempelbuchstaben bedruckt, darauf steht: **Zehn Dinge, die du tun musst, wenn du zweiunddreißig wirst.**

»Was ist das?«, frage ich.

»Schau nach!«

Ich klappe die Karte auf und stelle fest, dass es sich in Wahrheit um ein dünnes Buch handelt. Auf der linken Seite steht jeweils eine Aktivität, auf der rechten befinden sich vier kleine Klebeecken, sodass man ein Foto befestigen kann. Die Überschrift auf der ersten Seite lautet »Haarzwillinge«, auf der zweiten steht »Frühstück für Champions«. Ich will weiterblättern, doch Annabel hält mich zurück.

»Jede Seite soll eine Überraschung sein«, erklärt sie. »Du darfst sie erst anschauen, wenn wir die Seite davor erledigt haben. Und jetzt mach das eigentliche Geschenk auf.«

Ich lege das Büchlein auf den Küchentisch und fange an, das zweite Päckchen zu öffnen. Dad beobachtet die Prozedur belustigt.

Es ist eine Schachtel, in der sich eine Sofortbildkamera mitsamt einem Päckchen Film befindet. Ein viel zu teures Geschenk.

»Annabel, das hättest du wirklich nicht …«

»Was ist der Sinn einer Arbeitsunfähigkeitsrente, wenn man das Geld nicht ausgeben kann?«, unterbricht sie mich. »Wir machen ein Foto von allem, was wir an deinem Geburtstag unternehmen, und kleben es in das Buch. Eine Erinnerung für die Ewigkeit.«

»Ich kann es gar nicht glauben.« Ich bin sprachlos. Es ist das tollste Geschenk, das ich jemals bekommen habe.

»Bereit für den ersten Punkt auf der Liste?«, fragt sie.

Ich nicke. »Haarzwillinge« – bei dem Wort kommt mir der Gedanke, dass sie vielleicht noch einmal mit mir Perücken shoppen gehen will.

»In Ordnung«, sagt sie. »Bist du reif für eine echte Glatze?« Sie holt einen elektrischen Rasierer aus ihrer Tasche.

»Wo hast du den denn her?« Die Härchen an meinen Armen stellen sich auf.

»Der gehört Joe. Keine Bange, ich bin Profi. Ich mache ihm immer die Haare. Und weil ich nur noch eine Palliativ-Therapie bekomme, sind meine Haare zwar total dünn, fallen aber nicht aus, deshalb rasiere ich sie einfach ab.«

Sie bedeutet mir, auf der Küchenbank Platz zu nehmen. Dad bringt uns zwei Tassen Tee. Die werden wir jetzt auch brauchen.

Ich sitze ganz still da. Der Rasierer erwacht summend zum Leben, und einen Augenblick später spüre ich ein leichtes Kitzeln im Nacken, als die Klinge über meine Haut gleitet. Dad hat den Raum verlassen.

Es dauert nur zwei Minuten, dann wischt mir Annabel sanft die restlichen Haare von der Kopfhaut und schaltet den Rasierer aus. Es ist mucksmäuschenstill in der Küche.

»So, fertig«, sagt sie und kommt um die Bank herum. »Wie fühlt es sich an?«

Ich fahre mit der Hand über meinen Kopf bis hinunter zu meinem Nacken. Ich fühle noch einige winzige Stoppeln, doch abgesehen davon ist alles glatt. Die Haare sind mir mitsamt den Wurzeln ausgefallen.

»Es fühlt sich an wie ...« Mir fällt nichts Passendes ein. In erster Linie empfinde ich Erleichterung, aber ich muss es erst mit eigenen Augen sehen.

Wir gehen zum Spiegel im Flur. Annabel legt mir ermutigend eine Hand auf die Schulter, als ich näher trete, um mich zu betrachten. Meine Wimpern sehen jetzt länger aus denn je.

»Irgendwie gefällt es mir richtig gut.«

»Steht dir«, meint sie.

Ich drehe mich zu ihr um und umarme sie.

»Bereit fürs erste Foto?«

Sie holt die Sofortbildkamera aus der Küche und nimmt ihren schwarzen Bob ab. Dann stecken wir die Köpfe zusammen und knipsen ein Selfie.

Sie wedelt mit dem Fotopapier, damit es schneller trocknet, und wir beobachten gebannt, wie sich das Bild materialisiert. Mit unseren zwei kahlen weißen Köpfen sehen wir wirklich beinahe wie Schwestern aus.

»Siehst du? Haarzwillinge.« Sie reicht mir das Büchlein, und ich stecke das Polaroid in die Fotoecken auf der ersten Seite.

»Jetzt machen wir uns aber mal besser auf den Weg«, sagt sie.

»Was soll ich denn anziehen?«

Sie mustert mich von oben bis unten. Ich trage Jeans und T-Shirt, während sie ein hübsches Top mit Hotpants, eine dicke schwarze Strumpfhose und wie immer ihre Converse anhat.

»Es ist dein Geburtstag, warum wirfst du dich nicht in Schale? Ich warte im Wagen.«

Ich durchsuche mein Zimmer auf der Suche nach Sachen, die bequem genug sind, um sie den ganzen Tag zu tragen, aber zugleich schick genug für den Fall, dass wir noch etwas Besonderes vorhaben. Zehn Minuten später habe ich mich für ein schwingendes kurzes Kleid in Neonblau entschieden, das Mum mir mal gekauft hat. Dazu eine bequeme Lederjacke, eine schwarze Strumpfhose genau wie Annabels und meine schwarzen Stiefel, die mich schon durch so manchen Winter begleitet haben.

Noch einmal betrachte ich mich im Spiegel und überlege, ob ich mit Glatze vor die Tür gehen soll. In Kombination mit der Lederjacke sieht der Look beinahe cool aus. Doch dann fällt mir die blaue Perücke ein, und ich beschließe, sie aufzusetzen – zum ersten Mal seit unserem Shoppingtrip in Peckham.

Ohne meine Haare sitzt die Perücke perfekt, und die Farbe passt fast exakt zum Kleid. Es ist, als hätte Mum in die Zukunft blicken können. Ich fühle mich schön und selbstbewusst, als ich in meinem blauen Kleid, mit der blauen Perücke und einer dicken Schicht Mascara auf den Wimpern nach draußen stolziere.

»Wunderschön«, lautet Annabels Urteil, als ich beim Wagen ankomme.

Joe gibt mir einen Kuss und gratuliert mir zum Geburtstag, bevor wir uns auf den Weg machen.

Unser erstes Ziel ist der Maltby Street Market, wo Annabel cremegefüllte Krapfen und Bloody Marys mit Meerrettich zum Frühstück kauft. Wir sitzen in der Sonne am Ende einer schmalen Gasse aus Marktständen, die alle nur erdenklichen Sorten Brot, Gebäck und Kaffee feilbieten, und machen ein Foto von uns dreien mit unseren Krapfen und Cocktails.

Kaum dass ich von meinem mit Pudding gefüllten Teigwölkchen abgebissen habe, fühle ich mich in die Vergangenheit zurückversetzt. Seit Mums Tod habe ich keine Krapfen mehr gebacken, aber der Geschmack ist mir noch immer zutiefst vertraut: das leichte Kratzen des Puderzuckers im Hals, der dünne Zuckerfilm auf meinen Lippen, der Kontrast zwischen lockerem Teig und cremigem Pudding im Innern.

»Alles klar bei dir, Jess?«, fragt Joe, der mich in meinem Moment des Genusses beobachtet.

»Mmm«, seufze ich, schließe die Augen und ziehe in übertriebener Ekstase meine Schultern bis zu den Ohren hoch.

»Die sind gut, oder?«, sagt Annabel. »Man muss früh kommen, um noch welche abzukriegen, bevor sie ausverkauft sind.«

»Seit der Stand aufgemacht hat, schleppt Annabel mich andauernd hierher«, sagt Joe, ehe er den letzten Bissen verschlingt und seinen Cocktail ausschlürft. »In ganz London findet man keine besseren.«

»Na ja«, sage ich und ziehe eine Augenbraue hoch.

Als die beiden mich auffordernd ansehen, wird mir bewusst, wie ähnlich sie sich sind. Es muss an der niedlichen Stupsnase und den dunklen, fast stechenden Augen liegen. Die beiden gleichen sich wirklich wie ein Ei dem anderen.

Ich schüttle den Kopf. »Nichts weiter. Ich habe früher einfach oft Krapfen mit Mum gebacken. Die waren fast so wie die hier, nur noch leckerer.«

»Ach ja?«, fragt Annabel. »Ich finde, das zu beurteilen, solltest du uns überlassen. Stimmt's, Joe?«

Joe sieht seine Schwester an und lacht. »Auf jeden Fall hast du zwei willige Testesser, solltest du jemals welche brauchen.«

Ich lächle. Mit den beiden zusammen hier zu sitzen weckt tatsächlich wieder die Lust aufs Backen in mir.

»Kommt.« Annabel springt auf und hält Joe und mir die Hände hin, um uns beim Aufstehen zu helfen.

Einige Minuten später finden wir uns in einem kleinen, drolligen Antiquitätenladen wieder, in dem jeder Quadratzentimeter mit den seltsamsten Kuriositäten angefüllt ist. Emaillierte Lampenschirme baumeln von der Decke, und an den Wänden hängen Teppiche und Drucke.

Joe zückt sein Handy und tippt etwas an. »Wer das hässlichste Teil findet, gewinnt einen Preis. Zwei Minuten Zeit ab *jetzt*.«

Annabel verschwindet sofort um die nächste Ecke, während Joe sich hinhockt, um in einer hölzernen Truhe zu stöbern. Ich bin eindeutig im Nachteil, wahrscheinlich spielen die beiden Geschwister das Spiel schon seit Jahren.

Ich gehe in einen Nebenraum und durchsuche dort Regale voller Nippes, der so ähnlich aussieht wie die alten Sachen, die wir nach Grandpas Tod in seinem Haus gefunden haben. Am Ende fällt meine Wahl auf eine wirklich scheußliche Sauciere in Form eines Eichhörnchens.

Als die zwei Minuten um sind, tauchen Joe und Annabel verstohlen grinsend, die Hände hinter dem Rücken, wieder auf. Auch ich halte meine Sauciere so, dass sie sie nicht gleich sehen können.

»Okay, du zuerst«, sagt Joe.

Ich hole mein Eichhörnchen hervor und halte es hoch, damit die beiden es begutachten können.

»Nicht übel«, meint Joe. »Jetzt du, Bel.«

Mit einem Ausdruck diebischer Freude im Gesicht präsentiert Annabel ihr Fundstück: ein ausgestopftes Wiesel. Es hat das Maul geöffnet, als wollte es fauchen, sodass man all seine kleinen spitzen Zähne sehen kann.

Ich weiche einen Schritt zurück. »Das ist ja gruselig.«

Joe lacht. »Ausgestopfte Tiere. Jedes. Verdammte. Mal. Du hast einen Fetisch!«

»Was denn?«, sagt sie grinsend. »Der Kleine ist doch putzig. Ich glaube, ich nenne ihn Winnie.«

Joe seufzt, als wäre er genervt. »Okay, seid ihr bereit? Dann Augen zu.«

Wir nicken und schließen gehorsam die Augen, um sie bei drei wieder zu öffnen.

Was ich sehe, ist an Abscheulichkeit kaum zu überbieten. Joe hält eine Porzellanpuppe im Arm. Sie hat weißes Lockenhaar, das aussieht wie die Perücke eines Richters, und Zähne, die ihr kreuz und quer aus dem Mund ragen. Das Unheimlichste jedoch sind die Augen, die starr und leblos geradeaus blicken.

»Das. Ist. Das pure Böse«, sagt Annabel und hebt abwehrend die Hände.

»Ein klarer Sieg, würde ich sagen.« Joe lacht wie der Schurke aus einem Disney-Film. »Okay, lasst uns ein Foto machen, und dann ziehen wir weiter.«

Als wir uns dicht nebeneinander aufstellen, um für das Polaroid zu posieren, taucht plötzlich ein Verkäufer auf, der sich laut räuspert und dann zu einem großen Schild mit der Aufschrift »Bitte nicht berühren« deutet.

Wir schießen das Bild und entschuldigen uns wortreich, ehe wir das Geschäft verlassen. Draußen auf der Straße brechen wir in Gelächter aus.

Drei Stunden später parken wir in einer Seitenstraße in der Nähe von Hampstead Heath. Ich weiß, was gleich kommt, und ich freue mich wirklich nicht darauf. Im Gegenteil, mir graut davor fast so sehr wie vor der nächsten Chemo.

»Das macht Spaß!«, sagt Annabel, als wir durch den Park in Richtung Schwimmteiche gehen. Es gibt einen für Männer, einen für Frauen und einen gemischten, den wir ansteuern. »Sobald man den ersten Schock überwunden hat.«

Das ist wirklich eine grauenhafte Idee. Wegen des erhöhten Infektionsrisikos soll ich während der Chemotherapie möglichst nicht in öffentlichen Badeanstalten schwimmen. Annabel hat behauptet, ein Schwimmteich sei viel weniger verkeimt als ein Pool, allerdings werde ich den Verdacht nicht los, dass Entenkacke noch schlimmer ist als die Bakterien fremder Menschen. Andererseits hat sie gesagt, dass sogar Neunzigjährige hier schwimmen gingen, und wenn die von der Kälte keinen Herzinfarkt bekommen, wird es mir garantiert auch nicht schaden. Außerdem: Wenn Annabel mit Krebs im Endstadium das Wagnis eingeht, kann ich mich wohl schlecht weigern.

Beim Teich angekommen, treffen wir auf weitere Badegäste, die sich kichernd und kreischend bis auf ihre Badebekleidung und Wollmützen ausziehen. Es herrscht eine kameradschaftliche Atmosphäre, und auf einmal bin ich froh, dass wir hergekommen sind.

»Ich habe ganz vergessen zu erwähnen, dass mein Preis für die Antiquitäten-Hässlichkeits-Challenge ist, dass ich nicht mit reinkommen muss«, sagt Joe mit selbstzufriedener Miene, während wir uns eine Stelle auf dem Steg suchen, wo wir uns entkleiden und unsere Sachen deponieren können.

»Joe kommt nie mit rein.« Annabel schaut mich kopfschüttelnd an.

»Weil nur ein amtlich bescheinigter Irrer in sieben Grad kaltem Wasser voller Schmodder und Gott weiß was für Dreckszeug schwimmen würde«, sagt er.

»Achte gar nicht auf ihn«, sagt Bel. »Ich habe angefangen, im Freien zu schwimmen, nachdem man mir gesagt hat, dass ich sterben muss. Angeblich ist das gut für die psychische Gesundheit. Soll mir nur recht sein.« Sie zuckt mit den Schultern.

Wir stehen eine Minute lang bibbernd herum, dann nähern wir uns zaghaft dem Rand der Plattform, um in das trübe Wasser zu springen, wo Männer und Frauen mit bunten Mützen kreischend und johlend auf und ab hüpfen und für Fotos posieren. Ich wünschte, der Teich wäre zugefroren, dann hätte ich wenigstens eine Ausrede.

Annabel dreht sich zu mir um und nimmt meine Arme. »Bereit?«

»Absolut. Nicht.« Meine Zähne klappern bei dem bloßen Gedanken daran, dass ich gleich in diese dunkle, kalte Brühe eintauchen soll. Ich habe Angst, dass ich einen Herzinfarkt bekommen könnte und dann kein Krankenwagen in der Nähe wäre. Vielleicht käme jede Hilfe zu spät. Aber dann sehe ich Joe mit seiner Wollmütze, der zwei flauschige Handtücher für uns bereithält. Er nickt, wie um mir zu sagen, dass ich Annabel den Gefallen tun und bei der Sache mitmachen soll, die ihr so viel Freude bringt.

Annabel schlingt die Arme um mich und hüpft auf und ab, um etwas von ihrer Körperwärme auf mich zu übertragen. »Je länger wir uns hier die Beine in den Bauch stehen, desto mehr frieren wir. Tu es einfach.«

Sie macht sich von mir los und nimmt einen Schritt Anlauf. Im nächsten Moment ist sie im Wasser und quietscht vor Kälte, ehe sie lachend ruft: »Komm rein! Es ist wie ein Jacuzzi!«

Neues Jahr, Neuanfang.

Ich beiße die Zähne zusammen und halte mir die Nase zu, als ich bis ganz an den Rand trete. Gegen jeden Instinkt springe ich.

Der Schock setzt sofort ein. Ich versuche die Beine zu bewegen, aber von der Hüfte abwärts ist alles taub. Ich rudere hektisch mit den Armen, weil ich das Gefühl habe, jeden Moment unterzugehen.

Annabel kommt zu mir geschwommen und hält mich. »Atmen«, sagt sie. »Hör kurz auf zu strampeln und atme. Ein und aus.«

Ich erinnere mich an den Ratschlag, den Mum Tante Cath gegeben hat: *Hör auf, Wasser zu treten, und lass dich einfach treiben.* Ich atme einen Moment lang mit Annabel zusammen und versuche, meine Panik niederzuringen. Innerhalb weniger Sekunden spüre ich, wie das Gefühl in meine Gliedmaßen zurückkehrt. Alles kribbelt: meine Hände, meine Zehen, meine Finger.

»Wieder gut?«, fragt sie.

Ich nicke, weil ich kaum sprechen kann.

Ich fange an, Schwimmbewegungen zu machen, um warm zu bleiben, und Annabel tut dasselbe. Nach einer Weile höre ich wieder das aufgekratzte Lachen und die Jubelschreie der Badenden um uns herum, die ihren eigenen Wagemut feiern.

Schon bald lachen und kreischen auch Annabel und ich, und einen Augenblick lang habe ich das Gefühl, als wäre alles in meinem Leben genau so, wie es sein soll.

»WIR LEBEN!«, brüllt sie, reckt die Arme in die Luft und taucht sie dann wieder unter Wasser.

»Wir leben!«, rufe ich.

Innerhalb kürzester Zeit stimmen andere mit ein, und ein kleiner Schauer geht durch meinen Körper, als immer mehr Menschen »Wir leben!« rufen.

»Hey, Mädels, hier drüben!«, ruft Joe, der vom Steg aus mit der Kamera winkt. Ich schwimme neben Bel auf der Stelle und tue mein Bestes, trotz der Kälte zu lächeln, als er ein Foto von uns schießt.

Annabel schwimmt zum Steg zurück. Ich folge ihr und ziehe mich wie sie mit den Armen aus dem Wasser. Joe hält uns die Handtücher hin und hüllt uns in ihre flauschige Wärme. Es ist wie früher, wenn ich als Kind aus der Wanne gestiegen und direkt in die wartenden Arme meiner Mutter gesunken bin.

Meine Zähne klappern, und Annabels Lippen sind ganz blau, aber ich habe noch nie ein solches Hochgefühl empfunden. Meine Haut kribbelt. Ich strahle innerlich wie äußerlich.

»Das vorhin war ernst gemeint«, sagt sie. »Ich weiß, alle denken, dass ich sterbe, aber das stimmt nicht. Ich lebe.«

Ich bin dermaßen taub vor Kälte, dass ich ihr keine Antwort geben kann. Aber ich weiß genau, was sie meint.

Wir rubbeln uns trocken und ziehen uns wieder an, ehe wir der Menge folgen, um uns im nahe gelegenen Café heiße Schokolade zu kaufen und unsere Hände daran zu wärmen. Dabei kommen wir mit einer Gruppe älterer Frauen ins Gespräch, die ebenfalls ein kurzes Bad im Teich genommen haben.

Als eine von ihnen anmerkt, wie jung und knackig wir doch seien, will ich zuerst nichts sagen. Wir müssen ihnen nicht verraten, dass wir Krebs haben, um zu wissen, dass wir stolz auf unser Eisbad sein können. Doch als Annabel ganz beiläufig erwähnt, dass wir Krebspatientinnen sind, reagieren sie alles andere als mitleidig. Zwei der vier Damen hatten ebenfalls Krebs, und schon bald dreht sich die Unterhaltung nur noch um die Chemotherapie. Wir schwärmen eine scheinbare Ewigkeit lang davon, wie großartig und befreiend es war, im eisigen Wasser zu schwimmen, selbst wenn es nur eine Minute gedauert hat.

Den Rest des Nachmittags ist mein Kopf klarer, mein Geist ruhiger, und ich blicke mit Zuversicht in das kommende Jahr. Ich kann nachvollziehen, weshalb Annabel das Baden im Freien so sehr genießt. Ich habe das Gefühl, eine Seelenmassage bekommen zu haben.

Um neunzehn Uhr ist mein Buch voll mit perfekten Polaroids von unserem Tag. Frühstück auf dem Maltby Street Ropewalk mit Joe und blauer beziehungsweise schwarzer Perücke. Ein tolles Panoramafoto der Stadt, vom Hügel in Hampstead Heath aus geschossen. Das Foto von uns beiden im Schwimmteich mit blaugefrorenen Lippen und schließlich beim Nachmittagstee im Claridge's, bestehend aus Champagner und Finger-Sandwiches. An diesem einen Tag habe ich mehr von London gesehen als in den letzten zehn Jahren.

Joe hat uns überallhin begleitet, treu und geduldig unsere Taschen getragen und uns mit Erfrischungen versorgt.

Nur die zehnte und letzte Seite in meinem Buch habe ich noch nicht angesehen.

»Darf ich umblättern?«

Ich weiß nicht genau, was mich erwartet, obwohl ich absolut nichts dagegen hätte, mich jetzt einfach aufs Sofa zu lümmeln und mit den beiden zusammen gemütlich einen Film zu schauen. Wenn ich schon so erledigt bin, kann ich mir nicht ansatzweise vorstellen, wie es Bel gehen muss.

»Noch nicht«, sagt sie und nimmt mir das Buch weg. »Erst müssen wir kurz zu dir nach Hause und uns umziehen.«

Im Auto werfe ich einen Blick auf mein Handy und stelle fest, dass Lauren mir immer noch nicht geschrieben hat. Zu mehr als einem halbherzigen Vorschlag für ein Treffen hat es offenbar nicht gereicht. Wie gut, dass ich Joe und Annabel habe.

Wir halten vor meiner Wohnung, und diesmal steigt auch Joe mit aus und folgt uns den Weg entlang zur Tür. Ich stecke den Schlüssel ins Schloss, stoße jedoch auf Widerstand. Im nächsten Moment wird die Tür von innen geöffnet.

»Dad«, sage ich. Ein ungewohnter Geruch steigt mir in die Nase. Sind das Räucherstäbchen?

Ehe ich auch nur zwei Schritte in den Flur machen kann, wird das Licht eingeschaltet, Musik ertönt und plötzlich …

»ÜBERRASCHUNG!« Lauren springt als Erste aus ihrem Versteck und umarmt mich, von einem Ohr zum anderen grinsend.

»O mein Gott, ich …«

Hinter ihr steht Charlie, wenig später tauchen Kate und Colm auf, dann Aisha, Clara von nebenan, Tante Cath und meine Cousins. Sogar Priya und Mags sind gekommen. Im Wohnzimmer hängt eine riesige Discokugel an der Decke, und alle tragen neonfarbene Accessoires – einschließlich Mags, die eine knallgelbe Discobrille aufhat. Mein Cousin Kit gibt mit fluoreszierendem Kopfschmuck den DJ und legt in einer Ecke Musik auf.

»Jetzt darfst du umblättern«, sagt Bel und drückt mir das Buch wieder in die Hand.

Ich gehorche. »Familie« steht auf der letzten Seite. Annabel hat alle zusammengetrommelt, um mir eine Geburtstagsparty zu schenken, mit der ich nie im Leben gerechnet hätte. Ich habe keine Ahnung, wie ich ihr jemals dafür danken soll.

Alle gratulieren mir und umarmen mich, überreichen mir Geschenke und gießen mir Prosecco ein, während Charlie hinter einer improvisierten Bar selbst gemixten Whisky Sour ausschenkt.

»Es tut mir sooooo leid, dass ich dich heute Morgen angelogen habe«, sagt Lauren und sieht mich schuldbewusst an. »Das war alles ihre Idee.« Sie zeigt auf Annabel, dann nimmt sie sie in die Arme, um sich ihr offiziell vorzustellen. Aisha folgt ihrem Beispiel.

»Aber woher wusstest du …« Ich drehe mich zu Annabel um und versuche zu ergründen, wie sie es geschafft hat, alle meine Freunde und Verwandten zu kontaktieren, ohne dass ich auch nur das Geringste davon mitbekommen habe.

»Ich habe so meine Mittel und Wege«, sagt sie und tippt sich an die Schläfe.

»Das ist das beste Geschenk aller Zeiten, danke euch«, sage ich und umarme noch einmal alle der Reihe nach.

»Du hast es verdient.« Annabel erwidert die Umarmung. »Und jetzt müssen wir dein Polaroid machen.«

Sie ruft die anderen zusammen, damit sie sich für das Foto aufstellen, und Joe dirigiert uns in die richtige Position. Dad will ihm die Kamera abnehmen, damit Joe auch auf dem Foto ist, aber der dreht die Kamera kurzerhand um und schießt ein Gruppenselfie.

»Drei, zwei, eins, Cheese!«, ruft er und betätigt den Auslöser.

Das Bild kommt unten aus dem Schlitz, Annabel wedelt, bis es trocken ist. Dann kleben wir es gemeinsam ins Buch. Die perfekte Erinnerung.

Danach versinkt der Abend in einem Wirbel aus Cocktails und Tanzeinlagen. Lauren und ich nerven DJ Kit, bis er alte Discohits wie »Oops Upside Your Head« auflegt, dann animieren wir alle Gäste dazu, mit uns zusammen auf dem Fußboden zum »Clapping Song« von den Belle Stars zu klatschen. Als Eminems »Without Me« ertönt, geben Joe und Annabel eine makellose Darbietung des kompletten Songs zum Besten. Ich kann mir gut vorstellen, wie sie als Kinder zusammen vor dem Spiegel gerappt haben. Gerade als ich zusammen mit Annabel auf dem Sofa zusammenbrechen will, bedeutet Joe mir, ihn bei den Hüften zu fassen, und startet eine Polonaise durch mein winziges Wohnzimmer, woraufhin alle in wildes Gelächter ausbrechen. Mum hätte den Abend genossen.

Ich schlafe ein, kaum dass mein Kopf das Kissen berührt. Der einzige Grund, weshalb dies nicht der schönste Geburtstag meines Lebens war, ist der Gedanke, wie viele Geburtstage Annabel wohl noch vor sich hat.

WENN DAS LEBEN DIR ZITRONEN SCHENKT

Es ist lange her, seit ich zuletzt die Tür zur Speisekammer geöffnet habe, um den schweren Sack Mehl herauszuholen. Das war, noch bevor wir erfuhren, dass Mum ernsthaft krank war. Ich muss beide Arme benutzen, weil ich von der zweiten Chemo geschwächt bin, doch es gelingt mir, ihn herunterzuheben. Als ich ihn mit einem dumpfen Geräusch auf die Arbeitsfläche stelle, steigt eine Wolke Mehlstaub auf.

Es dauert eine Weile, bis mir wieder einfällt, was ich tun muss. Früher hatte ich alles im Kopf. Ich war stolz darauf, nie in Mums handgeschriebenen Notizen nachschauen zu müssen – sie hat mir das Rezept beigebracht, und ich habe es auswendig gelernt. Doch nach der langen Zeit habe ich Mühe, mich wieder daran zu erinnern.

Ich kehre noch einmal in die Speisekammer zurück, um Zucker, Meersalz und Hefe zu holen. Wenn ich alle Zutaten bereitstelle, wird es mir schon wieder einfallen.

Ich weiß nicht einmal mehr, wie viel Gramm Mehl ich nehmen muss, bis ich Mums Stimme in meinem Kopf singen höre: »*And I would walk five hundred miles…*« Natürlich. Fünfhundert Gramm. Wie konnte ich das vergessen? Ich hole mein Smartphone und wähle ein Album mit Hits der Siebzigerjahre aus, die ich seit ihrem Tod nicht mehr gehört habe.

Sofort fühle ich mich in die Vergangenheit zurückversetzt. Ich wiege die benötigten Zutaten ab und vermenge mit den Fingern Wasser und Mehl. Der klebrige Teig haftet an meiner Hand; es fühlt sich gut an, ihn mit dem Teigspatel abzukratzen.

Es dauert nicht lange, bis der Teig die richtige Konsistenz annimmt. Der Duft von Hefe erfüllt den Raum, und nun bin ich ganz in meiner Komfortzone. Ich teile den Teig in Einzelportionen, wirke sie rund und beginne sie dann sanft zu rollen und zu kneten, zu rollen und zu kneten. Ich kann nicht umhin, die Ähnlichkeit zwischen den perfekt geformten hellen Teiglingen und den Fotos der Brust-Rekonstruktionen zu sehen, die Schwester Rose mir in einem Katalog mit Mastektomie-Optionen gezeigt hat. Mum hätte über den Vergleich gelacht. Wahrscheinlich hätte sie sich die Teigkugeln vor die Brust gehalten und »Like a Virgin« angestimmt.

Wir haben beim Backen immer gerne gesungen. Beim Backen hatte ich Mum ganz für mich. Wir haben unsere Stimmen verstellt und Songs aus dem Radio mitgeträllert. Am schönsten war es, wenn sie mir erlaubte, in der Teestube auszuhelfen. An solchen Tagen tanzte meine Mum mit einem hölzernen Kochlöffel als Mikrofon durch die Küche. Sie hat mich gelehrt, dass man beim Kochen immer tanzen sollte. Sie meinte, dann würde man noch mehr Liebe im Essen schmecken.

Ich lege die Teiglinge beiseite, damit sie gehen können. Der Duft der Hefe macht mich wehmütig.

Nach dem Mittagessen koche ich mir einen Pfefferminztee und logge mich in meinen *Luxxe*-Mailaccount ein. Die zweite

Chemo ist jetzt sechs Tage her, und allmählich klingen die Migräne, die Lichtempfindlichkeit, Verstopfung und Übelkeit ab. In den ersten Tagen nach der Behandlung kann ich weder Kaffee noch schwarzen Tee ausstehen, wodurch die Kopfschmerzen noch schlimmer werden, weil ich praktisch einen kalten Entzug durchmache. Vielleicht sollte ich die Gelegenheit nutzen und dem Koffein vollständig entsagen, aber Kaffee ist ein integraler Bestandteil meines Alltags, der mir das Gefühl von Normalität und Vertrautheit gibt. Ich kann mich jedenfalls nicht daran erinnern, wann mich zuletzt jemand zu einem Kräutertee eingeladen hat.

Beim Lesen meiner E-Mails muss ich feststellen, dass das Team Schwierigkeiten hat, die zusätzliche Arbeitslast zu bewältigen. Mir wird klar, dass ich ihnen eine Erklärung schulde. Letzten Monat habe ich gesagt, ich müsse mir die Woche wegen eines »medizinischen Eingriffs« freinehmen, und auch diesmal habe ich »gesundheitliche Probleme« als Grund für mein Fernbleiben von der Arbeit angeführt. Aber mir ist klar, dass ich die Sache nicht ewig geheim halten kann – erst recht nicht ohne Haare. Und seit ich erlebt habe, wie die älteren Damen an meinem Geburtstag am Teich von Hampstead Heath auf Annabels Offenheit reagiert haben, bin ich mir ohnehin nicht mehr sicher, ob Geheimhaltung die beste Option ist.

Den Rest des Nachmittags verbringe ich damit, noch ein paar Sachen für Laurens Junggesellinnenabschied zu organisieren. Kate hat das Problem der Nichtzahlerinnen mehr oder weniger gelöst. Es gibt nichts Besseres als eine Krebsdiagnose, um die Leute auf Linie zu bringen. Zähneknirschend überprüfe ich meinen Kontostand, doch wie sich herausstellt, kann ich aufatmen. Johnny hat Wort gehalten und zahlt weiterhin seinen Anteil an der Miete. Mir bleiben also noch ein paar Monate, bis der Vertrag ausläuft und ich mich nach einem neuen Mitbewohner umschauen muss.

Man hat mich damit beauftragt, ein Fotobuch für Lauren zu erstellen, was nicht die schlechteste Aufgabe ist, zumal ich die nächsten ein, zwei Tage ohnehin im Bett verbringen werde. Wenn ich auf Facebook unterwegs bin, führt das normalerweise dazu, dass ich schlechte Laune bekomme, doch als ich mir nun die alten Bilder von Lauren und mir anschaue, zaubern sie mir ein Lächeln ins Gesicht. Wir haben so viel zusammen gelacht, ob beim Surfunterricht, bei dem wir uns ziemlich ungeschickt angestellt haben, oder sturzbetrunken im Dubliner Bezirk Temple Bar. Es tut gut, wieder an die lustige, quirlige Lauren erinnert zu werden, denn die aktuelle Version hat nichts als ihre Hochzeit im Kopf.

Nach Facebook nehme ich mir einen Karton mit alten Fotoalben vor, die bis in die Oberstufe und zu unserer ersten gemeinsamen Reise nach dem bestandenen Schulabschluss zurückreichen. Als ich die Outfits sehe, die wir damals trugen, muss ich unwillkürlich kichern. Wenn Dad gewusst hätte, dass ich im Wesentlichen in BH und Höschen aus dem Haus gegangen bin, hätte er mir für den Rest meines Lebens Stubenarrest verpasst. Wir sind jeden Abend in ultraknappen Tubetops und Hotpants tanzen gegangen, auf unseren viel zu hohen Schuhen durch die Gegend gestolpert und haben Jellyshots von den Bäuchen unbekannter Männer getrunken. Es gibt Bilder von Lauren Arm in Arm mit diversen Eroberungen, angefangen von dem Animateur aus Schottland, den wir im Hotel kennengelernt hatten, bis hin zu einem Schweden mit langem blondem Haar und Mittelscheitel, den sie am Strand vernascht hat. Ich habe mich immer an ihren Eskapaden erfreut, während ich jeden Tag am Münzfernsprecher Schlange stand, um meinen damaligen Freund anzurufen.

Ich fand es schön, dass sie so jung und wild und frei war, auch wenn ich persönlich immer die Sicherheit einer festen Beziehung vorzogen habe. Jetzt wird mir bewusst, dass ich genau das vermisse. Ich vermisse die Verlässlichkeit eines Partners. Ich vermisse es, jemanden zu haben, der mich in die Arme nimmt, der an mich denkt und sich um mich kümmert. Ich vermisse es, zu küssen und zu fühlen.

Die Trennung von Johnny ist jetzt gut einen Monat her, doch entliebt habe ich mich wohl schon vor einer ganzen Weile. Natürlich habe ich Johnny geliebt, aber rückblickend denke ich, dass ich schon länger nicht mehr in ihn *ver*liebt war. Ich bin immer davon ausgegangen, dass Mums Krebsdiagnose uns erst richtig zusammengeschweißt hat, doch mittlerweile wird mir bewusst, dass sie in anderer Hinsicht einen Keil zwischen uns getrieben hat. Die erste Verliebtheitsphase nahm dadurch ein abruptes Ende, und auf die Monate voller Überschwang folgten bedrückende Krankenhausbesuche und Chemotherapie. Als Mum in Remission war, hatte uns der Ernst des Lebens bereits zu sehr im Griff, als dass wir zu den Vierundzwanzig-Stunden-Sexmarathons vom Anfang hätten zurückkehren können. Unsere Dynamik glich der eines alten Ehepaars, und kaum dass die schwere Zeit überstanden war und wir gelernt hatten, uns wieder mehr Zeit für uns zu nehmen, erhielt Mum ihre zweite Diagnose, und es ging rapide mit ihrer Gesundheit bergab.

Im Nachhinein glaube ich, dass Johnnys Vorschlag einer gemeinsamen Wohnung kurz vor Mums Tod eine Art Kitt war, der unsere Beziehung zusammenhalten sollte. Eine gemeinsame Wohnung und eine gemeinsame Katze – am Ende war all das nicht genug. In gewisser Weise habe ich eine Rolle gespielt. Ich habe mir unsere gemeinsame Zukunft ausgemalt – Hochzeit, Kinder, das volle Programm –, weil man das eben so macht. Alle machen es so. Inzwischen ist mir bewusst geworden, dass ich bereits um das Ende unserer Beziehung getrauert habe, während wir noch zusammen waren. Aber jetzt endlich geht es mir wieder gut. Jetzt endlich bin ich bereit, nach vorne zu schauen.

Als ich am darauffolgenden Morgen in die Küche komme, sind die Teigkugeln wunderbar aufgegangen und glänzen in der Sonne, die durchs Fenster hereinfällt. Ich hole die Fritteuse aus dem Schrank und setze Teewasser auf, während ich warte, dass das Fett heiß wird. Dann nehme ich Zitronen, Butter, Zucker und Eier und fange an, die Füllung zuzubereiten. Zwischendurch lecke ich mir die Finger ab.

Ich gebe die Krapfen ins zischende Öl und sehe zu, wie sie Bojen gleich an der Oberfläche schwimmen. Ich lasse sie zwei Minuten auf einer Seite ausbacken, ehe ich sie wende, damit auch die andere Seite eine schöne Bräunung bekommt.

Als sie fertig sind, hole ich sie heraus und lege sie auf Küchenpapier, bis sie so weit abgekühlt sind, dass ich sie weiterverarbeiten kann. Dann wälze ich sie in einer Schale mit Puderzucker, bis sie vollständig bedeckt sind.

Ich lecke mir Finger und Lippen. Zucker kombiniert mit frisch gebackenem Teig – nichts sonst erinnert mich so sehr an Mum.

Ich schwelge noch einige Augenblicke lang in Nostalgie, dann bohre ich ein Loch in den ersten Krapfen, führe die Spritztülle ein und fülle ihn mit Lemon Curd, bis dieser oben herausquillt. Dasselbe mache ich mit insgesamt sechs Krapfen, die restlichen sechs fülle ich mit Himbeermarmelade. Ich finde noch eine der professionellen Kuchenschachteln, die ich früher manchmal gekauft habe, wenn ich Krapfen für die *Perfect-Bake*-Redaktion gebacken habe.

»Krapfen zum Frühstück?«, fragt Dad, der im Türrahmen auftaucht. Ich sehe die Emotionen in seinem Gesicht.

»Wie lange stehst du da schon?«

»Lange genug, um zu erkennen, dass du die alten Tricks noch draufhast.«

»Tja. Überraschung!«, sage ich. »Aber nein, das ist nicht mein Frühstück. Ich gehe heute wieder zur Arbeit und wollte dem Team welche mitbringen. Du weißt schon – um zu sehen, ob sie noch so gut sind wie früher.«

»Das ist nett von dir, Schatz. Aber ich hoffe doch, du hast auch einen für deinen alten Herrn reserviert?«

»Natürlich.« Ich begleite ihn ins Wohnzimmer und verspreche ihm, dass er Tee und Krapfen bekommt, sobald sie fertig sind.

Zehn Minuten später sitzen wir nebeneinander an der Kücheninsel, lassen uns die Krapfen schmecken und schlürfen schweigend unseren Tee.

»Deine Mum würde sich freuen«, sagt Dad. »Ich war mir nicht sicher, ob du jemals wieder backen würdest.«

»Ich habe es ihr versprochen. Manche Dinge brauchen einfach ein bisschen Zeit, weißt du?«

Dad nickt bedächtig, als besinne er sich auf die Versprechen, die er selbst Mum gegeben hat.

»Sie würde sich auch darüber freuen, dass du wieder jemanden gefunden hast«, setze ich hinzu.

Ein wenig erschrocken dreht er sich zu mir um. »Meinst du?«

»Es tut mir leid, wie ich reagiert habe. Es ist zwei Jahre her, du hast jedes Recht, mit jemand Neuem glücklich zu werden. Es ist nur ...« Ich will nicht weinen, wirklich nicht, aber die Tränen lassen sich nicht aufhalten. »Es ist einfach schwer für mich.«

»Ich weiß«, sagt er und lässt seinen Krapfen sinken. »Dass ich jemand Neues gefunden habe, bedeutet nicht, dass ich Mum vergessen werde.«

»Ich weiß.«

Eine Weile sitzen wir schweigend nebeneinander. Dad tupft mit einem angefeuchteten Finger den restlichen Zucker von seinem Teller auf.

Ich mache es ihm nach und sauge die süßen Kristalle von meinen Fingerspitzen.

»Und? Wie ist sie so?«

Überrascht sieht er mich an. »Du meinst ...«

»Lizzie«, sage ich. »Erzähl mir von ihr.«

»Ach, Liebes. Ich fühle mich einfach wohl in ihrer Nähe.«

Ich weiß, dass er die Sache herunterspielt und so tut, als wäre sie bloß eine gute Freundin, die es niemals mit Mum aufnehmen könnte. »Aber was ist sie für ein Mensch? Bringt sie dich zum Lachen?«

Er lächelt. »Sie ist nett und fürsorglich. Und sie macht eine ziemlich gute Pastete mit Hühnchen und Pilzen.«

»Warum hast du das nicht gleich gesagt?« Ich lache.

Ich muss geseufzt haben, denn Dad stellt seinen Tee hin und sieht mich an.

»Es ist schön, dass die alte Jessie wieder da ist.«

INSPIRIEREND

»Ach du liebe Zeit, Jessica Jackson – ist es das, wofür ich es halte?« Aisha geht mit ausgestreckten Armen auf die Schachtel mit Krapfen zu. Sie öffnet sie, steckt den Kopf hinein und atmet etwa zwanzig Sekunden lang tief ein.

Dann richtet sie sich wieder auf und umarmt mich stürmisch. »Ich kann dir gar nicht sagen, wie sehr ich die Dinger gerade brauche. Du hast mir diese Woche so sehr gefehlt! Tabitha war unausstehlich.«

Ich lache. »Kann ich mir lebhaft vorstellen. Hat sie irgendwas dazu gesagt, dass ich nicht da war?«

Ich blicke zu unseren Schreibtischen auf der anderen Seite des Büros hinüber, wo Tabitha an ihrem Platz sitzt und tippt.

»Sie hat versucht, mich auszuquetschen. Ich glaube, sie denkt immer noch, du hättest einen Braten in der Röhre.«

»Ha.«

»Niedliche Kopfbedeckung übrigens.«

Ich tätschle meine blaue Wollmütze. Mein Puls rast, als ich daran denke, was ich gleich tun werde. Unter der Mütze bin ich komplett kahl.

»Das wird schon«, sagt Aisha, berührt mich am Arm und nickt mir zu.

Zusammen gehen wir zum Team, wo ich wie ein aus dem Krieg heimkehrender Soldat begrüßt werde, obwohl keine von ihnen den Grund meines mysteriösen Fernbleibens kennt.

»Nicht nur haben wir das große Vergnügen, dass Jess heute wieder da ist, sie hat uns außerdem auch ihre berühmten Krapfen mitgebracht, und lasst euch gesagt sein: Sobald ihr einmal einen Jessica-Jackson-Krapfen probiert habt, werdet ihr *nie* wieder einen gekauften essen«, verkündet Aisha.

Tabitha blickt von ihrem Bildschirm auf. »Schön, dass du uns wieder mit deiner *Anwesenheit* beehrst.«

Es ist nicht so sehr, *was* sie sagt, sondern vielmehr ihr Tonfall, ihre Betonung des Wortes »Anwesenheit« – ganz so, als hätte ich Urlaub auf den Seychellen gemacht, statt nach der Chemotherapie im Bett zu liegen und mich hundeelend zu fühlen. Ich spüre, wie ich innerlich zu kochen beginne. Doch im Grunde kann ich ihr keinen Vorwurf für ihr Verhalten machen, schließlich war ich alles andere als ehrlich zu ihr.

Ich stelle die Schachtel mit den Krapfen auf einem leeren Schreibtisch ab. Die anderen kommen näher und greifen zu, um sich die dicksten herauszusuchen. Ich muss eine vegane Version entwickeln, damit Tabitha auch in den Genuss kommt.

Während die anderen in ihre Krapfen beißen und mit der Hand die heraustropfende Füllung auffangen, versuche ich, all meinen Mut zusammenzunehmen, um das zu tun, was ich mir vorgenommen habe. Mit wild klopfendem Herzen suche ich Aishas Blick.

Sie nickt und schenkt mir ein ermutigendes Lächeln. Ich stelle mir Annabel vor, die im Teich von Hampstead mit den Armen rudert und aus vollem Halse brüllt.

Ich lebe. Ich habe nichts zu verbergen.

»Ich habe eine kleine Ankündigung zu machen«, sage ich.

Zahlreiche Augenpaare schauen von halb aufgegessenen Krapfen auf. Selbst Tabitha dreht sich mitsamt Stuhl zu mir herum.

Ich hebe die Hand an meine Bommelmütze und versuche den Mut aufzubringen, sie abzunehmen. Es ist, als wären meine Finger an meinem Kopf festgeklebt.

»Ich weiß, einige im Team haben vielleicht das Gefühl, dass ich in letzter Zeit meine Verantwortung habe schleifen lassen.«

Tabitha heftet den Blick zu Boden.

»Ich möchte euch versichern, dass dieses Magazin für mich oberste Priorität hat und ich rund um die Uhr arbeite und versuche, alles zu geben. Es gibt Gründe, weshalb ich euch nicht schon früher die Wahrheit gesagt habe, aber na ja, jetzt ist mir klar geworden, dass das falsch war.«

Tabitha sieht mich halb verwirrt, halb erwartungsvoll an.

Ich atme noch einmal tief durch, dann ziehe ich mir am Bommel die Mütze vom Kopf wie ein Butler, der die Cloche von einer Mahlzeit lüftet. Ich fühle mich nackt, mein Kopf spürt die plötzliche Kälte, und ich streiche instinktiv mit der Hand darüber.

»Ja, genau. Ich habe Krebs.«

Ich warte darauf, dass der Groschen fällt. Auf die bestürzten Mienen. Als ich den Blick hebe, sehe ich, dass die Praktikantin angefangen hat zu weinen und die Leiterin der Social-Media-Redaktion mit offenem Mund dasteht. Doch es ist Tabithas Gesichtsausdruck, der mich am meisten schockiert.

In diesem Moment ist jede Rivalität zwischen uns vergessen. In Tabithas Zügen spiegelt sich Schuldbewusstsein, dann Traurigkeit, dann Mitgefühl. Sie steht von ihrem Schreibtisch auf und macht einen Schritt in meine Richtung.

»Jess, warum hast du das nicht schon früher gesagt?« Sie beäugt meinen kahlen Schädel, dann schaut sie mir kopfschüttelnd in die Augen. »Ich hätte dir doch geholfen, ich hätte ...«

»Ist schon gut«, wiegle ich ab. Genau das wollte ich nicht – Mitleid. Seit ich gesehen habe, wie Annabel sich ins Leben stürzt, will ich auch aus meinem das Beste machen. Es gibt nichts, wofür ich mich schämen müsste.

»Ich möchte nicht, dass ihr Mitleid mit mir habt«, sage ich, ans ganze Team gewandt. »Wenn ich jetzt gerade bei euch im Büro stehe, dann weil es mir gut genug geht, um hier zu sein. Ich habe alle drei Wochen Chemo, deshalb muss ich mir regelmäßig mehrere Tage freinehmen. Aber ich liebe diesen Job, er gibt mir Kraft, und es geht mir gut. Ihr müsst euch also keine Sorgen machen. Irgendwelche Fragen?«

Es folgt das übliche Schweigen, das immer dann eintritt, wenn jemand im Anschluss an eine Präsentation die Runde eröffnet. Doch sobald eine Person den Anfang macht, kommen immer mehr Fragen. *Wie ist die Chemo? Hat es wehgetan, als dir die Haare ausgefallen sind? Wachsen die wieder nach?*

Aisha und die Praktikantin kochen Tee, und wir sitzen auf den Bürostühlen im Kreis, während ich den anderen Rede und Antwort stehe.

Anfangs war ich mir nicht sicher, ob ich es ihnen wirklich sagen will, aber jetzt bricht alles aus mir heraus. Die Hitzewallungen, die Steroide und die Spritzen, die ich bekommen muss, damit ich genug weiße Blutkörperchen produziere. Als ich beschreibe, wie ich mir selbst die Spritzen setze, schüttelt Aisha sich unwillkürlich, aber nach der Hormonbehandlung und der Chemo bin ich daran gewöhnt.

»Und was die Klimaanlage betrifft«, sage ich und beäuge den Regler an der Wand, der schon häufiger zum Gegenstand erbitterter Diskussionen im Büro geworden ist. »Eine Nebenwirkung der Chemo sind Hitzewallungen, falls ihr also seht, wie ich mich ausziehe oder eine arktische Temperatur einstelle, liegt es daran.«

Einige murmeln »Wow« und »Ich kann es nicht glauben«, als die Neuigkeit langsam durchsickert. Irgendwann beende ich die Fragestunde und sage, dass es Zeit ist, zurück an die Arbeit zu gehen, sie aber jederzeit zu mir kommen können, falls sie noch weitere Fragen haben. Das ist mir allemal lieber, als wenn sie hinter meinem Rücken tratschen.

»Natürlich«, sagt Tabitha. »Ich bin sehr froh, dass du es uns gesagt hast. Wir sind hier, um dir auf deinem Weg beizustehen.«

Bei dem Wort »Weg« zucke ich zusammen. Es erinnert mich an die jungen Talente bei *X Factor*, die unter Tränen von ihrer verstorbenen Großmutter berichten: »*Und wenn ich mit fünfzehn keine berühmte Sängerin bin, werde ich buchstäblich sterben, weil das schon mein ganzes Leben lang mein großer Traum ist.*« Ich nehme mir vor, das Wort auf die Schwarze Liste des Chemo-Clubs zu setzen.

»Ganz ehrlich.« Ich halte es für das Beste, gleich von Anfang an die richtigen Weichen zu stellen. Wenn ich es ihnen nicht erkläre, woher sollen sie es wissen? »Ich habe festgestellt, dass es gewisse Dinge gibt, die man lieber nicht sagen sollte, wenn jemand Krebs hat. Ich habe diese Fehler selber gemacht, aber von jetzt an verwenden wir in dieser Redaktion das Wort ›Kampf‹ nicht mehr. Zu sagen, dass jemand ›den Kampf gegen den Krebs verloren‹ hat, suggeriert, dass die betreffende Person in irgendeiner Weise versagt hat, dass sie nicht genug Willenskraft oder Stärke hatte. Aber man kann nicht lernen, den Krebs zu besiegen.«

»Was sollen wir stattdessen sagen?«, fragt Tabitha, die ehrlich an meinem Input interessiert zu sein scheint.

»Sagt, dass die Person gestorben ist.« Mir wird klar, dass ich in den letzten Monaten viel von Annabel gelernt habe, vor allem zum Thema Akzeptanz. »Wir reden nicht oft über den Tod, dabei ist er das Einzige im Leben, was gewiss ist. Wir müssen lernen, darüber zu sprechen.«

Tabitha nickt mit hochgezogenen Augenbrauen. Ausnahmsweise ist sie ganz Ohr.

»Und können wir bitte auch nicht vom ›Weg‹ sprechen?«, fahre ich leicht grinsend fort. »Sorry, Tabitha, das ist einfach eine persönliche Abneigung meinerseits.«

Aisha hält einen Schreibblock in die Höhe, auf dem sie die Liste verbotener Wörter notiert. »Ich verteile das nachher an alle, damit du uns ermahnen kannst, wenn wir uns nicht daran halten.«

»Danke, Aish«, sage ich und muss über ihre pragmatische Art lachen.

»Danke, dass du so ehrlich zu uns warst«, sagt Tabitha. »Und gib Bescheid, wenn du dich mal in der Modeabteilung umschauen willst. Da drin sieht es aus wie auf einer Müllhalde, aber ich schwöre dir, es ist ein organisiertes Chaos. Irgendwo haben wir bestimmt auch noch ein paar Kopftücher.«

»Danke, Tabitha.« Zum allerersten Mal habe ich den Eindruck, dass sie mir wirklich helfen will.

»Das hast du großartig gemacht«, sagt Aisha, als wir uns beim Mittagessen unterhalten.

Ich puste auf meine Suppe und nicke dankbar. »Wie ist Tabitha die Woche über zurechtgekommen?«

Sie verzieht das Gesicht.

»So schlimm?« Ich lache.

»Nein, sie schafft das schon. Es ist bloß mühsam ohne dich.«

»Wirklich? Aber ich habe doch fast gar nichts gemacht.«

»Willst du mich verarschen, Jess? Du bist doch die absolute Vorzeigemitarbeiterin hier. Alle reden die ganze Zeit nur über dich. Wenn ich nicht deine beste Freundin wäre, könnte ich direkt neidisch werden.«

Ich runzle die Stirn. »Aber ich tue doch gar nichts. Ich sitze den ganzen Tag auf meinem Hintern und bade in Selbstmitleid.«

»Du kapierst es nicht, Jess«, sagt sie und droht mir mit dem Finger. »Du bist eine echte Inspiration.«

Abermals runzle ich die Stirn. »Inspiration? Wie meinst du das?«

Vielleicht ist das auch ein Begriff für die Schwarze Liste. Es ärgert mich, wenn die Leute es in den Mund nehmen, nur weil Krebspatienten ihr Los mit einem Lächeln ertragen. Es ist ja nicht so, als hätte ich ein Heilmittel gegen die Krankheit gefunden. *Das* wäre inspirierend.

»Na ja, zunächst mal hast du es geschafft, zwei richtig gute Ausgaben in den Druck zu bringen. Jede andere an deiner Stelle hätte zu Hause gesessen und in ihr Kissen geheult. Und zweitens hast du uns zum Umdenken bewogen. Wir haben viel zu viele Interviews mit irgendwelchen völlig uninteressanten B-Promis geführt – bis du uns dazu gebracht hast, darüber nachzudenken, was wirklich wichtig ist. Du bist eine tolle Mentorin für mich.«

»Hör mal, wie sollte ich deine Mentorin sein? Ich war doch kaum hier!«

Sie sieht mich an, als wäre ich nicht ganz richtig im Kopf, weil ich es immer noch nicht begriffen habe. »Jess, schau dich doch nur mal an. Ich kenne niemanden, der sein Leben besser im Griff hat als du. Du musst nicht zu Redaktionssitzungen kommen und uns permanent über die Schulter schauen, um eine Mentorin zu sein. Es reicht, dass du so bist, wie du bist. Dass du mit der Situation so umgehst, wie du es getan hast. Jede andere hätte sich nach einer Krebsdiagnose wahrscheinlich dauerhaft krankschreiben lassen – und ich bin übrigens nach wie vor der Ansicht, dass du das auch tun solltest. Aber was machst du? Du arbeitest *freiwillig* weiter. Einen Tag, nachdem dein Freund dir gesteht, dass er fremdgegangen ist, meldest du dich auf einer Dating-Seite an. Du gibst immer Vollgas, Jess. Du bist so verdammt stark! Das warst du immer schon.«

»Aber …« Es ist komisch, solche Dinge aus Aishas Mund zu hören. Aisha, meine wilde, draufgängerische Freundin, die Arschlöchern auf Dating-Seiten Kontra gibt und nie ein Blatt vor den Mund nimmt. Ich habe mich selbst nie so gesehen.

»Ich weiß, dir ist das nicht bewusst«, fährt sie fort. »Aber ich schaue schon mein ganzes Berufsleben zu dir auf. Ist dir eigentlich klar, dass wir zusammen als Praktikantinnen angefangen haben? Und überleg mal, wo du jetzt stehst. Du bist Chefredakteurin und kniest dich voll rein. Du leitest ein Team, obwohl ich ganz genau weiß, dass es dir nach der

Chemo beschissen ging. Und dann kommst du hier rein und nimmst die Mütze ab, als wäre das alles ein Klacks für dich. Das ist so mutig, Mann! Scheiße, ich liebe dich.«

»Oh«, sage ich, ehe mir zum millionsten Mal die Tränen kommen. »Danke.«

Sie isst ihr Sandwich auf, dann schaut sie mich zögernd an. »Wenn ich ehrlich sein soll, hat mich das dazu gebracht, mein eigenes Leben genauer zu betrachten.«

»Ach ja?«

»Jess, ich glaube, ich werde kündigen.«

»Was?« Nein! Wenn Aisha geht, ist das ganze Magazin am Arsch, ganz zu schweigen davon, dass ich sie als meine Lieblingskollegin wahnsinnig vermissen würde.

Sie senkt die Stimme. »Wie heißt es immer? ›Man lebt nur einmal.‹ Du weißt ja, eigentlich wollte ich nie Online-Redakteurin bei einer Zeitschrift werden, ich habe einfach nicht den Ehrgeiz wie du.«

»Was dann? Willst du Modedesignerin werden?«

»Ich habe mich an der Uni um einen Studienplatz beworben«, sagt sie und sieht mich zaghaft an. »Am Central St. Martins.«

»Aish! Das ist ja der Hammer.« Ich lege meinen Löffel weg und schlinge die Arme um sie. Seit wir uns kennen, redet sie davon, an der Modehochschule zu studieren, aber ich dachte nie, dass sie es wirklich wahrmacht.

Sie wirkt verletzlich und unsicher, als sie sich aus der Umarmung löst. »Ich weiß noch gar nicht, ob ich einen Platz kriege. Es ist ein Risiko.«

»Aish, *natürlich* kriegst du einen Platz! Hast du dich mal kennengelernt?«

Sie lacht. »Selbst wenn ich es schaffen sollte, geht es erst im September los. Zu dem Zeitpunkt ist Leah wieder da, und du wirst zweifellos unsere nagelneue Chefredakteurin sein. Ich will niemanden hängen lassen.«

»Ach was«, sage ich. »Hier geht es um dich. Ich freue mich wahnsinnig für dich.«

»Tja, wenn es schiefgeht, gebe ich dir die Schuld«, sagt sie. »Es gibt niemanden außer dir, der mich dazu inspirieren könnte, meinen Job zu kündigen und in meinem Alter noch mal in die Rolle der armen Studentin zu schlüpfen.«

»Das nehme ich als Kompliment.« Ich knuffe sie mit dem Ellbogen in die Seite und reiche ihr ein Taschentuch. »Wie wirst du denn finanziell klarkommen?«

»Na ja, darüber wollte ich auch mit dir reden. Zunächst mal muss ich mir eine günstigere Wohnmöglichkeit suchen, vielleicht ein bisschen weiter außerhalb. Du hast nicht zufällig Lust auf eine WG?«

Ich bin dermaßen erleichtert, dass ich schon wieder in Tränen ausbreche. Ich wusste, dass ich mich um meine Wohnsituation kümmern muss, aber ich glaube, bis zu Aishas Angebot war mir nicht klar, wie verzweifelt meine Lage wirklich ist.

»Gott, und wie!«, sage ich. »Wenn ich nicht mehr mit dir zusammenarbeiten kann, will ich wenigstens mit dir zusammen wohnen. Andernfalls wären meine Entzugserscheinungen zu heftig.«

»Dem Himmel sei Dank«, sagt sie. »Ich glaube, mit einer weiteren Zurückweisung wäre ich jetzt nicht klargekommen.«

»Als würde ich dich jemals zurückweisen«, sage ich, während ich mir bereits die Mädelsabende in unserer gemütlichen neuen Wohnung ausmale. Ich muss aus Clapham weg, allein schon, um die Erinnerungen an Johnny und die Chemo hinter mir zu lassen.

»Abgemacht«, sagt sie. »Glaubst du, du könntest mir, äh, regelmäßig Krapfen zum Frühstück machen?«

Ich tue so, als müsste ich erst gründlich darüber nachdenken. »Klar, wenn ich als Erste deine neuen Klamotten ausleihen darf.«

»Wir haben einen Deal, Mitbewohnerin.«

WEIBLICH, LEDIG, KAHL SUCHT

Hi,

ich bin Jess. Danke, dass du mein Profil angeklickt hast. Das heißt, du stehst entweder auf Frauen mit Glatze, oder du warst einfach neugierig. Mir ist beides recht. Jeder so, wie er mag.

Also ... Ich könnte jetzt das übliche vollmundige Zeugs schreiben – dass ich eine wunderschöne, humorvolle, weitgereiste und intelligente Frau bin, die einen bodenständigen Mann mit Esprit für tiefgründige Gespräche bei einem guten Glas Wein sucht – ohne jeden Beziehungsdruck, versteht sich. Allerdings gibt es da einen ziemlich großen Haken. Vor zwei Monaten wurde bei mir Brustkrebs diagnostiziert, und es dauert nicht mehr lange, bis ich einer meiner Brüste Lebwohl sagen muss. Außerdem bin ich kahl wie ein Baby und komme gerade aus einer langjährigen Beziehung ... Ach ja, und ich weiß nicht, ob ich jemals Kinder bekommen kann.

Du bist immer noch da? Also gut. Im Grunde bin ich einfach nur Jess. Ich hoffe, meine Haare werden mindestens so üppig und glänzend nachwachsen wie die von Meghan Markle, bloß in Rot. (Habe ich schon erwähnt, dass ich ein Rotschopf bin?) Ich liebe gutes Essen, aber ich hasse das Wort »Foodie«, und noch schrecke ich davor zurück, den Schritt in den Veganismus zu wagen. Ich kann den Ausdruck

»lol« nicht ausstehen; wenn du ihn verwendest, besteht also die Gefahr, dass ich dir nicht antworte. Lol.
In Wahrheit weiß ich gar nicht so genau, wonach ich suche. Ich würde einfach gerne jemanden kennenlernen, der nett ist, mit dem man gut lachen kann und dem es nichts ausmacht, dass ich vorübergehend eine Glatze habe. Ich habe ein paar Fotos hochgeladen – einige habe ich heute gemacht, die anderen sind aus einer Zeit, als ich noch jünger und attraktiver war ... und noch Augenbrauen hatte.
Ich freue mich, von dir zu hören
Jess

Ich lese Annabel den Text vor. Es fühlt sich gut an, etwas zu schreiben, das zu hundert Prozent echt und aufrichtig ist. Gewissermaßen eine Übung in »Was würdest du tun, wenn du keine Angst hättest?«.

»Klingt das nach Selbstliebe?«, frage ich, drehe das MacBook herum und schiebe es ihr über den Küchentisch hin.

»Nee«, sagt sie. »Das klingt nach jemandem, der Krebs hat und drauf scheißt. Die Kerle werden es lieben.«

»Findest du nicht, ich sollte ein bisschen ... weniger dick auftragen?«

»Glaub mir: Typen wollen eine Frau, um die sie sich kümmern können, aber sie wollen auch eine, die sexy und selbstbewusst ist und weiß, was sie will. Du erfüllst alle Kriterien.«

»Glaubst du wirklich, dass das funktioniert?«

»Na klar wird das funktionieren«, antwortet Annabel lachend und gibt mir den Laptop zurück. »Jeder Mann, der dich bekommt, kann sich glücklich schätzen. Und wenn sie sich an der Glatze stören, sind sie sowieso nicht die Richtigen für dich.«

Ich hole tief Luft und tippe auf »Absenden«.

Herzlichen Glückwunsch! Dein Profil wird innerhalb der nächsten 24h von unserem Team geprüft. Viel Erfolg beim Dating!

20:20h
An: WeiblichLedigKahl
Von: SweetLikeChocolate84
Hi Jessica, hab gerade dein Profil gelesen und wollte unbedingt Hallo sagen! Genau wie du bin ich ein Krebsüberlebender. Bei mir war es ein Knoten am Hoden. Zum Glück wurde er rechtzeitig entdeckt. Als Vorsichtsmaßnahme haben sie mir einen Hoden entfernt, jetzt habe ich ein Implantat. Wie läuft es bisher in der verrückten Welt des Online-Datings? Ryan x

20:35h
An: WeiblichLedigKahl
Von: IrishHeart69
Hey, eigentlich bin ich momentan gar nicht auf der Suche (hatte eine kurze Beziehung mit einer Frau ... sechs Dates ... der Horror), wollte dir aber viel Glück wünschen! Du siehst wirklich hübsch aus und scheinst auch eine tolle Persönlichkeit zu haben. Mir gefällt deine direkte Art. Wenn ich nicht schon jemanden hätte, würde ich dich total gerne kennenlernen. Sorry, ich habe einen ziemlich schwarzen Humor. Wenn du

unfruchtbar bist, kannst du jede Menge Geld für Kondome sparen! LOL (Spaß LOL haha)
Alles Gute, Finn

21:51h
An: WeiblichLedigKahl
Von: SpanishEyes23
Hola, Jess! Wow, deine Geschichte hat mich total berührt. Du bist sehr mutig. Und hast wunderschöne Augen! Wenn du es noch nicht an meinem Nick erkannt hast, ich bin Spanier, neu in diesem Land und auf diesem Portal. Würde sehr gerne mit dir chatten. José x

Ich studiere ein Profil nach dem anderen. Annabel hatte recht, das Angebot ist nicht gerade erstklassig, aber das Interesse an mir ist erstaunlich groß, und die meisten Männer wirken ziemlich, nun ja – normal.

Natürlich gibt es auch hier jede Menge Badezimmer-Selfies und betäubtes Großwild, aber insgesamt wirken die Männer deutlich höflicher und authentischer, und angenehmerweise gibt es keine unmoralischen Angebote.

Nehmen wir zum Beispiel SpanishEyes. Laut Profilbild ist er braun gebrannt, hat eine gute Figur und große braune Augen. Er ist eins achtundsiebzig groß und »auf der Suche nach einer festen Beziehung«. Und Spanier ist er auch noch – was will man mehr? Mein Finger schwebt über dem »Antworten«-Button, während ich überlege, was ich ihm schreiben soll. Hat er wirklich Interesse an der glatzköpfigen Jess, oder haben seine Kumpels ihn dazu angestiftet?

Ich beschließe, meine Antwort kurz zu halten.

Hi, José, hast du vielleicht Lust, dich mal auf einen Kaffee zu treffen?

»Jess?«, fragt jemand zaghaft, der meinen Namen wie »Yes« ausspricht.

Als ich mich umdrehe, sehe ich mich einem lächelnden jungen Mann mit braunen Augen gegenüber. Seine Brauen sind dick wie pelzige Raupen, und dunkles Haar umrahmt sein Gesicht.

»Hi«, sage ich ein wenig zu überschwänglich und will ihm die Hand schütteln und ihn gleichzeitig auf die Wangen küssen. »Ich bin Jess schön dich kennenzulernen wie geht es dir mir geht es gut danke«, stoße ich in einem Atemzug hervor, bevor mir bewusst wird, dass ich immer noch seine Hand festhalte. Gott, bin ich nervös!

»Ist mir ein Vergnügen«, sagt er mit Akzent.

Er entzieht seine Hand meinem feuchten Griff, und einen Moment lang stehen wir einfach nur da, lächeln und mustern einander. Ich hatte befürchtet, der Sache nicht gewachsen zu sein, da ich von der letzten Chemo immer noch ziemlich geschwächt bin, doch sobald er mich anlächelt, finde ich, dass es sich gelohnt hat.

»Yes?«, sagt er, und es dauert einen Moment, ehe ich begreife, dass er mich meint. »Was möchtest du gerne? Kaffee? Tee? Ein Stück Kuchen?«

Ich spüre das mittlerweile vertraute Gefühl einer Hitzewallung, die wie eine gigantische Woge von meinen Schenkeln bis zu meinem Hals hinaufsteigt.

»Nur ein Wasser, bitte«, sage ich und schäle mich aus meinem Mantel. Ein Arm bleibt im pelzgefütterten Ärmel hängen.

Ich stolpere nach draußen in die Kälte und lasse mich auf eine Bank sinken. Ich fange an, mir den Rest des Mantels und den Pullover auszuziehen, dann richte ich meine Perücke. Als José sich zwei Minuten später zu mir gesellt, ist die Hitzewallung abgeklungen, und mir ist eiskalt.

»Dir geht es gut?«, erkundigt er sich. »Du bist krank? Wäre es dir lieber, wenn wir einen neuen Termin ausmachen?«

Zum ersten Mal schaue ich ihn genauer an. Er ist attraktiv – so viel dunkle Haare und große, runde, freundliche Augen.

»Es geht schon.« Ich fühle mich ein bisschen besser und fange an, mir den Pulli wieder überzuziehen. Doch durch den engen Ausschnitt rutscht meine Perücke einige Zentimeter nach hinten, sodass oberhalb meiner Stirn ein Streifen milchweißer Kopfhaut zum Vorschein kommt. Ich habe mir so viel Mühe gegeben, mich selbstbewusst zu fühlen, aber in Wahrheit bin ich verletzlich und nackt wie ein kleines Mädchen auf dem Spielplatz, das weint, weil die Jungs ihm den Rock heruntergezogen haben.

»Warte, ich helfe dir.« Er macht einen Schritt auf mich zu, doch ich wende mich ab und schiebe die Perücke mit beiden Händen an ihren Platz zurück.

»Sehen meine Haare okay aus?«, witzele ich, als ich mich wieder zu ihm umdrehe und meinen blauen Bob schwingen lasse.

»Wunderschön«, sagt er. »Deine Augen, sie sind wunderschön. Ohne Perücke würde ich dich immer noch wunderschön finden.«

Johnny würde sich garantiert über mich lustig machen, wenn mir während eines Dates die Perücke verrutschen würde. Um mich von meiner Verlegenheit abzulenken, würde er einen Witz über meine multiple Persönlichkeit machen. Aber bei einem ersten Date als »wunderschön« bezeichnet zu werden, ist mir auch recht.

»Du bist also ein Foodie?«, sagt er. Er spricht das *d* so weich aus, dass sich das Wort auf »Smoothie« reimt.

»Wahrscheinlich«, sage ich. Es dauert einen kleinen Augenblick, ehe mir wieder einfällt, was ich in meinem Profil geschrieben habe. »Ich liebe Essen. Und ich habe ein Faible für Süßes. Und du?«

»Ich mag lieber Salziges.«

»Herzhaftes«, sage ich.

»Ja, Herzhaftes«, sagt er. »Ich brauche jemanden, der mein Englisch korrigiert.«

»Mache ich gern«, sage ich.

»Kochst du gerne?«

Ich verspüre einen Stich der Freude, als ich mich daran erinnere, wie ich die Krapfen gebacken habe. Ich kann nicht glauben, dass ich so lange damit gewartet habe.

»Ich backe eher«, sage ich. »Hauptsächlich Krapfen.«

»Ich würde gerne deine Krapfen probieren.« Seine Augen werden schmal. »Die sind bestimmt sehr gut.«

»Sie können sich sehen lassen«, erwidere ich. Ich sollte so bald wie möglich eine neue Ladung backen, außerdem muss ich am Rezept für die vegane Variante tüfteln. »Was ist mit dir, kochst du?«

»Ich koche gerne spanische Gerichte, und ich mache sehr gute *croquetas*. Seit ich hier bin, koche ich auch englisches Essen, und ich lerne, wie man Curry macht. Fish and Chips kann ich noch nicht so gut.«

Ich muss lachen. »Fish and Chips machen die meisten Leute auch nicht zu Hause. Aber *croquetas*? Da kommen wir der Sache schon näher. In Spanien gibt es mit das beste Essen auf der Welt.«

»Ich weiß.« Das Kompliment bringt ihn zum Strahlen. »Ich vermisse die Küche meiner Mutter. Aber ich versuche, alles über England zu lernen. Englisches Essen und englische Frauen.«

»Weißt du denn schon viel über englische Frauen?«

»Ich hoffe, das kommt bald«, sagt er und zieht eine Augenbraue hoch. »Du bist die Erste, mit der ich mich treffe.«

»Also kein Druck«, scherze ich. Er hat eine Art an sich, bei der man sich sofort wohlfühlt. »Wie mache ich mich bisher?«

»Sehr gut«, sagt er, und mir wird ein kleines bisschen schwindlig vor Freude.

Er beugt sich ein Stück zu mir, und im ersten Moment denke ich, er will mich küssen. Doch dann sehe ich seine besorgte Miene. »Du bist müde«, stellt er fest, und zum ersten Mal seit mindestens zehn Minuten denke ich an meine Chemo.

»Es geht mir gut«, sage ich. »Wenn ich einen Kaffee trinke, fühle ich mich wieder pudelwohl.«

Das entspricht nicht ganz der Wahrheit. Zu Hause werde ich mich sofort ins Bett legen und vor morgen früh nicht mehr aufstehen.

»Pudelwohl«, wiederholt er. »Ein gutes Wort. Du bringst mir heute sehr viel bei, Yes. Ich hole dir einen Kaffee!«

Er springt auf, hocherfreut, mir zu Diensten sein zu können.

Als er fünf Minuten später zurückkehrt, bringt er einen Flat White und ein Stück Ingwerkuchen mit. Ingwer ist gut gegen Übelkeit. Als hätte er es gewusst.

»Ich *liebe* Ingwer«, sage ich. Beim Anblick der saftigen Kuchenscheibe läuft mir das Wasser im Mund zusammen. »Woher wusstest du das?«

Er streckt die Hand aus, um meine blaue Perücke zu berühren, und ich spüre ein Kitzeln im Nacken. »Ich habe es geraten«, sagt er kokett lächelnd.

Er berührt so lange meine falschen Haare, dass es schon ein wenig unangenehm wird. Seine Miene wird plötzlich ernst.

»Sag mir, Yessica, bist du ganz allein auf deinem Weg?«

Schon wieder dieses Wort – Weg. Krebs ist doch kein Roadtrip. Krebs ist ein fucking Albtraum.

»Ja, ich bin allein«, sage ich und verkneife mir jeden weiteren Kommentar. Er versucht bloß, nett zu sein, außerdem ist Englisch nicht seine Muttersprache. »Ich habe mich vor ungefähr einem Monat von meinem Freund getrennt.«

Er nimmt meine Hand, als wäre sie ein kostbares Juwel. Er hält sie zwischen seinen beiden Händen und blickt erst nach unten, dann in mein Gesicht.

»Yes«, sagt er, und seine Augen bohren sich in meine. »Du bist nicht mehr allein. Ab jetzt hast du mich. Ich werde für dich sorgen.«

SCHEISS AUF DEN KREBS

»Das hat er wirklich gesagt?«, fragt Annabel, die neben meinem Chemo-Stuhl sitzt.

»Es war ihm bitterernst.« Ich genieße es, wie glücklich sie wirkt, während ich ihr von meinen Dating-Abenteuern erzähle.

»Andalusien hört sich doch nach einer tollen Location für eine Hochzeit an«, meint sie, und wir müssen beide lachen.

Ich spanne die Hand an, als Schwester Ange den Regler an meiner Kanüle verstellt, dann lächle ich Annabel zu, während ich versuche, mich wieder auf meine Schilderung zu konzentrieren.

»Er ist echt ein lieber Kerl …« Ich breche ab, als ich das Kitzeln im Schritt und den metallischen Geschmack der Kochsalzlösung im Rachen spüre. Übelkeit steigt in mir hoch. »Aber es war schon ein bisschen peinlich, als er so schwärmerisch wurde.«

»Trotzdem willst du in jedem Fall auf ein zweites Date mit ihm gehen?«, fragt Priya, die auf der anderen Seite sitzt.

»Ich denke schon. Ich meine, er scheint wirklich nett zu sein. Er zeigt trotz meines Aussehens aufrichtiges Interesse an mir, und ich bin mir nicht sicher, ob ich erwähnt habe, dass er unheimlich attraktiv ist? Es hängt alles davon ab, wie es mir nach der Chemo geht.«

»Jess, du bist ein toller Fang«, sagt Annabel. »Chemo hin oder her. Ernsthaft. Niemand sonst könnte so eine Perücke tragen.«

»Sie sind wunderschön, genau wie Ihr Vater«, unterbricht Schwester Ange uns und schaut von meinem Tropf nach unten, während sie einen Infusionsbeutel mit der himbeerroten Flüssigkeit aufhängt.

Priya und Annabel kichern.

»Denkst du, José ist gut im Bett?«, will Annabel als Nächstes wissen.

Ich verdrehe scherzhaft die Augen. »Das ist alles, woran du denkst, oder?«

»Eine Nummer mit einem sexy Spanier könnte dir guttun. Du weißt doch, was man sich über sie erzählt.«

»Hast du mich gesehen?«, frage ich und deute auf meinen Kopf, meinen Arm mit der Kanüle und meinen Körper, der mit jedem Tag schwächer wird. »Es ist vollkommen ausgeschlossen, dass ich in der nächsten Zeit irgendetwas mache, was auch nur im Entferntesten mit Sex zu tun hat.«

Schwester Ange zwinkert mir zu, während sie den Tropf so einstellt, dass mir die rote Flüssigkeit in die Venen läuft. Dann verlässt sie den Raum.

»Was ist mit dir, Priya?«, frage ich. »Wie läuft es mit deinem Mann?«

»Ja«, sagt Bel. »Konntest du ihn endlich dazu überreden, dich zu vögeln?«

Priya macht ein langes Gesicht. Kaum dass sie anfängt zu sprechen, muss sie weinen.

»Hey, alles in Ordnung? Ich wollte dich nicht …«

Doch meine Frage scheint etwas in Priya ausgelöst zu

haben. Schon bald laufen ihr die Tränen die Wangen hinunter und ruinieren den perfekten Schwung ihres Lidstrichs.

»Ich weiß einfach nicht, was ich noch machen soll«, sagt sie halb lachend, halb weinend. »Tut mir leid, ich benehme mich vollkommen lächerlich. Es ist nur ... Sobald ich auch nur versuche, ihn zu küssen, weicht er mir aus. Seit der Geburt der Zwillinge habe ich mich nicht mehr so unsexy gefühlt.«

Bel geht zu ihr, legt einen Arm um sie und zieht sie an ihren vogeldürren Körper. »Er steht auf dich, glaub mir. Wahrscheinlich braucht er einfach etwas Zeit, um sich an die Veränderungen zu gewöhnen.«

»Und was ist, wenn er sich nie daran gewöhnt?«, klagt Priya und zieht wie ein Kleinkind die Nase hoch.

»Das wird er bestimmt«, sage ich. »Natürlich. Er liebt dich.« Aber das kann ich gar nicht wissen, oder? Ich kenne Priyas Mann nicht einmal. Vielleicht betrügt er sie, so wie Johnny mich betrogen hat.

»Ich kann es nicht abwarten, bis diese verfluchte Behandlung endlich vorbei ist und meine Haare nachwachsen, damit er mich wieder sexy findet«, sagt Priya. »Er behandelt mich wie eine zerbrechliche Puppe, die er nicht anfassen darf.«

»Wahrscheinlich hat er Angst, dir wehzutun«, sage ich. »Habt ihr mal mit einem Therapeuten darüber gesprochen?«

Priya erklärt, dass ihr Mann Guj sehr stur ist und als Apotheker aus einer Arztfamilie keinen Sinn in einer Therapie sieht. Genau wie Johnny ist er der Ansicht, Psychotherapie sei nur etwas für Schwächlinge.

»Aber *du* könntest doch eine Therapie machen«, meint Bel. »Ich kann dir Dr. Deep ausleihen, wenn dir das hilft.«

»Ihr seid so lieb.« Priya ringt sich schniefend ein Lächeln ab. »Das fände ich sehr schön.«

»Dann soll es geschehen«, sagt Bel und gibt Priya mehrere Taschentücher, damit sie sich die Nase putzen kann.

Mir kommt der Gedanke, dass der Krebs unser aller Leben völlig auf den Kopf gestellt hat. Dabei geht es nicht nur um die Auswirkungen auf unseren Körper, sondern auch um die emotionalen Kollateralschäden. Bei Priya sind es die angespannte Beziehung zu ihrem Ehemann und seine veränderte Sicht auf ihren Körper. Bei Annabel ist es die Tatsache, dass sie niemals Kinder haben wird, dass ihr Freund sie deshalb verlassen hat und sie mit dem Wissen klarkommen muss, dass sie an ihrer Krankheit sterben wird. Bei mir wiederum wurde durch den Krebs alles infrage gestellt, was ich bisher als selbstverständlich betrachtet habe. Ich weiß nicht mehr, ob ich jemals Mutter werde. Ich weiß nicht mehr, ob ich mich jemals wieder verlieben werde und ob mich jemals wieder ein Mann attraktiv findet. Dabei möchte ich doch einfach nur jemanden haben, der mich so liebt, wie ich bin.

»Scheiß auf den Krebs«, sagt Bel, als hätte sie meine Gedanken gelesen. »Scheiß auf den Krebs und alles, was dazugehört.«

WUNDERSCHÖN

Meine Periode ist ausgeblieben. Viele Frauen in meinem Alter wären sicher überglücklich – das erste Anzeichen einer Schwangerschaft. Doch für mich bedeutet es lediglich, dass die Chemo meine Eierstöcke lahmgelegt hat und ich weiter davon entfernt bin, Mutter zu werden, als jemals zuvor.

Die Auswirkungen der dritten Chemo sind nicht besser als bei den vorangegangenen Malen, aber immerhin weiß ich jetzt, was ich auf mich zukommt. Nicht, dass es das leichter macht, mit einem Kopf aufzuwachen, der sich anfühlt, als wäre er zwischen zwei Eisenblöcken eingeklemmt. Mir war so schlecht, dass ich mir am liebsten die Seele aus dem Leib gekotzt hätte, aber wegen der Tabletten gegen Übelkeit, die ich nehme, bleibt mir selbst diese Erleichterung versagt. Manchmal starre ich stundenlang wie gelähmt an die Wand, weil ich zu müde bin, um ein Buch zu lesen, und weil meine Augen so lichtempfindlich sind, dass sie den Schein des Fernsehers nicht ertragen. Stattdessen scrolle ich endlos durch meine Social-Media-Feeds und rege mich über kitschtriefende Valentinsgrüße und Fotos der bildhübschen Sprösslinge meiner Bekannten auf.

Bei meiner letzten Untersuchung anlässlich der dritten von insgesamt sechs Chemo-Behandlungen hat Dr. Malik mir die Nachricht überbracht, vor der ich mich die ganze Zeit gefürchtet habe. Obwohl das CT zeigt, dass der Tumor geschrumpft ist, werde ich mich einer Mastektomie unterziehen müssen, um so meine Chance zu erhöhen, alt und grau zu werden. Während er mir die verschiedenen Optionen erläuterte, habe ich innerlich abgeschaltet und mir stattdessen die Narben vorgestellt, die ich eines Tages meinem Partner erklären muss. Ich habe erst wieder zugehört, als er mir die Vorgehensweise für eine Hautmantel und Brustwarzen erhaltende Mastektomie auseinandersetzte, die für mich infrage kommt, weil meine Brüste klein genug sind, sodass eine Durchblutung der Brustwarzen nach der Operation gewährleistet werden kann. Mit anderen Worten: Mir wird nicht der Nippel abfaulen, immerhin bleibt es mir also erspart, ein Jahr lang ohne Brustwarze herumlaufen und warten zu müssen, bis meine Haut in Form gezogen und tätowiert werden kann. Das ist besser als nichts.

Das Ausbleiben meiner Periode ist der Tropfen, der für mich das Fass zum Überlaufen bringt. Als ob es mir nicht schon schlecht genug ginge! Was, wenn sie nie wiederkommt? Ich habe meine Chance vertan, einen Embryo einfrieren zu lassen, und jetzt stehe ich da, allein, ohne Haare, ohne Monatszyklus, ohne einen Funken Feminität. Ich fühle mich hässlich und unweiblich. Der Gedanke, in meinem Zustand eine neue Beziehung einzugehen, erscheint mir abwegiger denn je.

Und dennoch hat mir José anderthalb Wochen nach meiner dritten Chemo bereits achtundzwanzig Nachrichten geschrieben und mich dreitausendmal angerufen. Permanent erkundigt er sich nach meiner Körpertemperatur und nach meinem allgemeinen Gesundheitszustand, als bestünde die Gefahr, dass ich jeden Moment kollabiere.

Er hat Dr. Google konsultiert und scheint sich nun besser mit Brustkrebs auszukennen als ich. Einerseits ist das nervig und extrem unsexy, andererseits tut es gut, zu wissen, dass er sich um mich sorgt. Es ist schwer vorstellbar, jemanden zu daten, der meinen Problemen weniger tolerant gegenüberstünde.

»Darf ich dich was fragen?«, sagt er, als er mich am Abend vor unserem zweiten Date anruft und die schlimmsten Nachwirkungen der Chemo gerade überstanden sind.

»Ja …«

»Wenn du dich damit wohlfühlst, wäre es dann okay für dich, ohne Perücke zu kommen? Ich möchte dich gerne mit Glatze sehen.«

Es ist, als hätte er mich gebeten, eine geheime sexuelle Fantasie zu erfüllen, doch in Wahrheit bin ich heilfroh, an einem Abend, an dem mich aller Voraussicht nach Hitzewallungen plagen werden, nicht auch noch eine kratzige Perücke tragen zu müssen. Zu Hause setze ich sie praktisch gar nicht mehr auf, sondern trage Baumwollmützen, die mich aber jeder Fraulichkeit berauben.

Mag sein, dass ich mir geschworen habe, eine neue, positiv denkende Jess zu sein, die sich selbst liebt, aber ohne Perücke und Make-up sehe ich aus wie ein Alien. Ein paar Wimpernhaare habe ich noch, aber die Augenbrauen sind mir mittlerweile fast vollständig ausgefallen, sodass mein Gesicht aussieht wie eine leere Leinwand. Die Chemotherapie soll den Krebs bekämpfen und dafür sorgen, dass ich wieder gesund werde, aber wenn ich mir die Schminke abwische und in den Spiegel schaue, blickt mich eine Patientin an, die kahler und kränker aussieht denn je.

Mit Glatze unter die Leute zu gehen ist beängstigend, aber getreu dem Motto »Nimm mich oder lass es bleiben« habe ich Josés Anfrage bejaht. Ich lege besonders große Ohrringe an, suche einen knallroten Lippenstift aus und trage so viel wimpernverlängernde Mascara auf, wie meine letzten noch verbliebenen Wimpern tragen können. Das Endergebnis ist ganz passabel.

Glatzköpfig im Haus herumzulaufen ist eine Sache, so einen Pub zu betreten eine ganz andere. Ich habe das Gefühl, splitternackt zu sein und von allen angestarrt zu werden, als ich zur Tür hereinkomme und verzweifelt nach José Ausschau halte, damit ich nicht wie eine einsame Krebspatientin wirke.

Ich erspähe ihn an einem Tisch in der Ecke. Er winkt mir zu, und mein Herz klopft schneller, als ich mich ihm nähere. Was, wenn er mich hässlich findet?

»Yes!«, sagt er, als ich den Tisch erreicht habe, springt auf und umarmt mich. »Wow! Mein Gott! Du bist so wunderschön.«

Er macht sich von mir los, legt mir die Hände auf die Unterarme und betrachtet mich eingehend wie ein teures Gemälde. »Wow.«

Jeder Gedanke, es könnte sich um einen Scherz handeln, verpufft. Er kann sich gar nicht an mir sattsehen.

»Es geht dir gut?«, fragt er, als ich meine Tasche abstelle und mich auf das gemütliche Sofa sinken lasse.

»Ja, mir geht es gut, ehrlich.«

Er geht zum Tresen, und ich nutze die Zeit, um unserer neuen Chemo-Club-WhatsApp-Gruppe eine Nachricht zu senden. In den vergangenen vierundzwanzig Stunden hat sie schon manch einen paranoiden Hilfeschrei von mir erhalten.

Ich hab dir doch gesagt, dass er drauf stehen wird! schreibt Annabel, als ich von Josés positiver Reaktion auf meine Glatze berichte. Er ist bestimmt ganz scharf auf dich. Viel Spaß! Xoxo.

José kommt mit einem Glas Wein für mich und einem Lager für sich zurück, dann setzt er sich sehr dicht neben mich aufs Sofa. Wir nippen an unseren Getränken und unterhalten uns eine Zeit lang über alles Mögliche – Arbeit, Essen, bis hin zu unseren Lieblingsfilmen. Wir finden nur wenige Gemeinsamkeiten und dafür umso mehr Unterschiede.

Als wir gerade mit unserem zweiten Glas anfangen, legt er seine Hand auf meine und sieht mich auf seine sehr intensive Art an.

»Darf ich dich küssen?«

Mir bleibt keine Zeit zu antworten, schon hat er sich in einer schnellen Bewegung nach vorn gebeugt und gibt mir einen nassen Kuss auf die Lippen. Ein Kribbeln geht durch meinen Körper. Ich schmecke meinen eigenen Atem, metallisch und weinsauer. Unwillkürlich muss ich an die Chemo denken, an den Geschmack von Kochsalzlösung in meiner Kehle. Dann schmecke ich das Salz auf Josés Lippen, den Hopfen von seinem Bier und seine warme Zunge.

Er lässt von meinem Mund ab und wandert hinunter bis zu meinem Hals, wo er sanft an mir zu knabbern beginnt.

»Deine Glatze ist so sexy«, murmelt er mit unverhohlenem Verlangen. »Ich darf sie anfassen?«

Ich gebe einen undefinierbaren Laut von mir, als er die Hand ausstreckt und meinen Kopf streichelt. Ich zucke zusammen. Ich weiß genau, wie sich das anfühlt. Es macht süchtig und ist irgendwie beruhigend, so als würde man eine Katze streicheln. Von ihm auf diese Weise berührt zu werden ist sowohl verstörend als auch ein kleines bisschen erregend.

Irgendwann entziehe ich mich ihm, woraufhin er abermals meine Hand nimmt und sich zu mir beugt, als wollte er mich noch einmal küssen. Doch als ich ihm entgegenkomme, steuert er mit dem Mund nicht meine Lippen, sondern meinen Kopf an und atmet tief und genüsslich ein.

Er riecht an mir. In aller Öffentlichkeit. Beim zweiten Date.

So irritierend das öffentliche Kopfhautschnüffeln und seine beinahe ans Obsessive grenzende Einstellung zu meiner Glatze auch sein mögen, ich will mehr von SpanishEyes. Zwei Wochen nach Chemo Nummer drei bin ich ziemlich scharf, und zwar ungeachtet der Tatsache, dass in diversen Krebsforen im Internet behauptet wird, Nebenwirkungen wie beispielsweise Scheidentrockenheit würden den Tod des Sexlebens bedeuten. Trotzdem – wenn ich meinem krebsgebeutelten Körper eine Portion Erotik angedeihen lassen möchte, dann nur mit jemandem, der ihn mit Respekt und Achtsamkeit behandelt. Das trifft auf José definitiv zu.

Fünf Minuten zu früh steht er bei mir vor der Tür, eine Flasche Tempranillo und einen Strauß Tulpen in der Hand. Beim Duft der Tulpen kommt mir die Galle hoch. Ich lege sie auf die Arbeitsfläche in der Küche. Ich muss unbedingt eine Vase kaufen.

Als ich zum Schrank trete, um nach Gläsern zu suchen, umarmt er mich von hinten und küsst mich in den Nacken. Es ist ein zärtlicher Kuss, trotzdem bin ich überrumpelt.

»Du siehst wunderschön aus!«, sagt José.

Tatsächlich fühle ich mich eine Million mal wunderschöner als noch vor wenigen Stunden, nachdem ich Zeit in ein warmes Bad und einige YouTube-Schmink-Tutorials investiert habe. Um meine Frisur musste ich mich ja nicht kümmern, und wenn die Chemotherapie überhaupt einen positiven Nebeneffekt hat, dann die kostenlose und schmerzfreie Enthaarung von Beinen und Bikinizone. Eine Rasur konnte ich mir also auch sparen. Immerhin.

Zum Abendessen gibt es ein simples Curry, obwohl es sich seltsam anfühlt, für jemand anderen als Johnny oder Dad zu kochen. Hinterher machen wir es uns im Wohnzimmer gemütlich, und ich schlage vor, einen Film anzuschauen. Ich gebe José die Fernbedienung, damit er durch meinen Netflix-Account scrollen kann.

Als Oreo auf seinen Schoß springt, schiebt er ihn mit einer aggressiven Bewegung wieder herunter.

»Ich hasse Katzen«, erklärt er.

Ganz bewusst locke ich Oreo zu mir und streichle ihn, bis er zu schnurren beginnt. Josés Reaktion ist alarmierend, aber Johnny mochte anfangs auch keine Katzen, und mit der Zeit gewann er Oreo so lieb wie ein menschliches Baby.

»Lass uns den hier anschauen«, sagt José. Er hat *Verblendung* ausgesucht. Ehe ich Gelegenheit habe, Einspruch zu erheben und ihn darauf hinzuweisen, dass ein brutaler Thriller mit expliziter Darstellung sexueller Gewalt als unser erster gemeinsamer Film womöglich keine besonders gute Wahl ist, hat er bereits auf »Play« gedrückt, und der Vorspann beginnt.

Ich versuche mich so hinzusetzen, wie ich es immer an den Filmabenden mit Johnny gemacht habe – an seine Seite geschmiegt, die Beine untergeschlagen, den Kopf in der wie für mich gemachten Einbuchtung an seiner Schulter. Aber Josés Schulter ist zu knochig, und er will unbedingt den Arm um mich legen, sodass ich gezwungen bin, gerade zu sitzen, was sehr unbequem ist.

Während des ganzen Films stöhnt er immer wieder auf und lässt Kommentare ab. Ich versuche ihm durch mein Schweigen zu signalisieren, dass ich keine Lust auf Gespräche habe, doch er lässt sich davon nicht beirren. Selbst als ich für zehn Minuten auf der Toilette verschwinde, um auf mein Handy zu schauen, versteht er den Wink mit dem Zaunpfahl nicht.

Als der Film zu Ende ist, beugt er sich zu mir, um mich zu küssen. Ich muss ihm eine Chance geben, denke ich, also erwidere ich den Kuss und versuche, das Tempo ein wenig zu drosseln, als ich seine wachsende Erregung spüre. Ehe ich weiß, wie mir geschieht, hat er die Zunge in meinen Mund gesteckt und lässt sie kreisen wie eine Waschmaschine im Schleudergang. Dabei ist so viel Spucke im Spiel, dass ich einen dieser kleinen Mundstaubsauger brauchen könnte, wie Zahnärzte sie verwenden.

Seine Finger streicheln meinen nackten Kopf, sodass es mir im Nacken kribbelt, und ich bin erleichtert, als sein Mund zu meinem Hals hinabwandert, dann langsam weiter bis zu meinem Schüsselbein und schließlich zu meinen …

»Stopp.« Ich weiche zurück, als seine Lippen meinen Brüsten zu nahe kommen.

»Entschuldige«, sagt er. »Dir geht es gut? Es ist zu viel?«

»Es liegt nicht an dir«, sage ich, *obwohl es sehr wohl an dir liegt und ich möchte, dass du jetzt sofort verschwindest.* »Ich fühle mich einfach nicht wohl. Es tut mir leid. Ich glaube, es ist besser, wenn du gehst.«

»Ich verstehe«, meint er entschuldigend und verletzt zugleich. »Du brauchst Zeit. Nimm dir so viel Zeit, wie du brauchst. Ich werde jetzt gehen.«

Doch mir wird klar, dass es nicht Zeit ist, die ich brauche. Das erste Mal nach Johnny, noch dazu ohne Haare, mit einem Mann intim zu sein, erscheint mir wie ein heiliger Akt. Es ist, als würde ich zum zweiten Mal meine Jungfräulichkeit verlieren. Ich möchte diesen Moment mit jemandem erleben, der mehr als nur eine flüchtige Affäre ist. Mit jemandem, der mich wirklich versteht und mit dem ich auf lange, lange Zeit zusammen sein will. Und so freundlich und rücksichtsvoll José auch sein mag, dieser Mensch ist er nicht.

»José, es tut mir leid. Ich bin noch nicht bereit für das hier – für uns.« Halb wahr, halb gelogen.

»Ist schon gut, Yes«, sagt er und nimmt meine Hand. »Du machst eine schwere Zeit durch. Ruf mich an, wenn du mich wiedersehen willst. Ja?«

»Okay«, antworte ich, obwohl ich weiß, dass ich es nicht tun werde.

Wir umarmen uns an der Wohnungstür, und als er sich von mir löst, sieht er mich noch ein letztes Mal an und sagt: »Du bist wunderschön.«

Dann verschwindet er aus meinem Leben: der netteste, gütigste Mann, den ich jemals kennengelernt habe, den ich aber wahrscheinlich nie wiedersehen werde. Ein Mann, der mich sogar ohne Haare attraktiv fand, und der mich begehrt hat, obwohl ich mich krank und defekt fühle.

COMING-OUT

Nach einer erschreckenden Diagnose im Alter von einunddreißig Jahren erklärt unsere derzeitige Chefredakteurin und Kolumnistin Jessica Jackson, warum sie ihre Krankheit nicht länger verheimlichen will

Sagen wir einfach, »Krebs bekommen« stand nicht auf der Liste der Dinge, die ich unbedingt tun will, bevor ich fünfunddreißig werde. Einen Mann fürs Leben finden – ja. Um die Welt reisen – sicher. Die Diagnose Brustkrebs bekommen und meine Eizellen einfrieren lassen? Dickes, fettes Nein.

Dreißig zu werden war ein Meilenstein. Als Dreizehnjährige dachte ich, mit dreißig sei ich erfolgreich wie in *Der Teufel trägt Prada* und würde in einem Schloss voller Einhörner wohnen, doch in Wahrheit hatte ich bis dahin gerade mal gelernt, ein Bett zu beziehen, ohne mich dabei mit den Laken zu strangulieren. Von einem eigenen Schloss oder überhaupt Wohneigentum war ich meilenweit entfernt. Doch so viel – oder so wenig – ich auch von meiner imaginären Liste abgearbeitet habe, *damit* hätte ich niemals gerechnet.

Vor drei Monaten wurde mir eröffnet, dass ich Brustkrebs habe und infolge der Chemotherapie in eine verfrühte Menopause kommen werde. Man schlug mir vor, für den Fall, dass ich nach der Behandlung dauerhaft unfruchtbar bleiben würde, einen mit dem Sperma meines damaligen Freundes befruchteten Embryo einfrieren zu lassen. Das scheint in solchen Fällen die Patentlösung zu sein – in etwa das gynäkologische Äquivalent eines Säureblockers. So weit, so gut. Nur wurde mir dadurch bewusst, wie beängstigend die Vorstellung war, mich für den Rest meines Lebens an einen Mann zu binden, wo ich doch in Wahrheit nicht einmal wusste, ob unsere Beziehung das nächste Jahr überstehen würde.

Liebe Leserin, am Ende habe ich es nicht getan. Wir haben uns getrennt, und ich habe einfach nur meine Eizellen einfrieren lassen, ohne eine Garantie, dass jemals ein Baby daraus entstehen wird.

Zu Beginn habe ich meine Krankheit vor meinen Kollegen und dem Rest der Welt geheim gehalten. Ich hatte schlichtweg keinen Bock auf die mitleidigen Blicke und den Satz »Aber Sie sind doch noch so jung«. Ich wollte nicht, dass meine Kollegen dachten, ich könne meinen Job nicht mehr richtig machen, auch wenn das bedeutete, dass ich mir jede dritte Woche ohne große Erklärung freinehmen musste. Ich habe meine Leserinnen und mein Redaktionsteam belogen. Und das Allerschlimmste ist: Ich habe mich selbst belogen. Vor nicht allzu langer Zeit bin ich einem wundervollen Menschen namens Annabel begegnet. (Sie hat mir gesagt, dass es auf ihrer ~~Bucket~~Fuck-it-Liste steht, in einem Hochglanzmagazin erwähnt zu werden, insofern: gern geschehen, Bel.) Sie hat Brustkrebs im Endstadium – unheilbar. Aber wissen Sie was? Sie ist der positivste Mensch, den ich kenne. Mag sein, dass sie sich dem Ende ihres Lebens nähert, aber sie stirbt nicht. Sie lebt. Und wenn Sie sie kennengelernt hätten, würden Sie sich wahrscheinlich fragen, warum Sie sich jemals über irgendetwas beklagt haben, so ansteckend ist ihre Lebensfreude. Sie nimmt jeden Tag, wie er kommt, und sie behandelt den Krebs nicht als etwas, wofür sie sich schämen müsste.

Die Zeit mit Bel hat mich gelehrt, dass auch ich nichts zu verbergen habe. Ja, ich muss mehr Make-up tragen, um meine nicht existierenden Augenbrauen zu überschminken, und ich brauche definitiv mehr Schlaf als früher. Aber ich bin nach wie vor in der Lage, Chefredakteurin eines Magazins zu sein.

Es war beängstigend, in die Redaktion zu gehen und allen meinen kahlen Kopf zu zeigen, aber zugleich war es auch eine extrem befreiende Erfahrung. Es geht nicht nur darum, meine Perücke abzunehmen, wann immer mir danach ist, oder meinem Team offen sagen zu können, wenn ich mich nicht gut fühle. Es geht darum, ich selbst zu sein, nicht das geschönte Image, das ich von mir im Internet präsentiere. Die Menschen bemitleiden einen nur, wenn man es zulässt. Wenn mir der Krebs also eins geschenkt hat, dann dies: die Freiheit, die Wahrheit zu sagen und so zu sein, wie ich wirklich bin.

Das hier ist für dich, Bel.

Verbrauchte Taschentuchpackungen: 12
Gelegenheiten, zu denen man mir gesagt hat, dass ich »zu jung« sei, um Krebs zu haben: 9
Superhelden im staatlichen Gesundheitssystem: 1,3 Millionen

Annabel Sadler: Du hast eine sterbende lebende Frau sehr glücklich gemacht! Hab dich lieb xoxo
Aisha Parker: Jessica Jackson, du bist die Tollste. Ich bin stolz, dich meine Freundin und zukünftige Mitbewohnerin nennen zu dürfen x
Cath Elderfield: Es ist so wahr, dass man das meiste aus dem Leben machen muss, das einem gegeben wurde. Deine Mum hat so viele Dinge auf später verschoben, und am Ende hatte sie keine Gelegenheit mehr, sie zu tun. Liebes, geh hinaus, lebe und tu, was du willst xx
Ophelia Cossack-Daly: Wow, Jessica, du bist so #tapfer! X

Ich wende mich den Kommentaren auf der Instagram-Seite der *Luxxe* zu, die Leserinnen und Leser unter einem Foto von mir mit Glatze und großen Ohrringen hinterlassen haben.

@Becka_Becka Dein Artikel hat mir den Mut gegeben, meinem Manager von meiner bipolaren Störung zu erzählen. Wünsch mir Glück! X

@Minnieshouse22 Starke Geschichte! Es ist so wichtig, sich selbst treu zu bleiben, gerade auf der Arbeit. Meinen Glückwunsch an diese großartige Frau x

@RandyPanda123 Wage ich es zu fragen? Passt der, äh, Teppich zu den Vorhängen? LOL

DURCH DIE DECKE

»Jess, hast du es schon gesehen? Deine Kolumne geht durch die Decke.«

Als ich am Mittwochmorgen ins Büro komme, haben sich Tabitha und die Social-Media-Assistentin um Aishas Schreibtisch geschart und blicken gebannt auf ihren Monitor. Ich habe kaum Gelegenheit, mir die Jacke auszuziehen, da fangen sie schon an, mich mit Statistiken zu bombardieren.

»Es ist viral gegangen, schau«, sagt Aisha und zeigt auf den Bildschirm.

»Zehnmal mehr Klicks als Vegan Suzie.« Tabitha tippt auf eine Tabelle mit jeder Menge Zahlen.

»Und du solltest erst mal die Kommentare sehen. Die Inbox quillt regelrecht über.«

Ich muss mich setzen. Ich war ganz schön nervös vor der Veröffentlichung der Kolumne, aber nun wurde sie noch besser angenommen, als ich es mir jemals hätte träumen lassen.

»Jess, hast du eine Sekunde?«, fragt Tabitha.

Mit einem flauen Gefühl im Magen folge ich ihr in den Besprechungsraum. Vielleicht hat Miles sich beschwert, weil ich unsere Online-Präsenz dazu benutzt habe, um in Selbstmitleid zu baden. Oder vielleicht ist mir in der aktuellen Ausgabe, die gerade in den Druck gegangen ist, irgendein schlimmer Fehler unterlaufen. Mein Gehirn ist in letzter Zeit ziemlich unzuverlässig. Chemobrain ist kein Mythos.

Sie macht zunächst Anstalten, auf der anderen Seite des Tischs Platz zu nehmen, schüttelt dann jedoch den Kopf, schiebt ihren Stuhl zurück und kommt zu mir. Sie setzt sich neben mich und rückt ihren Stuhl so zurecht, dass wir direkten Blickkontakt zueinander haben. Ein denkbar großer Kontrast zu ihrer Körpersprache der letzten Monate.

»Du hast eine Entschuldigung von mir verdient«, beginnt sie und seufzt in ihre Hände. »Und zwar eine riesengroße.«

Ich bin verblüfft. Damit habe ich nun gar nicht gerechnet.

»Jess, es ist kein Geheimnis, dass wir in den letzten paar Monaten nicht immer einer Meinung waren. Es würde mich nicht wundern, wenn du hin und wieder den Drang verspürt hättest, mir Kaffee ins Gesicht zu schütten.«

Ich lache und schüttele den Kopf. »Und du hast vermutlich dasselbe über mich gedacht.«

Sie lässt ihre Hände in den Schoß sinken, die Handflächen nach oben, als wollte sie alle Karten auf den Tisch legen.

»Weißt du, als Leah mir gesagt hat, dass sie schwanger ist, war ich mir sicher, dass ich die Stelle als ihre Elternzeitvertretung kriege. Zu dem Zeitpunkt war ich noch mit Matilda in der Babypause, aber ich wusste, dass ich rechtzeitig zurück sein würde, um den Posten zu übernehmen. Als ich dann erfahren habe, dass du für die Stelle vorgesehen bist, war ich am Boden zerstört.«

»Du hast dich auch um die Stelle beworben?«, frage ich. Ich dachte immer, als Moderedakteurin würde sie sich nicht für Leitungsaufgaben interessieren – aber wieso eigentlich nicht? Sie ist intelligent, ehrgeizig und hat gerne die Kontrolle … wahrscheinlich sind wir uns ähnlicher, als ich mir eingestehen wollte.

»Ich bin eine sehr schlechte Verliererin«, sagt sie und zuckt entschuldigend die Achseln. »Aber ehrlich gesagt, ist mir klar geworden, dass du die Beste für den Job bist. Ich bin einfach nicht dafür gemacht, andere anzuleiten. Zu dem Zeitpunkt habe ich das bloß noch nicht gewusst.«

Ich blicke auf ihre Hände. Wieso habe ich nie darüber nachgedacht, wie es ihr mit der Situation geht? Ich dachte immer, sie wäre eifersüchtig auf mich, und habe keinen Gedanken daran verschwendet, wie ich mich fühlen würde, wenn jemand käme und mir den Job wegschnappte, mit dem ich fest gerechnet habe.

»Da ist noch was«, fährt sie fort. »Ich weiß, ich kann manchmal etwas streng sein. Vielleicht ist das eine Abwehrhaltung?« Sie sieht mich an. Ich lege Daumen und Zeigefinger zusammen, um ihr zu verstehen zu geben, dass sie vielleicht ein kleines bisschen recht hat, aber ich lächle dabei, damit sie weiß, dass ich es ihr nicht übel nehme.

»Als ich mit Matilda schwanger war, wusste ich, dass ich irgendwann wieder arbeiten gehen würde. Ich war in Topform. Ich kann diesen Job praktisch mit geschlossenen Augen erledigen. Aber ein Jahr Babypause, in dem man seine ganze Zeit mit einem Kind verbringt, das nicht mal sprechen kann ... das verändert einen, Jess. Versteh mich nicht falsch, ich liebe Tilly mehr als alles andere auf der Welt, aber Mutter zu sein, das kann deinem Selbstbewusstsein einen ganz schönen Dämpfer verpassen. Damit rechnet man einfach nicht.«

Ich denke daran, wie ich in die Redaktion gekommen bin und meine Mütze abgenommen habe, um zum ersten Mal meine Glatze zu zeigen. Wenn Tabithas Erfahrungen beim beruflichen Wiedereinstieg ähnlich waren wie meine, muss sie eine Scheißangst gehabt haben.

»Die Wahrheit ist, wenn man nach der Babypause zurück an den Arbeitsplatz kommt – vor allem, wenn man weiß, dass jemand mit mehr Erfahrung die Stelle übernommen hat, von der man dachte, sie sei für einen selbst bestimmt ... das ist ein harter Schlag. Ich habe mich dir gegenüber abweisend verhalten und meinen Frust an dir ausgelassen, und das tut mir aufrichtig leid.«

»Mir tut es auch leid«, sage ich, als ich endlich ein Wort dazwischenkriege. »Ich habe mir nie Gedanken darüber gemacht, wie es für dich gewesen sein mag, nach der Babypause hierher zurückzukehren.« Ich denke an Kate. Daran, wie schwer sie sich mit Ella tut und wie sehr sie sich abstrampelt, um ihre Eventagentur am Laufen zu halten. Und auf einmal ergibt alles einen Sinn.

Ich spüre, wie sich die letzten verbliebenen Härchen auf meinen Armen aufstellen. Ich weiß nicht genau, ob es an einer Hitzewallung liegt oder ob das Gespräch mit Tabitha bei mir diese Gänsehaut auslöst.

Sie nickt. »Ich bewundere dich wirklich sehr, Jess. Ich weiß, dass wir ein gutes Team abgeben können. Ich will nicht gegen dich arbeiten. Ich denke gerne über deine Idee nach, mehr unterrepräsentierte Frauen im Magazin zu zeigen, denn du hast völlig recht, wir sind zu unausgewogen. Ich glaube nicht, dass wir das, wofür das Magazin bisher gestanden hat, komplett auf links drehen können – es muss ein weicher Übergang sein. Aber dabei kann ich dir helfen.«

»Danke, Tabitha«, sage ich aus vollem Herzen. »Danke für deine Ehrlichkeit.«

Sie hebt die Arme. »Dazu hast du mich mit deiner Ehrlichkeit inspiriert. Als du ins Büro gekommen bist und die Mütze abgenommen hast. Machst du Witze? Du bist der mutigste Mensch, den ich kenne.«

Es kommt zu einem kleinen Moment, in dem wir uns sitzend umarmen. Ich muss gestehen, es fühlt sich gut an, die Anspannung los zu sein, die seit drei Monaten zwischen uns vibriert hat.

Gerade als wir zu den anderen zurückkehren wollen, kommt mir eine Idee, und ich bleibe im Türrahmen stehen. »Hey, kann ich dich in einer Sache um Rat fragen?«

»Klar.« Tabitha hockt sich auf die Tischkante.

»Es klingt wahrscheinlich verrückt, aber warum widmen wir die Jubiläumsausgabe nicht uns selbst?«

»Wie meinst du das? Dass ich darüber schreibe, wie es ist, nach der Elternzeit wieder in den Beruf einzusteigen?«

»Ja, und ich erzähle davon, wie beängstigend es war, mich als Krebspatientin zu outen, weil ich für ein Hochglanzmagazin arbeite, das starke Frauen feiert, die immer alles im Griff haben.«

Tabitha ist skeptisch.

»Denk darüber nach«, sage ich und male mit der Hand eine imaginäre Schlagzeile in die Luft. »So nach dem Motto: ›Diese Frauen sind erfolgreich, aber auch sie haben Ängste‹. Wir könnten noch weitere Frauen ins Boot holen. Zum Beispiel meine Freundin Kate. Sie hat eine Eventagentur, und ich glaube, sie leidet unter einer Wochenbett-Depression. Und dann ist da natürlich noch Annabel. Vielleicht nehmen wir auch noch jemanden wie Stephanie Asante dazu, die erzählt, wie sie ihrem schwierigen häuslichen Umfeld entkommen ist und jetzt anderen Frauen hilft, die Ähnliches durchmachen müssen.«

»Ich weiß nicht, Jess. Was, wenn das unsere Karrieren ruiniert?«

»Dann sitzen wir wenigstens im selben Boot.« Ich lache. »Aber mal im Ernst, ich glaube, das könnte einen richtig positiven Effekt haben. Wir können unseren Leserinnen das Gefühl geben, wahrgenommen zu werden. Wir sehen ihre Unvollkommenheiten, wir sehen ihre Macken, und wir sind an ihrer Seite.«

Tabitha atmet geräuschvoll aus. »Vielleicht ...«

»Wenn du magst, könnten wir auch Matilda mit ins Heft nehmen. Wir machen es so, wie du es möchtest. Auf jeden Fall wird es wunderschön werden.«

Tabitha überlegt einen Augenblick. Ich sehe ihr an, dass sie sich langsam für die Idee zu erwärmen beginnt. »Wir blicken also gewissermaßen hinter die Kulisse der Frauen, die nach außen hin perfekt erscheinen?«

»Genau«, sage ich, stolz, dass wir endlich auf derselben Wellenlänge sind. »Wir könnten die ganze Ausgabe dem Thema widmen, den schönen Schein zu entlarven und die Seiten von uns zu zeigen, die wir nicht auf Instagram posten. Ganz echt und ungefiltert. Wir könnten es die ›Wahrheits-Ausgabe‹ nennen.«

»Weißt du was?«, sagt Tabitha. »Ich liebe es.«

SHOW AND TELL

»Warte mal – er hat an dir *gerochen*?«, sagt Priya.

»Ja! In etwa so …« Ich beuge mich zu Annabel, die neben mir auf dem Sofa sitzt, vergrabe meine Nase in ihrer Perücke und atme tief ein.

»Ich nehme mal an, du hast ihm gesagt, er soll seinen Riechkolben wegnehmen?«, sagt Bel.

Ich zucke mit den Schultern. »Ich wusste gar nicht, wie mir geschieht.«

»Mitschuldig!«, ruft Bel. »Das ist absolut genial.«

»Das ist die beste Dating-Geschichte aller Zeiten«, sagt Priya.

Es tut so gut, die beiden lachen zu sehen – Priya mit ihrem Mann, der nicht mit ihr schlafen will, und Bel, deren Behandlung buchstäblich niemals ein Ende haben wird. In einer Welt, in der mich alle fragen, ob es mir gut geht, ist es erfrischend, dass diese beiden einfach nur über Sex und Männer und Männer und Sex reden wollen.

Bels und Joes Wohnung sieht anders aus als beim letzten Mal, als der riesige Esstisch im Wohnzimmer stand und Mags und Mr. Wade zu Besuch waren. Die Wohnung ist eine winzige Schuhschachtel in Camberwell, die sie angemietet haben, nachdem Joe aus Paris zurückgekommen ist und Bel erfahren hat, dass ihr Krebs gestreut hatte. Sie liegt im Souterrain, und um dorthin zu gelangen, muss man eine kleine Treppe mit einem eisernen Geländer hinuntergehen. Vor dem Haus befindet sich ein grüner Park, wo Marihuanarauch in Schwaden in der Luft hängt und man junge berufstätige Mütter sowie hin und wieder einen Jogger sieht. Es ist weder so gentrifiziert wie Clapham noch so rau wie Peckham.

In der Wohnung findet sich kaum eine männliche Note. Es ist offensichtlich, dass Joe seiner Schwester erlaubt hat, allein über die Einrichtung zu entscheiden. Die Regale sind voller Pflanzen und Bücher, auch wenn man hier und da einige Mitbringsel von Joes Reisen und Fotos von ihm in Kajaks oder auf Berggipfeln findet. Ein Teller mit Priyas Raw-Brownies steht auf einem winzigen Couchtisch neben dem Sofa.

Bels Schlafzimmer befindet sich im hinteren Teil der Wohnung und bietet Ausblick auf einen verwilderten Garten, während Joe im Wohnzimmer schläft und allabendlich das Sofa zu einem Bett ausklappt. Auf einer Kleiderstange in der Ecke hängen seine Klamotten, eine Mischung aus bedruckten T-Shirts und weißen Hemden.

»Darf ich eine rauchen?«, fragt Annabel, ehe sie ein Holzkästchen öffnet und anfängt, sich einen Joint zu bauen.

»Es wundert mich, dass dein Onkologe dir nicht gesagt hat, dass du aufhören sollst.« Priya sieht sie vielsagend an.

»Das ist medizinisches Marihuana.« Bel nimmt einen Zug und reicht den Joint dann an mich weiter. »Außerdem hat mir mein Onkologe geraten, das zu tun, was immer sich für mich gut anfühlt.«

Ich nehme den Joint. Gras geraucht habe ich zuletzt als Schülerin hinter dem Fahrradschuppen. Ich bin nicht einmal sicher, ob ich noch weiß, wie das geht.

»Hilft es gegen deine Schmerzen?«, fragt Priya, während wir den Joint kreisen lassen.

»Total«, sagt Bel. »Keine Ahnung, wie ich ohne das Zeug auskommen würde. Und meinem Kopf hilft es auch.«

Nach nur fünf Minuten hat sie sich gemütlich in die Sofapolster gekuschelt, und auch ich fühle mich beschwingter als zuvor.

Priya zuckt mit den Schultern. »Einerseits lässt sich das nicht mit meiner gesunden Ernährung vereinbaren, andererseits habe ich nur selten einen freien Abend ohne die Zwillinge. Und schließlich lebt man nur einmal, stimmt's?«

Sie streckt die Hand nach dem Joint aus und zieht vorsichtig daran, dann seufzt sie übertrieben, als wäre ihr das Zeug sofort zu Kopf gestiegen.

»Was ist denn nun in deinen Raw-Brownies enthalten?«, will ich wissen, als ich in eins der klebrigen Dinger beiße, das kein bisschen nach echtem Brownie schmeckt.

»Datteln, Mandeln, Kokosöl, Rohkakao …«, zählt Priya auf. »Schmeckt er dir?«

»Lecker«, lüge ich, während ich auf einem Mundvoll Pappe herumkaue.

»Wahrscheinlich können sie deinen Krapfen nicht das Wasser reichen«, sagt Priya.

»Diese berühmten Krapfen, von denen du andauernd sprichst«, sagt Bel. »Nimm den Mund mal lieber nicht zu voll.«

»Ach ja? Willst du sie probieren?«

Ich greife nach der Schachtel, die meine neueste Portion Krapfen enthält, und stelle sie Annabel in den Schoß. Dann präsentiere ich eine zweite, kleinere Schachtel mit meiner experimentellen veganen Version, die ich Priya übergebe.

»Komm zu Mama«, sagt Bel, öffnet die Schachtel und schnuppert. »Verdammt, sehen die gut aus.«

»Jess, das ist so süß von dir.« Priya nimmt einen der etwas unförmigen veganen Krapfen in die Hand. Ich habe mehrere Anläufe gebraucht, und es war eine ziemliche Sauerei, aber schließlich ist mir eine ganz passable Version gelungen. Ich habe ein Rezept benutzt, das ich auf der *Perfect-Bake*-Website gefunden habe, und die Kuhmilch durch Mandelmilch ersetzt.

Während Priya von ihrem veganen Krapfen abbeißt, greift Annabel in die große Schachtel. Ihre Augen leuchten vor Verzückung.

»Scheiße, die sind der Hammer«, sagt sie.

Priya gibt orgasmische Laute von sich. »Du musst mir unbedingt das Rezept geben!«

Ich freue mich riesig, dass es ihnen schmeckt. Mum hat sich immer so gefreut, wenn sie ihren Liebsten etwas Gutes tun konnte. Das war das Schönste für sie.

»Deine und meine Mutter hätten sich bestimmt gut verstanden«, sagt Bel, und ich bin ganz überwältigt vor Liebe zu ihr und zugleich vor Trauer um Mum. Annabel erinnert mich in so vielerlei Hinsicht an sie – ihre Lebenslust und die Einstellung, dass man sich niemals etwas versagen sollte, was einem Vergnügen bereitet. Ihre absolute Selbstlosigkeit und die Freude, die sie daraus schöpft, andere Menschen glücklich zu machen. Ja, Bel und Mum hätten sich großartig verstanden.

Ich nehme einen besonders tiefen Zug vom Joint und schwinge meine Füße auf den Polsterhocker neben dem Sofa. Die Lichterkette an der Decke sieht aus wie tanzende kleine Elfen. An der Wand hängen drei gerahmte Schwarz-Weiß-

Fotos. Auf einem ist ein älteres Paar zu sehen – Annabels Großeltern, schätze ich. Dann gibt es noch eins der beiden Geschwister und eins von der ganzen Familie.

»Das ist jetzt kein Scherz«, sagt Priya. »Darf ich euch meine Brüste zeigen? Ich finde nämlich, sie sind immer noch schief.«

»Hat das wieder mit Guj zu tun?«, fragt Bel.

»Zum Teil. Ich bin mir ziemlich sicher, dass er mich für einen Freak hält, aber ich glaube auch, dass mein Chirurg mich veralbert. Er behauptet steif und fest, meine Brüste seien symmetrisch, obwohl sie das nicht sind.«

»Na, dann lass mal sehen«, sagt Bel. »Wir sind ja unter uns.«

Priya nimmt Bel den Joint ab und zieht daran, ehe sie ihre Bluse hebt. Die Brüste, die darunter zum Vorschein kommen, sehen sehr unterschiedlich aus. Die linke ist die echte, sie ist voll und rund, und die Brustwarze hat sich infolge der plötzlichen Kälte aufgerichtet. Rechts ist die Rekonstruktion, ein glatter Hügel mit einer roten Narbe in der Mitte und einer zweiten, frischeren Narbe an der Unterseite. Die Brust auf der rechten Seite sitzt eindeutig höher als die auf der linken.

»Seid ehrlich«, sagt sie. »Ist diese Seite hier höher als die andere?«

»Ja, könnte schon sein«, sagt Bel. »Aber es sieht nicht schlecht aus.«

»Du siehst großartig aus«, sage ich. »Dass er nicht mit dir schläft, weil er dich unattraktiv findet, ist vollkommen ausgeschlossen.«

»Ich will einfach nur, dass sie gute Arbeit leisten«, sagt Priya und fängt an zu schluchzen. »Ich überlege, ob ich wegen einer weiteren OP anfragen soll.«

»Ich hatte drei OPs, bevor sie meine Brüste richtig hingekriegt haben«, sagt Bel. »Am Ende habe ich sogar um einen anderen Chirurgen gebeten, weil der erste mir die ganze Zeit gesagt hat, das Ergebnis sei perfekt, obwohl das nicht stimmte. Seine Nachfolgerin war gut. Mrs. Redfern. Soll ich dich ihr weiterempfehlen?«

»Kann ich deine mal sehen?«, fragt Priya. »Nur, wenn es dir nichts ausmacht.«

»Ich habe meine beiden Freundinnen schon so oft vor Fremden entblößt«, sagt Bel, die sich das Top über den Kopf zieht und es in ihren Schoß fallen lässt, »da macht einmal mehr den Kohl auch nicht fett.«

Ich bin nicht vorbereitet auf das, was ich sehe.

Annabels Oberkörper sieht aus wie ein Flickenteppich. Während eine Brust nach der ersten Mastektomie rekonstruiert wurde, fehlt die andere ganz. Doch statt einer flachen, vernarbten Stelle, so wie ich es mir vorgestellt habe, ist die Haut uneben und quillt zu beiden Seiten der Narben hervor wie ein in Schnur gewickelter, Rollbraten. Sie hat auch Narben am Bauch und unter dem Arm. Trotzdem sieht sie wunderschön aus.

»Das ist …« Ich ringe nach Worten. Ich bin voller Ehrfurcht für Annabel und ihre Zähigkeit. Sie musste wirklich viel aushalten.

»Das hier ist Freddy, und das ist Flo«, sagt sie und hält nacheinander die Hände unter ihre Brüste, um sie uns vorzustellen.

Wir kichern laut, und der Moment der Anspannung ist verflogen.

»Darf ich mal anfassen?«, fragt Priya.

»Du darfst alles. Ich weiß ja, dass du schon seit einiger Zeit keine nackte Haut mehr in der Hand hattest.«

Ich sehe zu, wie Bel Priyas Hände nimmt und sie erst auf Freddy, dann auf Flo und dann wieder auf Freddy legt, damit sie die beiden miteinander vergleichen kann. »Du kannst ruhig fester zudrücken, ich habe in beiden kein Gefühl mehr«, sagt sie. »Jess, möchtest du auch mal? Nicht, dass du dich ausgeschlossen fühlst.«

»Wenn du so fragst, kann ich wohl nicht Nein sagen.« Behutsam fahre ich mit den Fingern ihre Narben entlang.

Während die beiden ihre Oberteile richten, beichte ich ihnen, dass ich mir wie eine Schwindlerin vorkomme, weil ich meine Brüste noch habe. Andererseits steht mir all das noch bevor, und der Himmel weiß, wie ich nach der OP aussehen werde.

»Das wird schon«, tröstet Priya mich. »Ich wünschte, ich hätte deine Figur. Schwangerschaften und Brustkrebs machen aus jeder Frau ein Wrack.«

»Sie hat recht«, sagt Bel gedehnt. »*Wunderschön!* Kein Wunder, dass der sexy Spanier nicht genug von dir kriegen konnte.«

Ich lache.

»Aber mal ganz im Ernst, Jess. Du weißt gar nicht, wie atemberaubend du aussiehst, K-Wort hin oder her.«

»Ihr zwei seid meine persönlichen Cheerleader«, sage ich. »Ich habe keine Ahnung, was ich machen würde, wenn ich euch nicht kennengelernt hätte.«

»Wem sagst du das, Schwester?« Annabel drückt sanft meine Hand. »Ich wünschte, meine Freunde wären so verständnisvoll wie du.«

Es ist das erste Mal, dass sie andere Freunde erwähnt. Ich weiß, wie eng ihr Verhältnis zu Joe ist, frage mich allerdings schon seit Längerem, ob es noch andere Menschen in ihrem Leben gibt. Jemand, der so wundervoll ist wie sie, sollte eine ganze Mannschaft um sich haben.

»Ist irgendwas passiert?« Ich möchte sie nicht traurig machen, aber wenn sie das Bedürfnis hat zu reden, will ich ihr die Möglichkeit dazu geben. »Mit deinen Freunden, meine ich?«

Annabel stößt einen genervten Seufzer aus. »Wie viel Zeit hast du?«

Ich drücke ihre Hand. »Süße, ich habe so viel Zeit, wie du brauchst.«

Endlich vertraut sie sich mir an. Als sie mit vierundzwanzig ihre erste Diagnose bekam, musste sie sich sechs Monate lang von ihrem Beruf als Sozialarbeiterin krankschreiben lassen. Als sie zurückkehrte, hatte sie viele Chancen verpasst, während ihre Kollegen sich hochgearbeitet hatten. Sie hatte einen kleinen Kreis von Freundinnen, die sie noch aus der Schule kannte und die ihr während der Chemo und der darauffolgenden Bestrahlung beistanden. Doch irgendwann war die Behandlung vorbei, und sie konnten nicht begreifen, warum es ihr nicht wieder gut ging. Sie wollten ausgehen, trinken und feiern, doch Annabel war nur noch ein Schatten ihrer selbst. Sie war ängstlich, niedergeschlagen und hatte Mühe, auf der Arbeit mitzuhalten.

»Sie haben lange versucht, mich aus meinem Loch rauszuholen, vor allem Tarn«, sagt sie. »Aber wenn man die Leute immer wieder zurückstößt, wenden sie sich irgendwann von einem ab.«

Als sie Mark kennenlernte, war ihr altes Selbstvertrauen teilweise zurückgekehrt, doch dann bekam sie wenig später ihre Metastasen-Diagnose. Diesmal musste sie ihren Beruf endgültig aufgeben und verlor das Einzige, was ihr noch Kraft gegeben hatte: die Möglichkeit, anderen zu helfen. Sie musste sich eingestehen, dass sie niemals Kinder bekommen würde, und so stieß sie auch Mark von sich.

»Er hat lange gesagt: ›Ich werde dich nicht verlassen‹, und ich habe ihm immer wieder gesagt, dass er gehen soll«, erzählt sie und wischt sich die Träne weg, die ihr über die Wange kullert. »Das konnte ich nicht zulassen, also habe ich ihn immer weiter gedrängt, mich zu verlassen, auch wenn ich tief im Innern wollte, dass er bei mir bleibt. Und dann, eines Tages …«

Sie bricht ab. Ich nehme sie in den Arm. Ich würde so gerne etwas tun, um ihren Schmerz zu lindern. Es tut mir unendlich leid, dass sie so viel durchmachen musste.

Nachdem Priya zu ihren Kindern zurückgekehrt ist, ziehen Bel und ich uns in ihr Schlafzimmer zurück. Ich lege den Kopf in ihren Schoß, und wir reden, bis uns die Augen zufallen. Sie erzählt mir, dass sie Priya vergöttert, aber dass jemand, der bereits Kinder hat, nicht ohne Weiteres verstehen kann, wie es ist, wenn einem gesagt wird, dass man niemals welche bekommen wird. Bei mir ist noch nichts entschieden, trotzdem habe ich eine ungefähre Ahnung, wie es sich anfühlen muss, wenn einem diese Hoffnung genommen wird.

»Deshalb bin ich so froh, dass ich dich habe«, sagt sie.

Vor lauter Sorge um Bel kann ich kaum schlafen. Sie liegt neben mir im Bett und hustet unablässig – ein schmerzhafter, krampfartiger Husten tief in ihrer Brust, bei dem man sofort an Lungenkrebs denkt. Sie steht mehrmals auf, um ins Bad zu gehen, und auf ihrem Nachttisch liegen Taschentücher voller Blutflecken.

Als ich aufwache, fällt Sonnenlicht ins Zimmer, und Bel schläft tief und fest neben mir. Der Geruch von Speck steigt mir in die Nase. Im T-Shirt tappe ich in die Küche, wo Joe am Herd steht.

»Guten Morgen, Schlafmütze«, sagt er. »Ich hoffe, ich habe dich nicht geweckt.«

Auf einmal bin ich ganz verlegen. Meine Hand fliegt an meinen kahlen Kopf. Eigentlich wollte ich nicht, dass er mich so sieht.

»Überhaupt nicht«, sage ich und versuche den Saum meines T-Shirts über meinen Slip zu ziehen.

»Speck?«

»Klingt super.«

»Wie ich Bel kenne, schläft sie noch ein paar Stunden. Sie hat letzte Nacht wieder Blut gehustet, oder?«

Er weiß es also. Ich spüre, wie die Last der Verantwortung von mir abfällt, auch wenn ich gleich darauf ein schlechtes Gewissen bekomme. Solange ihr Bruder Bescheid weiß, habe ich nicht das Gefühl, sie der Krebspolizei melden zu müssen.

»Ich habe mir Sorgen um sie gemacht«, sage ich. »Bedeutet das, er hat auch in ihre Lunge gestreut?« Ich denke an Mum in ihren schlimmsten Tagen, nachdem der Krebs Metastasen in der Lunge gebildet hatte.

»Inzwischen ist er fast überall«, sagt Joe. »Sie spielt es herunter.«

Er schiebt die Pilze in der Pfanne hin und her, als würden wir uns über die Fußballergebnisse unterhalten und nicht darüber, dass seine Schwester bald sterben wird.

»Hattet ihr denn einen schönen Abend?« Er tut so, als würde er einen Joint an die Lippen führen.

»Ja, das hatten wir. Wann bist du nach Hause gekommen?«

»Ich habe mich um Mitternacht reingeschlichen, da habt ihr schon geschlafen. Na ja, du jedenfalls. Bel hat sich die Seele aus dem Leib gehustet, also haben wir noch eine Weile zusammen in der Küche gesessen.«

»Liegt es am Rauchen, dass sie so husten muss? Sie hat gesagt, es hilft gegen die Schmerzen.«

»Ich weiß nicht, ob das noch einen Unterschied macht. Sie hustet schon seit Monaten so.«

»Hmm«, sage ich.

»Und wie läuft es mit dem Dating?«

Ich nehme mir einen Stuhl, ziehe die Knie an die Brust und das T-Shirt über meine Beine.

»Ach, na ja. Mal so, mal so.«

»Annabel hat mir von deinem Dating-Profil erzählt – dass du ein Foto mit Glatze gemacht hast und so. Das finde ich wirklich toll.«

»O Mann, wie peinlich«, sage ich, auf einmal ganz befangen. Einem Haufen Fremder mein Profil zu zeigen war eine Sache. Mit Joe darüber zu reden kommt mir ungleich intimer vor.

»Ganz und gar nicht«, sagt er. »Wenn ich das lesen würde, würde ich dir sofort eine Nachricht schreiben. Allemal eine angenehme Abwechslung von all den Blendern, die sich in den Apps rumtreiben.«

Ich wende den Blick ab. Kann sein, dass ich rot werde.

»Wie auch immer. Annabel hat mir von diesem Spanier erzählt, der auf dich steht. Willst du dich noch mal mit ihm treffen?«

Ich bin dankbar für den Themenwechsel. »Er ist ein netter Kerl, aber nein, es reicht mir.«

»Klingt aber doch so, als könntest du einen netten Kerl gebrauchen.«

Joe gibt die Pilze auf zwei Teller und fügt dann Speck, gebutterten Toast, gebackene Bohnen sowie ein perfekt pochiertes Ei hinzu.

»Du hältst dich wohl für einen Koch, was?«, sage ich, als er mir einen Teller hinstellt und ein wenig Pfeffer aus der Mühle darübergibt.

»Ja, hin und wieder koche ich für die Damenwelt.« Er wirft mir einen koketten Blick zu.

»Und was ist deine Spezialität, abgesehen von diesen Frühstücksköstlichkeiten?«

»Momentan habe ich außer meiner Schwester niemanden, für den ich solche Köstlichkeiten zubereiten kann«, sagt er, gerade als ich mich frage, welche Frau wohl als Letzte das Glück hatte, hier übernachten zu dürfen. »Aber ich mache auch einen ziemlich guten Braten.«

»Und vergessen wir nicht das Weihnachtsessen …«

»Vielleicht koche ich irgendwann mal was für dich, wenn es mit dem Online-Dating nicht klappt.«

Nach dieser letzten Bemerkung wage ich nicht, ihn anzusehen. Warum sollte er an der krebskranken Freundin seiner kleinen Schwester interessiert sein?

»Wie war Mark eigentlich so?« Ich habe das Gefühl, Annabel zu hintergehen, aber abgesehen von wenigen harten Fakten ist sie extrem ausweichend, was ihren Ex angeht.

Joe reagiert auf die Frage, als hätte er sie schon oft gehört. »Dieser Arsch? Keine Ahnung, welcher Mensch es für akzeptabel hält, eine Frau sitzenzulassen, wenn ihr gerade mitgeteilt wurde, dass sie unheilbar an Krebs erkrankt ist.«

»Kam die Trennung denn so kurz danach?«

»Nein, er ist noch eine Zeit lang bei ihr geblieben, nachdem man ihr gesagt hatte, dass sie keine Kinder mehr bekommen kann. Aber wir wissen alle, dass das der wahre Grund für die Trennung war.«

Wir schweigen.

»Sie hat viel Schlimmes erlebt, meine kleine Schwester«, sagt Joe nach einer Weile. »Und ich war nicht für sie da.«

»Wie meinst du das? Du warst doch immer für sie da, oder etwa nicht?«

Joe hebt eine Gabel voll mit Toast und Bohnen an den Mund und bedeutet mir, dass er gleich etwas sagen wird. Irgendwann hat er zu Ende gekaut.

»Nach dem Tod unserer Großeltern bin ich nach Paris gegangen. Meine Ex, Aurélie, hatte nie die Absicht, lange in England zu bleiben. Ich dachte, Bel schafft das schon – sie hatte ja Mark und Mum und Dad. Aber ich habe mir selbst in die Tasche gelogen. Es ist ihr unangenehm, unsere Eltern mit ihren Problemen zu behelligen – sie arbeiten so hart, und sie möchte sie beschützen, deshalb erlaubt sie ihnen nie, mit zu ihren Terminen zu kommen. Ich bin der Einzige, dem sie ihre verletzliche Seite offenbart. Aber als es hart auf hart kam, war ich nicht für sie da.«

»Du bist wegen Aurélie in Paris geblieben?«

Er schüttelt den Kopf. »Nein, wir waren schon lange getrennt. Ich hatte einfach Angst, zurückzukehren.«

Ich empfinde Mitgefühl mit ihm. Er musste die schwere Entscheidung treffen, zurück nach London zu ziehen, obwohl er wusste, dass er seiner Schwester beim Sterben zusehen würde.

»Das muss hart für dich gewesen sein«, sage ich.

Er zuckt mit den Schultern. »Nach all der Zeit, die ich vor unserer Scheiße weggerannt bin, versuche ich jetzt, ihr ein guter Bruder zu sein«, sagt er. »Ich glaube nur nicht, dass ihr noch viel Zeit bleibt.«

DAS K-WORT

Ich sitze im Bademantel am Pool und schaue zu, wie Lauren, Kate und acht andere Frauen sich an den Händen fassen und kreischend ins flache Wasser springen. Ich versuche mich vor den Spritzern zu schützen, als sie kichern und sich im Pool verteilen. Einige von ihnen steigen auf der anderen Seite gleich wieder raus und wechseln in den Jacuzzi. Ich betaste meinen Kopf. Die Badekappe hinterlässt ein speckiges Gefühl auf meiner Kopfhaut.

Lauren kommt angeschwommen und stützt die Ellbogen auf den gefliesten Rand des Pools, um einen kleinen Plausch mit mir zu halten. »Bist du sicher, dass du nicht wenigstens kurz mit reinkommen kannst?«

Ich schüttle den Kopf. Ein Spa-Tag für ihren Junggesellinnenabschied klang anfangs nach einer tollen Idee. Haare, Nägel, Massagen, Schwimmen, Sauna ... Aber dann erfuhr ich, dass ich während der Chemo keine Massagen bekommen, nicht schwimmen, saunieren oder ins Dampfbad gehen darf. Mein Körper ist dermaßen anfällig für Keime, dass praktisch alles verboten ist. Also sitze ich hier mit meinem Kurkuma-Latte am Beckenrand, während die anderen den Spaß ihres Lebens haben.

Ich strecke die Beine aus und lehne mich auf meinem Liegestuhl zurück. Laurens Freundin Erin, im fünften Monat schwanger, treibt rücklings auf dem Wasser. Der Babybauch ist unter ihrem Halterneck-Badeanzug nur als leichte Wölbung zu erkennen.

Ich schließe die Augen und versuche ein bisschen zu dösen. Ich bin andauernd müde, mein Körper ist so entkräftet, dass ich mich fühle, als wäre ich neunzig. Nie hätte ich gedacht, dass die Chemo so viele Einschränkungen mit sich bringt: kein Sushi, keine weich gekochten Eier, kein Rohmilchkäse und keine Spa-Besuche. So ähnlich wie bei einer Schwangerschaft, nur ohne Happy End.

Am Abend im Hotel, bevor wir nach Soho aufbrechen, versammeln wir uns alle zum Vorglühen in dem Zimmer, das ich mir mit Lauren und Kate teile. Zwei Mädels drehen sich Locken mit dem Brenneisen, während andere sich vor dem Badezimmerspiegel drängeln, Make-up auflegen und sich darüber unterhalten, was ihre Ehemänner beziehungsweise Freunde am Wochenende wohl so vorhaben. Kate ist nervös, weil sie zum ersten Mal eine ganze Nacht von Ella getrennt ist, und ruft alle fünf Minuten zu Hause an, um sich zu vergewissern, dass Colm die Lage im Griff hat. Auf der Kommode stehen zehn Flaschen Prosecco in einer Reihe, und vor lauter Parfümdunst bekomme ich kaum noch Luft.

»Soll ich dich schminken?«, bietet Kate mir an, der aufgefallen sein muss, dass ich nur stumm dasitze und mir selber leidtue. Die Energie und gute Laune der anderen bedrückt mich irgendwie. Alle freuen sich auf den bevorstehenden Abend, während ich verunsichert bin, weil ich keine Wimpern und Augenbrauen mehr habe und jeden Moment mit einer Hitzewallung rechnen muss. Ich würde lieber im Hotel bleiben und gemütlich einen Film gucken, während die anderen in ihren High Heels losziehen und die Clubs unsicher machen.

Trotzdem nehme ich Kates Angebot widerstrebend an. Ich weiß, dass sie mich nur aufheitern möchte. Sie knallt eine schmuddelige, prall gefüllte Schminktasche aufs Bett und beginnt mit einem Puderpinsel, zwischen dessen Borsten wahrscheinlich Millionen gefährlicher Keime siedeln, in meinem Gesicht herumzuwischen. Ich versteife mich unwillkürlich, als ihre Finger meine Haut berühren und sich erst meinen Augen, dann meinen Lippen nähern.

»Ganz ruhig«, sagt sie. »Ich sorge dafür, dass du atemberaubend aussiehst.«

Also versuche ich, meine Gesichtsmuskeln zu entspannen. Falls wirklich Gefahr besteht, dass ich mir etwas einfange, habe ich es wahrscheinlich bereits getan.

»Kunstwimpern?« Sie winkt mit einem Paar falscher Wimpern und einer kleinen Tube Kleber.

»Wenn du es hinkriegst.« Keine Ahnung, ob ich noch genug eigene Wimpern habe, um die falschen zu tragen. Aber Kate ist bereits dabei, den Kleber aufzutragen, und befiehlt mir, nach unten zu schauen, während sie einen der Wimpernstreifen gegen mein Oberlid presst.

Nach drei vergeblichen Versuchen auf der linken Seite muss sie einsehen, dass es nicht funktioniert. Mir tränen die Augen, und durch die Feuchtigkeit hält der Klebstoff nicht richtig. Ehe ich weiß, wie mir geschieht, fange ich an zu weinen.

»Geht lieber ohne mich«, schluchze ich. »Ich kann mir nicht mal falsche Wimpern ankleben, ich bin bestimmt keine gute Gesellschaft.«

Lauren kommt zu mir geeilt, legt den Arm um mich und

klopft mir sanft auf den Rücken, als wäre ich ein Baby, das sein Bäuerchen machen soll. »Ohne dich gehen wir nirgendwo hin, du bist meine Trauzeugin!«

Ihre Freundlichkeit führt nur dazu, dass ich noch heftiger weinen muss. Ich komme mir so nutzlos vor! Ich kann mich nicht mal hübsch machen.

»Schhh«, sagt sie und reibt mir den Rücken. Einige der anderen stehen um mich herum, sehen mich voller Mitgefühl an und halten im Versuch, mich aufzumuntern, abwechselnd Ohrringe, Gürtel und Tuben mit Glitzer hoch.

»Lass mich mal probieren.« Lauren nimmt Kate die Wimpern weg und hält mir ein paar Papiertaschentücher hin, damit ich mir die Augen trocknen kann.

Die Ränder der Wimpern sind mit Klebstoff verschmiert. Vorsichtig wischt Lauren sie an der Pappschachtel ab, ehe sie meine Lider mit Wattebäuschen nach unten drückt. Sie trägt eine neue Schicht Kleber auf und wedelt mit den Wimpern, damit er schneller trocknet.

»Nach unten schauen«, befiehlt sie mir.

Ich gehorche und starre auf meine Hände, die von der Chemo trocken und rissig sind.

Lauren platziert die Wimpern auf dem Lidrand meines rechten Auges, schiebt sie behutsam bis in den Augenwinkel und drückt sie an, bis ich den feuchten Kleber auf der Haut spüre. Sie hält sie dreißig Sekunden lang fest, ehe sie vorsichtig die Hand wegnimmt.

»Und jetzt ganz langsam die Augen öffnen«, weist sie mich an.

Ich spüre das Gewicht der Wimpern auf meinem Oberlid, und durch den Kleber spannt die Haut um meine Augen.

Aber sie bleiben haften, zumindest vorerst, also wiederholt Lauren dieselbe Prozedur auf der linken Seite, nachdem sie mir eine kurze Pause gegönnt hat, damit ich mir die Nase putzen kann.

»So, bitte sehr«, sagt sie. »Wunderschön.« Sie hält mir einen Spiegel hin, damit ich ihr Werk bewundern kann.

Es ist wahr, ich sehe besser aus. Jetzt muss ich nur noch versuchen, den Rest des Abends ohne Heulkrampf durchzuhalten …

»Danke, Süße«, sage ich und greife nach meinem Proseccoglas.

»Also, Mädels, fünf Minuten bis zum Anstoß!«, ruft Kate. »Jess, hilfst du mir kurz?«

Ich geselle mich zu ihr, während sie mit einem Laptop und verschiedenen Geschenken hantiert. Innerhalb von fünf Minuten sitzen alle auf dem Bett und schlürfen Prosecco durch Penis-Strohhalme, während Kate ein Video von Charlie abspielt, der Fragen zu seiner und Laurens Beziehung beantworten muss, zum Beispiel wer von ihnen im Bett abenteuerlustiger ist und nach wie vielen Dates sie zum ersten Mal Sex hatten. Wann immer sie seine Antwort richtig voraussagt, bekommt Lauren einen Punkt, aber meistens rät sie falsch und muss einen Tequila trinken.

Das Spiel dauert ungefähr zwanzig Minuten. Lauren wird immer betrunkener und lauter und ermutigt alle bis auf die schwangere Erin, ebenfalls kräftig dem Alkohol zuzusprechen. Ich halte mich die ganze Zeit an meinem einen Glas Prosecco fest und tue hin und wieder so, als würde ich daran nippen.

Lauren nimmt in Gegenwart der Gruppe einen Videoanruf von Charlie entgegen und schwenkt das Telefon einmal in die

Runde, damit wir ihm alle eine Kusshand zuwerfen können. Lauren versichert ihm, dass für den heutigen Abend keine Stripper bestellt wurden, während sie den Mädels demonstrativ zuzwinkert. Charlie bemerkt dies und sieht nicht sehr glücklich aus.

Am Ende der Spiele überreiche ich Kate das Geschenk, das ich in unser aller Namen besorgt habe, weil sie für mich eingesprungen ist und den Junggesellinnenabschied organisiert hat. Sie wirkt ehrlich gerührt, als ich ihr den Korb mit Wohlfühlprodukten überreiche, von denen wir dachten, sie könnten ihr helfen, sich hin und wieder eine kleine Auszeit vom Alltag zu nehmen. Ihre Augen glänzen feucht, doch als ich versuche, sie zu trösten, winkt sie ab.

»Für dich haben wir übrigens auch eine Kleinigkeit«, sagt Lauren.

»Für mich?«, sage ich überrascht. »Aber ich habe doch kaum was gemacht!«

Kate langt in ihre Tasche und überreicht mir ein Päckchen, das ich sogleich öffne. Ich spüre die Blicke der anderen auf mir, als ich ein wunderschönes, in hellblaues Leder gebundenes Tagebuch mit Goldschnitt und ein dazu passendes Reisepass-Etui herausnehme.

»O mein Gott, das wäre doch nicht nötig gewesen!« Prompt kommen mir wieder die Tränen.

»*Nicht* weinen!«, mahnt Lauren, und ich klimpere mit meinen schweren Kunstwimpern gegen die Tränen an. Sie schlingt die Arme um mich und drückt mich viel zu fest. »Wir lieben dich, Jeeeess.«

»Du hast dir so viel Mühe gegeben, uns mit deiner tollen Kolumne zum Lachen zu bringen, aber vielleicht brauchst du ja auch was, wo du aufschreiben kannst, wie es dir wirklich geht«, erklärt Kate. »Nur für dich.« Ich glaube, das wäre eigentlich Laurens Text gewesen, aber die ist bereits zu betrunken.

Kate hat recht. So sehr ich mich auch bemühe, ehrlich zu sein, meine Kolumne wird mich nie so zeigen, wie meine engsten Freundinnen mich kennen.

»Und das hier ist für unsere Abenteuer«, sagt Lauren und tippt energisch mit dem Finger auf das Reisepass-Etui, während sie ihren Kopf gegen meine Schulter sacken lässt. »Keine Männer, nur wir Määäädels.«

»Ich weiß gar nicht, was ich dazu sagen soll.« Ich versuche zu lächeln, damit ich nicht losheule. »Vielen, vielen Dank!«

Eins der Mädels beginnt zu applaudieren, und nacheinander kommen alle zu mir, umarmen mich und sagen mir, wie sehr sie mich für meinen Mut bewundern.

Ich bin dermaßen gerührt, dass ich beinahe vergesse, wie hässlich ich mich unter der Schicht Make-up und den falschen Wimpern fühle.

Um einundzwanzig Uhr ist Lauren bereits so voll, dass sie nur noch lallen kann. Ich versuche sie dazu zu bringen, ein paar von den Pommes zu essen, die wir uns aufs Zimmer bestellt haben, aber sie ist wild entschlossen, sich nicht durch Nahrung zu belasten, damit sie später unbeschwerter tanzen kann. Eins der Mädels verschwindet im Bad, um noch mal »strategisch vorzukotzen«, bevor wir in den Club gehen. Ich warte bis zum letzten Augenblick, ehe ich meine Perücke aufsetze – diesmal nehme ich die rote. Ich habe keine Lust, aus der Masse herauszustechen.

Es dauert geschlagene zwanzig Minuten, bis unsere Gruppe es vom Hotelzimmer nach unten auf die Straße geschafft hat. Immer wieder vergisst eine ihre Tasche oder ihr Diadem und muss noch mal hochlaufen, während die anderen in der Lobby warten. Draußen schüttet es wie aus Kübeln, und ich werde das Gefühl nicht los, dass ich mir eine Erkältung eingefangen habe.

Lauren springt in das erste Uber und fährt mit einigen Mädels schon mal vor, während ich mit der schwangeren Erin und den anderen in der warmen Hotellobby auf dem Sofa sitze. Ich nutze die Gelegenheit, mich mit Kate zu unterhalten, die mir von dem Streit erzählt, den sie mit Colm hatte, bevor sie aufgebrochen ist, und davon, wie schwer sie sich mit Ella tut. Ausnahmsweise komme ich mir wie die Starke vor.

Als wir aus dem Auto steigen, reicht die Schlange vor dem Club fast einmal um den Block, und es regnet noch heftiger als zuvor. Wir gesellen uns zu Erin und den anderen am hinteren Ende in der Schlange.

»Jeeesss«, grölt Lauren, als sie meiner ansichtig wird. »Du kommst gerade richtig!« Sie packt meine Hand und zieht mich an der Schlange vorbei nach vorn, wobei sie fast über die Füße eines Wartenden stolpert und sich die unverhohlene Missbilligung der anderen Clubbesucher zuzieht.

»Was soll das werden?«, frage ich sie. Mir tun schon jetzt die Füße weh.

Vor dem Türsteher hält sie an und zeigt auf mich. »Meine Freundin Jess hat Krebs und wird bald sterben«, sagt sie, schiebt die Unterlippe vor und macht ein trauriges Gesicht. Sie schwankt leicht und muss sich mit einer Hand an meiner

Schulter festhalten, um nicht der Länge nach hinzufallen. »Das hier ist vielleicht der letzte Abend, an dem sie Gelegenheit hat, feiern zu gehen. Allerdings kann sie nicht lange stehen. Ich weiß nicht, ob sie es schafft, in der Schlange zu warten.«

Ich bin wie zur Salzsäule erstarrt. »Lauren!«, sage ich und knuffe sie warnend in die Seite.

Der Türsteher mustert mich von oben bis unten. »Sie sieht gar nicht so aus, als würde sie bald sterben.«

»Zeig's ihm, Jess«, sagt Lauren und zupft an meiner Perücke wie ein Kleinkind, das die Aufmerksamkeit seiner Mutter erregen will.

»Lauren!«, zische ich flehend, ehe ich einen verstohlenen Blick auf die lange Schlange hinter uns werfe.

»Zeig ihm, was du unter deiner Perücke hast«, fordert sie mich erneut auf und sackt gegen mich.

Der Türsteher schaut mich auffordernd an.

Also hole ich tief Luft und schiebe meine Perücke gerade so weit zurück, dass er sehen kann, dass ich darunter kahl bin.

Lauren hebt die Hand und streichelt mir über den Kopf. »Sehen Sie? Sie hat keine Haare mehr.« Leider verliert sie dabei das Gleichgewicht. Ihr Knöchel knickt um, sie geht zu Boden – und nimmt meine Perücke mit.

Das alles geschieht im Bruchteil einer Sekunde. Ich beeile mich, Lauren wieder auf die Beine zu helfen; erst dann wird mir bewusst, dass ich vor Dutzenden von Leuten mit kahlem Schädel dastehe und alle mich anstarren.

Ich hebe die Perücke aus einer Pfütze auf. Sie ist vollkommen durchnässt. Als ich sie wieder aufsetze, schäme ich mich in Grund und Boden. Die kalten, nassen Strähnen kleben mir im Gesicht.

»Du kannst rein«, sagt der Türsteher, ehe er mir noch einen vor Mitleid triefenden Blick zuwirft.

Lauren macht einen Schritt in Richtung Eingang, doch der Mann hält sie mit ausgestrecktem Arm zurück. »Du nicht. Du bist zu betrunken.«

Mittlerweile haben sich auch Kate und Erin zu uns durchgedrängelt, um zu sehen, was los ist. Kate behauptet dem Türsteher gegenüber, dass sie Laurens ältere, verantwortungsbewusste Schwester sei und gleich als Erstes mit ihr an die Bar gehen werde, damit sie ein großes Glas Wasser trinkt. Doch der Türsteher lässt sich nicht erweichen – bis sie erklärt, dass heute der Junggesellinnenabschied ihrer kleinen Schwester sei und sie im betrunkenen Zustand immer nur lustig und nicht aggressiv werde. Es würde ihr wirklich sehr viel bedeuten, wenn er uns reinließe …

»Also schön«, sagt er und hebt widerstrebend den Arm, um uns durchzulassen.

Sobald wir drinnen sind, will Lauren mich abklatschen, verfehlt jedoch meine Hand. »Wir sollten das K-Wort öfter einsetzen«, sagt sie und muss sich schon wieder auf mich stützen. Benommen schiebe ich sie weg. Kate ist hin- und hergerissen. Einerseits möchte sie bei mir bleiben, um sich zu vergewissern, dass es mir gut geht, andererseits will sie dafür sorgen, dass Lauren wie versprochen ihr Wasser trinkt. Schließlich wirft sie mir einen entschuldigenden Blick zu, ehe Lauren sie an der Hand nimmt und mit sich fortschleift.

Erin bleibt bei mir stehen und erkundigt sich, ob alles in Ordnung sei. Ich sage ihr, dass es mir gut geht und ich später nachkomme. Erst einmal muss ich auf die Toilette und mich um meine Perücke kümmern. Lauren und Kate sind bereits in den Tiefen des düsteren, von Nebelschwaden durchzogenen Clubs verschwunden.

Ich wage mich in die Masse aus Leibern, die sich aneinander reiben und mit hocherhobenen Armen zum neuesten Hit von Calvin Harris tanzen. Die Hände schützend vor dem Körper ausgestreckt, versuche ich mir einen Weg durchs Gedränge zu bahnen.

Prompt erwischt mich eine Hitzewallung. Ich will mir die Jacke vom Körper reißen, aber es ist viel zu eng auf der Tanzfläche. Ich bin eingequetscht zwischen lauter schwitzenden Körpern. Irgendein Typ fasst mir an den Hintern. Ich wirble herum, um ihn zusammenzustauchen, doch im nächsten Moment segelt sein Plastikbecher durch die Luft, und meine bereits nasse Perücke bekommt eine Dusche aus Bier.

Erschrocken versuche ich die Flüssigkeit abzuschütteln, aber dabei ramme ich jemandem hinter mir versehentlich den Ellbogen in die Rippen.

»Pass doch auf!« Eine Blondine in Stilettos, Minikleid und mit dicken Lippen durchbohrt mich mit einem vernichtenden Blick.

In dem Moment ist es vorbei. Ich kann nicht mehr. Ich stehe regungslos in der Mitte der Tanzfläche, fasse meine Perücke an einer nassen Strähne und ziehe sie mir vom Kopf. Sofort fühle ich mich befreit. Als um mich herum ein kleiner Kreis entsteht, schließe ich die Augen und recke die Arme in die Luft.

Dann schreie ich.

Ich schreie, weil meine beste Freundin jetzt bei mir sein und meine Hand halten sollte.

Ich schreie, weil ich Mum so sehr vermisse, dass es sich manchmal anfühlt, als wäre mein Bauchraum ausgehöhlt worden und ich hätte nur noch eine gähnende Leere in meinem Innern.

Ich schreie, weil Annabel es verdient hat, weiterzuleben.

»Jess.« Erin tritt zu mir und reibt mir den Rücken, damit ich wieder zur Besinnung komme.

Ich schüttle ihre Hand ab und hebe zum zweiten Mal an diesem Abend meine Perücke vom Boden auf.

Dann wende ich mich mit tränenüberströmtem Gesicht dem Ausgang zu. *Ich muss sofort hier raus. Ich muss zurück ins Hotel.*

Draußen auf der Straße gebe ich, schlotternd vor Kälte, die Adresse des Hotels in mein Smartphone ein, um mir ein Uber zu rufen. Doch als ich an das verwüstete Zimmer voller leerer Flaschen, Parfümgestank und einem Dutzend anprobierter und verworfener Outfits denke, weiß ich, dass ich unmöglich dorthin zurück kann. Ich will in mein eigenes Bett, aber ich will nicht allein sein. Ich will Annabel.

Hey, Bel, bist du da? Xx

Ich warte auf eine Antwort, doch es kommt keine.

Ich hatte einen Scheißabend und brauche dringend eine Umarmung. Falls du aufwachst und das hier liest, melde dich xx

Gerade als ich das Uber umbestellen will, gibt mein Handy einen Ton von sich.

Sie schläft, aber ich bin da und könnte auch eine Umarmung gebrauchen. Komm doch vorbei. Joe x

Das reicht mir. Ich gebe Annabels Adresse in die Uber-App ein.

Dabei sehe ich mehrere verpasste Anrufe von Kate. Ich schreibe ihr eine kurze Nachricht, dass ich mich auf den Rückweg gemacht habe, dann schalte ich mein Smartphone aus. Über die Konsequenzen kann ich mir morgen Gedanken machen.

Joe ist im Schlafanzug, als ich ankomme. Noch an der Tür zieht er mich in seine Arme. Seine Stimme klingt rau, und er sieht aus, als hätte er geweint. »Sie schläft«, sagt er und deutet in Richtung von Annabels Zimmer, ehe er mich ins Wohnzimmer führt, wo er bereits sein Schlafsofa ausgeklappt hat.

»Tut mir leid, dass ich einfach so bei euch reinschneie. Ich hatte einen grauenhaften Abend.«

»Du siehst, äh …« Er betrachtet die schief sitzende, nasse Perücke, deren Strähnen mir an den Wangen kleben, die falschen Wimpern, bei denen sich der Kleber löst, und mein viel zu enges Kleid.

»Es war ein harter Tag«, sage ich. Dann muss ich lachen, weil ich bestimmt absolut unmöglich aussehe. Joe lacht mit. »Ich könnte mir nicht zufällig was Bequemeres borgen?«

»Warte, ich hole dir ein T-Shirt.«

Joe durchsucht seinen Kleiderständer, während ich die rote Perücke abnehme und an den falschen Wimpern ziehe. Es fühlt sich gut an, sie zu entfernen, wie damals in der Schule, wenn ich im Kunstraum die Heißkleber-Reste von den Tischen geknibbelt habe.

Er reicht mir ein großes T-Shirt und einen senfgelben Hoodie. »Zieh das hier an, und dann mach es dir gemütlich. Ich koche uns einen Tee.«

Ich drehe ihm den Rücken zu und ziehe das Oberteil meines Kleids herunter. Dann setze ich mich auf die Bettkante und öffne die Schnallen meiner High Heels. Als ich die Dinger endlich los bin, stoße ich einen Seufzer der Erleichterung aus. Ich ziehe mir Joes nach Lavendel duftendes T-Shirt über den Kopf und schäle mich vollständig aus dem Kleid.

Dann stecke ich den Kopf zur Küchentür hinein. »Annabel hat nicht zufällig Abschminktücher da?«

Joe nickt. Er geht mit mir ins Bad, holt eine Packung Feuchttücher aus dem Schrank, und ich folge ihm zurück in die Küche, wo er zwei Becher nimmt und wartet, bis der Wasserkocher fertig ist. Er gießt unseren Tee auf, ich wische mir derweil die Schminke aus dem Gesicht und versuche, den Kleber von meinen Lidern zu entfernen, während ich den frischen Gurkenduft des Reinigungstuchs einatme.

Als er sieht, wie ich mir das Gesicht abrubble, lehnt Joe sich in den offenen Türrahmen und lacht. »Du brauchst das ganze Zeug doch gar nicht«, sagt er.

Vielleicht hat er recht. Ungeschminkt sehe ich zwar aus wie eine Krebskranke, aber wenigstens gebe ich mich nicht für jemanden aus, der ich nicht bin. Allerdings kann ich mir nicht vorstellen, was Lauren für ein Gesicht gemacht hätte, wenn ich die Absicht geäußert hätte, ungeschminkt und ohne Perücke auf ihrem Junggesellinnenabschied zu erscheinen.

Wir kehren ins Wohnzimmer zurück, wo Joe die beiden Becher Tee auf seinen Nachttisch stellt. Er schlägt die Decke zurück und bedeutet mir, mich ins Bett zu setzen. »Es gibt da eine neue Serie, die ich mir gerade anschauen wollte. Hast du Lust? Ich komme auch nicht auf dumme Gedanken, versprochen.«

Ich klettere ins Bett und schiebe meine nackten Beine und Füße unter die warme Decke, während er es sich neben mir gemütlich macht. Ohne Perücke, Kunstwimpern, Make-up, High Heels und das enge Kleid fühle ich mich endlich wieder wie ich selbst. Ich hasse all das falsche Zeug. Hier bin ich zu Hause.

Den Teebecher in beiden Händen haltend, lehne ich meinen kahlen Kopf gegen das Kissen. Dann berichte ich Joe alles von Lauren und ihren Freundinnen und dem Tag im Spa, von den Trinkspielen und dem Clubbesuch. Allein die Geschichte nachzuerzählen raubt mir Kraft.

»Ich wäre schon viel früher abgehauen«, sagt er und blickt mich im schummrigen Licht der Nachttischlampe an.

»Ich bin eine Masochistin. Ich kann es gar nicht erwarten, dass die Hochzeit endlich vorbei ist, damit ich meine Freundin wiederhabe.«

»Wann soll sie denn stattfinden?«

»In gut einem Monat«, sage ich. »Anfang April.«

Joe seufzt, dann legt er den Arm um mich. »Wollen wir noch ein paar Folgen schauen?«

»Sicher.«

Mir fällt die Schachtel Taschentücher auf dem Beistelltisch ins Auge. Ja, er hat definitiv geweint.

»Geht es dir denn gut?«, frage ich.

Er sieht, wie ich die Taschentücher beäuge.

»Ach. Ich bin halt ihr großer Bruder.«

»Ist sie … ich meine, hat sich ihr Zustand verschlechtert?«

Joe nimmt seinen Arm weg und reibt sich die Augen. Erst schüttelt er den Kopf, dann nickt er. Dann schüttelt er wieder den Kopf. »Die Chemotabletten wirken nicht, Jess. Man hat ihr gesagt, sie soll sie absetzen.«

Mir ist, als hätte ich einen Fausthieb in die Magengrube bekommen. Annabel hat mir nichts davon gesagt. Bestimmt ist sie am Boden zerstört.

»Aber wenn die Chemo nicht wirkt, gibt es doch sicher eine andere Therapie, die sie ausprobieren kann?«

»Sie bekommt auch noch andere Medikamente, aber es wird nicht besser. Ich wünschte nur, wir hätten noch mehr Zeit.«

Ich stelle meinen Becher zur Seite und taste unter der Bettdecke nach seiner Hand. Einen Moment lang sitzen wir einfach nur nebeneinander, Handrücken an Handrücken, ohne uns zu bewegen. Dann zuckt sein Finger, und gleich darauf spüre ich seine Fingerspitze im Tal zwischen meinem Zeige- und Mittelfinger.

Als er die Innenseite meines Mittelfingers entlangstreicht, geht ein elektrisches Kribbeln durch meinen Körper. Ganz langsam wandert seine Fingerkuppe die Innenseite meines Zeigefingers hinauf. Dabei stimuliert er Nerven, von deren Existenz ich bisher nichts geahnt habe.

Unsere Hände bewegen sich aufeinander zu, bis sich irgendwann alle zehn Finger berühren, und auf einmal bin ich wieder vierzehn Jahre alt, sitze bei einem Schulausflug zum Hadrianswall ganz hinten im dunklen Bus, und meine Finger ertasten die warme Hand von Tommy Riley, während wir beide zum ersten Mal das Wunder sexueller Begierde entdecken.

Ich schlucke, als unsere Fingerspitzen kühner werden und unsere Handflächen sich vereinigen. Mein Magen schlägt Purzelbäume, wie ich es niemals für möglich gehalten hätte. Unsere Finger verschränken sich miteinander, und alle meine Nervenenden pulsieren, als seine Finger zwischen meine gleiten und meine Haut liebkosen. Irgendwann liegen seine Fingerspitzen auf meinem Handrücken und meine auf seinem. Unsere Hände sind vollständig miteinander verbunden.

Ich lehne mich an ihn, um meinen Kopf an seinem Hals zu bergen.

Er schaut im Halbdunkel auf mich herab, und fast glaube ich seinen Geruch auf meiner Zunge schmecken zu können.

»Geht es dir gut?«, wispert er wenige Zentimeter von meinem Mund entfernt.

Ich kann nicht sprechen, kann nicht atmen, aber ich bewege mich ein winziges Stück auf ihn zu und finde seine Lippen. Dann küssen wir uns. Wir wenden uns einander zu, unsere Hände tasten und streicheln unter der Bettdecke und genießen das Gefühl von Haut an Haut.

»Bist du dir sicher?«, fragt er.

»Ja.«

PIÑA COLADAS UND PIXIESCHNITT

Am Morgen nach dem Junggesellinnenabschied schleiche ich mich in aller Herrgottsfrühe aus der Wohnung, damit Annabel nicht merkt, dass ich in Joes Bett geschlafen habe. Ich habe sieben verpasste Anrufe und elf Sprachnachrichten auf dem Handy. Als Erstes höre ich Laurens gelallte Nachrichten ab. Die erste stammt von Mitternacht. Es hat also mehr als eine Stunde gedauert, ehe ihr mein Fehlen überhaupt aufgefallen ist und Kate ihr gesagt hat, dass sie sich keine Sorgen machen muss. Sie grölt ihre Lieblingszeile von »Mambo Number 5« ins Telefon: »A little bit of JESSICA, here I am ...« Dann fügt sie hinzu: »Wir vermissen dich, wo bist du abgeblieben?« Irgendwann ist es drei Uhr morgens, die Mädels sind zurück im Hotel, ihnen ist klar geworden, dass ich nicht dort bin, und Panik setzt ein. Um fünf Uhr brechen die Sprachnachrichten ab.

Auch mein Dad hat mir auf die Mailbox gesprochen. »Jessie, Liebling, bestimmt ist alles in bester Ordnung, aber Lauren hat angerufen und gesagt, dass du nicht bei den anderen bist. Melde dich doch, sobald du das hier abhörst.«

Gott sei Dank hat er die Anrufe von Lauren erst heute Morgen gesehen – sonst wäre er die ganze Nacht in Angst gewesen. Wie egoistisch von mir, ihm solche Sorgen zu bereiten!

Ich rufe ihn sofort zurück.

»Jessie.« Er klingt besorgt.

»Ich bin zu Annabel gefahren, der Junggesellinnenabschied war furchtbar. Es tut mir leid.«

»Alles gut«, sagt er.

»Es tut mir leid, dass du dir meinetwegen Sorgen gemacht hast.«

»Ich denke mal, Lauren brummt heute Morgen ganz schön der Schädel.«

»Ja.«

»Wie auch immer, ich komme dann heute Abend. Bist du für morgen gewappnet?«

Die Aussicht auf die nächste Chemo erfüllt mich mit Grauen, auch wenn ich äußerlich gefasst wirke. Bei den nächsten drei Behandlungen bekomme ich ein anderes Mittel. Es ist das Unbekannte, das mich am meisten beunruhigt.

»Wir sehen uns dann heute Abend, Dad.«

Obwohl ich finde, dass Lauren diejenige ist, die den ersten Schritt machen und sich bei mir entschuldigen müsste, beschließe ich, sie anzurufen, damit sie wenigstens weiß, dass es mir gut geht.

»Oh, Jess, ich fühle mich wie der wandelnde Tod«, bringt sie stöhnend hervor. Ihre Stimme klingt heiser und verkatert. »Wohin bist du gestern verschwunden?«

»Ich war bei Annabel. Es tut mir leid, ich hätte dir Bescheid sagen sollen.«

»Wir haben uns solche Sorgen gemacht! Warum bist du einfach abgehauen? Kate hat deine Nachricht bekommen, deshalb dachten wir, du wärst zurück ins Hotel gefahren. Aber als wir dort ankamen und du nicht da warst … Wir haben die halbe Nacht kein Auge zugetan.«

»Es tut mir leid. Mir wurde das alles irgendwie zu viel.«

»Du hättest dich wenigstens verabschieden können.«

»Ich weiß nicht, ob du das überhaupt mitbekommen hättest.«

»Natürlich hätte ich das mitbekommen. Du bist meine beste Freundin!«

Mir kommt ein Bild in den Kopf, wie ich auf offener Straße meine tropfnasse Perücke in der Hand halte. »Beste Freundinnen nutzen nicht die Krebserkrankung anderer aus, um in Clubs reinzukommen.«

Sie schweigt.

»Du hast dem Türsteher gesagt, dass ich bald sterben muss.«

»O mein Gott, es tut mir so leid. Ich wollte wirklich nicht ... Ich war total dicht.«

»Das kann man wohl sagen.«

»Ich wollte einfach, dass wir möglichst schnell reinkommen, damit du nicht im Regen rumstehen musst. Es war wirklich nicht meine Absicht, dich zu verletzen.«

»Ist schon gut«, sage ich, als ich mich an das wunderschöne Tagebuch erinnere und daran, wie sie beim Frisör meine Hand gehalten hat, während mir meine langen Haare abgeschnitten wurden.

Lauren beginnt zu schluchzen. »Es tut mir so leid, Jess! Ich war furchtbar zu dir, oder?«

»Äh ...« Wie sagt man seiner besten Freundin, dass sie sich verändert hat, seit sie beschlossen hat zu heiraten?

»Hör zu, Jess, offen gestanden hat mir diese ganze Krebsgeschichte total den Boden unter den Füßen weggezogen. Ich hatte solche Angst, es könnte so werden wie bei deiner

Mum ...« Mehr muss sie nicht sagen, mir ist klar, was sie meint. »Ich weiß, wahrscheinlich macht es den Eindruck, als würde ich an nichts anderes mehr denken als an die Hochzeit, aber ich habe mir schreckliche Sorgen um dich gemacht. Frag Charlie.«

»Ich weiß.« Ich glaube ihr, habe aber nicht die Kraft, mit ihr darüber zu sprechen.

»Jess, es tut mir so unendlich leid. Ich war so sehr mit der Hochzeitsplanung beschäftigt und ... wenn ich ehrlich bin, weiß ich gar nicht mehr, wie ich mich dir gegenüber verhalten soll. Manchmal habe ich keine Ahnung, was ich zu dir sagen soll.«

Dass meine beste Freundin nicht weiß, wie sie sich in meiner Gegenwart verhalten soll, schmerzt mich. Wenn es ihr jetzt schon so geht, kann ich nur vage erahnen, wie es erst sein wird, nachdem sie und Charlie geheiratet haben. Wahrscheinlich wird sie bald anfangen, über Familienplanung zu reden, und eines Tages wird sie ein Baby bekommen. Ich kann mir nicht helfen, ich habe das Gefühl, dass wir weiter und weiter auseinanderdriften.

»Ich bin immer noch die Alte«, sage ich. »Sei einfach so, wie du immer bist.«

Lauren redet immer weiter. Sie erzählt mir, wie viel Angst sie hat, wie sehr sie mich liebt und dass ich sie nie verlassen soll. Ich wünschte, ich könnte die Zeit zurückdrehen, und es wäre wieder so wie früher.

Vor Laurens Verlobung.

Vor Mums Tod.

Vor dem Krebs.

In Vorbereitung auf die zweite Hälfte meiner Chemo lackiert Annabel meine Finger- und Zehennägeln schwarz, damit sie mir nicht abfallen. Ich habe im Internet Bilder von Fingernägeln gesehen, die durch die starken Medikamente gelb oder sogar schwarz geworden sind. Annabel meint, der dunkle Lack hält das Sonnenlicht ab und verhindert eine noch stärkere Schädigung.

Heute ist der Chemo-Club fast in voller Mannschaftsstärke erschienen. Annabel, Priya und Aisha kommen immer wieder zu mir auf die Station, bringen Tee und Schokolade und tun alles, damit ich es bequem habe. Joe hat mir eine ganz liebe Nachricht geschickt, um mich wissen zu lassen, dass er an mich denkt.

»Was grinst du die ganze Zeit?«, fragt Aisha, als Dad loszieht, um frischen Tee zu holen. »Hat es mit einem Mann zu tun?«

Ich schüttle wortlos den Kopf.

»Du hast auf dem Junggesellinnenabschied einen Mann geküsst, stimmt's? O mein Gott, du hast einen Mann geküsst!«

Schwester Ange betritt beschwingten Schrittes die Station und rettet mich. Sie hat dicke, unförmige Überzieher dabei, die ein bisschen an Baseballhandschuhe erinnern. Aisha knufft mich in die Seite. »Glaub bloß nicht, dass du so leicht davonkommst, Fräulein.«

»Wir ziehen jetzt diese Eisstulpen über Ihre Hände und Füße, um Ihre Nägel zu schonen, in Ordnung?«, sagt Ange. »Das wird sehr kalt, aber es hilft gegen die Nebenwirkungen.«

Der Gedanke an die Kälte verursacht mir Übelkeit. Ich hasse kalte Duschen oder das Gefühl von Eis auf meiner Haut.

»Einmal bitte die Hände ausstrecken.« Ange streift die riesigen blauen Dinger über meine Hände und Füße. Anfangs fühlt es sich nicht besonders kalt an. »Ich warte erst mal zwanzig Minuten, bis Sie sich daran gewöhnt haben, dann fangen wir mit der Chemo an.«

Allmählich beginne ich die Kälte zu spüren. Es ist, als würde ich die Hände in eins der Eisbäder tauchen, die Johnny früher manchmal genommen hat, als er noch Rennrad fuhr. Irgendwann kam immer der Punkt, an dem die Kälte unerträglich wurde und ich die Hände herausnehmen musste. Aber jetzt kann ich das nicht.

An den Füßen ist es noch schlimmer. Meine Zehen kribbeln vor Taubheit, und die Schmerzen steigen mir zu Kopf, wie wenn man zu viel Eis gegessen hat, nur schlimmer.

»Denk an was Warmes«, rät mir Priya. »Du bist auf einer tropischen Insel, umgeben von warmem Sand, Palmen und dem Rauschen der Wellen. Die Sonne brennt vom Himmel, du trägst einen roten Bikini und spürst die Strahlen auf deinem Bauch und deinen Schenkeln. Dann kommt ein sexy Typ in Hotpants mit Piña Coladas und Bloody Marys den Strand entlang ... Wofür entscheidest du dich?«

»Kann ich auch eine heiße Schokolade haben?«, frage ich, kneife die Augen zu und versuche die Szene zu visualisieren.

»Jess, du bist auf einer Insel, und es herrschen vierzig Grad im Schatten. Da willst du ganz sicher keine heiße Schokolade. Wie auch immer, der sexy Typ fragt dich, ob er deine Telefonnummer haben kann. Er steht ganz besonders auf deinen Pixieschnitt und deinen roten Bikini. Na, was meinst du?«

»Bin ich allein auf dieser Insel?«, frage ich. Ich gebe mir wirklich Mühe, mitzuspielen, auch wenn ich an nichts anderes denken kann als an den rasenden Schmerz in meinen Händen und Füßen.

»Deine Freundinnen sind auch da, aber wir sitzen ein Stück entfernt in unserem eigenen kleinen Paradies. Du bist heute an den Strand gekommen, um die lokalen Talente abzuchecken«, sagt Aisha. »Dieser Kerl ist absolut dein Typ ... groß, dunkelhaarig, gut gebaut, muskulös. Und er will es in seinem Whirlpool mit dir treiben.«

Annabel kichert.

»Jetzt kommen wir der Sache schon näher.« Lachend öffne ich die Augen. Die Handschuhe werden allmählich wärmer, und die Schmerzen lassen ein klein wenig nach. Aber dann kommt Ange und wechselt sie gegen frische aus. Meine Muskeln verkrampfen sich, und ich beiße die Zähne zusammen, als sie mir die neuen Kältehandschuhe überstreift.

»Und? Erzählst du uns jetzt von dem Mann, der dir ein Grinsen ins Gesicht zaubert?«, fragt Aisha.

»Es gibt keinen Mann«, lüge ich. »Ich habe nur daran gedacht, wie glücklich ich bin, so wundervolle Freundinnen zu haben.«

SCHUBLADENSEX

In der »guten« Woche nach Chemo Nummer vier schicke ich Dad nach Hause und lade Joe auf ein Abendessen und einen Spaziergang im Park zu mir ein. Er besteht darauf, zu kochen, während ich mich ausruhe. Annabel ist zu ihren Eltern gefahren und glaubt, er wäre mit einem Freund unterwegs. Ich habe ein schlechtes Gewissen, weil ich sie anlüge, aber bis ich weiß, was das zwischen uns ist, habe ich ohnehin keine Ahnung, was ich ihr sagen sollte.

Als ich in die Küche komme, finde ich neben meinem Gedeck einen Beutel mit gefrorenen Erbsen in einer Glasschüssel vor. »Was ist das?«

»Dein persönliches Kühlkissen gegen die Hitzewallungen«, sagt Joe, kehrt dem Herd den Rücken zu und grinst mich an.

»Du hast aber auch an alles gedacht, was?« Ich gehe zu ihm und gebe ihm einen Kuss, während ich mit der Hand durch seine weichen Haare streiche. Er erwidert den Kuss, aber dann löst er sich von mir.

»Vorsicht, sonst brennen mir die Fischfrikadellen an.«

»Bloß das nicht.« Lachend nehme ich mein Weinglas und setze mich auf die Küchenbank, um ihm zuzuschauen.

»Ich habe ganz vergessen zu fragen: Du hast doch keine Allergien, oder?«

»Ich esse alles. Krustentiere, Innereien, Insekten, ganz egal …«

»Das merke ich mir fürs nächste Mal«, sagt er und wendet die Fischfrikadellen in der Pfanne.

Nächstes Mal. Das ist ein gutes Zeichen. Es deutet darauf hin, dass er sich eine Zukunft mit mir vorstellen kann. Ich liebe es, dass ich mich bei ihm so gut aufgehoben fühle.

»Daran könnte ich mich gewöhnen«, sage ich, das Kinn in die Hand und den Ellbogen auf den Tisch gestützt.

»Ich koche jederzeit gerne für dich. Du weißt doch, dass das meine wahre Leidenschaft ist.«

»Wie kommt es, dass du nie Koch geworden bist, so wie deine Mum?«

»Tja, der Berufsberater in der Schule hat mir geraten, eine Ausbildung zum Bestatter zu machen, was nun eine ganz andere Richtung war. Am Ende habe ich Englisch studiert und dann, na ja, bin ich irgendwie zur Personalvermittlung gekommen. Damit habe ich eine Zeit lang ganz gut verdient, aber im Endeffekt wollte ich lieber unterrichten. Außerdem: Hast du schon mal gesehen, was Köche verdienen? So was macht man nicht des Geldes wegen.«

»Unterrichten aber auch nicht, oder?«

»Nein, ganz im Gegenteil. Teenager können wahnsinnig anstrengend sein, aber ich würde um nichts in der Welt etwas anderes machen wollen. Was ist mit dir, hast du einen Plan B?«

Das ist eine Frage, die mir in den letzten zehn Jahren praktisch nie gestellt wurde. Obwohl ich, seit ich Redakteurin bin, weniger an Texten arbeite, habe ich immer darauf geachtet, das Schreiben nicht ganz aufzugeben. Deshalb ist es ja auch so toll, eine eigene Kolumne zu haben. Nach all den unbezahlten Praktika und der vielen harten Arbeit glaube ich nicht, dass ich jemals den Beruf wechseln würde, solange ich noch schreiben kann. »Ich liebe die Arbeit an meiner Kolumne, vor allem jetzt gerade.«

Joe kommt zu mir, legt mir eine Hand in den Nacken und zieht mich an sich, um mich zu küssen, als könnte er sich einfach nicht zurückhalten. »Genau diese Leidenschaft liebe ich an dir.«

Liebe. Liebe ich an dir. Ich versuche mir ein Grinsen zu verkneifen. Nur keine voreiligen Schlüsse ziehen.

Er kehrt zu seinen Fischfrikadellen zurück. »Angenommen, du gewinnst im Lotto, würdest du dann trotzdem weiter bei deinem Magazin arbeiten?«

Ich denke an die alten Ausgaben von *Perfect Bake*, die sich in meinem Wohnzimmer stapeln, und wie stolz ich jedes Mal bin, wenn ich meinen Namen unter einem Editorial lese. Obwohl mich die Büropolitik, die Deadlines und die endlosen Meetings, die man genauso gut mit ein paar Mails abhandeln könnte, nerven, kann ich mir nicht vorstellen, dass ich jemals aufhören werde, dieses Kribbeln der Aufregung zu empfinden, wenn ich eine druckfrische Zeitschrift aufschlage, für deren Inhalt ich verantwortlich war, oder wenn ich mein Autorenkürzel auf einer Seite sehe.

»Soll ich ehrlich sein? Ich weiß es nicht.«

»Möchtest du nicht deine Krapfen verkaufen?«

»Ich hätte nichts dagegen, eines Tages einen kleinen Stand auf dem Markt zu haben. Das wäre cool. Was ist mit dir?«

Joe präsentiert zwei Teller mit perfekt gebratenen Fischfrikadellen, Erbsen und Sweet-Chili-Sauce, ehe er mir gegenüber Platz nimmt. »Ich würde eine Stiftung für Kinder in Südostasien ins Leben rufen, wo ich ihnen Kochen und andere Dinge beibringe. Alles, was man in der Schule nie lernt. Sozialverhalten, Ernährung. Leben.«

Puh, gibt es irgendein Kriterium, das dieser Mann nicht erfüllt?

»Sadler-Stiftung – klingt nicht schlecht.« Ich beiße von einer Fischfrikadelle ab und seufze vor Wonne.

Joe nickt. »Ich habe schon ein bisschen recherchiert, aber vorher muss ich noch mehr reisen, um mich mit der Region vertraut zu machen.«

»Du hältst es nie lange an einem Ort aus, was?«, sage ich. Er scheint alle paar Jahre den Beruf und das Land zu wechseln. Ich frage mich, ob er es mit seinen Freundinnen auch so macht.

»Unsere Eltern haben uns immer zum Reisen ermuntert. Sie hatten nicht viel, als wir klein waren, aber sie haben hart gearbeitet, um sich hin und wieder einen Urlaub leisten zu können. Mum hat immer von exotischen Orten wie Borneo oder Costa Rica geträumt, deshalb habe ich angefangen zu reisen, sobald ich achtzehn war.«

»Und Südostasien ist als Nächstes dran?«

»Definitiv«, sagt er. »Ich möchte unbedingt mehr Zeit in Thailand verbringen und sehen, ob ich dort einen Ort finde, an dem ich ein Projekt auf die Beine stellen kann. Vielleicht nächstes Jahr.«

»Was ist mit Annabel?« *Was ist mit mir?*

»Jess«, sagt er leise. »Nächstes Jahr wird sie nicht mehr hier sein.«

»Das weißt du doch gar nicht. Ich habe schon von Leuten gehört, die mit bestimmten Krebsarten noch zehn Jahre gelebt haben.«

Er legt seine Gabel hin und sieht mich an.

»Ich bin bloß realistisch. Aber solange meine Schwester lebt, weiche ich nicht von ihrer Seite.«

Er beugt sich zu mir, um mir einen Kuss zu geben, und nimmt mein Gesicht in beide Hände. »Du kannst mitkommen, wenn du magst.«

»Nach Thailand?«

»Klar, wir gehen zusammen auf Reisen. Mit allem Drum und Dran. Wird bestimmt lustig.«

Ich ringe mir ein Lächeln ab. Ein Teil von mir möchte sehr gerne mit ihm kommen.

Aber eine Rucksacktour mit Joe würde bedeuten, dass Annabel tot ist.

Der Rest des Abendessens vergeht unter viel Gelächter, und ich merke kaum, dass es schon nach elf ist. Irgendwann nehme ich ihn bei der Hand und ziehe ihn in das Schlafzimmer, das ich so lange mit Johnny geteilt habe.

Ich sitze halb bekleidet im Bett, und Joe liegt neben mir. Wir reden und lachen stundenlang, immer wieder unterbrochen durch Küsse. Allerdings gehen wir nie zu weit. Er berührt mich sehr behutsam, streichelt meine Brust, drückt aber nie fest zu.

»Tut das weh?«, fragt er, als er mit dem Finger über den Tumor streicht.

»Nein.« Ich habe mir schon unzählige Male dieselbe Frage gestellt und daran herumgedrückt, um zu prüfen, ob er durch die Chemotherapie geschrumpft ist oder die Schmerzen stärker geworden sind. Es ist schwer zu sagen, ob er sich verändert hat, aber Dr. Malik ist zuversichtlich, dass die Behandlung anschlägt.

Ich bin dankbar, dass Joe mich vor der Mastektomie kennengelernt hat. Nachdem ich Annabel und Priya gesehen habe, mache ich mir Sorgen über mein Aussehen – die Unebenheiten, die Narben, die entstellten Brustwarzen.

»Wirst du mich immer noch attraktiv finden, wenn ... du weißt schon. Nach meiner Operation?«, frage ich und ziehe mir die Bettdecke bis zum Hals.

»Soll das ein Witz sein? Du bist jetzt umwerfend, und danach wirst du genauso umwerfend sein.« Er küsst mich auf den Hals und lässt seine Hand in meinen Ausschnitt wandern.

»Nein, im Ernst«, sage ich und nehme seine Hand weg. »Ich habe Angst, dass du dich davor gruseln könntest ... dass du nur noch den Krebs siehst, wenn du mich anschaust.«

»Guck mal«, sagt er und zieht sein T-Shirt hoch. Darunter kommt eine lange weißliche Narbe zum Vorschein, die vom Nabel bis hinauf zu seinen Brustwarzen reicht.

»Wie ist das passiert?«

»Eine große OP, als ich sechzehn war. Ich erzähle dir ein andermal davon, jedenfalls konnte ich ein halbes Jahr nicht in die Schule gehen. Ich hatte solche Angst, jemand könnte die Narbe sehen, dass ich mich auf kein Mädchen eingelassen habe, bis ich achtzehn war. Zu dem Zeitpunkt hatte ich bereits einiges verpasst.«

»Oh.«

»Natürlich stellte sich heraus, dass sich niemand auch nur im Geringsten für die Narbe interessiert, und ich wünschte, ich hätte nicht so lange mit dem Sex gewartet. Also lass uns keine Zeit verschwenden«, sagt er und küsst mich abermals.

Am nächsten Morgen erwache ich gemütlich an Joes Seite gekuschelt. Seine behaarten Beine kitzeln meine glatten. Er schnarcht, und ein dünner Schweißfilm bedeckt seine Stirn. Als ich versuche, mein Bein zu befreien, regt er sich und schlägt ein Auge auf.

Ohne ein Wort zu sagen, rutscht er näher, schlingt träge einen Arm um meine Taille und zieht mich an seine Brust. So warm und geborgen beginne ich den Sonntag.

LIEBE FREUNDIN MIT KIND

In ihrer aktuellen Kolumne über ihr neues Singledasein und ein Leben mit Brustkrebs schreibt Jessica Jackson einen offenen Brief an ihre Geschlechtsgenossinnen

Liebe Freundin mit Kind,
denk bitte nicht, dass ich deine Freude nicht teile. Das tue ich sehr wohl. Allerdings ist sie zugleich auch die Kehrseite meiner eigenen Traurigkeit.
Ich freue mich für dich, weil du mit deinem Partner das tiefste Glück erleben darfst, das ein Mensch erfahren kann: ein eigenes Kind. Aber ich bin auch traurig, weil ich nicht weiß, ob ich diese Erfahrung jemals machen werde, und weil ich, während du einen kleinen Menschen hast, dem du all eure Liebe und Zuwendung schenken kannst, eine weitere Freundschaft verliere.
Hier von Verlust zu sprechen, ist natürlich übertrieben. Aber deine Prioritäten sind jetzt andere, und zwischen uns wird es nie wieder so sein wie früher. Wir werden nie wieder nach einer durchzechten Nacht auf dem Küchenfußboden sitzen und Reste aus dem Kühlschrank futtern. Du wirst nie wieder zur Stelle sein, um mir die Haare aus dem Gesicht zu halten, wenn ich kotzen muss, weil du stattdessen die Kotze deines Babys aufwischst, und weil die Zeit der durchzechten Nächte ohnehin vorbei ist. Es wird keine spontanen Über-

nachtungen mehr geben, und wir werden nie wieder stundenlang – hinter geschlossenen Türen, versteht sich, damit unsere Eltern nichts mitbekommen – am Telefon hängen und uns dabei das Kabel um den Finger wickeln. Glaub nicht, dass ich dein Kind nicht liebe. Natürlich liebe ich es, schließlich ist es eine winzige Fortsetzung von dir. Wenn dein Kind sich beim Laufenlernen mit seiner kleinen Hand an meinem Bein festhält, spüre ich eine Zuneigung in mir, die sich nicht in Worte fassen lässt. Wenn das Baby in deinem Bauch tritt, kommen mir vor lauter Glücksgefühl die Tränen. Ich nehme teil an deiner Aufregung und an deiner Freude, wie eine Schwester. Und wenn dein Baby zum ersten Mal mit mir lacht, könnte ich platzen vor lauter Liebe, genau wie bei dir, meine Freundin.

Ich möchte, dass du verstehst: Mein Verhalten hat nichts mit Neid oder Eifersucht zu tun. Ich fühle mich ausgeschlossen, denn du bist Mitglied in einem exklusiven Club, in den ich vielleicht nie aufgenommen werde. Immer mehr von meinen Freundinnen treten ihm bei, während ich nicht einmal sicher bin, ob ich jemals die Aufnahmekriterien erfüllen werde. Als ob es nicht schon schlimm genug wäre, dass ihr alle einen festen Partner habt und mit anderen Paaren Dinnerpartys feiern könnt – jetzt ist da noch eine weitere Sache, die euch verbindet. Alles dreht sich um Rückbildung, Abpumpen und Bäuerchen. Ich weiß, dass volle Windeln und schlaflose Nächte absolut nichts Glamouröses an sich haben, aber ich möchte trotzdem eine von euch sein.

Also bitte, liebe Freundin, finde auch in deinem neuen Leben einen Platz für mich. Vergiss mich nicht. Geh nicht davon aus, dass mich Saugreflexe und die Dammnaht nicht interessieren, und denk daran, mich – wenigstens hin und wieder – zu fragen, wie es mir geht.

In Liebe, Jess x

So viele Male war ich schon die Brautjungfer und nicht die Braut: 3
Gefangene Brautsträuße: 0
Tanten, die mich auf Hochzeitsfeiern gefragt haben, ob ich als Nächste heiraten werde: 362

Sobald der Text online ist, spüre ich ein flaues Gefühl, denn ich weiß, dass er kontrovers ist. Doch im Hinterkopf höre ich Tabithas Stimme: *Sei einfach ehrlich. Anderen geht es doch genauso.*

Ich habe Kate vorgewarnt, trotzdem ruft sie mich unter Tränen an, sobald sie die Kolumne gelesen hat.

»Ach, Jess, ich fühle mich schrecklich, weil ich dich so verletzt habe, nur indem ich Mutter geworden bin. Aber ich bin froh, dass du den Text geschrieben hast.«

»Es geht dabei nicht nur um dich, Kate. Es ist einfach die geballte Ladung: Lauren heiratet, Tabitha und Leah und Priya und alle anderen, die ich kenne, haben ein perfektes Familienleben. Und dann sind da noch diese andauernden Posts auf Facebook und all die Gespräche, zu denen ich nichts beizutragen habe.«

»Ich verstehe schon«, sagt sie. »Bevor wir Ella hatten, ging es mir ähnlich. Du glaubst es vielleicht nicht, aber die Kirschen in Nachbars Garten sind immer süßer.«

Ich nehme ihr das Mitgefühl durchaus ab, aber ich bin mir nicht ganz sicher, ob sie sich wirklich in meine Lage versetzen kann. Sie hat ein Kind, sie muss sich um diese Frage keine Sorgen mehr machen.

»Jess, ich weiß, dass ich seit Ellas Geburt weniger Zeit für dich und Lauren habe, aber vielleicht ist dir nicht bewusst, dass ich euch in Wahrheit viel mehr brauche als vorher. Das letzte Jahr war das härteste meines Lebens.«

»Ich weiß.« Ich fange an zu weinen. Genau das wollte ich mit dem Text *nicht* erreichen. Ich wollte Kate nicht traurig machen.

»Die Zeit mit Ella ... ich bin so *einsam*, Jess! Wenn ich mit ihr zu Hause sitze, kommen mir die Tage endlos vor. Colm ist praktisch nie da, und wenn ich arbeite, habe ich permanent ein schlechtes Gewissen, weil ich mich nicht um sie kümmere.«

»Es tut mir leid. Ich weiß, dass du es nicht leicht hast.« Ich wünschte, ich könnte ihr irgendwie helfen.

»Mir ist bewusst, dass du mit der Chemo gerade eine schwere Zeit durchmachst und dass Lauren die Hochzeitsfeier des Jahrhunderts plant, aber mein Gott, Jess, ich brauche meine Freundinnen jetzt mehr denn je.«

»Es tut mir so leid, dass ich nicht für dich da war.« Ich bin wirklich eine ganz beschissene Freundin.

»Du *warst* für mich da. Ich meine damit, dass ich *mehr* Zeit mit dir verbringen will. Ich will gemütliche Mädelsabende mit euch haben und für kurze Zeit einfach mal vergessen, dass ich Mutter bin. Manchmal kommt es mir so vor, als hätte ich überhaupt keine eigene Identität mehr.«

So habe ich die Dinge bisher noch gar nicht betrachtet. Nun wird mir einiges klar. Kate ist immer noch die Alte. Ich habe mir eingeredet, dass sie sich verändert hat, seit sie verheiratet ist und ein Kind bekommen hat, dabei vermisst sie den Menschen, der sie früher war, genauso sehr wie ich.

»Hör zu«, sage ich und ergreife die Gelegenheit beim Schopf. »Du hast nicht zufällig Lust, dich für das Magazin interviewen zu lassen? Es ist ziemlich kurzfristig, das Fotoshooting wäre schon nächste Woche, aber wir planen eine Ausgabe zum Thema Wahrheit und Authentizität. Wir wollen offen über unsere Probleme sprechen, damit andere Frauen sich nicht so allein fühlen und ...«

»Mein Gesicht in der *Luxxe*? Machst du Witze? Jess, ich würde euch dafür bezahlen, damit ich in eure Zeitschrift darf!«

»Meinst du das wirklich ernst?« Nie im Leben hätte ich gedacht, dass sie sich darauf einlässt. Ich wollte sie schon die ganze Zeit fragen, habe es aber immer wieder hinausgeschoben.

»Kriege ich auch ein Umstyling? Es ist so lange her, dass ich mich auch nur im Entferntesten attraktiv gefühlt habe.«

»Na klar«, sage ich, heilfroh, dass sie mir nicht böse ist. »Wir könnten auch deine Eventagentur erwähnen und auf die Weise ein bisschen Werbung für dich machen.«

Wir arbeiten einen Plan für das Interview aus, und ich verspreche ihr, dafür zu sorgen, dass sie Haare und Make-up gemacht bekommt und freien Zugriff auf unsere Garderobe hat. Tabithas Kind ist fast im gleichen Alter wie Ella, und ich kann mir vorstellen, dass die beiden sich gut verstehen.

Nach unserem Gespräch fühle ich mich dermaßen beflügelt, dass ich gleich auch noch Lauren anrufe.

»Ich habe gerade deine Kolumne gelesen«, sagt diese, ehe ich auch nur ein »Hallo« über die Lippen bringe. »Scheiße,

Jess, ich verstehe dich total. Das ist mit ein Grund, weshalb Charlie und ich heiraten wollen – ohne ihn würde ich immer noch wild in der Gegend herumvögeln.«

Ich lache über ihre Formulierung, denn es stimmt: Von uns dreien war sie immer diejenige, von der wir dachten, sie würde das Singledasein niemals aufgeben, weil sie die Freiheit so sehr liebte.

»Wusstest du übrigens, dass ich in den ersten Monaten, nachdem ich zu Charlie gezogen war, total schlechte Laune hatte, weil ich dich so sehr vermisst habe?«

Nein, das wusste ich nicht – aber mir ging es ganz ähnlich. Ich fand es furchtbar, nicht mehr mit eiscremeverschmiertem Mund durch die Wohnung laufen zu können, aus Angst, Johnny könnte mich unattraktiv finden.

»Irgendwie sind wir langweilig geworden, oder?«

»Wem sagst du das? Wann sind wir zuletzt um die Häuser gezogen? Vergessen wir mal das Junggesellinnenabschied-Desaster.«

Ich kann mich auch nicht mehr daran erinnern, wann wir zuletzt etwas zu dritt unternommen haben. Ein schnelles Mittagessen oder ein Brunch unter der Woche, zu mehr reicht es meistens nicht.

»Wann hat sich unsere Freundschaft von den Wochenenden auf die Woche verlagert?«

»Keine Ahnung«, sagt sie. »Ich meine, nichts gegen Charlie, aber mit dir und Kate machen Samstagabende viel mehr Spaß. Ehrlich gesagt, fühle ich mich ein bisschen eingesperrt.«

»Dann lass uns unbedingt mal wieder was zusammen machen. Sobald es mir besser geht.«

»Was denn? Clubbing in Marbella?«

»Ach, Marbella«, sage ich verächtlich. »Lass uns nach Kalifornien fliegen und einen Roadtrip machen!«

Lauren klingt ganz aufgeregt. »Jess, ich kann dir gar nicht sagen, wie gerne ich mit dir verreisen würde. Das Leben als zukünftige Ehefrau kommt mir manchmal so …«

»Du kriegst doch keine kalten Füße, oder?«

Sie seufzt. »Nein, nein, Charlie ist toll. Ich will mich bloß nicht von meinen Freundinnen scheiden lassen, nur weil ich ihn heirate.«

»Das Problem lässt sich doch beheben.« Mir wird ganz warm ums Herz vor lauter Zuneigung. Nach ihrer Verlobung hatte ich schon Angst, mit diesen Gefühlen allein dazustehen.

»Also. Ich bin froh, dass wir das geklärt haben. Und bevor du das nächste Mal einen Artikel schreibst, den die halbe Welt liest, rede mit mir.«

Ich lache. »Wo wir gerade von deiner Hochzeit sprechen …«

»Du willst mir jetzt aber nicht sagen, dass du das Kleid hässlich findest, oder? Ich glaube, damit könnte ich echt nicht …«

»Eigentlich wollte ich fragen, ob ich jemanden mitbringen darf.«

»O mein Gott, ist das dein Ernst? *Natürlich* darf Joe mitkommen. Dann ist es also offiziell mit euch?«

Noch scheue ich mich, es laut auszusprechen. »Na ja, wir haben uns noch nicht über unseren Beziehungsstatus unterhalten, aber es läuft ziemlich gut. Er ist ein wahnsinnig netter Kerl, weißt du?«

»Ich kann es gar nicht erwarten, ihn näher kennenzulernen, Jess. Auf deinem Geburtstag wirkte er total sympathisch.

Und gut aussehen tut er auch! Ich freue mich so, dass du jemanden gefunden hast.«

Als ich auflege, platze ich zum ersten Mal seit Ewigkeiten fast vor Liebe. Kaum zu glauben, dass dafür nicht mehr nötig war als zwei Telefonate mit meinen Freundinnen.

Kurz vor dem Schlafengehen lese ich noch die Kommentare und Nachrichten unter der Kolumne, die ich auch auf Facebook geteilt habe.

Aisha Parker: Ich kann dich soooo gut verstehen, Mädel. Schrullige Katzenomas forever xx

Annabel Sadler: Du weißt, in Sachen ewiges, kinderloses Singledasein ist auf diese Freundin immer Verlass xoxo

Tabitha Richardson: Als ich deinen Text gelesen habe, sind mir die Tränen gekommen. Ich würde Matilda um nichts in der Welt hergeben wollen, aber wir Mütter sind manchmal genauso neidisch auf das ungebundene Singleleben. Fühl dich umarmt x

GAMMA-KNIFE

Joe und ich sitzen schweigend auf unseren Plastikstühlen und warten darauf, dass Annabel mit ihrer Behandlung fertig ist. Ich hasse es, auf der anderen Seite zu sein – nicht Patientin, sondern Freundin oder Angehörige. Ich fühle mich so hilflos! Ich kann nichts tun, als zu warten und mir zu wünschen, dass ich an ihrer Stelle wäre.

Ich versuche zu lesen, doch schon nach wenigen Zeilen wandern meine Gedanken zu Annabel, die nebenan in einer riesigen Maschine liegt, den Kopf in ein Gestell eingespannt, und versucht, sich möglichst nicht zu bewegen, während ihr Gehirn mit Strahlen bombardiert wird.

»Wie lange dauert das?«, frage ich Joe. Ich möchte unbedingt etwas Schönes für sie organisieren, ihr eine Freude machen, die sie wenigstens für eine Weile von diesem ganzen Mist ablenkt.

»Beim letzten Mal waren es mehrere Stunden«, antwortet er. »Das ist das Schlimmste daran: nicht zu wissen, wann es vorbei ist. Dieses endlose Warten.«

»Wie ging es ihr hinterher?«

»Sie stand unter Schock«, sagt er, ohne mich wirklich anzusehen. »Sie hat es natürlich heruntergespielt, aber sie hatte nicht damit gerechnet, dass es so schmerzhaft sein würde.«

»Ist es wirklich so unangenehm?« Ich stelle mir Strahlenblitze vor, die durch ihr Gehirn schießen wie elektrische Stromstöße.

»Na ja, der Name Gamma-Knife klingt schlimmer, als es ist«, sagt er. »Im Endeffekt handelt es sich bloß um Strahlung, die auf bestimmte Areale im Gehirn ausgerichtet wird, um die Tumore zu bekämpfen. Da wird nichts geschnitten, und im Grunde genommen tut es auch nicht weh. Aber sie hat gesagt, dass es schmerzhaft war, als ihr Kopf in dem Gestell befestigt wurde.«

»Immerhin etwas«, sage ich. »Wie geht es dir denn mit allem?«

Er lässt den Kopf auf meine Schulter sinken, sodass mir der Duft seines Bananenshampoos in die Nase steigt.

»Mir geht es gut«, sagt er. »Ich fühle mich bloß so furchtbar ohnmächtig, weißt du? Aber ich bin froh, dass du hier bist. Wir sind beide froh darüber.«

Eine Stunde später tritt Annabel aus dem Raum. An ihren Schläfen sieht man noch die Abdrücke der Stifte, mit denen ihr Kopf in dem Gestell fixiert war.

Joe und ich stehen auf, um sie in Empfang zu nehmen. »Wie war es?«, frage ich.

»Ich will nicht drüber reden«, murmelt sie beinahe unhörbar.

Joe legt den Arm um seine Schwester, während ich neben den beiden stehe. »Sollen wir von hier verschwinden?«

Schweigend machen wir uns auf den Weg zum Parkplatz. Dort angekommen, öffne ich den Kofferraum, um Annabel meine Überraschung zu präsentieren: eine Portion Krapfen mit Himbeermarmelade, ihre Lieblingssorte. Sie ringt sich ein Lächeln ab, ehe Joe ihr auf den Beifahrersitz hilft.

In ihrer Wohnung quetschen wir uns zu dritt auf die

Couch, Bel auf der einen Seite, Joe auf der anderen und ich in der Mitte. Dann breiten wir eine Decke über uns.

Ich nehme einen der gefüllten Krapfen und halte ihn Bel unter die Nase. Sie nimmt ihn, leckt daran, fährt sich dann mit der Zunge über die Lippen und genießt die klebrige Süße. Ich sehe den Anflug eines Lächelns um ihre Mundwinkel zucken. Sie beißt in den Krapfen, und ein Klecks Marmelade tropft auf die Decke.

Wir lachen.

»Hey, ich will auch einen«, sagt Joe und streift wie zufällig meinen Arm, als er in die Schachtel auf meinem Schoß greift.

Er beißt in den Krapfen und verdreht vor Wonne die Augen.

Annabel lässt ihren Krapfen sinken. Sie ist so erschöpft, dass sie nicht einmal aufessen kann.

Ich angle eine der billigen Illustrierten vom Couchtisch. »Soll ich dir was vorlesen?«

Sie nickt unmerklich.

Ich blättere ein wenig in der Zeitschrift. Meine Wahl fällt schließlich auf einen Artikel über die neueste Promi-Scheidung, in dem darüber spekuliert wird, ob die Frau, eine Schauspielerin, nun versuchen könnte, mittels einer Samenspende schwanger zu werden.

»Das haben die sich doch ausgedacht«, sage ich kopfschüttelnd.

Ich blättere weiter und halte die Zeitschrift hoch, damit wir gemeinsam die Bilder anschauen können. »Ist das zu fassen? Die haben ihr allen Ernstes unter den Rock fotografiert. Ich bin echt froh, dass ich kein Promi bin, sonst würde ich andauernd wegen irgendwelcher Peinlichkeiten in Klatschblättern landen.«

Ich blättere weiter, doch Bel zeigt kaum Interesse.

»Alles in Ordnung mit dir?« Ich schlage die Zeitschrift zu und lasse sie in meinen Schoß auf die Krapfenschachtel sinken.

Bel starrt vor sich hin. Ich versuche zu ergründen, wohin sie schaut, doch sie scheint einfach nur ins Leere zu blicken.

»Was, wenn ich Nan und Gramps vergesse?«, sagt sie irgendwann.

Ohne Joe anzusehen, taste ich unter der Decke nach seiner Hand. Meine andere Hand findet die von Bel. Als ich sie drücke, habe ich das Gefühl, sie zu zerquetschen, also lasse ich wieder locker und drücke dafür Joes Hand umso fester.

»Heißt es nicht, dass man zwar verwirrt ist, was die Gegenwart angeht, aber die wichtigen Sachen aus der Vergangenheit nicht vergisst?«, sage ich.

Sie starrt mich an, hilflos, hoffnungslos. »Wenn ich den Verstand verliere, erzählt ihr mir dann jeden Tag von Nan und Gramps? Ich will, dass sie mir im Gedächtnis bleiben.«

»Na klar machen wir das«, antwortet Joe.

»Erzähl uns doch mal ein paar Geschichten, damit wir dir beim Erinnern helfen können.« Ich klammere mich noch fester an Joes Hand, damit ich nicht anfange zu heulen.

»Weißt du noch, als wir versucht haben, Nan beizubringen, wie man eine E-Mail schreibt?« Joes Stimme bricht kurz, als er anfängt zu sprechen.

Bei diesen Worten kommt Leben in Annabel, und ein kleines Grinsen erscheint auf ihren Lippen. »Die Netbox! Diese vermaledeite Netbox!«, sagt sie, den Cockney-Dialekt ihrer Großmutter nachahmend. »Sie wollte immer wissen, wie viel Porto man braucht, um eine Mail zu verschicken. Sie fiel aus allen Wolken, als wir ihr gesagt haben, dass es nichts kostet.«

»Seid ihr als Kinder zusammen in Urlaub gefahren?«, frage ich, um Annabel weitere Erinnerungen zu entlocken.

»Wir waren früher oft mit dem Wohnwagen in Brighton«, sagt sie und blickt aus dem Fenster.

Joe nickt mit einem Ausdruck kindlicher Freude im Gesicht. Auf einmal fangen Annabels Schultern an zu beben, und mir wird klar, dass sie lacht.

»Was hast du denn?«, fragt Joe.

»Die Möwe!«, sagt Annabel und presst sich eine Hand auf die Brust, weil sie Schmerzen hat vor lauter Lachen. Sie dreht sich zu mir um. »O mein Gott, Jess, das war so witzig. Gramps hat uns ein Eis gekauft, und wir saßen am Strand auf diesen gestreiften Liegestühlen. Joe steht auf, weil Mum ihm den Rücken eincremen will, und er hält das Eis zur Seite …«

Ich erhasche einen Blick auf Joe, der das Gesicht in den Händen vergraben hat, aber ebenfalls lachen muss.

»Auf einmal ruft Dad: ›Pass auf!‹, aber da ist es schon zu spät …«

»Was …«, sage ich und warte auf die Pointe, doch die beiden lachen inzwischen so heftig, dass sie nicht weitersprechen können.

»Ohne Witz, es war wie im Film. Die Möwe stößt herab und reißt Joe das Eis aus der Hand. Joe blinzelt, im ersten Moment kann er gar nicht glauben, dass es weg ist. Und dann fängt er an zu PLÄRREN! Er lässt sich partout nicht beruhigen, und ich mache mir fast in die Hose vor Lachen, als ich sehe, wie die Möwe sich ein paar Meter weiter mit ihren Kollegen über die Waffel hermacht.«

Die beiden lachen Tränen, und nun kann auch ich nicht mehr an mich halten.

»Und Joe hört. Einfach. Nicht auf. Zu. Heulen. Na ja, jedenfalls nicht, bis Nan irgendwann einlenkt und ihm ein neues Eis kauft«, fügt Annabel hinzu. »Seitdem hat er panische Angst vor Möwen.«

»Stimmt gar nicht«, protestiert Joe. »Ich lache Möwen ins Gesicht!«

»Stimmt wohl! Und nicht nur vor Möwen, sondern auch vor Tauben. Vor allen Vögeln. Ich habe gesehen, wie du zusammenzuckst, wenn ein Spatz auch nur in deine Nähe kommt. Schuuu, schuuu!« Annabel beugt sich an mir vorbei und flattert mit den Armen.

Joe schiebt ihre Hand beiseite. »Glaub ihr kein Wort, Jess.« Er sieht mich kopfschüttelnd an. »Ich bin ein Alphamann durch und durch. Von Vogelphobie keine Spur.«

»Klingt ja so, als hättet ihr eine schöne Kindheit gehabt«, sage ich, während Annabel sich von ihrem Lachanfall erholt, der sie sichtlich angestrengt hat. Sie hustet in ein Papiertaschentuch, und hinterher sehe ich wieder Blutflecken darin. »Zeigt mir doch mal ein paar Fotos!«

Joe steht auf, geht zum Bücherregal und kommt mit einem Fotoalbum zurück. Zu dritt blättern wir darin und lachen über Kinderfotos von Joe und Annabel, die auf dem Brighton Pier hinter Fotowänden posieren – eine Meerjungfrau und ein Taucher, der sie aus den Tiefen des Meeres gerettet hat.

Schließlich gelangen wir zu Bildern aus einem länger zurückliegenden Sommer. Man sieht die beiden in Cordpullis und Strumpfhosen oder nackt im Planschbecken sitzend. Joe muss erneut lachen, als er sich daran erinnert, wie Bel einmal ihr großes Geschäft im Wasser gemacht hat.

»Das wird er mir bis in alle Ewigkeit vorhalten«, sagt Bel, sieht mich an und verdreht die Augen.

Joe lacht immer noch.

»Was ist mit euch beiden?«, fragt Bel unvermittelt. Auf einmal ist sie ganz ernst. Sie schaut von mir zu Joe und dann wieder zu mir. »Passt ihr gut aufeinander auf?«

Fragend suche ich Joes Blick. Ist dies der richtige Zeitpunkt, um es ihr zu sagen? Ich habe Angst, sie könnte denken, dass wir ihre Lage ausnutzen, und eifersüchtig werden. Ihre Freundin und ihr Bruder.

Am Ende ist Joe derjenige, der das Schweigen bricht.

»Ich werde definitiv auf sie aufpassen«, sagt er und legt demonstrativ den Arm um mich. »Apropos …«

Annabel neigt den Kopf zur Seite und zieht eine Augenbraue hoch.

»Es ist vielleicht noch ein bisschen früh, aber …«, beginnt Joe.

Sie sieht ihn erwartungsvoll an.

»Na ja, also, wir sind gewissermaßen … zusammen«, schließt er und beißt sich nervös auf die Lippe in Erwartung ihrer Reaktion.

Bel prustet los. »Meine Güte, ihr zwei! Habt ihr echt gedacht, ich hätte nichts gemerkt? Was glaubt ihr, warum ich in letzter Zeit so oft bei Mum übernachtet habe? Ihr zwei versucht das seit Wochen geheim zu halten!«

»Es ist alles noch sehr frisch«, sage ich. »Und wir wollten nicht, dass …«

»Jess!«, fällt sie mir ins Wort. Ihre Augen funkeln. So lebendig habe ich sie heute den ganzen Tag noch nicht gesehen. »Komm schon. Mein Bruder ist in dich verknallt, seit er dich zum ersten Mal gesehen hat.«

Im ersten Moment bin ich sprachlos. Dann werde ich rot. »Und du bist nicht sauer?«

»Sauer? Warum sollte ich sauer sein, wenn meine beste Freundin auf der ganzen Welt und mein großer Bruder ein Paar sind? Das ist doch die tollste Neuigkeit aller Zeiten.«

Ich weiß nicht, was mich glücklicher macht: dass sie sich so für uns freut oder dass sie mich als ihre beste Freundin bezeichnet hat.

BRIGHTON BEACH

Nach meiner fünften Chemo dauert es eine Woche, bis ich wieder so weit bei Kräften bin, dass wir gemeinsam ans Meer fahren können, aber das Timing ist günstig, weil Joe Ende März Schulferien hat. Ich dachte, wenn wir mit Annabel an den Ort zurückkehren, an dem sie als Kind so viele schöne Tage verlebt hat, könnte das ihre Erinnerungen an ihre Großeltern auffrischen, und vielleicht können wir sogar einige neue Erinnerungen sammeln. Joe wird es bestimmt auch guttun, ausnahmsweise etwas Schönes zu unternehmen, statt immer nur seine Schwester zu Terminen ins Krankenhaus zu begleiten und eine Hiobsbotschaft nach der anderen zu hören.

Joe fährt. Annabel sitzt, in mehrere Decken gewickelt, auf dem Beifahrersitz, und ich habe auf der Rückbank Platz genommen. Joe initiiert eine Runde »Ich sehe was, was du nicht siehst«, und Bel erspäht Dinge, die mir kaum ins Auge gefallen wären: farbenfrohe Häuser, grüne Parks oder noch kahle Bäume.

Wir parken in der Nähe des Strandes und setzen Bel in ihren Rollstuhl. Sie kann zwar noch laufen, möchte ihre Kräfte aber lieber aufsparen. Wir schieben sie durch die Straßen, bleiben hin und wieder stehen, um ein Schaufenster zu betrachten, und lachen über alberne Schilder.

»Kann ich ein Eis haben?«, fragt sie, als wir an einem Fenster vorbeikommen, in dem Metallbottiche voller bunter Eissorten in allen möglichen Geschmacksrichtungen stehen.

»Dafür ist es viel zu kalt«, sagt Joe.

»Ich weiß, aber ich will trotzdem eins. Im Sommer bin ich vielleicht nicht mehr hier.«

»Natürlich bist du dann noch hier«, entgegnet er unwirsch. »Bitte, sag so was nicht.« Doch wir alle wissen, dass sie recht hat.

Wir schieben den Rollstuhl in den Eisladen und helfen ihr aufzustehen, damit sie die verschiedenen Sorten in Augenschein nehmen kann. Am Ende nimmt sie eine Waffel mit einer Kugel Salzkaramell und einer Kugel Schoko-Minze. Joe entscheidet sich für Cappuccino mit Toffee, und ich nehme Erdbeer- und Orangensorbet. Danach ziehen wir uns in den kleinen Innenhof zurück, um in Ruhe unser Eis zu schlecken.

»Pass auf!«, ruf Annabel plötzlich und reißt voller Entsetzen die Augen auf. Joe duckt sich blitzschnell, ehe ihm klar wird, dass seine Schwester ihm einen Streich gespielt hat.

»Du bist so gemein, Schwesterherz!« Er schüttelt in gespielter Verachtung den Kopf. »Aber das kriegst du zurück.«

»Okay, erste Gelegenheit für ein Foto«, sage ich und zücke die Sofortbildkamera, die Bel mir zum Geburtstag geschenkt hat. Ich habe vor, einige der alten Bilder von ihr, Joe und ihren Großeltern nachzustellen und ein Fotobuch daraus zu machen, damit sie die neuen Bilder mit den alten vergleichen kann. »Schnell, bevor es schmilzt!«

Joe und ich gehen rechts und links neben Bels Rollstuhl in die Hocke, und zu dritt posieren wir mit unseren Eiswaffeln, während ich ein Bild von uns knipse. Ich muss schmunzeln, als das Motiv auf dem Fotopapier langsam Gestalt annimmt. Annabel blickt mit kindlicher Sehnsucht auf ihr Eis, während Joe, ganz der fürsorgliche große Bruder, sie aufmerksam von der Seite beäugt. Ich verstaue das Foto in meiner Tasche, ehe ich mich wieder meinem Eis widme.

Das Sorbet gleitet mir angenehm kühl die Kehle hinab. Es lindert die Entzündung in meinem Hals und vertreibt den metallischen Geschmack, der nach jeder Chemo schlimmer wird. Bels Miene ist die pure Glückseligkeit, als sie hochkonzentriert mit der Zunge einmal um den Rand ihrer Waffel herumleckt, um die klebrigen Tropfen Salzkaramell aufzufangen.

Als Nächstes wenden wir uns in Richtung Brighton Pier. Sobald ich die unverwechselbaren pistaziengrün gestrichenen Geländer sehe und spüre, wie mir die salzige Seeluft in die Nase steigt, fällt jeder Rest Anspannung von mir ab. Als wir den Pier entlangschlendern, wickelt Joe Bel fester in ihre Decke, damit sie vor dem Wind geschützt ist. Nur einmal befreien wir sie kurz aus ihrem Nest, um weitere Bilder zu machen, während sie und Joe die Köpfe durch die Löcher einer Fotowand stecken. Ich habe das Bild aus dem Fotoalbum heimlich mit dem Handy abfotografiert, und nun rufe ich es auf, damit sie exakt die gleiche Pose einnehmen können wie seinerzeit als Kinder. Als wir hinterher das Polaroid mit dem alten Foto vergleichen, lachen wir, bis wir keine Luft mehr kriegen.

Dann machen wir uns auf den Weg zu den Spielhallen. Wir versuchen unser Glück mit dem Münzschiebe-Automaten, füttern ihn mit Zweipencestücken und sehen zu, wie der Berg aus Münzen im Innern gerade so weit nach vorne geschoben wird, dass er den Rand des Gewinnschachts erreicht, ohne jemals überzulaufen.

Bel ist wild entschlossen, es Kleingeld regnen zu lassen, und macht immer weiter, bis sie irgendwann drei Pfund in den Automaten gesteckt hat. Joe und ich tauschen einen Blick, verdrehen die Augen und küssen uns hin und wieder verstohlen, wenn sie gerade nicht hinschaut. Doch am Ende zahlt sich ihre Hartnäckigkeit aus, und die Kupfermünzen ergießen sich in den Schacht.

»Hilfe, schnell!«, kreischt sie, als der Schacht überquillt und Münzen auf den Boden prasseln.

Ich finde eine Plastiktüte und halte sie auf, während Bel mit beiden Händen das Geld aufsammelt und freudestrahlend in die Tüte fallen lässt.

»Ich bin reich!«, sagt sie. »Soll ich euch auf Fish and Chips einladen?«

An einer Bude am Pier bestellt Joe drei Portionen Rotbarsch in Backteig mit Pommes. Er schüttet die prall gefüllte Tüte Münzen auf dem Tresen aus. »Meine Schwester hat die hier am Automaten gewonnen. Ich hoffe, das ist in Ordnung?«, sagt er, ehe er zusätzlich noch einige Scheine aus seiner Brieftasche holt.

Ich sehe, wie der Budenbetreiber mitleidvoll erst meine blaue Perücke, dann mein bleiches, wimpern- und augenbrauenloses Gesicht beäugt. Offenbar denkt er, dass Joe mich gemeint hat. Ich will den Irrtum aufklären und auf Annabel zeigen, die in ihrem Rollstuhl über den Tresen hinweg nicht zu sehen ist, doch schon im nächsten Moment hasse ich mich für diesen Impuls – als wäre ich in irgendeiner Hinsicht besser dran als Annabel, weil sie noch kränker ist als ich.

Unsere drei Portionen Fish and Chips werden in Pappschachteln serviert. Joe hilft mir dabei, sie zu öffnen, und schüttet verdünnten Essig, billigen Ketchup sowie Salz aus kleinen Tütchen darüber.

Wir rollen Bel zu drei gestreiften Liegestühlen mit Blick auf das Karussell. Joe hilft ihr in einen der Stühle, und sie spießt mit ihrer winzigen Holzgabel eine dicke Pommes auf und steckt sie sich in den Mund. Gemeinsam machen wir uns über das fettige Essen her und lecken uns Salz und Ketchup von den Lippen. Ich mache heimlich einen Schnappschuss von Bel, wie sie gerade die Zunge herausstreckt. Der wird Joe sicherlich gefallen.

Nachdem ich die Kamera weggelegt habe, füttert Joe mich mit Pommes aus seiner Schachtel. Ich beuge mich zu ihm, um ihm einen kleinen Kuss auf den Mund zu geben

Bel räuspert sich geräuschvoll. »Freut mich, dass ihr zwei euch so gut versteht. Wenn ich nicht mehr bin, machst du eine anständige Frau aus ihr, nicht wahr, Joe?«

»Annabel!«, sagt er warnend. »Hör auf, so zu reden.«

»Okay, vergiss das mit dem ›Wenn ich nicht mehr bin‹. Aber eines Tages wirst du sie doch heiraten, oder?«

Mein Knie zuckt. Würde sie uns auch so unter Druck setzen, wenn es ein anderer Mann wäre, oder liegt es daran, dass Joe ihr großer Bruder ist?

»Ohne Karussellfahrt ist ein Brighton-Ausflug nicht komplett, was meint ihr?«, sagt Joe. Ich bin dankbar für den Themenwechsel, auch wenn ich seine Antwort zu gern gehört hätte.

»Ja!« Ich nicke und drehe mich zu Bel um. »Denkst du, du schaffst das?«

»Ich bin doch nicht gebrechlich, verdammt noch mal.« Gleich darauf macht sie ein verlegenes Gesicht. »Na gut, ich *bin* gebrechlich – aber ich werde ja wohl noch fünf Minuten auf einem Holzpferd sitzen und mich an einer Stange festhalten können.«

Als die nächste Fahrt beginnt, helfen ihr auf eins der Pferde. Ich schwinge mich neben ihr in den Sattel, und Joe sucht sich ein Reittier hinter uns. Die anderen Passagiere sind größtenteils Kinder mit ihren Eltern, hier und da auch ein Teenager. Der Wind peitscht mir ins Gesicht, aber das stört mich nicht. Ich atme die frische Seeluft ein, während wir unsere Runden drehen und dabei sanft auf und ab schaukeln. Ich zücke erneut die Kamera und mache ein Foto von uns, wie wir uns mit im Wind wehenden Perücken an die goldenen Haltestangen unserer Pferde klammern.

Als die Fahrt zu Ende ist, schieben wir Bel bis zum Ende des Piers. Dort schauen wir aufs Meer und lauschen den Möwen und dem Rauschen der Wellen, die sich in der Ferne brechen. Unter uns spazieren Menschen am Kieselstrand entlang. Einige Schwimmer halten zaghaft die Zehen ins Wasser und kreischen angesichts der Kälte.

»Ich möchte am Meer sterben«, sagt Bel.

Joe nickt flüchtig, um zu signalisieren, dass er sie gehört hat, will aber ganz offensichtlich nicht weiter darauf eingehen.

»Ich möchte ins Wasser«, verkündet sie.

»Es ist eiskalt«, sagt Joe. »Du holst dir noch den Tod.«

»Ich werde doch sowieso sterben.«

Als wir sie die Rampe hinunter auf den Strand schieben, bete ich, dass sie es sich anders überlegt, aber das tut sie nicht.

Wir lassen den Rollstuhl am Ende der Rampe stehen. Sie fängt an, sich zu entkleiden, und legt ihre Sachen auf einen Haufen mit ihren Chucks.

»Du kommst doch mit rein, oder, Jess, auch wenn der Langweiler da sich weigert?«

Mich schaudert bei dem Gedanken, bei dieser Kälte im Meer zu baden. Ein leichter Nieselregen hat eingesetzt, und irgendwie kommt es mir heute noch kälter vor als im Januar bei unserem Ausflug zum Schwimmteich in Hampstead Heath.

Doch Annabel hat sich bereits bis auf T-Shirt und Unterwäsche ausgezogen. Ihre Beine sind käseweiß. Ich erinnere mich an unsere Euphorie nach dem Hampstead Pond.

»Warte auf mich.« Kurzentschlossen öffne ich den Reißverschluss meines Parkas und lege ihn über die Rückenlehne des Rollstuhls, ehe ich Joe einen schicksalsergebenen Blick zuwerfe.

»Bis auf BH und Schlüpfer«, sagt Bel und treibt mich an, während sie auf und ab hüpft, um sich warm zu halten. Inzwischen regnet es richtig. Einige Tropfen platschen auf meine nackten Arme. »Wir tun das wirklich, oder?«, sage ich und lache ein wenig panisch.

»Ihr zwei seid irre«, meint Joe kopfschüttelnd. Die Sorge um seine Schwester steht ihm ins Gesicht geschrieben. »Ich passe auf eure Sachen auf. Bleibt aber nicht zu lange drin.«

»Sei nicht so ein Waschlappen«, sagt Bel augenzwinkernd. So vergnügt habe ich sie den ganzen Tag noch nicht erlebt.

Ich pelle mich aus meinen Jeans und ziehe mir Pullover und T-Shirt über den Kopf. Darunter kommen ein nicht mehr ganz frischer pinkfarbener BH und ein blauer Slip zum Vorschein. Ausgerechnet so muss Joe mich sehen.

Als ich mich zu Bel umdrehe, sehe ich die gezackten weißen Narben unter den Körbchen ihres BHs hervorschauen.

»Hör auf zu glotzen, du perverses Stück!«, ruft sie und gibt mir einen kräftigen Klaps auf den Hintern, ehe sie hüftewackelnd losrennt. Inzwischen rauscht der Regen vom Himmel, und die Tropfen vermischen sich mit dem dunklen Wasser der Brandung.

Als ich mich noch einmal umdrehe, sehe ich, wie Joe seine Schwester anstarrt. Er kennt ihre Narben, ihren ausgemergelten Körper und ihre Zerbrechlichkeit. Denkt er, dass ich eines Tages auch so aussehen werde?

Ich trete zu ihm und gebe ihm einen zärtlichen Kuss auf die Lippen, der sagen soll: »*Noch lebe ich. Noch bin ich hier.*« Dann folge ich Annabel ins Wasser. Die Kälte raubt mir den Atem, als die ersten Wellen gegen meine Schenkel schwappen.

Ein Stück entfernt treibt Annabel bereits auf dem Rücken und blickt in den Himmel.

WIE MAN IRL EINEN
MANN KENNENLERNT

In ihrer aktuellen Kolumne erklärt Jessica Jackson, weshalb sie das Online-Dating aufgegeben hat

Mit meinem ersten Freund habe ich mich per Telefon verabredet. Ich habe ihn auf dem Festnetz angerufen (das ist wie ein iPhone, nur mit einem langen Kabel, und der Telefonapparat ist fest im Haus der Eltern installiert). Erst habe ich mit seinem Vater, dann mit seiner Mutter und schließlich mit dem vierzehnjährigen Objekt meiner Zuneigung selbst gesprochen. Ich lag, besagtes Telefonkabel um den Finger gewickelt, hinter einer Tür, die ich vorsorglich geschlossen hatte, damit meine Eltern nicht mithören, und wir unterhielten uns geschlagene neunundfünfzig Minuten lang darüber, ob Mrs. Davis aus Französisch womöglich lesbisch ist. Am Ende fragte ich: »Will, hast du Lust, mit mir auszugehen?«, und er sagte Ja.
Ich vermisse diese Zeiten – als es noch kein Tinder, kein Internet, ja, nicht mal SMS gab. Als man seinen Schwarm nur über den Festnetzanschluss erreichen konnte. Seit zwanzig Jahren haben wir die Möglichkeit, per SMS zu flirten, seit fünfzehn Jahren können wir jemanden auf Facebook »anstupsen«, und seit zehn Jahren können wir in

einem virtuellen Supermarkt mit Regalen voller Vertreter des anderen Geschlechts nach links oder rechts wischen. Das ist einerseits toll, andererseits aber auch schrecklich. Es ist schrecklich, weil alles, was man im Internet kauft, portofrei zurückgeschickt werden kann. Online-Dates sind so austauschbar wie das Kleid, das du bestellt hast und am Ende doch nicht willst, weil du woanders ein noch kürzeres mit noch mehr Glitzer gesehen hast. Man muss nicht mal anrufen und begründen, warum man es zurückgeben will – man steckt es einfach in einen Umschlag, klebt den Retourenschein drauf, und wenige Tage später hat man sein Geld wieder auf dem Konto. Beim Online-Dating ist es genauso.

Damit will ich nicht sagen, dass Online-Dating zwingend etwas Schlechtes sein muss. Ich weiß ehrlich gesagt gar nicht, wie ich als Ü30 sonst jemanden kennengelernt hätte, denn die meisten meiner Freunde und Freundinnen sind in einer festen Beziehung, und wenn ich heutzutage »feiern gehe«, dann heißt das, dass ich irgendwo gemütlich eine Flasche Wein trinke und spätestens mit der letzten U-Bahn nach Hause fahre. Rückblickend betrachtet, war es sicher viel zu früh, aber direkt nach der Trennung von meinem langjährigen Partner habe ich mich auf mehreren Dating-Seiten angemeldet und mich in sieben Tagen über sieben verschiedene Apps mit sieben Männern verabredet. (Zum Lesen hier klicken)

Es kam mir gar nicht in den Sinn, diesen Männern zu sagen, dass ich Krebs habe und mir bald die Haare ausfallen werden – warum auch? Ich wollte mich als die Frau verkaufen, von der ich dachte, dass Männer sie begehrenswert finden: fruchtbar, jung, kerngesund. Aber ratet mal, was passiert ist? Keiner der Männer, die ich auf diese Weise kennenlernte, war ein geeigneter Kandidat, um gemeinsam mit mir das beängstigendste Kapitel meines Lebens zu beginnen. Nicht, dass ich darauf angewiesen bin, dass sich jemand um mich kümmert, aber ich möchte einen Mann, der Verständnis dafür hat, wenn ich zu krank bin, um aus dem Haus zu gehen, oder wenn ich mitten während einer Chemotherapie keine Lust auf heißen, schmutzigen Sex habe.

Dann wurde mir klar, dass diese Männer nicht die einzigen waren, die sich im Internet falsch darstellen. Ich hatte auch gelogen. Wie konnte ich erwarten, einen ehrlichen Partner zu finden, wenn ich selbst nicht ehrlich war? Ich bin schwach und verletzlich, habe ein gebrochenes Herz und keine Haare mehr auf dem Kopf. Wenn ich mich als hedonistische Mittzwanzigerin auf der Suche nach unverbindlichem Sex ausgebe, werde ich wohl kaum die Art von Mann kennenlernen, der mich so nimmt, wie ich bin. Also verfasste ich ein neues, absolut ehrliches Profil mitsamt einem Foto von mir und meiner Glatze.

Die Männer, die sich diesmal bei mir meldeten, täuschten keine falschen Tatsachen vor. Manche von ihnen hatten selber Krebs, andere schrieben mir, dass sie mich für meinen Mut bewunderten. Das verriet mir, dass ihnen der Charakter einer Frau wichtig war, nicht nur ihr hübsches Gesicht. Und dann gab es auch noch Männer, die auf Glatzen stehen – wer hätte das gedacht?

Wieder ging ich auf ein paar Dates. Die Männer, mit denen ich mich traf, waren sehr nett, auch wenn letztendlich keiner wirklich zu mir passte. Aber immerhin verhalfen sie mir zu der Erkenntnis, dass ich mich nicht mit Mittelmaß zufriedengeben muss, nur weil ich mich für beschädigte Ware halte. Es spielt keine Rolle, dass ich nicht perfekt bin. Niemand ist perfekt.

Sobald ich das akzeptiert hatte, lernte ich offline jemanden kennen, im echten Leben. Die Beziehung ist noch ganz frisch, aber er tut mir gut. Vielleicht ist es sogar etwas für die Ewigkeit. Doch was immer die Zukunft bringen mag, ich weiß, dass ich einen Mann will, dem es nichts ausmacht, mit einer glatzköpfigen Frau gesehen zu werden, und der mit mir zusammen ist, weil er mich um meiner selbst willen schätzt. Das Selbstvertrauen, das ich dadurch gewonnen habe, ist unendlich viel mehr wert als lange Haare.

Männer, die als erste Nachricht lediglich »Hey« geschrieben haben: 15
Medizinisch indizierte Kontakte meiner Vagina zu Dildo-ähnlichen Geräten: 1
Getrunkene Tassen Tee: 233

Ophelia Cossack-Daly: Whoop, whoop! Ich bin so froh, dass du deinen #PrinceCharming gefunden hast, Jessica. Will unbedingt mehr erfahren! #IchhöreHochzeitsglockenläuten
Annabel Sadler: Ich kann dir gar nicht sagen, wie glücklich mich das macht. Du wirst die beste Schwägerin der Welt sein xoxo
Cath Elderfield: Also, ich bin froh, dass du jemanden »IRL« kennengelernt hast, wie du es ausdrückst (Ich dachte immer, das heißt Irland – vielleicht ist das der Grund, weshalb es

bei mir nicht klappt hihi), leider lässt der Erfolg bei mir auf sich warten. Ich spiele mit dem Gedanken, mich bei diesem Tinder-Dings anzumelden, gibt es auch eine Version für Senioren? Noch ist Leben in diesem alten Körper! Alles Liebe von deiner Tante Cath xx
Antwort – Kit Elderfield: Nur über meine Leiche, Mum!

Nachdem die Kolumne online ist, poste ich auf Instagram ein Foto von mir mit Glatze und Ohrringen und eine kurze Notiz, dass ich jemanden gefunden habe, der mich um meiner selbst willen mag. Ich verlinke meine Kolumne und füge den Hashtag #WeiblichLedigKahl hinzu.

Innerhalb einer Stunde habe ich neunzig neue Abonnenten, und der Post hat fünfhundert Likes – noch mehr als mein Roter-Teppich-Post von den *Luxxe Women Awards*. Es gibt auch Dutzende von Kommentaren, größtenteils von Fremden.

@NiamhOShea99 Deine Kolumnen sind unheimlich inspirierend! Bei mir wurde gerade Brustkrebs diagnostiziert, ich bin dreiunddreißig und ebenfalls Single, vielleicht nehme ich mir also ein Beispiel an dir – habe allerdings ein bisschen Schiss, mich auf Dating-Seiten anzumelden! Niamh x

@TiaAdeji26 Ich lese schon länger deine Kolumne in der Luxxe und liebe deinen Blick auf die Welt des modernen Datings. Ich selbst bin seit Jahren in der Online-Partnersuche unterwegs. Das kann mitunter ganz schön schmerzhaft sein – da tut es gut, zu wissen, dass ich nicht alleine bin. Ich wünsche dir ganz viel Glück in der Liebe x

Während ich die Bilder für Annabels Fotobuch hochlade, schaue ich zwischendurch hin und wieder bei Instagram vorbei. Die Likes und Kommentare werden immer zahlreicher, allerdings sind sie nicht vergleichbar mit denen von Ophelia und Konsorten. Die meisten Verfasser scheinen ähnliche Erfahrungen gemacht zu haben wie ich – sei es mit Brustkrebs oder schrecklichen Dating-Erlebnissen. Selbst Stephanie Asante hat mir eine sehr berührende Nachricht geschrieben. Schönheit sei etwas Oberflächliches, wahre Stärke komme stets aus dem Innern.

Obwohl ein Großteil der Kommentare von Fremden stammt, spüre ich eine seltsame Verbundenheit zu ihnen. Es ist viel tröstender, die netten Worte von jemandem zu lesen, der auf der anderen Seite der Welt lebt, aber versteht, was ich durchmache, weil er mein Schicksal teilt, als von einer Pseudo-Facebook-»Freundin«, die keine Ahnung hat, wie es mir geht. Ich habe das Gefühl, eine Art Heimat gefunden zu haben.

#SHESAIDYES

Am Morgen ihrer Hochzeit ist Lauren gestresster denn je. Ich dachte, sie würde sich freuen, wieder daheim in Yorkshire zu sein und praktisch nichts mehr für den großen Tag tun zu müssen. Stattdessen ist sie schon den ganzen Morgen unruhig. Sie hat Sorge, ihr Make-up könne zu übertrieben aussehen, und konsultiert immer wieder nervös die Wetter-App, um zu prüfen, ob die dunklen Wolken womöglich Regen bringen.

Kate serviert uns Eier Benedict mit Buck's Fizz, während wir in identischen rosafarbenen Pyjamas einer Romantik-Playlist lauschen und nacheinander geschminkt werden und die Haare – oder, wie in meinem Fall: die Perücke – gemacht bekommen.

Die Stylistin benötigt eine Dreiviertelstunde für mein Make-up, aber es gelingt ihr sogar, mir sehr echt aussehende Augenbrauen auf die kahlen Stellen über meinen Augen zu malen, ehe sie mir mit wenigen geübten Handbewegungen künstliche Wimpern anklebt. Sie behandelt meine aufgedunsene, rotfleckige Haut mit grünem Concealer und zaubert mir mit Rouge und Lidschatten einen gesunden Schimmer ins Gesicht. Wenn die Glatze nicht wäre, würde man niemals ahnen, dass ich mich gerade einer Chemotherapie unterziehe.

Als sie das Endergebnis sieht, wirkt Lauren halb glücklich, halb geknickt. »Jess, du siehst absolut umwerfend aus.« Ihre Stimme bricht, und ihre Augen füllen sich mit Tränen. »Nein«, sagt sie dann. »Diese Braut wird *nicht* an ihrem Hochzeitstag weinen.«

»Ich lege mal andere Musik auf«, sagt Kate.

Sekunden später dröhnt Justin Timberlake aus den Lautsprechern ihres Smartphones, und wir füllen unsere Proseccogläser auf.

Kate und ich stehen neben Lauren und nippen an unseren Getränken, während sie es sich im Sessel bequem macht und von der Stylistin die Haare eindrehen lässt.

»Ich weiß, ich habe gesagt, dass ich nicht weinen werde, aber darf ich noch schnell was sagen, ehe ich geschminkt werde?« Lauren reckt den Hals, um uns anzuschauen.

»Du wirst doch jetzt nicht etwa sentimental, oder?«, sage ich.

»Gestern war unser erster richtiger Mädelsabend mit Übernachtung, seit Kate verheiratet ist. Das hat mir gefehlt.«

Kate und ich nicken. »Es hat echt Spaß gemacht«, sage ich. Wir haben uns die Bäuche mit Pizza vollgeschlagen, sind durch Laurens Hotelzimmer getanzt und haben stundenlang geredet – über alte Freunde, störende Haare am Kinn und noch tausend andere Dinge. Zuerst wirkte Lauren etwas angespannt, doch nach zwei Gläsern Wein wurde sie lockerer.

»Wir sollten uns schwören, solche Abende nicht aufzugeben, nur weil zwei von uns jetzt verheiratet sind«, meint Kate.

»Vollste Zustimmung«, sage ich und halte den anderen mein Proseccoglas hin, damit wir anstoßen können. »Ich finde, es sollte keine Hochzeit nötig sein, damit wir mal wieder Zeit miteinander verbringen, oder?«

»Na ja.« Kate hebt keck eine Augenbraue. »Es sei denn, du hast uns etwas zu sagen, Jess …«

»Was, ich und Joe? Sei nicht albern.« Ich lache über die Vorstellung, wir beide könnten uns verloben. In Wahrheit macht mich der Gedanke ganz kribbelig. Ich weiß, es ist noch viel zu früh, aber das Wort »Liebe« lag mir schon mehrmals auf der Zunge. Durch Joe habe ich überhaupt erst erkannt, wie schlecht es zuletzt mit Johnny lief.

»Wenn ich den Brautstrauß werfe, werde ich auf jeden Fall in deine Richtung zielen«, sagt Lauren augenzwinkernd.

»Sehr witzig.« Doch wenn Lauren sich etwas in den Kopf gesetzt hat, ist sie so schnell nicht davon abzubringen.

Ich entschuldige mich kurz von meinen Pflichten als Brautjungfer, um Joe in unserem gemeinsamen Hotelzimmer zu erwarten. Ich habe alle meine Kosmetikprodukte fein säuberlich auf einer Seite des Waschbeckens arrangiert und meine getragene Unterwäsche versteckt. Es ist unsere erste gemeinsame Hotelübernachtung, und ich bin seltsam nervös.

Es klopft an der Tür, und ich zögere kurz, ehe ich öffne. Doch als ich sein lächelndes Gesicht sehe, ist alle Nervosität verflogen. Er betritt das Zimmer mit seinem Trolley in der einen und der Anzughülle in der anderen Hand.

»Schau dich einer an«, sagt er. Im ersten Moment hatte ich mein professionelles Hochzeits-Make-up ganz vergessen.

»Ist es zu viel des Guten?« Ich gebe ihm einen Kuss und stelle mich dann dicht vor den goldgerahmten Spiegel, um mich aus der Nähe zu betrachten.

»Lass mich mal sehen.« Er stellt sein Gepäck ab, legt mir die Hände an die Hüften, zieht mich an sich und gibt mir einen vorsichtigen Kuss, um meinen roten Lippenstift nicht zu verschmieren. »Du strahlst förmlich vor Schönheit.«

Ich seufze, als er den Kuss unterbricht. »Ich wünschte, ich könnte länger bleiben, damit wir das alles in Ruhe genießen können.«

Er macht einen Rundgang durchs Zimmer, und gemeinsam bewundern wir die alte Badewanne mit den Klauenfüßen und den Blick in den Garten. »Aber heute Abend können wir doch ein bisschen Spaß haben, oder?«

»Vielleicht darfst du mir später helfen, mein Make-up zu entfernen«, sage ich, hocke mich auf den Wannenrand und ziehe ihn an mich. Ich will ihn noch einmal küssen, doch weil er um mein Make-up fürchtet, legt er stattdessen den Arm um mich.

»Ich muss jetzt wieder zurück zur Braut«, verkünde ich nach einem Blick auf die Uhr. »Du kommst allein zurecht?«

»Wenn ich will, kann ich ein sehr geselliger Mensch sein«, sagt er, zieht sich den Mantel aus und öffnet den Reißverschluss seines Trolleys. »Ich hole mal meinen edlen Zwirn raus, damit ich nachher alle Mütter und Großmütter um den Finger wickeln kann. Mütter *lieben* mich, musst du wissen.«

Ich zwinge mich zu einem Lächeln. Meine Mum hätte Joe ganz sicher geliebt. Leider wird sie nie die Gelegenheit haben, ihn kennenzulernen.

»Seht ihr ihn?«, fragt Lauren, die neben ihrem Vater draußen vor der Kirche steht, während Kate und ich auf die Reihen der versammelten Gäste im Innern spähen.

Doch statt auf Charlie fällt mein Blick zunächst auf Joe. Er steht in der dritten Reihe bei den Gästen der Braut. Ich hätte nie gedacht, dass ein Smoking ihm so gut steht. Mit seinen kurzen Haaren sieht er so attraktiv aus, dass ich mich gar nicht an ihm sattsehen kann. Dann besinne ich mich wieder darauf, dass ich eigentlich nach Charlie Ausschau halten soll.

»Bräutigam, anwesend. Trauzeuge, anwesend«, melde ich und drehe mich zu Lauren in ihrer atemberaubenden marshmallowfarbenen Hochzeitsrobe um. Ich habe mich bitter über die Brautjungfernkleider beklagt, aber nun muss ich eingestehen, dass sie das richtige Händchen hatte – wir sind perfekt aufeinander abgestimmt. Ich habe beide Perücken nach Yorkshire mitgebracht und Lauren versprochen, bei der Trauung die rote zu tragen, damit ich auf den Fotos nicht so hervorsteche, aber dann hat sie mich in der neonblauen Perücke gesehen, die ich spaßeshalber zu dem marshmallowfarbenen Kleid aufgesetzt hatte, und die Sache war klar: Die und keine andere sollte ich auf der Hochzeit tragen.

»Bereit, ihr Mäuse?«, fragt Kate, die Laurens kleine Nichten in ihren zuckersüßen Kleidchen an den Händen hält. Sanft schiebt sie sie vorwärts, als würde sie zwei Entenküken ins Wasser setzen, und die beiden machen ein paar zaghafte Schritte den Mittelgang hinunter. Zahlreiche »Ahh!«-Rufe kommen aus der Menge der versammelten Gäste.

Sekunden später schenkt Kate uns noch ein Lächeln und wünscht Lauren viel Glück, ehe sie hinter den Blumenmädchen die Kirche betritt und ebenfalls in Richtung Altar schreitet.

»Jetzt bin ich dran.« Ich drehe mich um, um Lauren noch einmal zu umarmen. Ein leichter Sprühregen hat eingesetzt.

Doch Lauren hat den Brautstrauß neben sich zu Boden fallen lassen und starrt wie in Trance auf den Eingang zur Kirche.

»Lauren?« Ich trete vor sie hin und nehme eine ihrer schlaffen Hände. »Süße, es wird Zeit, reinzugehen.«

Wie in Zeitlupe hebt sie den Kopf und sieht mich an, doch ihre Augen wirken leer und tot. Ich suche den Blickkontakt zu ihrem Vater und bedeute ihm mit einer Geste, uns kurz allein zu lassen.

»Lauren, Charlie wartet auf dich. Ich muss jetzt rein. Geht es dir gut?« Ich habe Angst, dass sie hier draußen nass wird.

Sie beginnt den Kopf zu schütteln, zunächst langsam, dann immer schneller. Ihre Nasenflügel beben. Ich fasse ihre Hand fester und versuche sie zum Eingang zu ziehen. Eigentlich sollte ich längst auf dem Weg zum Altar sein, aber erst muss ich mich vergewissern, dass mit Lauren alles in Ordnung ist.

Als ich mich der Schwelle nähere, spüre ich, wie sie an meiner Hand zieht, und drehe mich um.

»Ich kann das nicht«, sagte sie, lässt meine Hand los und geht rückwärts in Richtung der Steinmauer.

Ich schiele zu den Hochzeitsgästen im Inneren der Kirche, die sich bereits erwartungsvoll zum Eingang umgedreht haben. Dann geht mein Blick erneut zu Lauren, die sich auf den nassen Rasen hat sinken lassen. Das Brautkleid umgibt sie wie eine Wolke.

Ich *wusste*, dass irgendwas nicht stimmt.

»Könntest du reingehen und sie noch ein bisschen hinhalten? Sag, es gibt Probleme mit dem Kleid oder so was«, bitte ich ihren Vater. »Es ist die Nervosität.«

Er wirft seiner Tochter einen Blick zu, dann nickt er und betritt die Kirche.

Ich hocke mich neben sie und rede in derselben Stimme, die ich früher immer bei meinem Cousin Kit angeschlagen habe, wenn er weinend mit Schürfwunden nach Hause kam. »Schätzchen, da drinnen steht die Liebe deines Lebens und wartet darauf, dich heiraten zu können. Was ist los? Was hast du?«

Ihr Atem geht schnell und keuchend. Tränen laufen ihr über die Wangen und hinterlassen Spuren aus schwarzer Mascara in ihrem Gesicht wie Regen auf einer Windschutzscheibe.

»Hey.« Ich hole einige Taschentücher aus meiner Clutch und betupfe damit ihre Augen. »Wir wollen doch nicht das schöne Make-up ruinieren. Na komm, atme mal tief durch.«

Ich kann sie dazu bewegen, gemeinsam mit mir ihre Atemzüge zu zählen. Als wir bei fünf angelangt sind, bricht es aus ihr heraus.

»Ich kann ihn nicht heiraten«, sagt sie mit absoluter Gewissheit. »Ich dachte, ich kann es, aber es geht einfach nicht.«

Jetzt setze ich mich ebenfalls auf die Erde und strecke die Beine vor mir aus. Ich weiß, dass ich dadurch mein Kleid ruiniere, aber ich weiß auch, dass das jetzt keine Rolle mehr spielt. Es ist vorbei. Während ich sie zu trösten versuche, höre ich den Organisten ein Lied als Pausenfüller anstimmen. Ihr Vater tritt wieder ins Freie, nachdem er die Gäste erfolgreich beschwichtigt hat.

»Sag ihnen, die Hochzeit ist abgeblasen.« Lauren blickt schniefend zu ihm auf.

Er geht vor ihr in die Hocke und nimmt ihre Hand. »Das meinst du doch nicht ernst?«

»Bitte«, sagt sie. »Es tut mir leid, es tut mir alles ganz furchtbar leid, aber ich kann das nicht.«

Ich gebe mir weiterhin Mühe, sie zu beruhigen, während ihr Vater erneut im Innern der Kirche verschwindet, aber ich bekomme kein vernünftiges Wort aus ihr heraus.

Sekunden später kommt Charlie ins Freie geeilt. Ich ziehe mich zurück und gehe mit Laurens Vater den Weg entlang in Richtung Straße, damit die beiden ungestört reden können.

Wir beobachten sie von der anderen Seite des Kirchgartens aus und versuchen, Fetzen ihrer Unterhaltung aufzuschnappen. Es ist wie in einer romantischen Komödie, die auf halber Strecke entgleist ist. Ich rechne die ganze Zeit damit, dass Charlie ihr aufhilft, ihre Tränen trocknet, sie küsst und ihr sagt, dass alles gut wird. Es ist egal, dass es Unglück bringt, wenn der Bräutigam die Braut vor der Trauung sieht, und es spielt auch keine Rolle, dass ihr Kleid voller Matsch ist. Hauptsache, er kann sie wieder zur Vernunft bringen.

Doch alles Hoffen ist vergeblich. Nachdem Lauren fünf Minuten lang geweint und Charlie ebenso lange erfolglos versucht hat, zu ihr durchzudringen, erhebt sie sich von ihrem Platz auf dem Rasen und sieht ihn kopfschüttelnd an. Er fasst sie bei den Armen, um sie zurückzuhalten, doch sie reißt sich los und läuft davon, auf mich und ihren Vater zu. Zurück zu der Limousine, die uns vor einer Viertelstunde hier abgesetzt hat, weil Lauren den schönsten Tag ihres Lebens feiern wollte.

BESCHLOSSENE SACHE

In meinem Hotelzimmer wirft Kate den Wasserkocher an, während Lauren an den Haarnadeln zerrt, die ihre Frisur zusammenhalten. Eine nach der anderen zieht sie heraus und lässt sie auf die Tagesdecke fallen. Ihr Brautkleid liegt in einem zerknitterten Haufen zwischen Bett und Fenster auf dem Boden, während Lauren in BH und Slip unter der Decke hockt. Wir mussten ihre Mutter aus dem Zimmer schicken, weil sie nicht aufhörte, hysterisch zu schluchzen.

Kate bringt eine Tasse Tee und stellt sie neben Lauren auf das Nachtschränkchen, ehe sie zwei Päckchen Zucker und ein Becherchen Milch hineinrührt.

»Warte, ich helfe dir.« Ich bedeute Lauren, sich vor mich zu setzen, damit ich die Haarnadeln aus ihrer Frisur pflücken kann.

Wie die Affen, die wir mal in Indien beim gegenseitigen Lausen gesehen haben, machen Kate und ich uns daran, auch die letzten Spuren des Hochzeitstages von Laurens Körper zu tilgen. Kate wischt ihr mit Wattepads die Schminke aus dem Gesicht, während ich mich durch ihr Haar arbeite, das von dem vielen Haarspray hart und spröde ist.

»Du musst uns nichts sagen, wenn du nicht möchtest.« Kate pustet auf Laurens Tee und ermuntert sie, einen Schluck zu trinken. »Aber wir sind da und hören dir zu, wann immer du uns brauchst.«

Lauren trinkt einen winzigen Schluck von dem süßen Gebräu und seufzt.

»Ich glaube, ich wusste die ganze Zeit, dass es nicht richtig ist«, sagt sie und dreht den Kopf zur Seite, um mich anzusehen. »Aber als du rausgefunden hast, dass Johnny fremdgegangen ist, da hat es bei mir endgültig Klick gemacht.«

Ich lasse die Haarnadel in meiner Hand los und werfe sie zu den anderen auf einen Haufen. Dann krieche ich übers Bett, sodass ich neben Kate sitze.

»Als ich Charlie kennenlernte, wart ihr beide in einer festen Beziehung. Kate wollte heiraten, und du, Jess, warst gerade mit Johnny zusammengezogen. Ich hatte das Gefühl, euch beide verloren zu haben – als wäre ich der einzige Single auf dem Planeten.«

»Das Gefühl kenne ich gut«, sage ich und drücke ihre Hand. Ich hätte nie gedacht, dass ich jemand bin, der infolge einer Beziehung seine Freundschaften schleifen lässt, doch es gab eine Zeit nach Mums Tod, kurz nachdem Johnny und ich zusammengezogen waren, in der ich Lauren kaum gesehen habe. Ich dachte, sie hätte eine großartige Zeit, würde abends um die Häuser ziehen und sich mit ihren alleinstehenden Freunden betrinken. Es bricht mir das Herz, zu wissen, dass sie in Wahrheit so einsam war.

»Ich hatte das Gefühl, dass ihr mich links liegen lasst«, sagt sie und wischt sich die Tränen weg, die ihr über das Gesicht kullern. »Als ich Charlie kennenlernte, gehörte ich endlich wieder dazu. Ich wurde zu euren Pärchenabenden eingeladen und hatte jemanden, der mich auf Hochzeiten begleitet. Gott, ich habe sogar einen Pärchenrabatt für das Fitnessstudio bekommen.«

Darüber müssen wir lachen. In meinem Kopf entsteht die Idee für ein Feature zu dem Thema, wie sehr Singles bisweilen benachteiligt werden.

Sie greift nach einem Bündel Papiertaschentücher und schnäuzt sich die Nase. »Charlie ist wirklich ein toller Mensch. So nett und verlässlich. Aber ich glaube, ich war nie wirklich in ihn verliebt, wisst ihr, was ich meine? Ich habe mich irgendwie mit ihm zufriedengegeben. Und seine Eifersucht, seine permanente Unsicherheit und unsere Auseinandersetzungen – das kommt alles daher, dass ich tief im Innern nicht dasselbe für ihn empfinde wie er für mich.«

Ich muss gestehen, ich war überrascht, als Lauren nach gut einem Jahr Beziehung Charlies Heiratsantrag annahm. In der Schule war sie immer die Wilde gewesen, die nach durchzechten Nächten den Unterricht schwänzte und sich ständig auf die Bad Boys oder die Unerreichbaren einließ. Ich hätte mir nie vorstellen können, dass sie sich am Ende für einen Mann wie Charlie entscheidet, dazu war er weder aufregend noch exotisch genug. Aber dann dachte ich mir, dass sie vielleicht begriffen hatte, dass sie für eine dauerhafte Partnerschaft jemanden brauchte, der andere Qualitäten besaß als die, auf die sie normalerweise ansprang.

»Als du uns von Johnnys Seitensprung erzählt hast und davon, wie dir bewusst geworden ist, dass die Leute ihren Partner nur dann betrügen, wenn etwas Grundlegendes in ihrer Beziehung falsch läuft, hat das was in mir ausgelöst. Ich schaue immer noch fremden Männern hinterher. Ich bin immer noch scharf auf andere. Es ist, als würde ich mich insgeheim als Single betrachten.«

Kate greift nach ihrer Teetasse, nimmt sie zwischen beide

Hände und trinkt in vorsichtigen Schlucken. »Liebst du ihn denn?«

Lauren seufzt. »Ich mag ihn gern. Aber ich bin nicht in ihn *verliebt*. Ich weiß nicht mal, ob ich es je war. Und wenn ich euch so ansehe, dich und Colm, und jetzt Jess mit Joe ... dann habe ich das Gefühl, dass mir so was nie vergönnt sein wird. Ich bin schon zweiunddreißig und habe Angst, dass ich bis in alle Ewigkeit Single bleiben und niemals eine Familie haben werde und ...« Abermals fängt sie an zu schluchzen.

»Das wird nicht passieren«, sage ich und nehme die Hand, die nicht bereits von Kate in Beschlag genommen wurde. Ich wünschte, Lauren könnte verstehen, wie gut ich ihre Ängste nachempfinden kann. In den letzten Monaten hatte ich oft die Befürchtung, als glatzköpfige alte Jungfer mit einem Haus voller Katzen zu enden. Erst seit ich Joe begegnet bin, habe ich wieder Hoffnung geschöpft, dass Heirat und Kinder für mich vielleicht doch möglich sind.

Sobald sie sich einigermaßen gefangen hat, lassen Kate und ich Lauren allein, damit Charlie mit ihr reden kann. Er steht, noch im Hochzeitsanzug, draußen auf dem Flur und sieht vollkommen niedergeschmettert aus, als wir ihm mit einem Kopfschütteln zu verstehen zu geben, dass sie es sich nicht anders überlegt hat. Er tut mir unendlich leid, weil er gleich erfahren wird, dass die Frau, die er liebt, seine Gefühle nicht erwidert.

Da Lauren und Charlie in unserem Zimmer sind, verabrede ich mich mit Joe in der Hotelbar. Als ich dort ankomme, nimmt er mich in die Arme und bestellt einen Gin Tonic für mich, während er mir die Ereignisse aus seiner Sicht schildert.

Er sagt, als Laurens Vater vor die Gäste getreten sei, um zu verkünden, dass seine Tochter nicht heiraten werde, sei das einer der traurigsten Momente seines Lebens gewesen.

Die Schuldgefühle lassen mich nicht los. Wäre ich in den vergangenen Monaten für Lauren da gewesen, hätte ich ihr vielleicht helfen können. Sie hat gesagt, meine Trennung von Johnny sei der Anlass gewesen, der Zweifel an der Hochzeit mit Charlie in ihr geweckt habe, und wegen meiner Krebserkrankung habe sie nicht mit mir darüber sprechen können. Was, wenn ich ihr gegenüber aufmerksamer gewesen wäre? Wenn ich nachgefragt und versucht hätte, ihrem seltsamen Verhalten auf den Grund zu gehen? Lauren hat mich nie im Stich gelassen, als Mum krank wurde, sie war die beste Freundin, die man sich nur wünschen kann. Ich hätte merken müssen, dass es ihr überhaupt nicht ähnlich sieht, plötzlich zum Brautzilla zu mutieren oder mich zu überreden, einen von Johnny befruchteten Embryo einfrieren zu lassen, obwohl wir beide wussten, dass es die falsche Entscheidung war. Doch ich war so sehr mit der Arbeit und Männern und dem Krebs beschäftigt, dass ich zu wenig an sie gedacht habe.

Den Rest des Nachmittags verbringe ich damit, alles einzusammeln, was Lauren gehört, zum Beispiel die Fotos mit Titeln wie »Die Yorkshire-Crew«, »Uni-Leben« und »Sabbatjaah!«, die sie auf den Tischen platziert hat, um die verschiedenen Phasen ihres Lebens darzustellen. Währenddessen macht sie sich wegen all der vielen Dinge verrückt, die jetzt erledigt werden müssen. »Hochzeitsvorbereitungen rückwärts«, nennt sie das. Sie muss die Hochzeitsreise stornieren, die Geschenke zurückgeben, Charlies Eltern das Geld zurückzahlen, das sie ihnen jetzt schuldet, und natürlich auch eine neue Wohnung finden. Im Moment ist es noch zu früh, aber ich freue mich schon darauf, sie zu fragen, ob sie Lust hat, mit Aisha und mir zusammenzuziehen. Ein Silberstreif am Horizont, wie man so schön sagt.

Ihre Eltern überreden sie, mit ihnen nach Hause zu kommen, und wie ein Kind am Ende seiner eigenen Geburtstagsparty, das vollkommen ausgepumpt ist vom Adrenalin, kann sie nichts anderes tun, als willenlos zu gehorchen.

Joe und ich beschließen, die Nacht im Hotel zu verbringen und wie geplant morgen nach London zurückzufahren. Wir bestellen BLT-Sandwiches und Chips aufs Zimmer und essen im Bett. Ich fühle mich wie durch die Mangel gedreht.

»Ich weiß, das klingt jetzt komisch, weil heute buchstäblich der schrecklichste Tag war, den man sich vorstellen kann«, sage ich und recke den Hals, um von meinem Platz an seiner Brust zu ihm aufzuschauen. »Aber es war sehr schön, dich dabeizuhaben.« Und das meine ich ernst. In gewisser Weise hat diese Erfahrung uns einander noch näher gebracht.

Joe streichelt meinen Kopf, und mir wird bewusst, dass ich mich nach nur zwei Monaten bei ihm bereits geborgener fühle als in den fünf Jahren mit Johnny.

Ich setze mich auf und schaue ihn an. Das Gefühl ist stärker als alles, was ich seit Langem empfunden habe. »Ich meine es ernst. Ich glaube … Ich bin dabei, mich in dich zu verlieben.«

Joes Hand an meinem Kopf hält inne. Auf einmal ist er wie erstarrt.

»Scheiße, das tut mir leid«, sage ich hastig. Was habe ich mir nur dabei gedacht? Es ist viel zu früh für das L-Wort.

»Schh«, sagt er, legt mir einen Finger an die Lippen und dreht sich zu mir herum. »Ich bin verrückt nach dir, Jess. Ich mag dich wirklich sehr.«

Ich mag dich sehr. Von Liebe ist nicht die Rede.

»Schon gut«, wiegle ich ab. »Vergiss, was ich gesagt habe.« Ich richte mich auf, schlüpfe unter die dicke weiße Decke und ziehe sie mir bis zur Brust hoch.

»Jess, hör zu. Ich weiß, heute Abend ist nicht der passende Moment, aber es gibt da etwas, was ich dir sagen muss.« Joe hebt sein T-Shirt vom Fußboden auf. Warum zieht er sich an? Meine Brust ist so eng, dass ich kaum noch atmen kann.

Er setzt sich auf die Decke, statt zu mir darunterzukriechen. »Ich mag dich wirklich gern. Die letzten Monate mit dir waren unglaublich. Ich liebe es, wie gut du meiner Schwester tust. Du hast sie wieder zum Leben erweckt. Du hast *mich* wieder zum Leben erweckt.«

»Aber«, sage ich. Denn es gibt immer ein Aber.

»Meine Schwester liegt im Sterben, Jess. Sie hat für mich oberste Priorität, und ich kann nicht anders, ich habe das Gefühl, je mehr Zeit ich mit dir verbringe, desto weniger verbringe ich mit ihr.«

»Aber wir können doch gemeinsam Zeit verbringen. Du und ich und Annabel.« Nichts wünsche ich mir mehr. Ich liebe sie genauso sehr wie ihn.

»Jess, ich schwöre dir, es gibt niemanden, mit dem ich lieber zusammen sein wollte als mit dir. Aber ich bin noch nicht so weit. Ich glaube, ich kann im Augenblick einfach keine feste Beziehung führen, nicht mit allem …«

Die Gesichtszüge entgleiten ihm, auf seiner Stirn erscheinen tiefe Falten, und seine Nasenflügel zittern. Im nächsten

Moment kommen ihm die Tränen. Was er meint, ist klar: Er kann keine feste Beziehung haben, wenn seine Schwester bald sterben wird.

»Ach, Joe«, sage ich, strecke die Arme aus und ziehe ihn an mich. Er lässt es geschehen. Sein Kopf bebt an meiner Brust, während er hemmungslos weint.

Als ich aufwache, scheint die Sonne ins Zimmer. Ich kann kaum die Augen öffnen, und mein Kopf fühlt sich an, als wäre er von einem Laster überfahren worden. Stöhnend wälze ich mich auf die Seite. Nachdem ich gestern den ganzen Tag auf den Beinen war, tut mir alles weh.

Ich blinzle und rutsche über das Bett, um den Zettel zu lesen, den er auf den Nachttisch gelegt hat.

Jess, es tut mir unendlich leid, dass ich dir wehgetan habe, aber ich kann das einfach nicht. Du hast es verdient, auf eine Art und Weise geliebt zu werden, die ich dir im Moment nicht geben kann. Bitte, verzeih mir. Joe x

Ich lasse mich zurück aufs Bett sinken und fange an zu schluchzen.

DIE LETZTEN METER

»Gute Neuigkeiten«, sagt Dr. Malik. »Ihre Blutwerte sind ausgezeichnet. Bereit für die letzte Runde?«

»Muss ja wohl«, sage ich und schaue zu Dad.

Vor vier Monaten hätte ich niemals geglaubt, dass dieser Tag kommen würde – meine sechste und letzte Chemo. Ich hatte geplant, eine große Ladung Krapfen zu backen und sie auf der Station zu verteilen, um das Ende meiner Behandlung zu feiern. Ich wollte mein blaues Kleid und meine blaue Perücke tragen, um mich hübsch zu fühlen. Als Zeichen dafür, dass es mit mir bergauf geht und meine Haare bald wieder nachwachsen werden. Doch seit der Hochzeit will ich nichts anderes, als mich in einem möglichst tiefen, dunklen Loch verkriechen.

Joe hat mehrfach angerufen und mir Nachrichten geschrieben. Er will reden, aber ich habe alle seine Kontaktversuche abgeblockt. Er hat gesagt, was er sagen wollte, und tief im Herzen weiß ich, dass er recht hat. Er befindet sich in einer unmöglichen Situation und macht das Schlimmste durch, was ein Mensch durchmachen kann. Er braucht die Zeit und den Raum für sich.

Doch das lindert den Schmerz nicht. Richtiger Mensch, falscher Zeitpunkt. Oder vielleicht ist er auch gar nicht der Richtige für mich – wenn er mich wirklich so sehr mögen würde, wie er behauptet, würden wir das doch sicher irgendwie hinbekommen.

Wie oft kann mein Herz noch gebrochen werden? Ich weiß, wir waren nicht lange zusammen, aber es war echt. In meinem Kopf waren wir bereits ein »Wir«. Ich wollte ihn in meinem Leben haben. Ich wollte alles von ihm, wollte ihn stolz all meinen Bekannten vorstellen. Joe hat mich nicht als beschädigte Ware betrachtet. Er mochte mich, so wie ich war.

Ich mache ihm keinen Vorwurf daraus, dass er nicht besser mit der Situation umgeht. Was er gerade durchmacht, würde ich niemandem wünschen. Trotzdem tue ich mir selber leid, weil ich jetzt noch mal bei null anfangen muss. Ich habe das Gefühl, nichts vorweisen zu können: keine Haare, keinen Partner, keine beruflichen Perspektiven. Durch die Chemo hängt *alles* in der Warteschleife. Das geballte Unglück der letzten sechs Monate – Johnny, Joe, Lauren, Annabel – ist einfach zu viel für mich.

»Na komm, Liebes«, sagt Dad auffordernd, damit ich Dr. Maliks Praxisraum verlasse und mich auf die Station begebe.

Meine Schritte sind schleppender geworden. Die Chemo und der Alterungseffekt, den sie auf meinen Körper hat, haben mein ganzes Leben aus der Bahn geworfen. Kaum zu glauben, dass ich früher in der Lage war, aus dem Bett zu springen. Inzwischen kann ich mir kaum die Zähne putzen, ohne dass ich mich dabei auf den Badewannenrand setzen muss.

»Letzte Runde«, sagt Schwester Rose, umarmt mich und betrachtet meinen kahlen Kopf. »Sie freuen sich bestimmt, dass es bald vorbei ist.«

Ich versuche zu lächeln, doch stattdessen kommen mir die Tränen. Es fällt mir schwer, mich über irgendetwas zu freuen.

Die Zeit nach der Chemotherapie kommt mir wie eine einzige große Leere vor.

Ich erklimme den Behandlungsstuhl und warte, dass Schwester Ange mit den Eishandschuhen kommt, während Dad loszieht, um Tee zu holen.

»Eine Lieferung für Sie«, sagt Rose und präsentiert mir einen gigantischen Blumenstrauß.

Sofort denke ich an Joe. Könnte er wirklich seine Meinung geändert haben?

Dann lese ich die dazugehörige Karte. *Rock die Bude, Jessie J. Bin immer für dich da. Alles Liebe von Aish xxx*

Als mir klar wird, dass die Blumen nicht von Joe sind, ist meine Niedergeschlagenheit groß. Natürlich hat er es sich *nicht* anders überlegt. Er ist nicht wie Johnny, der in einer Minute mich will und in der nächsten eine andere. Joe ist ein anständiger Mann. Das macht die Trennung umso schwerer.

Schwester Ange kommt herein, vergnügt wie immer und völlig falsch einen Rihanna-Song singend. Ich ringe mir ein Lächeln ab, reagiere ansonsten jedoch kaum, während sie ihre Arbeit verrichtet. Fast sofort spüre ich das Brennen der Kälte an Händen und Füßen und sehne mich nach einem heißen Bad zu Hause. Als ich den dumpfen Schmerz der Kanüle spüre, die mir ein letztes Mal unter die Haut gestochen wird, laufen meine Tränen über.

»Alles in Ordnung mit Ihnen?«, erkundigt sich Ange, während sie noch an meinem Arm beschäftigt ist und den Schlauch mit Tape fixiert. »Die letzte Chemo kann einen emotional ganz schön mitnehmen.«

Ich schüttle den Kopf. Ich will nicht über Joe sprechen. Ich komme mir dumm vor, weil ich so vielen von ihm erzählt und mich in eine Beziehung hineingesteigert habe, die noch nicht einmal richtig begonnen hatte. Was habe ich mir nur dabei gedacht, ihn zur Hochzeit meiner besten Freundin mitzunehmen, obwohl wir uns kaum kennen? Und warum hat er eingewilligt, mich zu begleiten, wenn er doch wusste, dass das mit uns nicht von Dauer sein würde?

»Bald haben Sie es hinter sich«, trällert Angelica, hängt den Beutel mit dem Medikament an den Infusionsständer und drückt mehrere Knöpfe. »Noch ein letztes Mal. Fast geschafft.«

Sie reicht mir ein paar Taschentücher, und ich betupfe mit der freien Hand meine Augen. Ich will nicht hier sein. Ich will einschlafen und nie wieder aufwachen.

»Klopf, klopf«, kommt eine Stimme von der Tür her. Als ich den Kopf hebe, sehe ich Priya, die Annabel im Rollstuhl hereinschiebt. Dad folgt in ihrem Kielwasser.

Ich ziehe die Nase hoch und trockne meine Tränen, als sie näher kommen. Ich will nicht, dass Annabel mich weinen sieht. Meine Sorgen sind lächerlich im Vergleich zu ihren.

Dad begrüßt die beiden, dann entschuldigt er sich gleich wieder mit den Worten, er wolle einen Spaziergang machen.

»Wie geht es dir, Süße?« Priya zieht sich einen Stuhl heran und setzt sich neben Annabel.

»Gut. Emotional.« Für eine ausführlichere Antwort bin ich zu verheult.

Annabel macht Anstalten, aus ihrem Rollstuhl aufzustehen. Priya hilft ihr.

»Meinetwegen musst du nicht aufstehen«, sage ich, als ich sehe, wie viel Kraft es sie kostet, auf den eigenen Füßen zu stehen. Sie wirkt schrecklich schwach. Sie hat noch mehr Gewicht verloren, und ihre Stimme klingt kratzig und rau.

»Ich wollte dich einfach nur mal drücken«, sagt sie, beugt sich zu mir und schlingt mir ihren knochigen Arm um den Hals. »Tut mir leid, dass mein Bruder so ein Arschloch ist.«

Priya verlässt den Raum, um Tee holen zu gehen.

»Er hat es dir gesagt?«, frage ich, als Annabel zurück in ihren Rollstuhl sinkt.

Sie nickt. »Er hat mir nicht erzählt, was vorgefallen ist, aber ich konnte es mir denken. Falls es dir hilft: Ich glaube, dass er dich wirklich mag. Vielleicht sogar zu sehr. Und ich weiß, er will nicht, dass ich das weiß, aber ich glaube, er kann sich im Moment einfach keine Beziehung vorstellen. Nicht, wenn es mir so geht wie jetzt.«

Sie deutet auf ihren Körper, so wie wenn man ein neues Outfit präsentiert. Ich fühle mich schuldig, weil ich um das Ende einer zweimonatigen Beziehung trauere, während sie dem Tod ins Auge blickt.

»Vergiss es«, sage ich. »Wir müssen nicht darüber reden.«

»Es tut mir leid«, sagt sie noch einmal. »Wenn ich bloß etwas für dich tun könnte ... Wenn ich ...«

Wenn ich tot bin, könnt ihr zusammen sein.

Ich schüttle den Kopf. »Schhh«, sage ich. »Lass uns nicht darüber sprechen. Es ist zu ...«

Es ist zu schmerzhaft. Ich brauche nur in Annabels Augen zu schauen, schon sehe ich Joe. Plötzlich wird mir bewusst, dass es ein zweifacher Abschied ist. Durch Joe glaubte ich, mir auch nach ihrem Tod ein Stück von Annabel bewahren zu können. Ohne ihn verliere ich sie beide.

»Es tut mir leid, Jess. Du weißt, ich ...«

»Hör auf«, sage ich und wende den Blick ab. Auf einmal bin ich wütend, weil sie existiert. Weil sie an jenem Tag in mein Leben getreten ist. Ohne sie wäre alles viel einfacher gewesen.

»Jess ...«

Ich schließe die Augen. »Es tut mir leid, Annabel, aber ich kann jetzt nicht darüber reden.«

Ich spüre, wie verletzt sie ist, als ich die Augen ganz fest zukneife. Ich weiß, dass ich grausam und stur bin. Ich könnte die Arme ausbreiten und sie an mich ziehen, doch ich tue es nicht.

Ich höre, wie sie den Mund auf- und wieder zumacht, und spüre eine Bewegung, als sie die Hand nach mir ausstreckt, dann aber wieder zurückzieht. Kurz darauf höre ich das Quietschen der Räder ihres Rollstuhls, als sie wendet und davonfährt.

Als ich die Augen öffne, sehe ich sie gerade noch von der Station verschwinden.

»Wo will sie denn hin?«, fragt Priya, die wieder da ist und ihre Teetasse zwischen uns auf den Tisch stellt.

Ich zucke mit den Schultern wie ein trotziger Teenager. Sprechen kann ich nicht.

»Kommt sie zurück?«

»Wir sind beide ein bisschen aufgewühlt.« Sie wird nicht zurückkommen.

Priya runzelt die Stirn, als würde sie verstehen.

»Na ja, eigentlich wollten wir es dir gemeinsam geben, aber da sie jetzt weg ist ...« Sie holt ein Geschenk aus ihrer Tasche. »Es ist nichts Großes, nur ein paar Sachen, von denen wir dachten, sie könnten dir vielleicht gefallen.«

»Von dir und Annabel?«

Priya nickt. Ich würge den Kloß in meinem Hals hinunter. Ich bin ein abscheulicher Mensch.

Ich öffne das Geschenkpapier und hole ein Notizbuch mit den Worten »Das nächste Kapitel« auf dem Cover hervor. Als ich darin blättere, stelle ich fest, dass die Seiten Überschriften für verschiedene Listen haben: »Ziele fürs neue Jahr«, »Orte, die ich besuchen möchte«, »Dinge, die mich glücklich machen«.

Auf der Seite »Dinge, die mich glücklich machen« gibt es bereits einen Eintrag: »*Mit meinen Chemo-Mädels abhängen*«. Eine Träne rollt mir über die Wange, als ich Bels Handschrift erkenne.

»Wir dachten, du liebst doch Listen«, sagte Priya.

»Das ist toll. Vielen Dank.«

Ich komme mir vor wie das allerletzte Miststück.

MENSCHLICHES NADELKISSEN

Am fünften Tag nach der Chemo, gerade als die stechenden Schmerzen in meinen Knochen nachlassen, liege ich im Bett und muss mir die Decke bis zum Hals hochziehen, weil ich vor Kälte zittere. Wie üblich messe ich jede Stunde Fieber. In den letzten drei Monaten war meine Temperatur relativ stabil, doch jetzt zeigt das Thermometer 38,6 Grad an, dabei habe ich eine extra warme Decke. *Scheiße.*

Normalerweise würde ich Dad anrufen und ihn nach seiner Meinung fragen, aber es ist schon spät, außerdem ist er gerade erst nach Hause gefahren, weil er dachte, ich hätte das Gröbste hinter mir. Bestimmt liegt er mit Lizzie im Bett und schläft. Sie waren lange genug getrennt.

Gestern Abend war Lauren da. Wir haben auf dem Sofa gesessen, uns gegenseitig bemitleidet und schöne Filme geschaut, aber sie will ich auch nicht behelligen, weil sie morgen früh zur Arbeit muss. Ich kann es gar nicht erwarten, endlich mit ihr und Aisha in eine gemeinsame Wohnung zu ziehen, damit ich nicht mehr allein bin. In einem Monat ist es so weit.

Meine nächste Ansprechpartnerin wäre Annabel, doch seit dem Tag meiner letzten Chemo haben wir nicht mehr miteinander gesprochen. Ich weiß, ich muss mich bei ihr entschuldigen, doch jedes Mal, wenn ich mein Smartphone in die Hand nehme, um ihr eine Nachricht zu schreiben, sehe ich ihr

Gesicht vor mir, und dann sehe ich Joe. Ich kann ihnen jetzt nicht gegenübertreten.

»Scheiße«, sage ich zu Oreo, der erschrocken von meinem Schoß aufspringt.

Ich messe noch mehrere Male Fieber. Irgendwann quäle ich mich aus dem Bett, um mich anzuziehen und ein Taxi zu rufen. Jeder Muskel und jeder Knochen in meinem Leib schmerzt.

Die Fahrt ins Krankenhaus dauert nicht lange. Um dreiundzwanzig Uhr dreißig sind draußen nur Nachtschwärmer und Feierlustige unterwegs oder Leute, die sich beeilen, noch die U-Bahn zu erwischen. Draußen vor einem Club in der Clapham High Street hat sich eine Schlange gebildet; angetrunkene Frauen stehen neben jungen Männern mit Boyband-Frisuren und rauchen. Ich fühle mich an die grauenhafte Nacht von Laurens Junggesellinnenabschied erinnert, als meine Perücke in einer Pfütze auf dem Gehweg lag und alle Welt meinen kahlen Schädel sehen konnte.

Als ich die Klinik erreiche, schlottere ich vor Kälte. Wie kann es sein, dass ich Fieber habe? Ich lege eine Hand an meine Stirn, um zu sehen, ob ich mich heiß anfühle, aber meine Haut ist kalt.

»Wir machen ein paar Bluttests«, sagt eine Schwester, die ich noch nie gesehen habe, und nimmt mich mit in einen mir unbekannten Flügel des Krankenhauses. Sie deutet auf einen Stuhl, und ich setze mich, ehe ich mir Jacke und Pullover ausziehe.

»Meine Venen spielen oft nicht richtig mit«, sage ich. Mittlerweile bin ich daran gewöhnt, mich wie ein menschliches Nadelkissen zu fühlen.

»Wir kriegen das schon hin. Ein kleiner Piks.«

Sie ist längst nicht so sanft wie Ange. Ihr Griff um meinen Arm ist zu fest, und sie sticht einmal, dann ein zweites Mal ohne Vorwarnung zu.

Ich wage nicht, hinzuschauen, weiß aber, dass kein Blut kommt, denn sie drückt immer noch an meiner Armbeuge herum.

»Haben Sie häufiger Probleme damit?«

»Meine Venen spielen oft nicht richtig mit«, wiederhole ich. »Ich bin seit knapp vier Monaten in Chemotherapie.«

»Das hätten Sie sagen sollen. Ich muss eine Schwester rufen, die sich mit so was auskennt.« Sie sagt das, als wäre es meine Schuld.

Zehn Minuten später kommt ein Pfleger, der sich mir nicht vorstellt. »Schlechte Venen?«, fragt er.

»Hi«, sage ich. »Ja, mittlerweile gibt es nur noch wenige, die funktionieren. Ich bin da ein bisschen empfindlich.«

»Keine Sorge, wir schaffen das schon«, meint er, legt mir zum zweiten Mal den Druckverband an und sticht mir erneut in die Armbeuge.

Als er auch beim dritten Versuch keine Vene trifft, fange ich an zu weinen. »Bitte, bitte, können Sie jemanden holen, der das kann?«

»Das muss sich ein Arzt ansehen.«

»Okay«, sage ich mit Tränen in den Augen. Ich möchte wie ein Mensch behandelt werden, nicht wie eine Voodoopuppe.

Während ich warte, schaue ich auf mein Handy. Keine Anrufe, keine Nachrichten. Ich schreibe Dad, um ihm mitzuteilen, dass ich ins Krankenhaus musste, aber in guten Händen bin.

»Miss Jackson«, sagt eine Stimme und lenkt mich von meinen Gedanken ab. »Ich bin Dr. Stevens. Ich höre, Sie haben Fieber?«

Meine Stimme bricht, als ich versuche, ihm das Problem mit meinen Venen zu erklären. Doch er schafft es ohne Probleme, mir Blut abzunehmen, und ist dabei so sanft, dass ich kaum etwas merke.

»So, das war's schon. Ich verabreiche Ihnen noch eine Kochsalzlösung durch den Zugang. Dann machen wir ein paar Tests und schauen uns Ihre Blutwerte an, um festzustellen, wo die Infektion sitzt.«

Er sieht sich um und merkt, dass ich ohne Begleitung gekommen bin. »Gibt es jemanden, den Sie anrufen können?«

Ich wünschte, ich hätte Joe oder Annabel bei mir. Beide würden wissen, was sie tun müssen, damit es mir besser geht. Doch mein Verhältnis zu ihnen ist gerade nicht das beste, und ich kann nicht von Annabel erwarten, dass sie auf Abruf bereitsteht. Nicht, nachdem ich mich ihr gegenüber so schäbig verhalten habe.

»Ich bin sicher, mein Dad kommt morgen«, sage ich.

Ich erwache in kaltem Schweiß gebadet. Der Gummi-Matratzenüberzug raschelt unter meinen Beinen. Wo bin ich?

Scheiße. Ich befinde mich immer noch auf der fremden Station im Krankenhaus. Ein paar Meter entfernt schnarcht ein Mann. Es klingt wie das Quaken eines Froschs.

Ich versuche die Hand zu bewegen und stelle dabei fest, dass ich noch immer am Tropf hänge. Ich muss dringend pinkeln. Ich weiß nicht, wie ich mit diesem Ding an meiner Hand aufs Klo gehen soll. Wo ist Schwester Ange, wenn man sie braucht?

Eine Frau schlurft durch den dunklen Flur, und im ersten Moment denke ich, es ist Schwester Rose.

»Hallo?«

Sie bleibt stehen, tritt an mein Bett. Es ist nicht Schwester Rose.

»Wie soll ich mit diesem Ding ins Bad?«, frage ich. Ich komme mir vor wie ein hilfloses Kind.

»Sie nehmen es mit«, antwortet sie mit mürrischer Miene.

»Können Sie mir bitte helfen?«

»Sicher«, sagt sie, klingt jedoch verärgert. War sie auf dem Weg zu einem anderen Patienten oder in die Pause?

»Schieben Sie den Ständer einfach vor sich her«, sagt sie etwas freundlicher, während sie mir den Arm hinhält, um mir aufzuhelfen. Vorsichtig schwinge ich die Beine über die Bettkante auf den Fußboden. »Halten Sie sich an mir fest. So ist es gut.«

Mit meinem freien Arm stütze ich mich auf der Matratze ab und stemme mich in die Höhe. Ich muss die halbe Nacht geschlafen haben. Es ist fünf Uhr morgens.

Sobald ich stehe, bedeute ich der Schwester mit einem Nicken, dass sie mich loslassen kann, und halte den Ständer mit einer Hand fest, während ich ihn mit der anderen in Richtung Klo rolle. Ich bin an einen Apparat gefesselt.

Im grellen Licht des Badezimmers betrachte ich mein Spiegelbild. Die Lider geschwollen, das Gesicht noch immer aufgedunsen, die Augen blutunterlaufen. Glatze, weder Brauen noch Wimpern. Das Gespenst einer Frau.

Ich schleppe mich zurück ins Bett und habe Schwierigkeiten, es mir bequem zu machen, weil ich immer wieder mit der Decke kämpfe, die feucht ist von meinem Schweiß. Überall um mich herum summen und piepsen Apparate, mein Zimmergenosse schnarcht, und jedes Mal, wenn ich kurz vor dem Einschlafen bin, werde ich gestört, weil jemand das Zimmer betritt.

Schwestern kommen, um mit Plastikklemmen, die sie mir an den Daumen stecken, meinen Blutdruck zu kontrollieren. Andere messen Fieber. Reinigungskräfte stecken die Köpfe zur Tür herein und wischen den Boden. Jedes Mal ein anderes Gesicht, jedes Mal wirft jemand einen Blick auf mein Krankenblatt am Fußende meines Betts.

Ich versuche, mich auszuruhen, aber alles, woran ich denken kann, sind Joe und Annabel und wie sehr ich sie vermisse. Mir war gar nicht bewusst, wie lieb ich die beiden gewonnen habe.

Ich weiß, ich sollte es nicht tun, sonst werde ich nie in den Schlaf finden, aber ich drücke den Home-Button an meinem Smartphone. Das Display erhellt den gesamten Raum. Ich klicke auf Annabels Instagram-Profil und scrolle durch ihren Feed. Er ist wie eine Hommage an unsere Freundschaft, jeder Post ein Foto unserer lachenden Gesichter – ich, Joe und Annabel, die drei Musketiere. Unter den Fotos von uns in Hampstead Heath hat Joe zwei Herz-Emojis hinterlassen.

Wie konnte ich so selbstsüchtig sein? Annabel hat noch wenige Monate, vielleicht sogar nur noch Wochen zu leben, und trotzdem hat sie alles getan, um mich glücklich zu machen. Sie hat alle Hebel in Bewegung gesetzt, um mir den schönsten Geburtstag zu bereiten, den ich jemals hatte, und sie hat sich viel Mühe gegeben, mich in ihre Pläne mit Joe zu integrieren. Und ich? Ich habe versucht, ihr den Bruder wegzunehmen.

Mir wird bewusst, wie ungerecht ich gewesen bin. Wenn ich mich nach einer Nacht im Krankenhaus so elend fühle, wie muss es Annabel gehen, die weiß, dass sie nie wieder gesund wird? Wenn meine Zukunft mir schon düster vorkommt, wie muss es sich anfühlen, überhaupt keine Zukunft zu haben? Ich war so sehr in meinen eigenen Problemen gefangen, dass ich eine Freundin vernachlässigt habe, die nicht mehr lange auf dieser Welt sein wird.

Ich will ihr endlich eine Nachricht schreiben. Ich will ihr sagen, dass es mir leidtut, ihr mitteilen, dass ich im Krankenhaus liege, dass ich sie liebe und vermisse, doch als ich das Geschriebene hinterher noch einmal durchlese, kommt es mir lächerlich vor. Ich schulde ihr mehr als eine Textnachricht. Ich muss sie von Angesicht zu Angesicht sehen, sie in die Arme schließen und ihr sagen, dass ich für sie da sein will. Sobald ich hier rauskomme, fahre ich zu ihr.

QUARANTÄNE

»Jessie«, sagt die Stimme, sobald ich die Augen öffne.

»Dad. Wo bin ich?«

Ich schaue mich um. Dann erinnere mich an die Infektion, den Tropf, die nächtliche Taxifahrt ins Krankenhaus.

»Wie bist du so schnell hergekommen?«

»Ich habe um drei Uhr früh deine Nachricht gelesen. Ich wollte dich nicht zurückrufen für den Fall, dass du schläfst, also bin ich gleich ins Auto gestiegen. Du hättest mich auf dem Festnetz anrufen sollen.«

»Ich wollte dich nicht wecken.« Meine Augen füllen sich mit Tränen.

»Jessie«, sagt er und legt seine Hand auf meine. »Du darfst mich *immer* wecken. Ich bin dein Vater. Es ist meine Aufgabe, mich um dich zu kümmern, schon vergessen?«

Ich nicke und versuche krampfhaft, nicht zu weinen.

»Guten Morgen, Jessica.« Die vertraute Stimme gebietet meinen Tränen Einhalt.

»Dr. Malik.« Gott, was bin ich froh, ihn zu sehen.

»Sie haben eine Infektion, wie ich höre«, sagt er und tritt an mein Bett. An Dad gewandt, sagt er: »Hallo noch mal, Mr. Jackson.«

Dad gibt ihm die Hand.

»Wir haben die Ergebnisse Ihrer Blutuntersuchung«, fährt er fort. »Der Befund ist unklar, das heißt, wir können nicht sagen, wo der Infektionsherd sitzt. Aber die schlechte Nachricht ist, dass Sie Neutropenie haben – das heißt, Sie bilden nicht genügend weiße Blutzellen, um die Infektion zu bekämpfen.«

Ach du Scheiße.

»Wir müssen Sie noch einige Tage hierbehalten, während Sie sich erholen. Sie müssen extrem vorsichtig sein, was Besucher angeht.«

»Einige *Tage*?« Ich muss hier raus, damit ich mich mit Annabel versöhnen kann!

»Ich fürchte, ja. Nur zur Beobachtung. Sie bekommen weiterhin Infusionen, aber machen Sie sich keine Sorgen, Ihre Temperatur ist bereits ein wenig gesunken.«

»Danke, Doktor«, sage ich.

Ich werde in ein Einzelzimmer mit eigenem Fernseher, Bad und sogar einem Fenster verlegt. Eine weitere mir unbekannte Schwester taucht auf und stellt mir eine nierenförmige Pappschale hin.

»Nehmen Sie die hier mit ins Bad, wenn Sie zur Toilette müssen«, sagt sie. »Wir müssen messen, wie viel Sie ausscheiden.«

»Sie meinen, wenn ich …?« Ich bringe es nicht über die Lippen.

»Stuhl und Urin«, sagt sie.

Ich sitze zehn Minuten lang auf der Toilette und halte die Pappschale in Position, aber es kommt nichts. Ich komme mir vor wie ein Kleinkind, das unbedingt aufs Töpfchen gehen soll, wie eine Invalidin, die nicht mal aufs Klo gehen darf, ohne genauestens überwacht zu werden. Irgendwann konzentriere ich mich auf das stetige *tropf, tropf, tropf* der Dusche, und der

Urin beginnt zu fließen. Er pladdert in die Pappschale wie Regen gegen meine Velux-Fenster.

»Sehr gut«, lobt die Schwester, als ich mit der vollen Schale herauskomme und sie vor dem Bad auf den Boden stelle. Sie streift sich Handschuhe über, nimmt die Schale und verlässt das Zimmer.

Ich wasche mir die Hände wie eine wild gewordene Lady Macbeth – als hätte ich mich verunreinigt, indem ich eine Schale mit meiner eigenen Pisse anfasse. Vorsichtig verteile ich Wasser und Seife um den Zugang an meiner rechten Hand und tupfe sie trocken, wobei ich auf den Schlauch achtgeben muss, damit der Infusionsständer nicht umfällt.

»Schätzchen?«, sagt Dad. »Ich fahre nach Hause und hole dir ein paar Sachen. Was möchtest du denn gerne?«

»Auf meinem Nachttisch liegt ein Buch. Dann noch ein paar Zeitschriften und meinen Schlafanzug, der ist neben meinem Bett. Ein paar Oberteile und frische Unterwäsche ...«

Ich finde den Gedanken, dass Dad in meiner Wäscheschublade wühlt, nur schwer erträglich. Bei Mum habe ich versucht, ihm solche Aufgaben weitgehend abzunehmen, damit sie wenigstens noch einen Funken Leidenschaft in ihrer Beziehung bewahren konnten. Ich habe beim Saubermachen geholfen, habe Mum gebadet und ihr die Haare aus dem Gesicht gehalten, wenn sie sich übergeben musste. Aber ich konnte nicht immer da sein, und ich denke an die Momente, in denen er ihr helfen musste, auf die Toilette zu gehen, was für beide bestimmt extrem demütigend war.

»Wahrscheinlich freust du dich auch über ein bisschen Schokolade?«

»Soll ja gegen Neutropenie helfen«, sage ich lächelnd.

Den Vormittag verbringe ich damit, mich durch die verschiedenen TV-Kanäle zu zappen – Samstagsfernsehen, Zeichentrickserien für Kinder, alte Filme. Um mich herum geht die Welt ungerührt ihren Gang, während ich in Quarantäne liege. Draußen vor dem Fenster sieht es allmählich nach Sommer aus. Die Bäume haben Blätter, der Himmel ist strahlend blau.

Dad kommt gegen Mittag mit meinen Wechselsachen, Büchern und einem flachen Päckchen zurück. Ich erkenne es an der Verpackung und reiße es hastig auf.

Es ist das Fotobuch mit Schnappschüssen von unserem gemeinsamen Ausflug ans Meer. »Annajel in Brighton« steht auf dem Cover. Ich habe kurz überlegt, ob ich uns »Bessica« nennen soll, mich am Ende aber für »Annajel« entschieden, weil darin auch Joe enthalten ist. Jetzt kommen mir beide Namen furchtbar albern vor.

Ich schlage die erste Seite auf und freue mich über das befriedigende Knacken des Buchrückens und die druckfrischen, glatten Seiten. Ich lese meine kurze Widmung: *Für Bel, die mich zu leben gelehrt hat. In ewiger Liebe, Jess x*

Links auf jeder Doppelseite sind jeweils die alten Schwarz-Weiß-Bilder aus Annabels und Joes Kindertagen zu sehen. Joe hat mir das Album geliehen, damit ich sie einscannen konnte. Rechts befindet sich die Vergleichsaufnahme von unserem Ausflug. Aisha hat mir beim Bearbeiten der Fotos geholfen, weil ich wollte, dass sie so aussehen wie die Fotoshootings, bei denen Prominente berühmte Bilder von alten Plattencovern nachstellen.

Die Bildunterschriften lauten »#MöwenGate« oder »Her mit dem Geld!« neben einem Schnappschuss von Annabel, wie sie mit manischem Gesichtsausdruck auf die Spielautomaten starrt.

Beim letzten Bild wird mir die Kehle eng. Joe hat ein Foto von mir und Bel gemacht, wie wir ins Meer laufen, die dunklen Wolken am Himmel und das unwirtlich graue Wasser ein scharfer Kontrast zu unseren bleichen Gliedern. Auf der Seite daneben sieht man Joe und Bel als Kinder, wie sie, in identische blaue Frotteehosen gekleidet, am selben Strand im Sand spielen, den Blick aufs Meer gerichtet.

Ich klappe das Buch wieder zu und lege es auf meinen Nachttisch. Ich muss unbedingt mit Annabel sprechen. Ich muss ihr sagen, wie sehr ich sie liebe.

Als Dad nach dem Mittagessen aufbricht, schreibe ich eine Mail an die Redaktion, um sie wissen zu lassen, dass ich im Krankenhaus liege. Dann will ich auch Lauren und Kate eine Nachricht schicken. Ich schalte mein Smartphone in den Selfie-Modus, strecke die Hand aus, die nicht am Schlauch hängt, und mache ein Foto von mir samt Infusionsständer. Ich schicke es ihnen unretouchiert und ohne Filter.

Hey, Mädels, geratet jetzt nicht in Panik, aber ich liege im Krankenhaus, weil ich mir eine Infektion eingefangen habe. Fernsehempfehlungen und schlechte Witze jederzeit willkommen. Jess xx

Beide antworten innerhalb weniger Augenblicke. O mein Gott, geht es dir gut? Können wir dich besuchen?

Ich berichte ihnen von der Neutropenie und der Quarantäne und dass es wahrscheinlich das Beste ist, wenn sie nicht kommen. Aber ich verspreche ihnen, Bescheid zu geben, sobald ich entlassen wurde. Lauren listet sieben verschiedene TV-

Sendungen auf, die ich mir anschauen soll, und Kate erzählt mir von einem Podcast, den sie nach Ellas Geburt oft gehört hat.

Als Nächstes schaue ich mich ein bisschen auf Instagram um. Leah hat ein Foto von Baby Milo gepostet. Er liegt auf einem flauschigen Teppich, umgeben von Bauklötzen, die die Worte »Ich bin 5 Monate!« formen. Auf Tabithas Insta-Account gibt es ein neues, supersüßes Bild von ihr und Matilda. Darunter berichtet sie sehr ehrlich und selbstbewusst davon, wie schwer es ihr gefallen sei, nach der Babypause in den Beruf zurückzukehren, und dass sie eine Weile gebraucht habe, um mit den Schuldgefühlen klarzukommen, die sie als berufstätige Mutter plagen. Beide Fotos sind ohne Frage wunderschön, aber sie verstärken das Gefühl tief in meinem Innern, dass ich selbst vielleicht nie Kinder haben werde.

Unwillkürlich wandern meine Gedanken zu Johnny, und mir wird bewusst, dass ich seit Wochen nicht mehr an ihn gedacht habe. Ich frage mich, wie es ihm geht und ob es ihm gelungen ist, sich aus seinem Motivationsloch zu befreien. Wider besseres Wissen entblocke ich seinen Instagram-Account und schaue mir seine Bilder an. Es gibt keine aktuellen Postings in seinem Feed, also hole ich tief Luft und wechsle zum Account von Little Miss Avo, auch wenn ich weiß, dass es die reinste Selbstkasteiung ist, mich dem Anblick ihres sonnengebräunten, fitten Körpers auszusetzen, während ich im Krankenhaus liege und mich wie der wandelnde Tod fühle.

Und da ist es. Ein Bild von Johnny und Mia. Sie trägt ein figurbetontes schwarzes Off-Shoulder-Kleid zu roten Schuhen, er hat den Arm locker um ihre Schultern gelegt. Daneben gibt es noch ein Foto der beiden in Sportkleidung mit geröteten, verschwitzten Gesichtern. Es sieht so aus, als wären sie zusammen joggen gewesen. Joggen!

Gar nicht so übel, oder? x lautet die Bildunterschrift.

Ich konnte Johnny nicht dazu motivieren, mehr Sport zu treiben, wieder mit dem Radfahren anzufangen und sich in der Kanzlei mehr reinzuhängen. Von mir wollte er sich nicht helfen lassen. Von Mia offenbar schon.

Ich scrolle nach unten, um nachzusehen, ob es noch weitere Hinweise auf eine Beziehung der beiden gibt. Und ich werde fündig.

Kann es gar nicht erwarten, zu dir nach London zu ziehen x

Mir wird schlecht. Ich dachte, es sei okay für mich, Johnny mit einer anderen Frau zu sehen – schließlich wünsche ich mir, dass er nach vorne schaut. Ich will, dass er glücklich ist. Aber doch nicht mit *ihr*! Ich weiß, es liegt daran, dass ich Joe und Annabel verloren habe, aber auf einmal fühle ich mich nur noch hoffnungslos und verzweifelt und schrecklich allein.

Ich hätte die Finger von Instagram lassen sollen. Warum quäle ich mich selbst? Ich lösche die App von meinem Smartphone und lege es dann auf den Nachttisch. Doch es ist immer noch da, am Rande meines Blickfelds. Es verhöhnt mich mit all dem Spaß, den die Menschen da draußen haben, während ich hier liege und es mir schlecht geht.

Plötzlich verspüre ich den überwältigenden Drang, zu schreien und zu brüllen, zu treten und um mich zu schlagen, aber das einzig Greifbare ist mein Handy. Einem Impuls folgend, nehme ich es vom Nachttisch und schleudere es mit aller Kraft durchs Zimmer.

Es landet mit einem lauten Krach an der Wand unter dem Fenster.

»Sie haben Besuch«, verkündet die Schwester, die in meiner Tür auftaucht.

Ich recke den Hals, um zu sehen, wer es ist. Ich habe nicht damit gerechnet, dass Dad heute wieder vorbeischaut.

Dann betritt mein Besuch das Zimmer. Sie sieht ganz anders aus als bei unserer letzten Begegnung. Damals hatte sie noch einen dicken Babybauch.

»Leah!« Ich registriere ihren edlen pfirsichfarbenen Pullover, die schicke Jeans und ihre stylischen Stiefel. Die perfekte Verkörperung einer *Luxxe*-Chefredakteurin. »Was machst du denn hier?«

»Ich breche mit einer Tradition«, sagt sie. »Man hat mir gesagt, ich darf reinkommen, solange ich Abstand halte. Ich bin auch nicht erkältet, keine Sorge.«

Hastig will ich nach meiner Perücke greifen, doch die liegt zu weit weg. Ohne Make-up und mit meinem hässlichen Chemo-Gesicht sehe ich bestimmt so aus, als hätte man mich von den Toten auferweckt. Definitiv nicht der passende Look, um zum ersten Mal seit Langem der eigenen Chefin gegenüberzutreten.

»Darf ich mich setzen?«, fragt sie und stützt sich auf die Rückenlehne des Stuhls an der Wand. Sie wirkt frisch und strahlend, ganz und gar nicht wie eine Frau, die ein fünf Monate altes Kind zu Hause hat. »Hör zu, die Schwestern haben mir gesagt, dass du sehr müde bist, ich werde dich also nicht lange aufhalten. Und es tut mir leid, dass ich einfach so hier reinschneie. Ich habe angerufen, aber es ging nur die Mailbox ran …«

Ich werfe einen Blick auf mein Handy und schäme mich für meinen kurzen Moment der Hitzköpfigkeit. Jemand vom Küchenpersonal hat es aufgehoben und wieder auf meinen

Nachttisch gelegt, aber es ist in eine Million Einzelteile zersprungen und lässt sich nicht mehr einschalten.

»Mein Akku ist alle«, sage ich, zu beschämt, um ihr die Wahrheit zu gestehen.

»Kein Problem«, sagt Leah. »Es ist sowieso viel schöner, dich persönlich zu treffen!«

Ich zucke zusammen und wünsche noch einmal, ich wäre wenigstens geschminkt – dann wäre ich ein bisschen besser gewappnet.

»Ich wollte dir das hier zeigen.« Leah greift in ihre Tasche und holt eine Ausgabe der *Luxxe* hervor, die sie mir reicht. »Damit hast du echt den Vogel abgeschossen.«

Mir stockt der Atem. Es ist die Jubiläumsausgabe zum Thema Wahrheit. Ich hatte völlig vergessen, dass sie diese Woche erscheinen sollte.

Das Cover ist eine Collage verschiedener Frauenporträts, in der sich bekannte und unbekannte Gesichter abwechseln. Oben links erkenne ich Tabitha mit Matilda auf dem Arm. Die Kleine sieht aus wie eine Porzellanpuppe. Neben ihr ist Stephanie Asante mit langen, offenen Haaren und einem Schild mit der Aufschrift STARK. Darunter entdecke ich Kate, die mit verletzlichem und zugleich festem Blick in die Kamera schaut. Und da, zwischen zwei A-Promis, ist auch Annabel, deren blaue Augen durch ihren glänzenden schwarzen Bob besonders intensiv leuchten.

Und genau in der Mitte, mit Glatze, bin ich.

»Wow.« Ich streiche mit dem Finger über das Cover, während mein Magen einen kleinen Satz macht.

Ich schlage das Magazin auf und suche nach der Titelgeschichte. Jede Seite des Features besteht aus dem großflächigen Foto einer Frau und einem aus ihrer Perspektive verfassten Text über ihre Schwächen und Stärken. Die Kernaussage des Textes ist jeweils fett gedruckt, sodass sie sofort ins Auge springt. Auf meiner Seite lautet sie: **Meine Haare erzählen eine Geschichte, und daran würde ich um nichts in der Welt etwas ändern wollen.**

Im Weiterblättern stoße ich auch auf Kates Seite. Ihr Fotoshooting hat kurz vor meiner fünften Chemo stattgefunden. Wir hatten unglaublich viel Spaß in der Maske, aber erst während des Interviews habe ich begriffen, wie sehr sie leidet. Sie hat mir von ihrer Einsamkeit und den permanenten Schuldgefühlen berichtet. Darüber, dass sie Angst hat, Ella nicht so lieben zu können, wie es von ihr erwartet wird, und dass sie endlich den Mut aufgebracht hat, zum Arzt zu gehen. Ihr persönliches Zitat lautet: **Nichts auf der Welt ist mir so kostbar wie meine Tochter, doch nach ihrer Geburt war da keine Spur dieser überwältigenden Liebe, die man irgendwie von mir erwartete.**

Ganz zum Schluss kommt Annabels Seite. Sie posiert in ihren Chucks mit vor der Brust verschränkten Armen und dem weisen Gesichtsausdruck eines Menschen, der viel älter ist, als seine Jahre vermuten lassen. Im Artikel spricht sie auf sehr bewegende Weise darüber, dass wir lernen müssen, offen mit dem Tod umzugehen, und was sie ihrem jüngeren Selbst mit auf den Weg geben würde. Beim Überfliegen des Textes krampft sich mein ganzer Körper vor Sehnsucht nach ihr zusammen.

»Das ist unglaublich.« Ich muss das Magazin zuklappen, um nicht schon wieder in Tränen auszubrechen.

»Wir haben die prognostizierten Verkaufszahlen übertroffen, Jess«, sagt Leah. »Alle sind begeistert von der neuen Ausrichtung der *Luxxe*.«

»Wow«, sage ich. »Dann hatte Tabitha also recht.«

»*Du* hattest recht.« Sie droht mir spielerisch mit ihrer eigenen Ausgabe. »Tabitha hat mir erzählt, dass es anfangs Spannungen zwischen euch gab. Ich hätte dich ihr nicht einfach vor die Nase setzen dürfen, ohne vorher mit euch zu reden.«

»Das kommt mir inzwischen alles so weit weg vor«, sage ich. »Schnee von gestern.« Ich darf auf keinen Fall vergessen, Tabitha und Aisha eine Glückwunschnachricht zu senden.

»Ich weiß, du hattest Bedenken, ob du ein Frauenmagazin leiten kannst, aber ganz offensichtlich hast du ein Händchen dafür.«

»Danke.« Trotz des Lobs fühle ich mich schuldig, weil ich so oft krank war. Ich habe das Gefühl, mich mit fremden Federn zu schmücken.

»Pass auf«, sagt Leah und beugt sich auf ihrem Stuhl nach vorn. »Miles wollte das eigentlich im Büro machen, aber er hat mir erlaubt, schon heute mit dir zu sprechen.«

»Okay«, sage ich. »Red weiter.« Auf einmal bin ich nervös. Wenn sie sich mit Miles getroffen hat, dann bestimmt, um ihre Rückkehr aus der Elternzeit vorzubereiten. Was wird dann aus mir? In einem Monat könnte ich arbeitslos sein, und ich habe nicht daran gedacht, mich um eine neue Stelle zu kümmern.

»Jess, ich weiß, dass du in den letzten Monaten nicht in der gesundheitlichen Verfassung warst, um im Job einhundert Prozent zu geben, aber was du trotz der Chemotherapie auf die Beine gestellt hast, ist einfach unglaublich. Du hast fantastische Arbeit geleistet, und du bist die geborene Teamleiterin. Da sind sich alle einig.«

»Sogar Tabitha?«, witzle ich.

»Vor allem Tabitha! Man müsste ja meinen, ich wäre eine ganz erbärmliche Chefredakteurin gewesen, so wie sie von dir schwärmt.« Leah lacht. »Wie auch immer, es gab intern einige Diskussionen, und schlussendlich haben wir beschlossen, eine neue Chefredakteurinnen-Stelle zu schaffen. Wir möchten, dass du dich dafür bewirbst. Im Wesentlichen haben wir uns extra für dich einen Job ausgedacht.«

Ich ziehe die Augenbrauen hoch. »Aber was ist mit dir?«

»Du stehst der neuen leitenden Redakteurin gegenüber!«, sagt sie strahlend. »Okay, im Wesentlichen ist es nur ein anderer Titel, aber in Zukunft werde ich bei den alltäglichen Sachen mehr delegieren und mich eher auf das große Ganze konzentrieren. Ich werde jede Menge Input liefern, aber im Endeffekt hast du das Sagen. Wir müssen noch ein Strategiegespräch mit dir darüber führen, wie du dir die Zukunft des Magazins vorstellst, aber das dürfte ein Klacks für dich sein.«

»Und was ist mit Tabitha?«

»Na ja, ich sollte das vielleicht nicht sagen, aber ganz im Vertrauen: Es besteht die Möglichkeit, dass sie zum Fashion Director befördert wird. So was kann sie einfach am besten.«

Ich setze mich im Bett auf und versuche dahinterzukommen, weshalb ich mich nicht so sehr freue wie vermutet. »Ich weiß gar nicht, was ich sagen soll.«

Ich wünschte, ich könnte mir die Kanüle rausziehen, aufstehen und Leah umarmen. Aber natürlich geht das nicht. Ich weiß, dass ich aufgrund meiner geschwächten Immunabwehr nach wie vor ein Magnet für Keime jeder Art bin.

»Sag einfach, dass du es dir durch den Kopf gehen lässt. Du muss dich nicht jetzt sofort entscheiden.«

Ich atme tief aus, als hätte ich die letzten sechs Monate lang die Luft angehalten. Der Traum der jungen Jess ist wahr geworden, trotzdem lässt mich etwas zögern. Ich hatte *Perfect Bake* irgendwann satt, weil ich keinen Kuchen mehr sehen konnte, ohne dabei an Mums Tod zu denken. Als dann die einmalige Chance kam, zur *Luxxe* zu wechseln, habe ich sie sofort ergriffen, doch in Wahrheit bin ich damit bloß vor meinen Problemen weggelaufen und habe den Schmerz verdrängt. Wenn ich weiterhin weglaufe, werde ich meine Trauer nie verarbeiten. Annabel und Joe haben mich das gelehrt.

»Leah«, sage ich und lege das Magazin auf meine Bettdecke. »Ich fühle mich wirklich geehrt, dass ihr bei diesem neuen Job an mich gedacht habt, und versteh mich bitte nicht falsch ...«

Sie öffnet den Mund, als wollte sie etwas sagen, aber dann macht sie ihn wieder zu.

»Aber ich weiß nicht, ob ich das kann.«

»Jess, du hast selbst während der Chemo wie eine Wilde geackert. Ich weiß, dir stehen noch Bestrahlung und OP bevor, aber du kannst dir so viel Zeit nehmen, wie du brauchst. Der Job wartet auf dich, wenn du wiederkommst.« Sie spielt mit der im Leopardenmuster bedruckten Halterung an ihrem Smartphone.

»Nein, ich meine, ich weiß nicht, ob ich mich überhaupt um diese Stelle bewerben möchte. Ich glaube, ich werde mir erst mal eine Auszeit nehmen. Es gibt ein paar Dinge, die ich tun muss.« Die Idee ist vollkommen neu, und die Worte kommen mir fast ohne mein Zutun über die Lippen.

Joe hatte recht: Man kann sich nicht Hals über Kopf in eine Beziehung oder in die Arbeit stürzen, statt sich der eigenen

Trauer zu stellen. Aber genau das habe ich getan. Es hat zwei Jahre gedauert, um zu dieser Erkenntnis zu gelangen, aber jetzt weiß ich, dass ich mich mit Mums Tod auseinandersetzen muss. Ich muss nach Hause fahren und Dad helfen, sich von ihren Sachen zu trennen und den Verkauf der Teestube abzuwickeln. Vielleicht werde ich auch auf Reisen gehen und mir Zeit nehmen, um in Ruhe herauszufinden, was ich wirklich will. Das ist besser, als immer nur auf der Überholspur leben zu wollen.

»Oh«, sagt sie. »Eine Auszeit? Oh.«

»Nicht für immer«, füge ich hinzu. In Wahrheit weiß ich noch gar nicht, ob ich jemals in meinen Job zurückkehren möchte oder was ich mit meiner Zukunft anfangen will. Ich weiß nur, dass ich es langsamer angehen lassen muss.

»Wow«, sagt sie. »Ich glaube, das ist die beste Idee, die ich seit Langem gehört habe.«

WIE MAN IM REGEN TANZT

»Heute darf ich nach Hause«, sage ich, als die Leiterin des Küchenpersonals mir das Frühstückstablett auf den Schoß stellt. Der Geruch von dampfendem süßem Porridge steigt mir in die Nase.

»Wirklich, meine Liebe?« Überrascht beäugt sie meinen kahlen Kopf und meine blasse Haut. Dann verändert sich ihre Miene. »Na, das sind doch gute Neuigkeiten. Wir werden Sie hier vermissen.«

»Nichts für ungut, aber ich hoffe, ich muss Sie nie wiedersehen.«

»Das hoffe ich auch, Liebes.«

Eine Stunde später, als ich zum ersten Mal seit drei Tagen den Flur entlang und durch die Doppeltüren gehe, komme ich mir vor wie jemand, der aus dem Gefängnis entlassen wird. Auf dem Weg ins Freie werfe ich einen Blick in die Teeküche und rufe dem Team ein Lebwohl zu. Sie sehen mich an, als wäre ich eine Ausbrecherin. Verlässt denn niemand diesen Ort lebend?

Anfangs sind meine Schritte langsam. Meine Hand ist wund nach drei Nächten am Tropf und noch zur Faust geballt. Die Haut am Handrücken ist grau und faltig, als hätte ich eine Woche lang in der Badewanne gesessen.

Ich komme an der Radiologie, der Endoskopie, der Krankenhausapotheke und dem Andachtsraum vorbei. Auch den

Coffeeshop passiere ich, doch ohne Mags, Annabel oder Priya, die mir Gesellschaft leisten, habe ich keinen Grund, hineinzugehen. Ich trete durch die automatischen Türen des Haupteingangs und stehe endlich draußen im Freien.

Als die kühle Luft mich streift, öffne ich den Mund und atme tief ein. Beinahe verzweifelt sauge ich die Luft in meine Lungen, als hätte ich seit Tagen keinen Sauerstoff mehr bekommen. Ich genieße alles: den Wind auf meiner Haut, den herrlichen Duft des Londoner Nieselregens, ja, sogar den Zigarettenqualm der Patienten, die am Eingang stehen und rauchen, während sie noch am Tropf hängen. Ich bin heilfroh, meinen los zu sein und mich wieder frei bewegen zu können.

Ich genieße die kurze Zeit allein, bis Dad mich abholen kommt. Jetzt verstehe ich, was Mum damit meinte, man müsse auch die kleinen Dinge schätzen lernen. Vogelgezwitscher, knospende Blumen, das Tropfen des Regens, die kühle englische Luft.

Ich mache mich auf den Weg zum Parkplatz. Ganz langsam setze ich einen Fuß vor den anderen. Dort wartet er, zuverlässig wie immer, der einzige Mann, den ich wirklich brauche.

Doch sobald ich sein Gesicht sehe, weiß ich, dass etwas nicht stimmt.

»Dad, was ist los?« Ich starre ihn durch die geöffnete Beifahrertür an.

»Annabel«, sagt er.

Es dauert Ewigkeiten, bis wir das Krankenhausgelände verlassen haben. Es gibt unzählige Schilder in verschiedenen Farben, Sackgassen, Reihen von Müllcontainern, verschiedene Parkdecks, das Leichenschauhaus … Und dann Einbahnstraßen, Baustellen und Straßensperren.

»Warum haben sie mich nicht angerufen?«

Dad schüttelt den Kopf. »Joe meinte, er hätte es versucht, aber dein Telefon war ausgeschaltet. Er kam gestern spätabends bei der Wohnung vorbei und sagte, sie sei am Nachmittag ins Hospiz gebracht worden. Er wusste nicht, dass du hier bist.«

Mist. Ich betrachte das kaputte Smartphone in meiner Hand. Ein Teil von mir war erleichtert, als es sich nicht mehr einschalten ließ. So hatte ich wenigstens nicht länger den Druck, mich mit einer Welt auseinandersetzen zu müssen, in der alle anderen ein perfektes Leben haben.

Aber Annabel hätte mich gebraucht, und jetzt ist es womöglich zu spät.

Ich leihe mir Dads Smartphone und tippe auf Joes Namen, doch es klingelt und klingelt, ohne dass er rangeht.

Der Weg zum Hospiz in Hove dauert eine Stunde und zwanzig Minuten. Jeder Lkw-Fahrer im ganzen Land scheint sich den heutigen Tag ausgesucht zu haben, um im Schneckentempo Richtung Süden zu fahren.

Nachdem wir dreimal falsch abgebogen sind, erreichen wir endlich die gewundene Straße, die zum Hospiz führt. Niemals hätte ich damit gerechnet, hier jemanden zu besuchen, der erst siebenundzwanzig Jahre alt ist.

»Ich warte im Wagen«, sagt Dad, und ich verstehe ihn. Er kann sich dieser Situation nicht aussetzen, dafür ist die Erinnerung an Mum noch zu frisch.

»Geht es Ihnen gut?«, fragt die Frau am Empfang, als ich den Eingangsbereich betrete.

»Ich bin auf der Suche nach meiner Freundin«, sage ich.

Sie beäugt mich argwöhnisch. »In welchem Zimmer liegen Sie denn, Liebes?«

»Wie bitte? Nein, ich bin hier, um Annabel Sadler zu besuchen.«

Meine Hand wandert an meinen Kopf. Ich muss aussehen wie eine entflohene Patientin. Die Reste des Pflasters von der Infusion an meiner Hand, die Glatze und mein aufgedunsenes Gesicht sprechen Bände.

»Annabel Sadler. In welchem Zimmer liegt sie?«, wiederhole ich.

Die Frau zögert so lange, dass ich schon überlege, ob ich besser auf eigene Faust losgehen soll. Endlich erwacht sie aus ihrer Trance und begleitet mich in einen kleinen Bereich mit mehreren Sesseln. Sie klopft an eine Tür, tritt ein und kehrt einen Augenblick später mit Joe zurück.

»Joe«, stoße ich hervor. Seine Haut ist bleich, seine Augen sind gerötet und haben tiefe Schatten. Ich sehe ihm an, dass er nicht geschlafen hat.

Wortlos zieht er mich an sich und vergräbt seine Nase an meinem Hals. Als ich seine Arme um mich spüre, breche ich fast zusammen.

»Was ist passiert? Wie geht es ihr?«, frage ich, als wir uns endlich voneinander lösen.

»Es geht ihr gut. Sie hatte eine sogenannte Warnblutung.«

»Was? Was bedeutet das?«

»Im Gehirn. Sie haben gesagt, normalerweise führt das zu einem größeren Aneurysma.«

»Scheiße.« Meine Hände zittern. »Das tut mir so leid, Joe.« Abermals umarme ich ihn. Das zwischen uns spielt jetzt keine Rolle mehr.

»Unsere Eltern sind hier«, sagt Joe. »Die letzten vierundzwanzig Stunden waren ziemlich hektisch, es tut mir so leid, dass wir nicht reden konnten.«

Wie auf ein Stichwort treten ein Mann und eine Frau aus dem Zimmer. Sie halten einander an den Händen. Ich weiß, es ist dumm, aber ich habe mir immer einen dicken Weihnachtsmann mit seiner Frau vorgestellt. Stattdessen ist Annabels Mutter ihrer Tochter wie aus dem Gesicht geschnitten. Sie hat den gleichen zierlichen Körperbau, die gleichen lächelnden Augen. Als sie mich sieht, lässt sie ihren Mann los, und ich glaube, sie will mir die Hand schütteln, doch dann tritt sie stattdessen auf mich zu und nimmt mich in die Arme.

»Jess«, sagt sie. »Wir haben schon so viel von Ihnen gehört. Ich bin Alice, und das ist Roy.«

Ich gebe Roy die Hand. Er hat ein freundliches Gesicht, graues Haar und eine Brille und sieht aus wie eine ältere Version von Joe.

Wir unterhalten uns eine Weile, aber ich bin zu aufgeregt und verlagere nervös das Gewicht von einem Fuß auf den anderen. Ich muss unbedingt zu Annabel. Ich muss mich vergewissern, dass sie hier in guten Händen ist.

Joe spürt meine Unruhe und schlägt seinen Eltern vor, eine Pause zu machen und sich einen Tee zu holen. Alice nimmt ihren Ehemann wieder bei der Hand, und die beiden gehen gemeinsam davon.

»Ist sie, du weißt schon … kann sie sprechen?«, frage ich, als ich Joe für mich allein habe.

»Sie ist nicht bei klarem Verstand, aber immerhin scheint sie zu wissen, wer ich bin.«

»Darf ich sie sehen? Was, wenn sie mich nicht erkennt?«

»Natürlich darfst du sie sehen«, sagt er. Dann legt er mir die Hand auf den Arm. »Ich warte hier draußen. Wenn du mich brauchst, bin ich da.«

Ich wappne mich, ehe ich das Zimmer betrete. Ich rechne mit Schläuchen, Apparaten und Infusionsbeuteln. Bel sieht verändert aus, beinahe noch jünger als vor gut einer Woche, als wir uns zum letzten Mal gesehen haben. Sie trägt ihre Perücke nicht, und ihre Haare sind zu einer wunderschönen elfengleichen Kurzhaarfrisur nachgewachsen. Sie wirkt ganz friedlich.

Sie erkennt mich auf Anhieb. Ich sehe es in ihren Augen. Da ist der winzigste Anflug eines Lächelns, auch wenn sie sich nicht bewegt.

»Bel.« Ich lächle und berühre sie mit der Hand, die noch runzlig ist von der Kanüle.

Sie gibt einen kleinen hellen Laut von sich. Ich weiß nicht, was sie mir zu sagen versucht.

»Bel, hör mir zu, ich war so dumm! Ich habe einen Riesenfehler gemacht. Es tut mir leid, dass ich die Zeit verschwendet habe, die wir noch hatten.«

»Schh«, wispert sie, und ihr Finger zuckt ganz leicht, als wollte sie ihn sich an die Lippen legen. »'s okay.«

»Ich möchte, dass du weißt, dass es mir leidtut und dass ich dich liebe. Du bist eine der besten Freundinnen, die ich je hatte. Ich habe so viel Zeit damit verbracht, mir wegen irgendwelcher unwichtiger Kleinigkeiten Gedanken zu machen, dabei hätte ich mich auf dich konzentrieren sollen.«

Ich greife in meine Tasche und hole das Fotobuch heraus. Vorsichtig lege ich es ihr auf die Brust und halte es für sie, damit sie hineinschauen kann.

Ich beobachte sie, während sie die Worte »Annajel in Brighton« auf dem Cover liest. Ihre Augen lächeln.

Ich blättere die Seiten um, gerade so schnell, dass sie jedes Bild in Ruhe betrachten kann, ohne zu ermüden. Als wir zum #MöwenGate kommen, dringt ein kleines Lachen aus ihrem Mund, und ich weiß, dass sie verstanden hat. Den Abschluss bilden zwei Fotos von uns beiden, wie wir mit dem Rücken zur Kamera ins Meer laufen und dann unter dem grauen Himmel rücklings auf den Wellen treiben.

Sie murmelt etwas Undeutliches. Ich klappe das Buch zu und rutsche näher ans Bett heran, während ich ihr zugleich signalisiere, dass ich sie nicht verstanden habe. Sie wiederholt ihre Worte. Ihre Stimme ist ein leises, fast unhörbares Flüstern.

»Unwetter ... Regen ... tanzen«, sagt sie.

Jetzt verstehe ich. Es ist ein Spruch, den wir an unserem Tag in Brighton auf einem Poster gelesen haben. Ich erinnere mich daran, wie wir mit hoch erhobenen Armen in den Wellen getanzt haben, während der Regen auf uns niederprasselte.

»Im Leben geht es nicht darum, zu warten, bis das Unwetter vorbei ist ...«, sage ich, und ihre Augen geben mir zu verstehen, dass ich meine Sache gut mache. »Sondern darum, dass man lernt, im Regen zu tanzen.«

»Im Regen tanzen«, murmelt sie mit Tränen in den Augen, während sie zu mir emporlächelt.

»Ja«, sage ich und drücke ihre Hand. »Ja, das mache ich. Jedes Mal, wenn es regnet, werde ich für dich tanzen. Versprochen.«

Ich sehe zu, wie ihr langsam die Augen zufallen. Ihr Brustkorb hebt und senkt sich im Takt mit dem Surren und Piepsen der Maschine neben ihrem Bett. Ich weiß, dass dies die letzten Worte waren, die ich je aus ihrem Mund gehört habe.

ANNABEL

Annabel Sadler stirbt an einem Freitag, genau an ihrem achtundzwanzigsten Geburtstag. Sie nimmt unsere Anwesenheit nicht mehr wahr, doch wir sitzen trotzdem an ihrem Bett, tragen kleine Partyhütchen aus Pappe auf dem Kopf, essen Krapfen und singen »Happy Birthday«. Nur einmal zucken ihre Hände, als ihre Mutter ein Lied anstimmt, das sie noch aus ihrer Kindheit kennt.

Ich weiß, dass Annabel ihren Geburtstag abwarten wollte, ehe sie aus dem Leben scheidet, so wie ihre Großmutter am Tag ihrer goldenen Hochzeit gestorben ist. Sie hätte diesen letzten Moment nicht missen wollen, wenn sich alle, die sie lieben, ihr zu Ehren versammeln und sie noch einmal im Mittelpunkt der Aufmerksamkeit steht.

Wir sind an ihrer Seite, als sie stirbt. Ein letztes Ausatmen, dann lässt ihr Körper los. Sie sieht so friedlich und wunderschön aus, und ihre seidenweichen Elfenhaare umrahmen ihr Gesicht wie bei einem Baby.

Lange nachdem sie weggebracht wurde, kehren Joe und ich in ihr Zimmer zurück, um ihre Sachen mitzunehmen. Wir reden nur wenig, während wir die bunten Konfetti der Knallbonbons vom Boden auflesen – Überbleibsel dessen, was ein ganz normaler Geburtstag hätte sein können. Wir füllen einen kleinen Kabinentrolley mit ihren Habseligkeiten und tragen ihn nach draußen zum Auto.

Hinterher kehren wir noch einmal in das leere Zimmer zurück. Keiner von uns spricht ein Wort. Stattdessen halten wir einander lange im Arm.

Die Sonne scheint, als Joe die Prozession am Brighton Beach anführt. Es ist Freitag, seit Annabels Tod sind genau zwei Wochen vergangen. Hinter ihm gehen Alice und Roy Hand in Hand mit schweren Schritten über den steinigen Strand. Viele sind gekommen, von denen ich gar nicht wusste, dass sie Annabel kannten: alte Schulkameraden, die sie seit Jahren nicht gesehen hat, Freunde ihrer Eltern, entfernte Tanten. Sogar ihr Ex-Freund Mark ist da.

Ein Meer aus Blau bewegt sich die Küste entlang. Jeder trägt einen anderen Farbton, genau wie Bel es sich gewünscht hat. Tabitha hat uns die Garderobe der *Luxxe* zur Verfügung gestellt, und wir haben alle blauen Sachen geplündert, derer wir habhaft werden konnten. Aisha trägt einen kobaltblauen Jumpsuit, Lauren ein türkisfarbenes Maxikleid und Kate ein himmelblaues Kleid mit Stiefeln. Ich selbst trage meine blaue Perücke und das neonblaue Geburtstagskleid, das Bel so gut gefallen hat.

Priya und ihr Mann Guj gehen Arm in Arm und werfen einander von Zeit zu Zeit zärtliche Blicke zu. Die Paartherapie scheint etwas bewirkt zu haben. Priya trägt einen blauen Sari mit Batikmuster, Schwester Ange folgt in einem weiten Flatterkleid und singt während der Prozession leise vor sich hin. Tante Cath hat die von Mum geerbten funkelnden blauen Ohrringe angelegt. Dad hat Lizzie mitgebracht, und ich freue mich von Herzen, dass er jemanden hat, der in diesem Moment für ihn da ist. Ich könnte es nicht ertragen, wenn er eine weitere Beerdigung alleine durchstehen müsste.

Am Nachmittag, während alle anderen im Pub sind, sitzen Priya und ich draußen auf der Steinmauer.

»Wie geht es dir?«, will sie von mir wissen.

»Es tut mehr weh als alles, was ich je erlebt habe«, sage ich. Sogar mehr als Mums Tod, sofern das überhaupt möglich ist. »Aber es ist auch eine Erleichterung, weißt du? Ich bin froh, dass sie Frieden gefunden hat.«

»Ja.« Sie drückt meine Hand. »Aber ich meinte: Wie geht es dir mit Joe?«

Ich erinnere mich daran, wie er Bels Asche im Meer verstreut hat. Es gab einen Moment, in dem er sich umdrehte, meinen Blick einfing und wir zeitgleich mit den Augen rollten. Am Ende hat Annabel sich noch einmal gegen ihn durchgesetzt. Ein letztes Bad im eisigen Wasser, sehr zu seinem Missfallen.

Doch in diesem Blick lag auch noch etwas anderes. Ein Abschied und die stille Übereinkunft, dass wir beide Zeit brauchen. Dass am Ende alles gut wird.

»Ich glaube«, sage ich, nehme einen Kieselstein und werfe ihn so weit ich kann ins Meer, »ich werde mich an den Rat halten, den mir eine sehr weise Frau namens Bel einmal gegeben hat, und erst mal für eine Weile Single bleiben.«

EIN JAHR SPÄTER

Um sechs Uhr früh höre ich ein Hupen vor der Wohnung. Ich springe zur Tür hinaus und laufe zum Wagen, wo ich Kate zur Begrüßung umarme. Colm sitzt am Steuer, Ella in ihrem Kindersitz auf der Rückbank. Sie trägt das kleine blaue Kleid, das ich in San Francisco für sie gekauft habe.

»Oh, wow, lass mich mal deine Haare sehen.« Kate deutet auf meine Beanie-Mütze, die ich mit Absicht so aufgesetzt habe, dass meine nachwachsenden Haarspitzen darunter hervorschauen.

Ich ziehe mir die Mütze vom Kopf und schüttle meine Haare aus. Mittlerweile sind sie schon fast wieder kinnlang.

»Sieht toll aus!«, sagt sie. »Wo sind die Sachen?«

»Im Flur. Komm rein. Lauren und Aisha sind gleich mit dem Frühstück fertig. Ich mach dir einen Tee.«

Colm bringt Ella mit ins Haus, und gemeinsam sitzen wir am Küchentisch, trinken Tee und essen Aishas selbst gebackenes Banana Bread. Seit wir nicht mehr zusammen arbeiten, ist es umso schöner, sich mit ihr eine Wohnung zu teilen. Sie und Lauren sind als Mitbewohnerinnen wirklich ein Geschenk des Himmels – immer zur Stelle mit Tee, Kuchen oder schlechten Ratschlägen. Während meiner OP und der darauf folgenden Bestrahlung haben sie sich rührend um mich gekümmert. Aisha hat inzwischen sogar einen festen Freund, und ich habe die beiden gezwungen, jeden Samstagmorgen mit mir zum Brockwell Lido zu fahren, um dort im Teich zu baden.

Als Aisha die Vierzimmerwohnung am Brixton Hill fand, wussten wir sofort, dass sie perfekt für uns ist. Lauren erklärte sich bereit, von ihrem Anwältinnengehalt das größte Zimmer zu bezahlen, während die Zimmer von Aisha und mir so klein sind, dass gerade mal ein großes Bett hineinpasst. Im Grunde genommen hätten wir gar keine so große Wohnung gebraucht, da wir ohnehin die meiste Zeit zu dritt auf Laurens Bett unter der Decke sitzen und Wiederholungen von *New Girl* schauen, genau wie damals an der Uni.

Alle helfen mit, die Kartons aus dem Flur zum Minivan zu tragen. Um halb sieben ist das Auto fertig beladen. Aisha und ich quetschen uns zwischen die Schachteln auf die Rückbank.

»Und? Schon gespannt auf heute?«, fragt Colm, während er den Motor anlässt.

»Gespannt, nervös, alles«, sage ich. In Wahrheit konnte ich den heutigen Tag gar nicht erwarten.

»Kaum zu glauben, dass es schon ein Jahr her ist, oder?«, sagt Lauren, die sich vom Vordersitz nach hinten lehnt und mir ein aufmunterndes Lächeln zuwirft.

»Stimmt«, sage ich. Es ist erstaunlich, wie sich alles entwickelt hat. Weil ich durch die WG einiges an Geld spare, konnte ich es mir leisten, eine längere Pause einzulegen, nachdem mein Vertrag bei der *Luxxe* auslief. Nach der Mastektomie habe ich zunächst ein paar Monate bei meinem Dad verbracht und ihm dabei geholfen, die Teestube für den Verkauf herzurichten. Lizzie hat sich ganz rührend um mich gekümmert, mir kannenweise Tee gekocht, mich gebadet und mir beim Zuknöpfen meiner Flanellhemden geholfen, als die OP-Narben so sehr schmerzten, dass ich mir nichts über den Kopf ziehen konnte.

Noch während ich ans Bett gefesselt war, begann ich damit, Moms legendäres Rezeptbuch zu digitalisieren und online zu stellen. Bereits im ersten Monat bekam die Website hunderttausend Klicks, was zum Teil auch einem Artikel über die heilende Kraft des Kochens zu verdanken war, den ich für *Perfect Bake* schrieb. Auch meine *Luxxe*-Kolumne führte ich fort, allerdings als freischaffende Autorin. Ich schrieb von den Schuldgefühlen, die mich plagten, weil ich überlebt hatte, und davon, wie ich lernen musste, meine Narben zu lieben. Obwohl die Gedanken an Joe und Annabel mir geholfen haben, mich von allem zu erholen, brauchte ich Zeit für mich.

Sechs Monate nach der Mastektomie und der Bestrahlung lösten Lauren und ich unser Versprechen ein und brachen zu einem Roadtrip durch Kalifornien auf. Wir saßen stundenlang in irgendwelchen Diners am Straßenrand und schrieben Postkarten und Briefe, weil wir uns vorgenommen hatten, dass es eine absolut social-media-freie Reise werden sollte. Nach unserer Rückkehr druckten wir echte Fotos aus, die wir in echte Alben klebten, und erfreuten unsere Familien mit Geschichten von unseren Abenteuern. Nach der schwierigen Zeit mit Charlie ist Lauren endlich wieder die Alte.

Inzwischen bin ich bereit, wieder arbeiten zu gehen. Da sich das Live-Event-Programm der *Luxxe* zunehmender Beliebtheit erfreut, reicht das Budget tatsächlich aus, um eine weitere Chefredakteurin einzustellen, und Leah und Miles sind übereingekommen, dass sie mich mehr denn je brauchen. Ich habe mein Jahr der Freiheit genossen. Ich konnte bis mittags im Bett liegen, wenn mein Körper Schlaf brauchte, mitten in der Woche schwimmen gehen und musste mich nicht tagtäglich mit den öffentlichen Verkehrsmitteln herumschlagen. Aber ich freue mich auch darauf, in die Redaktion zurückzukehren, das Team wiederzusehen und die Leitung des Magazins zu übernehmen. Ich freue mich sogar auf Tabitha.

Aber vorher habe ich noch etwas zu erledigen.

Als wir den Maltby Street Market erreichen, sind dort bereits Dutzende Händler damit beschäftigt, ihre Waren aufzubauen, und der Duft von gebratenen Zwiebeln, Kaffee und frisch gebackenem Brot weht uns entgegen.

Aisha holt Kaffee an einem benachbarten Stand, während wir uns umsehen und zuschauen, wie die anderen seelenruhig ihre Buden aufbauen, als hätten sie das schon eine Million Mal gemacht. Ich hingegen bin das reinste Nervenbündel, erst recht, wenn ich mir all die Edelmütter und Foodies vorstelle, die in knapp einer Stunde an den Stand – an *meinen* Stand – kommen werden.

Kate und Aisha halten die beiden Seiten des Klapptischs fest, während ich die Metallbeine ausklappe und einrasten lasse. Colm lädt Kartons voller Papiertüten, Servietten und Pappbecher aus dem Auto, während Lauren die kleine Ella bespaßt.

»Da ist es ja«, sage ich und hebe das riesige hölzerne Schild hoch, auf dem der Name ANNABEL'S prangt.

»Es sieht toll aus«, sagt Kate.

Sobald das Schild aufgestellt und alles arrangiert ist, treten wir einen Schritt zurück und begutachten unser Werk. Es sieht aus wie ein richtiger Marktstand. Jetzt müssen wir nur noch die Schachteln mit Krapfen fein säuberlich getrennt nach Füllung anordnen: Himbeermarmelade, Vanillecreme und Lemon Curd, Mums Lieblingssorte. Wir stellen die Tafel mit den Preisen und verschiedenen Geschmacksrichtungen auf. Ein Krapfen für drei Pfund, vier für zehn. Das Ergebnis einer ganzen Woche Arbeit und der Unterstützung zahlreicher fleißiger Helfer.

Aisha, die Stylistin, richtet alles für das erste Foto her und postet es auf dem Instagram-Account von @BelsKrapfen mit der Bildunterschrift: *»Heute große Eröffnung!«*

Ich zücke die Flasche Prosecco, die ich zwischen meinen Sachen versteckt habe, und lasse den Korken knallen. Schaum quillt über, ehe ich den Inhalt in fünf Pappbecher gieße.

»Zum Wohl«, sage ich. »Auf Annabel.«

»Und auf dich«, fügt Lauren hinzu, legt einen Arm um mich und zieht mich an sich.

»Schau nicht hin, aber da ist jemand, über dessen Erscheinen du dich vielleicht freuen wirst«, raunt Aisha mir ins Ohr. Ich kann nicht anders, ich wirble sofort herum.

Meine Hand fliegt an meinen Mund, als ich ihn sehe, sonnengebräunt und das Gesicht voller Sommersprossen. Seine blauen Augen funkeln. Ich bekomme überall an Armen und Beinen eine Gänsehaut.

»Was machst du denn hier?«, frage ich, als Joe auf den Stand zukommt. »Vor zwei Tagen warst du doch noch in Südostasien.« Ich schäme mich nicht, zuzugeben, dass ich jede seiner Bewegungen während seines Sabbatjahrs auf Instagram verfolgt habe.

»Ich wollte das hier unbedingt sehen«, sagt er und deutet auf das riesige Schild, auf dem der Name seiner Schwester steht. Dann schlingt er seine starken Arme um mich und zieht mich an seine Brust. »Du hast doch nicht ernsthaft geglaubt, dass ich mir die Gelegenheit entgehen lasse, der allererste Kunde von ANNABEL'S zu sein, oder?«

DANKSAGUNG

Am 22. Juni 2012, ich war neunundzwanzig Jahre alt, hörte ich die Worte: »Sie haben Brustkrebs.« Man könnte sagen, dass war ziemliches Pech, aber ich finde, ich habe großes Glück gehabt – nicht nur weil ich, im Gegensatz zu unzähligen anderen, die letzten zehn Jahre überlebt habe, sondern auch weil ich diese Zeit zusammen mit meinem wunderbaren, großzügigen und stets hilfsbereiten Freundeskreis, meinen Familienmitgliedern, Kolleginnen und Kollegen sowie medizinischen Fachkräften verbringen durfte.

Es erscheint mir passend, dass dieses Buch zum zehnten Jahrestag meiner Brustkrebsdiagnose herauskommt, denn damit schließt sich das vermutlich prägendste Kapitel meines Lebens. Es gibt viele Menschen, denen ich danken möchte, nicht nur weil sie mich in der Arbeit an meinem ersten Roman unterstützt haben, sondern weil sie mir dabei geholfen haben, das letzte Jahrzehnt durchzustehen. Jess wäre vermutlich ein bisschen sauer, wenn sie das lesen würde, aber: Es war eine Reise.

Danke an meine Agentin Sophie Lambert für ihr Vertrauen in diesen Roman von Anfang an. Ich bin so unglaublich dankbar für die Geduld und Güte, die du den ungefähr siebentausend Entwürfen entgegengebracht hast, die ich dir geschickt habe, und das obwohl du dich während der Pandemie auch noch um das Homeschooling deiner Kinder kümmern musstest. Du bist eine waschechte Wonder Woman und meine Heldin – ich danke dir.

An meine Lektorin Jayne Osborne für ihre Leidenschaft. Du hast Jess und Annabel von Anfang geliebt und von ganzem Herzen an diesen Roman geglaubt. In dem Moment, als ich erfuhr, dass wir beide die Netflix-Serie *Selling Sunset* mögen, wusste ich, dass du die Richtige für mich bist. Vergiss niemals, dass das, was du tust, unheimlich wichtig ist. Danke, dass du meine Träume hast Wirklichkeit werden lassen.

An alle bei C&W, insbesondere Kate Burton, die mir meinen ersten Buchvertrag gesichert hat. Und an Mareike Müller bei der Verlagsgruppe HarperCollins Deutschland, die dieser Geschichte so große Begeisterung entgegenbrachte. Ich kann gar nicht in Worte fassen, wie viel Kraft mir das gegeben hat.

An das Team bei Pan Macmillan, allen voran Charlotte Wright für ihre Geduld und ihr Durchhaltevermögen angesichts meiner zig Fragen und Änderungen, und an die Leute aus der Grafikabteilung für das großartige Cover. Ich kann mich wirklich glücklich schätzen, in derart fähigen Händen zu sein.

An den Jahrgang 2018 der Faber Academy. Ganz ehrlich: Ohne euch hätte ich dieses Buch nicht vollenden können. Ich bin so dankbar für eure unermüdliche Unterstützung, eure Art, negatives Feedback nett zu verpacken, und dafür, dass ihr mich darauf hingewiesen habt, wie oft die Figuren in meinen frühen Entwürfen Tee gekocht haben. Ein besonderes Dankeschön geht an Sophie Morris, Sophie Binns, Laura Burgoine, Bryan Glick, Lissa Price, Angelita Bradney und Ben Ross, die den Text in einem frühen Stadium gelesen und mir gute Tipps gegeben haben. An Tamzin Cuming für all die medizinischen

Infos und an Hannah Tovey, die mir das erste Zitat für den Klappentext geliefert hat. Und natürlich auch an Richard Skinner, der uns zusammenbrachte.

An meine allererste Leserin, Karen Eeuwens, nicht nur für deine enthusiastische Reaktion, sondern auch für deine Bereitschaft, den Text noch mal und noch mal und noch mal zu lesen – deine Unterstützung bedeutet mir unglaublich viel. An Vanessa Fox-O'Loughlin. Als dieser Roman noch nichts weiter war als eine vage Idee, hast du mich zum Weitermachen ermutigt und mich in dem Glauben bestärkt, dass er irgendwann einmal veröffentlicht wird. Und an Alice-May Purkiss, weil du dir die Zeit für ein Sensitivity Reading genommen hast, obwohl du wusstest, dass es schmerzhaft für dich werden würde.

An das gesamte Team von 50 Best. Ihr habt den Krieg um die Klimaanlage ertragen und mich zum Lachen gebracht, wenn ich den Tränen nahe war. Ihr seid wirklich die beste Mannschaft, die ich je hatte. Besonderer Dank geht an Will Drew, der mich vom ersten Entwurf an unterstützt, an mich geglaubt und mich dazu ermutigt hat, meine Flügel auszubreiten.

An meine Freundinnen und Freunde. Ich habe vielleicht keine besonders gute Bilanz, was Liebesbeziehungen angeht, aber das machen meine Freundschaften mehr als wett. Insofern könnte der folgende Teil etwas länger werden.

An Danie und Niki, die alles stehen- und liegen gelassen haben und nach Dublin geflogen sind, um mit mir Margaritas zu trinken, sobald sie die Nachricht hörten. An Sophie Austin, meine treue Reisegefährtin, die mit mir Perücken geshoppt und immer genau die richtigen Fragen gestellt hat –

ich liebe dich. Ich glaube, du weißt gar nicht, wie wundervoll und talentiert du bist. An die Brasilien-Girls – Sophie, Alice, Alexa, Elsie und Jo –, die mich auf ein Abenteuer begleitet haben, das der Beginn vieler weiterer Abenteuer war. Dafür, dass sie auch zweiundzwanzig Jahre später immer noch so tolle Freundinnen sind. An Daniela, meine mexikanische Schwester – te quiero mucho, amiga.

An Martina für sechzehn Jahre Freundschaft, achtzehn Monate Lockdown-Spaziergänge und Abertausende Stunden Diskussionen über die Vor- beziehungsweise Nachteile von Tinder, Bumble und Hinge. Du verdienst nur das Beste. An Camila, für die täglichen Dating-Updates während langer Zugfahrten – ich freue mich so, dass du am Ende doch noch die Liebe gefunden hast. An Stuart, der mich auf der Wohnungswebsite SpareRoom gefunden und gerettet hat, als ich die Hoffnung praktisch schon aufgegeben hatte, und der mir den ultimativen Akt der Freundschaft und des Vertrauens erwies. An Beth, die mich während der Krebsbehandlung so wundervoll unterstützt hat. Und an Lucia, Saz, Eleanor und Alex – ich sehe euch zwar nicht so oft, aber ich weiß, dass wir immer wieder genau da anknüpfen können, wo wir beim Mal zuvor aufgehört haben.

Zu guter Letzt geht mein Dank an die Kavos-Chicks – Helen, Michelle, Lindsey und Vicky, die besten Freundinnen, die eine Frau sich wünschen kann. Zwei Jahre College, fünfundzwanzig Jahre Freundschaft, neun Babys und eine globale Pandemie – während all der Zeit habt ihr mich durch schätzungsweise 96.000 Trennungen begleitet und mir jedes Mal geholfen, mein gebrochenes Herz zu reparieren. Ein besonderes Dankeschön geht an H, die mir vor langer, langer Zeit eingebläut hat, dass kein Mann meine Tränen wert ist und dass derjenige, der sie doch wert ist, mich niemals zum Weinen bringen würde.

Und nun, um es mit Little Mix zu sagen: Shout Out to my Ex(es). Ihr seid wirklich ganze Kerle. Ihr habt mir das Herz gebrochen und mich zu der Frau gemacht, die ich bin. Zugegeben, es waren einige faule Äpfel darunter, aber auch viele gute Exemplare. An denjenigen, der mir schon früh gezeigt hat, was echte Liebe ist (und der mich möglicherweise zu zwanzig Jahren des Alleinseins verdammt hat, aber hey). An den, der mich dazu ermutigt hat, wegen des Knotens in meiner Brust zum Arzt zu gehen. Und an den, der mich wieder ins Leben zurückgeholt hat – ihr wisst schon, wer ihr seid. Danke.

An die Boobettes von CoppaFeel!, diese phänomenalen Frauen, die junge Menschen darüber aufklären, wie wichtig es ist, sich regelmäßig die Brust abzutasten, und die ihnen typische Anzeichen und Symptome von Krebs erklären. Ihr habt nicht nur sehr geduldig all meine medizinischen Fragen beantwortet, sondern wart mir im Laufe der Jahre auch eine riesengroße Stütze. Ich empfinde tiefe Ehrfurcht, wenn ich daran denke, was ihr durchgemacht habt und wie sehr ihr anderen helft. Ihr seid eine wahrhaft einzigartige Truppe.

An das gesamte Team bei CoppaFeel!, das durch seine unglaublich wichtige Arbeit so viele Leben gerettet und eine tolle Gemeinschaft von Menschen geschaffen hat, die vom Brustkrebs betroffen sind. An Kris Hallenga und Maren Sheldon, die als Erste bewiesen haben, dass man mit ein bisschen Glitter jeden Kackhaufen verschönern kann. Sie haben diese geniale Organisation gegründet und mir gezeigt, wie man wirklich lebt. Und an Laura und Jon Weatherall-Plane, durch die ich lernen durfte, was wahre Liebe ist.

An all diejenigen, die nicht mehr unter uns sind, darunter auch viel zu viele der geliebten Boobettes. An Janet, Lynda, Mary, Marjorie und Tante Heather. An Hetty, meine Großmutter mütterlicherseits, die viel zu jung an Brustkrebs gestorben ist – ich glaube, wir hätten uns großartig verstanden. An Vanessa und Jodie aka Vanjo, zwei der witzigsten, gütigsten, schönsten Frauen, die ich jemals kennenlernen durfte. Eure Freundschaft zueinander war die größte Liebesgeschichte, die ich je erlebt habe.

An Mr. Sharif und Dr. Chittalia vom Christie Hospital in Manchester, die mir buchstäblich das Leben gerettet haben. An das gesamte Team vom St. Vincent's Hospital in Dublin, dem Wythenshawe in Manchester und dem Royal Marsden in Sutton – o ja, ich bin viel herumgekommen. Und an die Leute bei Facebook, die als Arbeitgeber alles richtig gemacht und mich immer unterstützt haben.

An all diejenigen, die mein Blog »The Big Scary C Word« und die *Huffington Post* lesen und mich dazu ermuntert haben, ein Buch zu schreiben – euer Feedback und eure Unterstützung in den letzten zehn Jahren waren von unschätzbarem Wert für mich. Glaubt mir, wenn ich sage, dass ihr mir an vielen Tagen, an denen ich am liebsten alles hingeschmissen hätte, die Kraft gegeben habt, weiterzumachen.

An Philip, den besten großen Bruder auf der Welt. Danke, dass du da bist, wenn ich dich brauche. Danke, dass du nicht gelacht (oder geheult) hast, als du mich zum ersten Mal ohne Haare gesehen hast, und dass du mir drei wundervolle Nichten geschenkt hast.

An Mum und Dad, die auch nach fünfzig Jahren noch ein unschlagbares Duo sind. Ihr seid meine Inspiration, mein Rückgrat und mein leuchtendes Vorbild, was die Liebe angeht. Mum, danke, dass du nicht nur sofort nach Dublin geflogen bist, sobald du von meiner Diagnose hörtest, sondern direkt nach der Ankunft auch noch bei einem Hiit-Workout zu deutscher Technomusik mitgemacht hast. Ich danke euch beiden dafür, dass ihr mich mit eurer Liebe inspiriert, für mich gesorgt habt, als es mir schlecht ging, und dass ihr immer für mich da wart. Ich liebe euch beide aus tiefstem Herzen. Worte vermögen nicht auszudrücken, wie viel ich euch zu verdanken habe.

Zu guter Letzt: an Mark, der gerade noch rechtzeitig in mein Leben getreten ist, um es in diese Danksagung zu schaffen, und der eine ehemals kahle, ehemals alleinstehende Frau unfassbar glücklich macht. Du raubst mir den Atem.

London, Oktober 2021